KUWEI
酷威文化
图书 影视

指尖萤火

小孩爱吃糖　著

上

江苏凤凰文艺出版社
JIANGSU PHOENIX LITERATURE AND ART PUBLISHING

目录

contents

第一章

初临

经历了军训以及一个多月的相处，本来素不相识、初入高中的学生们，已经在这段时间里和同班同学混熟，开始三人一组或五人一群地说笑打闹。

此刻是刚刚早操过后的课间时间，没有老师管束的学生闹得正欢，挤来挤去终于将趴在桌子上睡着的乔岚吵醒。

周围很乱，叽叽喳喳的喊叫声充斥在她的耳边，震得耳膜生疼。乔岚来不及反应到底发生了什么，眼皮一抬就看见旁边玩闹的男生直直撞了过来。

乔岚条件反射地迅速起身跳到一边，那男生撞上椅子又摔到了地上，翻起来的时候揉着被撞疼的胳膊骂了一句，不大高兴地瞪了乔岚一眼："你躲什么啊？"

乔岚一脑门问号。

乔岚看向这男生，大脸盘、短寸，看起来凶巴巴的，脸上还有两三颗痘，身高体壮，目测将近一米九。

长得这么壮往她身上撞，不道歉就罢了，现在还问她为什么躲，他以为他是纸片人吗？

"不躲等着……"

结果乔岚话还没说完，坐在她前边的女生回过头来看了那男生一眼："秦洋你消停点儿。"

女生的声音悦耳好听，还有些搞不清状况的乔岚下意识看了一眼，没忍住又看了第二眼。

这女孩皮肤白皙五官精致，就算扎着马尾穿着校服也十分好看，一双大眼睛尤其出众，水汪汪的跟洋娃娃似的。

刚刚对着乔岚还满脸不耐烦的男生瞬间满脸阳光地说："没事。"

他大大咧咧一笑后转头看了乔岚一眼："闹着玩呢，对了乔岚，今天的糖呢？"

糖？

"什么糖？"

"就糖啊，你睡蒙了？"

秦洋一边说着话一边往乔岚身边凑过来，伸手就要往乔岚的桌洞里摸。

就算是关系很好的朋友，也没道理就这么直接往人桌洞里伸手吧？更何况她压根不认识这男生，乔岚一把抓住男生的胳膊不耐烦道："干什么？"

秦洋的手被挡在了外面，难得地愣了一下。

他们以前看不上乔岚，根本不愿意搭理她，后来宋瑶总是带着乔岚，乔岚也时不时买糖买水给他们，他们虽然看不上这么明显的讨好行为，但是能白吃谁又会拒绝？以至于后来有时候乔岚没买东西，他们也会直接跟她要，反正乔岚又不会拒绝，像今天这样直接翻乔岚桌洞的事情再正常不过了。

没想到今天乔岚会突然拦住他。

但秦洋也只是愣了一下，没放在心上，亦或者说压根不在意乔岚的态度。

"今天没买啊，那下午别忘了，我要原味的，多买几个。"秦洋说。

他说得再自然不过，然后回到自己座位上，抽出一张英语报纸扔到乔岚桌子上："报纸帮我抄一下，作文写满了，要不老刘又要骂，老刘事咋这么多，天天检查也不嫌烦……"

将报纸丢给乔岚，秦洋回座位翻了翻书包，然后和一帮男生冲出教室去楼道里继续打闹了。

乔岚再次一脑门问号。

乔岚看了看教室里其他的学生，没有人觉得有什么不对，依旧说说笑笑，吃早点的吃早点，聊天的聊天。

一个女生拿着水杯经过乔岚前桌，说：“宋瑶，我去打水，你要不？”

乔岚前桌的漂亮女孩将桌子上的水杯递给说话的女生：“要，谢谢。”

“曜阳干什么去了，现在还没来？”

“刚刚看他和凡凡几个出去了，去买早点了吧。”

全是没什么用的废话，却让乔岚脑袋一蒙。

如果一个宋瑶不够确切，那再加一个曜阳，足够让乔岚意识到这是她最近看的一本小说中的人物。

宋瑶、陈曜阳，正分别是小说里的女主角和男主角。

乔岚将刚刚那个男生丢在自己桌上的报纸拿开，翻开了桌上的课本，上面是两个秀气的字：乔岚。

这一刻，乔岚脑子是蒙的。

她记得小说里的乔岚是个反派，而且是个惨到不能更惨的炮灰反派，一个在家被爹妈压榨、在学校被同学欺凌、又穷又丑学习还差的倒霉蛋。后来漂亮又心善的宋瑶看不过去，主动和她做朋友，于是乔岚勉强成了宋瑶小姐妹团体里的一员。

有宋瑶帮衬是一回事，但是和宋瑶关系好的男生女生看不起她又是另一回事。乔岚为了讨好这些人，经常主动买东西、做作业、打扫卫生，好让他们玩的时候能带上她。

乔岚当初看小说的时候气得想骂人，乔岚瘦得都快皮包骨了，有钱不留着自己多吃点儿，结果还想方设法匀钱伺候这些人？

乔岚想到这儿，站起来将报纸丢回了秦洋的桌子上，等坐回去后她从书包里翻出自己的报纸，发现所有选择题都做了，后边的改错和作文都空着。

想起刚刚秦洋说什么要检查报纸，乔岚抽出一支笔迅速将改错做完然后开始写作文。

教学楼外，残障人士通道的坡度很缓，但是郯墨转动轮椅的轮子时还是很费劲，他的双手没有一般人那么有力，甚至还不如很多女孩子。

来来往往的学生看见他，都自动让出一定的空间，郯墨听见从身边走过的学生们小声地议论着，还感受到无数堪比让他公开处刑的目光。

郯墨低着头，苍白的面容被有些过长的头发遮住，细白的手指艰难地控制着轮椅。

好不容易轮椅终于快到楼道口了，教学楼里突然冲出来一个人，由于冲得太猛，他来不及刹住，直接撞在了郯墨身上。

轮椅被撞之后陡然往后退去，郯墨来不及收起的手指卡在轮子里，一瞬间钻心的疼。郯墨急忙抽出手指，但轮椅不受控制地迅速往后倒退。

周围有女生惊叫，轮椅从残障人士通道快速滑了下来，没有人拦着，很快从旁边的小台阶上直直翻了下去。郯墨重重地摔在地上，手掌被粗粝的水泥地磨得一片血肉模糊，轮椅也在一瞬间摔出了很远。

那个撞了郯墨的男生悄无声息地将轮椅扶正，推到了郯墨身边，然后迅速跑开，就像郯墨是什么不干净的东西一样。

郯墨满是鲜血的手不受控制地轻颤，他将轮椅拉到身边，双手撑在轮椅上，双臂颤抖地支撑着整个身体，想要重新坐回到轮椅上，但很快他双手一抖，又摔在了地上。路过的学生们都在看着这里，却没有人扶他，有人想要上前，但又想起了什么退了回去。

摔了一次，两次，三次，最后郯墨终于坐回到了轮椅上，这时他白色的校服上衣已经沾了灰，上边还零星散布着血迹，他依旧低着头，脸上没有任何表情，沉默地控制着轮椅重新回到残疾人通道。

教室里，乔岚作文写了一半的时候，教室外边拥进来一帮男生，走在最前边的男生将水杯放在了宋瑶桌子上，班里顿时有人起哄，宋瑶接过水杯说了声“谢谢”。

这声“谢谢”里的害羞实在太过明显，乔岚没忍住看了一眼，就看见了站在宋瑶桌子前边的高瘦的男生。

他穿着校服，理着一头毛寸，都挡不住帅气，旁边有人喊了一声“曜阳”，乔岚当即悟了。

陈曜阳将手中的水杯递给宋瑶后，平和地和宋瑶说了一会儿话，一转头就对上了乔岚的目光。

虽然陈曜阳控制得挺好，但是乔岚还是一眼看见了他脸上的嫌恶。

乔岚：……呵呵。

乔岚一点都不喜欢这个人，比起狂跩霸气的陈曜阳，乔岚更喜欢一个叫郏墨的男生，可惜他就是死得太早。

当初看到郏墨死了，乔岚也就懒得看后边的剧情了。

想到这里，乔岚转头看向最后一排。

她记得郏墨也和他们在一个班，郏墨要坐轮椅，又因为生病，怕光怕风，所以一直都坐在教室最角落的地方。

教室最角落的最后一排，只有一张孤零零的桌子，前边的两把椅子与这张桌子离得很远，墙壁挡住了些许光线，让这片空间更显冷清与格格不入。

郏墨还没有来。

乔岚重新转过头，拿起笔继续写作文，没注意到陈曜阳微微诧异的目光。这时一个瘦小的男生从教室外进来，扯着嗓子道：“刚刚从外边进来的时候遇见郏墨了，他被人给撞了。”

乔岚手中的笔一顿。

“撞了？谁敢撞他啊，欺负残疾人啊！”有人道。

说完旁边一堆人都笑了，那个小个子男生也乐了好半天：“他刚从残疾人通道那儿上来，里边冲出来一个人，没看见就撞上了，轮椅直接翻了，你们没看见，摔得真狠。”

旁边有个女生笑了好几声，说：“同班同学，互帮互助，关爱残疾人懂不懂。”

“就是，都不帮忙扶一下。”

“不扶。”小个子男生大笑着摆手，“谁敢扶他，我还怕传染呢。”

“精神病会传染吗？”

“我咋知道？”

“哈哈哈！你生物学到狗肚子里去了吧。”

“生物还学这个？你要不去问问郏墨？”

“我才不和疯子问话……”

几乎所有人都笑了，笑声充斥着整个教室，直到郏墨出现，这笑声才蓦地一停。

苍白瘦弱的少年控制着轮椅悄然进了教室，一声不吭，就像什么也没有听到一样来到自己的座位上，厚厚的墙壁将他整个人笼罩在一片阴影之下。

没有人理他，也没有人和他说一句话。

整个教室热闹得不像话，可这份热闹，丝毫和他无关。

周围学生的玩笑声挤进耳朵里，所有人都在用“疯子”“傻子”“精神病”这样的词来称呼郏墨，乔岚只觉得说不出的刺耳。

当乔岚将作文的最后一个字母写完时，上课铃声终于响了，陈曜阳还有秦洋等一众玩闹的男生这才回到座位上，略有些“地中海”的老师踩着铃声进了教室，一进来便扯着格外浑厚的声音直奔第一组第一排的同学。

“报纸都拿出来。”他将手中的课本卷成筒状，一个一个地开始检查。

“说了几遍了！阅读理解要把答案的部分在原文里画出来，天天说都白说……作文写这么几行给谁交差？学习是给我学的吗？”

老刘边检查边骂人，秦洋慢悠悠地拿起桌上的报纸扫了一眼，结果整脸都绿了。

报纸上干干净净的，连一道题都没写。

乔岚居然没给他做！秦洋气得当即转头怒视乔岚。

乔岚没看见秦洋气得脸红脖子粗的样子，倒是乔岚的同桌看见了，悄悄地推乔岚的胳膊提醒了她一下。乔岚抬起头就看见秦洋吃人似的目光，当即送给秦洋一个“你是傻子”的眼神，然后再也没多看秦洋一眼。

秦洋震惊了，乔岚这是在嘲讽他？

要不是有老师在，这一刻秦洋怕是要直接冲过去对乔岚动手了。

秦洋的同桌也很诧异，乔岚平时都上赶着讨好班里这群人的，今天着实有点奇怪，但是她也没像秦洋一样失去理智，催促秦洋道："先别管那么多，快点抄，老刘马上过来了。"

秦洋这才反应过来主次，狠狠剜了乔岚一眼才抓起笔疯狂抄答案，边抄还忍不住边咒骂乔岚，全是因为乔岚，等下课他非得……

正这么想着，他眼前的报纸就被老刘抽走了。

老刘之前检查其他学生都是瞟一眼，没想到走到秦洋这儿居然检查得这么细，秦洋躲都来不及躲。

老刘将报纸左右翻了一遍，沉默几秒钟后，爆发了。

"完形填空一个选项上打两个钩，咋了，抄串行了？阅读理解答案不写到问题后边写到选项上，年纪轻轻眼瘸了？抄答案还跩得不行，真当我没看见，啊？作文把阅读抄一遍就当我看不出来了是吧，你当我是傻子还是瞎子！"

乔岚差点没憋住笑了出来。

难怪学生们一提起这位老师都吓得要命，这语速，机关枪似的，挨这么一顿骂简直丢人丢到家了。

老刘骂完秦洋之后再没有训人，检查到郯墨的时候只是看了郯墨一眼，然后直接略过了他。

没有人把郯墨当作一个正常人。

郯墨对此也没有任何反应，他隐在墙壁下的阴影中，略长的头发遮住了眼睛，乔岚只能看见他瘦削的下巴，瘦得过分，也苍白得过分。

乔岚收回了视线，无视秦洋站在后面投出的杀人似的目光，认真听老刘上课。

老刘虽然脾气暴，但讲课确实很有水平，一节英语课没什么感觉很快就结束了。

下课后乔岚看了眼课表，收起英语课本，在桌洞里找数学书，刚刚摸到书角，一片阴影盖了下来。身边说话的几个女生声音小了下去，乔岚一转头就看见一脸凶横的秦洋。

乔岚将数学书抽了出来："干什么？"

还问他干吗？秦洋眉毛都竖了起来。害他挨骂罚站，现在还有脸问他干什么？

"我让你写报纸没听见吗？"

"我答应了？"

坐在前边的陈曜阳、宋瑶等人听见这句话，都略有些诧异地看了过来，秦洋一愣，却被气得更觉得没脸："你再说一遍？"

"你是聋吗？让一下，别挡路。"乔岚站了起来，她准备将几本书放到教室后边的书箱里去。

结果她刚站起来，恼羞成怒的秦洋一把抓过乔岚手里的书扔了出去，有几本书重重地砸在了教室后边的墙壁上，还有一本书直直地飞向郯墨那边，砸在了郯墨的腿上，又掉在地上。

班里陡然一静，乔岚陡然想起郯墨的病情——阿斯伯格症对触觉格外敏感，甚至会有过激反应，皮肤触碰到异物的感觉会让他痛苦不安。

乔岚心头一紧，没心情与秦洋对着干，一把推开秦洋往郯墨那边走去，秦洋在身后破口大骂："什么玩意儿，真当宋瑶带着你玩你就是个人物了，要不是看你可怜谁看得上你……"

乔岚充耳不闻，迅速走到郯墨身边，将郯墨脚下的书本捡了起来，抬头看着眼前的少年小心地问他："你没事吧？"

少年像是没看见也没听见，没有丝毫反应，他就像一尊雕塑一样坐在桌前，校服上带着灰尘和血迹，苍白细瘦的手指握着笔写着什么，桌上放着一本书，身形一动不动。

乔岚站了起来又稍微蹲下来一点，与郯墨平视："对不起。"

郯墨手中的笔终于停了一刹，几不可见地微微抬头，一瞬间，乔岚对上了郯墨被略有些长的头发遮住的双眼，但也仅此而已。

那双眼睛里什么都没有，就像一潭死水。片刻后他又低下了头，还是什么也没说。乔岚没有再打扰他，站了起来，转身离开前往郯墨桌子上扫了一眼——不是课本，上面密密麻麻的全是字，那个公式乔岚认识，那是微积分中的不定积分，牛顿－莱布尼茨公式。不是高中生可以理解的数学范畴。

秦洋本想着狠狠教训乔岚一顿，但无论如何也没想到，惯会讨好他的乔岚今天不知道为什么，不但不理会他，还能针对他，他面子搁不住，在教室里骂骂咧咧了将近十分钟，最后放狠话说："你别后悔，以后别想我们再带着你！"

乔岚没把这么幼稚的威胁放在眼里，"不带她玩"这种威胁，她早就已经见识过了，再者，像以前的乔岚那样靠卑微地讨好别人换来的"友谊"，她不想要，更何况，她也不想和这些人再有什么瓜葛，尤其是陈曜阳。

想起陈曜阳今天对她毫不掩饰的厌恶，乔岚都搞不懂以前的乔岚到底喜欢他什么。

乔岚伸手在书包里摸了摸，结果摸出来几根棒棒糖，她顿时有些无语，原来自己真的买了糖。

如果曾经的乔岚把这些想方设法讨好人的心思放在学习上，也不至于每次考试都考得那么差，家境又不好相貌又不拔尖，自己还不好好学习，怪不得会被人嫌弃。想被人喜欢被人接纳，总得有发光的地方。

秦洋单方面觉得乔岚就是故意不给他面子，于是号召了一帮自己的好哥们儿还有关系不错的女生，将乔岚孤立了。

满意地听着众人说着乔岚的坏话，秦洋有些兴奋，他迫不及待地想看乔岚被曾经的好朋友们疏远，然后不得不找他道歉的样子，结果一转头，他就看见乔岚往嘴里塞了一根棒棒糖。

秦洋的好心情顿时又全没了。

乔岚没空搭理秦洋，她将嘴里的棒棒糖嚼碎之后去了趟洗手间，回来的时候正好看见班主任进了教室，再出来的时候，郯墨慢慢摇着轮椅跟在班主任身后。

这是去做什么？

乔岚注视了郯墨的背影一小会儿又进了教室，一进去就听见班里一众学生都在说郯墨。

“老穆带他去干吗啊？”

“谁知道？”有人道，“我真的服了老穆了，脾气真好，我要是老穆，才懒得管他。”

“老穆就是爱心泛滥，每次被甩脸子还眼巴巴地凑上去……”

“不就是爱心泛滥吗？可不得多关心关心。”

同学们都笑了，有个男生道：“他真的有精神病啊？有时候看着挺正常啊。”

“神经病也不是一直都犯神经吧。”一个小个子女生插嘴，“我上次打扫卫生，就不小心碰了一下他胳膊，我又不是故意的，结果他直接把我推出去了，害我差点摔倒，真的有病。”

乔岚手中的笔一顿。

那是因为他患有阿斯伯格症，触觉太过敏感，正常人所谓的轻轻一碰，对他而言却能带来巨大的惊诧。

“我之前不是和他做过几天同桌吗？还和他说过几句话，吓死我了。”

“咋了咋了？”学生们兴奋又好奇。

“你和他说话，他就直勾勾地盯着你，眼珠子都不动一下的，简直毛骨悚然。还有，他有时候拿笔的时候手还会抖……”

“那不就是癫痫吗？”

“他还拿笔啊，写字啊，他会吗？”

他当然会，乔岚想起自己今天在郯墨桌子上看见的那本微积分。

阿斯伯格症虽然会让人自闭，让人丧失基本的社交能力，但是这类人群的智商以及记忆力确实远超旁人，而郯墨更是如此。

他直勾勾地看着一个人，并非是想做什么，而是因为他看不懂旁人的情绪，他只是想明白对方的意思。

至于手指颤抖，那是车祸后遗留的创伤的应激障碍——一个自小患有阿斯伯格症的孩子，在目睹母亲车祸死亡后，在双腿瘫痪后，永远都好不了的伤痛。

他已经够可怜了，可是从来没有一个人怜悯过他，他们说他是疯子，是傻子，是精神病，用这个年纪最恶毒的调侃一遍又一遍地刺激这个本就处于崩溃边缘的少年。

乔岚身边还有一个女生在洋洋洒洒地说所谓的见闻，说她偶尔看见郯墨拿着笔，跟三岁小孩一样乱写乱画，说有次看见郯墨傻兮兮地流了口水。

“还流口水?！”

“真是个傻子啊！”

“你说他爸妈把他送到这儿图什么啊?”

教室里，学生们说的说，笑的笑，那些话一遍又一遍地钻进乔岚的耳朵里，她忍无可忍地看向胡乱造谣的女生：“说够了没?”

女生愣了片刻，出声说：“乔岚你有病吧?！”

“你造谣就没病了?”

女生脸色一白，骂骂咧咧地转移了话题：“秦洋今天说你我还帮你说话，好心当作驴肝肺……”

围观的学生们看看这个女生，又看看乔岚，不知道在想些什么，渐渐地散开了。

快上课的时候，郯墨终于回来了，他受伤的手缠上了纱布，乔岚看了一眼转过头来，瞥见同桌装作无意地将自己的桌子挪远了一些。

到下午的时候，乔岚清楚地感觉到自己被孤立了，之前还主动和她说话的几个女生，现在完全不理她了。

乔岚心里毫无波澜，她连这些人的名字都还叫不出来，哪会在乎这些。

下午放学后，学生们拥出教室，乔岚将今天要做的作业装进书包，正要离开，一转头又看见了郯墨。

他还是坐在最后一排，低头写着什么，路过的同学伸长脖子看了一眼，又无所谓地走了，大抵是觉得他和三岁小孩一样在乱涂乱画。

乔岚又坐了回去。直到教室里走得只剩零星几个人，楼道里也没了喧闹的叫喊声，郯墨这才动了。

他沉默地控制着轮椅出了教室，出了楼道，最后停在残障人士通道那里。

手上的伤还很疼，手指卡进轮子里也很疼，看着眼前平缓的通道，郯墨静默地握了握手指，停顿了将近十秒后才将手重新放在了轮椅上，不料轮椅刚刚一动就被人抓住了。

这人抓住了轮椅靠背的扶手，缓缓地推着轮椅走向通道。

郯墨豁然转头，声音惊恐震怒，却又有些古怪莫名的情绪错乱无序地黏合在一起："放开！"

背后那人没有放开，而是一直将轮椅推到平缓的地方才放手，然后一句话也没有说就转身离开。

郯墨的双手死死扣在轮椅上，本就苍白的皮肤越发白得过分，他沉默地坐在轮椅上，死死盯着那人的背影。

他记得这个人。

不久之前，她站在他的面前，问他有没有事，还跟他说，"对不起"。

站在学校门口，乔岚傻了好一会儿——放学该回家了，但是她不知道这个家在哪里。

想了好半天，她才想起乔岚的父母就在学校门口开小饭馆，乔岚家条件不怎么好，这个小饭馆的店面应该不怎么大，客流量可能也一般般。

乔岚走到学校对面，排除了几家店面很大、生意很火爆的饭店，刚刚找了两家就找到了乔岚父母的小饭馆。

真的是"小"饭馆，店里堪堪四张桌子，挤得让人窒息，饭馆里昏暗暗的。乔岚刚在门口站定，后边就进来一个小白胖子，不躲不闪地将乔岚挤到一边："站门口干啥，展览呢？"说完自己晃晃悠悠地走了进去。

乔岚皱眉盯着这小胖子后脑勺看了好半天，也跟了进去。

这个店做一些家常菜，学生点一份米饭两个菜，就跟食堂里一样。这会儿是放学时间，小店里学生不少，在店里乔父负责炒菜，乔母负责给学生打饭。乔岚跟着乔源走进了后厨，站着炒菜的乔父一眼看见自家宝贝儿子，同样白胖的脸笑成了一朵花："源儿放学了。"

拉着儿子问东问西问完后，他像是才看见乔岚，发现乔岚没一点眼力见，连个忙都不会帮，再看看乔岚不知道擦了什么泛着青白的脸，顿时一肚子气，笑容一下子没了。

“杵在那儿干吗，店里这么多人不去帮忙，长着两个眼睛是出气用的？”

乔岚往后边看了一眼，这会儿学生是挺多，帮帮忙也是应该的，沉默了几秒钟后，她放下书包出去帮乔母端盘子。

乔岚倒没觉得这种活儿有什么问题，以前她为了上学凑学费，这些活儿都干过。

她将炒好的菜端出去，然后将吃完的盘子收回来，结果一进去就看见乔父火速炒好了三个菜，摆在小胖子乔源面前。

两荤一素，菜色干净，和卖给学生的菜一看就不是一个档次。

乔岚每天留着钱给同学买棒棒糖，自己不吃饭，这会儿她看见饭才发觉饿了，正要放下盘子洗手吃饭，就发现乔父顶着一脸“你在干吗”的神情说：“洗啥手，一会儿忙完了再洗，快出去帮你妈结账。”转头又一脸慈爱，“儿啊你先吃，不够了爸再做。”

乔岚目光沉沉地看了乔父一眼，又看了吃得正欢的乔源一眼，将盘子丢在水槽里，洗了手，拎起书包头也不回地走了，留下完全没反应过来的乔父还有乔源。

过了好一会儿乔父才气得骂了起来：“你给我滚回来，给谁甩脸子呢？让你干个活儿还不乐意了是吧，干活儿干活儿不乐意，学习学习没眼看，养你也不知道有什么用……”

乔岚拎着书包出了门，对乔父的谩骂声充耳不闻。她在口袋里摸了摸，还有五块钱，就到旁边的商店里买了最便宜的面包，坐在饭店不远处的石凳上，掏出化学书，边看书边啃面包。

乔岚还挺庆幸现在高一刚刚开学一个多月，学的内容不算太多，就算落下了也能很快补上去。

乔岚以前是文科生，就算已经过去挺久，但是对历史、地理之类的知识到底有些记忆，而且她刚大二，学的是金融学，数学倒是很不错，英语也刚刚参加完六级考试，所以主要还是要补物理和化学。

咬着面包片看完了一章化学书，外边天渐渐黑了，她终于看见小胖子从小饭馆里走了出来，乔父、乔母站在门口一步三叮嘱，说完让儿子注意安全的话才回到店里。

乔岚将课本收了起来，跟着小胖子回到了乔家。

乔家的房子是老房子，只有六层，是乔家很早以前买的。乔源哼着歌走进楼道，一回头发现一个黑漆漆的人影，吓了一大跳，看见是乔岚后才双眼一瞪，顺脚就往乔岚腿上踹："你鬼鬼祟祟的干吗，要吓死我吗？"

乔岚脚下一闪，目不斜视地踩着乔源走了过去，乔源喊了起来："你眼瞎啊！"

在家看电视的乔老太听见孙子杀猪似的号叫声，惊得急忙打开门："咋了咋了，你弟呢？"

"后边。"乔岚闪身进了房间，放下书包，进了卫生间又将门关上。

乔源这才捂着脚哭唧唧地进来，其实已经不疼了，但是一低头，他就看见白色运动鞋上面有一个黑乎乎的鞋印，顿时气不打一处来。这是乔父前天给他新买的鞋，名牌呢！结果直接被乔岚踩脏了。

乔源冲进乔岚房间没找到人，这才看见卫生间的灯亮着，便站在门口开始嚷嚷。

乔老太一听是乔岚踩了孙子一脚，一瞬间也加入了拍门的行列："你那么大一个人了，走路不长眼睛吗？"

乔源的重点没在脚上而在鞋上，哭丧着脸："我的新鞋。"

"一会儿让你三姐给你洗……"

"洗了就不新了……"

奶奶和孙子两人在外边一个嚷一个哄，没一会儿就自作主张地给乔岚安排了一堆活儿。

曾经的乔岚没有父母，多亏一些好心人资助她念到了大学，那时候她总想着要是有一天自己能有个家该多好。

如今有了爹妈，还多了一老一少，乔岚却打心眼里觉得，还是别了。

有这样的亲人，她宁愿当个孤儿。

她得想个法子搬出去，最后从乔家脱离出去。不过现在她还是个高中生，搬出去住哪儿，生活费怎么办，都得慢慢打算。

乔岚琢磨着这事，没再搭理外边的动静，而是将目光落在了镜子里的面孔上，顿时整个眉头都皱了起来。

按原本的轨迹，乔岚这个姑娘可是凭着长相逆袭过的。

乔岚在上高中之前不好看，面黄肌瘦的，和“漂亮”两个字没有半点关系，后来喜欢上了陈曜阳，却被陈曜阳厌恶，又因为嫉妒而害了宋瑶，直接被退了学，之后就再也没有音讯，直到好几年后才惊艳归来，凭借一张脸认识了好几个人傻钱多的纨绔子弟，没少给宋瑶找麻烦。

可惜现在，乔岚还是那个面黄肌瘦的姑娘，不但如此，乔岚脸上还明显抹了一层劣质化妆品，涂在脸上白得泛青泛紫。这样也就罢了，她涂了脸却没涂脖子，以至于耳朵、脖子的颜色比脸暗了好几个度。

除此之外，眼睛上还化了手法奇差的眼线。

乔岚嘴角微微抽搐，她挤了洗面奶，洗了两遍脸，终于将原本的五官显露了出来。

乔岚的脸很小，是瓜子脸，但是因为太瘦反而没有美感，鼻梁很高，嘴唇略薄，一双瑞凤眼细长上挑，是整张脸的点睛之笔。

宋瑶杏眼樱唇，一看就是甜美无害的长相。而乔岚的脸正好与宋瑶相反，比起宋瑶，乔岚的五官更有攻击性。

难怪说以后乔岚可以惊艳归来，这样的五官，绝对有惊艳的资本。

可惜一白遮百丑，一黑毁所有。乔岚不算黑，但皮肤暗淡面色暗黄，气色不行，整个人就没了颜色。

如果乔岚留着钱多喝点牛奶，多吃点鸡蛋，绝对不会是现在这个模样。

乔岚把脸洗干净就出了卫生间，乔家房子很旧，但是挺大，毕竟以前还有两个姐姐。乔岚左右看看，进了南面最小的一间屋子。

坐下还没一会儿，乔源踢开门进来，抬着下巴趾高气扬地指了指门口的鞋子：“给我洗干净了，必须洗得和新的一模一样。”说完他看乔岚动也不动，又催促道，“你快点啊，早点洗早点干，我过两天还要穿呢！”

乔源今年初二，长得又白又胖，但就是不长个。

乔岚虽然面黄肌瘦，但女孩子大多发育早，个子倒是不矮，比这小胖子高了将近一个头。乔岚看了眼挡路的乔源，按住了他肩膀，乔源还没反应过来就被拎到了一边摔了一跤，乔岚绕过乔源稳稳地进了自己房间。

关门，上锁，看书。

乔源坐在地上呆滞了好半天，才猛地翻起来冲过去对着乔岚的门一顿狠拍，边拍边吼："你敢推我！你给我出来！有本事别躲里边，出来！不出来别想我再给你钱，没钱看你怎么哄你同学！"

当初乔家想生儿子，结果一连生了三个女儿，当第三个女儿也就是乔岚生下来的时候，乔老太和乔父恨不得直接将她塞到炕里给烧死，但生下来的孩子在医院有记录，所以他们没敢动手。

乔岚一生下来就受气，后来乔家终于如愿以偿生了儿子，乔家所有人都将乔源放在了心尖尖上，乔岚大抵就是用来伺候乔源的。给乔源洗衣服、洗袜子，吃的是乔源不爱吃的，平时被乔源拳打脚踢也不敢吭声，乔源手里零花钱多到可以施舍点给乔岚，乔岚却穷得连买块面包都要精打细算。

更让人无语的是，乔岚用来买棒棒糖的钱居然还是乔源给的。乔岚在家伺候乔源，乔源赏她几块钱，然后她又拿着这几块钱跑去伺候同班同学……真的有病。

来乔家的第一天，乔岚已经第二次生出了要离开这个家的念头。

乔老太本来在厨房洗碗，被自家宝贝孙子的叫喊声催了过来，一听乔岚居然推乔源，顿时眼睛都瞪圆了："她还敢推你！"接着对着乔岚的房间就开始吼，"乔岚你给我出来，你弟才多大，你居然打你弟！花钱给你上了这么多年学全上到狗肚子里去了……"

乔岚揪了两截卫生纸团成团堵住耳朵，门外乔源又踢又踹，但门始终没开，乔老太听着声响，心疼门踢坏了，换一扇门好几百呢！于是嘴里一边骂乔岚一边哄孙子，乔源气得不行："我的鞋她还没洗！"

"等奶奶一会儿收拾她，一定让她给你洗干净，乖孙你先去睡觉。"乔老太将乔源哄睡着后又来敲乔岚的门，这次一敲门就开了，乔老太愣了一下，然后急忙催乔岚去洗鞋。

“不洗。”乔岚是出来刷牙的。

许是这辈子乔岚还没敢说过一个“不”字，乔老太一时间惊讶大于愤怒：“你是祖宗吗？说不洗就不洗，惯的毛病。”

“是他先踢的我。”乔岚一字一句道。

乔老太瞪着眼睛：“他才那么大，踢你一脚咋了，又不疼！”

乔岚：“……”乔源胖得跟个球似的，你试试被他踹一脚疼不疼。

乔岚心道跟这个老太太讲道理根本没用，她刷完牙就往房间走，直接又将乔老太挡在门外。乔老太气得想骂人，但是又怕吵醒孙子，嘴里念念叨叨地小声骂了乔岚好半天，走到门口看见乔源的鞋，又舍不得孙子没鞋穿，到门口拿着乔源的鞋边嘟囔边洗鞋去了。

如今的乔岚念高中的时候，成绩是年级领跑的，虽然高考过去已经将近两年，但是底子到底还在，高一的课程也不重，她十一点就准时睡觉了。

倒是平时早早就陪着孙子睡觉的乔老太一直没睡，等将近十二点的时候，乔父、乔母回来，乔老太跑到乔父面前告乔岚的状：“源儿就这么大一点，又推又搡地给源儿都打哭了，你给源儿新买的鞋才穿了一天就被踩脏了，踩脏了还不洗……”

本来被乔岚气着了的乔父当场就要踹乔岚的门。

乔母一想就乔岚那胆子，怎么都不觉得乔岚敢打乔源。平时都是乔源打乔岚，乔岚连回嘴都不敢更何况还手，她知道乔老太讨厌乔岚，虽然她自己也不大喜欢乔岚，但是更不想让乔老太这么顺心，于是一把拉住乔父：“儿子明天还上课呢，一闹儿子该被吵醒了，有什么事明天再说。”这才将乔父劝了回去。

乔老太告状没成功，狠狠瞪了乔母一眼，气哄哄地回房间睡觉去了。

乔岚一觉睡得安稳，第二天六点十分就起床了，家里这会儿还很安静，乔岚去厨房看了一圈，在冰箱里拿了一盒牛奶去学校。她在食堂刷了一下饭卡，卡上还有八十块钱，就买了鸡蛋、豆浆、包子，她昨天下午就吃了一块面包，这会儿挺饿的，而且这身体太差了，必须好好补。

吃完后去教室的路上，乔岚遇见了陈曜阳几人，准确来说是乔岚走在前边，陈曜阳几个人在后边。

陈曜阳旁边的几个男生和陈曜阳关系都很好，想起平时乔岚看见陈曜阳双眼发亮故意凑过来说话的样子，他们都意味不明地笑了起来。

陈曜阳想起乔岚平时看着他一脸殷切的模样，面露厌恶："笑什么笑！"

几个人笑得更凶了。

有个叫李凡的男生道："你说再走几步乔岚会转头吗？"

"指不定故意走慢等我们呢。"有个男生笑得不行，捏着嗓子道，"曜阳好巧啊，你吃不吃糖啊……"

陈曜阳踹了那男生一脚："恶不恶心。"

"哈哈哈！恶心。"几人拉长了调子哄笑，笑着笑着一抬头，发现已经看不见乔岚了。

"变花样了？"

"还懂欲擒故纵了？"

"就她那样子，欲擒故纵也没用啊。"

乔岚压根没看见，本来他们就走她后边，她后脑勺又没长眼睛。再者乔岚根本听不出后边这几人的声音，只远远听见几个男生一直在笑，她嫌吵，于是走得更快了。

乔岚进教室时早读已经开始，今天是英语早读，班里的人都在急急忙忙地背单词，一会儿老刘来了要听写。

乔岚拿出英语课本也准备背单词，但是又不知道学到哪儿了，于是转头问同桌今天听写哪个单元。

同桌的女生装作没听见，将身子微微侧过去，继续自顾自地背单词。

昨天还至少能和她说话，今天连理都不理了，乔岚猜测在她不知道的时候可能又发生了什么，不过她对自己不在乎的人向来没那么在意，不说就算了。

乔岚是大学英语六级稳过的水平，高中的词汇对她也不是什么问题，她打开课本从第一单元开始看，看到最后一单元。

同桌瞄了一眼，看乔岚居然在看没有学的部分，心里暗暗发笑。

居然连学到哪儿都不知道，学习这么差长得又不好看，真搞不明白宋瑶为什么愿意带着乔岚玩，她的成绩在全班前十，也没能进到宋瑶的圈子里去。

这么想着，她又看了乔岚一眼，看乔岚一目十行地看，觉得更好笑了。

她背单词都要背好久呢，乔岚一看就在装模作样，指不定一会儿又要抄。等会儿乔岚最好被老刘叫到讲台上去听写，这样她就抄不到了，到时候写不出来少不了被老刘骂一顿。

陈曜阳几个人这会儿才姗姗来迟，进来后下意识地往宋瑶那里看，看完又瞥见正在认真背单词的乔岚，几个男生脑子里都蹦出“装模作样”四个大字。

乔岚丝毫不知，她刚刚将所有单词从头到尾看了一遍，兢兢业业的英语老师老刘已一阵风似的卷了进来，一进来就让学生收书开始听写单词。

他一眼就看见秦洋在桌子上急急忙忙写些什么。当了这么多年的老师，他哪能不知道学生的鬼把戏，一想起秦洋昨天抄报纸，顿时火上来了：“秦洋那一排，都上来！”

乔岚转头一看，自己正好和秦洋是同一排的，当然乔岚的同桌也是。

秦洋傻眼了，乔岚的同桌却非常高兴，她刚刚还祈祷一定要叫到乔岚，没想到真叫到了！

黑板不大，但是要挤八个学生，大家都爱往学习好的身边挤，指不定还能抄几个，乔岚则直接被挤到了最边缘的地方，和其他几个人隔了一小片空间。

老刘平时盯得不会太严，但是因为有秦洋在，他直接站在讲台后边盯着几个人听写，让本来想抄的秦洋连头都不敢转了。

乔岚写得很快，写完后下意识往右边看了一眼，右边的同学忙将自己的单词捂住：“看什么看！”

乔岚："……"看你单词好像拼错了。

老刘一共听写了十五个本单元的单词，又心血来潮听写了七八个前几单元的，乔岚的同桌本单元的都写出来了，心里正得意，结果老刘突然念了好久以前学的，她一蒙。

是怎么拼的来着？她小心地瞥了一眼旁边的同学，他也不会。

乔岚的同桌放心了一点。

等全部听写完，老刘从最右边开始检查，乔岚的同桌在最右边，她错了一个，第二个学生错了三个，秦洋错了十四个……

老刘气得一脚踹在了秦洋屁股上："你脑子里装的是草吗？！"

秦洋偷偷往宋瑶那边看了一眼，捂着屁股不敢吭声。

后边的几个人都错了四五个，乔岚同桌的脸上难掩得意，这些人里就她写得好。至于乔岚，她英语一般，指不定连秦洋也不如，毕竟她连学到第几单元都不知道。

结果一抬头，她看到乔岚面前那片黑板上写了一大串英文单词，字迹漂亮，整整齐齐的。

老刘从上到下看了一遍，点点头很欣慰："很好很好，乔岚全对！"

乔岚怎么可能全对？！

乔岚的英语成绩并不好，每次做作业几乎都连蒙带抄，像背课文背单词这种非书面的作业她更是从来都不管。今天早上乔岚甚至还问她今天听写第几单元的单词，她分明连学到哪儿都不知道。

可现在她居然全写对了！

不但写对了本单元的所有单词，就连前几个单元的，乔岚也全写对了。

所以乔岚其实早就知道要听写哪个单元，早就背了单词，还装作没背的样子问她！

乔岚的同桌想起早上自己故意不搭理乔岚时心里的念头，这会儿除了脸上火辣辣的疼，她更记恨乔岚故意装模作样骗她丢脸。

老刘对于乔岚突然改正了态度非常高兴，夸了乔岚好一会儿，等转头看见秦洋瞪乔岚，他马上又是一肚子气。

"看什么看，看看人家写的，再看看你写的，二十三个单词错十四个，还有脸看，回去抄单词去！除了乔岚，你们所有人写错的单词每个人抄一百遍，写完自己拿来给我检查！”

乔岚同桌的脸更黑了。

按理说她已经算写得很好的了，但是因为乔岚，她也成了挨罚的一个。等她黑着脸回到座位上，大抵是气昏头了，又大抵是觉得乔岚还是以前那个好欺负的乔岚，想都没想就质问道：“你不是没有背吗？”

乔岚慢悠悠地翻了一页书，装作没听见。

乔岚居然装没听见不理她？乔岚的同桌脸都气青了。

不就是被老刘夸了一句，还真要上天了？不理她是吧？宋瑶周围那一群人已经打定主意排斥乔岚了，现在又惹毛了她，那她就等着看，以后到底是谁后悔！

等下了自习，同桌立即跑去找平时玩得好的几个同学，几个人凑在一起说着什么，边说还边往乔岚那边看，坐在周围的同学大抵听得清几个女生在说乔岚装。

乔岚的同桌说乔岚明明背了单词还故意问她，说她心机深，坐在旁边的一个性格内向的男生想了好半天也没想出这是什么逻辑，更想不出为什么其他几个女生还一脸赞同地点头。

“装什么装，谁不知道她是什么货色。”几个人越说越起劲，“也就宋瑶心善觉得她可怜。”

“对啊，宋瑶对她这么好，她半点不感谢宋瑶，居然对陈曜阳有意思，她怎么好意思？”

“就她还对陈曜阳有意思，人家陈曜阳哪儿看得上她，我要是宋瑶，不得被她恶心死？”

陈曜阳成绩年级第一，长得又帅，班里的女生至少百分之八十都很关注他，这几个说乔岚的女生前几天还说陈曜阳这里好那里好来着。

坐在旁边一直默默不语的男生心里不知道此刻正想什么。

但是心里再怎么吐槽，男生也没敢说出来，只是想着以后有机会还是换个座位，不想跟背后嚼舌根的人打交道。

乔岚的同桌趁着课间拉了一大堆同盟，将乔岚被排挤的程度加深了。乔岚对此没有半点反应，她去了一趟卫生间，回来的时候正好遇见刚刚控制着轮椅慢慢进入教室的郯墨。

郯墨身上的校服洗干净了，手上缠着新的纱布，他和往常一样低头沉默，没有活力。

乔岚想了想，加快步子跟了上去。

她记得阿斯伯格症和普通自闭症还是有点不一样的，自闭症是排斥疏远别人，而阿斯伯格症其实是希望得到友谊的，只不过因为社交方式容易引人误会而总是弄巧成拙。

周围来来往往的人群让郯墨不受控制地紧张，他肌肉变得僵硬，人也非常不安。

曾经还在美国和母亲一起居住的时候，母亲带他见过一个心理医生，心理医生在对他有了一定的了解后，对他的母亲说："你的孩子在面对人群时，内心感受到的压力是与现场的人数成正比递增的。"

他那时只有十岁左右，却已经完全明白递增的意思，他迅速在脑中运用数学公式和几何图形计算出了医生的意思：两个人互动时只有一个联结，三个人有三个联结，四个人有六个联结，五个人有十个联结……

而此时周围的联结多到数不过来，没有人看得出他沉默而又死寂的面容下，内心经受着怎样高强度的紧张和焦虑。

在这样的情况下，就连有人喊了他的名字，郯墨都会下意识觉得是自己听错了。

直到那个声音又喊了一次，郯墨这才反应过来，并且在第一时间就辨认出了声音的来源方向。

他抬起头，看见昨天那个和他说了对不起、还推了他轮椅的女生站在与他相距将近 1.5 米的地方笑着看着他。

"早上好啊！"她说。

郯墨细白的手指紧紧抓着轮椅，琥珀色的眼睛死死盯着乔岚，面部的肌肉就像坏死一样，整张脸上没有一丝表情。

他能分辨出这是简单的打招呼。他在很小的时候，分辨不出一个人到底是哭还是笑，但现在的他可以确定眼前的女生在对着他笑。

可是仅此而已。

笑有很多种，微笑、冷笑、苦笑、大笑、讪笑等，正常人随着年龄和阅历的增加，可以无师自通地明白这些表情背后的含义，可是郯墨不行。

郯墨曾经在字典上查过每一个词的意思，但是阿斯伯格症还是让他无从分辨，他用了很久的时间才简单地区别出了微笑和大笑，并在心里记住了人在微笑和大笑时候的面部表情。

母亲在给他拍照的时候让他微笑，并告诉他微笑是略有笑容，唇角微微上扬，甚至可以露出一点牙齿。

眼前的这个女生，是在对他微笑。

可是一想起微笑这个表情背后的含义，郯墨就重新低下了头，像一个接收到错误指令的机器，在短暂的辨别后又恢复了以往的沉默。

他想起在七岁那年，邻居男孩以非常友好的态度和他交谈，他的脸上就带着这样的微笑，可是下一刻男孩就狠狠地将他推了出去，让他撞在了坚硬的水泥地上，当血迹顺着脸颊滑落时，他只听得到远处母亲喊他名字的声音，以及男孩毫不掩饰的大笑声。

他还想起在十岁的时候，那些经常嘲笑他是傻瓜的同学找到了他，他们告诉他，他们对以往对他的捉弄感到惭愧，问他是否愿意接受他们的道歉。他原谅了他们，他们给了他一瓶汽水，他打开汽水，里面却飞出了一只发疯的马蜂。

他们都说他是傻瓜，因为他一次又一次地上当，可是他没有办法。阿斯伯格症让他在面对别人的时候，眼睛蒙上了一层雾，他分辨不出恶意和善意，也分辨不出好人和坏人，更分不清帮助和捉弄，因为一切捉弄都是以“善意的帮助”开始的。

到了后来，无论是善意还是恶意，他将它们全部归于恶意，他不再相信除母亲以外的任何人，这样也就不会再被捉弄，也就不会有每次相信后又被伤害的痛苦。

所以他依旧低着头，沉默地从乔岚身边经过，没有给她任何反应。

没有人会喜欢他，也没有人会善意地对待他。

乔岚重新回到座位上，同桌把自己的桌子搬得离她更远了，就跟乔岚得了瘟疫似的。

她就是故意不理乔岚，想看乔岚难堪，结果乔岚一脸淡定地看书写字，脸上的表情看起来居然还挺开心，同桌气闷了一刹又想起刚刚和朋友说的话，脸色这才好了点。

她的朋友们说，想想乔岚以前追在宋瑶、陈曜阳他们后边的架势，就可见她有多想融入这个班，所以怎么可能真的受得了她们的冷落，还不是强装不在意罢了，指不定背后哭着想怎么才能重新讨好秦洋和她们呢。

而且她和乔岚做同桌的日子也不会太久了，班主任说等期中考试完，要按照考试名次排座位。

同桌想，乔岚上次月考成绩在班里倒数，她们不可能再坐到一起，不但如此，她还可以靠成绩坐到离陈曜阳很近的地方！

陈曜阳上次月考成绩全年级第一，如果不出意外的话期中考试应该还是第一。

而上次月考，她是班里第五。

最近她学习非常刻苦，几乎每天都要学到凌晨一点，就是为了考得更好，离陈曜阳更近一点。期中考试她一定要再进步一点，最好能考到第二名。不过之前考了第二的宋瑶英语比她好，她没太大把握能超过宋瑶，但是没关系，第三、第四也可以，因为第三、第四名是坐在第一、二名后边的。

前后桌的距离对她而言，已经很近了。

她也知道宋瑶和陈曜阳的关系很好，但是没关系，她如果靠着自己的本事离陈曜阳近一点，大家也会觉得是她认真学习了，她是靠着成绩才坐到那里的，别人也无话可说，不是吗？

大家讨厌乔岚不是因为乔岚对陈曜阳有意思，而是因为乔岚根本不配。

这么一想，同桌心里顿时舒服了，她瞥了乔岚一眼，重新将目光放在了课本上，懒得再搭理乔岚。

同桌不搭理乔岚了，班里曾经嫉妒乔岚能和宋瑶、陈曜阳说话的，看不上她讨好人的，以及那些本来就讨厌她的同学，如今下课最喜欢干的事情就是坐在一起说乔岚的坏话，并打赌乔岚还能装几天。

谁都不相信乔岚能挺住，就连陈曜阳都是这么觉得的，不过他倒是希望乔岚能一直这么硬气下去。这几天宋瑶身边终于没了这个不和谐的存在，也没有人故意凑近他和他套近乎了，陈曜阳觉得周围的空气都是清新的。

所有人都觉得乔岚肯定在后悔，肯定很尴尬。要乔岚自己说，后悔是不可能的，尴尬倒是有一点。

不过不是因为大家对她的排斥，而是因为附中的广播体操和她以前学的不是一套，她不会，这就很尴尬。

因为不会，所以她只能照着其他人的做，因为太不标准还被班主任说不认真，当时旁边几个人都在笑她。但是就算这样，她也没办法，现阶段班里应该是没谁想搭理她，更不用说教她做操了。而且，好端端地学做操，怎么听怎么古怪。

等做完操回到教室，乔岚自然地往郯墨的位子看去，和刚刚下楼的时候一模一样，他似乎连动都没有动一下，依旧低头看着眼前的书。

想起前几天和郯墨打招呼时郯墨死寂的模样，乔岚突然想完全地了解一下阿斯伯格症。不过她暂时还没有这个条件，她现在连穿的衣服都是乔家两个姐姐穿剩的，不可能有手机查资料，而乔家也没有电脑，等上信息课的时候再抽空查吧。

因为已经知道了乔家的住处，所以这几天乔岚放学后没有再去过乔父、乔母的那个小饭馆，而是直接回家。

下午放学回去，乔老太坐在沙发上看电视，乔源还没有回来。过了一会儿乔老太接了个电话，说了些什么，乔岚坐在房间里没听清。

等到将近七点，乔岚有些饿了，这才出房间去厨房瞅了一眼，电饭煲里除了一碗冷饭，什么都没有。

乔岚想了想，出来问乔老太“今天不做饭吗”，乔老太正倚在沙发上，闻言双眼一瞪：“你自己没长手还是没长腿，饿了不会自己做，我这么大年纪了就是做饭的吗？”

今天孙子又去了他爸妈那边吃，乔老太晚上吃不了太多，喝点油茶就行了。至于乔岚，乔老太根本不会管她晚上有没有饭吃，会不会饿，饿了不是还有一碗饭吗？

乔岚看了乔老太一眼，转身回了厨房。

乔家的条件其实也不算太差，小饭馆虽然又小又破，但毕竟开在学校门口，客流量还是可以的，要不然也不会给乔源买上千块的鞋子。

能买得起上千块钱的鞋子，家里吃得自然也不差，差的只是乔岚一个人而已。

乔老太每天给乔源做饭，都想方设法给孙子做好吃的。乔岚打开冰箱一看，好食材还不少。

锅里还有冷饭，乔岚拿了两颗鸡蛋，又拿了点儿菜，还在冷冻室取了一块肉，手脚麻利地切菜热油，一会儿就收拾得差不多了。

乔老太坐在外边看电视看得正开心，根本没想起乔岚，等过了一会儿厨房里飘出来一阵香味，她才反应过来。

乔老太电视也不看了，穿好鞋就往厨房里跑，一进去梗得差点脑血栓。

乔岚给自己炒了个蛋炒饭，又做了两道菜，一荤一素，荤菜好大一盘，居然还是牛肉！

以前乔岚自己做饭，乔岚最多炒个炒饭或者炒个土豆丝，所以乔老太也没管，谁能想到乔岚居然给自己做了一顿肉！她昨天才买的牛肉，本来想留着给孙子吃，结果被乔岚给一顿做没了！

乔老太想都没想，冲上去就要把牛肉端走，乔岚一手将她拦住一手重新将菜盘拿回来："干什么？"

"谁让你炒这个了，你不知道牛肉多贵吗，就一个人吃炒这么多干啥？吃一个菜就够了。"乔老太说着又要抢。

乔岚一手端着菜往外走，乔老太个子本来就不高，年纪大了背也弯了，整个人更小了，乔岚空出一手拦着她，她根本没办法，气得当即骂了起来："三天不打你长本事了是吧？你爸妈把你养这么大，没一点良心，一顿吃完了你爸你妈吃啥，你弟吃啥？"

就这点量一看就是一个人吃的，乔岚懒得拆穿乔老太，拿起筷子开始吃饭。

中午她就吃了一小碗米饭，乔老太恨不得把所有菜全堆到孙子跟前去，乔岚这会儿是真的饿了。

乔老太抢不走，气得嘴里一直骂个不停，但是眼看着乔岚吃得那么快，没办法，只好跑到厨房里又拿了一双筷子。

可不能让乔岚都吃了！

乔老太急急忙忙在盘子里抢了一块最大的牛肉，放进嘴里一嚼，没嚼动，还把牙给硌着了。

乔老太年纪大了，牙口不好，去年乔父说给她做个假牙，她嫌太贵了没做，说自己年纪大了吃得不多，平时就喝点粥啥的没关系。

乔老太牙疼得捂着嘴，一口肉硌得她觉得自己牙都要掉了，气得叫起来：“不会做就不要做，做这么硬谁能吃得动！”

乔岚慢悠悠地也夹了一大块肉，放进嘴里吃得十分惬意：“我能。”

乔老太：“……”

乔岚像是故意给乔老太展示自己的好牙口，吃得很快，吃完乔岚还很贴心地给乔老太夹了一块土豆：“这个炖得久煮得烂，吃这个。”

乔老太：“……”她气得胸口疼。

抢又抢不走，吃又吃不了，乔老太坐在乔岚对面看着她吃饭，开始陷入自我怀疑。这还是她家那个胆小说让做什么就做什么的老三？最近这是咋了，咋就突然不怕她了？

等她自我怀疑好半天后一低头，发现半盘子菜已经被乔岚吃完了，乔老太急忙按住菜盘子：“够了够了！你准备吃多少？剩下的留着你弟一会儿回来吃。”

“乔源回来都十点了，你还敢给他吃。”

乔老太：“……”

乔源长得太胖了，前几天去医院查了一下，医生让他少吃点儿，晚饭后就别再吃东西了，尤其是大鱼大肉。乔父最近不让乔源吃消夜，乔老太虽然心疼，但是又担心孙子长得太胖不健康，只能不给乔源吃了。

乔老太自己平时撑人跟炮仗一样，今天却被乔岚堵得一句话都说不出来，眼看着乔岚全吃完了，乔老太一想自己花了几十块钱买的肉全进了乔岚肚子里，就梗得慌。

“这么一大盘你又吃不完，你平时就吃那么一点……”

那是因为就只有那么点儿吃的啊！这身体饿得都成这样了，有什么吃不完的？吃多少都不怕长肉。

乔老太没辙了，只能继续叨叨：“吃吃吃，就知道吃，吃得这么多啥都不会，学习学习跟不上，你爸你妈那么忙，你连个忙都不帮，要不就和你二姐一样找个有钱男人嫁了，要不你和人家露露一样学习学到前边，啥都不行就能在我这个老婆子面前横。”

乔老太嘴里的露露是乔二叔家的女儿，和乔岚一个学校一个年级，但是没在一个班，上次月考正好考了班里第十，被她爸妈吹得跟年级前十一样。

乔岚的二姐乔涵，今年刚刚二十，嫁了个二婚带着孩子的将近四十岁的生意人，最近刚生了一个儿子，天天带着儿子在丈夫的前妻面前显摆，前几天还和前妻打了一架。

乔岚觉得自己还是不要听乔老太说话了，怕三观崩坏。

乔老太说了一大堆，乔岚依旧淡定吃饭，看着她悠然的样子，乔老太气得胸口更疼了。

第二章

味道

乔老太实在心疼那块肉，憋屈得又熬了个夜，专门等到乔父回来和乔父告状。

“我特意买了准备给源儿做着吃，结果头一转就被吃光了，我说给源儿剩点儿，结果她半点不剩……”

乔父眉头皱了起来，乔母眼疾嘴快地接话：“不就一块肉，至于吗？吃了就吃了，源儿想吃明天再买不就行了，又没多少钱，这让旁人听见还以为咱家连块肉都买不起。”

乔老太气得胸口疼，这不是说她抠吗！

“这是我给源儿买的！”乔老太气得又重复了一遍。

“今天在店里他爸给他做了好吃的了，也不稀罕一顿牛肉。”乔母撑了回去，乔父本来想说什么，听乔母这么一说想起儿子说今天的饭好吃，顿时心情又好了，心情一好，便也觉得乔老太一惊一乍，多大点事。

再者，乔父对钱的抠门程度比不上乔老太的十分之一。

儿子也发话了，乔老太气得脑子都疼了。

以前乔母一连生了三个女儿，乔老太天天骂乔母，乔父也对乔母不是打就是骂的，乔母因为这个原因一直觉得自己亏欠乔家，畏畏缩缩的。后来乔母终于生了个儿子，在家里的地位直线飙升，乔父也因为有了儿子，以前对乔母的不顺眼一股脑没了。后来又借着两个女儿出嫁拿了不少彩礼钱，这几年对乔母越发好。

她这儿媳妇是个人精，一看儿子态度变了就变着法儿地和她作对，几年前儿子还特别听她话，这几年倒是越来越听儿媳妇的话，乔老太恨得牙痒痒。

乔母看见乔老太一副受气样心情大好，她在这几年的婆媳争斗中越来越得心应手，说完上一句后又加了一句："咱家现在宽裕了，妈也真是的，还跟以前一样抠抠搜搜的，就几十块钱，我一会儿给你补上。"

乔老太想也没想就回嘴："补个啥，还不是我儿子的钱！"

乔父本来听了乔老太的话对乔岚不满，结果一听这话马上被乔老太吓着了，一看媳妇一脸受伤，更觉得亲娘说话没个顾及，不大高兴地看了乔老太一眼让她别乱说，转头安慰媳妇去了。

乔老太眼巴巴地瞅着儿子跟儿媳进屋，张着嘴傻了好半天，捂着心口回房间去了，气得睡不着，失眠了一晚上。

乔岚不知道乔老太又受了一顿气，一觉好眠早早起来，乔母正好醒来去卫生间，转头看见乔岚，又想起昨天乔老太吃瘪的样子，心情一好，从钱包里摸了两百块钱给乔岚。

"饭卡是不是快没钱了？没钱也不知道喘一声，瘦不拉几的跟我虐待你似的。钱拿好了，别让你奶奶看见，看见又得叨叨。"说完她也没管乔岚说什么，打了个哈欠回房间睡觉去了。

乔岚看了看手里的钱，又看了看乔母，转身出了门。挺好，最近的伙食又有保障了。

早上不到六点二十分，乔岚就到了教室。

早自习只能背语文和英语，但是早自习之前这一段时间是自由安排的，乔岚最近都在背政治、历史、地理。

虽然说只学了一个多月，但是距离期中考试也就十几天了，想考到自己预想的名次，乔岚还是得加把劲儿。

学校规定早上六点四十分到校，现在还不到六点二十分，班里只有零星几个住校生，他们看见乔岚这么早来，已经从一开始的惊讶变成了习惯。

将近一周多了，乔岚每天都来得挺早，而且不像以前那样来了也是想方设法地跟那些和陈曜阳玩得好的男生说话，反而都在看书，看起来还挺认真。

学生都是扎堆的。普遍来说，住校生的条件比走读生差一点，除了几个学习很好的，其余住校生和陈曜阳那群人几乎没打过交道，所以对秦洋带头疏远乔岚的行为也没有太深的体会。时间久了，他们见到乔岚，还能用眼神交流简单地打个招呼。

乔岚今天想背政治知识点，但是班里很安静，她担心背书会打扰到同学，于是拿了课本走出教室，找了个安静的地方开始背书，结果没几分钟就听到背后有人喊她名字。

这段时间，除了老师就没人喊过她的名字，乔岚有些诧异地回头，发现一个扎着高马尾的女生站在自己后边，乔岚回想了一下，这不是她班里的同学。

女生叫乔露，她往乔岚手里的政治书上瞥了一眼，一脸“我没看错吧”的模样嗤笑：“你在背书？”

乔岚面无表情地看着女生，心道你说的是废话吗？

乔露才不信，乔岚根本就不爱学习，而且能背书的地方这么多，为什么偏偏来这里，这里可是……

乔露下意识往食堂那边看了一眼，不想再和乔岚理论：“你去别的地方背。”

乔岚觉得眼前这个姑娘大抵有毛病。

“不去。”

“你背书声音这么大，我怎么背！”

周围这么多学生，比她声音大的还有好几个，你怎么不让其他人去别的地方。

乔岚呼了口气，控制着脾气：“先来后到，不想听你就自己换地方。”

乔露狠狠瞪了乔岚一眼，瞪完后突然冷笑一声：“就知道你是故意来这里的，有这工夫还不如多看点书，陈曜阳怎么都看不上你，丑人多作怪！”

说完她气呼呼地跑了。

乔岚一脸蒙，她这不是在看书吗？而且她来这里看书和陈曜阳有什么关系？

等将近六点四十分的时候，乔岚收了书准备回教室，一转头就看见陈曜阳几个人从食堂背后拐了出来。

乔岚：“……”她终于懂刚刚那个女生的意思了，这地方大概是陈曜阳每天早上的必经之路。

乔岚想起刚刚那个女生的话，皱了皱眉，有些烦躁，一抬头又对上陈曜阳周围的男生别有深意的眼神以及陈曜阳烦躁的面孔。

他烦躁个啥？她更烦躁！以后再也不来这鬼地方背书了！

于是当天班里又传出了乔岚故意在外边背书偶遇陈曜阳的闲话，乔岚无语至极地走出教室，正好遇见才来的郯墨。

虽然上次郯墨没有理她，但乔岚还是和郯墨打了个招呼，打完招呼后也没有再说什么，只是笑了笑，转身进了教室。

郯墨目光沉沉地看了乔岚的背影好一会儿。

这是这个女生第四次和他打招呼了。

并非专门找他，而是遇见后会自然而然地说一声“早上好”或是“中午好”，可是郯墨从来没有回应过。

他已经拒绝这么多次了，为什么她还要和他说“早上好”？

她看不出他想让她离自己远一点，看不出自己没有回应她的可能性吗？

自从郯墨决定将自己藏起来，决定再也不相信任何人的善意之后，就再也没有人一而再再而三地和他说过话了。

母亲说这样会拒绝很多对他心存善意的人，可是郯墨一点都不后悔。

因为自从他拒绝后，那些曾经捉弄过他的人就再也没能成功过。

这世界上除了母亲，没有谁会无缘无故地对他心存善意。

十五年时间，郯墨早已看透了一切，有些东西从来都不是他该拥有的，就像这个女孩的主动，也许下次就会消失得干干净净。

郯墨垂下了眼睫，重新转动轮椅沉默地回到了自己的座位。

可是这个女孩，似乎又有所不同。

两天后的下午，在学校里，郑墨与以往一样转动着轮椅，又听见了熟悉的声音。

乔岚站在郑墨两米开外的地方和郑墨打招呼：“下午好啊。”

郑墨抬头看着眼前的女生，眼神冰冷，依旧沉默。

乔岚倒是对郑墨的态度渐渐习惯了，又或许是最近班里没人和她说话，家里也没人和她说话，乔岚话有点多。

乔岚靠近郑墨一步：“我推你吧。”

郑墨握在轮椅上的手指不自觉地紧了一刹，整个人如临大敌：“走开！”

他不关心这个女生到底叫什么，可是不得不关心她为什么一次又一次地接近他。

一切主动的关心对郑墨而言，都是一种潜在的迫害。

乔岚看着骤然紧张的郑墨，后知后觉地想起那天自己主动推郑墨的情景，忽然有点后悔。

很明显，郑墨非常抗拒别人的接近。

乔岚又退了回去。

她不是不会说话的人，但是面对郑墨又有些不知道该说什么，她总怕自己说错什么，转头看了郑墨一眼。

过长的头发遮住了他的眼睛，鼻梁高挺，嘴唇绷成一个冷漠的弧度，微微有些干。

嘴唇干……乔岚看了眼手中的水杯，想了想又道：“那你要不要喝水，我可以顺便帮你接一杯。”

乔岚话音刚落，郑墨的瞳孔却骤然紧缩，就像听见了最残忍最可怕的话语，手指死死抓住轮椅，轮椅在一瞬间和乔岚错开一条水平线。

郑墨的声音冷得像是腊月的风。

“不用。离我远点。”

乔岚愣怔地看着郑墨骤然远去的背影，即使郑墨只说了两句话，她还是感觉到郑墨动怒了，是自己的话让郑墨生气了。

可是乔岚想了又想，却想不出自己哪个字触碰到了郑墨的痛处。

她就说了三句话，乔岚将三句话在脑子里分析了一遍又一遍，依旧想不出自己到底说错了什么。

喝水，对曾经年纪小小不会辨别善恶的郯墨来说，经常是噩梦一样的恶作剧，对于经历车祸双腿残废的郯墨而言，更是难言的羞耻和生不如死。

小时候，一起上课的小伙伴会故意地将郯墨叫走，然后偷偷在他的水杯里加进去一些让人头皮发麻的东西，或是芥末，或是一把泥土，或是一只虫子，抑或是更令人恶心的东西。

他曾经被芥末呛到不停咳嗽，差点窒息。

自那以后他再也不会带着杯子去学校，也没有在学校里喝过一口水，吃过一次东西。

再后来他双腿瘫痪了，再也不能站起来，他更不会再多喝一口水。因为喝水后要去卫生间，去卫生间这样一个对正常人而言最日常不过的行为，对郯墨而言却是最难堪的折磨。

所以，那个女生和他主动说话是为了什么，主动要帮他打水又是为了什么？

他来不及想那么多，一时间脑子里轰鸣阵阵，只能想起曾经同学们夸张又肆无忌惮的耻笑声。

“郯墨，一起去厕所啊。”

“郯墨，你们残疾人是怎么上厕所的？是不是还要人帮忙？怎么帮？”

“郯墨，喝不喝水啊？润肠啊！”

与刚刚那个女孩的声音渐渐重合。

“郯墨，那你要不要喝水，我可以顺便帮你接一杯啊。”

郯墨从来没有期待过什么，可是这个在前一刻还和他说了“早上好”的女生，在下一刻说出了与曾经的同学何其相似的话。

他没有失望，抑或是他那被病情隔离、与旁人不同的情感系统，根本辨别不到失望这种高级的情绪。这一刻铺天盖地的情绪，对他而言，与曾经感受到的羞辱、愤怒没有任何区别。

她和曾经羞辱他的那些人也没有什么不一样。

不，还是有些不一样，她甚至会在之前故作善意地接近他，而且很有耐心地接近了好几次。

他不会再期待任何一个“早上好”或者“下午好”，他要离这个人远远的。

乔岚发现，自那一天后，郯墨对她的态度越发冷淡了。

当然，郯墨对她一直都很冷淡，但乔岚还是可以在那张总是面无表情的面孔上找到些许不同。

曾经她与郯墨说“早上好”时，郯墨虽然不会给她任何回应，但是会停下轮椅，用其他学生说的那种眼神盯着她，最后才重新低下头，从她身边默默经过。可是现在，乔岚主动与他问好后，郯墨连轮椅都不会停下了。

郯墨就像隔绝了乔岚的声音，他拒绝的痕迹太过明显，就连班里其他同学都看了出来。

“乔岚也太好笑了，她居然主动和郯墨打招呼，结果人家根本不理她。”

“没人愿意搭理她，只能和傻子搭讪了呗。”

众人大笑了起来，转头往最后一排郯墨的位子看去，郯墨正低头看着什么，书上是密密麻麻的英文，即使是英语成绩最好的宋瑶，也不一定看得畅通无阻。

这是一本世界名著，《呼啸山庄》。

他不大想得起自己为什么重新拿起了这本书，也许是因为乔岚善意后隐藏的“恶意”，让他突然想到了这本书中的主人公希斯克利夫隐忍在仇恨下的温和。

其实没有太大的关联，他却莫名其妙地将之联系到了一起。

他低头看着书，正巧看到一句——

灵魂进了坟墓，你还愿意活着吗？

在母亲死后，在双腿瘫痪后，他每天都在问自己：你还愿意活着吗？

只有孤独是属于自己一个人的。

这句话说得真好啊，他什么都没有，亲情、友情、健康、对情绪的感知，还有尊严，他全都没有，从始至终，只有孤独是属于他一个人的。

十一月的北方已经渐渐散去了热气，早起时逐渐干枯的草地上凝成的白霜与天空微凉的秋风“相映成趣”，可是对学生而言，似乎也没有什么不一样，他们甚至有些高兴酷热终于过去，这样不冷不热的天气最舒服不过。

高一的体育课还没有被其他老师占去，还是属于学生的。下午有体育课，早上最后一节课下课后，李凡几个人就开始吆喝着记得下午带球。

“下午 5 班也上体育课，正好打一场。”

这话是对陈曜阳说的。陈曜阳自然没有异议，他从来都是学校的明星，不但学习拔尖，在球场上更是焦点。

几个人勾肩搭背地出去，几个女生也收拾好东西，包括乔岚的同桌，结伴出了教室。

乔岚依旧坐在座位上，手里拿着笔“唰唰”地写着什么。

“就装吧。”一个短发女孩嗤笑一声。

“别说，乔岚最近还真是用功啊，听说每天早上来得特别早，背书呢。”

“呵，她是故意在外边等陈曜阳呢，而且就她那底子那脑子，就算真的学了也没用。”

“人都得有点自知之明，你说她怎么一点都没有呢？”

“哎呀！这不是没办法嘛，像她这种情况，也只能在学习上补救补救了。”

几个人大笑了起来，说完又转移了话题：“你们说陈曜阳到底欣赏什么样的女生啊？”

“就宋瑶那样的呗。”

“我好像记得陈曜阳之前说他欣赏聪明的，正巧宋瑶成绩好，长得漂亮，家里又有钱。”

“我觉得也没吧……”

“无所谓啦，下午体育课一起看陈曜阳打球啊，好像5班也上体育课，还能看见郝英呢，你们下午要不要买水……”

等教室里学生走得差不多了，乔岚才走出了教室。

期中考试越来越近了，她对物理还是没太大信心，毕竟她以前是个文科生，物理什么的早忘光了，而且物理主要靠理解，完全靠自学还是有点难。

她转了转脖子回头看了一眼，郏墨也已经走了。

乔岚靠在椅子上，长长地叹了口气。

距离上次过后好几天，乔岚终于有点想明白自己说错什么了。

那天她总共也就说了三句话，之前两句郏墨都没什么反应，就是在问了他要不要喝水之后，郏墨整个人都不对了。

“喝水”这两个字，到底触及了郏墨的什么？

昨天的信息课上，乔岚终于接触到了网络，她上网搜索了阿斯伯格症，终于对这种病有了更细致的了解。

其中有一点，让乔岚摸到点儿眉目，网上说患有阿斯伯格症的人，尤其是小孩，因为与其他小孩格格不入，很容易遭受欺凌，据统计有百分之九十的此类人都在童年受到过来自同龄人的欺辱。

这样很容易会导致一个结果——产生被害妄想症。

因为遭受的迫害和欺凌太多，造成这种结果实在再正常不过。

只要带有意图性的词语，都会刺激到郏墨的神经，郏墨对“喝水”两个字这么敏感，也许是因为有人用喝水这种事伤害过他。

乔岚有些内疚，她不是故意的，但是伤害到了郏墨也是真的。

除此之外，乔岚观察了郏墨好几天后发现，郏墨从来不会带着水杯来学校，他也从来不会离开自己的座位，不会去卫生间。

乔岚后知后觉地明白，去卫生间对郏墨而言并不容易，不但不容易，也许还会遭到同学们的耻笑。

乔岚更内疚了。

走在校园路上，乔岚心道，自己想真正地接触郯墨，想郯墨别这么排斥她，就必须更谨慎一点，路过校园小超市的时候，乔岚拐进去，买了本来要买的笔芯后，又买了一根棒棒糖。

她走得急，没看见超市里正好有几个同班同学在买水。

几个女生一转头就看见乔岚在买糖，忙招呼同伴来看，目视乔岚走后，几个人笑起来："我就知道她终于挨不住了！"

乔岚以前天天买糖讨好班里的人，最近一直都没有买，今天居然又买了，不是受不了了想讨好陈曜阳他们，还能是什么？

几个人兴奋了起来，买完水就往教室里跑。教室里，陈曜阳他们正在说话，秦洋拿着陈曜阳带来的篮球，一个劲儿地说这个球好。

几个女生挤了过来，看了陈曜阳一眼才与秦洋说："你猜我们刚刚看见什么了？"

"什么啊？"秦洋没什么兴趣，他现在注意力全在篮球上。

"我们刚刚去超市买东西，遇见乔岚了。"

秦洋闻言转过了头。

"乔岚在买糖呢。"

秦洋将篮球在地上重重地拍了一下，笑容管也管不住："终于受不了了是吧？我就知道，她那样的人！"说完又嘿嘿一笑坐在篮球上看了陈曜阳一眼，"再说了，这儿还有曜阳呢。"

陈曜阳骂了一声一脚将篮球踢了出去："不会说话就闭嘴。"

几个人大笑起来，尤其是秦洋，笑得格外大声。

乔岚兜里揣着糖走进教室，总觉得今天教室里的氛围有点不对劲，但是她没多想，可能是因为下午有体育课，大家才比较兴奋，毕竟之前两节体育课都因为下雨改上自习了，今天倒是艳阳高照。

体育课是下午最后一节。

第二节课下课后，班里的同学一个个飞快地往楼底下冲，乔岚整理好东西，习惯性地回头看了一眼，郯墨将自己藏在墙背后的一小片阴影里，低着头，与热闹的教室格格不入。

乔岚收拾好书，慢吞吞地下了楼，操场就在教学楼右边，学生们叽叽喳喳地凑在一起，体育委员正在喊大家整队。

体育老师也知道大家想打球，组织着做了几组运动就解散了，大家欢呼一声就往球场冲。

宋瑶等队伍解散后转头去找乔岚。

这几天她一直有些不知道该怎么办。

当初是她带着乔岚一起玩的，虽然她的朋友都不喜欢乔岚，就连陈曜阳也说乔岚这人不像表面上表现的那样，其实心思很深，让她离乔岚远点。

宋瑶很为难，尤其是后来乔岚和她关系很好的朋友吵了架，宋瑶就更为难了，如果她现在主动叫乔岚来一起玩，好朋友肯定心里不高兴。但她一转头就看见乔岚一个人站着，又有些不忍心，正纠结要不要叫乔岚一起玩，就被一起玩的女生拉走了。

“发什么呆呢，曜阳他们要打球了！”

宋瑶的思绪瞬间被陈曜阳的名字带走，等再次转头，乔岚已经不见了，可能也去看陈曜阳他们打球了吧。

宋瑶其实知道乔岚对陈曜阳的心思，但是这样的人太多了，从小到大多到数不过来，她早就习惯了，她甚至还知道，与她玩得很好的几个朋友也是这样的。

今天球场上很热闹，男生打球，女生看球，就连其他班的学生都跑来看了，主要因为两个人。

一个陈曜阳，一个郝英。

陈曜阳因为长得帅，又在第一次月考中拿下了年级第一的好成绩，从此成了全校的明星人物，而郝英则一进校就是明星人物，只因为他长了一张明星脸——与当下很红的一个男演员长得有七成像，当初报到的时候，就连高二、高三的学姐们都跑来看他。

这样两个人凑在一起打球，没一会儿球场周围就围了一圈人。乔岚绕过人挤人的球场，悄无声息地进了教学楼，回了教室。

她没心情看一堆高中生打球，更没受虐倾向地站在那里成为别人冷嘲热讽的活靶子，还不如回教室看书。

教室里很安静，所有同学都去操场上体育课了，只有郯墨一个人在这里看书。

郯墨喜欢独处，周围没有其他人，没有乱糟糟的声音，对郯墨而言是难得的放松。在独处的时候，他阅读的速度要比平时快一些，而且不会精神紧绷。

长时间地高强度集中精神保持警戒，会让人身心俱疲。

可是下一刻，清晰的脚步声踏进了教室，让郯墨的身体在一瞬间骤然僵硬。

有人来了。

他豁然抬起头，隔着过长的额发，一瞬间就认出了来人。

是那个一直和他打招呼的女生。

可是在上次被他警告过离他远点之后，她就再也没有和他说过“早上好”或者“下午好”了。

他早就猜到会是这样，也理当这样。

如果是好意，在他一次次拒绝后，也该放弃了；如果是恶意，在被他察觉后，也应该知难而退了。

可是既然已经放弃了，又为什么会出现在这里？为什么还能像之前几次一样对他微笑？

怎么可能是好意呢？就连他的亲生父亲，在被他拒绝过几次后都选择了甩手不管，更何况是这样一个陌生人。

那么是恶意吗？

是吧。

因为她至今还没有达到目的，所以才一次又一次地坚持接近他，她到底想做什么？她到底想要什么？

他低着头，猜测她到底会做什么，可是又无力地想到，就算她想做什么又怎么样呢？

他没有反抗的能力，甚至连站起来的能力都没有。

周围的一切声响比平日里更加清晰，他能听见女生越来越近的脚步声，以及椅子拉开的声音……最后是轻轻翻开书本的声音。

周围又恢复了平静。

郯墨蓦地抬头，刚刚走进教室的女生坐在自己的位子上，低着头，手中拿着一支笔写着什么。

她没有靠近他，而是回到了自己的座位。

她什么也没做，没有表现出一点恶意。郯墨不自觉地握紧了手中的笔，目光直直地落在女生的身上，似乎是想从她的身上发现一点什么。

笔尖触到纸上发出轻微的沙沙声，宁静而又平和。

郯墨依旧盯着她，如果乔岚回头，就能看见那让人近乎窒息的目光。

其实刚刚在进教室的时候，她是想走近和郯墨打招呼的，但是她发现郯墨很紧张。想起之前资料中的内容，她放弃了靠近郯墨，只是对他笑了笑，就回到了自己的座位上。

乔岚做题做得很认真，郯墨盯乔岚盯得更认真。乔岚背对着他，看不见他肆无忌惮探究的眼神。

时间一分一秒地过去，太阳开始逐渐偏西，阳光侧着照进了教室，原本被墙挡住的属于郯墨的阴影，也一点一点地被照亮。

郯墨的桌上逐渐铺满了阳光，照射在翻开的书本上，隐隐刺痛了郯墨的眼睛。

他不是很能适应强烈的光，如果更亮一些，他的眼睛甚至会有些看不清。

他将目光重新落在乔岚身上，可再看过去时，他已经看得有些不太真切，眼前像蒙了一层黑影，眼睛更痛了。

他闭了闭眼睛，缓过来后伸手想去扯不远处的窗帘，可是有点远，他想将轮椅往前，却使不上力。

乔岚做着题，听见了一点动静，回过头发现郯墨苍白的手正抓着窗帘，但因为距离有点远，窗帘只发出了微微的响动声。

乔岚这才注意到郯墨的半个身体已经暴露在阳光下。

他怕光。

乔岚又发现了一个秘密。

犹豫片刻后，乔岚轻轻推开椅子站了起来。郯墨敏感的听觉让他一瞬间听清了响动，抓着窗帘的手蓦地一颤，僵住了。

他听见她拉开了椅子，脚步声离自己越来越近。

他僵硬地抬起头，看她走到自己眼前，走到窗子跟前，关上了窗户，又伸手拉上了窗帘。

一瞬间，所有刺眼的光被遮在了窗帘背后，属于他的空间重新恢复了以往的亮度，而适才被阳光刺激而有些不真切的视觉，也逐渐恢复了正常。

他看见她轻轻上扬的唇角与认真注视着他的漆黑眼眸。

她的瞳孔很黑。

如果郯墨和正常人一样可以看懂他人的眼神，那他就能看见这双漆黑的眼眸中隐着的浅浅的笑意。

郯墨还是浑身紧绷，但是紧绷的感触，似乎与刚刚不太一样了。

他低下了头，在对方说了一句“对不起”后再次抬起了头。

眼睛漆黑的女孩坐在了自己眼前的椅子上，视线与他平齐。“对不起！”女孩说，“那天我只是想和你说话，冒犯到你真的很抱歉，但我真的不是故意的。”

郯墨定定看着她，没有说话。

乔岚顿了顿，伸手在口袋里摸了摸，最后拿出一根棒棒糖放在了他的桌子上：“我真的不是故意的，你可以原谅我吗？”

郯墨还是看着她，依旧没有说话。

虽然早就知道接近郯墨会是一件很难的事情，但乔岚还是有些失望，他对她还是非常抗拒，她无声地叹了口气，回头看了眼时间，还有五分钟就下课了，她得下去集合了。

“我得下去集合了。”乔岚站了起来，转身往门口走去，走了两步后又转身道，“郯墨，再见。”

郯墨隐在墙壁后的阴影下，一动不动。

直到乔岚的身影消失，脚步声远去，他才将视线落在了桌子上的糖上。

他从来都不吃糖。

静默许久后他拿起了糖，转动着轮椅，缓缓移动到了乔岚的座位跟前，将糖放回了乔岚的桌子上。

桌子上是乔岚刚刚没有做完的物理卷子，已经写了大半，还有几道题没有写完，而写完的部分有一片空着，是她不会做，特意空出来的。

郯墨盯着这道题看了不到二十秒钟，然后面无表情地转过了身。

短短二十秒的时间里，他已经在脑子里算出这道题的答案。

这些知识，他在十二岁的时候就已经全都会了，可是她居然做不出来。

真笨。

笨得超乎想象。

这么笨的人，真的会想方设法一次又一次地骗他，只为羞辱他吗？

郯墨握着轮椅的手顿住了。

沉默许久后，他转动轮椅，重新回到了乔岚的座位旁边，打开乔岚的书，将书本上的名字记在了心底，最后又将刚刚放回去的糖重新拿在了手里。

电梯一层一层地上升，陈伯看了眼电梯镜子中反射出的郯墨。

少年依旧面无表情，可照顾了他将近一年的陈伯还是觉得今天的郯墨心情似乎不错。

郯墨的生活规律得就像一个定时定点的机器在履行自己的职责，每天在相同的时间去学校，在相同的时间吃饭，在相同的时间休息。陈伯和陈姨严格地按照钟表上的时间，照顾着这个沉默寡言的少年。

陈伯与往常一样推着郯墨回家，等七点整的时候，陈姨会准时将饭菜端上来，郯墨会主动从屋子里出来吃饭，陈姨则会在郯墨吃饭时去他的房间，收拾他换下来的衣服，等等。

陈姨与往常一样走进郯墨的房间，看到书柜上、桌子上，甚至床头柜上，全是她不认识的书。

陈姨叹了口气，没有碰郯墨的书，只是将郯墨换下来的衣服装进换洗篮里准备洗衣服。

她与往常一样检查了一下衣服口袋，一般来说郯墨的衣服口袋从来都是空的，但是今天，陈姨却从里面发现了一个与郯墨格格不入的东西。

一颗糖。

陈姨拿着这颗糖愣了好半晌，下意识往门口看了一眼，轻轻地舒了口气，然后小心翼翼地将这颗糖放在郯墨的桌子上，关上了门。

七点二十分，等郯墨吃完饭回到自己的房间，陈姨才急忙拉着陈伯，告诉他郯墨的衣服里有一颗糖的事。

只有在郯墨身边、足够了解他的人才能明白，这颗糖到底有怎么样的意义。这颗糖不可能是郯墨自己买的，那就一定是有人送给他的，这代表着郯墨能接受他人的好意，这样的进步足以让老两口激动得落泪。

怪不得他们觉得今天的郯墨心情不错，原来不是错觉。

晚上九点多的时候，陈伯的手机振动了起来，他急忙接起电话并关上了门。等挂了电话后犹豫片刻，他轻轻敲响了郯墨的门。

“进。”郯墨的声音清冷又简短，陈伯倒是习以为常地打开门进了房间，看见郯墨手里拿着一把手工刀，迅速地将一块严密的机械表拆卸完毕。

陈伯看了看桌上细小的零件，又将视线移到摆在桌子最前方的那颗糖上，他笑了笑，觉得今天和郯墨说这件事也许会有所不同，也许郯墨会答应。

“郯先生刚刚来了电话。”陈伯看着郯墨小心地开口。

郯墨手中依旧摆弄着机械表，头也不抬：“有事？”

“郯先生说联系了德国顶尖的医生，这周末会到……”

话音未落就被郯墨打断：“不去。”

陈伯一滞，看着少年冷漠的面孔，想要再劝一劝，但无论怎么说，郯墨都只是两个字：不去。

不去医院，不接受医生的检查，不接受复健。

自郯墨的母亲去世、他的双腿瘫痪已经有一年的时间，郯墨不回家也不接受治疗，郯先生曾经强行带着他去做复健，却遭到了郯墨的坚决反抗。

他将自己拆卸零件的手工刀扎进了腿里，自那以后，再也没人敢逼他接受治疗了。

陈伯的神色黯淡了下去，无声地退出了郯墨的房间，对一脸关切的陈姨摇摇头。

他们原以为今天的郯墨看起来有所不同，也许会答应去做复健，可郯墨依旧不接受治疗，他根本不想站起来，或者说，他根本没有想着活下去。

另一边的乔岚，一整晚的心情倒是很不错。

郯墨的拒绝让她难掩失望，但是等集合之后再次回到教室，她发现郯墨的桌上并没有那颗糖，瞬间心情好了起来。

郯墨把这颗糖带走了！

直到回到家，她的心情都是好的。

乔老太自从让乔岚自己做了一顿饭损失了一块牛肉后，就再也不敢让乔岚自己做饭了，但是不让乔岚做饭，新的问题就来了。

乔老太本来打算得很好，她就做够乔源吃的菜就行，她就不信乔岚敢和乔源抢饭吃。

结果当天，她家乖孙没吃饱。

乔岚吃饭快，一句话都不说，而乔源一边吃饭一边看电视，等乔岚吃饱去洗碗，菜已经没了。

乔源傻了，乔老太也傻了。

乔老太又跑去骂乔岚没良心，吃那么多，乔源饿着怎么办之类的，乔岚左耳朵进右耳朵出全当没听见，洗完碗就回了自己房间。

乔老太又熬夜等乔父、乔母回来，然后和乔父告状，结果又被乔母撑了回来。

“咱家又不是买不起米买不起菜，不够吃多做点儿不就行了吗？”

一下子把乔岚抢饭吃的错处推到了乔老太身上，要不是你饭做得少，乔源哪能吃不饱？

乔老太恨不得一围裙抽在乔母脸上。

以前乔母没生乔源的时候，乔老太对她可是想骂就骂想打就打的，现在是打不过骂不过，最气人的是儿子居然完全听不出她们之间的剑拔弩张，还觉得媳妇说得对，觉得自己亲娘太抠门。

乔老太一共生了三个儿子，也正是因为这样，乔老太才格外看不起乔母。

乔父是乔老太最小的儿子，也是她最疼的儿子，疼了几十年全白疼了，乔老太回到房间越想越伤心，越想越委屈，于是第二天直接离家出走，跑去二儿子家哭诉。

乔老二打电话骂了乔父一顿，乔父被二哥骂得灰头土脸，心里也生出了愧疚，觉得乔母做得过分。

“我妈每天帮你照顾儿子，给你儿子做饭洗衣服，你不知道体谅也就算了还嫌我妈伺候得不好，你觉得照顾得不好你自己伺候去！”

乔母眼睛瞪圆了。

当初不是乔老太死活要孙子？乔源是我儿子，难道就不是你儿子？

乔母已经不再像以前那样唯唯诺诺了，当即就和乔父吵了起来。而待在乔老二家的乔老太，听说儿子、儿媳妇吵架了冷战了，这才心满意足地跑了回来。

当天，乔老太是被乔老二一家给送回来的。

乔岚一眼看见那个趾高气扬的姑娘，才知道原来那天让她去别的地方背书的是乔露。

乔露跟在她打扮得漂漂亮亮的妈妈后边，一脸城市人进农村的优越感，看见乔岚更是得意得不行。

她就是看不起乔岚，父母没文化，长得没她好看，学习也比不上她。

乔母黑着脸洗水果，洗完水果将果盘塞到乔岚手里：“木桩子似的没一点眼力见，还不把水果端出去？”

“哦。”乔岚端着果盘走出厨房，客厅里乔老太坐在沙发中间，乔源和乔露一左一右。

乔二叔对弟弟一肚子气，对侄女倒是还不错，笑着让乔岚也坐下。

乔岚一坐，乔老太瞬间坐不住了，乔岚不去厨房忙活坐这儿干吗？这儿是她能坐的？

正要让乔岚进去，这时乔露伸手拿起一个苹果，乔老太急忙道："这苹果皮厚，让乔岚削了皮你再吃。"

乔露一脸嫌弃，将苹果递给乔二婶，让她妈妈帮她削，乔二婶很快削了一个，将苹果切成几瓣后，分给每个人一块。

乔岚也拿了一块，乔老太瞪了乔岚一眼："这么大了还要你婶婶伺候你，一天光知道吃，伺候人都不会还脾气大，以后赔钱都没人要你。"

这话说得难听，乔二婶实在是听不惯婆婆说话这么粗俗，尤其还当着孩子的面，她脸上有些尴尬道："妈这话说的，现在这社会，女孩子好好念书，以后出来不比男孩子差。"

乔老太指着乔岚："和你家露露能比吗？让她念书简直就是浪费钱，上次考试考了班里倒数，还不如早点退学给她爸帮忙！"

乔母在外边听得又气又憋屈，刚要踏出厨房门的脚听见乔老太一个劲儿地夸乔露后，又收了回来。

好不容易等乔二婶一家都走了，乔母这才走出来收拾桌子，看见一边默默无语的乔岚，顿时火全上来了。

仔细一想，她和乔老太吵成这样就是因为乔岚多吃了一口饭，如果不是乔岚成绩那么差，她也不会被乔老太这么看不起，也不会在乔二婶面前这么抬不起头。

她和乔露在同一个学校同一个年级，人家能考班里前十，乔岚就在班里倒数，之前乔老太和乔父都让乔岚别上学，去店里帮忙，那时候她还拦着，现在怎么想怎么后悔。

在嘴里骂骂咧咧好半天后，她跑进乔岚房间。乔岚正趴在桌子上看书。

"现在才知道看书了，早干吗了，现在装模作样地给谁看呢？你早点看我就不信学不过乔露……"

还没说完，乔老太就从旁边晃晃悠悠地走了出来："女人家就不要念书，也念不成书，人家乔露念书念得好，那是因为人家有个会教书的妈。"

乔母脑子一蒙，差点晕过去。

乔老太还没有这么直白地说过这种话。

乔老太一直看不上她还有一个原因——乔母是乡下来的打工妹。

她没文化家里又没钱，认识了条件差不多的乔父，两个人最后看对了眼，结了婚。

但是乔二婶不一样。

乔二叔这人争气，是乔家唯一一个考上大学的，而乔二婶的父母是城市人，家里条件优越，乔二婶的工作也比乔母好，人家是老师。

用乔老太的话来说，人家乔二婶是干部。

乔老太找到了乔母的痛处，越说越得意，说乔母本来就跟乔二婶不一样，脑子不一样，文化程度也不一样，生的孩子当然不一样，所以乔岚就算脑袋学破了也学不过乔露，天生就不同命。

当晚乔老太、乔母吵完，乔父和乔母接着吵，乔老太吵架大获全胜后又成功离间了儿子儿媳的关系，心情大好地睡觉去了，都没注意到平时很活跃的乖孙乔源今天安静得有点过分。

乔岚在耳朵里塞了两团纸都没挡住外边吵架的声音，在吵架声中迷迷瞪瞪地睡了过去，第二天起来，一秒都不想在这个家里多待，直接去了学校。

她还是和平常一样带着书去外边背书，不过换了一个不会撞上陈曜阳等人的地方。

下周一就期中考试了，乔岚把已经背得很熟的政治、历史又过了一遍，至于地理，高一地理是自然地理，要背的内容不算多，更多的是理解，她以前文综就非常好，这三门完全不用担心。

她担心的主要还是物理，化学还可以背，但是物理就不行了。她最近每天把百分之六十的时间都放在了物理上，现在大多数题都会做了，但有些难一点的还是不会。

她记得陈曜阳最好的就是理科这几门，数学、化学、物理几乎都能考满分，所以她必须更努力。

等下了早自习，乔岚提着水杯去水房接水。

她嘴唇干得厉害，又没钱买唇膏，最好的办法就是喝水喝水再喝水。

提着水壶从水房出来，乔岚远远就看见前边滚动的轮椅，顿时加快了脚步，几步就赶上了郯墨。

“早上好啊。”乔岚笑盈盈地与郏墨打招呼。

郏墨转着轮椅的手一顿，转头定定地看着乔岚。

就在乔岚以为郏墨又会和往常一样沉默的时候，郏墨冷漠又清晰的声音落在了乔岚耳边：

“早上好。”

乔岚惊得差点将手里的水杯丢出去，她在原地愣了一下才又追上去，走在郏墨旁边。

这是一个良好的开始。

乔岚走在郏墨身边脚步轻快：“郏墨你吃早饭了吗？”

郏墨刚刚给了乔岚回应，但是听见乔岚的这一句话后，又不想回答了。

已经八点了，他当然已经吃过了，这个问题让郏墨觉得很多余。

乔岚不知道，患有阿斯伯格症的人不理解玩笑话，不理解场面话，凡是一切与正事无关的话都会让他们很困惑，他们不理解人们为什么要说这些没有一点营养的废话。

但是郏墨也不明白，千百年来“你吃了吗”这是大家最常用的打招呼方式。

郏墨沉默不语，乔岚以为郏墨没听见，于是又问了一遍，郏墨的眸色染上几分说不出的不解和不耐，但最后还是抿了抿嘴唇：“吃了。”

“下周一就要期中考试了，你这次要参加考试吗？”

“不去。”

“为什么？”乔岚问，这些课程郏墨绝对都会。

她知道郏墨智商远超正常人，记忆力更是可怕，他根本不是同学们口中的傻子，反而是个天才。除去从小被母亲带去美国治疗，语文不太好以外，高中的其余科目对于郏墨而言实在太过简单。

郏墨又不回答了。

因为和乔岚的交流，本就惹人注目的郏墨今天更惹人注目了，有人指指点点地说居然有人在和郏墨讲话，有人小声地问那女生是谁，旁边的人摇摇头：“不知道。”

正巧有同班的女生路过，看见乔岚和郏墨说话笑得不行：“乔岚最近真的有病，天天和郯墨说话，脑子坏掉了吧。”

郯墨全数听到了耳朵里，他握着轮椅的手又紧了紧，手指轻颤，想将轮椅与乔岚之间的距离拉开一点，却听到乔岚依旧平稳的声音：“郯墨，你昨天看的是什么书啊？”

刚刚那两个女生说话声音那么大，她难道没听见吗？

肯定听见了的，既然听见了为什么还要和他说话，因为和他说话，她们都说她有病了，为什么还能保持这么正常的语气？

郯墨忍不住想质问她，但到底没问出来，他低下头隐了眼中的情绪，低声道：“《呼啸山庄》。”

“啊我也看过，不过我看的是翻译本，英文原著还是有点看不懂。对了郯墨，昨天送你的糖，你吃了吗？”

郯墨正要说什么，一道黑影直直冲了过来，目测一米九的高个儿男生堵在乔岚面前，粗声粗气地喊她。

秦洋等了一天都没等到乔岚的糖。

他们一堆男生都在赌乔岚到底会怎么和他道歉，他也在等，结果等来等去什么都没等到。

秦洋脸上挂不住，刚刚一堆人又在说这件事，他忍不住直接来质问乔岚：“糖呢？”

乔岚觉得莫名其妙，对郯墨的好脾气一时间全没了，烦躁写在了脸上：“什么糖？”

“装什么糊涂，你给我买的糖啊。”

坐在轮椅上的郯墨听到这话手蓦地一顿，伸手按在了校服口袋的地方。

那里有一颗糖，是昨天乔岚给他的。

他突然觉得有些好笑，原来乔岚并不是只给他糖吃。

郯墨转动着轮椅沉默地往自己的座位上走去，又听到身后他已经有些耳熟的声音：“我有病啊给你买糖，秦洋，臆想症是病，要治。”

即使是对情绪再迟钝不过的郯墨也能听得出这句话的嘲讽，他脸上依旧没有任何表情，却又一次摸了摸口袋里的糖。

他从不吃糖，但是这一刻，是真的想尝一尝糖的味道了。

第三章

同桌

秦洋等了两天，甚至和兄弟们打了赌，结果乔岚说他有臆想症，让他去治病。

也许是这句话从乔岚嘴里说出来让他太过惊诧，秦洋的第一反应居然不是暴跳如雷而是傻在原地。与他关系还不错的几个男生看看秦洋再看看乔岚，都感觉不可置信，而当初信誓旦旦告诉秦洋的那几个女生脸色都微微一变。

秦洋从惊诧中回过神，大抵是脑子烧坏了，居然追了上去："没给我买那你给谁买了？"说完就转头去看陈曜阳。

乔岚是绝对不会自己给自己买糖吃的，她家穷，就算要买糖自己吃，也会买那种便宜的，所以她既然买了，那一定是送人了。至于送给谁，秦洋第一个想到的就是陈曜阳。

陈曜阳简直想踹秦洋一脚，脑子呢?

乔岚难得和陈曜阳有了共识，也觉得秦洋简直没脑子，瞥了他一眼："我买给谁和你有关系吗？"你是比我还穷吗？买不起一根棒棒糖，天天跟别人要。

她再也不想搭理秦洋，绕过秦洋回到了自己的座位上。李凡他们怕秦洋脾气大，会对乔岚动手，同学之间吵吵架也就算了，但是一个大男生对女生动手，那就太难看了。

于是几人和事佬似的将秦洋拉出了教室。被拉出教室之前，秦洋突然又回头往乔岚那边看了一眼。

他没有想对乔岚动手。

他大抵是疯了，刚刚乔岚抬头看他，他居然觉得乔岚的眼睛很好看。

眼珠很黑，眼尾上扬，他形容不出来，但是真的很好看。

也许是乔岚今天的行为惊到了班里一众人，又也许是提起这事会惹得秦洋发飙，之前一直对乔岚冷嘲热讽的女生都不怎么背地里说乔岚了，只将注意力放在了下周的期中考试上。

今天已经星期五了，过完周末就要考试，除了考试还有一件更让大家兴奋的事——换座位。

换座位从来都是一件很能让学生们兴奋的事情，尤其是在高一，这个班里的男生女生人数暂时还算均衡的时候。

通过第一次月考，大家对自己在班里的水平有了一个大概的了解，差不多可以估算出自己同桌的范围，尤其是前几名和倒数几名。

倒数几名都有些不满，差生和差生坐一起，肯定会变得更差，那他们不是更没学习的动力了？

比起差生，拔尖的学生心态就好多了，尤其像陈曜阳这种上次考了年级第一的，几乎所有人都认定，陈曜阳的第一还是稳稳的，毕竟他上次月考比年级第二高了将近三十分。

和陈曜阳关系好的几个男生，挤眉弄眼地和陈曜阳打趣：“你第一，宋瑶第二，稳了。”

李凡更是夸张地感叹，陈曜阳要抛弃他们追求自己的幸福去了。

陈曜阳笑骂一声，却也没反驳，对于第一这个位置，他确实没有太担心。

几个人说着说着，不知怎么又说到了乔岚身上，有人道：“你们发现没，乔岚最近学习真的特别认真，下课天天在看书，之前两次被老刘叫上去听写单词，居然都写对了。”

“背单词又不是什么技术活儿，写对就写对了呗。”

“她最近学习不是为了掩饰自己被孤立的尴尬吗？”

“不不不，我觉得她是想努力学习，成为我们曜阳的新同桌。”

这句话说完，几个人全笑了。

“我觉得她真有可能是这么想的，你看她之前压根都不看书，老班一说按名次排座位，整个人跟打了鸡血似的，但是就她那底子……”后边的话没有说完全，但大家已经明白了。

乔岚就算再认真，也就是从倒数变成中下的水平，想跑到前几名甚至和陈曜阳做同桌，这就太异想天开了。

“异想天开”的乔岚又刷了一张物理卷子。她前两天找出了之前月考的卷子，重新做了一下，感觉难度并不算很大。

不过她还是不敢托大，准备在周末的时候再复习一遍。

晚上回去后没看见乔源，他又去小饭馆吃饭了。乔老太一脸心不甘情不愿地给乔岚炒了两个菜，一荤一素，荤菜里边的肉少得能数过来。

小饭馆周末不开门，所以今天乔父、乔母不用准备第二天的东西，会回来得早一点。晚上十点不到，乔母就带着乔源回来了，乔父和几个朋友去外边喝酒。

上周五的时候乔父也去喝酒了，第二天醒来后在家里骂骂咧咧了一整天，当然骂的几乎全是乔岚。

结果这周乔父又去喝酒，乔岚第二天一大早起来，趁着乔父还在打呼噜的时候直接出了门。

这两天乔老太和乔母一直吵架，乔父劝不过来，就对着乔岚出气，今天酒醒了指不定又要发酒疯，乔岚怕他会动手打人，与其待在乌烟瘴气的家里，还不如出去自在。

乔老太和乔母等人起来后发现乔岚已经不在家里了，乔老太就随口开始叨叨：“一大早就没人影，越来越野了，成绩那么差，也不知道在放假的时候多学一点，人家露露考了年级前十，周末还补课呢……”

刚刚起来的乔源一听乔老太又在夸乔露，瞬间一脸无语。

“她考个鬼的年级前十。”

乔露还要不要脸了，就考了个班里第十名，见人就吹自己考了年级前十。

“就哄你这种什么都不懂的人。”乔源难得地替乔岚说话，“三姐最近一直看书呢，学习挺认真的。”

“她关房里指不定干什么见不得人的事呢，天天锁着门做贼似的，你看她像个看书学习的？而且就她那脑子，跟她妈一样，连个数都算不清，能学个啥，露露还能考年——班里前十呢，她能考到前十我就给她跪下了。”

“那你赶紧去乔露家，可别在我家待了！”

乔源气得甩上门，乔老太傻眼地看着孙子突然对她发脾气，这是咋了，她说啥了，咋她的乖孙突然这么生气了？

乔母在一边看戏似的看了半天，冷笑一声就进房间哄儿子去了，哄了一早上的结果就是，中午吃饭的时候，乔源对乔老太的态度更差了。

乔老太怎么也想不到原因，儿子喝了酒还在睡，舍不得骂孙子，等中午乔岚回来吃饭的时候又开始拿乔岚撒气：“一天天的不着家，大早上的就不见人影，啥忙都不知道帮，吃饭倒是积极。”

本来还想睡个午觉的乔岚，吃完饭就又出了门，准备再去图书馆待一天。

一辆轿车经过，坐在车子里宛如一尊塑像面无表情的郯墨突然看见马路边一个熟悉的背影，一直毫无波澜的眼眸终于有了点动静。

因为太多次盯着那个背影看，以至于郯墨在第一时间就肯定了那人是乔岚。

坐在另一边的郯父注意到了儿子的动静，也随之往窗外看了一眼，人来人往，没有什么好看的，他心中微微一动：“是看见朋友了吗？”

郯墨沉默片刻垂下了眼睫：“没有。”

坐在副驾驶座上的郯奕薇冷笑一声，就连他们初中部都知道，学校里有个傻子叫郯墨。

谁会跟傻子做朋友。

郯父倒是没什么反应，依旧和这个感情不怎么深的儿子交流。他看了眼郯墨已经遮住眼睛的头发：“头发太长了，看着不精神，明天我带你去剪个头发。”

郑墨面无表情：“不去。”

“下周你们期中考试，这次去不去考试？”

“不去。”

说什么都是不去，郑父还在劝郑墨，郑墨的眼睛依旧看向窗边，一开始还会说个“不”字，后面郑父再说什么他都不回答了。

郑奕薇越看越憋屈，爸爸已经这么好脾气了，但是郑墨一点都不领情。

爸爸也是闲得慌，让一个傻子去考试，指不定连字都不会写，最后还不是丢人？之前爸爸还让她在学校里照顾照顾郑墨，他们又不是一个年级，怎么照顾？

更何况她可不想让别人知道自己有个又傻又残疾的哥哥。

转眼一个周末过去，乔岚来到学校后往郑墨那边看了一眼，没有看见人影，郑墨果然没有来参加考试。

同学们倒是都已经习惯，简单地收拾了自己的东西就去找考场。

期中考试为了防抄袭，座位是全年级打乱了的，一个教室里最多也就两三个同班同学，乔岚找了找自己的座位，在第二组的第一排，就在监考老师的眼皮子底下。

乔岚考试前这会儿不再看书了，闭着眼睛回想了一下知识点，就听见班里突然躁动了起来，一睁开眼睛，看见一个高瘦的男生走了进来。

一看那张脸，乔岚就知道为什么班里会躁动了。

进来的这个男生长得很帅，一点也不比陈曜阳差，更主要的是他长得简直就像年轻版的某位当红影星。

那男生笑眯眯地和好几个同学打了招呼，然后大刀阔斧地坐到了乔岚后边的座位上，戳了戳乔岚。

乔岚莫名其妙地转过头，对上一排大白牙，大白牙问她：“同学你数学咋样？”

“……还行。”

郝英笑得更高兴了，对着乔岚比了个 OK 的手势。

乔岚有些莫名其妙，但是等卷子发下来后，就没心思考虑后边的同学了。一早上要考两门，谁还有心情管旁人怎么样，而且早上就有乔岚最没信心的物理。

不过等乔岚拿到卷子又畅通无阻地做下去后，她一直提起来的心一点一点地落了回去。

乔岚最近的学习勤奋程度比以前有过之无不及，再加上以前的底子很好，如今得到的成效远比乔岚想象的更好，一个半小时的考试时间，乔岚做完又检查了一遍，最后满意地交了卷子。

下午考数学和化学，化学做得还算顺利，数学对于已经学过高等数学的乔岚来说，就有点简单了，做完整张卷子甚至还有半个小时。

考试考得顺利，乔岚心情很好地交了卷子，没听见今天打听她数学好不好的男生长舒一口气，与旁边几个男生说这次数学稳了。

“我前边那女生做题巨快，这次顺了她的选择题，一定没问题。”

郝英想起上次月考，自己数学就考了那么一点分，差点被他爸打得连他妈都认不出来了。让他努力学习考个好成绩，这辈子是不可能了，但他手长脚长，眼睛又不近视，在乔岚根本不知道的时候，他就将她的选择题、填空题的答案全部顺到了自己的答题卡上。

现在数学考完了，终于能松口气了，他就和旁边的朋友们感叹了两句，结果刚说完后，两个女生面面相觑，犹豫了几秒后和郝英搭讪。

“那个……同学，你刚刚说你抄了你前边那个女生的选择题和填空题啊？”

郝英回头看了两个女生一眼，不认识，但是他性格好脾气好，见谁都是自来熟，更何况是女生。他几句话就打听到了这两个女生的班级，然后问她们为什么突然说这个。

那女生一脸“我心疼你”的模样道：“你前边那女生是我们班的，上次月考考了我们班倒数十三名，”女生叹了口气，“数学最差，150分的卷子就考了66分，抄她的答案，还不如自己编呢。”

郝英突然傻眼，好半天后捂住了脑袋：“不是吧，我问她数学怎么样，她说还行啊。”

“尖子生和差生的‘还行’标准不一样啊，尖子生觉得考140分还行，差生可能考70分就觉得可以。”两个女生道，“真的，千万别再抄她的卷子了。”

郝英刚刚狂喜的心情，一瞬间全部冻结，但还是好脾气地和这两个女生说了“谢谢”。

本来以为终于可以不挨揍了，结果谁能想到居然来了这么一遭！

郝英还有些不信邪，妄想刚刚两个女生是故意吓他的，于是特意跑回去看了坐在自己前边的女生的名字，然后跑去查上次的考试成绩。

附中每次出成绩都是全校出的，每个同学都可以通过校园网查询成绩，谁的都可以查。

他找到高一（13）班，从上往下看，终于在最后边看到了乔岚的名字。

数学66，物理68，化学79，英语82……全是150分的卷子啊！

郝英崩溃了。

上次月考自己做数学卷子都做了77呢，这姑娘就考了66，到底哪来的自信说自己数学还行的！

一瞬间，郝英似乎已经看到了成绩出来自己将会面临的境遇。

这次不是男子单打，指不定他爸他妈要男女双打了。郝英捂着自己的脸，再过几天等成绩出来，他可能就得破相了。

如果时光倒流，他一定不会再抄前边同学的卷子，他一定好好答题……老天爷，他好想哭。

等第二天乔岚再来教室，昨天还笑容灿烂的大白牙看不见了，酷似某明星的帅哥像个被霜打了的茄子，见到她时双眼满是控诉与怨念。

好好一个帅哥，每天表情这么丰富跟个表情包似的，这也太影响颜值了。

一想到这个，乔岚莫名其妙又想到了郯墨。

郯墨的头发很长了，遮住了眼睛眉毛，整个人看起来阴郁森冷，不要说班里其他人，就连她都没法很清晰地看到他的长相，只有一次，是他定定看着她时，乔岚发现郯墨的眼睛是浅褐色的。

那也是一个很好看的男孩子。

接下来的几门，都是乔岚非常擅长的科目，比起昨天的化学、物理来说非常轻松，乔岚坐着没事干，还给自己估了一下分数。

她最担心的物理这次感觉也还不错，所以这次的总成绩，乔岚觉得自己还是可以期待一下的。

在回家的路上又遇见了乔露。乔露和旁边几个女生说着话，看见乔岚，下巴抬得高高的，不愿意搭理她，转头和旁边几个女生对答案。

“地理最后一道选择题你们选什么啊？”

“我选了C。”

“我选的是D，C不对吧，之前老师不是讲……这道题我敢保证绝对是D。”

乔露说得这么肯定，旁边两个女生顿时哀号起来，乔岚想了想地理最后一道题，就是选C，D是错的。

乔露几个人还在说话，一个女生说这次的数学好难啊，乔露又说还行吧，旁边女生问她能考多少，乔露说应该可以上一百三。

伴随着艳羡声，乔露的声音渐渐远去。

第二天照常上课，但是所有老师这两天都不会讲新知识，而是讲卷子，这个过程对学生而言，紧张又刺激。

尤其是一开始讲选择题的时候，答案都是固定的，每讲一道题，班里的学生要么欢呼要么哀号，乔岚的同桌英语课欢呼了一节课，等数学课的时候就开始丧。

等下课后，宋瑶和陈曜阳身边一瞬间挤满了人。

“宋瑶，你这次数学怎么样？”

“曜阳，物理卷子借我看一下！”

“曜阳，第一能保住吗？”

陈曜阳靠在椅子上笑：“差不多吧。”

语文、文综这几门一般拉不开太大的分数，数学、英语、物理、化学这类的，他敢保证只要他不会的，绝对没有别人会，他主要就是靠这几门拿分，上次就靠这几门直接压了年级第二将近30分。

这次的数学比上次的难度更大，拉分只会更严重。

学生们疯狂估分，老师们则马不停蹄地阅卷子。英语老师最轻松，有机器阅答题卡，他们只负责批改错题和作文就好，所以英语卷子成绩出得最快。

老刘统计着自己带的两个班学生的英语卷子，一会儿准备给教研组长一起交上去。

13 班的英语成绩很好，上次平均分就是年级第一，全年级那时一共十来个满分，这个班就有三个，老刘对此非常自豪。

一般来说英语卷子，就算前边全对，也会在作文上扣一两分，但是年级组长说没必要吹毛求疵一定给学生扣分，作文写得好那就给满分，这样更能鼓励那些好学生。

现在他一个一个地登着成绩，登到宋瑶的时候他点头，很好，和上次一样是满分，到薛雨桐，144，满分丢了，最后到陈曜阳，很好，年级第一不愧是年级第一，依旧满分。

老刘叹了口气，这次的题难，满分比上次少了一个其实很正常，但他还是有点失望，不过其他班可能一个满分都没有。

他没有再特意找卷子，按照顺序一个一个地录成绩，结果又一张满分的卷子出现在了眼前！

老刘非常震惊，居然还有一个？是谁？

裴宁还是赵彤？这几个学生的英语都还行。

最后他目光终于落在了这张满分卷子的名字上，不是他想象的任何一个人，而是乔岚。

老刘惊呆了，居然是乔岚？

他记得乔岚的英语成绩也就是中上水平，上次月考好像还没及格，这次居然直接考了满分？

老刘觉得这简直不可思议、难以置信，但是又突然想起最近几次叫乔岚上来听写单词，乔岚每次都是全对，检查背诵的时候，乔岚背诵得也特别快。

他当时就觉得这个学生终于好好学习了，对此非常欣慰。

老刘想过乔岚这次成绩会进步，但是没有想到会进步这么大，满分啊！所以说功夫不负有心人，只要肯用功，没有什么是办不到的。

尤其现在才高一，什么都刚刚起步，就算以前学习不怎么样，只要好好抓紧现在的时间，一定会出现奇迹！乔岚不就是印证？

所以说，这次他们班的满分还是三个，老刘兴奋了，登完成绩后叫了课代表过来，让课代表将卷子发下去。

班里早就闹哄哄地在等，乔岚的同桌紧张得不行，和前后桌的几个同学估计自己的分数。

她的英语成绩很不错，上次考了一百三十几，这次的题稍微难一点，不知道能不能保住上次的成绩，刚想着就听见班里男生们吆喝了起来："宋瑶，又是满分！"

同桌心里有点嫉妒，听说宋瑶在美国待过一年，在这种环境下，宋瑶的英语肯定比他们好得多，上次月考她比宋瑶在英语上差了将近20分。

这次宋瑶英语又考了150，其他科目她和宋瑶都差不多，所以这次她可能又考不过宋瑶了。

同桌难掩失望，但是下一秒她的卷子就发了下来。

"赵彤，137！"

"哇，彤彤比上次还高啊！"

周围的几个女生都没有赵彤考得好，赵彤的卷子下来，虽说不是150，但是137已经很高很高了，单科成绩在班里绝对能排到前五名！

赵彤刚刚觉得自己可能考不过宋瑶了，现在突然又有了信心，如果宋瑶数学、物理没考好呢，一切都有可能嘛。

再退一步，就算真的考不到第二，第三、第四也可以啊，这次英语比上次高，她的总排名指不定也会更高。

看着前边坐在桌子上的陈曜阳，赵彤的心跳得更快了。等收回视线，她看见乔岚的卷子还没发下来，心里嗤笑一声。

就算每次英语单词听写全对又能怎么样，考试又不是听写单词，不知道这次又能考多少，70？ 80？说不定90，90分顶天了。

赵彤收好自己的卷子，自得地看了乔岚一眼，又看了发卷子的课代表一眼："发快点啊，还有人一直等着呢。"

"急啥啊！"课代表笑了一声，低头拿起下一张卷子，突然笑容凝固在了脸上，半晌后爆了句粗口。

“咋了？”

学生们一个个都看了过去，好奇道。

“乔岚……”课代表迟疑地念出了乔岚的名字，不可置信地又看了卷子一眼，缓缓道，“乔岚——满分！”

全班骤然一静，只要在班里的学生，都齐齐往乔岚那边看去。

乔岚神色淡定地接过课代表手中的试卷，赵彤凝固在脸上的表情逐渐变成了震惊，她不敢置信地往乔岚的卷子上看去。

没有错，就是150分，和宋瑶、陈曜阳一样，满分。

这怎么可能？这根本不可能！

她在前一刻还猜想乔岚能考80还是90，结果乔岚居然考了满分，赵彤怎么都不相信。

班里陷入了一种诡异的寂静，没有人看见平时一直低着头的郯墨也抬起了头，那浅褐色的眸子此刻也直直地落在乔岚身上。

好一阵后班里才开始议论了起来，刚刚走进教室的陈曜阳和宋瑶，听旁边的同学窃窃私语后，都往乔岚那边看了一眼。

赵彤突然将手中的书摔在桌子上冲出了教室。

“肯定是抄的，她怎么可能考满分。”

“真的蠢到家了吧，抄都不会抄，直接抄个满分，都当我们是傻子吗？”

“是啊，就连薛雨桐这次都没考满分，乔岚满分？谁信啊。”

“英语好抄啊，我就不信数学、语文、历史她全都能抄。”

赵彤这才觉得心里好受了点。

是啊，乔岚能抄一门，其他的科目可不是像英语一样这么好抄的，所以她就算再怎么抄，也不会干扰到她。

她的成绩可是排在班里前五的。

然而，这仅仅只是个开始。

除去语文、政治、历史这类批改比较慢的科目以外，其余科目的成绩也一门一门地全部出来了，化学和物理成绩相继公布。

乔岚最近疯狂学物理，经常会跑去教研室请教物理老师问题。

物理老师一开始对乔岚的印象不太行，毕竟她第一次月考成绩很差，上课又明显不认真听讲，对于这样的学生，他一点都喜欢不起来。

但是月考之后，乔岚就跟变了一个人似的，一有时间就来请教他问题。他翻看过乔岚的物理练习册，上边密密麻麻全是做过的痕迹，而且乔岚请教问题的态度一点都不像闹着玩的。

以前不认真没关系，现在终于开始知道努力，也完全不迟！现在才高一，不是吗？

最近对乔岚大为改观的不止老刘一个，等成绩出来，物理老师更满意了。

期中考试一共八门科目，每一门都设置了150分，所以满分是1200分。这次物理卷子是他亲自出的，确实有点难，全年级物理分数最高的是陈曜阳，133分，然后就没有上130的学生了。

乔岚是130以下的第一位，129，单科排名和其他班的两个同学并列全年级第二！

物理老师站在讲台上亲自发卷子，将属于陈曜阳的卷子发下去后，他陡然变得激昂了起来："我之前就和你们说过，只要肯努力，就没有办不到的事情！这世上没有笨学生，只有懒学生，只要肯努力肯拼搏，分数就会给你满意的答卷！"

赵彤的心头陡然升腾起不祥的预感，她有些不安地看了乔岚一眼，心里一个劲儿地安慰自己不可能。

不可能的……

但下一秒，物理老师更加激情澎湃的声音在她耳边炸响：

"乔岚同学！129分！上来领卷子！"

坐在前排的秦洋、宋瑶等人霍然回头，他们此刻的表情与赵彤相差无几。

之后赵彤也没心情听物理老师讲卷子了，她坐立不安了一节课，一下课再也坐不住了，猛然转头狠狠瞪乔岚："你抄袭！"

乔岚抬头看了赵彤一眼："我抄谁的？"

全年级比她分数高的就陈曜阳一个，难道是陈曜阳给她抄的？

乔岚表情淡淡地往赵彤的卷子上看了一眼："抄你的？"

明目张胆的讽刺让赵彤脸色骤然一白，捂住了自己的卷子，再抬起头来，发现有些同学看她的眼神有些奇怪，她这才反应过来自己刚刚的怀疑简直可笑。

这次的物理卷子是他们老师亲自出的，不像英语是从网上历年的题库里找题。物理卷子上的题，在网上根本找不到痕迹，偶尔有一两道题型相似的，但也被改了数据，所以这样的卷子根本不可能从网上抄袭。

赵彤的脸烧了起来，她眼神发颤地往陈曜阳的方向看了一眼。

陈曜阳难得正经地皱眉看着这边，可乔岚和赵彤坐在一起，赵彤一时间也分辨不出陈曜阳到底是在看她还是在看乔岚。

李凡皱着眉，看了眼物理成绩不是很理想的宋瑶，又往乔岚那边看了一眼，这才转头与陈曜阳道："乔岚为了和你做同桌真的拼了，这进步真吓人啊。"

陈曜阳微微皱眉："别说了。"

李凡不怕他，想了想突然道："她不会超过你吧？！"

陈曜阳低头，一脸"你开玩笑"的表情，李凡说完觉得自己想多了，陈曜阳可不偏科，他每一门成绩都非常优秀。

想超过陈曜阳太难了，想想上次月考，他可是压了第二名将近30分。

他摇了摇头，没一会儿化学卷子也送了过来，陈曜阳以145分再次拿下单科第一的好成绩，但乔岚141分，另一个男生紧随其后，考了全班第三。

陈曜阳没忍住，又往乔岚那边看了一眼，突然有种不太好的预感。

而此刻高一（2）班正在发数学卷子。

对数学已经无望、正在等待男女双打的郝英，突然被天大的惊喜给砸中了。

他的数学这次考了123分！

郝英拿着卷子傻了好几秒，终于确定不是23，是123。

凑过来的哥们儿大喊一声，抢过郝英的卷子看完："选择、填空全对，兄弟，你抄了哪个学霸的卷子？"

郝英一愣，一把抢回了自己的卷子，发现选择、填空真的全对，直接80分到手。

郝英豁然想起那天问前排女生的话——

“同学你数学怎么样。”

“还行。”

这哪是还行啊，这简直就是学霸啊！

所以说后来那两个故意误导他、害他提心吊胆好几天的女生到底什么意思？

不对，那乔岚上次的月考成绩是什么意思？有毒吧！

不过话说回来，自己抄了人家的选择题、填空题答案就123分了，那乔岚得考多少分？

在经历过英语、物理、化学之后，高一（13）班的学生们再次得知乔岚的数学卷子满分后，彻底全体失言了。

全班一共三个数学满分，一个陈曜阳，一个裴宁，都是男生，然后就是乔岚。

到现在，乔岚已经拿到570分，如果大家估计得没有错，她暂时已经并到了全班第二的位置。

还有四门成绩没有出，但此刻第一名的陈曜阳，不过比乔岚多了8分而已，他最拿手最厉害的几门，只压了乔岚8分。

剩下的四门，语文以及文综三门，并不是陈曜阳最出彩的科目。

前一刻李凡还在说乔岚会不会超过陈曜阳，所有人包括陈曜阳，都觉得这简直是痴人说梦，但是此刻，大家都有些不确定了。

根据乔岚第一次月考的成绩看，她明显是文科好过理科的。

高一（13）班突然陷入了一种奇怪又紧张的氛围，曾经从来不将乔岚看在眼里的同学们，目光开始时不时地往乔岚身上看去。

而当事人乔岚则很淡定地拿着笔在纸上写写画画，在这四门成绩出来后，乔岚完全放心了，因为后边几门才是她最拿手最好的几门。

后边四门的成绩是一起出的，或者说，是一直没有出，直到全年级成绩统计完毕后，直接发送到了校园网上。

所有的成绩、名字，全部已经统计完整。

几个学生冲到了讲台上的电脑旁边，登录校园网，正想找13班的成绩，却不小心点到了年级排名，然后直接被年级排名的第一个名字吸引走了全部的注意力。

依旧是高一（13）班，但是名字不是陈曜阳了，而是乔岚，总分1092。

第二名的名字也很熟悉，也是高一（13）班，陈曜阳，总分1068，低了第一名的乔岚24分。

不准确地四舍五入一下，乔岚差不多高了陈曜阳30分。

这四门成绩出来前，陈曜阳比乔岚高了8分，但是总分乔岚比陈曜阳高了24分！

陈曜阳从来都是自信自得的表情，在这一瞬终于有了片刻的破裂，陈曜阳旁边的兄弟们都噤声了，谁这时候开口简直就是找骂，更何况他们一时间根本不知道说什么。

陈曜阳的第一名被抢走了，而将它抢走的那个人，是他曾经最看不起、是所有人根本不曾放在眼里的乔岚，是他们在不久之前还嘲讽说就算怎么学都没用的乔岚。

结果人家现在直接成了全年级第一，压住了陈曜阳，也将他们远远甩在了后面。

没有人说乔岚是抄的。

一门两门也许还有抄的可能，但是所有的科目都这么拔尖，怎么抄？

物理、数学卷子都是老师亲自出的，从网上根本抄不到答案。

而且乔岚人缘这么差，她自己连手机都买不起，谁给她发答案？她又拿什么收答案？

之前还一直觉得乔岚抄袭的赵彤什么话都说不出来了，不只因为乔岚的进步，让她最崩溃的一点是全班排名出来了，她好巧不巧地排在了第五位。

如果没有乔岚，她可以排到第四，坐在陈曜阳后边，现在却要坐到陈曜阳后边的后边。

赵彤越想越难受，终于趴在桌子上崩溃地哭了起来。

在成绩放出来的那一刻，高一全年级都发现，陈曜阳没能保住年级第一的名号，被一个叫乔岚的女生挤到了第二的位置。

乔岚是谁？没有人知道。

但是并不影响其他班的同学感叹，居然真的有人将陈曜阳压了下去，而且不是压了几分，而是将近30分。

上一次月考的时候，陈曜阳就压了年级第二将近30分。

并不是所有人都喜欢陈曜阳的，至少郝英就不喜欢。他每天被人拿来和陈曜阳比较，说他虽然长得帅，但是没有陈曜阳学习好。

陈曜阳被压成了第二，郝英很高兴，等看见第一的那个名字，郝英更高兴了，这可是他抄的那个学霸！

经历过由绝望到欣喜的大起大落后，郝英看见乔岚的名字，蓦地生出了一种与有荣焉的自豪感和亲近感。

而另一个教室里，乔露也在着急地看自己的成绩。

乔露考得还不错，比上次进步了三个名次，考了班里第七名。

成绩越靠前越难进步，乔露对这次的名次还是很满意的，而且她妈妈答应了她，如果有进步的话就给她买一部手机，乔露恨不得马上跑回去告诉妈妈自己的成绩。

和旁边几个女生寒暄完后，乔露这才想起乔岚，也不知道乔岚考了多少，指不定又是班里倒数。

她打开校园网找到13班的成绩单，直接拉到最后，从下往上开始看，结果看了一路也没找到乔岚的名字。

乔岚没参加考试？

不会啊，不参加也会把名次放出来的，就像13班那个坐轮椅的残废，就在最后一名，所有科目都是零分，一看就是没考试。

乔露的眉头皱了起来，眼看就要翻到前二十，就听到身边几个同学感叹："压了陈曜阳30分，牛啊！"

"好像也是13班的，13班真的厉害啊！"

乔露一愣，压了陈曜阳30分？陈曜阳不是年级第一？

"还是个女生，好像叫乔岚，一会儿下去做操，瞅瞅是哪个。"

一堆人附和点头，都对这位年级第一充满了兴趣，而还在查成绩的乔露一听见"乔岚"两个字直接宕机，蒙了几秒后直接将成绩单拉到了最上面，终于找到了乔岚的名字，总分 1092 分，高得让人觉得不真实。

“这不可能！”

旁边一个女生回头：“什么不可能？”

“乔岚怎么可能考这么高！”乔露瞪圆了眼睛，“她成绩那么差，之前那次还是班里倒数！”

“倒数咋了，人家现在是正数不就行了，你这么激动干吗？”

几个人被乔露过于激愤的语气吓了一跳，有个心细的同学突然想到了什么——乔岚、乔露，她皱了皱眉道：“乔露，你认识这个乔岚啊?！”

“……她是我三叔家的女儿。”

乔露的脑子乱成一团，刚刚考了第七名的好心情瞬间全没了，满脑子全是乔岚怎么可能考这么高。

“她成绩一直很差，小学、初中都不好，上次月考还是她班里倒数，这次直接考了年级第一，你们就不觉得奇怪吗？”

一般人都不会带着恶意去揣测一个根本不认识的人，众人摇摇头，没觉得奇怪，他们都觉得乔岚很牛。

“她不可能考这么高，她肯定是抄的……”

终于有人听不下去了：“全年级学生打乱座次考试，老师亲自出题，进教室还要检查设备，你有本事你抄一个。”而且要抄个第一。

也许进步十几个名次，大家还会怀疑这个成绩的真实性，但是由于进步太大，每一门的分数都太高，以至于大家都觉得说乔岚抄袭实在太荒唐。

陌生的同学是真的没觉得奇怪，他们就是觉得这女生特厉害。

倒是乔露，好像和乔岚是亲戚，这样的亲戚……有些同学心里或多或少都有了些不一样的想法。

期中考试后，乔岚在高一年级变成了红人，离得近的几个班，有些同学好奇地跑来看这位能超陈曜阳 30 分的牛人到底是谁。

教室外边嗡嗡嗡的声音，夹杂着陈曜阳和乔岚的名字，让自打名次出来后脸色就不大好看的陈曜阳更沉默了。

教室外边的学生在吵，教室里边也在议论，只不过议论的话题除了成绩，还有换座位。

下午最后一节课就是班会课，班主任一定会在班会课上根据这次的考试名次换座位。

乔岚考了第一，陈曜阳是第二，所以他接下来的同桌，是乔岚。

陈曜阳坐不住了。

如果说丢了第一已经够丢脸，那么让乔岚得偿所愿地和他成了同桌，那绝对会让他更加丢脸。

他不想和乔岚坐一起，只要想起曾经乔岚看他时那黏黏腻腻的眼神，陈曜阳就觉得浑身起了鸡皮疙瘩，无论换成其他的谁都比乔岚好。

陈曜阳将手机放进桌洞，站起身来迈开长腿出了教室，后边的李凡愣了愣："上厕所？一起去！"

"有点事。"陈曜阳道，"别跟着。"

李凡看着陈曜阳的背影，觉得自己猜到了陈曜阳要去哪儿。

陈曜阳应该是去找班主任了，如果陈曜阳坚决不和乔岚坐同桌，班主任也没法强迫。这么一想，李凡顿时有些可怜乔岚了，辛辛苦苦终于有了和陈曜阳同桌的机会，结果陈曜阳根本不给乔岚机会。

他叹了口气，转头往乔岚的方向看了一眼，发现乔岚居然没在座位上，他在教室里找了一圈也没有看见人。

可能是去厕所了吧，李凡也没放在心上。

陈曜阳直接去了行政楼找班主任。

这两天出期中成绩，行政楼来来往往的学生很多，很多老师为了方便，直接开着门，陈曜阳刚走到班主任的办公室门口，就听见怎么都没想到的声音。

乔岚怎么会在这里？她找班主任干什么？猜到他会和班主任说换座位的事情，所以提前和班主任打招呼？

陈曜阳的眉头顿时皱了起来，当即就想回教室，这时班主任不掩诧异的声音传了出来："你刚刚说你想和郯墨同桌？"

陈曜阳猛然抬头。

乔岚……想和郯墨同桌？陈曜阳觉得自己的耳朵可能出了问题。

乔岚很认真，她想和郯墨同桌，说不定还能借着这个机会和郯墨拉近一下关系。另一方面，与其和这个嘲讽了她将近一个月的同学同桌，还不如和郯墨坐一起。

“老师，其实郯墨不是大家说的那样，我之前和他说过话，他只是性格内向、话太少了而已，我是真的想和郯墨做同桌，没有开玩笑。”乔岚说得非常诚恳。

班主任有些迟疑：“但是我在上次月考之后就说好了，这次按照名次排座位，你应该和陈曜阳同桌。”

乔岚好不容易将脸上的嫌弃给控制住了，但还是没控制住脱口而出的拒绝：“老师，千万不要让我和陈曜阳同桌！”

陈曜阳差点没控制住直接冲进办公室，乔岚竟然不想和他同桌？就连班主任都发现了她有多抗拒：“为什么？”

“……没什么原因，就是不想和他坐一起。”

班主任还以为是同学间的矛盾，苦口婆心道：“同学之间要团结友爱。”

团结友爱个鬼，如果不是她心理强大，就这样的同学的“爱”，放在有些心理脆弱的学生身上绝对得有心理阴影。

“老师，”乔岚道，“如果你一定让我和陈曜阳坐同桌，我就搬桌子直接坐最后一排。”

班主任：“……”

外边的陈曜阳脸已经气得发青了，乔岚为了不和他同桌，居然宁愿和郯墨那个傻子一起坐，居然宁愿搬桌子一个人坐最后边！

陈曜阳活了十几年，还从来没被这么嫌弃过，要不是他亲耳听见，陈曜阳真的觉得这是天方夜谭，这样的话居然能从乔岚的嘴里说出来。

陈曜阳强压着火，握紧了拳头，转身就走。

办公室里边，好半天后班主任才叹了口气：“你说你想和郯墨同桌是吧？”

“对。”乔岚急忙点头。

“其实我也很希望有人能主动和郯墨坐在一起，郯墨的性格有些自闭，班里同学不愿意和他走近，你能主动和他交流，我很欣慰，但是郯墨同学的情况没有这么简单，你想和他同桌，我还得问一问他的意见，如果他也同意，那就没有任何问题。”

乔岚心里有些没底。

郯墨的冷漠和疏离，不是一朝一夕那么容易就能消融的，就算在早上说一声“早上好”，郯墨偶尔也会回她一声，但是这并不代表什么。

但是……但是如果郯墨答应了呢？

毕竟他并没有和其他人说过一句“早上好”，也不会再冷冰冰地让她走远点。

乔岚点点头，同意了班主任的提议。

李凡一众人看陈曜阳心情不大好地出了教室，心情更不好地又回到了教室，心里一动凑上去道：“咋了，老班不同意？让你一定和乔岚坐？”

这直接撞在了陈曜阳的枪口上，他一想起刚刚乔岚的话，更烦躁了：“闭嘴！”

咋了这是？

李凡几个面面相觑，一会儿后宋瑶找陈曜阳说话，两人出去了，李凡几人这才说了起来：“曜阳这是咋了？”

“可能是老班不同意？”

郯墨坐在最后一排，依旧低着头，可是手中的笔没有动。

他的听力比常人要好那么一点，尤其是特别注意的声音。在知道每天和他说话的那个女孩叫乔岚后，郯墨在自己还未发觉的时候，已经开始经常主动捕捉这个名字了。

与往常一样，他又听见了乔岚的名字，那是几个男生的议论声。

“乔岚为了和陈曜阳当同桌，直接拼了个第一，老班如果不让她和陈曜阳坐一起，她不得气死？”

为了和陈曜阳当同桌？

郯墨面容依旧冰冷，面部肌肉犹如坏死一样没有任何的表情，可是就连他自己都没有发现，那浅褐色的眼眸轻轻地颤了颤。

班主任从外边进来，轻轻点了点郯墨的肩膀，示意郯墨跟自己出来一下。

郑墨转动着轮椅，与刚刚走进教室的陈曜阳擦肩而过，男生高大的身形在他身边投下一小片阴影。

郑墨沉默地抓住了轮椅，抬起头看着眼前的班主任，班主任和蔼地问他："你认不认识我们班的乔岚同学？"

为什么会突然提起乔岚，郑墨不知道。

"认识。"郑墨道。仅仅是认识而已。

班主任倒是很惊喜，对于郑墨而言，认识一个人已经十分难得，乔岚之前说她和郑墨有过交流，他还不相信，这下倒是真的觉得有可能。

"那你愿不愿意和乔岚同学当同桌？"

郑墨抬起头，刚刚几个男生的议论声还环绕在耳边："乔岚为了和陈曜阳当同桌，直接拼了个第一。"

他毫无感情的眸子看着班主任。

"不愿意。"

她有更想一起的人，他愿不愿意，又有什么意义。

回到教室里，乔岚已经从外边回来了，好多围在教室外边的同学终于看见了传说中的乔岚。可是传说中的乔岚半点没有考全年级第一的欣喜，高高瘦瘦的一个女生，沉默地走进了教室，像是往第一组最后一排的位子看了一眼，又像是没有看，最后一语不发地回到了自己的座位上。

乔岚承认，自己有些失望。

刚刚班主任找到她，说郑墨直接了当地说他不愿意和她同桌，不曾解释任何原因。

班主任是个好人，还在安慰乔岚："郑墨和你了解的不一样，他从小有很严重的自闭症，后来他家里出了一些事，现在病情更加严重了。当初郑墨根本不愿意来上学，郑墨的父亲费了很大的力气才让他来学校，他不喜欢与人亲近，所以还是让他一个人坐在后边就行了……"

"老师你不用说了，我都明白。"她甚至比班主任知道得都多。

知道郑墨这不是普通的自闭症，也知道他的身上发生过什么，但难免还是会有些失望。

班主任也不好说什么，想了想又道："关于换座位，我觉得你和陈曜阳同桌还是很不错的，陈曜阳的物理、化学都非常好，你和他坐同桌，互帮互助可以有效提高成绩！"

乔岚："……"老师您就放过我吧。

也许是乔岚的表情太生无可恋，班主任也不忍心为难她了，毕竟是第一名嘛，总归有点小特权："那你想和谁坐同桌？"

"随便吧。"乔岚道，全班四十五个人，有四十个她连名字都叫不上来。

班主任想了想："那就裴宁吧，裴宁也是物理、化学很好，英语倒是有些薄弱，你们坐一起也不错。"

乔岚不知道裴宁是谁，班主任这么说了，那就这样吧。

乔岚走后，班主任叹了口气，他还是有些在意为什么乔岚不愿意和陈曜阳同桌，据他所知，陈曜阳在班里的人缘应该是非常好的。他摇了摇头，走出了办公室，走了两步发现前边的背影有点眼熟，这不正是陈曜阳吗？陈曜阳在这儿干什么呢？

班主任也没多想，喊了陈曜阳一声，陈曜阳不大想搭理但还是站住了，面无表情地看着班主任："老师，有什么事吗？"

"这个，"班主任犹豫了一下，还是觉得不能问，只能边走边鼓励陈曜阳，"这次没保住年级第一是不是有点泄气，老师觉得完全不用放在心上，好好努力下次争取再考回来就行。"

第一还是第二，陈曜阳现在已经没那么在意了，他承认自己最近有点太放松了，只要对文科那几门更用功一点，下一次第一还是他的，他还真没太担心。

他现在烦躁的是……

"老师，"陈曜阳斟酌着开口，"下午的座位……"

"哦哦这个，我正要和你说呢，按照这次的排名，你和乔岚应该同桌的，但是因为一些原因，老师决定让乔岚和裴宁同桌，你和宋瑶同桌，我看你和宋瑶关系还是很不错的，应该没有问题吧？"

陈曜阳："……"您都这么说了，我还能怎么说？

如果他不同意，那就是他和宋瑶关系不好？

陈曜阳难得地一句话都不想说了，前一阵子刚刚压下去的火又一点一点地开始复苏，路过高一排榜的展板，又一眼看见了最上边的乔岚，他越发阴郁地移开了视线。

下午最后一节班会课，13班的同学个个都略有些兴奋，第二节课一下课，所有同学就将书包收拾好，等着迎接新同桌。

只有郯墨静静地坐着，像是和一切没有任何关系。

等上课铃响后，班主任这才拿着成绩单走了进来，站在讲台上清清嗓子道："今天我们按照名次排座位，大家应该都理解这句话的意思，但老师还是有另外几点要说清楚。我知道有同学并不满意这种排座位的方法，尤其是班里成绩靠后的同学，对此，对于排座位，还有一点我要交代。

"名次靠前的同学可以和名次靠前的同学坐，但是，如果考试进步非常大的同学，老师也可以酌情调整座位，所以说即使你成绩不好，但是只要你有进步，依旧可以和成绩很好的同学坐同桌，也就是说我们这次换座位，并不是严谨地按照名次排名。"

这么一说，之前那些靠后的同学顿时精神了，班里嗡嗡嗡地议论了起来。

"好了好了，大家安静，现在开始排座位。"班主任指着靠门小组的第一排的位置，"从这一组开始，第一排，乔岚、裴宁。"

话音刚落，全班同学的视线"唰"地落在了乔岚身上。

乔岚不应该和陈曜阳坐吗？

就连即将和乔岚同桌的裴宁都愣了愣，但他性格内向，什么也没说。乔岚更是淡定，班主任刚刚说完话，她就拿着书包坐在了第一排的位子上。

一直低头看着书的郯墨，早已停下了手中的笔，那张永远都面无表情的脸上，肌肉隐隐抽动了一下，漂亮的浅褐色眼睛第一次有了迷茫。

她不应该和陈曜阳坐在一起吗？

可是没有人回答他，也没有人会告诉他。

本该和乔岚同桌的陈曜阳，坐在了乔岚左边的第三组第一排，和他一起坐的是宋瑶。宋瑶脸颊微红，大眼睛水汪汪的，可是陈曜阳心情太差，完全没有看见。

他一转头就能看见乔岚，她低头拿着一支笔在做物理练习册，似乎对他坐到哪儿没有半点兴趣，周围的纷杂也与她没有半点关系。

乔岚真的对他没感觉?

即使亲耳听到乔岚不想和他同桌，陈曜阳也不信。

毕竟乔岚当初的眼神太明显，而且要不是为了离他近一点，乔岚会这么拼命地考到这个名次?

但是乔岚现在到底想做什么，陈曜阳还真的想不到。

经历了乔岚和陈曜阳的座位风波后，后来的换座位就没什么意思了，大家有了新同桌，重新落座，一个个叽叽喳喳的好不热闹。

只有郏墨，整个人沉默得更加阴郁。

他抬起头，与往常一样向着一个位子看去，可是坐在那里的已经不是乔岚了，而是换成了一个又高又壮的男生。

乔岚坐在门那边的位子，而郏墨坐在那个位子的对角线。

乔岚成了这个教室中离郏墨最远的人。

中间隔了那么多的同学，还有很高很壮的男生，他们挡住了郏墨的视线，他看不见乔岚的背影了。

手中的笔蓦地划破了纸张，在书本上面留下一道长长的印子，可是郏墨自己没有丝毫察觉。

恍恍惚惚地，最后一节课结束了，站起来的同学们挡得他更加什么也看不见了，等终于可以看见的时候，郏墨发现乔岚还坐在座位上在看书。

本想走的郏墨又顿住了，他想不通自己为什么不走，自己留在这里又是为了什么。他也不想去想这里边的缘由，而是目光沉沉地看着离自己好远的乔岚。

衣兜里的手机振动起来，是每天接他上学放学的陈伯打的电话，郏墨看了眼手机，按掉了电话，回信让陈伯等一等。

五点二十分放学，直到五点四十分的时候，乔岚终于放下了手中的笔，轻轻舒了口气。她无意识地回头往郯墨的方向看去，等回头的时候才想起现在这个时候，郯墨应该早就走了。

可是她一看却发现，郯墨还在，不但在，坐在轮椅上苍白又脆弱的少年，正在定定地看着她。

那双眼睛向来没什么感情，可是隔着这么远的距离，乔岚却觉得那双眼睛看向她的时候，目光过分烫人。

乔岚本想离开，犹豫片刻又停下了。

自从郯墨说不愿意和她同桌后，乔岚的积极性有些受打击，也有些不知道该怎么继续和郯墨交流，她甚至有些怀疑自己这样单方面主动，是否真的合适。

她自己以为的亲近，对郯墨而言，是不是只觉得烦躁和打扰。

但是……乔岚微微垂下眼睫，再抬起头时，郯墨已经收了视线，转动着轮椅往教室外走去，背影冷漠，就像刚刚那个灼人的视线是假的一样。

乔岚抓起书包追了上去。

“郯墨。”乔岚喊了他一声。

手按在轮椅上的少年停住了，夕阳落在他苍白消瘦的脸颊上，他的声音淡漠而又疏离：“什么事？”

“你……”你刚刚在看什么？你刚刚又想做什么？

乔岚终是没有问出来，她敢保证，郯墨自己都不知道。

“郯墨，你是喜欢一个人独处吗？”

“是。”

“你不喜欢有人离你太近吗？”

“是。”

“离你太近你会讨厌吗？”

“会。”

乔岚沉默了。

郯墨紧紧盯着乔岚，为什么问这些？为什么问这种不相关的问题？为什么不接着继续问？

乔岚没有问。

郏墨紧盯着乔岚墨黑的眸子，问出了让他一整天都烦躁不已的问题："你为什么没有和陈曜阳坐在一起？"

乔岚愣了愣，大抵是没想明白为什么他会提起陈曜阳，但还是老老实实地回答了：

"因为不想啊。"

不想？为什么不想？

那你又想和谁一起坐？

你考第一难道不就是为了他？

郏墨没有问出口，但是乔岚看懂了郏墨欲言又止的问题。

"不想，因为我讨厌他。"乔岚道，说罢又像打趣自己似的道，"我想和你同桌啊，但是老师说你不愿意。"

郏墨骤然抬头看她，那张肌肉宛如坏死的面孔依旧看不出任何表情，乔岚低头看着他，收敛了笑容。

"郏墨，我不知道你会这么不喜欢，我不是有意让你这么难受的，对不起，以后再也不会了，我不会再打扰你了。"

她看着郏墨轻轻一笑，就如同往日一样的微笑，可是这次的微笑，却和他以往记忆中的微笑，再也不一样了。

郏墨天生对情绪感知很迟钝，对细腻复杂的感情更是难以辨别，这是阿斯伯格症的最大特征。

失望、后悔、羡慕、嫉妒，这样的感情在郏墨十五年的短暂人生中是鲜少出现的，就算是出现了，他自己也无法认清这是怎样的感情波动，他只能将所有的情绪笼统地再次归结到他更加熟悉、也更加简单的情绪里，比如愤怒，比如伤心。

那么这一刻，看着乔岚转身离开的背影，郏墨心口的位置突然有些难以形容的酸涩，他有迫切想同乔岚解释一些话的冲动。比如他确实讨厌有人接近，确实不喜欢有人打扰他，可是这么多天，他并没有讨厌乔岚的接近。

他从乔岚的话中反应过来，他误会了很重要的事情，可是他还不明白，这种强烈的情绪波动，叫后悔。

附中不只有高中部，还有初中部，每次考完试后，每个年级都会放出各年级的前一百名名单，挂在所有人都可以看见的展板上。

乔源只是在路过的时候随便瞥了一眼，他本意是想看看乔露有没有进前一百，如果进了指不定又要炫耀，结果一眼就看见了高一展板上最高处的位置，挂着自己亲姐的名字。

乔源第一时间以为是同名同姓，结果看了看后边的班级，整个人都傻了。

从来没听乔岚说她班里有和她同名同姓的人，所以挂在第一名位置的那个女生，就是他三姐？

乔岚居然考了年级第一？

下午放学后，乔源几乎是冲回家的，路上遇见了乔露，顿时来了劲儿，冲上去就对着乔露喊："露露姐，你这次考得咋样啊？"没等乔露开口就扯着嗓子喊，"我姐考了年级第一，露露姐你进年级前一百了吗？"

乔露气得脸色发青，转头就吼："乔岚还不是抄的！"

抄的？乔源缩了缩脖子。

他其实也不大相信乔岚能考这么好，现在被乔露一说倒是真有些相信，但还是不能在乔露跟前输了面子，于是梗着脖子继续道："没有证据你可别乱冤枉人，有本事你也抄个年级第一啊。"

乔露冲上去就要打乔源，乔源立刻跑掉了，乔露站在原地咬着嘴唇，突然间哭了。

乔二婶在家做饭，听见开门声，一回头就看见闺女哭得眼睛跟核桃似的，吓了一大跳，急忙擦了手从厨房里走出来："这是怎么了？谁欺负你了？"

房间里看书的乔二叔也急忙赶了出来，夫妻俩一左一右地坐在女儿跟前问她怎么了，乔露被父母一安慰，顿时哭得更凶了。乔二婶琢磨着时间，觉得自己猜到了一点。

"出成绩了？"

乔二婶以为是乔露没考好："一次考试而已，没考好没关系的，继续努力就好了。"乔二婶摸了摸女儿的头发，"快不哭了不哭了。"

乔露抽抽搭搭地哭："不是……"

她从书包里拿出成绩单给乔二叔乔二婶看，两人一看，班里第七，比上次还进步了三个名次呢，这不是很好吗，怎么又哭了？

再三询问才知道是乔岚考了年级第一。

乔二叔和乔二婶相互看了一眼，都是一脸诧异，乔露激动得语无伦次："她以前成绩那么差，一下子考这么高，不是抄的还能是什么。我和同学们说，他们还说我小心眼嫉妒乔岚，我嫉妒她什么，嫉妒她抄袭吗……明明是乔岚自己不要脸……"

乔二叔听不下去了："别说了！"

乔露被父亲陡然严肃的语气吓了一跳。

"你说乔岚抄袭，有证据吗？"

这还需要什么证据？乔露一脸惊诧。

"她以前成绩那么差，怎么可能一下子进步这么多？这次的卷子特别难，她差 100 分就满分，这难道还不是抄的？"

"你们老师没有说乔岚抄袭，你也没有看见她抄袭，仅凭成绩这不能说明什么。"乔二叔直接反驳，他有些不高兴女儿直接给乔岚定罪的做法，还要接着教育女儿，被乔二婶挡了下来："你进去，我和露露说。"

乔二叔看了乔二婶一眼，犹豫着，乔二婶回头看了女儿一眼："乔岚以前的成绩你又不是不知道，这次考第一本来就奇怪，你说露露没证据证明乔岚抄了，那你能证明乔岚没抄吗？"

乔二叔皱起了眉头，还要再说什么，乔二婶急忙道："我知道怎么和她说，你先进去，露露本来就哭了你还骂她。"

乔二叔这才看了乔二婶一眼，进屋子去了。乔二婶坐回了乔露身边，安慰起女儿来："你爸爸说的也有道理，如果她没抄，我们不就冤枉她了……"

"她绝对抄了！"

乔二婶沉默几秒叹了口气："她能抄这一次，我就不信之后的每一次她都能抄。平时能抄，会考、高考难道还能抄？我们只要自己问心无愧就好了，不要管她了。"

终于将乔露给哄好了，乔二婶摸了摸女儿头发：“明天是你奶奶生日，我们一起去你三叔家吃饭，你去不去？”

“不去。”乔露想都没想地拒绝了，她才不想见乔岚。

乔二婶也猜到了：“不去就不去吧。”去了指不定又要被嘲讽欺负，本来已经够受气了。

乔岚那边，乔源一回家就告诉所有人乔岚考了年级第一的消息，刚刚进门换鞋的乔母，吓得差点摔了一跤。

乔岚考了年级第一？

乔老太也皱着一张脸：“看错了吧。”

“我难道还能认错乔岚的名字？”

乔老太还是不信：“那肯定是同名同姓。”

“高一（13）班，乔岚，她班里就她一个乔岚，总分1092，差108满分，全校都知道了，哦哦乔露也知道了，对了，乔露根本没考进前一百！”

一想起乔露刚刚那个脸色，乔源就高兴。

乔源自小跟乔老太亲，以前年龄小不懂事，后边慢慢长大了，也慢慢看懂了一些东西。比如说乔老太对他虽然好，但是对他妈妈特别不好，就连他都能感觉到，他奶奶看不起他妈妈。

乔源跟奶奶亲，但最亲的肯定还是亲妈，人心总是偏着的，尤其是乔老太一次又一次嘲讽他妈妈不如乔二婶有文化，乔源就更向着妈妈了。

更何况乔老太每次骂乔母，说她脑子笨，生的孩子脑子也不够用，所以比不上乔露。

乔老太其实骂的是乔岚，但乔源也是乔母生的，乔源怎么听都觉得他奶奶也在骂他，毕竟他的成绩也特别差，所以只要是能让乔二婶还有乔露丢脸的事情，乔源总是乐此不疲。

这次乔岚考了年级第一，直接打了乔露的脸，简直不能更爽！

乔老太咋都不信，但是乔母信了，顿时觉得自己腰杆子都挺了起来。

乔老太不是天天说她没文化，所以生的孩子不行吗？但是乔岚考了年级第一，有本事让乔露考一个？

等乔岚从外边回来，就对上了喜气洋洋的乔母和一脸晦气的乔老太，乔母亲自下厨做了一桌子菜，吃饭的时候更是借机把乔老太损了个遍。

乔老太气得又是一晚上没合眼。

第二天是乔老太七十岁生日，晚上的时候，乔源眼巴巴地等着乔露，结果乔露始终没有来。乔母因为乔岚考了年级第一，腰杆子别提有多直了，一句一个我家岚岚聪明，又爱学习，乔二婶再次庆幸还好没带乔露过来，要不指不定又得闹起来。但她还是难免气不顺，本来就不明不白的成绩，再看看乔母那小人得志的样子，果然是没文化、没念过书的小气做派。

家里来的人挺多，乔大伯一家、乔二叔乔二婶，还有乔家已经出嫁的两个姐姐。乔大姐依旧和平时一样性子温和；乔二姐咋咋呼呼的，手上戴着一枚亮闪闪的大钻戒，引得一众人时不时看一眼，乔二姐顿时下巴抬得更高了。

等晚上一众人吃完饭离开了乔家，乔家两个女儿没急着回去，留了下来。

乔岚被吵了一晚上，作业都没写完，终于等人走了，关上门写着作业，但乔二姐声音特别大，隔着一堵墙都特别清晰，乔岚用纸塞住了耳朵都没什么用。她烦躁地揉了揉太阳穴，就听见外边有人敲门。

乔老太、乔母和乔源进乔岚的房间从来都不会敲门，乔岚大抵猜到了是谁，打开门一看，果然是乔大姐。

乔母一共生了三个女儿，大女儿今年二十三岁，前年结的婚，老公是经常给乔岚家小饭馆送菜的菜店老板的儿子。

乔老太和乔母都看不上这个女婿，一个菜店，比她家条件也好不了多少，但后边菜店送菜的时候给乔家便宜了不少，于是乔父、乔母就将自家大女儿给送出去了。

不过好在这小两口过得挺恩爱，乔大姐去年生了个女儿，整个人看着比以前更好相处了。

乔大姐从外边进来轻轻关上门，笑了笑坐在乔岚床边，轻言慢语，和乔家其他人完全不一样。

乔大姐问了乔岚最近怎么样，然后提起乔岚这次的考试：“我听说考了年级第一。”

乔岚对乔大姐印象暂时还不错，点了点头，“嗯”了一声。

“真好。”乔大姐道。她以前念书不行，高中都没念完，当初没觉得怎么样，现在慢慢开始有些后悔了，但是后悔也没办法，已经这样了。

乔大姐和乔岚说了会儿话，然后拿出一个小盒子递给乔岚。

“我也不知道买什么，前两天出去转的时候正好看见了，都说你们年轻学生喜欢戴这个。”

乔岚低头一看，是个 MP3。

“我让你姐夫随便下载了点歌，你听听，不好听的话你自己再下载。”

乔岚拿着小巧的 MP3，听着外边乔二姐、乔老太穿墙的声音，半晌后轻轻道了声“谢谢”。

“谢什么。”乔大姐笑了，“我们家没有一个能念书的，好不容易有了个你，你好好念书，以后好好考个大学。”说完又看了外边一眼，“咱妈没念过书，大道理和她没法说，她说什么你别放在心上，好好念你的书就行。”

乔岚没明白乔大姐为什么突然说这些，但还是点了点头。

乔大姐又说了点别的，这才出了房间，说家里还有小孩要照顾，就先回去了。

乔老太和乔母没拦着，乔二姐站起来送她姐姐出去，扯着嗓子又在感叹：“唉！孩子真的是麻烦，每天看孩子看得我也烦，我老公找了两个保姆，还是照顾不过来……”

乔大姐眼神黯了黯，但没有说什么，转身下楼离开了。

乔大姐走了，乔二姐刚刚打开的话匣子刹不住了。

“还是女孩照看听话，你看大姐一个人就行了，我家那小子，真的烦死人了。”乔二姐看似抱怨，但脸上没有一点烦躁的意思，一脸的得意，就差没直接说我生了儿子，我嫁了有钱人，我骄傲。

乔二姐今年才刚刚二十岁，但是已经有了个半岁的儿子。

乔二姐的老公是个开饭店的老板，不是乔家这种小饭馆，是那种大饭店，今年马上就要四十岁了，早就结了婚，有老婆还有个跟乔二姐差不多大的女儿。

乔二姐本来是在那个饭店打工的，打着打着就怀孕了，几个月后给她的好老板生了一个儿子，成功上了位。从此乔二姐有了有钱的老公，有了儿子，手上脖子上戴的全是钻石，风光得不像话。

一看乔二姐手上的戒指，一听她家里的保姆，乔老太和乔母难得地不吵架了，两个人俱是双眼放光，问乔二姐最近过得咋样，问她老公的生意怎么样。

“唉！就是太忙了，他最近想再开一个分店，忙得不行……”

分店！

乔老太和乔母一听眼睛更亮了，一个劲儿说乔二姐嫁了个好老公，乔二姐一脸自得：“是啊，前几天还刚刚给我买了一辆车，我都不会开，烦死了，还得学车。”

乔母凑过去：“什么车？”

“奥迪吧，也不贵，就四五十万。”

四五十万！这还不贵！乔母咋舌，看了乔老太一眼：“二嫂家那车，也就二十几万吧。”

当初乔二婶买了一辆车，乔老太老说乔二婶厉害，会开车，买的车还是国外的，看看现在，她闺女开四五十万的车！

乔二姐嗤笑一声：“她那车，最多也就十几万，二叔二婶就是个教书的，工资又不高，买辆十几万的车顶天了。”

听闺女风轻云淡地踩乔二婶，乔母简直不能更爽，乔老太想说什么，但想来想去也没想出来，只能干巴巴道：“你二婶人家是干部家。”

“奶奶你当现在还是你们以前呢。人家现在说的干部都是当官的，就乔露家，算个什么干部，两口子都是当老师的，一个月苦巴巴三四千块钱，还没我家孩子一个月奶粉钱多。”乔二姐直接把嫌弃摆在了脸上，“奶奶还天天把乔露当个宝，人家连你过生日都不愿意来。”

乔老太急忙解释：“你二婶说那是露露感冒了。”

“就你信，我看是乔岚考得比她好了，乔露没脸来。”乔二姐嘲讽道，“乔岚最近知道念书了？但是说实话，现在这社会，念书念得再好也没用。”

乔岚在房间里边，生无可恋地正要戴上乔大姐买的耳机，结果乔二姐下一句话直接将她吓着了。

“乔岚这书念一念也够了，学那么多干什么。”

乔母犹豫道：“这次考了年级第一呢，指不定以后能更好……”

“考第一能怎么样，那些名牌大学出来的，还不是来我们店里打工，给我干活儿，这年头学习好有什么用。辛辛苦苦念十几年书，以后就算考上大学，毕业了都多大了，到时候找不上好人家，白搭。”

乔母还有些犹豫，乔老太一听这话倒是很赞同：“女娃娃书念多了就野了，老刘家的孙女念了个博士，现在都快三十了，连个婆家都找不上……”

乔二姐点点头：“能认字能算数就都够了，趁着现在年龄还小，让乔岚多接触一下社会多认识些人，比什么都重要。”

乔母发愁：“让她去哪里接触人。”

乔二姐想了想：“前几天我老公请几个人来家里吃饭，有个小伙子姓赵，比乔岚大十岁还没结婚，家里拆了好几套房，政府给赔了几千万，最近正和我老公商量投资分店的事情呢。”

“那敢情好！”

乔母整个人都兴奋了起来，拉着乔二姐开始仔仔细细地打听这位“拆二代”的消息。

乔岚坐在房间里蒙了好半天。

乔岚现在才十六啊！十六就给找婆家，疯了吗？

她之前还想着，自己这次考了这么好，乔家对她还能好点，结果现在才明白，对这些人而言，考个好大学，根本没嫁个有钱人更让她们兴奋。

乔岚陡然生出了危机感。

书念得再好，对她们也根本没有用。

如果她们真的给乔岚找到了所谓的“好人家”，到时候乔岚不同意，那乔父、乔母会不会不让她念书？

很有可能。

不，应该是一定会这样。

反正她没有钱交学费，如果乔家断了她的学费，那到时候就算她坚持也没办法。

乔岚之前还觉得，自己应该可以撑到高中毕业，然后考到外边的大学，这样就能摆脱乔家了，可是现在听见了乔母的打算，乔岚意识到她必须做点什么。

她必须在最短的时间内做打算。

当天晚上，乔岚在乔二姐和乔母的嚷嚷声中，艰难入睡。

第二天到了学校，教室里只有十来个住校生，居然有几个同学和她主动问好。

被排斥了将近一个月，乔岚都忘了和同学说话是什么感觉了。

她回了好后坐在自己座位上，拿出政治课本，和往常一样去外边背书，然后跑早操。

之后她回到教室拿了水杯去楼底下接水，乔岚打水上来的时候无意识地回头看了一眼，正好看见了缓慢转动着轮椅的郯墨。

将近一个月形成的习惯，乔岚下意识又要和郯墨说“早上好”，但话到嘴边又收了回去。

那天和郯墨说完话后，在回家的路上，乔岚尝试换位思考地站在郯墨的位置上，来体会她的主动对郯墨而言到底是什么感觉。

长期不与外人接触的人，会惧怕有人主动和他打招呼，会在电话铃声响起来的时候非常抗拒。

那郯墨，这种从小患有阿斯伯格症的人，抗拒的反应只会更加严重，所以在她看来再温和不过的打招呼，也许是让郯墨非常排斥且手足无措的。

郯墨也看见了乔岚。

他敢肯定，乔岚刚刚看见了他。

郯墨手上的动作，就连他自己都没发现地加快了一点，可是再抬起头时，那个原本在看见他时一定会停下来和他说话的女孩，已经不见了。

郯墨握在轮椅上的手，一时间僵在了那里。

没有人知道，刚刚这一刻的郯墨，其实是想主动同乔岚说一声“早上好”的。

郯墨垂下了头，半晌后重新转动轮椅进了教室，回到了他已经坐了两个多月的那一片阴影里。

而乔岚坐在门口，离他最远的位置。

郯墨浅褐色的眼眸定定地看向乔岚的方向，他看见以前和他一样，从来不与旁人交流的乔岚此刻正与她的新同桌说着什么。

他们说了很久，可能有一分钟，也可能是两分钟。

两分钟能说多少话？郯墨不知道。

在母亲去世后，他再也没有和谁有过两分钟以上的交流。

乔岚这么多日子和他说过的所有话加起来，也许都超不过两分钟。

那一日涌上他心头的酸涩感，再次涌了回来，而且比起那天更多了郯墨说不出的滋味，他形容不出这是什么感觉，他只知道他不想看乔岚和别的人讲这么多话。

而且是他根本猜不到的话。

郯墨坐在这个座位两个多月，他从来没有觉得有什么不好，可是现在他生出了不满。

太远了。

远到根本听不见一点点乔岚的声音。

乔岚这个叫裴宁的新同桌，是个个子和乔岚差不多、性格很内向的男生。不是郯墨那种生人勿近的冷淡，就是胆小内向而已。

而且乔岚怀疑，裴宁可能对宋瑶有点不一般。

乔岚有点小愧疚，要不是因为她坚决不和陈曜阳同桌，那裴宁的同桌就是宋瑶了。但是现在已经这样也就没办法了，裴宁性格内向，但有什么问题问他，他还是知无不言的。

乔岚这会儿就在和裴宁打听附中的助学金和奖学金的事情。

昨天乔母和乔二姐的一番话，惊得乔岚一晚上都没睡好觉，她想来学校后赶快打听清楚。

裴宁了解得也不多，但是比乔岚多很多，等裴宁说完，乔岚有了个大概的了解。

乔岚是贫困生，所以她每个月都有两百块的助学金，会打到饭卡上，助学金班里有一小半的同学都有。

但是奖学金不一样，附中的奖学金制度是学校私设的，一等奖学金的标准非常简单粗暴，上、下两学期期末分数最高的人。

一年评一次，一次五千块钱。

二等奖是期末分数在前四名且不符合一等奖的学生，可以拿三千块钱。

乔岚蠢蠢欲动。

高中学费不太贵，一学期八百块，住宿费六百块，如果能拿到奖学金，学费应该就不用愁了，以后就算乔父、乔母不让她上学，她也能掏得起学费和住宿费。

当然，这笔钱能不能拿到还说不准，就算真的能拿到，那也是高一快结束的时候，所以除了助学金、奖学金，乔岚还得想办法攒钱。

不能指望乔家，靠人不如靠己。乔岚在最快的时间里，决定好了去打工。

趁着现在高一时间还算充裕去打工，等高二开始上晚自习，她就彻底没有时间了。

周末的时候去打打工，攒点钱，要不以后连生活费都没有。

做好打算后，乔岚倒是安心了不少，而且为了腾出空闲时间，乔岚上课越发认真了，下课的时间也能不浪费就不浪费。

裴宁本来学习就很用功了，但是自打和乔岚做了同桌以后，看见乔岚学习的劲头，也陡然生出了一种“我还不够努力”的错觉，于是也跟着开始用功。

13班的成绩本来就在年级前列，但是自打期中考试之后，13班的学习劲头肉眼可见地更足了。

学生们心中大抵都有这样一个想法，就连乔岚那么差的底子，现在都能考到年级第一，还有什么是不可能的呢？

而原本就聪明过人的陈曜阳不想下次再被乔岚压在下边，最近居然也知道背书了。

老刘对班里如此浓郁的学习氛围非常满意，整日都乐呵呵的，隔壁几个班的班主任，天天站在讲台上骂自己班的学生。

“人家 13 班上次考了第一，现在还这么拼，你们有什么资格不努力！”

于是乔岚早起背书的时候，发现周围背书的学生比之前多了好多。

下午最后一节课又是体育课，又是和 5 班，也就是郝英他们班一起上的。

乔岚其实也挺喜欢运动的，不排斥体育课。以前念高中的时候有关系很好的同学，在体育课上，她们经常会坐在一起说话。但是现在，虽然自打期中考试成绩出来后，班里也逐渐有了和她主动说话的人，但也只是说说话罢了，这样的体育课对乔岚而言一点乐趣也没有。

与往常一样，乔岚准备等解散后还是回教室看书。

但今天体育老师突然来了兴致，做完活动后没有解散，而是组织全班同学一起做活动。

本来带了篮球准备和 5 班玩的一堆男生齐齐哀号了起来。

体育老师完全不为所动，兴冲冲地带着全班同学去大操场，还兴致勃勃地和学生们一起“做游戏”。

男生们看看球场上 5 班的同学，女生们看看那些坐在草坪上听音乐聊天的姑娘们，都在用全身细胞抗议，但是抗议无效。

体育老师今天不知道怎么回事，一节课四十五分钟，等终于活动完，就剩五分钟，隔壁 5 班一场球都打完了。

本来想回教室看书的乔岚，看了看时间，最后还是没回去，直接等下课铃。

就剩五分钟了，大家也没地儿去，就走走路说说话，尤其是现在这会儿，球场上有好几个校园的明星人物。

比如很多男生都关注的宋瑶，又比如在场女生几乎都关注的陈曜阳以及郝英，几个人走到哪儿、在和谁说话，一举一动都惹人关注。

不过自打期中考试后，众人的焦点又多了一个乔岚。

年级第一，这个名号总是让人好奇的，当初有不少学生直接来班里看，现在上体育课了，知道乔岚在，不少学生也在看乔岚。

“乔岚，就那边那个高马尾。”

“差 108 分满分，真的牛，就是不太好看。”

“人家学习好就够了，还要那么好看干吗？”有人反驳，往乔岚那边看了一眼，“也没不好看啊，五官很好看，如果白一点绝对漂亮。”

“个子好高啊，有一米七多吧，腿好长……”

“太瘦了吧……”

“老天爷让我这么瘦吧……”

众人叽叽喳喳地议论着，直到老师喊了解散后才慢慢吞吞地往教室走。

乔岚也随着人群往教室里移动，突然身后蹿过来一个人，热腾腾的，乔岚下意识躲开，一回头，就对上郝英灿烂的笑脸。

看着又白又齐的一口牙，乔岚脑子里第一想法是这男生可以去拍牙膏广告。

郝英依旧一副自来熟的样子。他刚刚打完球，脱了校服外套只穿着一件无袖 T 恤，手里抱着球，无视周围一众人诧异的表情对乔岚道：“谢谢啊。”

谢谢？谢啥？

乔岚觉得莫名其妙：“你认错人了吧？”

“怎么可能。”郝英道，上次以为乔岚骗他，所以他还特意找了乔岚的名字，这次乔岚考了年级第一，他怎么可能认错。

一想起这个，郝英心情就更好了。这次数学 123 分，他爸给了他不少零花钱，他妈给他换了最新款的手机。

李凡和秦洋几个人拍了拍陈曜阳：“乔岚什么时候认识郝英了？”

“不知道。”陈曜阳皱了皱眉，他也诧异，毕竟郝英和乔岚根本不是一路人，陈曜阳也根本想不到这两人认识的契机。

有人说着话，有人玩着手机，没有人注意到几分钟前，教学楼一楼坐在轮椅上的少年。

苍白的少年看着乔岚脸上的微笑，又看着她旁边高大又帅气的男生。

那个男生爱笑、阳光、活泼、健康，与交流障碍、阴郁、双腿瘫痪的他完全不一样。

没有人知道从来不会主动走出教室的郑墨在那里待了多久，也没有人知道他在看什么，又看到了什么。

夕阳渐渐落下，阳光洒在郑墨空荡荡的桌子上。

乔岚回到教室，即使已经决定不再打扰郑墨，但还是下意识地往郑墨的位子上看了一眼。

她眉头悄无声息地蹙了起来，郑墨不在教室。

但乔岚也没有多想，今天体育课，郑墨也许趁着人少提前离开了。

等回到家，乔母的目光一直往乔岚身上瞥，将乔岚上下打量了一遍，不满地念叨："咱们家孩子都挺白的，咋就你黑不溜秋的。"

乔母有些发愁，之前乔二姐说要给乔岚介绍人，要是人家嫌乔岚丑，这可咋整。

乔岚："……"她只是不白，但是也没黑不溜秋啊。

再说了天天营养不良，肯定面黄肌瘦的，如果让她好吃好喝，指不定比乔源这小白胖子还要白。

不过乔母突然开始关注乔岚的长相，这对乔岚而言不是一件好事情。乔岚等不到周末了，准备周五下午放学就去看有没有哪里招兼职的。

等第二天去了学校，直到第一节课都上课了，乔岚回头看了好几次，都没看见郑墨。

郑墨今天没有来。

为什么没有来？生病了？还是家里有什么事情？

结果之后几天，郑墨依旧没有来，班里也没谁觉得奇怪。等下午放学后在路上正巧遇见班主任，乔岚和班主任打听了一下，班主任也说不知道。

郑墨和其他学生不一样，他不来上学也不用请假。

乔岚回了趟家，随便吃了点东西，放下书包就出了门，出去找地方打工。

以前乔岚读高中有好心人资助，她并不用担心学费问题，不过她如果有空闲时间还是会去打工赚点钱，毕竟没有生活来源，会让人没有安全感。

后来上大学，她更是打几份工支撑学费和生活费。

高中时，发传单、当服务员，各种工作她都做过。上大学之后，因为她高考成绩很好，读的又是全国最好的财经大学，乔岚可以找到家教这种更好的工作。

现在的乔岚只是高一的学生，而且她只能在晚上还有周末工作，想找个能长期干活儿的工作太难了。

乔岚从晚上七点逛到十点，手里拿了一堆招聘单子，还在本子上抄了许多地址和电话号码，将近十一点才回到家，耳朵自动屏蔽掉乔老太的叨叨声，早早睡觉。

第二天天刚亮，她又出了门，将昨天选出来的招聘单子拿出来，一家一家地去问。

乔岚现在只是个高一的学生，没有满十八岁，只有初中学历，晃了将近一天也没找到工作。转眼又到了晚上，周围灯渐渐亮了起来，乔岚去商店买了一块面包，坐在一条石子路的小巷子旁边的椅子上打量四周。

将近十分钟后，一直没亮灯的一家西餐厅终于打开了灯，风姿绰约的老板娘拢着头发挂上了营业的牌子，一会儿后又在玻璃上贴了一张招聘单。

乔岚两口吃完面包，擦了擦手，走了进去。

刚刚路过这边的时候她就看见了这家西餐厅，两层，装修非常精致，现在一打开灯更是说不出的别致。

找了一天，就算是条件最差的工作也找不到，乔岚索性直接找更好的问问，反正都很难。

还有一部分原因是，乔岚曾经在西餐厅打过工，学过做咖啡，而且英文过关。

乔岚走进去时，老板娘看了乔岚一眼：“吃什么？”

乔岚指了指窗户："我来应聘。"

忙活了一天的乔岚，终于柳暗花明又一村。

老板娘说她不要学生，乔岚说她已经满十六周岁了，老板娘又说要高中以上学历的，乔岚说自己成绩挺好的。

和老板娘扯皮了将近半个小时，老板娘眼看没耐心了，结果今天正好有一个店员请假，客人又多，乔岚自告奋勇说自己会做咖啡，老板娘将信将疑地让乔岚试了一下，试完后她就工作了一晚上。

老板娘没想到这小姑娘手脚挺麻利，最主要的是挺熟练，不管是泡咖啡还是点单都很熟练，老板娘终于信了乔岚以前在西餐厅打过工的说法。

但是乔岚的时间是问题，乔岚说自己只有晚上和周末才能来，可以少给点工资。

老板娘盯着乔岚看了好半天，大抵是同情心发作，到底同意了，并让她明天上午十一点来店里。

乔岚出门逛了一天，终于找到了工作，虽然一个月只有一千多块钱，但是她已经很满意了！

等第二天开始工作后，乔岚才发现这家店位置虽然挺偏，东西也很贵，但是来的人一点都不少，而且很多都是常客。

郯墨很不喜欢出门，尤其这两天，但郯父亲自来接人，郯墨最终还是出了门。

郯墨和母亲原先一直都在国外，郯父琢磨着郯墨也许喜欢西餐，于是带他去平时自己经常去的一家西餐厅，店虽然不是非常大，但环境以及味道都是一流。

郯父与郯墨说这里的什么东西味道极好，郯墨表情淡淡，没有一点反应。郯父又问起郯墨为什么这两天不去学校，老师专门打电话来问他，郯墨坐在轮椅上，面无表情："不想去。"

郯父皱起了眉头。

当初他好不容易才说服郯墨去学校，结果根本不知道发生了什么，郯墨又突然不去了。

郑父今天正好有点空闲时间，于是带了郑墨出来吃饭，想同郑墨谈谈心。

郑父当领导当惯了，和郑墨说话，一开始还好，后边说着说着就变成了和下属说话的语气，郑墨本就烦躁不已，越发想走人，却在抬头间，蓦地看见了一个熟悉的背影。

第四章

理我

乔岚今天没有穿又肥又大的深蓝色校服，她穿着西餐厅员工统一的衣服。头发简单盘起，露出修长漂亮的脖颈线条，穿着西式小马甲，白色单领衬衣收在短裙里，勾出极其细瘦的腰肢。

一双软底的黑色皮鞋，越发衬得小腿修长、纤细、笔直。她身姿轻盈地在这家西餐厅中走动，很忙碌，却又很熟练。

郑父实在摸不准儿子的想法。他一直都很喜欢这家西餐厅，环境好、服务好，食物的味道非常棒，但是郑墨到底喜不喜欢，他猜不透。看郑墨坐在轮椅上没有动静，他眉峰几不可见地皱起：“这家我经常来，还不错，不过如果你不喜欢，我们可以换一家。或者你不想吃西餐？你想吃什么？”

郑墨的视线依旧直直落在乔岚的背影上，简短地吐出三个字：“就这家。”

郑父的眉峰舒展了。他来的次数不少，算是这里的常客，又出手阔绰，这里的工作人员大多都认识他，迎宾小姐看见郑父，马上迎了过来：“郑先生，里边请。”说罢低头看了眼跟随郑父一起来的坐着轮椅的少年，他面色苍白得过分，头发也有些太长，遮住了眼睛看不清全貌，总之是有些怪异。

但迎宾小姐到底职业素质良好，依旧面带笑容：“我推您进去。”

那少年声音冷冰又严厉，看着离自己仅有一米之遥的迎宾小姐：“不用。”

迎宾小姐面上的笑容有些僵硬，郯父解释说他的儿子不习惯与陌生人靠太近，迎宾小姐这才恢复了笑容。

郯父回头看了郯墨一眼：“走吧，你不喜欢吵闹，我们去里边。”

郯墨转过头，目光又落在了那熟悉的背影身上：“你先走。”

郯父皱了皱眉，郯墨却没有再理他。郯父顺着郯墨的视线看去，俱是来这里吃饭的客人以及来回走动的服务员，并没有什么特别。

“算了。”郯父不管他了，吩咐服务员一会儿带他过来就行。

乔岚今天一整天都很忙。

这家西餐厅的生意出乎意料地好，要不是以前有在西餐厅工作过的经验，一时间她还真应付不过来。

等自己负责的那一桌客人离开，乔岚终于有了片刻的休息时间。她舒了口气走到人不多的小走廊，蹲下来捏了捏小腿。

只不过还没休息一分钟，一个与乔岚穿同样小西服的女生便直直走了过来，面色不耐地指了指新来的两位客人，让乔岚快点去点餐，别偷懒。

这个女生叫孟雪。

乔岚今天一来，就能感觉到孟雪的敌意和趾高气扬的态度，她总是一副过来人的模样指使乔岚跑来跑去。这里面的缘由倒是一点都不难猜，因为昨天晚上就是孟雪没有来，乔岚代替孟雪工作了一个晚上。

早上刚来的时候，孟雪甚至还作弄了乔岚，她打听到乔岚不过才高一，故意差使乔岚去给几个外国人点餐。

只不过孟雪怎么都没想到，刚刚高一的乔岚英语水平似乎比她还高，顺顺利利地点完餐后，那几个外国人还给了乔岚不少小费。

孟雪悔得肠子都青了。

再之后，她就这样针对了乔岚一整天。

刚刚迎宾的小柳带了客人进来，让孟雪快点去点餐，孟雪有点不大想去。

这家餐厅的消费水平很高，能来这里消费的，很大一部分都是有钱人。员工在这里待的时间久了，也渐渐能从客人的衣服、手表、包包上看出客人的经济情况。

谁都更喜欢负责那些有钱人，因为点餐多，提成多，而且说不准会给小费。

刚刚进来两桌客人，一桌是经常来这里的一位姓郯的先生，每次消费都很高，孟雪自然是想去这桌。但是领班让她去负责另外一桌，孟雪没有在那位客人身上发现一件奢侈品，自然是不想去的，却转头就看到了乔岚在小作休息，当即就将这位客人推给了乔岚，自己则想去负责郯先生的点餐。

乔岚看了孟雪一眼，站了起来："知道了。"

孟雪满意地笑了，心情大好地转身，却不想刚刚一转头，撞上一位坐着轮椅的少年。

乔岚瞳孔一缩，惊诧间来不及反应地冲了过去，一把抓住轮椅，她看着不知道为什么出现在这里的少年，正想问他有没有事，吓得差点摔倒的孟雪一把推开她，凑到郯墨跟前："对不起对不起……"

郯墨猛地一把推开孟雪，轮椅退后一大截，撞在了墙上。

陌生人的骤然接近，让郯墨控制不住地排斥和恶心。

孟雪一愣，一抬头对上了少年极其厌恶、冷到骨子里的眼神："滚开。"

孟雪想要上前的脚顿时僵在了原地，只要不是傻子，都能听出郯墨语气中的烦躁与厌恶。

路过的其他服务员难免多看了一眼，孟雪脸涨得通红，但还是挤出一个笑容，低着头匆忙离开了这里。

乔岚看着好几天不见的少年，想上前的脚步也有些犹豫地顿在了原地。

几天前，郯墨明确地告诉她，他喜欢独处，他讨厌人接近。

乔岚顿了顿，站在了距离郯墨两米开外的地方，轻声问他："你没事吧？"

郯墨抬起头，目光定定地落在她的脸上。

刚刚他已经看了她很久了，但是不敢走上来，他总是想起那天和乔岚走在一起的男生，他怕乔岚会不理他，会和那一日一样说不会再打扰他，然后装作陌生人一样和他擦肩而过。

他看不懂她脸上的关切，可是刚刚乔岚冲过来拉开轮椅的动作，以及这句“你没事吧”，让郯墨在心里小心而又谨慎地想，这算是关心吗？算是在意吗？

算是吧。

可是如果是普通客人不小心撞到了，她是不是也会这样做，然后再问一句“你有没有事？”

郯墨刚刚波动的心脏，突然又有些抽紧，而心脏一刹那的酸涩像是一瞬间扯动了全身，刚刚被撞的胳膊，后知后觉地隐隐疼了起来，他的脸上露出几分疼痛难忍的表情。

乔岚脸色微微一变：“刚刚撞到了？撞到哪儿了？”

郯墨终于从这一句话中听出了几分迫切，他抬头迅速看了乔岚一眼，又低下了头。就在乔岚以为郯墨又在抗拒、排斥她时，郯墨的声音浅浅地刺入了乔岚的耳膜。

“胳膊。”

乔岚愣了愣，那日说不喜欢的少年，和这一刻略显脆弱的郯墨逐渐重合，乔岚试探地往前走了一小步，仔细地打量着郯墨：“严重吗？”

郯墨像是没有听到这句话，他静静地坐在这里，像是经过了好长一番思想斗争一样，抬起了头，对上乔岚的目光：“你怎么在这里？”

如果说刚刚郯墨是被动地回答她的话，那现在问她为什么在这里，算不算是郯墨的主动？

与郯墨相识已经有一个月，这是郯墨第一次主动同她说话。

郯墨说他讨厌有人接近他，可是如果他主动，那又是否说明，他并不讨厌她的接近？

乔岚心中难掩惊讶道：“我在打工。”

打工？郯墨还是盯着她：“不上学？”

“上的，我只是周末和晚上打工，平时正常上课。”

高一的学业也不算太轻松，还是坚持打工？郯墨稍作思量就想明白了缘由：“你很缺钱？”

他直白得让乔岚有些措手不及。

乔岚想起在查阿斯伯格症时看到的一段内容，说患有阿斯伯格症的人不会拐弯抹角，他们思考问题的方式很直接，说话更是直接到让人觉得难堪。

果然是直接得不像话。

乔岚轻声笑了笑："是有点缺。"

如果郏墨有正常人的情感表达方式，那这一刻一定是眉头紧锁。他沉默了好半天，终于吐出一句语出惊人的话。

他说："我给你。"

乔岚差点将手里的点餐本丢出去。

正常人绝对不会这样思考，也不会这样说话。

可是郏墨不一样。

因为你缺钱，因为我有钱，所以我给你钱，逻辑上没有任何的错误。

"不用不用，也不是非常缺，而且课业也不重。"乔岚摇头，又怕郏墨钻牛角尖，她急忙转移话题，"你怎么会在这里，是来这里吃饭吗？"

郏墨又看了乔岚很久，这才缓缓地"嗯"了一声。

"那我带你过去吧。"乔岚看了眼郏墨的胳膊，"需不需要我推你过去。"

郏墨下意识拒绝："不用。"

可等说完，郏墨又沉默了，他稍微想象一下后发现，其实被乔岚推过去，应该不会像被其他人推那样让他不能接受。

郏墨抿了抿嘴唇，他大抵是有些后悔了，缓慢地转动轮椅跟在了乔岚身后，等乔岚将他送到后道："你帮我点餐。"

乔岚看了眼已经站在桌子旁边等着的点餐员，郏墨却像根本没看见一样。

"你点。"

那位点餐员看了乔岚一眼，笑了笑，转身离开了，一直等着的郏父诧异地看了乔岚一眼。

乔岚只能拿出点餐本，露出职业微笑向郑父和郑墨介绍店里的必点款式。

郑父经常来，吃的东西很固定，迅速点好了单；郑墨看着菜单，面无表情地点了一个又一个，而且点的都是顶贵的。

在点了第四个后，乔岚站不住了："如果是两个人的话，分量稍微有点大了。"

郑墨动作停了一下，视线却还注视着鱼子酱。

郑父倒是不觉得有什么，郑墨的喜好太难猜，难得主动点菜，随便他点，反正郑家缺什么也不缺钱："想吃就点。"

于是他又加了一份鱼子酱布丁。

拿着单子送给后厨的时候，旁边几个点餐员都一脸艳羡地看着乔岚。

餐厅的员工除了基础工资，主要是靠提成的，客人点的餐的进账，会抽出一小部分给负责这一桌的服务员。

乔岚刚刚负责的这一桌点餐绝对上万了，乔岚就能抽成几百块，他们怎么能不羡慕。

乔岚的表情更是微妙。

虽然觉得这么想有点自作多情，但她还是觉得，郑墨点这么多和她好像有关系。

毕竟郑墨刚刚说要给她钱，被她拒绝了。

拿着手中的单子，乔岚觉得手有点打战。

菜一个一个上了桌，郑墨却只吃了一点，果不其然，到最后他点的一大堆，根本连五分之一都没吃完。

郑墨依旧面无表情，郑父给乔岚账号让她去会员系统扣款，等她回到桌子前，郑墨和郑父已经离开。

领班一脸惊喜地走到她跟前："郑先生多给了一千块。"

"啥？"

"给你的小费啊！"

乔岚："……"

吃西餐有时会给10%到15%的服务费，但一般不用给，尤其是像郑墨点了这么多的，服务费本身已经包含在里边了。

乔岚急忙往窗外看去，郑墨已经上了一辆车，转眼就没了踪影。

一天收获了这么多钱，乔岚本来应该很高兴的，但是一想到郑墨，她就觉得钱烫手。

晚上回到家后，乔母抱怨她一天不见人，也不知道去了哪儿，大晚上十二点才回来，乔岚没和乔母解释，迅速洗漱完去休息了。

毕竟明天早上还要上课。

第二天一早，乔岚和往常一样来到学校，走进教室，裴宁和坐在后边的两个女生随口问了声“好”，乔岚回了句“早上好”，一转头就看见正在往这边看的陈曜阳。

陈曜阳居然来这么早？乔岚突然觉得有点压力了。

虽然说她有以前的基础占优势，但一次第一不代表她能次次第一。

陈曜阳的理科本来就比她好，而且学得很轻松，现在居然开始看书了，指不定下次又会超过乔岚。乔岚怎么能不紧张，她可是要拿奖学金的。

乔岚半点时间都不敢浪费了，等下了早自习冲到楼底下去接水，接好水后回到教室，一眼就看到了郑墨。

上周消失了两天后，郑墨终于又回来了，他依旧静静地坐在那里，低着头看书。

乔岚今天打扫卫生，打扫到郑墨身边时，看见郑墨看的书是本厚厚的历史讲义。

“早啊。”乔岚笑着对郑墨道，可是郑墨抬头看了乔岚一眼，视线却又越过乔岚的肩膀，落在好奇地往这边看的其他学生身上，小声地与乔岚道：“你不要和我说话。”

乔岚一愣，要不是口袋里多了好多钱，她都要以为昨天的郑墨是假的一样。

郑墨又低下了头，乔岚一头雾水地拿着拖把走开，走两步还回头看一眼。

这又是怎么了？她一整天也没搞明白。

直到下午放学，乔岚急匆匆地赶到西餐店，换上衣服，没一会儿后，熟悉的人影出现在了西餐厅，一位老伯推着郯墨的轮椅走了进来。

郯墨浅褐色的眼睛搜寻到了乔岚的身影，然后目光落在她身上："点餐。"

自豪车上下来、坐着轮椅、面色过分苍白的阴郁少年本就很引人注意，尤其是进入西餐厅后，一众人更是在第一时间认出了他。

听说这是郯先生的儿子，昨天负责他这一桌的乔岚，一晚上就有一千多块钱入账。

可那少年自打进来之后，就像屏蔽了所有人一样，那双阴沉沉的眼睛只看得见乔岚一个人。

他指明要乔岚点餐。

乔岚顶着餐厅其他人艳羡的眼神，拿着点餐本走到郯墨面前，低头看着郯墨细长白皙的手指，在菜单上一顿乱点。

不点喜欢的，只点贵的。

乔岚："……"

虽然知道郯墨即使这样大手大脚，一辈子也不会缺钱，但是再有钱也不是这么花的。

郯墨语气异常平静地点了一大堆，乔岚的笔在本子上戳了好半天，愣是一个没写，坐在另一边看出不寻常的陈伯，看看郯墨又看看乔岚，若有所思地没有开口。

好不容易郯墨点完了："就这些。"一抬头却见乔岚一直盯着他看。

郯墨一呆，继而突然发慌。

为什么盯着他看？他又有什么地方做得不对？

猜测其他人的心思，是郯墨最不擅长的事情。

他不能像其他人一样，根据对方的表情、眼神就能猜到对方的意思，郯墨对上乔岚黑漆漆的眼神，抓着菜单的手指不受控制地悄然收紧。

乔岚沉默地盯着郯墨看了好一会儿，终于移开了视线，将菜单从郯墨手里抽了出来。

"太多了。"乔岚说，迅速将菜单翻到第二页，"主餐我推荐这道鱼子酱冰鳐鱼，搭配黑块菌朝鲜蓟汤，最后再来一份春季时蔬，可以吗？”

昨天点了那么多，郑墨并没有吃多少，这是郑墨昨天点的一大堆菜里，相对而言吃得还算多的几个。

郑墨又不说话了，脸上的肌肉怪异地扯动了一下：“不够。”

这几道菜加起来还不到一千块。

绝对够了，乔岚认真地确定：“点太多，吃不完是浪费。”

这是郑墨可以理解的逻辑，郑墨盯着菜单沉默了好半天后，将菜单推到了陈伯面前：“点。”

陈伯受宠若惊。还有他的？

陈伯活了几十年，人情世故早就看得通透，今天郑墨不同寻常地突然要来这里吃饭已经足够让他惊讶，之后点名让这个小姑娘来点餐，又执拗地要多点，还点贵的……

陈伯还没厘清里边的缘由，但已经摸到了让郑墨满意的路数。

他迅速点了好几个价格不菲的，然后乐呵呵道：“我胃口大，吃得多。”

乔岚：“……”

手里的点餐本又开始烫手。

等菜品全部上齐了，陈伯一边吃着自己的，一边不住地打量郑墨。

郑墨出于身体的原因，饭量并不大，又因为对有些食材的味道格外敏感，所以很挑食。但是刚刚这小姑娘给他上的三道菜，郑墨好像都很喜欢，因为他居然全部吃完了。

陈伯照顾了郑墨这么久，知道如果是他不喜欢的东西，他绝对不会多吃一口，因为他的身体受不了。但是既然郑墨吃完了，也就是说刚刚这个小姑娘自作主张给郑墨点的菜，都非常合他的胃口。

呦……

陈伯一直憋着没问，直到两人吃完后，陈伯结完账推着郑墨离开，看了眼还在忙碌的乔岚问郑墨：“不说一声再走吗？”

郑墨抬眼：“说什么？”

陈伯：“再见？”

“她很忙。”

陈伯：“……”他不应该用懂人情世故的正常人的思维来替郯墨思考，郯墨不懂这些，他只懂最简单的逻辑。

因为很忙，所以没必要说再见。

陈伯叹了口气，推着郯墨出了西餐厅，然后上了车。

车子缓缓滑了出去，陈伯思索了好半天还是踌躇着开口：“刚刚这个给我们点餐的小姑娘，少爷你……认识？”

“认识。”郯墨看着窗外璀璨的灯光。

“哦。”陈伯点点头，“……是吃饭的时候偶尔认识的吗？”

“同学。”

同学？陈伯微微诧异。

郯墨的同学？所以这个小姑娘还在念书？

既然在念书，还出来打工？

这里边的缘由真是太简单了，既要上学又要打工，原因只能是一个，这小姑娘家庭情况不太好。

所以郯墨特意来这里，又专挑贵的点，还让他给小费，就是为了帮她？

可是为什么要帮？仅仅是同学，没有必要做到这种地步，陈伯突然想起了一直被郯墨放在桌子上的那颗糖，蓦地串联了起来。

郯墨从来不像一个正常人，他就像一个机器，没有感情也没有情绪波动。

郯墨可能自己什么都不觉得，但陈伯满心压抑不住的激动。

“少爷……”陈伯斟酌着开口，循循善诱地引导郯墨思考，“你为什么想帮这位同学？”

“因为她缺钱。”

“她缺钱和少爷你有什么关系？”

“我不缺钱。”

陈伯：“……”

完美的逻辑，推理起来没有任何毛病，但仔细想起来全是漏洞。陈伯没有放弃继续引导：“少爷，这世上缺钱的人太多了，刚刚我们路过天桥，下边就有缺钱的乞丐，刚刚吃饭的西餐厅，还有比那位小姐更缺钱的人，但是你会因为自己不缺钱而给他们钱吗？”

“不会。”郯墨根本不用思索。

“所以，你为什么只帮助那位小姐呢？”陈伯看了后视镜一眼，一直看着窗外的少年终于转了过来，像是一时间被问住了，许久后才回答道：“我不认识她们。”

认识了你就会帮助吗？陈伯觉得不尽然。

他太了解郯墨了，曾经也有人好意接近郯墨，可是最后都因为郯墨的冷漠而失败，这么多年，郯墨从来没有和同龄人有过什么交流，这个小姑娘，是第一个能和郯墨正常交流的同龄人。

陈伯并没有想太远。

郯墨能有一个正常的朋友，能有一点点进步，对他而言，已经是莫大的欣慰了。

不过……郯墨虽然异常聪明，但在人情世故上一片空白，也难以辨别好坏。对于这个小姑娘，陈伯还是要稍微地了解了解，如果品性不端正，这样的朋友不要也罢。

乔岚不知道陈伯给郯墨做了一番简单的思想工作，她还是很忙，每天晚上忙完都将近十一点了，等回到家再做作业，每天的时间都排得满满当当。

因为放学时间被占用，所以白天下课时间只能更加用功，裴宁看得心惊肉跳。他觉得自己已经够认真了，但是和乔岚的拼劲比起来，还是差了好多。

裴宁看得见乔岚有多拼，隔了不到一米的陈曜阳自然也看得到。

为了能超过他，真的需要做到这种地步？

可是既然已经这么拼了，为什么之前还要找班主任主动说不和他同桌？

换座位已经过去将近一周了，陈曜阳始终没有想明白这个问题，而且最近一周，乔岚和新同桌、和后边的同学都能正常交流了，但是和坐在左边的他没有一句交流。

太过刻意，那就不正常。

真的是欲擒故纵？那乔岚也纵得有些太过分了。

早自习是语文，班主任在教室里转了好一会儿，突然宣布了一个决定，还是关于换座位的。

主要是陈曜阳的问题。

陈曜阳个子太高了，这么高的个子坐在第一排，挡得后边的学生上课看不见黑板，但是又不好把陈曜阳调到后边去，所以班主任又想出了一个法子。

“从下周开始，我们每一组、每一排开始轮换，组和组往右挪，排跟排往前推。”

也就是说第一组的，下一周换到第二组，第二组换到第三组，而座位的话，第二排换到第一排，第一排转到最后一排，每周都换一次。

学生都爱新奇，对于这种变动自然拍手赞成。

乔岚也挺开心。

因为下周她就可以去第一组，而陈曜阳待在第四组，她终于可以离陈曜阳远远的了。

而且，乔岚后知后觉地想起，所有同学的位子都是变的，但是郯墨好像永远都坐在第一组的最后一排，所以说下周换了座位，她正好能坐在郯墨的前面？

乔岚眼睛亮了亮，回头看了一眼，郯墨还没有来。

一想起郯墨，乔岚又有些不解浮上心头。

自打郯墨来过一次西餐厅后，之后每天晚上都会带着那位老伯来，短短几天，乔岚的提成加小费比一个月的工资还高。

就算乔岚是个傻子，也明白了郯墨的用意：因为知道她缺钱，而她又不收他的钱，所以郯墨用这样的方式给她送钱。

如果换成别的人，乔岚绝对以为这人是要追她，但是如果这个人是郯墨，就不能这么想了。郯墨就像一个单纯而又执拗的小孩子一样，他就是在帮她而已。

乔岚突然觉得有些心酸。

她其实什么都没做，只不过简单地同郯墨说过几声“早上好”，只不过给了他一颗糖，但是郯墨回馈给她的，却远比她做的多得多。

因为生命中从来没有光，所以只要有人稍微对他好一些，他都感到弥足珍惜。

可就是这样的郏墨，在学校里的时候却从来不会理她，而且与她说，让她不要和他讲话。

为什么？

在西餐厅的时候，她站在郏墨跟前帮他切过牛排，但是在学校里，只是打扫卫生经过他的身边，郏墨都显得如临大敌。

乔岚本来想找机会和郏墨谈一谈，毕竟每天在西餐厅吃饭，开销不小，而且以郏墨的身体状况，他应该不适合天天吃这些东西。

但是在西餐厅的时候乔岚很忙，想在上学的时候找郏墨说话，郏墨却让她离他远一点。

郏墨太脆弱了，无论是心理还是身体，如果是他很抗拒的事情，乔岚也不敢强硬地坚持。回头看了眼依旧沉默地坐在最后一排的郏墨，乔岚无奈地趴在桌子上，趴着趴着就感觉不太对劲。

当天晚上，乔岚因为身体不舒服，和老板娘请了假，没去打工而是直接回了家。

等回到家抱着热水袋睡过去，稍微舒服了一点后，她这才迷迷瞪瞪地想起来，她好像没有告诉郏墨自己今天不去上班，但是她又没有郏墨的联系方式。

只能希望郏墨今天不要去西餐厅了。

可郏墨还是去了。

他与往常一样进了西餐厅，却没有找到乔岚的踪迹。

郏墨最近天天都来，西餐厅的人都认识他，而且他每次只要乔岚点餐，点的还不少，餐厅里一众服务员对乔岚都羡慕得不得了，尤其是孟雪。

可是乔岚今天没来，孟雪顿时有了想法。

虽然那天撞到了这个少年惹得他不高兴，但是已经过去这么些天，指不定他早就忘了，而且孟雪怎么都想不通，乔岚长得一点都不好看，怎么就能惹得这少年乐此不疲地来这里。

旁边的另一个姑娘小声道：“他又是来找乔岚的吧？”

“肯定啊。”有人道，“吃饭是假，每天看乔岚才是真的。”

“那要不要告诉他乔岚今天没来？”

“乔岚没来别人就不能点了？”孟雪听烦了，她就不信了，她笑着过去，这少年还能那么不给她面子？

看着自信满满的孟雪，旁边的姑娘想拉住她，但被另一个人给拦住了，对着孟雪的背影翻了个白眼。

她可记得，那天自己只是想帮这少年推一下轮椅，那少年退避三舍的样子，让她差点下不来台。

孟雪面带笑容地盈盈走了过去，可距离那少年还有两米的时候，少年蓦地抬起头。

森森冰冷的目光像是一枚钉子一样直直将孟雪钉在了地上。

明明是个十几岁的少年，可孟雪对上这样的眼神，却吓得不敢再动了，脸上勉强地扯出一个笑容：“乔岚今天请假了，我负责为您点餐……”

“不用。”郯墨转动轮椅就要走。

孟雪急忙上前：“只不过是吃饭而已，我可以……”

“滚开！”

少年身体陡然紧绷，森然开口，刚刚停好车才赶来的陈伯听到动静吓了一大跳，等问清缘由后面色不悦地看了孟雪一眼，推着郯墨离开了西餐厅。

孟雪脸色由白转红，火辣辣地烧了起来，背后几个看热闹的服务员差点没憋住笑。

“说了人家就是为了乔岚来的，非得上赶着找骂。”

“唉——我都羡慕了，有谁这么追我，我绝对扛不住三天。”

孟雪脸色极其难看地回头：“有什么好羡慕的，一个残疾人，指不定还是个精神病，就是送给我我都看不上。”说罢转身就走。

几个人面面相觑。

虽然说是精神病有点难听，但这个少年确实有点不太对劲。不过孟雪上赶着亲近人家、翻脸了又说人家坏话的行径，还是让人看不上。

几人又说了会儿闲话，这才散了。

离开西餐厅的郯墨一直沉默不语，陈伯左思右想："要不我找老师打电话问问？"

"不。"

陈伯无奈："也许是家里有点什么事情，等下周去学校了，你问问她到底为什么今天没有来。"

今天是周五，等过了周末，下周一问问乔岚为什么没来就可以了。

可是陈伯并不知道，在学校里，郯墨是不和乔岚说话的。

郯墨抿了抿嘴唇，垂下了眼睫。

在上周的时候，郯墨偶尔听到几个同学说话提起过乔岚，还顺带提起他。她们说当初乔岚因为替他说过话，所以被班里的女生疏远，而后来又因为乔岚主动和他打招呼，更有同学笑话她。

"乔岚有病吧，天天和郯墨打招呼。"

他有病，和他说话、和他有关系的人，也会被人说有病；他不正常，所以乔岚和他说话，同样不正常。所以郯墨不在学校，不在有人认识乔岚的地方回应她。

更何况，他觉得现在已经很好了，在西餐厅也可以说话，偶尔体育课，乔岚也会来教室。

可郯墨怎么也没有想到的是，突然间，乔岚和他的距离能缩小到只隔着一张桌子、一把椅子。

周末过去，周一到来，一来教室，兴奋的同学们就搬着桌子开始换座位，乔岚换到了第一组的倒数第二排。

郯墨与往常一样进了教室，一抬眼，就看见了坐在自己正前方的乔岚。

郯墨按在轮椅上的手轻轻颤了一下，一时间有些不知所措。

乔岚不是应该坐在离他最远的地方吗，为什么却突然坐到了最近的地方？

郯墨这才后知后觉地发现，不但乔岚换了座位，其他所有的同学都换了座位，乔岚是和大家一样轮换到这里的。

她不是特意换到了这里，郯墨松了一口气，随之却升起细细密密的另一种情绪。

如果郯墨能够感知明白，那这种情绪，叫作失望。

可是郯墨不太懂，他用别人看不出来的小心翼翼来到自己已经熟悉了两个多月、但又突然新奇得让他不习惯的位子上，就连将书包放进桌洞都没有发出一点声音。

因为乔岚趴在桌子上在睡觉。

她好像从来没有在学校累过困过，每一个课间都在低头看书，为什么今天突然会趴在桌子上？

因为打工太辛苦，还是和前两天没有去餐厅有关系？

郯墨不知道，他从来没有正常地和乔岚交流过。

可是当他再抬起头来，就发现真的好近啊！

近到可以看见她高高的马尾沐浴在清晨阳光下，看得清每一根发丝，他异于常人格外敏锐的鼻子，甚至可以闻见她衣服上淡淡的洗衣粉的味道。

他不应该这样直勾勾地盯着她看的，郯墨想，因为他知道没有人喜欢被人这样盯着看，曾经很多人因为他这个举动，说他莫名其妙，说他有精神病。

他们说他的眼神吓人。

可是，乔岚在睡觉不是吗，他看的是背影不是吗，他从来没有离得这么近看过，所以多看一看，只要不被她发现就可以了吧？

下一瞬，分明还趴在桌子上睡觉的乔岚醒来了，还没来得及收回目光的郯墨，猝不及防地对上了乔岚的视线。

郯墨的心猛地颤了一刹那，急忙收回视线，却听见女孩的声音有些轻微的沙哑。

原本清亮好听的嗓音许是因为刚刚从短暂的梦中醒来，多了几分慵懒的腔调，自然而又缱绻。

“来啦。”她转过身来，将胳膊搭在椅背上回头看他，顿时离得更近了，脸上没有一点生气的样子，笑着低声道，“看见我坐在这里是不是很惊讶？”

郯墨从书包里掏书的动作一顿，他抿了抿唇，然后将书拿了出来放在桌子上，没有说话。

乔岚前天肚子疼请了一晚上假，然后周末又忙了两天，昨晚上回来时候外边下了点小雨，本来以为没什么，结果早上来学校后发现有点感冒。

整个早自习都昏昏沉沉的，后边就什么都不知道地睡过去了。

幸好今天是语文自习，班主任有事没来，没有发现。

短短地眯了一小会儿，再醒来时看了眼时间，还有两分钟第一节课就开始了，她与往常一样地回头看了一眼，却正好对上郯墨的视线。

乔岚敢肯定，前一刻郯墨肯定是在看她打量她。

可郯墨依旧面无表情，迅速地收回了视线，之后自己主动打了招呼甚至和他说了话，郯墨还是低着头没有搭理她。

乔岚内心涌上说不出的无力感，所以到底是为什么？

郯墨不理她，乔岚只能重新转过头来，没有发现刚刚自己主动和郯墨搭话，惹得班里很多人都往这边看，就连陈曜阳还有李凡几人都多看了一眼。

有人小声嘀咕："我发现乔岚真的经常和郯墨说话，但是郯墨从来都没理过她。"

"郯墨理什么理，指不定连我们说什么他都听不懂。"

"所以说乔岚到底什么毛病，闲得没事干了……"

乔岚没有听见，皱着眉头转了回来。裴宁小心地看了郯墨一眼，又看了乔岚一眼，心里也想不通，却出于好奇，用自以为很小的声音凑过去问乔岚："你和那个……郯墨说什么啊？"

郯墨翻着书的手，在裴宁突然凑近乔岚的那一刻蓦地一停，隔着额发看见乔岚的同桌的脸距离乔岚还不到三十厘米，那双浅褐色的眼睛骤然涌上一抹厉色。

然后他看见乔岚从书包里抽出数学书，翻开了书。

"没说什么。"乔岚说，过了大抵三秒钟又补充了一句，"秘密。"

裴宁："……"

郯墨眼中的厉色消失不见了，抵着书本的指尖缓缓地滑过纸张，轻轻翻到了下一页。

乔岚是真的感冒了，之前只是对声音异常敏感的郯墨发现，后边她上课都忍不住打盹，就连同桌的裴宁，还有前边坐的两个同学都发现了。

“你感冒了？”裴宁问。

乔岚有些闷闷地“嗯”了一声。

坐在后边的郯墨沉默地抬起了头，之前那种说不出的滋味又一点一点涌了上来。

在乔岚还坐在第四组的时候，他就看见乔岚和裴宁经常说话，但是听不到在说什么，这让郯墨无比焦躁，现在终于可以听见，可郯墨的焦躁半点没有减轻，反而更严重了。

乔岚和裴宁的交流不算太多，但是也不算很少，两人其实都是性格很好的人，做了将近一周的同桌，关系还算不错，郯墨觉得自己永远都可以听见他们的交谈声。

如今听见裴宁主动关心乔岚，郯墨看着裴宁的目光变得有些阴沉，他冷冷地看着乔岚和裴宁时不时会碰到的胳膊肘，越发觉得坐立难安。

他认识乔岚已经很久了，却从来没有和乔岚这么流畅而又自然地说过话，更不用说一些肢体上的接触了。

裴宁丝毫没有觉察到什么，他虽然性格内向，但是对于慢慢熟悉了的人，话渐渐就多了。

“有药没？要不请个假回家休息休息？”

“不用，没那么严重。”乔岚喝了口水，看了眼课表，下节课是物理，她顿时有些惆怅，想了想叮嘱裴宁，“一会儿上课，你要看见我打盹你就打我一下。”

“行。”裴宁答应了。

郯墨按在书角上的手指，不受控制地变得僵硬。

他希望乔岚上课不要再犯困，那么裴宁就不用叫醒乔岚，就不会碰到乔岚。

但是乔岚感冒了，一节物理课上得昏昏沉沉，裴宁又不可能真的打她，一节课叫了乔岚三次，坐在后边的郯墨眼睁睁地看着裴宁的手在乔岚的胳膊上碰了三次。

因为阿斯伯格症的原因，郯墨会难以控制情绪，会时不时地暴怒，会难以忍受地烦躁，小的时候曾经弄伤过幼儿园的同学，会因为一些正常人根本注意不到的小事情而在意很多天。所以以前母亲总是一遍又一遍地让他不要在意这些，不要去关心这些。

郯墨像机器似的活到了十五岁，如今早就习惯了压抑，可是压住了不发脾气，却还是压不住心情变得很差。

乔岚终于将这节课熬了过去，下课后实在忍不了，去卫生间那边洗了把脸。

十一月的北方已经有些冷，乔岚被凉水激了激，终于清醒过来，等晃进教室走到座位上，就看见郯墨低着头和往常一样地看书。

以前坐得远，郯墨又不和她在学校里说话，所以乔岚也不主动找他。

但是现在都坐前后桌了，乔岚看了眼郯墨面前的书，左看右看没看懂，便又离近了些问他："这是什么书？"

《经典电动力学》，郯墨心里默默回答。

可是他不能和乔岚说话，更何况他现在一点都不想告诉乔岚，不想和乔岚说话。

于是他沉默地将书往回抽了抽，这是不大想让乔岚看的意思。

乔岚一愣，虽然说平时不说话，但是郯墨也不会有这样抗拒的举措。乔岚有点傻眼地没有放弃地又问了一句："怎么了？"

郯墨抬头，苍白的脸上没有一丝表情。

"转过去。"

乔岚：？

旁边好奇地观察着动静的裴宁拉了下乔岚的衣服，小声道："你别烦人家了，"说完小心地看了郯墨一眼又补充一句，"没看见人家都不想理你……"

话音未落，裴宁陡然对上郯墨近乎阴冷的目光，太阳明明照在身上，他却有一瞬的不寒而栗。

等他再看第二眼，郯墨已经重新低下了头，刚刚那一刹就像是假的一样。

裴宁呆了好一会儿，还有些没反应过来地转过了头，趴在桌子上开始怀疑人生，过了好一会儿才后知后觉地想起，刚刚他看到郑墨看的书好像不是大家口中所谓的画册。

那是一本厚厚的纯英文书，上边好像还画着许多物理用图。

本来就傻了的裴宁，顿时更傻了。

一瞬间好奇心涌上心头，他想回头仔细看看郑墨到底在看什么，但是一想起刚刚郑墨的眼神，又吓得缩了回去。

肯定是他看错了，郑墨怎么会看书呢？更何况还是这样的书。

不知道裴宁在想什么的乔岚又开始想不通了，想不通自己又做了什么得罪了郑墨。

乔岚生怕好不容易才逐渐建立起的脆弱联系一不小心又被毁于一旦，所以到了下午的时候还是主动和郑墨说话，但是郑墨始终没有回应。

放学后，乔岚面无表情地看郑墨离开，泄气地发了好一会儿呆。

收拾好书包走出学校赶往西餐厅的路上，乔岚心道，今天晚上或者以后，郑墨可能不会来西餐厅了吧。

郑墨坐在车子上，一如往日地沉默。

陈伯倒是早就习惯了，将轮椅折叠好后上了车："还是去西餐厅？"

郑墨看着窗外没有回答，陈伯点点头，表示明白，车子又往熟悉的方向开了过去。等到了西餐厅门口，陈伯下车拿好轮椅，郑墨却隐在黑暗里没有动。

陈伯皱了皱眉头，聪明地觉察到可能发生了什么。

"不进去吗？"

郑墨垂下眼睫，半晌后道："不想。"

陈伯仔细看着他，又问："是发生了什么事情吗？"

可怜郑墨连撒谎都不会，遇到不想回答的问题只会沉默不语。

吵架了？朋友关系结束了？

不可能吵架，陈伯想象不到郑墨和人吵架的场景，也不会是关系结束，如果结束了郑墨根本不会来这里。

郑墨不进去，陈伯只能道："那我们回去？"

郏墨抿了抿嘴唇，半晌后道：“不行。”他抬起头看着灯火通明的西餐厅，“还没点餐。”

不进去却还要给人家送钱？那要怎么办？

陈伯崩溃地想凿开自家小少爷的脑袋，看看他到底在想什么在别扭什么，最终无奈地叹了口气。

不进去，还要给乔岚钱，这种兼顾两者的问题不能指望郏墨想办法。陈伯想了想，无奈道：“你在车里等，我去买东西，然后我们带回去，不告诉她你也在，这样好不好？”

郏墨迅速道：“好。”

“行吧行吧，你坐着我去了。”陈伯说罢就要走，却又被郏墨抓住了，他回头，“怎么了？”

“她感冒了。”

陈伯：……所以呢？

郏墨指着不远处的一家药店：“买点药。”

陈伯：……

行行行，走出药店后，陈伯满脑子只剩一个想法：这姑娘到底做了什么感天动地的事情。

现在已经七点半了，比郏墨平时来的时间晚了十几分钟，乔岚百忙中想，今天郏墨可能真的不来了。

孟雪一想起那天郏墨的态度就一肚子气，今天没看见郏墨，“啧”了一声晃到乔岚跟前：“怎么，你家残疾男朋友今天没来送钱啊？！”

“他是我同学。”乔岚心情本来不咋地，骤然来了火，“嘴巴放干净点儿。”

孟雪挑眉：“怎么，说不得啊，本来就是个残疾人，你既然看不上人家残疾，那还装得那么像干什么，骗钱啊？啧，年纪小小，心思可是一点都不小，我还真佩服你。我说，你那小男朋友不但残疾，还有点精神病吧……”

“你长这么大，你父母没有教你怎么做人怎么说话吗？”

“你！”

孟雪气得就要闹，正巧陈伯从外边走了进来，乔岚看见他眼睛一亮，没工夫再和孟雪争吵。

“您好。”乔岚请陈伯往里边走，不经意地往外边看了一眼，拿出菜单请陈伯点餐。

陈伯将乔岚往外看的视线看在眼里，面上露出一个淡淡的笑容，拿着菜单迅速点完并让乔岚全部打包。

乔岚又往外边看了一眼，一排车子，认不出哪辆是陈伯开的。

她想问陈伯郯墨呢，但是领班就在旁边两米开外，餐厅是不允许服务员和客人在上班时间有与工作无关的交流的。

乔岚只能点餐，没法多问。

之后她就很忙了，就连打包的菜品都是领班帮忙送到陈伯跟前的。等乔岚忙完回来，陈伯已经离开了。

领班笑着看了她一眼，没有说什么，却在最后下班的时候喊住了乔岚，从收银的地方掏出一个袋子给她。

“经常送郯少爷来的那个老伯给你的。”

乔岚一怔，结果袋子打开，里边全是药，各种各样的感冒药。

病了一整天又忙到现在的乔岚，突然觉得眼眶有点酸。

她将药拿好后谢过了领班，回到家里吃完药便早早睡觉了。许是药效的原因，乔岚很快入睡，一夜无梦。

年轻人，吃了药好好睡一觉，第二天嗓子不疼了，又是活力满满的乔岚。

乔岚早上来教室后和往常一样地背书，裴宁看了她一眼：“病好了？”

“好了。”乔岚声音轻快。

“心情不错啊。”

“还行。”乔岚笑了笑，拿着课本出去背书了。

等早自习结束，郯墨来了，乔岚转头与郯墨道：“我感冒好了。”

郯墨听着她不再沙哑的声音，默默地回到座位上，还是不想理她。

乔岚不在意，又同郯墨说了声“谢谢”。

裴宁一脸不知道该说什么的表情。

他是真的搞不懂，为什么郯墨从来都不理乔岚，乔岚还能这么好脾气地一次又一次主动和郯墨搭话。

人家都不理你，你不尴尬吗？！

你感冒好了和郑墨说干吗啊，还有这声“谢谢”又是什么意思啊？

他实在想不明白，又去问乔岚，乔岚还是那两个字：“秘密。”

裴宁：“……”算了，不问了。

自打乔岚考了年级第一以后，班里曾经顺大流的同学都对乔岚变得友好了，之前有些对她不怎么好的同学，最近也还不错。

那个总是欺负乔岚的秦洋，最近再也没找乔岚的麻烦。

就像乔岚之前说的，想要被人喜欢，那就必须有能被人喜欢的资本。

有天乔岚早上背书的时候，遇见班里几个女生。最近 13 班的学习氛围出奇得好，每天早起来学校学习的同学也更多了。

乔岚背了一会儿书，在不远处背书的一个女生走了过来。乔岚不记得她的名字，但是知道是本班的。那女生笑了笑，问她能不能借历史笔记看一看。

伸手不打笑脸人，而且乔岚刚刚已经背完历史了，于是将笔记借给了女生。

那女生拿着笔记回去，和其他几个女生叽叽喳喳地凑在一起翻看，看完后不由感叹乔岚真的认真，但是也没看出来有什么太出彩的地方，一会儿后她又将笔记还了回来，乔岚点点头收回本子，回教室去了。

自打这女生和乔岚说过话后，慢慢地，她们开始碰到后主动打招呼，一来二去，乔岚知道了这姑娘名字叫唐琴，但也就仅此而已了。

有天上午第二节课下课，唐琴还喊她一起下楼做操，乔岚看了唐琴一眼，皱了皱眉头道：“来了。”

乔岚不是傻白甜，自小的生活环境让她不大容易相信人，而且是这么明显的套近乎。但是她实在想不通，唐琴为什么和她套近乎。

直到上体育课的时候，乔岚又遇见了郝英。郝英依旧保持着自来熟的风格，碰见乔岚后同她打了个招呼。

看着郝英那口大白牙和脸上的笑容，乔岚回了郝英一个“你好”，一转头就看见唐琴和几个女生挤了过来。

“乔岚。”她们一脸亲切，好像才看见郝英一样，“哎，你是 5 班的郝英吧！”

郝英性格爽朗，笑着说“是啊”，几个人叽叽喳喳地说了起来。

乔岚总算明白最近唐琴找她干什么了，但是简直是莫名其妙。

她和郝英之间和不认识也没什么区别，郝英也就见到她随便打个招呼而已。

唐琴她们将郝英岔开了，正好让乔岚悄无声息地离开，等回到教室后，她又自然而然地和郯墨搭话。

乔岚终于看清郯墨看的是什么书了，《经典电动力学》，一本由美国物理学家撰写的物理著作。对于就连加速度都学得磕磕绊绊的乔岚来说，这本有着各种符号和绘图的书，根本就是天书。

乔岚知道郯墨很聪明，他是个天才。

乔岚之前看郯墨看过微积分，看过《呼啸山庄》，看过好大一本历史讲义，但是现在看到这本自己完全看不懂的书时，她终于感受到了智商上的差距。

乔岚突然好奇。

“郯墨。”乔岚叫了郯墨一声。

郯墨没理她，但自打那天收到一包药后，还有后边几天陈伯都来打包后，乔岚算是明白了，郯墨也许在生气，但是绝对没有讨厌她。

郯墨不理她，乔岚也不在意：“郯墨，我们现在学的物理，对你来说是不是特别简单啊。”

当然。

郯墨抬头，面无表情地看了乔岚一眼。

他在十二岁的时候就已经自学过这些了，上次看乔岚空出来的那道题，郯墨根本不用算都能得出答案。

郯墨分明什么都没说，但乔岚觉得，自己好像被鄙视了。

看来是很简单，没错了，乔岚叹了口气，将胳膊搭在椅子上，下巴搁在胳膊上：“你其实很聪明，懂的也比我们多得多，考试的题你肯定都能做出来。郯墨，为什么不参加考试呢？”

高中课程对于郯墨太简单了，如果他参加考试，指不定会考出非常惊人的成绩。

郯墨看着乔岚，抿了抿嘴唇。

刚刚才下体育课，乔岚回来得最快，班里还没有其他人，郯墨终于说话了。

“能做出来就一定要考试吗？”

乔岚一时间没明白郯墨的逻辑，好半天后才稍微摸到了郯墨的意思。

郯墨对考试没有兴趣，所有人想考高分，是因为得了高分就可以在高二的时候分到更好的班，可以让大家喜欢他佩服他，可以考上更好的大学。

但是考试不会给郯墨带来任何吸引力，正常人想要的这些，他根本不在乎。

可是乔岚还是想让大家都知道，郯墨不傻，不只不傻，而且比他们不知道聪明了多少倍。

乔岚想继续说，但是班里进来人了，郯墨又不说话了，声音一如既往地冰冷：“转过去。”

乔岚：……

又不理她了。

唐琴几个还有许多同学从外边进来，一进来就看见乔岚又趴在椅背上和郯墨说话，而郯墨低着头，就像根本没看见乔岚。

最近大家看着看着都习惯了，但是习惯是一回事，理解又是另一回事。

没有人理解乔岚为什么一直和一个傻子说话，不只是个傻子，还有些疯。

秦洋看见后与旁边人道：“乔岚我是真的搞不懂她，她都不怕吗？”

众人摇摇头。

唐琴刚刚如愿以偿地和郝英说上了话，这会儿心情大好，又觉得自己最近和乔岚走得近，直接走了过去：“乔岚，你怎么又和他说话啊。”

郯墨的手指轻轻一颤。

乔岚的笑容收了起来，可惜唐琴没发现，也或者她是想在其他同学跟前出风头，继续道：“你天天和他说话，他又听不懂。”说罢伸手拉了乔岚一下，“你别离他这么近，小心他抽风，突然打你。”

乔岚一把甩开唐琴的手，眼神冷得可怕，她看向唐琴：“他打过你？”

唐琴还有看热闹的一众学生皆是一愣，唐琴脸上一僵。

当然是没有的。

但是郯墨是个疯子啊，指不定会突然抽风。

“你什么意思啊？！”唐琴嚷了起来，“我这是为你好……”

“我用不着你对我这么好，”乔岚直接打断了唐琴，“受不起。”

唐琴怎么也想不通，明明好端端的，怎么就突然这样了？

乔岚一点面子都不给她，班里这么多人看着，唐琴脸上挂不住了：“谁稀罕对你好，还不是看你没人理可怜你……”说罢转身就走。

和唐琴一起的几个女生，也是狠狠瞪了乔岚一眼。

周围又恢复了曾经的议论纷纷，陈曜阳和李凡几人远远看着，心里不知道在想些什么。

乔岚没有在意其他人是什么态度，她重新转过头，看见郯墨手边刚刚分明完好无损的书，破了好大一页。

乔岚长长地呼了口气。

“郯墨。”乔岚小声地叫了他一声，看着他苍白的脸色更加白得瘆人，惨兮兮地叹了口气。

“你如果再不理我，就真的没人愿意理我了。”

“如果你再不理我，那就没人理我了。”

这种有些撒娇的话语，隐在周围同学们嘈杂的议论声中，重重地凿进了郯墨的心中。

每一天，他都在小心翼翼地保持着这份疏远，不愿意把乔岚拉入因为他而黑暗泥泞的地带，乔岚却自己走了进来。

她在所有人面前站在了他的这一边，罢了还惨兮兮地让他说说话，让他理理她，可是郯墨心想，其实每一天每一刻，他都想和裴宁一样毫无顾忌地和她说话。

他怎么会真的不理她呢？

可是她为什么要这么做？为什么能做到这种地步？他又有什么值得她这么做？

郯墨想不明白。

对于任何事情，他从来都抱着必须弄明白的心态，无论是生活中还是学习中，可是如今，郯墨突然不想弄明白了。

有那么重要吗？好像也没有。

他抬起头，对上乔岚的眼睛，他看不明白乔岚眼中的笑意，却看得明白她唇边的弧度。

郯墨突然也有些想笑了，他从来没有笑过，却想送给这个女孩一个笑容。

但笑又该是怎样的，郯墨不知道，他不像正常人一样根本不用思考就可以露出笑容，他需要看着眼前女孩唇边的笑意，在心里去想该动一动面部的哪些肌肉才好，最后模仿出一个有些不伦不类的笑容。

这个模仿很不到位。

他眼中没有笑意，眼角也不会上扬，只有唇角勾出一个依稀可以辨别的弧度，在他人眼中看起来格外古怪，但乔岚看明白了。

她想起之前看过的一句话，对于患有阿斯伯格症的人，开始模仿，那是他们亲近一个人的第一步。

乔岚目光柔和了下来，下巴抵在胳膊上，目光落在被他撕破的书本上："那现在可以告诉我这是什么书了吗？"

周围的议论声还在继续，郯墨甚至不用抬头都能知道，有多少人在好奇地往这边看。

可乔岚没有看他们，也没有在意他们，她看着他，在问他这是什么书。

郯墨合上书本，露出了书本封面，然后将书翻了个方向正对着乔岚，抿了抿唇，像是经过了一番艰难的思想斗争后，终于用周围人堪堪可以听见的声音道："《经典电动力学》。"

乔岚突然眼眶有些酸胀。

郯墨终于说话了，终于在这么多人面前和她讲话了。

她伸手按在书本上，抬眼看着他的眼睛："那我可以看看吗？"

这回郏墨没有思考，当即点点头。

乔岚打开目录，又翻了翻后面，是纯英文的。乔岚英语还是很不错的，裸考参加英语六级也能超 100 来分，可是眼前这本书，她一句话看过去，不认识的单词一大堆。

专业术语太多了。

乔岚叹了口气，重新将书转回去正对着郏墨，看着他："我看不懂。"大抵是想多让郏墨说说话，"你可以和我讲讲这本书大概讲了什么吗？"

郏墨下意识就要开口，可开口的一刹那，又突然想到了什么，又收了回去。

患有阿斯伯格症的人有一个非常明显的特征，他们热衷于特定的事物或者兴趣，所以在讲到自己感兴趣的部分时，经常会不顾旁人的意愿，义无反顾地讲下去，根本不在乎旁人的心情。

或者说，因为他们觉得这很有趣，所以理所当然地认为旁人同样觉得有趣，而他们又看不懂倾听者脸上的不耐，所以根本意识不到自己刚刚的这些话，对旁人而言是一种噪音。

曾经在十岁的时候，因为智商奇高，在其余小朋友还在算一元一次方程时，他已经可以自行看懂定积分和不定积分。

他执着地想同其他小朋友讲一讲自己所知道的数学，可是其他人听不懂，本来就备受欺凌的郏墨，在表现出高人一截的智商后，更是让自己变得格格不入，被同龄人排斥。

后来母亲一次一次地劝诫他，如果真的有很感兴趣的东西，回家告诉她，不要再讲给旁人听。

可是后来母亲出车祸去世了，郏墨就再也没有能听他说这些的对象了，他也没有再讲给其他人，随着年纪慢慢增长，他也逐渐明白，其他人是不愿意听他说话的。

可是现在乔岚主动问他，郏墨放在书上的手指又不自觉地收紧，许久后他终于开口道："这是美国物理学家杰克逊的一本书，分为上、下两册，这是上册，上册主要内容是传统的电磁理论，包括静电学、静磁学、随时间变化的电磁场、麦克斯韦方程组等，并应用麦克斯韦方程组讨论了各种宏观电磁现象……”

乔岚承认，自己什么都没听懂，里边各种各样的名词对她而言全是天文，但她可以听出郯墨从一开始讲得磕磕绊绊，到后边已经说得非常流畅。

郯墨从来都是面无表情的，而异常苍白的面容与长长的遮住眼睛的头发，更让人们第一时间总是注意到他的怪异，从没有看清过他的五官。

乔岚第一次离得这么近去看郯墨，看他说到自己喜欢的东西，浅褐色的眼中露出别样的神采，少年本就异常出色的五官也在一瞬间似乎变得生动了起来。

乔岚这才发现，少年的相貌，也是格外好看的。

当晚，陈伯还是准备和之前几天一样，让郯墨在车子里待着，自己去西餐厅买东西，郯墨却道:“我也去。”

和好了？不吵架了？

一瞬间陈伯脑子里蹦出来一大堆词条，却没有多问，笑眯眯地将轮椅从车里拿下来，推着郯墨走进了西餐厅。

孟雪这回终于不自讨没趣了，餐厅里其他人早就习惯了郯墨和陈伯每天的光顾，一看见郯墨进来就喊乔岚过去点餐。

看着乔岚走过去的背影，几个女孩不由感叹：

“你说这位郯少爷为什么不直接给乔岚钱？”

“那有什么意思。”另一人道，“唉，真的，如果有人这样对我，就算真的残疾了，但是能做到这种地步，我都要心动了。”

“乔岚好像才十六岁吧，唉，人家的十六岁，我们的十六岁。”

“闭嘴吧你，你都二十六了……”

几人哄笑开来，西餐厅里一片柔光，玻璃上斑斑点点地滴上了水迹，发出淅淅沥沥的声响，下雨了。

乔岚将菜一道一道地上上来，郯墨今天要的是一小份牛排。

“我帮你切吧。”郯墨拿着刀叉踌躇了片刻，然后交给了乔岚，自己坐在一边静静地看乔岚熟练地将牛排一分为二，然后一分为四。

坐在对面的陈伯不由放缓了吃东西的速度。

郯墨不喜欢旁人的靠近，就连郯先生每次来，郯墨都会避开很远，可现在这个叫乔岚的小姑娘站在郯墨身边，衣袖时不时地蹭到郯墨的肩膀，他却没有躲开，目光定定地盯着乔岚的双手，半晌后窗外突然一声惊雷，他这才像是被惊醒一样朝着窗外看了一眼。

“下雨了。”郯墨突然说。

陈伯也往外看了一眼，下意识接话：“是啊，下得还挺大……”等转过头来，却发现郯墨根本没看他，他正抬着头看着正在切牛排的乔岚。

这句“下雨了”，压根不是对着他说的，人家是和乔岚说的。

就连陈伯都没反应过来，更别说乔岚了，“自作多情”的陈伯看着压根没意识到的乔岚，稍微猜测一番后，将郯墨没有说完的话说了出来。

“下雨了，下得还挺大，乔小姐你一会儿怎么回去？”

乔岚被一声乔小姐叫得一个激灵，急忙道：“叫我乔岚就好。”牛排终于切完了，她将刀叉重新递给郯墨，道，“我下班还早呢，那会儿应该已经不下了。”

说完她又看了郯墨一眼，他穿得很单薄：“你冷不冷。”

郯墨拿着被乔岚拿过尚有余温的刀叉，默默地吃了一口：“不冷。”

如果那会儿还下雨呢？她感冒刚刚好了还没三天。

陈伯越发惊奇了，今天一定又发生了什么。

等乔岚走后，郯墨放下刀叉，拿出手机看了好半天：“今晚会一直下雨。”

陈伯想了想道：“那这样，我先送你回去，如果之后还下雨，我就再跑一趟，送乔小姐回去，好不好？”

郯墨看着窗外的大雨，点了点头，又吃了一口牛排：“好。”

和往常一样结完账，陈伯推着郯墨出去的时候像是闲聊一样随口问了一句：“乔小姐白天还要上课，晚上这么拼，会不会影响学习？”

乔岚笑了笑：“高一不太忙，还好。”

“那一般会忙到几点？”

“十一点就可以下班了。”

陈伯乐呵呵地点了点头，乔岚没觉察到什么，送两人出了西餐厅，站在灯火处的少女笑眼弯弯，就和放学时候一样摆摆手：“郯墨，再见。”

郯墨回头看了她一眼：“明天见。”

窗外电闪雷鸣，雨下得越发大了。因为大雨，店里客人比往常少了很多，乔岚一众人也闲了下来，乔岚甚至还能趁机看一看明天要背诵的课文。

其余人站在门口，看着窗外的大雨，开始发愁怎么回去，公交车已经没了，现在打车也很难打到。

几个女孩叽叽喳喳地问大家谁有伞，稍微顺路的可以一起走。

十一点后，店里实在没有客人了，大家收拾完后关了店走出来，夜雨冷得大家打了个寒战，孟雪一眼就看见没伞又穿着单薄校服的乔岚：“怎么？您还需要和我们一起走回去……”

话音刚落，马路边隐在黑暗里的车子亮了车灯，车门打开，陈伯撑开伞走过来，将手里的另一把伞递给乔岚，笑了笑：“少爷让我送你回家。”

乔岚站在楼道口，目视陈伯走远后，一人在黑暗中发了很久的呆。

以前她不知道父母是谁，就连姓都是随便选的。对她最好的人是资助她上高中的那个阿姨，之后考上了大学，乔岚便发誓要念她一辈子的好。

可是还没来得及，她就变成了现在的乔岚，只因为心存不忍而多关心了郯墨几次，少年反馈给她的，却多了太多。

乔岚蹲了下来，将脸颊埋在膝盖上。

书上说患有阿斯伯格症的人很难拥有友谊，而一旦真的拥有，就会变得手足无措，不知道该如何维持，所以会采用最简单粗暴的方式，对朋友好就是了。

可是，这也太好了，乔岚长长地舒了口气，曾经下雪了没有人提醒她穿厚点，下雨了也不会有人提醒她带把伞，更不用说特意送她回家了。

大概蹲了几分钟，也许是十几分钟后，乔岚才上楼回到了乔家。

已经过了凌晨十二点，家里只有乔母没有睡，她正在贴面膜，看见乔岚进来瞥了一眼，随口叨叨：“几点了才回来，一天找不见人影也不说去哪儿，声音小点，你弟刚睡着。”

看着乔母转身回房的背影，乔岚这才觉得回归了现实。

乔岚原以为，由于和唐琴的争吵，她也许又会回到一开始被所有人疏远的境地，但是后来发现，好像并没有如此。

毕竟都是十五六岁的年纪，大体上大家本性都不是坏的。但又也许是因为是唐琴不是陈曜阳，也不是宋瑶，她在班里的分量还没有大到让其余人都因为她的态度而去疏远乔岚，所以除了唐琴身边玩得好的几个女生，并没有谁对乔岚的态度有太大的改变。

像裴宁，还有坐在乔岚前边和右边的几个同学，依旧和往日一样和她见面打打招呼说说话，乔岚英语、数学又特别好，也有同学在下课的时候会来问乔岚问题。

不过对于郑墨，大多数同学还是尽量躲远，却也有一小部分同学慢慢发生了变化。

乔岚每天都在和郑墨说话，可是郑墨并没有像唐琴说的那样突然打人，他甚至不会大声说话，他没有疯，看起来也不傻，和乔岚说话的样子也没有很恐怖。

可是一切的一切，郑墨都不在乎。

如今唯一能让他在意的，也只有一个乔岚而已。

乔岚这会儿正在和同桌的裴宁还有前边几个同学比赛，比记忆力。

忘了是谁起的头，都是差不多年龄的男生女生，说着说着就有些不服气，想要比一比。坐在乔岚前边的女生做出题人加裁判，乔岚、裴宁，还有另外一个男生比赛。

规则很简单，十个罗马数字随便排序，出题的女生一共念了十五个数字，三个人谁写得更接近谁就赢，赌约更简单，两根棒棒糖。

这样的游戏在郑墨眼中是无聊的，他根本不明白这种浪费时间的游戏有什么意思。

可是乔岚在玩，所以郯墨放下手中的书，看他们玩。

出题的女生随便写下十五个数字，然后捂着字条咳了两声："听好了啊，就念一遍，2、4、5、0……2、8，先不续写，倒数10秒，10，9，8，7……"

乔岚抽出一支笔，刚写了三个数，旁边的裴宁突然短路："哎，第五个是啥来着？"他下意识往乔岚这边看了一眼。

乔岚将人推开，转了个身，将本子放在了郯墨的桌子上。

很快她写了八个数，等到了第九个的时候，突然有些记不清到底是7还是8了。

出题的女生看了眼另一个男生写的，笑得不行："你这错得也太离谱了，倒计时啦……"

乔岚实在想不起来了，正要随便写个数字编上去，郯墨用仅有两人可以听见的声音小声道："846728。"

乔岚想也没想直接按照郯墨说的全部写了上去。

郯墨呆了呆，她就不怕他记错了吗？

前边女生的倒计时结束了，她迅速抽走了三人手中的字条，看完后哈哈大笑："你怎么搞的，第三个数就错了，裴宁错了三个数，哎？乔岚全写对了！我就说我们女生记忆力一点都不比你们差好吧，你看人家乔岚写的……"

"那是乔岚记忆力好，不是你好吧……"

前面又闹了起来，乔岚转过来笑眯眯地对着郯墨小声感叹："你怎么这么厉害？！"

眼前的女孩眼睛很黑很亮，看着他发自内心地感叹道。他听惯了人们说他疯，说他傻，以为自己早就习惯了，感受不到了，可在听到乔岚的话时，他还是感到了由衷的欢喜。

也许是因为这句话，也许是因为说这句话的这个人。

郯墨清楚地记得，在遇见乔岚之前，每天在学校里他需要忍受多大的煎熬，可如今在学校的日子，似乎变得不再那么难熬了。

这是他在独处以外，最舒服的状态。

周末的时候，郯墨没有去西餐厅，他发现了一本很不错的书，两天的时间全部都投入在了这本书里。

周日晚上，郯父在百忙之中来看郯墨。

郯墨没有跟郯父住在一起。

在郯墨还没有记忆的时候，他父母就已经离婚了，七岁之后，母亲终于慢慢发现了他与其他小孩的不同，从此带着他前往美国治疗，一待就是七年。

对于父亲，郯墨没有什么记忆也没有什么感情，被郯父接回国后，他忍受不了郯父新组建的家庭的吵闹，于是找到郯父，用没有一丝感情的话语告诉父亲，自己不想和他们一起住。

于是他和曾经一直照顾他和母亲的陈伯、陈姨住在了一起。

郯父偶尔会来看看他。

郯父想起上周郯墨突然不愿意再去学校，本来想和郯墨谈谈，却发现根本是他的独角戏，郯墨几乎不说话，寥寥几次开口，也是最没用的废话。

郯父只能让助理请了心理医生，询问了医生的态度后，这才又来找郯墨。他曾经觉得郯墨自闭、排外，所以让他去学校，去接触同龄人，接触人群，直到和医生交流后，医生建议他不要这么做，郯父这才急忙来找郯墨。

郯父想起心理医生的话，心中有些不是滋味，他打量着郯墨冷冰冰的脸庞，问他最近这一周过得怎么样。

郯墨抬头看了他一眼，发自内心地开口："很好。"

郯父有些怀疑，因为郯墨没有一丝表情的脸，和很好没有一点点关系。

他不知道儿子患的病叫阿斯伯格症，不知道他接收感情很困难，表达情绪也很难，他只当郯墨是普通的自闭症，还回想起医生的话：患有自闭症的孩子因为抗拒外界抗拒麻烦，所以有时候为了躲避麻烦会说谎。

郯父看了郯墨许久，半晌后叹了口气："当初是我没想清楚，逼你去学校，爸爸现在慢慢了解了，也知道你不喜欢去学校，如果不想去那就不去了。”

郯墨有些莫名其妙地看了郯父一眼，他分明都说了“很好”，为什么郯父就像没有听到一样。

于是他又重复了一次：“我说了我很好，我想去学校。”

比起和郯父坐在这里说这些话，他更喜欢去学校，喜欢看着坐在眼前的女孩子时不时回过头的笑容。

不想再和郯父说什么，郯墨推着轮椅回到了自己的房间。

今天是周日，明天就又能见到乔岚了。

第二天他和以往一样来到学校，推着轮椅进了教室，却在看见原本该坐在自己前面的乔岚换成了另外一个女生，顿时愣在了原地。

他的座位依旧在那里，可是坐在前面的人不在了。

座位一周轮换一次，一周前乔岚还在他眼前，可是一周到了，乔岚也换到了其他的位置。

她坐在了第二组的倒数第二排，距离郯墨的位置不算很远，但是这一瞬间，郯墨生出了无穷的恐慌。

新来的前桌同学将窗户开到了最大，冷风从窗户灌进来，郯墨难受得脸色越发苍白。眼前放着的是昨天他觉得很有趣的书，可是现在他一个字都看不进去。

他控制不住地一遍又一遍往乔岚的方向看，他能看到她在听课，她在低头写字，却看不清她的发丝，看不见她经常转过来，趴在他面前的那双黑漆漆的笑眼了。

原来乔岚不是一直都坐在他前面的，下周、下下周，她还会坐到离他更远的位置。

前一刻还觉得很好的校园生活，一瞬间恢复到了原来的模样，甚至比原来更让他难以忍受。

他僵硬地转过头，又看了过去，裴宁拿着笔一边写一边在和乔岚讲些什么，大抵是在讲物理题。

坐在乔岚后边的时候，他听见乔岚时不时会问裴宁物理题，其实那些题他也会的，他根本不会像裴宁那样思索好久才能得出答案，他可以很快就告诉乔岚正确答案。

可是现在，他连他们说的是什么题目都听不见了。

郯墨曾经讨厌裴宁，因为裴宁可以随便一转头就看见乔岚的侧脸，随便一动就可以碰到她的胳膊，但无论以前再如何，也没有这一刻更让他难以忍受。

因为裴宁不但可以随便和她说话，现在还可以跟着她换到别的位置。

而他，只会离她越来越远。

他死死地盯着裴宁的背影，第一次生出了强烈的、有方向性的念头——他想坐在那个位置，那个一转头，就能看见乔岚的位置。

他可以找班主任，上次班主任就主动找他问过，只要他开口，他就可以马上和乔岚坐在一起。

可是郯墨不想这么做。

大到世界，小到班级，对郯墨而言都有自己该有的规则，就连换座位这种小事情，也有自己的规则、自己的方法。乔岚上次问他，既然都会为什么不去考试，当时他觉得，会不会与考不考试并没有什么关系，但现在，郯墨找到了其中的关系。

乔岚换到了别的位置，也有些不大乐意。

陈曜阳又坐在她左边了，她距离郯墨又变远了。

上周因为坐得很近，乔岚明显感觉到郯墨说话比之前已经有了进步，结果一周之后又换了座位，她不能再一转头就和郯墨说话了。

她回头看了一眼，坐在郯墨前边的女生将桌凳拉得很靠前，故意与郯墨拉开了很大一片空间。

乔岚盯着那个女生看了好半天，最后挪开了视线。

郯墨的有些举动，乔岚在现在经常很难理解，有时候甚至会理解错误，但是等过去一段时间，乔岚就能大概琢磨出郯墨的意思。

比如之前因为一句“喝水”，郯墨就不理她，又比如上次郯墨明明在西餐厅里会和她说话，但是一到学校就突然变哑巴。

郯墨的思维和常人不同，所以有时候想理解他会稍显困难，但是有一点又会比较简单，那就是郯墨无论想什么，他是绝对不会有恶念的，也就是说他做任何事的出发点，都不会害她，甚至其实都是为她好的。

一想到这里，乔岚就有些怨愤，有些难过。所有人都觉得郯墨可怕，其实他内心比任何人都要单纯干净。

顺着这个思路，乔岚终于大概明白了郯墨为什么不在班里和她说话，或者说为什么不在其他同学面前和她说话了。

他担心这里的人会因为她和他接近，从而疏远她，或者中伤她。

乔岚的眼睛又有些发酸了。

她真的不是个多愁善感的人，如今却在看见这个少年的时候，心口最柔软的位置被触碰了一次又一次。

这世上有这么一个人，善良到让她觉得心疼。

裴宁正在和她讲题，讲着讲着突然发现乔岚没了声音，看了一眼这才发现乔岚在发呆。

“哎，想什么呢？”裴宁碰了下乔岚的胳膊，“这道题我也有点不太会，你等我再看看……”

乔岚没忍住又转头往郯墨的位子看了一眼，却正对上郯墨的眼神，他漂亮的浅色眸子静静地盯着她看了半天，然后重新低下了头。

乔岚觉得自己大抵是有了幻觉，在郯墨低下头的那一刻，她像是感觉到了郯墨眼中的悲凉，夹杂着一种被全世界抛弃的冷漠。

乔岚手指一颤，突然急忙抖掉还抓在她胳膊上的裴宁的手，裴宁诧异地问她怎么了，乔岚愣了愣，她也不知道怎么了，她只是突然有种错觉，觉得郯墨好像并不喜欢裴宁离她这么近。

“没事。”乔岚垂下了眼睫低声道，“还是不会吗？”

“太难了，不会咋整，一会儿要交的。”物理、化学能和陈曜阳有一拼的裴宁也不会做的题，乔岚自己更没指望了，她低头看着卷子上的题，半晌后站了起来，拿着卷子往郯墨的位子走去。

这会儿正是下课时间，郯墨前边的同学都不在座位上，乔岚走过去坐在郯墨前边的座位上，将原本离郯墨很远的椅子拉到了离郯墨很近的地方，没有在意班里齐刷刷落在她身上的目光。

郯墨早就看见乔岚朝着这边走过来，捏着笔的手不受控制地攥紧，他看着乔岚又坐在了前边的位子。

她为什么过来，她不是正在和裴宁说话？裴宁的手甚至还搭在她的胳膊上。

郯墨没办法控制内心涌上来的莫名却又让他不安的情绪。

他看见乔岚在和裴宁说话，他觉得自己对乔岚而言，与裴宁也许没有任何不同，不，还是有不同的，他根本比不上裴宁，因为他在离开乔岚后这么痛苦，可是乔岚依旧和旁人说着话对着旁人笑。

即使已经想好了要占据裴宁的位子，可是这之前的每一分每一秒，都让他无比难受。就像黑暗中闯进的那盏烛火，正在一点一点地离他远去，他不敢确定，自己追着烛火的方向，烛火还会不会为他而亮。

正常人有时会缺乏安全感，可对于郯墨而言，他根本就没有安全感。

可是现在乔岚又来了，郯墨适才难以压抑的烦躁与不安，像是在一瞬间找到了倾泻口，他盯着书上的字母看了好半天，又没忍住，抬起头看着乔岚，问她来干什么。

乔岚将卷子放在桌子上，又将卷子掉个方向，正对着郯墨："找你问题啊，这道题我怎么都做不出来。郯墨，你一定会吧？"

郯墨冰冷的目光从乔岚脸上移开，定定地落在裴宁的后脑勺上："你可以问他。"

乔岚顺着郯墨的视线瞅了一眼，又转了回来："太难了，裴宁也不会。"

所以是先问过裴宁，裴宁不会才来问他的吗？

郯墨低下头，看着眼前过分简单的题目，重新看向自己眼前的书："我也不会。"

他肯定是会的。

乔岚查过，郯墨前几天看的那本书就连大学生都觉得很有难度，能看懂那样的书怎么可能不会高一的一道物理题。

他不愿意。

刚刚那个冷淡又悲伤的眼神，其实根本不是错觉。

"好吧，你也不会，那就算了。"

郯墨的身体在听见这话后又是一僵。

就这样……算了吗，马上又要走了吗？

乔岚拿回了卷子，却没有走，重新趴在椅背上，声音轻快：“反正问题是顺带的。”

郏墨一愣，眼睫轻轻一颤，顺带的？

乔岚笑眼弯弯：“主要是找你说说话啊，你又不主动找我，只能是我来找你了，然后顺便问一下这道题怎么做。”

逐渐从黑暗中远离的烛火，又重新回来了。

郏墨看着女孩面上的笑意，手指轻轻一颤，半晌后开口道：“给我。”

“什么？”乔岚一时间没反应过来。

“卷子。”

乔岚一愣，继而笑了：“快帮我看看，就这道，好难啊。”

郏墨拿起笔，不到十秒，他笔尖落在卷子上，迅速地写出一串字。

这还是乔岚第一次看见郏墨写字，他落笔很快，字迹清晰漂亮，几乎不用思考却又果断自信的模样，让乔岚突然觉得眼前的少年浑身在发光。

乔岚看着他握着笔的细长苍白的手，感叹道：“郏墨，你手指真好看。”

郏墨手指一颤，白得病态的一双手，有什么好看的。

最后一个字写完，郏墨将卷子重新递给乔岚：“快上课了。”

乔岚轻笑一声：“马上就走。”她将卷子拿好站了起来，将椅子放回原位，回到了自己的座位。

班里许多盯着她看的同学面面相觑，最后摇摇头。

“都换座位了还专门过去？”

“他们到底在说什么？”

“我没看错吧，郏墨在写字？”

“指不定是乔岚在逗他玩，他要是会写字，那我都能考年级第一了。”

一直闷头研究的裴宁没有注意到发生了什么，只知道乔岚离开了座位一会儿，等回来后，一直没做出来的题居然做出来了。

“做出来了？”

他也做出来了，裴宁瞅了一眼，发现自己的答案和乔岚的不一样。

“做错了吧？”裴宁说，“我觉得是这样。”

乔岚拒不改正：“我觉得我的对。”

他俩各持己见，都没有改正，将卷子交上去之后，物理课又发了下来，裴宁看着自己的 0 分，再看看乔岚的 12 分满分，傻眼了。

他拽过乔岚的卷子看了好半天，发现了不对劲：“不是……这不是你的字啊，你问人了啊？”

“是啊。”

“问的谁啊？”

乔岚笑眯眯回头看了一眼：“一个天才。”

裴宁：“……”

转眼又一周过去了，等再次来学校，乔岚离郯墨更远了。

班主任在上课的时候警醒名次排在后面的同学：“老师说过了，按名次排座位，并不是完全按名次，所以名次靠后的同学也不用气馁，只要你有进步，只要能让老师看见你的进步，还是可以和成绩更好的同学成为同桌。所以机会是留给有准备的人的，大家都听明白了吗？”

“听明白了。”

下课的时候，李凡几个人凑在陈曜阳桌子跟前打趣：“曜阳，出去活动活动？”

陈曜阳做着题：“这会儿没空。”

“你咋了？”几个人都震惊了，想到什么似的往乔岚那边看了一眼，“准备把第一抢回来啊？”

陈曜阳没有搭理。

“你之前都没怎么学，历史、政治压根没怎么背，这次考前稍微背一背，绝对又是第一，用得着这么担心吗？”

“以防万一。”

众位学渣沉默，可能不大明白学霸们之间的良性竞争。

李凡想了想，回头看了眼就坐在背后的乔岚，小声道：“其实也别太小看乔岚，她上次物理、化学加起来就比曜阳低了 8 分，她又那么拼，下课除了逗郯墨玩玩几乎都在看书，而且她文综是真的强。”

语文、历史、政治，这三门一般拉不开太大的差距，但是上次乔岚这三门比陈曜阳高了将近 30 分，比文科很强的宋瑶都高了十几分，这就很恐怖了。

陈曜阳自尊心这么强，不想再被乔岚压着，他也能理解。

几个学渣叹了口气，兄弟如此厉害，他们一点都没被鼓励到。

“自打乔岚上次考了第一后，咱们班就跟打了鸡血似的。”

谁说不是呢？就连陈曜阳都开始动真格的了。

“我突然觉得我都有些惭愧，你知道我早上看见啥了吗？我看见郯墨居然在看历史课本。”秦洋嗓门大，虽然没有扯着嗓子喊，但乔岚的座位本来离陈曜阳就很近，她听见郯墨的名字顿时停住了笔。

秦洋笑得不行：“傻子都知道学习了，真的，我真觉得咱们也该看看书了。我去，谁撞我？”

乔岚面无表情地从秦洋背后挤了过去：“别挡道行吗？”

秦洋：“……”

他个子一米九，站在不到一米宽的走道里，确实将路堵得严严实实。

李凡将秦洋一把扯了回来，看着乔岚走远了这才小声道：“我咋觉得她是故意的？”

秦洋眼睛一亮：“故意撞我的？”

李凡一看秦洋这样子就知道他又乱想：“你刚刚说郯墨，乔岚不高兴了吧？”

“我说郯墨跟她有什么关系？”

“谁知道，乔岚护着郯墨跟护崽子似的。”李凡摇摇头，“之前不是还为了郯墨和唐琴吵了一架吗？”

“说废话就去外边，别打扰我做题。”陈曜阳皱着眉头让几人走，等秦洋几个人都走干净了才丢下笔。

他突然不想做了。

乔岚将自己的笔记翻了出来，用了一天的时间，将自己凡是能想到的没有写到本子上的内容，全都补充了上去。

她确实是故意撞秦洋的，但是等撞完后，心跳却有点快。

秦洋说话难听，但是应该没有说谎。

他说郏墨在看历史课本。

郏墨之前也看历史书，乔岚有一次看清楚了，那是一本世界历史讲义，很厚、很专业，按理说看过那种书的郏墨，绝对不会看课本的。

课本和他看的书相比内容太少了，但是郏墨真的在看了。

患有阿斯伯格症的人是很讨厌改变的，他们喜欢按照自己的规划，一成不变地重复每天的生活，所以只要有一点点不同出现，那一定代表着其他的意义。

也正是因为这样，乔岚突然猜测到了什么，她觉得不敢置信，但是又忍不住高兴。

如果是真的呢?

如果郏墨是真的决定要改变了呢?

郏墨没有告诉她，也没有和她说过这件事，所以乔岚不能去问郏墨。

她虽然不能问，却可以做点别的。

郏墨是很聪明，所以对于数学、物理这类，乔岚想起那天几秒就被郏墨做出来的物理题，觉得自己的担心完全是多余的。但是历史、政治不太一样，懂得多知道得多也不一定能考高分，有些答案是死的，是书上没有的。

第二天，郏墨来到学校后发现桌洞里多了两本笔记，封面上写着大大的两个字：乔岚。

郏墨心尖隐隐一颤，拿出笔记轻轻打开。

细细密密的知识点，很齐全，而且为了区分清楚，还用了不同颜色的笔标注出来，生怕他看不清一样。

一本历史，一本政治。

其实自他做了打算后，就已经托陈伯复印了很多资料。陈伯动作很快，带回来的资料知识点更齐全更丰富，但看着手里的本子，郏墨还是没舍得还回去。

全数翻看一遍后，他又让陈伯去复印了一份，第二天还给了乔岚。

乔岚看着手里的本子，这就看完了？

别是她猜错了吧，郯墨其实根本没有想去参加这次考试。

还有十天就是第二次月考了，按照惯例，老师们也要开始准备出卷子了，可是等上课的时候，班主任却告诉了所有人一个不怎么好的消息。

“这次呢，我们买了 S 市 ×× 一中的月考卷子，×× 一中，大家都知道吧？”

一听这句话，全班已经开始了哀号，这年头还没有哪个学生没听过 ×× 一中的。高考大省的顶尖学校，每年本省顶尖大学录取的学生，×× 一中能占一半。

这次买了这个学校的卷子，所有人在第一时间就明白了一个事实——这次的月考，将会非常非常难。

全班开始哀号不止，但是也有相对心情很好的学生，比如裴宁，比如陈曜阳。

卷子难，那差距就会更大，尤其是像数学、物理、英语这类很容易拉分的科目，对于拔尖的同学来说，是占便宜的。

乔岚都有些慌了，当然还是慌物理。

她物理不差，在班里也能排进前五，但是比不上陈曜阳还有裴宁。

乔岚输给谁都不想输给陈曜阳。

接下来的十来天，乔岚越发拼命了，而且学会了取巧，比如说英语课稍微腾出点时间学学物理，其实也可以。

英语成绩经常拖后腿的裴宁看见乔岚在英语课上看物理，简直要哭，为什么人生就是如此不公平？他都这么认真了，英语还是跟不上。

乔岚想了想：“没办法，你英语底子差。”

裴宁：“……”算了不聊了。

乔岚笑了笑，没再说什么，重新好好看书。

晚上回到乔家，乔母实在是想不通乔岚在干什么，天天晚上十二点后才回来。

“你到底干什么呢？再不说我就去学校问你老师。”

乔岚蹙了蹙眉：“打工。”

打工？乔母愣了一下：“打工干吗？”

以防万一，乔岚心中默默道，瞥了乔母一眼似笑非笑道：“你和二姐不是想让我出去见见人吗？”

“那既然这样，直接去呗，还念什么书啊。”乔母欣喜道，说完又停住了。

好不容易家里有个念书念得好的，因为乔岚上次考了年级第一，乔母终于在乔老太还有乔二婶跟前有了点面子，现在直接让乔岚不念书了，又觉得可惜。

不念书了，可就没什么好炫耀的了。

一想到这儿，乔母又有些怨愤，怎么儿子念书就不行呢？如果儿子成绩好那该有多好。

“不行，书还是先念着吧。”反正乔二姐那边说给乔岚看对象，还没看好。

乔岚似笑非笑地看了乔母一眼：“知道了。”

乔岚每天的时间都安排得满满当当，时间似乎过得就很快了，快到让人觉得不够用。

第二次月考安排在了这周的周四、周五，两天全部考完后，周末老师加班改卷子，周一来学校就能知道成绩，真是紧张又刺激。

周三的时候，每个班下发了考试名单，贴在门上，然后将桌子全部拉开，再在桌角贴上考号，又给每个学生发了很粗制滥造的“准考证”。

其实就是一张字条。

同学们挤在一起看，有没有谁和谁在一个考场，说说笑笑地很快散了。

考试期间，是不用上早自习、跑早操的，八点钟准时开考，在八点前准时到考场就行。

虽然说不用跑早操，但是大多数同学还是提前到了教室。乔岚来得稍微晚点，七点半进了教室后，教室里很多学生都认出了她，有些人窃窃私语说那不是乔岚吗？

乔岚将书放在桌子上，然后出了教室下了楼。

她站在晨光下看着远处，路过的同班同学问她在干吗，乔岚道：“在等人。”

等人？等谁？

正想问，却看乔岚突然露出了笑容，下了楼梯朝着外边走去。

同学一回头，一瞬间觉得自己可能出现了幻觉，要不然怎么会在考试日看见郯墨？

可是再看过去，没有错，坐在轮椅上的那个人确实是郯墨，而刚刚说等人的乔岚，也正往那边走去。

她轻声道：“来啦。”

第五章

投喂

郏墨来考试了！那个傻子加残疾居然来考试了！

前者是13班同学的震惊，后者是其他看热闹的同学的诧异。

而乔岚在晨光中看见郏墨的时候，一颗一直悬在空中的心终于落了下来。

当时她将笔记给了郏墨，但是第二天郏墨就还了回来，他从来没有告诉过乔岚，没有准确说过自己会参加这次的考试，一切都是乔岚自己的猜测。

现在郏墨终于来了。

这些学生中只有乔岚明白，郏墨能踏出这样一步，走出自己的小空间，到底有多难得。

郏墨考试的考场在一楼，这是班主任特意安排的。

前几天郏墨找到班主任，告诉他自己要参加这次的月考，班主任愣了好半天才急忙报给了年级主任，又因为郏墨不方便上楼，所以他的考场安排在了一楼。

乔岚还想送郏墨去考场，只不过走到楼梯口的时候，郏墨停了下来，看了眼听到动静出来看热闹的不认识的同学，面上依旧没有一丝表情地与乔岚道:“你上去。”

不让她送吗？

乔岚低头看了郏墨一眼，少年的眼神没有什么波动，却看得出很坚持。

“好吧。”乔岚看了眼时间，还有十五分钟考试就要开始，“那我先上去了。”

郏墨坐在楼梯口，直到看见乔岚的身影完全消失，才转动着轮椅找到了自己的考场和座位。

坐在周围的同学难免会多看郏墨一眼，尤其是这个考场里还有两个 13 班的学生，一个个都好奇心爆棚。来参加考试的同学，大多都带了书，好在考前再看一两眼，但是郏墨的桌子上除了两支笔，空空如也。

郏墨为什么突然来了？他参加考试不就是浪费卷子钱？

另一头的乔岚正在上楼。她和郏墨在同一栋楼，但是她在三楼，和郏墨分开后往三楼走的时候，好巧不巧地又遇见了郝英。

郝英凑上来和乔岚打招呼，发现乔岚也在三楼，顿时惊喜，等走到自己的考场后，乔岚说了声“拜拜”，然后走进了隔壁的教室。

郝英：“……”白惊喜了，根本不在一个考场。不过就算还在一个考场，也不可能又正好坐在他前边，只能祈祷这次坐在前边或者后边的还是大佬了。

乔岚回到教室，拿出了纸笔。

高一的课程最多，要考的科目也最多，一共八门，要在两天内全部考完，考试时间有多赶可想而知。

早上依旧是物理和数学。

一门是乔岚有些担心的，一门是乔岚很有把握的。

但这次的题目会比上次期中考试难得多，乔岚也有些忐忑，这种忐忑持续到卷子发下来，她拿起笔开始做题，越做越忐忑，还略略有些崩溃。

一个学校跟一个学校的差距，真的能大到这种地步？

上次物理考试乔岚考了 140 多，算是游刃有余，但是这次卷子收上去后，乔岚心里真的一点底都没了。

监考老师还没走，班里就已经议论开了。

“我的天！这也太难了啊！”

“我本来想这道不会，那做下一道，结果一路看下去，会的根本没几道。”

“完蛋了，我觉得这次根本没法及格……这题也太变态了……”

周围同学的议论纷纷也没有让乔岚有多大的安慰，毕竟这个考场里她的同班同学只有三个人，而这三个人的成绩根本连班级前十都排不进去。

如果这时候陈曜阳或者裴宁也说一句真的太难了，乔岚觉得自己可能稍微会好一点。

难归难，但还是要笑着面对下一门。

对于数学，乔岚倒是没那么担心了。

等开始做数学卷子后，她心里就大概有了章程。

这次的题，就算在 ×× 一中也绝对是超难度的，×× 一中可能也是想考验学生，所以这次的考试比平时难度大了不少。

之前期中考试，乔岚做完题还有将近二十分钟的时间，这次时间全都耗完了，还有两道题的最后一小问没有做出来。

数学满分没了，毕竟 7 分已经丢了，而且选择题最后一题，乔岚也没有什么信心。

但是她对数学倒是没太担心，班里数学最好的三个人，她、裴宁，还有陈曜阳，通过一个多月的了解，乔岚也差不多看出来了，这俩的数学还不如她，毕竟她比他们多了三年的基础。

乔岚没做出来的题，这两人应该也是做不出来的。

比起上次期中考试，这次月考学生的反应可就太明显了，一早上考了两门，只要一收卷子，所有人就都开始哀号。

乔岚走出教室后遇见好几个同班同学，凑上来和她对答案，对了几个后崩溃得对不下去了，转身就跑。

乔岚下了楼，找到了郏墨考试的教室，郏墨静静地坐在原地。

他习惯所有人都走后再离开。

乔岚突然进来，还没走的同学好奇地多看了两眼，乔岚完全不在意地走过去，坐在郏墨前边的位子上陪他一起等。

“怎么样？”乔岚压低声音小声道。

这个怎么样的范围太广，郯墨一时间没听明白，是身体状况怎么样，还是考得怎么样。

乔岚看见郯墨一愣，这才反应过来，和郯墨说话不能这么语义模糊，必须问得很清楚。自己今天可能是考试考蒙了，有点智商不在线。“卷子，你觉得难不难？”

郯墨诚实地摇头。

“不难。”说完他可能觉得自己说的程度不够，又加了一句，“很简单。”

差点被物理逼疯的乔岚：“……”

好的，她终于明白了普通人里边的聪明人和天才之间的差距根本不是她想象的那样。

也许是乔岚脸上的崩溃太明显，就连郯墨都隐隐发现了，不过他暂时还想不到为什么会这样，只能看出她心情不是那么好。

郯墨想了想，半晌后才犹豫道：“你不开心？”

郯墨居然能感知到她的情绪？

乔岚一呆，思维停滞了一刹那后才急忙道：“也没有不开心，就是感觉，考得不是很好，题好难。”

郯墨终于明白为什么自己说简单的时候，乔岚是那样的表情了。

他想了想，实在不会安慰人，只能用惯用的逻辑分析讲给乔岚听：“你是年级第一，如果你也觉得难，其他人会觉得更难。”所以没有必要不开心。

这是郯墨和乔岚说得最长的一句话了。

乔岚看着认真解释给她听的郯墨，考试失利带来的不开心，一点一点地消退了：“其实我不是很担心其他人，就是有点担心陈曜阳，他物理、化学很好，我不想输给他。”

郯墨的眼中一瞬间像是凝了一层冰，他又想起了之前有些同学谣传的那些话。

她是因为想和陈曜阳坐在一起，还是因为太在意陈曜阳？

乔岚看他定定看着她：“怎么了？”

“为什么单单不想输给陈曜阳？”

“因为曾经成绩不好，陈曜阳看不起我。”还默许一众人嘲讽她，就算是以前欺负过她的秦洋，都没陈曜阳让她感到讨厌。

郯墨对这个答案并不满意。

乔岚想说的是因为陈曜阳当初看不起她，所以她讨厌陈曜阳不想输给陈曜阳，郯墨却引申到了另一层意思——因为考不好会让陈曜阳看不起，所以要考过陈曜阳让他看得起。

乔岚就算再用心，也想不到郯墨会理解到这层意思，站起来笑了笑道：“班里没人了，我们也该走了。”说罢又看了郯墨一眼，“考试写了那么多字，手累不累，要不我推你走吧？”

郯墨双手紧了紧，片刻后低低地说了一声“好”。

下午的科目，对乔岚来说就相对比较轻松了，但也只是相对轻松。

政治和历史，乔岚这两门都算是强项，但这次的题出得很隐晦，尤其是历史，乔岚真想给出卷子的这位老师送两个字：天秀。

一道选择题，四个选项，看完A觉得是A，看完B又觉得是B。

根本没有那种一眼就能看出正确答案的题，单看四个选项，每个都是对的，有些套在题里甚至也觉得是对的。

有那么一两道题，乔岚觉得自己好像是在找不同，而不是考历史。

一天过去，四场考试考得学生们都脱了一层皮。

乔岚庆幸还好今天晚上请了假，不用去西餐厅，留着劲儿明天接着考。她回教室拿了本书，出来的时候遇见裴宁，裴宁拉着她问她考得咋样。

没等乔岚开口，裴宁已经先哭上了：“这物理我要哭，明天英语我觉得我要死。”

裴宁哭了，乔岚高兴了。

就连裴宁都哭物理太难，乔岚觉得自己这次应该不会差到哪里去。

裴宁吼了两嗓子突然一噎，眨巴眨巴眼睛指了指门外：“那个，是不是等你的？”

乔岚回头一看，郯墨的轮椅就在门外，郯墨正背对她看着楼道外。

乔岚急忙将书拿好走了出去。

“郯墨，今天我不去西餐厅了。”乔岚道，免得郯墨又跑一趟。

说罢乔岚顿了顿，其实她想说你以后也别来了，或者说不要天天来了。

虽说郯墨家不缺钱，但是每天这样花钱也不是办法，乔岚觉得良心上过不去，不能因为郯墨有钱就觉得郯墨给她钱是理所当然的。

西餐厅虽然说菜品很多，但是郯墨已经吃了将近两个月了。

两个月，再怎么丰富的菜单，也来回吃了好多遍，也该吃腻了。

但是不知怎么，乔岚觉得郯墨这会儿的心情好像不是很好，心道要不过一段时间再和郯墨说。

目送陈伯将郯墨接走，乔岚这才长长舒了口气。

不用去西餐厅，乔岚今天早早回家，走了一会儿就听见背后有人叫她。

一转头，就看见了乔露。

一看见乔露，乔岚就觉得没什么好话，不想搭理她，转身继续走。

乔露气得追了上来：“我叫你呢，你没听见吗？你妈没教你懂礼貌吗？”

乔岚白了乔露一眼：“你叫我我就要回答你，你是谁啊我要这么听你话。”

乔露是个“乖乖女”，根本不会吵架，被乔岚堵回去后冷哼一声：“你就得意吧，等成绩出来，我看你怎么得意。”

乔岚诧异：“怎么，你要挑战一下考年级第一了？”

“你！”亏你有脸提年级第一，抄个年级第一，真以为自己是年级第一了。

这次的考卷可是从 ×× 一中买回来的，也是新出的卷子，绝对不会再有答案给乔岚抄了，她就等着看乔岚这次怎么从年级第一重新回到倒数。

这么一想，她顿时又不气了，一脸“你等着有你好看”的模样，甩着马尾走远了。

回到家里，乔岚简单复习了一下，十点钟就上床睡觉了，反正最难考的已经过去了，明天再难也不会比今天更难了。

第二天的考试，就没有乔岚薄弱的科目了，尤其像地理、语文、英语，乔岚都是最拔尖的。

下午最后一门是语文，语文需要两个半小时的考试时间，所以考完已经到了下午六点。

顾不上和同学们对答案，乔岚背起书包就往外跑，西餐厅可以请假，但是不能迟到，迟到罚款还挺多的。

跑到校门口，身边有辆车按了喇叭，乔岚下意识回头，陈伯缓缓放下了车窗，笑眯眯道："去餐厅？一起吧。"

乔岚透过车窗看见后座上隐在暗处的郯墨，又看了眼时间，拉开了车门上了车："谢谢。"

"谢什么？"陈伯一脸笑意，看了郯墨一眼，"顺道。"

最近陈伯心情好得不行。

郯墨主动和他说要学高中课程，要去考试，陈伯兴奋得差点落泪，后边正好查了查乔岚，发现这姑娘家里背景不好，但是成绩好得出奇。

陈伯觉得自己可能猜到了什么，不过没敢问郯墨，但这不影响陈伯对乔岚的好感度又上升了一个层次。

这是乔岚第二次坐陈伯的车，但是上次车上并没有郯墨。

乔岚转头看了郯墨一眼，毕竟是刚刚考完，随口又问他今天感觉考得怎么样。

一瞬间，郯墨的唇抿得更紧了。

乔岚：？

咋了，这是没考好？

是没考好，主要是最后一门的语文。

郯墨三岁的时候去了美国，在美国待到十四岁才回来，虽然母亲还有陈伯他们一直都和他讲中文，但他的语文水平还是比不上一直在国内长大的孩子。

不过好在郯墨的阅读量实在太大，国外国内的书本都读得极多，倒也不会差太多，而且他的逻辑能力和细心程度并非一般人可比。

让郯墨心情很差的是今天的作文。

作文是一道看图题，如果是普通反应社会现象的图也就罢了，偏偏是人性解读。

对于患有阿斯伯格症的人而言，这根本就不可能看出来。

他只能看出客观存在的、物质的东西，这些隐藏在背后的情感还有人生，不在郯墨的理解范围之内。

他考完后就听见很多人都在讲作文立意，心知自己可能理解错了，现在乔岚问起来，郯墨便问她最后作文写了什么。

乔岚想了想，道："同情心吧。"

郯墨越发沉默了，和其他同学说的一样，和他写的完全不一样。

郯墨没有考过试，但是他知道，作文跑题会扣掉一半的分。

不过他无能为力，他根本看不出来，就算看得出来，也不理解什么叫同情心。

小时候隔壁的小姑娘从秋千上摔下来哭了，他就站在旁边，一动不动。赶来的大人们一边哄那个小姑娘，一边指着他说他没有一点同情心。

那是他第一次知道"同情心"这个词，可是他不理解，也没有这种情绪。那个小姑娘一直在哭，可是他心里一点感觉都没有。

本来心情就低落的郯墨，在乔岚说出这个词后，彻底一句话也不说了。

乔岚一脸蒙地看了看郯墨突然间又低气压又不理人的样子，只能求助地看了陈伯一眼，陈伯半晌后叹了口气，摇摇头。

没有办法，郯墨根本控制不住情绪，现在不随意发火、不暴躁已经算是很大的进步了。

直到上班帮郯墨点菜，乔岚都没搞清楚郯墨又怎么了，但是又大抵猜得出可能和自己有什么关系。

陈伯看出了这两个孩子之间的别扭，吃完饭后找了个借口离开了一小会儿，乔岚回头看了眼，这会儿人少，领班也不在，于是蹲下来悄悄和郯墨说话："是不是觉得考得不太好？不会的，你那么聪明。"

郯墨垂下眼睫。

肯定不会很好了，30 分已经没了。

乔岚看他不为所动只能继续："而且就算考不好也没关系的，第一次考试……”

考不好就不能和你坐同桌了，怎么可能没关系。

乔岚实在没辙了，叹了口气，抬头看着少年苍白的脸。

从这个角度看人，一般都不会太好看，但是郯墨还是好看得过分。

郯墨的五官非常出色，是每一处都恰到好处的好看，虽然用精致来形容男孩子不准确，但是郯墨的五官就是很精致，只可惜他平时太阴郁，头发也不知道修剪，长得完全遮住了眼睛，让人觉得他病态、恐怖。

橘色的柔光灯映在郯墨苍白的脸上，让他的五官柔和了不少，纤长浓密的睫毛在眼睑下留下一小片阴影，那双本来就颜色略浅的眸子，在灯光下看起来如琥珀一般，更加漂亮了。

乔岚发自内心地感叹：“郯墨，你的眼睛真好看。”

郯墨的眸光微微一颤。

“就是被头发遮住了，只有从这个角度能看这么清楚。”乔岚道，她重新站了起来，居高临下看去，那双眼睛又被遮住，这么好看的眼睛，“被遮住真的太可惜了。”

郯墨抬起了头，仰着头看着她，嘴唇动了动。

他想说其实从一开始他看见乔岚那双又黑又亮的眼睛，就觉得很好看，但最终还是没有说出口。

只不过等乔岚走后，郯墨才发现，语文作文跑题带给他的烦躁已经减轻了许多。

他定定地看着乔岚的背影，直到陈伯回来。陈伯仔细打量着郯墨的表情，突然听郯墨道：“明天，”说到这儿顿了顿才继续道，“我想去剪头发。”

郯墨下了很大的决心，因为剪头发对他而言真的很痛苦，被人触碰头发，头皮发紧的感觉会让他坐立不安。

陈伯一愣，然后喜笑颜开：“好好好。”

这个周末，对于附中高一的学生而言既煎熬又激动。

上次考试是周一、周二，大家还有两天的时间缓冲，结果这次周四、周五考，周末一回来就能知道成绩，太刺激了。

以至于周一早上，好多同学来得都比平时早，也不背书，就打开教室里的电脑上校园网查成绩。

可惜还没出。

大家有些失望，但没失望多久，总成绩没出，卷子一股脑地全送过来了。

早上刚刚升完旗，一回到教室，就看见讲桌上堆了一大堆卷子，同学们惊呼一声，冲上去就开始发卷子。

除了改得最慢的语文，其他科目的成绩全出了，乔岚都忍不住倒吸一口气。

不过等卷子发下来后，乔岚更要抽气了。

她预感物理不会太好，但是看到107的分数后，还是有点慌，回头一看裴宁116，听见旁边的陈曜阳121后，这才缓了口气。

班里物理最拔尖的人分数都没高到哪里去，更别说其他人了，坐在乔岚后边的一个男生，拿着自己70分的卷子，整个人都蒙了。

随之发下来的卷子，成绩都比上一次低了很多。

上次数学班里三个满分，这次乔岚是最高分133，陈曜阳比乔岚低了两分，131。

可还没等乔岚松口气，化学卷子下来了，陈曜阳132，乔岚123。

陈曜阳最近的努力没有白费，八门成绩出了七门，除了最后一门语文，总分加起来比乔岚高了12分。

乔岚873，而陈曜阳885。

陈曜阳终于松了口气，他就不信，乔岚语文能比他高12分以上。

裴宁悄悄瞅了乔岚一眼，小声道："陈曜阳最近好像是有点认真，第一能保住吗？"

乔岚皱了皱眉："第一我觉得肯定保不住了，但是，也不一定比陈曜阳低吧。"

乔岚就觉得自己这次语文做得特别好，万一呢，指不定就能比陈曜阳高12分呢？

可是裴宁没听懂乔岚的话，不一定比陈曜阳低，第一却不可能了，这是啥意思？难道除了她和陈曜阳，还能有谁是第一？

他还有宋瑶，都没有乔岚分数高，更不用说陈曜阳了。

乔岚没说话，回头往郑墨那边看了一眼。因为升旗结束得早，现在还没下早自习，郑墨还没来。

但是郑墨的卷子怎么也不见了？

乔岚正想着卷子哪儿去了，就见班主任手里拿了几张卷子进来，脸上的惊喜都没来得及收起来，一进来就看向郑墨的位置。看见郑墨不在，班主任有些失望，于是将手里几张卷子放在了郑墨的桌子上，吩咐坐在郑墨前边的同学，等郑墨来了，转告他让他来隔壁办公室。

那同学“哦”了一声，下意识回头看了一眼郑墨桌子上的卷子，不看还好，一看就傻眼了。

陈曜阳都只考了121的物理，郑墨的卷子上，却是一个大大的150。

什么鬼？

他转过去打开这一堆卷子，旁边几人凑热闹过来，想看郑墨到底能写出啥。

结果所有人全蒙了。

数学150，化学150，物理150，英语148，地理147……

一声又一声，只剩下了感叹，有同学迅速拿出计算机将这七门加了一遍，以为加错了，于是又加了一遍。

最后傻傻地看着计算器上的数字。

999，四舍五入就是1000。

七门加起来999分，而总分只有1200！

最可怕的是，刚刚七门最高的陈曜阳是885分，郑墨七门比陈曜阳七门高了将近120分。

如果不是再三确认这只有七门，所有人都以为少加了一门。

大家全傻了，最高分的陈曜阳，语文就算考130分，八门加起来也不过1015分，也就比郑墨七门多16分。

更何况陈曜阳指不定还考不了这么高！

也许是这些人的表情太难以形容，秦洋几个人都凑过来看热闹，看完后直接炸锅：“假的吧！郑墨七门就考了1000？”

乔岚眼睛一亮，惊得差点从座位上跳起来，冲出座位就要跑过去看，班里却陡然一静。

乔岚像是感觉到什么一样蓦地回头，熟悉的少年推着轮椅出现在了教室门口。

可是他与平时不一样了。

额前的头发再也没有遮住那双眼睛，皮肤依旧苍白，精致的五官暴露在所有人面前，他静静地坐在轮椅上，浅褐色的眼睛看着教室里一众震惊的同学们，最后目光落在乔岚脸上。

他看着她，许是因为露出了整张脸而有些害羞和窘迫，纤长的睫毛不自觉地轻轻颤了颤。

不说其他人，就连乔岚都傻了好一会儿。

她想过郏墨剪过头发之后的样子，但是等现在真的看见郏墨，才发现好像要比想象中更好看一些。

刚刚还抢着看郏墨卷子的同学们，突然像被震慑到一样，讪讪地将郏墨的卷子放在桌子上腾开了路，一个个傻眼地看着郏墨回到他的座位上。

“这是……郏墨吧？”

“是吧……”

“刚刚那卷子……也确实是郏墨的吧？”

“是吧……”

裴宁坐在座位上看了一眼，没一会儿又回头看了一眼，最后看着乔岚陷入了自我怀疑。

“发型对颜值的影响真的有这么大吗？”

乔岚看了看裴宁的小毛寸和脸上的小雀斑，不忍心告诉裴宁，对你的影响应该不会太大。

下一刻，乔岚已经离开了座位，去了郏墨那边。

她真的太惊讶，也太惊喜了。

之前乔岚老来郏墨这边，坐在郏墨前边的女生总是嫌烦，今天乔岚来了，那女生看看乔岚再看看郏墨，一句话都没有说就闪到一边，只是和其他同学一样忍不住往两人身上看。

郯墨的卷子被同学们弄得乱糟糟的，郯墨看着桌子上的卷子，不想碰这些卷子了。

乔岚坐过来，将几张卷子全部整理好，郯墨看着乔岚手里的卷子，又伸手接了过来。他翻看着卷子，在看见历史只有121分的时候，盯着那个121看了很久。

乔岚早就知道郯墨很聪明，但是在得知郯墨直接能压她100多分的时候，还是由衷地、发自内心地感到震撼，“天才”两个字，之前只是说着玩的，这一刻却变得真实而耀眼。

郯墨的面部表情很少，直到现在乔岚也只见过郯墨略微古怪的笑意，更不用说是其他。

乔岚看他一直盯着这张卷子看，脑袋往前一点看了眼历史卷子。

在一清色的满分和140多分里边，这张121分的卷子还真的有点显眼，但是这要建立在卷子很难这个基础上啊！

“郯墨。”乔岚叫了郯墨一声，看他抬起头后继续道，“你知道吗？就在刚才，历史单科，我是全班最高分，但是你来之后我就不是了。”

郯墨看了眼卷子，又看了眼乔岚，像是被安慰到了，但又像没有被安慰到。

他不盯着这张卷子看了，而是将这张卷子压在了最下面。

乔岚：“……”

好的，她明白了，郯墨对自己的高标准，并不会因为其他人而改变，他就是对这张121分的历史卷子不满意。

很执拗。

乔岚敢保证，如果下次郯墨还参加考试的话，在此之前一定会特别着重地复习一下历史。

如果说上次乔岚力压陈曜阳成了年级第一已经足够让人惊讶，那今天焕然一新又考出了如此高分的郯墨，就是让人震惊。

班里几乎所有人都盯着郯墨那边，看着郯墨依旧面无表情，但是嘴巴一动一动地和乔岚说话，再也没人敢嘲笑说郯墨到底说什么，嘲笑他听不懂他们讲话了，也没有人敢再说他是傻子，是疯子了。

如果郯墨是傻子，那他们是什么？

他们突然想起了一句话：天才与疯子比邻。

从天才到疯子，只有一步之遥。成为天才的代价，是他们在其他方面会有一点缺陷。好像从这一瞬间起，郯墨之前的“古怪”“阴郁”“可怕”都有了解释。

班主任又来了教室，在看见郯墨后眼睛一亮，让郯墨跟着他去办公室一趟。郯墨看了乔岚一眼，这才出了教室，跟着班主任去了隔壁的办公室。

班里就像将一颗气泡糖放进了水中，片刻的宁静之后，突然躁动了起来。

“所以乔岚早就知道郯墨其实不是脑……有问题了？她咋知道的啊。”

“郯墨现在就999分了，那这次第一肯定不是陈曜阳了吧？”

“不是还有语文没出？”

“这次语文这么难，陈曜阳的语文不是最强项，郯墨就算语文考20分，总分都比陈曜阳高啊，更何况你觉得他语文有可能就20分吗？”

“……这简直和我们不是一个次元的啊，太恐怖了吧，别说了，陈曜阳脸都青了……”

第一名比第二名高出10来分20分都在正常范围之内，像郯墨这样直接高出100多分的，还前所未有。

此刻，考出前所未有的成绩的郯墨，正面无表情地看着激动得有些语无伦次的班主任，等班主任再次惊叹完毕后，他冷淡开口：“我可以回去了吗？”

“等等。”班主任终于感叹完毕，想了想道，“有件事情，之前刚刚来学校的时候，你父亲说你不喜欢和人接触，所以安排你坐在最后一排。但是这次，我们依旧按照考试排名来安排座位，而老师也希望你可以多和同学们接触接触，所以这次座位……”

“按照名次排。”郯墨替班主任说完了后边的话。

班主任没想到郯墨今天这么好说话，愣了一下乐呵呵地说：“早就该这样了，现在就差语文没出了，等下午班会课前总分肯定能出来，到时候就可以……”

“我不和陈曜阳坐。”

班主任还说着，被郑墨突如其来的一句话给打断了。

“什么？”班主任惊讶地看着郑墨，“陈曜阳？”

郑墨想起刚刚乔岚和他说的话，说现在一共出了七门成绩，陈曜阳暂时比她高了十几分，她这次也没太大把握可以超过陈曜阳。

看班主任好像没明白他的意思，郑墨又耐心地解释了一遍：“如果陈曜阳是第二名，我不和他同桌。”

班主任：“……”这句话还真是有点耳熟。

一个多月前，乔岚拿下了全年级最高分，特意跑来和他说她坚决不和陈曜阳当同桌。

怎么突然间一个两个都这么嫌弃陈曜阳？要不是对陈曜阳比较了解，还以为他在班级里人人喊打呢。

之前乔岚不愿意，这次郑墨又不愿意，班主任无奈：“那你想和谁同桌？”

郑墨默了默后，丢给班主任两个字：“乔岚。”

班主任再次无语。

所以你是想和乔岚当同桌的？那之前我特意问你愿不愿意和乔岚同桌，是谁斩钉截铁告诉我不同意的？

“行行行。”还有一门成绩没出，而且还是乔岚非常拔尖的一门，班主任也说不准到底谁才是第二，指不定不是陈曜阳，是乔岚呢！

最后一门语文成绩，是下午第一节课后，大家正在做眼保健操的时候送过来的。

一时间，大家连眼保健操都不想做了，马上开始发卷子，等眼保健操结束后，迅速打开教室里的电脑，上校园网查看这次的考试排名。

排名终于出来了。

他们直接找到高一（13）班，拉到最上边。

就算之前大多数人已经都知道了，但是在看到最上边的名字还有最后的分数时，还是倒抽了一口气。

第一名，郑墨，总分 1102。

语文没有特别高，只有 103 分，但是总分依旧高得惊人。

1102，满分才 1200 啊！

刚刚有人偷偷看了郯墨的语文卷子，作文严重跑题，所以只拿了 28 分，那如果人家下次作文不跑题呢？

那是不是还得再高二十几分？

再往下看，第二名，1005，少了第一名 97 分，直接断层。

再看第二名的名字，陈曜阳。

陈曜阳这次超过乔岚了？

急忙再往下看，乔岚，还是第二名，总分 1005，和陈曜阳并列第二。

陈曜阳七门的成绩压了乔岚 12 分，结果乔岚靠语文全部追了回来，乔岚的语文是单科年级第一，132 分，陈曜阳 120 分，虽然也不低，但是好巧不巧的，就是比乔岚低了整整 12 分。

于是两人打平了。

而再往下又出现了一个小断层，裴宁第四，比陈曜阳还有乔岚低了将近 30 分。

再下边的大家就没什么兴趣了。

一开始大家都想着又是乔岚和陈曜阳的争锋，没想到居然被突然杀出来的郯墨抢走了所有的注意力，而被抢走注意力的两个人，陈曜阳一语不发，乔岚心情大好。

别人想不到第一名是郯墨，但是乔岚早就想到了啊，她就是不想输给陈曜阳而已。在得知自己七门比陈曜阳低了 12 分的时候，她难免忐忑，没想到靠着一门最后全部追了回来。

只可惜只是追了回来，如果能再高一点点就好了，高 1 分也可以。

不同于乔岚的好心情，陈曜阳的心情简直糟糕透顶，不过这个坏心情是从早上就开始的，他无论如何也想不到有人会将他的分数压得那么残忍，而且这个人居然是郯墨？

到了下午，乔岚一门语文直接追平了他的分数，让本就心情不好的陈曜阳更加抑郁了。

上次是第二名，这次也是第二名，但是陈曜阳能明显感觉到这两个第二名之间的不同。

上次被乔岚压了分之后，他只是微微懊悔，却没有太在意，相信自己稍微努力努力完全就能追回来。

但是这次，陈曜阳活了这么大，第一次明白了这世上有一个词语叫“不可能”。

成绩公布了，全校同学在第一时间看完自己班级的排名后，顺手打开了年级排名，大家对每次的第一还是很好奇的。

尤其曾经的第一名还是全校皆知的大帅哥陈曜阳，也不知道这次陈曜阳能不能追上来。

结果一看，这次又换人了，不是陈曜阳，也不是乔岚，而是郯墨。

郯墨是谁?

一众学生纷纷蒙了，有人小声提醒:“就是13班那个天天坐轮椅的傻……同学。”

一句“傻子”话到嘴边卡住了，看着这个分数，谁敢再说郯墨是傻子?

大家不知道郯墨是谁，但是都知道那个天天坐轮椅的男生，震惊之余再看郯墨的分数，直接压了第二名将近100分，又惊得嘴巴都合不拢了。

“我上次和他一个考场啊，当时还想他跑来干什么。”

“……这个分数，是真的吗？高得有点离谱啊！”

“我考了人家一半都不到？”

“你们发现没，前三全是13班的啊，13班这都是什么人啊！”

隐在同学们中间的乔露这次在班里退步了一个名次，第八名，总分879分，这个分数在13班里连前十五都进不去。她瞪圆了眼睛看着排在年级第二的乔岚的名字，像是被人狠狠抽了一巴掌，心里一瞬间蹦出来的想法是“不可能”。

但是没法和上次那样肯定了，她想起妈妈说的，乔岚能抄一次，难道还能抄第二次?

尤其这次考试是买的卷子，比上次更加查无可查。乔露原本相信，这次乔岚一定会回到她第一次月考的水平，成为所有人的笑柄。结果乔岚的分数还是那么高。

虽然不是年级第一，但是对于乔露这种从来没有进过年级前十的学生而言，第一还是第二好像也没有太大的区别。

毕竟乔岚那个成绩放在她们班完全可以稳坐第一。

乔露还是不甘心，还是不愿意相信，她张了张嘴想和同桌说，可是又不敢了。

因为周围的所有人都不觉得这有什么问题，她们甚至还在感叹："全年级好像就乔岚一个语文上 130 的吧？真的厉害。"

"这年头真的有这种语数外都这么拔尖的人吗？"

"我记得上次满分作文不就有乔岚？我看了她的作文，感觉比我多念了一个高中似的……"

乔露不敢说话了，怔怔地坐在座位上，看着自己的卷子，最后终于忍不住，崩溃之下又哭了。

高一（13）班以一己之力独霸年级前三，平均分更是稳坐年级第一，别的老师别提有多羡慕 13 班的班主任了。

尤其是当初得知 13 班有个郑墨，有些老师还同情过他，结果谁能想到，郑墨压根不是所有人想象中的低智，人家压根就是不想考。现在一考，吓死所有人。

班主任乐呵呵地无视了其他老师艳羡的目光，在最后一节班会课的时候进了教室，看着班里整理好书包就等着换座位的同学们，又被逗笑了。

对于这个年纪的学生，换座位真的是一件很值得期待的事情。

班主任一进来就看见了坐在最后边的郑墨，这孩子剪了头发，整个人都大不一样了，又或许是因为成绩的原因，班主任看着郑墨简直就像看着一块宝。

与其他或紧张或兴奋的同学不一样，这个孩子坐在最后，一动不动，脸上依旧没有任何表情，好像对大家都很期待的换座位也没有什么好期待的。

实则没有人知道，这一刻的郯墨整个人都紧张得坐立不安。

他双手紧紧抓在轮椅上，眼神因为紧张而略显僵硬，偶尔会偷偷往乔岚那边看一眼，然后又收回来。

马上他就可以和乔岚坐同桌了，毕竟他考到了第一名，而班主任也答应了他，这是已经不容更改的事实。

但是……

郯墨又不自觉地往乔岚那边看了一眼，裴宁正在和乔岚说着什么，这个角度可以看见乔岚带着微笑的侧脸。

她在笑着和裴宁说话。

她和裴宁其实也很好，在乔岚还坐在他前面的时候，郯墨就知道他们关系很好，他们之间说过的话比他和她多得多。

乔岚会和他一样，也想和他坐在一起吗？

她会不会觉得，其实和裴宁坐一起要比和他好得多？

还有之前的陈曜阳，她是不是更想和陈曜阳……

思绪又开始不受控制地向四面八方扩散，郯墨就连班主任说了什么都没听清，直到班主任在投影仪上贴了一张座位表，然后让大家按照座位表自行换座位。

他抬头，静静看着自己的名字和乔岚的名字被圈在一个框框里，一种说不出的亲密感悄悄袭上心头。

他终于离开了这个坐了将近三个月的位子，从这一小片阴影下走了出来，他看见了自己座位旁边并着的另一张桌子，桌子上放着的书本上大大地写着乔岚的名字，这一瞬间，他才感觉到，一切都是真实的。

他轻轻一动，就能碰到乔岚的胳膊；缓缓一转头，就能看见乔岚的侧脸以及脸上的笑意。在周围乱糟糟的声响中，乔岚的身子倾了过来，在靠近郯墨耳边的位置小声道："我就怕班主任会让陈曜阳和你当同桌，还好是我。"

离得太近了，郯墨心想。

他皮肤本就敏感，甚至能感觉到乔岚在他耳边说话时的呼吸，他有点不敢转头，但又忍不住转头，他漂亮的浅褐色眸子盯着乔岚："你和裴宁关系很好？”

和裴宁？关系是还好啊，怎么了？

“你们现在不是同桌了。”

乔岚顿时笑了：“但是我们关系不应该更好吗？”

她漆黑的眼睛静静地看着郯墨，半晌后，郯墨突然错开了视线。

他在说话的时候，习惯性地会盯着对方的眼睛看，因为无法辨别对方的表情所表达的意思，所以并不会觉得自己盯着人会怎么样。

但是现在被乔岚看着，郯墨心底突然生出一种很奇怪的感觉，就像今天早上刚刚走进教室，因为不习惯新发型，不习惯露出整张脸，而恰好被乔岚看见了一样。突然间不敢对视，突然间心口发颤，突然间眼神轻轻起了波澜。

十分钟后，班里终于换好了座位。乔岚一转头，还是熟悉的陈曜阳，但是这次乔岚突然有些想笑。

这次因为郯墨的原因，裴宁从上次的第三成了第四，于是和陈曜阳成了同桌，而赵彤和宋瑶坐在了一起。

裴宁这也太惨了，本来想和宋瑶做同桌，结果第一次是她，第二次成了陈曜阳。

还有赵彤和宋瑶，都想和陈曜阳做同桌，没想到居然坐到了一起。

等座位终于换好，班主任才慢慢地继续剩下的班会内容，乔岚跟郯墨要了他的物理卷子，看看自己 107 的分数，再看看郯墨漂亮的满分，感受着如此之大的差距，一时间不知道该说什么。

郯墨看着乔岚叹了两次气，想了好半天后道：“不难。”

乔岚：“……对我来说，很难。”

郯墨抿了抿唇：“我教你。”

乔岚瞬间高兴了起来：“真的啊？”

当然是真的，郯墨心想，在之前，每次看裴宁给乔岚讲物理和化学的时候，他都想说他也可以讲。但是乔岚很少来问他，就算来问他，也是在先问过裴宁，裴宁不会之后。

现在他已经是乔岚的同桌了，只要他先告诉乔岚了，乔岚也就不用再去问别人了……吧？

·

乔岚不知道郯墨脑子里一瞬间想了多少。她最差的就是物理，之前虽然也一直请教裴宁，但是裴宁的物理也没有陈曜阳那么好，更不能和郯墨比了。

现在郯墨主动答应教她物理，乔岚顿时对这学期的期末考充满了斗志。

有郯墨教她，指不定期末考试时，物理就不会被陈曜阳拉开那么多了，只要物理不拉分，她就一点都不担心被陈曜阳压分了。

于是这对新同桌在成为同桌的第一天就制定了好好学习、互帮互助的目标，并在第二天课间的时候，正式开始实施。

还没等乔岚遇到不会做的题，郯墨面无表情地将物理练习册打开："问。"

乔岚："……"

行吧，虽然没准备好，但是她因为不会而空出来的题还是挺多的，郯墨愿意教，乔岚也不会推脱。

她迅速翻开练习册找出之前空的题，将练习册放在郯墨的面前："这个。"

郯墨看了看，迅速地写出了答案，然后将书还给了乔岚。

乔岚等了几秒，始终没等到郯墨开口，乔岚一脸蒙地抬头看着郯墨，不是讲题吗？为什么突然沉默？

两人大眼瞪小眼了好半天，乔岚有些不确定地开口："那个，怎么得出这个答案的？过程，过程……"

郯墨看看题，又看看乔岚，一双漂亮的眼睛陷入了迷茫。他看完就差不多得出答案了，所以没有过程。

乔岚："……"

初战就失败了。

乔岚生怕郯墨受打击，急忙又翻出一道："没关系，这个，你尽可能把自己能想到的过程都写出来。"

郯墨重新开始做，一会儿后将书还给乔岚，乔岚看了看，这回有过程了，但是她没看懂。

就像一个高中生给小学生讲数学题一样，一道题，设个未知数，一下子就能做出来，但是小学生压根不知道什么叫作未知数，因此无从下手。

讲不下去了。

郯墨就算再迟钝，也知道讲不下去是自己的问题，因为无能为力，所以他一时间突然变得有些焦躁，对自己不满意，怕乔岚失望，种种情绪又一股脑地挤进了脑海。他的情绪又开始失控。

“不讲了。”他烦躁地丢下笔，眼神阴郁地坐在座位上，没人知道他在想什么。

乔岚：……这怎么办？

她也没料到会有这样的发展，现在还没开始就惨遭滑铁卢。

她试图和郯墨说话，可是郯墨又恢复了之前一旦心情不好就沉默的状态，乔岚又不知道该怎么办了，等下课后也没想出怎么办，她只能去了趟卫生间。

郯墨看她转身就走，心里又是一慌，正想说什么，就听旁边一个男生道：“曜阳，我发现你和乔岚真的挺有缘分啊，1200 分的卷子，都能考一模一样的分数……”

郯墨捏着笔的手蓦地一紧。

等乔岚再回来，就看见了翻看物理课本的郯墨，非常诧异，问他：“在做什么？”

“……看书。”

看完后，再用书里的内容教你。

乔露又一次哼哼唧唧地回到家，想起父亲上次责备她让她不要没有证据就冤枉乔岚，乔露看见父亲严肃的脸庞硬是把嘴里的抱怨收了回去，等父亲晚上看新闻的时候才去找母亲哭。

可是这次，就连母亲的表情也有些出乎意料了。

乔二婶不喜欢乔老太，也不喜欢三弟媳，但是对乔老三家的几个孩子还是有些保留的。

乔二婶不算一个太糊涂的人，她讨厌一个人就有讨厌的理由，比如讨厌乔老太粗鄙偏心又浑身乡下人的劣性，讨厌乔三媳妇又没文化又没三观的模样。对于乔三家的几个孩子，乔二婶最讨厌的莫过于乔二姐和乔源，前者分明当了插足者，不以为耻还扬扬得意，后者不过因为是个儿子，就被乔老太捧到了天上。

对于乔大姐还有乔岚，乔二婶并不觉得讨厌。乔大姐性格温顺，乔岚也从没有作过什么妖，除了上次乔露斩钉截铁地告诉她乔岚抄袭之外。

但是这次乔露又说乔岚抄袭，乔二婶不大信了，就像她上次说的，乔岚能抄一次，难道还能抄第二次？而在这次考前，乔露再三和她说这次乔岚一定抄不到了，结果乔岚的成绩依旧非常好。

乔露一边哭一边说乔岚抄袭太恶心，又哭其他同学都不相信她，甚至连她的父亲也不相信她。

乔二婶看着咒骂乔岚的女儿，心情突然有些复杂。她想起上次丈夫板着脸告诫乔露，没有证据不要随便冤枉人，那时她还觉得是丈夫说得太过而站在了乔露这边，所以乔露才变本加厉地变成了现在这个样子。

乔二婶坐在沙发上，开始怀疑自己在教育乔露时是不是做错了什么。

乔露哭了好半天，发现没有得到母亲的回应，一抬头就看见母亲目光沉沉地看着她，心里微微一突，小声道：“妈……你有没有听见我说话……”

乔二婶回过神来，半晌后道：“没有证据的话就不要再讲了，天天把心思放在别人身上，难怪自己考试退步了。”

乔露傻眼地看着亲妈，嘴巴张得大大的，一脸的不可置信。

乔二婶却只觉得有些心累，不想和乔露说什么，转身进了卧室去找老公说话。

当晚，乔露在被乔二婶说了一句后，又被严肃的父亲逮在房间里骂了半个小时，睡觉的时候眼睛都是肿的。

而另一边的乔家，上次乔岚考了第一，乔母一边见人就炫耀，但是一边还是觉得心里没底，后边乔源偷偷告诉她，说乔露告诉他乔岚是抄了第一，乔母听完也有些怀疑。

但是怀疑归怀疑，乔母想要的就是炫耀的资本，管你是自己学的还是抄的，只不过唯一让她担心的是，这次如果乔岚没考好，到时候她面子上可就挂不住了。

结果这次乔岚又考了好成绩回来，虽然不是年级第一，但是年级第二也够让她脸上有光了。

乔源去乔父、乔母的小饭馆里蹭饭，一进去就看见乔母满脸春光，看见学生就打听他们是高几的，如果是高一的就一脸自得地说她家闺女也是高一的，这次考得不太好，也就年级第二而已。

乔源本来觉得乔露又受了打击心情很好，但是看着亲妈这个模样，心里又开始不是滋味，尤其是他自己的成绩下来之后。

乔源考了班里倒数第五。

乔父、乔母再溺爱乔源，也非常在乎乔源的成绩，乔母前脚夸完乔岚，后脚就看见了乔源的分数，气得差点脑梗。

“连你姐一半都考不上，都是我生的，怎么就差了这么多！”

乔源在小饭馆憋屈了一下午，回来后又听见乔母这么一句，一张又白又胖的脸皱成一团就开始哭，乔源一哭，旁边的乔老太心疼受不了了，抱着孙子就骂儿媳妇，乔母听见儿子一哭也骂不下去了。

最后又变成了一家人安慰乔源。

第二天，乔母给了乔源五十块钱，让他想吃什么就买什么。乔源满意地拿过钱，对着乔岚得意地抬起下巴小声道：“你学习再好，妈妈还是最喜欢我。”

乔岚无语地翻了个白眼心道：就你那妈，我真的一点都不稀罕。

乔岚不稀罕乔母，但是乔母又将主意打到了乔岚身上，既然乔岚现在学习这么好，乔源又跟不上，不如让乔岚每天给乔源补补课，她就不信，乔源还比不上乔岚聪明。

乔老太难得地没有反驳乔母的意见，她也觉得有道理，乔岚都能考个好成绩，乔源怎么就不行了，乔源可是儿子。

乔母没想着这事会有什么困难，毕竟乔岚一直都挺听话，第二天早上乔岚要去上学，乔母晃了出来随口和乔岚说了一声：“以后下午早点回来，每天晚上给你弟补补课。”

说完转身就要走，却听乔岚道："没时间。"

"怎么就没时……"她说了一半才想起乔岚现在在打工。

之前乔母听说乔岚在西餐厅打工，还挺满意，在她看来，去西餐厅里吃饭的哪个不是有钱人？乔二姐就是在饭店打工才嫁了个好人家，现在乔岚打工的地方更高级，乔母也乐得开心。

但是现在撞上儿子的事情，乔母瞬间就将乔岚放在了脑后，板着脸不高兴了："还上学呢打什么工，让旁人听见还以为我缺你吃的还是缺你穿的了，你打工重要还是弟弟成绩重要？咱们家就你弟弟这么一个男孩，你弟弟成绩上不去，你做姐姐的也不着急？！"

她有什么好着急的？

乔源就算考了年级倒数第一也和她没有什么关系。乔岚依旧头也没抬："我说了没时间，你找老师给他补吧。"

"找老师不要钱啊？"乔母气极，"钱不是你出的你不心疼啊？！"

乔岚想笑，原来对乔源，乔母也有心疼的时候。

既然舍不得请老师，"那就让乔源继续差着吧。"说完乔岚没理会目瞪口呆的乔母，转身去了学校。

学校的空气比那个乌烟瘴气的家里不知道好了多少倍。

郯墨还是和往常一样，早自习之后才会来学校，只不过似乎比之前稍微早了一点点。还是一样的上学，但是想起自己已经不用坐在教室的最后一排，而且有了一个叫乔岚的同桌后，上学对郯墨就有了不太一样的意义。

昨天讲课失败，让郯墨有些耿耿于怀。

他按照现在的教学进度，将课本和配套的练习册复习了一遍，等坐在座位上后，想了想，转头向乔岚要她的物理练习册。

乔岚不知道郯墨要做什么，但还是将练习册给了他。

郯墨打开书，将乔岚空出来的每一道题记录了下来，然后将书还给了乔岚。他可以准备一下，全部按照现在的教学进度提前做出来，那样就可以畅通无阻地讲给乔岚了。

乔岚看着郯墨漂亮的字迹，急忙道："不用这么麻烦。"问题这种事情，如果会浪费对方的时间给对方造成困扰，那就有些良心不安了。

郯墨眼眸直直盯着她，等她将话说完。

“这样太麻烦了，你每天也有自己的事情，实在不行的话……”乔岚想了想，“我也可以去问裴宁。”

郯墨一把将书抢了回来，死死地将书压住，嘴唇抿成一道直线道：“不麻烦。”

乔岚看着少年执拗的侧脸，好半天后她坐了回去，不跟郯墨抢了。

就这样，几天后，乔岚很明显地感受到了郯墨讲题比裴宁优越的地方。郯墨因为早就有了准备，所以讲起来就变得畅通无阻。

裴宁到底是高一的学生，学的东西也不会比乔岚超前多少，但是郯墨不一样，郯墨懂得很多，所以在讲题的时候，讲明白了一道题的同时，经常会讲到一些其他的知识点，这对乔岚是很有帮助的。

还有一个很大的不一样就是，正常人讲题的时候总是会说一些不相干的废话，但是郯墨不会。在他的世界里，没有用的话是没有必要说的，既然是讲题，那在讲题的时候就不会有任何多余的话。

于是他讲题的速度比裴宁快了很多，也比裴宁讲得不知道透彻了多少。

有时候郯墨讲完题，乔岚还是没明白，郯墨就会用那双被乔岚夸赞很好看的眼睛，沉默地盯着她看。

乔岚被看得欲哭无泪，惨兮兮地开口：“对不起，是我笨到你了。”

“还好。”郯墨道，想了想后又补充一句，“没有太笨。”

比他之前想象的好太多。

乔岚：“……”算了，还是听题吧。

郯墨用最快的时间，刷新了所有人对他的看法。

他依旧来上课，但是上课从来不用听课，物理和数学老师偶尔会突然点到他，就算手里看着的是英语，他抬头看着黑板上的题，十几秒后就可以说出正确答案。

在班里同学的一片惊叹声中，郯墨没有任何表情地重新低头看自己的书，没有了碍眼的头发遮挡，精致漂亮的侧脸清晰可见。

恶意一点一点地消散了。

有些同学甚至一改之前对郯墨的看法，觉得自己班里出了这样一个天才是一件特别厉害的事情，就算从来没有和郯墨说过话，但是这不影响他们在其他班学生跟前吹一吹郯墨的厉害之处，当然还不忘吹嘘郯墨长得很好看。

郯墨的名字，在不长的十几天里，就和曾经的陈曜阳还有郝英一样，几乎全校皆知。

好看的人总是备受关注的。甚至连附中的初中部都知道了高一有个男生叫郯墨，上课从来不听讲，但是考试依旧考满分，“古怪”“疯癫”等词语，在“天才”二字的光环下，也渐渐被大家遗忘。

当曾经在学校里被大家避而不及的少年，转动着轮椅再次出现在校园里的时候，注视他的目光比之前更多了。

有些女孩走在离他不远的地方，叽叽喳喳地说着话，眼睛一直在看他。

少年的五官极好，肤色是明显可以看出不健康的白，他没有表情，远远看去，有女生小声地说他就像一个精致漂亮的标本，也有人说如果他的唇色再红润一些，也许更像古堡中神秘的吸血鬼。

郯墨行进到熟悉的残障人士通道，几个女生笑嘻嘻地说着什么，然后有漂亮的女生凑过来：“同学，我推你上去好不好？”

轮椅迅速往后倒退，郯墨冷冷地开口：“不用。”

女生愣了愣，许是没想到会这样被拒绝，周围这么多人看着，女生脸上有些挂不住，所以依旧带着笑意又往前一点：“我没有恶意的，我只是想帮你……”

陌生的气息离得太近，郯墨瞳孔骤缩厉声道：“滚开。”

女生漂亮的脸蛋变得越来越难看，脸色发白地看着郯墨：“我说了我只是想帮你，你有病吗……”

乔岚远远走来，就看见前面堵在一起的人群。

她没有凑热闹的习惯，只是随便看了一眼，就看见了浑身僵硬的郯墨，面上一怔，然后急忙拨开人群挤了进去：“让一让！让一让！”

她还不知道发生了什么，只看见陌生的女生指着郯墨说他有病。

乔岚心口一抽，冲上前去迅速护在郯墨面前，将那女生与郯墨隔离开来，转身蹲在郯墨面前急声问他怎么样。

郏墨在看见乔岚的这一刻，握紧轮椅的手终于一点点地放松了下来，他低下头看着乔岚漆黑的眼睛："没事。"

乔岚松了口气，站起来走到郏墨身后推着轮椅，目光冷冷地看着刚刚对郏墨恶语相向的女生："让开。"

所有人愣怔地看着两人远去，这才议论开来。

"这是谁啊，郏墨连盛诗璐都不理，居然理她？"

"乔岚啊，不认识？学习巨厉害的那个。"

"这就是乔岚啊，但是没盛诗璐好看啊！"

"那盛诗璐也没人家乔岚学习好啊！"

盛诗璐本来和朋友打了赌，结果在这么多人面前丢了脸，和她玩得好的闺蜜上来安慰她。盛诗璐脸色发青地站了好半天，大声道："还不是一个残疾人，送给我我都看不上。"

周围看热闹的同学或是皱眉，或是觉得盛诗璐说得也有道理，议论纷纷，最后都散了。

但当天看见这事的人很多，没多久就弄得人人皆知，有人说得很难听，说 27 班的班花盛诗璐故意去搭讪郏墨，结果被郏墨说了"滚"。

许多人说郏墨太没风度，说话太难听，但也有人说盛诗璐活该。

盛诗璐虽然漂亮，但是在学校的名声不算很好，学习差不说，学校里长得好看的男生几乎都被她问了个遍，就连陈曜阳都不例外。

很多学生都不喜欢盛诗璐，但最不喜欢的莫过于 13 班的学生，因为大家听说盛诗璐说过宋瑶的坏话，直言自己长得比宋瑶漂亮。

所以在得知盛诗璐搭讪郏墨被拒后，13 班的一众同学都是一脸的幸灾乐祸，觉得郏墨这个"滚"说得实在太爽。

但说罢后，又回到了之前老生常谈的问题——高一年级的女生到底谁更好看。

处在讨论话题中心的宋瑶，脸红地看了陈曜阳一眼，然后被班主任叫了出去。

班主任叫宋瑶是为了圣诞晚会的事情。

附中每年都会举办圣诞晚会，每个年级都分开办，每个班准备节目，最后选好的节目在平安夜那天在全年级同学面前表演。

班主任叫宋瑶出去，是想让宋瑶出13班的节目。

宋瑶的钢琴弹得非常好。

这种出风头的事情，谁都想试一试。班里的女生羡慕却又无话可说，对于盛诗璐这样的女生，她们可以嘲讽她学习差、人品差，但是对宋瑶，她们找不出她有什么不好的地方。

长得漂亮，多才多艺，学习拔尖，性格也很好相处。

要吹毛求疵的话，也就是宋瑶个子不高，她属于娇小那一挂的女生，除了漂亮还很可爱。

高一是不用上晚自习的，但是这个晚会要求所有同学都参加，不过这个范围依旧不包括郏墨。

郏墨在所有人里是特殊的。

他可以每天晚到，也可以随意旷课，甚至上课也不需要听课，所以这个晚会郏墨也可以不来。

乔岚转头问郏墨圣诞节有什么安排。

郏墨想了想，那天郏父可能又要带他回那边的家里，然后和他一点都不喜欢的郏父的妻子还有女儿一起吃饭。

这样的平安夜，郏墨更想待在家里看书。

于是郏墨说："没什么安排。"

"那要不，"乔岚道，"来学校我们一起过平安夜看节目吧。"

郏墨想也没想地拒绝，高一年级三十个班，上千学生乱糟糟地挤在礼堂里，在郏墨看来实在太过折磨。

"好吧。"乔岚有些失望，但是没有太意外，郏墨不喜欢热闹，也很难忍受这样的环境。

越来越临近圣诞，学生们也越来越活跃，等平安夜那天，学校里立起了高大的充气圣诞树，每个教室的窗户上也贴了各种各样的雪花。

白天上课的时候，学生们都有些躁动不安，老师们也睁一只眼闭一只眼。

等下课的时候，就更是无比热闹，学生们买了品相很不错的苹果或橙子，送给自己关系很好的朋友，或者是喜欢的对象。

13班的教室门口比起旁边几个教室更是热闹得不像话，送苹果的男生女生比其他班更多，给宋瑶的，给陈曜阳的，尤其是陈曜阳，收苹果收到最后，将收的所有苹果，给班里一人一个全都分了。

等分到乔岚和郏墨跟前时，两人非常一致地拒绝了，不要。

坐在旁边的陈曜阳说着话的声音一顿，眼神一冷，没有其他人看见。

郏墨默默注视着班里热闹的同学们，转头看了乔岚一眼，不知道在想些什么。

下午最后一节课下后，班主任让所有学生快点回家吃饭，晚上六点四十分准时来班里搬凳子，然后一起去大礼堂。郏墨不用去，所以还是和以往一样慢慢地收拾东西，等收拾完，乔岚已经离开。

郏墨的眼神，比之前看起来更加阴郁。

他沉默地在座位上坐了很久，才拿出书包准备回家，一低头这才发现桌洞里多了一张什么东西。

郏墨将不知名的东西抽了出来，是一张贺卡，贺卡上画着大大的笑脸，上面写着乔岚的名字，贺卡旁边，是一只红彤彤极漂亮的苹果。

影响了郏墨一整天的烦躁心情，在这一瞬间一点一点地消融了。

他小心地将贺卡和苹果装好，然后出了校园，上车后没有回家，而是让陈伯开车去了另一个地方。

乔岚吃完饭回到学校，看了看郏墨的桌洞，看见贺卡和苹果都不在了，唇角轻轻地翘了起来。旁边的桌子突然被撞了一下，乔岚莫名其妙地回头，就看见陈曜阳皱着眉头，一脸别人欠了他钱的模样。

乔岚默默吐槽一句“有病”，将自己的椅子拉远了一点。

等班主任到了后，乔岚才跟着全班同学一起前往大礼堂。

乔岚无论是跑步还是坐座位，都喜欢坐在最后边，其实是觉得最后离开的时候方便一点。

学生太多了，后边几个班还没到齐，晚会已经开始。乔岚旁边的男生不知道从哪儿搞来了节目表，兴奋地说宋瑶是第七个出场。

“一会儿记得拍照。”

“知道知道。”

“对了，班长不是去买那个什么了吗？”

“什么？”

刚说着话，买东西的班长回来了，黑色袋子装了一大堆，学生们一股脑地凑上去看是什么。

然后就看班长从袋子里拿出来一堆发着光的发卡。

女生：!

男生：……

班主任乐呵呵地表示，每个人都有份，一人一个不要谦让。

女生们哄笑起来，挤上来选自己喜欢的发卡，乔岚随手拿了一个，是一对鹿角，和其他女生一样戴在了头上，旁边的陈曜阳下意识回头看了一眼，又多看了几秒后才转过了头。

于是 13 班凭借着发光的发卡，成了高一年级一道亮丽的风景线，其他班女生一脸艳羡地看着 13 班，有些还在责怪自己班的班主任和班长不走心。

13 班的平安晚会过得走心，班里的节目也是非常走心。

是宋瑶一个人的钢琴独奏。

她穿着白色纱裙，长发没有扎起来，披散在肩上，白色羽毛做成了发卡将一边的长发别在耳后，漂亮又清纯。她在柔和的灯光下登上台，一上来就惹得下边的学生尖叫连连。

13 班的同学尤其如此。

乔岚戴着自己的鹿角，看着台上的宋瑶，听着钢琴声，心道确实很好看。

想着想着，背后突然有人拍了她一下，乔岚回头一看，是一个不认识的同学。那个同学说让她出去一下，外边有人在找她。

乔岚皱了皱眉头，实在想不到有谁能找她，她除了班里的同学谁都不认识，但到底还是出去了。

乔岚悄悄地离开了座位，朝着礼堂门口的方向走去，等走近，才在礼堂紫蓝色的灯光下看见熟悉的坐在轮椅上的少年。

乔岚一愣，加快脚步跑了过去。

“不是说不来了吗？”乔岚很惊喜，呼吸还有些不稳，“你怎么突然来了，是陈伯送你过来的吗？”

说完抬头，陈伯站在远处十米的地方，看着她笑了笑。

乔岚回了陈伯一个笑容，重新看着郯墨，试探问他："是有什么事情吗？"

陈伯也在，所以郯墨肯定不是来看节目的，应该是找她有急事。

郯墨没有说话，他抬头看着乔岚，又看了看她发间一闪一闪的麋鹿角，映照在远处紫蓝色的灯光下，郯墨突然觉得发光的鹿角很可爱，而就在眼前的乔岚，那双看着他的眼睛也格外漂亮。

郯墨很少注意旁人的长相，很多人很感兴趣的漂亮或不漂亮，他从来不关注，但是今天，他看着乔岚有些不太一样的模样，心里不由自主地蹦出两个字：好看。

他没忍住多看了好一会儿，半晌后，才从口袋里拿出一个小盒子递给乔岚："你的礼物。"

乔岚愣了愣："明天给我就好了，怎么还特意又来一趟。"

"明天不是平安夜。"郯墨依旧看着她。

乔岚笑了，这才将小盒子接了过去，轻声道："谢谢。"

"不用谢。"少年又看了她头上的鹿角一眼，这才收回了视线。

乔岚走出礼堂，目送着陈伯走上来后推着郯墨的轮椅越走越远，直到看不见后，这才打开了手里的小盒子。

一枚玉雕的精致的苹果挂坠。

那是少年迟来的平安夜祝福。

乔岚，祝你平安快乐。

一场圣诞晚会，略微的冲散了这学期的期末考试带来的紧张压力，直到晚上十点钟晚会结束，大家搬着椅子回教室，嘴里议论的都是今天晚上表演节目大出风头的同学。

乔岚不放心地在衣服口袋里摸了一下，小心地避开了人群。

她送了郯墨一只苹果，郯墨也送给她一只苹果，一只让乔岚拿在手里都觉得烫手的苹果。

乔岚一边搬着椅子往回走，一边毫无头绪地想自己欠郯墨的，已经越来越还不清了。

晚上回到家里，乔岚看见自己房间门大开着，乔老太骂骂咧咧：“一天到晚锁着个门，跟藏了什么见不得人的东西一样。”

乔岚本来想将玉坠藏在房间里，现在看着被弄得乱七八糟的房间，一瞬间将这个想法收了回去。她小心地将小盒子放在书包最下边最隐秘的地方，用力拉上书包拉链，将书包放在了床头柜上。

第二天才是圣诞节，学生们持续着节日的喜悦，这个气氛大抵得到元旦放假结束后，才会有所收敛。

尤其是高一。

早自习又是班主任的语文自习，班主任站在讲桌上苦口婆心地教育学生收收心，距离期末考试也就十来天了，学生们嘴里答着知道了，等班主任走后，说话的依旧在说话，有些还偷偷地玩着手机。

附中不允许学生在上学时间使用手机，但上边有规定下边有对策，一个班里超过一大半的学生，还是随身带着手机，每天和班主任还有年级主任躲猫猫。

昨天平安夜后，晚上下了一整夜的雪，早上校园里白茫茫的一片。等早自习下后，早就憋不住的学生们一股脑地冲到教室外边打雪仗去了。

教室里的学生跑得七七八八，就剩零星几个坐在座位上，看书的看书，偷偷玩手机的玩手机，乔岚也是和平时一样一板一眼地拿出练习册，开始了今天的学习，直到郯墨来的时候，才提起眼皮打了声招呼。

已经入冬的北方，教室外边很冷，乔岚自己穿了厚衣服，但是郯墨穿得依旧单薄得厉害，他刚从教室外边进来，坐过来的时候乔岚能感觉到他身上沁凉的寒意。

乔岚低头看他搭在轮椅上的手，没有戴手套，过分苍白的双手好像比平时更白了。

郯墨一抬头就看见乔岚盯着他的手看，下意识想将手收回去，就听乔岚问他：“就穿这么一点，不冷吗？”

郯墨老实地摇头：“不冷。”

他是真的不冷，他对阳光、对风感知很敏感，对冷热却又很不敏感。陈伯一直想让他穿厚一点，但是厚衣服裹在身上，布料密集地压迫着皮肤，这种感觉更让他难以接受。

就是手指确实冻得僵硬。

他说话的时候总是习惯性地盯着对方看，之前很多人都觉得他这样很怪异，但是乔岚从来没有觉得这有什么，郏墨就这样一边看着她一边和乔岚说话，视线不由自主地落在了乔岚的脖子上。

上面空空荡荡的，什么也没有。

郏墨突然不说话了。

乔岚被他直勾勾的眼神看得一愣，顺着郏墨的视线，这才发现郏墨在看自己的脖子，反应了两秒这才急忙解释："我怕弄坏了，所以没有戴。"说完打开书包，小心翼翼地从最下边将小盒子拿出来。

盒子打开，润泽精致的玉坠好端端地嵌在天鹅绒的小盒子里。

郏墨看乔岚从书包里将盒子拿出来，又盯着玉坠看了好半天，突然伸手将盒子拿了过去。他将玉坠从盒子里拿出来，又从盒子底下拿出串玉坠的红绳，将玉坠串好后递给了乔岚。

乔岚愣了愣，急忙解释："我每天要打工，一不小心真的会碰坏的。"

"没关系。"郏墨还是保持着手上的动作，又稍微往前递了一下，"戴上。"

乔岚盯着少年手上的玉坠看了很久，又盯着眼前少年那张面孔看了很久后，伸手接过了玉坠，将红绳系在脖子上。

少年一直紧张又执拗的心情，终于慢慢恢复了平和，大抵是想笑，但是又不知道怎么笑，唇角勾起一个略有些古怪的弧度。

乔岚一直不戴，郏墨心里忍不住担心，是不是乔岚不喜欢。

乔岚背着手系红绳，手上有点使不上劲儿，弄来弄去担心没系好会掉下来，她抬起头来左右看看，教室里就五六个人，离得最近的就是性格内向也没有去玩的裴宁，犹豫片刻后："要不等我回家再戴吧。"

郏墨还是看着她，不说话。

乔岚没办法，只能转头对郏墨道："那你帮我一下吧，我自己系不好。"

郯墨刚刚平静的心，骤然又是一提，一时间愣神没反应过来。

帮……帮什么……帮乔岚系红绳吗?

他手指没忍住抖了一下，往前一探又迟疑地收了回来。

他有些不敢。

大家都在外边玩，教室里的五六个人也在各做各的事情，只有坐得很近的裴宁，像是感觉到了什么，下意识往乔岚和郯墨这边看了一眼，傻了好半天试探地开口：“要我帮忙吗？”

郯墨蓦地伸出手，手指握紧了红绳：“不用。”

乔岚急忙往下压了压身体，好让郯墨用力。

一旁的裴宁一脸蒙地又转了回去，但是又没忍住多看了一眼。

不过帮忙系个坠子，郯墨的表情却郑重得让人不由紧张，生怕他一不小心没拿稳摔了那坠子。

郯墨确实很紧张。

在和乔岚坐同桌的这段时间，他们靠近讲过题，乔岚也让郯墨在她犯困的时候叫醒过她，郯墨总觉得这样已经够近了，可是现在，他们离得更近了。

郯墨冰凉的手指拿着红绳有些不稳，在指尖不小心碰到乔岚温热的皮肤后，更是下意识地轻轻一颤。

乔岚时不时能感觉到少年碰到脖子上冰凉的手指，她又想问郯墨你真的不冷吗，但是又似乎感觉到了少年的紧张，于是静静地趴着一句话也没说。

过了好一会儿，郯墨才如释重负地开口：“好了。”

他迅速地重新坐端正，但是一会儿后又忍不住往乔岚那边看了一眼，看她笑着，又看看她脖子上轻轻摇晃的玉坠，冷冰的眼中这才浅浅地多了一层暖意。

这种感觉很微妙，就像当初看见自己的名字和乔岚的名字列在一起一样，说不出地满足与开心。

第二节课下后，阴冷的天空终于出了太阳，雪一点一点地开始消融。学生们玩了一早上的雪，也慢慢丧失了兴趣，重新回到教室后，七嘴八舌地又谈起了昨天的晚会。

晚会二十来个节目，表演者不乏帅哥美女，比如13班的宋瑶，比如1班的楚静，还有5班的明星学生郝英，被班主任抓去演了个小品。

郝英扮演了一个流里流气的富二代，给学生们留下了深刻的印象。

十五六岁的男孩女孩们，对漂亮的女生还有帅气的男生总是充满了兴趣。虽然晚会已经结束了，但大家还是在乐此不疲地讨论昨天谁最好看，最后逐渐将话题引到了盘点学校里有哪些帅哥美女。

宋瑶因为昨天的梦幻打扮，戳动了不少少男心，在这场盘点中名列前茅。

乔岚对这些没兴趣，大家盘点宋瑶漂亮，乔岚也是很赞同——宋瑶确实漂亮又优秀，而她听到班里同学的议论声脸红红的样子，也挺可爱的。

郯墨也听见了。

他对这些也没有兴趣，但是对乔岚永远都有兴趣。

听见其他同学的议论，他往乔岚脸上看了一眼，突然又想起昨天晚上，乔岚从礼堂走出来时，戴着亮闪闪的鹿角的模样。

紫蓝色的灯光照在她脸上，从来对漂亮没有任何看法的郯墨，第一次觉得乔岚很好看。

他定定地看着乔岚的侧脸，脸部轮廓很好看，鼻梁很高很好看，眼睛眼尾上扬的弧度也很好看。

乔岚被郯墨盯得有些不自在地转头，郯墨对上乔岚那双又黑又亮的眸子，又错开了视线，心想这双眼眸最好看。

他是真的觉得乔岚漂亮，但是周围的同学，为什么没有一个人提起乔岚的名字？

他们提得最多的是一个叫宋瑶的女生。

郯墨用了两个课间的时间，终于知道了宋瑶是谁。

他往宋瑶那边看了好一会儿，又重新将视线落在了乔岚的脸上。

坐在宋瑶后边的一个女生，轻轻点了点宋瑶小声与她道："宋瑶，我发现这两天郯墨一直往你这边看哎。"

宋瑶愣了愣，急忙看了陈曜阳一眼："你肯定看错了。"

"肯定没有看错，他真的一直在看你。"

一直“看宋瑶”的郯墨什么都不知道，越对比乔岚和宋瑶，他越发现了乔岚的优越。

鼻梁没有乔岚挺，眼睛的轮廓也没有乔岚更有特色，宋瑶的脸部轮廓太过圆润，站起来目测身高也远远比不上乔岚……

他实在觉得乔岚胜出宋瑶的地方更多，可是所有人说起那些好看女生，却从来没有提到乔岚的名字。

下午放学后郯墨坐在车子上，前边的陈伯又在打开广播听新闻，郯墨沉默了很久，突然开口：“乔岚好看吗？”

听着广播的陈伯着实愣了好半天：“什么？”

郯墨依旧面无表情，却说着让陈伯吓了一大跳的话：“你觉得乔岚好看吗？”郯墨重复了一遍。

陈伯惊得连刚刚广播里说什么都没注意到。

为什么毫无头绪地突然问这种问题？为什么突然问乔岚长得怎么样？他要说什么郯墨会比较高兴？

陈伯一时间脑子里轮过了一大堆念头，但是最后还是决定从客观的角度回答郯墨的问题。

“其实单看五官，乔小姐的五官非常出色。”作为一个审美正常的老人家，他还是可以准确地做出回答的，“但是，乔小姐一看就长期营养不良，你看她天天打工，家里条件肯定不够好，所以营养一直跟不上，看起来就没什么气色，如果气色好的话，肯定整个人就不一样了……”

陈伯还在说，郯墨眼睛看着车窗外的路灯，不知道在想些什么。

圣诞节加上元旦，让学生们放松了好多天。终于等元旦三天假期结束后，大家终于开始慢慢收心，将注意力放在了期末考试上。

可是临近过年，乔岚打工也比以前更忙了，有时候晚上回到家里时甚至过了凌晨一点。

郯墨脸色阴沉地看着乔岚，乔岚的气色比之前更差了。

乔岚和郯墨坐得久了，也渐渐能发现郯墨那张面无表情的脸上不同的情绪，更何况今天的郯墨好像比平时更沉默。

乔岚转头看着他小声问他怎么了，半晌后郯墨没头没脑地问她：

“准备打工多久？”

不知道他为什么突然问到打工的事情，乔岚想不通，老实回答：“应该会坚持到高一结束吧。”

郯墨的眼神越发阴沉了。

等乔岚再问，郯墨始终闭口不言。

郯墨不会撒谎，一旦碰到不想回答的问题，没人能从他嘴巴里撬出一个字。

结果第二天的时候，乔岚来到学校等到下早自习，看着刚刚进来的郯墨说了声“早上好”，郯墨从书包里拿出一个巴掌大的盒子。

乔岚看了一眼顺口问：“这是什么？”

郯墨将盒子推到乔岚面前：“给你。”

给我？乔岚心尖又是一抖。

她真的很怕郯墨给她东西，她现在欠郯墨的实在太多了，每次听到郯墨说“给你”两个字，就觉得良心在备受谴责。上次在接受了苹果吊坠后，乔岚发誓再也不能接受郯墨的东西了。

郯墨看乔岚不动，也不打开盒子，又道：“陈姨做的，给你。”

他伸手打开了盒子，一份打包完好还有余温的营养粥，隔着透明的玻璃都能看见里边的虾仁。

半晌后，乔岚深深吸了口气：“我吃过早点了。”

郯墨目光定定地看着乔岚，想了想道：“没事。”将盒子拿出来放在乔岚面前，“不多。”

分量不多，吃过早点也可以再吃一点。

“我真的吃过早点了，不饿。”乔岚又重复了一遍。

晚上跑到西餐厅送钱不说，现在早上还送早点，就算知道是郯墨的好意，但是乔岚真的怎么都不能接受了。

郯墨浑身僵硬，一早上来的好心情，一瞬间又消失干净了。

陈伯说乔岚营养不良，所以郯墨让营养师特意搭配了菜谱，因为学校里不好携带大份的营养餐，所以最后让陈姨做了营养粥。

他之前看到班里很多同学都会在教室里喝粥。

没人知道他早上带着这份营养粥出来的时候是含着隐隐的喜悦和

期待的，可是现在乔岚怎么都不要。

郯墨形容不出自己此刻的感觉，不明白这种复杂的暴躁与生气，中间夹杂着失落、委屈还有难过。

他面无表情地看着那营养粥，半晌后冷冷地转过了头：

“不喜欢，那就扔了吧。”

郯墨说不喜欢就扔掉。

旁人说这话也许是威胁，但是他根本不是，他就是这么想的。

特意带给你的，既然你不喜欢那就扔了吧。

乔岚看着眼前一动不动的少年，突然有些无力。

她并不是不喜欢，只是不能接受。

正是因为理解郯墨的好意，所以才要拒绝，可是对于郯墨来说，并不理解乔岚拒绝背后的用意，拒绝就是不喜欢，是生分，是关系不好的证明。

乔岚看了眼少年执拗的侧脸，无声地叹了口气，打开了盒子。

粥的成分是营养师搭配的，好味道是一直照顾郯墨的陈姨做的。虽然早自习的时候班里的学生几乎都在吃早点，但盒子一打开，香味还是惹得坐在乔岚、郯墨后边的同学好奇地往前面看。

郯墨在看见乔岚终于打开盒子的时候，冷气森森的面孔逐渐恢复了平静，重新转了过来。

“好不好吃？”郯墨问乔岚。

乔岚又吃了一口，真心实意地回答：“特别好。”

郯墨心情大好，刚刚的生气一瞬间全都忘在了脑后。

乔岚吃完，将小饭盒洗干净，回到教室将盒子装好，谢过郯墨后，想了想还是与郯墨道：“我每天早上都会吃早点，所以真的不用带早点给我。”

郯墨盯着她脖子间的一动一动的小挂坠，像是听话的“嗯”了一声。

乔岚这才放心，结果第二天，昨天明明答应了他的郯墨，确实没带早餐了，但他带了玻璃盒子装好的新鲜水果，还附带一盒尚有余温的牛奶。

乔岚:“……”

第三天又是一份早餐，这回不是海鲜粥了，换成了瘦肉粥，另加一盒牛奶。

“我真的已经吃过早点了。”乔岚认真道，说完又补充一句，“而且吃了很多。”

郯墨想了想:“那明天早上少吃一点。”

他带的全是高蛋白的东西，比乔岚自己吃的好多了。

少吃一点早餐，就能多吃一点他带来的营养餐，乔岚自己吃的那些东西没有一点营养，陈伯说了乔岚底子很好，就是严重地营养不良。

乔岚见怎么劝都没用，真的想不出别的法子了。

一次没有拒绝成功，那后边就再也没办法拒绝成功了。

乔岚就这样莫名其妙地开始了被投喂的日常，而郯墨甚至从每日的投喂中找到了乐趣，后来变本加厉。

比如某天除了营养餐，乔岚的杯子里会多出几片柠檬，桌洞里会多出两个漂亮的橙子、一盒摆得整整齐齐的小番茄或者剥好的核桃，甚至还有全是英文的她认都不认识的营养品。

郯墨乐此不疲。

因为每天这样，他慢慢发现了乔岚吃东西的喜好，喜欢吃什么，相对不喜欢吃什么，这对他而言都很有意思。不过有些东西乔岚还是坚决不收，就比如他让人特意从国外买回来的营养品，乔岚怎么都不要，但陈伯给他出了个主意。

等到乔岚接了一壶水回来，桌子上除了雷打不动的早餐，还多了一瓶已经插好小吸管的营养液。

乔岚:“……”

一整盒给乔岚，乔岚不要，陈伯让他每天一支插好吸管再给，虽然郯墨没大明白其中的差别，但是事实证明，陈伯的办法确实很管用。

时间久了，不说坐在乔岚后边的两个同学，就连裴宁，还有稍微坐得远一点却经常往乔岚这边看的秦洋都发现了什么。

“郯墨以前压根不搭理乔岚，现在对乔岚好像挺不错?”

“这哪是挺不错，这好得没话说吧。”

郯墨偶尔听到大家的议论，从别人嘴里听到他们说自己对乔岚好，甚至比自己亲自对她好的感觉更好。

乔岚从一开始的坚决反抗到后来反抗无效，渐渐麻木。

外边的气温早就降到了零下好几度，出去接热水冷得让人打战，早自习下了，乔岚提着水壶接完水回到教室，不知道是她今天接水快了还是郯墨来得早了，郯墨刚刚进来，书包都还没放下。

乔岚回到座位后，就看见郯墨拿出熟悉的小瓶子，苍白的手指拿着小吸管。外边太冷，他从来不戴手套，虽然感觉不到冷，但手指实则早就冻僵了。

乔岚放下水壶道了声：“我来。”说着伸手从郯墨手里将小瓶子拿过来，却不小心碰到了郯墨的手指。

出去一趟，乔岚的手也不太热，但是在一不小心碰到郯墨的手指时，还是能感觉到郯墨手指冰块似的温度。

乔岚手里的动作一顿，目光落在郯墨僵硬的手指上，沉默片刻后将脖子上的围巾扯了下来，在郯墨没反应过来的时候抓着他的胳膊，用围巾将他的双手给裹住：“为什么不戴手套？冻得像个冰块。”

郯墨从被乔岚抓胳膊直到又被松开，整个过程都没反应过来。

白色的毛茸茸的柔软围巾，沾染了女孩脖颈上的体温，还是暖的，郯墨没什么知觉的双手在围巾里一点一点地慢慢苏醒，变得不再那么僵硬。

他愣神地动了动手指，半晌后突然才后知后觉地反应过来手上这点温度来自哪里，蓦地抬头看向乔岚的脖子，慢慢放松的身体又陡然僵硬了起来。

就连耳尖，也不知道为什么，不受控制地突然发烫。

“不冷了吧？”乔岚笑盈盈地问他，郯墨机械地点点头。

“不冷了。”其实他根本没感觉到冷。

“虽然说你对温度不是很敏感，但是该穿厚还是要穿厚一点。”

乔岚还在说，郯墨控制不住地往她那边看，围巾已经还给乔岚，但是手上总像依稀残留着温度。

等上课后，就连站在讲台上的数学老师都发现了。

黑板在这里，不在乔岚脸上，就算郯墨每天上课都不听讲不用看黑板，但是这样也会对别人造成困扰，是不是?

一声点名，将所有学生的注意力都集中在了郯墨身上，郯墨的视线也收了回去，瞬间又变成了那个面无表情的冷冰冰的少年。

少年坐着轮椅，不用像其他学生被点到后站起来，他目光冷冷地看着数学老师，半点不觉得自己做错了什么，甚至还觉得数学老师有点烦人，打扰到了他。

数学老师没好气地点了点黑板:“这道题，怎么解?”

班里一大堆同学都一脸蒙，搞不懂老师为什么会突然叫郯墨，还叫郯墨回答问题，不过这道题确实很难，是数学老师写在黑板上准备特别讲的题。

郯墨冷着脸拿起笔，在本子上写写画画，半分钟后开口。

他说得很快，但是吐字清晰。乔岚刚刚看这题，本来觉得需要很多步才能做完，结果郯墨说了没几句，夹杂着不属于高中知识的公式，就给出了答案。

数学老师站在讲台上，皱着眉头听完后开始了和郯墨的探讨。

乔岚至少还能跟得上，其他人就真的跟不上了，一整班同学全部一脸蒙地看着郯墨和数学老师，感叹神仙对话，我们凡人听不懂。

之前大家都只是被郯墨惊人的考试成绩吓到，这是第一次郯墨在所有人面前展现出自己不同寻常的一面，等郯墨回答完后，许多同学看着郯墨的眼神都变得有些迷幻。

乔岚看着这样的郯墨，莫名觉得有些自己脸上都有光了。

郯墨一转头就看见乔岚也在看他，突然间像是想到了什么似的，移开了视线。

就这样到了这学期期末考试。这次考试终于是本校老师亲自出题了，不会像上次一样难得那么变态，这让同学们都松了口气。

靠前的几天，班里甚至别的班里，都在讨论说这次郯墨能考几个满分，又能拉开第二名多少分。除此之外，还有人探讨这次乔岚和陈曜阳到底谁能考得更好一点。

乔岚也知道大家的猜测，不过比起上次月考，这次乔岚还挺自信的。

主要是因为郯墨手把手地教了她一个月的物理。

一个好的老师，完全可以改变一个学生。

对于物理，之前乔岚一直都是死学、刷题，郯墨教了她二十来天后，她也渐渐开了窍。

乔岚不禁感叹，原来自己学物理并不是完全没天赋，而是没找到门路。

之前她考试，最担心的就是物理，现在临近考试，她倒是隐隐有些期待，想看看最近的成果到底怎么样。

高中部的考试是错开的，高一最先考，然后是高二，最后才是高三，听说高三考完试后还要补一段时间的课，一直补到腊月二十八。

高一考试那天又是在下雪，不用跑早操，所有学生来学校的时间都不一样。乔岚在学校门口遇见了陈伯和郯墨。乔岚看见郯墨依旧穿着单薄的衣服，又看看他没有戴手套的手，跑了过去和陈伯打了招呼，然后对郯墨说："我推你进去。"

天气本来就冷，现在还下雪，郯墨自己推轮椅，那手指该有多冷。

上次乔岚还同郯墨说让他戴副手套，但是郯墨一直都没有戴。

郯墨看了乔岚一眼没有拒绝，陈伯笑眯眯地目送乔岚和郯墨远去，手机响起来这才急忙回去接电话。

乔岚推着郯墨往教学楼的方向走，路过的同学难免多看一眼，乔岚心道等考完试就是放寒假，于是问郯墨寒假准备做什么，郯墨想了半晌："在家看书。"

冬天出门总归太麻烦，而且郯墨本身并不喜欢出门，他非常喜欢一个人坐在房间里看一整天的书，在旁人看来无比枯燥的生活，对他而言其乐无穷。

最近他又找到了一本很不错的书，是一套世界历史通史，纯英文版的。

这套书真不错，虽然有些观点郯墨并不赞同，但是不影响这本书的精彩。郯墨突然也想让乔岚看一看这套书，他觉得乔岚应该也会喜欢这套书，而且这样他们就有了更多的共同语言。

只不过这套是纯英文版，等回家后可以搜一搜翻译版，等考完试后去西餐厅吃饭的时候顺便带给乔岚。

结果还没等郯墨买到翻译版的书，考试最后一门还没考完，陈伯就找到了学校，将他从考场上带了出来，告诉他外公的身体不大好了，所以要马上飞往美国。

郯墨当初跟随母亲前往美国，一是因为那里的医疗技术更好，二是因为外公、外婆也在美国，母亲和他们关系很亲近，几乎每周周末，母亲都会带着他去外公、外婆那里待一天。

两位老人家心疼年纪轻轻就离异的女儿，但是对郯墨很一般，因为郯父对婚姻的背叛，因为郯墨拖累了女儿这么多年。

所以对郯墨而言，外公、外婆还不如陈伯和陈姨来得亲近。

但是尽管如此，郯墨还是没有拒绝。

对他而言，两位老人家不是他最亲近的人，对已经离世的母亲而言却是，母亲还活着的时候总是让他长大以后孝敬外公、外婆。

郯墨连最后一门语文都没有考完，就被陈伯急急忙忙带去了机场，郯墨看着车窗外飞速掠过的雪景，总觉得自己忘了什么。

考试没有考完，郯墨一点都不在意，所以到底是什么？

直到到了机场，郯墨才陡然想起，自己还没来得及告诉乔岚一声，在昨天的时候，他甚至还想着要在寒假时候送自己喜欢的书给乔岚看。

现在要出远门，可是他连联系方式都没有留给乔岚。

陈伯将郯墨的焦虑看在眼里，问他怎么了，郯墨沉默半晌后才开口道：“她不知道我要走。”

陈伯一时半会儿也没想到这一茬，一方面感叹乔岚对郯墨而言比他想的还要重要，一面想出了一个办法。

“我发短信给你们班主任，让班主任告诉乔岚你的电话号码，等寒假时候她就能打电话给你了，行不行？”

“她没有手机。”郯墨道。

“她没有手机，家里人总会有吧？”陈伯不觉得这有什么难的，就算乔岚家里再怎么困难，父母不可能连个手机都没有，只要有手机总能打个电话或者发个短信。

郯墨沉默片刻，终于答应了。

等郯墨所坐的飞机已经起飞，学校这边才刚刚结束了语文考试。乔岚和往常一样找到了郯墨的考场，却发现郯墨居然不在教室。

乔岚现在已经是个名人了，每次考完都会来教室找郯墨，坐在郯墨后边的同学看她一进来就知道乔岚要来找谁。

"郯墨考试考了一半，有人来找他，然后就走了，走得还挺急的。"同学和乔岚解释。

乔岚愣了愣，谢过了同学走出教室。

是有人来接他，所以不是郯墨身体突然出问题，这让乔岚放下了心。

连考试都没有考完就走，应该是家里有什么急事。

乔岚就算是想打听，但现在也有些束手无策，她自己没有手机，就算有手机也没有郯墨的联系方式。

在雪地里站了好一会儿，乔岚这才背起书包出了学校。试考完了，但是每天的打工依旧在继续，只不过晚上少了那个天天都会来的少年。

期末考试后放了一天的假，老师们疯狂批卷子，学生们开始提前享受寒假。等假后来学校，不用跑早操也不用上早自习，八点十分能到学校听老师们讲卷子就行。

乔岚来到教室，郯墨还是没有来，班里难免有人好奇，打听来打听去，就打听到了郯墨最后一门没考完就走人的消息。

学生们的重点不是为什么郯墨没有来，是因为什么事情突然走人，而是郯墨语文只考了一半，那分数可就跟不上了。

于是之前打赌这次第一能拉第二多少分的赌约没了，又变成了这次第一到底会是谁。

大家觉得郯墨就算再厉害，也不一定在缺了半门成绩的情况下还能稳坐第一，乔岚和陈曜阳可不是吃素的，而且这次卷子没有上次那么难，没法像上次那样拉那么大的分。

学校论坛里甚至发起了投票，上次考试的前十名的十个人全在上边。最后的投票结果，陈曜阳以 33% 的优势位居第一，乔岚 31% 位居第二，郯墨被挤到了第三。

很多同学觉得，乔岚在期中考试的时候压了陈曜阳是因为陈曜阳没怎么学，后边稍微学了点就跟乔岚打平了，听说陈曜阳最近学习一点都不马虎，那这次总该超过乔岚，重回第一了。

当然，如果郯墨考完整场，那应该是重回第二。

其他班的学生们好奇，13 班的同学更是期待，马上就要放假了，大家都没听课的心思，直到最后成绩单出来，一个个才像是打了鸡血一样活了过来，吆喝着冲上讲台打开校园网，直奔年级排名。

就连陈曜阳都微微有些期待，毕竟最近算是他有史以来最用功的一段时间了。可是等看到最上边的那个名字，一瞬间所有人又像是被敲了一闷棍，傻在了原地。

最上边的那个名字，居然还是郯墨?!

不是说语文只考了一半吗?

再细细看成绩，确实是只考了一半。

他的语文得分只有 62 分，但就算语文只有 62 分，居然还是以总分 1086 的高分，稳稳地占据了第一名的位置。

看着这变态的成绩，所有人都沉默了。

好半天后大家终于明白了一个道理，天才就算是出了点小差错，还是要比常人高出一大截的。

郯墨下边紧随其后的第二名，也不是大家最看好的陈曜阳，而是乔岚。

这次不是并列了，乔岚比陈曜阳总分高了 17 分，毫不留情地将陈曜阳赶到了第三的位置，如果有有心人，大抵会发现，一直在物理上落后陈曜阳的乔岚，这次物理就比陈曜阳低了 1 分。

很多人都觉得乔岚能考这么好是因为勤奋，而陈曜阳考得好是因为他聪明，但是如今陈曜阳已经连续三次都没有压住乔岚，终于有同学意识到，乔岚其实也很聪明。

当初很多人都觉得乔岚都能考年级第一，那他们努力努力肯定也行，可是一学期过去了，乔岚依旧在最前边，他们还是老样子。

自欺欺人一点都不好玩。

其他班对13班又一次霸占年级前三这件事已经从一开始的惊叹变成了麻木，指不定哪天突然发现前三换了别的班才会觉得诧异。

13班又一次拿下了年级最高分，班主任乐呵呵地送走了学生，直到最后终于忙完手里的工作，躺在家里的沙发上，这才突然想起了一件事。

他腾地从沙发上翻起来找到手机打开短信，往下翻了好几页，终于找到了好多天前陈伯发给他的短信。

这位陈伯到底是什么身份，班主任不知道，但是他每次联系郯墨，都是找的这位老人家。

好多天前，也就是考完试的那一天，这位陈伯打电话给他说郯墨有事要出国，最后又让他帮忙将一个电话号码转交给乔岚。

等挂了电话后，班主任就收到了一串电话号码。

班主任不知道缘由，但是也答应了，当时还心道这两个孩子看来关系真挺好。他还给陈伯回了一句“好的”，但是等回完又因为其他工作，转眼就将这事抛在了脑后。

再后来每天改卷子讲卷子还有其他工作总结，忙得他晕头转向，等终于忙完了，才想起这个号码忘了告诉乔岚。

现在再想找乔岚，也找不到乔岚人了，这都放寒假好几天了。

但到底答应了陈伯，班主任琢磨琢磨，找到了乔岚家长的电话号码，发了一条短信给乔岚的家长，告知乔岚家长自己的身份，然后让家长再转告给乔岚。

收到短信的乔母，瞪着手机看了好半天。

这位自称是乔岚班主任的人，专门发短信给她，发给她一串电话号码，说这是一个学生的号码，让她转告给乔岚。

乔母瞪着这个自己压根不认识的名字，一想起乔岚就是一肚子火，乔岚这次还是考得很好，现在放寒假了有时间了，但是就是不给乔源讲课，依旧每天不回家。乔岚不管乔源，她也懒得管乔岚，班主任发给她的短信，到她这里就没了音信。

一开始是不想说，再后来也渐渐忘了。

乔岚不知道发生过什么，今年的冬天似乎格外冷，可惜乔岚没有时间感受，临近过年了，大家开始放假了，乔岚却越来越忙。

没有退路没有靠背的人，是没有喘息时间的。

西方人不过年，西餐厅在过年的时候照样开，甚至越到过年越忙。腊月二十七的时候，从除夕到大年初三的位置就已经被预订完毕，餐厅里有人可以在过年继续上班，有人却回了家和家人团圆，于是本就忙碌的西餐厅人手更加不够。

老板娘用比平时翻了好几倍的工资想劝服务员留下来。乔岚算了算过年几天能多赚的钱，再想想乔家一堆人凑在一起的过年氛围，不到三秒就决定好了留在店里继续打工。

与其看着乔老太、乔母、乔二姐甚至乔露一张张毁人心情的脸，还不如多挣点钱。毕竟还有一学期就要高二了，等高二开始上晚自习，这个工作也就做不下去了，她要尽可能地为之后的两年做准备，她不敢保证哪一刻乔母就不让她念书，不给她提供学费了。

除夕的那一天，乔岚在凌晨两点后终于有了片刻的休息时间，老板娘请她吃了自己亲手烤的牛排，跟她说了新年快乐，然后说第二天下午再来上班就可以。

乔岚回到家，乔家一众人已经睡了，家里一片狼藉。

小声地洗漱完毕，乔岚盯着镜子中的自己，卫生间的灯光柔和却略有些昏暗，脸上略显疲惫却并无颓势，脖子上的玉坠在灯光下沁着清润的光泽。

乔岚突然想起了郯墨。

不知道郯墨现在在哪里，又在做什么。

寒假已经过去一半，她也有好多天没有见到这个少年。

郯墨是她关系最好的朋友，在这样的新年夜，总该发个短信送个祝福的。可惜当时郯墨走得太着急，她没有要到郯墨的联系方式。

郯墨的联系方式！

乔岚躺着躺着，突然想到什么，从床上翻了起来。她隐约记得接下来三天西餐厅的预约里好像有郯墨父亲的预约！

忙了一天本来挺困的，突然想到这一茬，乔岚的困意消了一大半，整个人都精神了起来，恨不得马上就天亮了跑去确定是不是真的有郯父的预约。

乔岚昨晚值的是夜班，第二天下午再过去就行，结果刚刚过了中午乔岚就过去了。

中午餐厅的客人不是很多，乔岚去了收银台那里，找到了之后几天餐厅的预约单子，一个一个往下看，终于看见了“郑先生”三个字。

乔岚感叹，得亏郑墨姓郑，如果他要是姓张、姓李、姓王这类的大众姓氏，她真不知道该怎么找了。郑这个姓，太难见了，如果不是认识郑墨，乔岚都不知道有这样一个姓。

郑墨父亲预约的是后天晚上七点半的位子。

之前郑墨和郑父来过几次西餐厅，都是乔岚帮忙点的餐，郑墨还同郑父说过她是郑墨的同学，到时候找郑父问问郑墨的手机号，郑父应该不会不说吧。

而现在与乔岚所在的城市有着十二个小时时差的郑墨，自从那天离开，到如今新年来临，他从一开始觉得乔岚在拿到电话号码后就会立刻给他消息，到后来一天天过去，陈伯安慰他说可能是乔岚太忙所以没有顾得上，等新年来了肯定会祝他新年快乐。

他从一开始的不开心，到后来的越来越阴郁，用短短十几天的时间，学会了一个他从来都不曾理解的词语——失望。

直到跨年的最后一声钟声敲响，新年来了，他却始终没有接到来自他希望的那个人的消息。

那天，郑墨和外婆、陈伯、陈姨坐在一起看春节晚会，他不能理解电视上的群众为什么一阵又一阵地发笑，他也没有心思去看晚会上到底有什么，而其他人因为外公的病情，在这样喜庆的日子里，也很难露出笑容。

国内早已入了夜，这里却还是亮堂堂的天。郑墨转着轮椅回到了房间，一个人坐在轮椅上发了一下午的呆，直到夜幕逐渐降临。

陈伯小心地从外边进来，看见少年这个样子，想说些什么，到底还是没有说出口，叹了口气离开了房间。

他又和班主任打电话确认过，班主任已经将电话号码告诉了乔岚的家里人，但是乔岚确实没有一点点回信。

陈伯活了这么多年，还是觉得自己不会看错人，乔岚之前对郯墨的好绝对不是假的。

所以乔岚也许是有什么事情耽搁了？还是乔岚的家人没有将号码告诉乔岚？陈伯也想不通。

这个新年，对于郯墨一家人来说，没有快乐。

大年初二，郯墨的外公去世了。

外婆像是最后一根神经也骤然断裂，整个人晕了过去，被送进了急救室，郯墨坐在医院里，眼里是外公已经开始泛白的手指，耳边是听不清的嘈杂的哭喊。

来的人很多，母亲还有一个哥哥、一个姐姐、一个弟弟，郯墨对他们没有什么印象，只记得很小的时候，大舅家的表哥将他推到了楼梯口，他哭喊着从二楼滚到了一楼。

如果是正常小孩，也许不会摔那么惨，可是郯墨因为阿斯伯格症，手脚没有正常小孩那么灵活，他疼得哭了，站在二楼的表哥吓得哭了。

但是那已经是很久很久以前的事情，每个人都长大了，屋子里站了十几个人，郯墨只认识零星几个。

所有人都在哭，只有郯墨没有哭，他就像一个另类一样，与这悲伤的氛围里格格不入。

哭声钻进耳朵里，就连神经都莫名地被绷紧，郯墨静静地看着外公的遗体，半晌后与陈伯道："我们走。"

医院、医生、死人，他再也不想看见类似的一切让他精神临近崩溃的东西。他面无表情地推着轮椅出了病房，离开后听见病房里有人说："这孩子简直就像没有心。"

郯墨沉默地摸了摸心口的位置。

他可以感受到心脏在跳动，只是他没有任何感觉，他感受不到悲伤。

陈伯眼中一黯，悄无声息地跟了出去，看着郯墨瘦弱的背影，没有忍住又抹了把眼泪。

陈伯低头准备推着郯墨离开，身后却有人跟着跑了出来质问："你就连这一会儿的时间都忍受不了？"

记不清是谁了，记不清是哪位表哥，郑墨回过头，大抵是想蹙眉，却不知道面部该怎么动，于是还是保持和平时一样没有表情。

“还有事吗？”

年轻男子看着郑墨，只觉得他不可理喻。姑姑说郑墨是没有心的，压根不假，从头到尾，他甚至没见郑墨落过眼泪。

“里面的是你的外公，是从小照顾你的外公，他没了你一点都不难受吗？现在连最基本的礼数都没有了是吗？”

陈伯急忙开口：“我们少爷只是对这种环境很难接受。”

所有人都知道他可怜，却没有人愿意了解他为什么可怜。郑墨的亲生父亲口口声声说想补偿儿子，才将郑墨接回了国，却没空去了解，只当郑墨是简单的自闭症；这些不时常联系的亲戚，他们说郑墨冷漠，说他没有心，却没有人愿意去了解，他为什么会这样。

郑墨自己喜欢这样吗？

难道他愿意生来就是一个感受不到感情的冷冰冰的另类吗？

他也想做一个正常人。

郑墨感受不到，可是陈伯感受得到，他竭尽全力想让郑墨显得没有那么冷漠，让他在外公去世后多出现在大家的面前，可是似乎也没有什么用，年长的不喜欢他，年纪小的表弟表妹们都怕他。

陈伯想说的太多，郑墨却淡淡道：“他没有照顾我。”

年轻男子一愣：“什么？”

“里面是我的外公，但是他并没有照顾过我。”郑墨看着陈琅，“现在我可以走了吗？”

陈琅愣愣地看着他，看着郑墨的背影逐渐远去，又大骂了起来。

冷血、无情、疯子，又是诸如此类的他早就听惯了的词语。

郑墨垂下了眼睫，没关系，他早就听习惯了。

“他们居然还说你可怜。你可怜？可怜什么？就算是可怜，也是必有可恨之处，就你这种人，冷漠、自私、古怪，没人受得了你，没人会爱你，你就这样可怜巴巴地一个人过一辈子吧！”

郑墨搭在轮椅上的手蓦然攥紧，脑子里像是陡然被谁用重拳砸中，嗡嗡嗡地响成一片。

“他打人，我们不要和他一起玩！”

“他就是个疯子，你们都离他远一点。”

“从小你爸爸就不要你，你妈妈也被你拖累致死，没有人愿意要你。”

“你这种人，冷漠、自私、古怪，没人受得了你，没人会爱你，你就这样可怜巴巴地一个人过一辈子吧！”

他脑袋里轰鸣一片，旁人说什么都听不见，眼前一片发黑什么也看不见，只有曾经留在他记忆深处不愿想起来的恶言恶语，一时间占据了所有的思绪。

从小父亲不爱他，母亲为他操劳十几年，他以为可以相信的那个人根本一点都不在乎他。

他攥着轮椅的手指因为太过用力而泛着青白，手机在这个时候不合时宜地响了起来。

郯墨呼吸不稳地低头，看着上边陌生的号码，接通了电话。

“喂。”嘈杂声还在继续，可是少女清亮的声音像一道惊雷一样劈开了耳膜。

“喂，”乔岚的声音在电话那头显得不太真切，“郯墨，是你吗？你怎么了，感冒啊，怎么声音有点哑？”

郯墨拿着手机愣在了原地。

半晌后，他将手机紧紧地贴在冰凉的脸颊上。

此刻波士顿时间，中午十二点半，与国内相差十二个小时，也就是说乔岚那边是凌晨十二点半。

乔岚终于在今晚拿到了郯墨的手机号，等工作结束后用老板娘的手机拨通了郯墨的电话。

电话那头有些嘈杂，郯墨不知道是感冒还是怎么了，嗓子有点哑。

“郯墨，你感冒了吗，怎么嗓子有点哑？”乔岚问他，半晌后电话那头回了她两个字：“没有。”然后又没了声音。

要不是乔岚早就知道郯墨是什么样的人，知道他平时就是这样沉默寡言的样子，这电话还真的聊不下去。

平时和郯墨说话的时候，郯墨除了在讲题或者说到自己特别感兴趣的书的时候话会特别多以外，其余时候尤其是正常聊天，郑墨都是能不说就不说，不问他他就绝对不会主动开口。

乔岚查过，这是阿斯伯格症患者的通病，因为他们觉得日常聊天没有必要。

乔岚心道等开学后，她一定要想办法尽力改变郑墨不说话的习惯，要不以后和旁人怎么打交道，她有这个耐心，旁人不一定会有。

“你去美国是有什么重要的事情吗？”乔岚看了眼外边飘着的雪花，“之前你走得太着急，都没来得及问。”

电话那头的嘈杂声渐渐消失了，可能是郑墨换了地方，这才继续道：“外公生病。”

“原来是这样。”乔岚点点头，“怪不得走那么急，那现在病好点了吗？”

“前天去世了。”

乔岚：“……节哀。”

郑墨想说没有哀，不需要节哀，但是话到嘴边，到底没说出来。

陈伯推着他已经走出了医院，上了车后周围更安静了，电话里乔岚的声音也更加清晰，陈伯都能听见电话那头的声音。

他刚刚听郑墨一句冷冰冰的“去世了”都没忍住咳了一下，郑墨不懂这里边的弯弯绕绕，他就是实话实说，但这话着实噎人，乔岚愣了好几秒才迅速转移了话题。

“你上次走得急，连最后一门语文考试都没有考完，不过最后年级第一还是你。”

郑墨“哦”了一声，他对现在的谈话不是很感兴趣，他其实想问乔岚为什么现在才给他打电话，但是乔岚现在在说话，郑墨暂时还是乖乖地跟乔岚说话。

“第二名是你吗？”

“是啊。”乔岚很开心，“当时出了成绩我就想告诉你，但是都没有你的联系方式，好可惜。”

郑墨愣了愣，蓦地抬起头，那头的乔岚等了半天又没听见反应：“怎么了？”

“我留了联系方式。”郯墨低低开口，说罢又补充一句，“让班主任转告给你。”

这回轮到乔岚傻了。

自打当初考完试到现在，已经过去了二十多天，乔岚压根没有见过班主任，班主任也没有给过她任何东西。

郯墨当初临走前还特意让班主任转告了，但是班主任因为什么事情给忘了或者耽搁了？

乔岚一时间也不知道该说什么。

许久后，她才开口：“我没有收到。”

坐在前边的陈伯叹了口气，他就觉得这里边肯定有什么古怪，果不其然，乔岚不是不联系，而是根本没法联系。

乔岚后边还说了话，说她在郯先生来吃饭的时候，特意找郯先生问了郯墨的联系方式，然后补上晚了两天的新年快乐。

等终于挂了电话，陈伯从后视镜里看了眼盯着手机发呆的郯墨，也终于觉得悬在心口的石头落了下来。

那天过年的时候，郯墨突然和他说不想回国了，吓了陈伯一大跳。

现在……陈伯安下了心，等这边老人家的葬礼结束，他们也就能回国了。

不过比起郯墨的单纯简单，陈伯想得更多也更深。

之前他给郯墨班主任打电话，班主任确定已经将电话号码发给了乔岚的家长，如果乔岚的父母收到了短信，那为什么没有告诉乔岚？

是故意没有告诉还是忘了？

前者是恶意，后者是不关心。

无论是哪一种，都绝对不是正常父母该有的态度。之前看乔岚出来打工，只是觉得乔岚家里贫困，但是现在看来，好像并没有这么简单。

陈伯皱着眉头想了半天，转头问还在拿着手机盯着这通来电发呆的郯墨：“少爷，乔岚有提过自己父母是做什么工作吗？”

郯墨眼睛盯着手机上长达十分钟的来电时间，没有抬头道：“提过。”

“是做什么？”

郯墨记性好，他记得很清楚：“附中门口有个小餐馆。”

在学校门口开餐馆？

学校门口的小餐馆，那绝对不是困难户，学校学生多客流量大，就算赚得不多但是也不会太少。

那乔岚还打工？

之前陈伯只是觉得乔岚家庭情况特殊，现在倒是隐隐有些确定，乔岚的家长有些问题。

乔家这边，乔岚自始至终也没有给乔源补课，她没时间也不想补。

好在乔岚一个假期几乎都在西餐厅里，餐厅里管吃她也不用回家吃饭，每天早上早早离开家晚上十二点后才回来，倒是和乔家一众人都打不着正面。

听说乔父、乔母咬牙给乔源请个老师在家里补课，一节课一百块，补的还不止一门，一个寒假就花了好几千块钱。

所以有时候乔岚回来，偶尔撞上熬夜看电视剧的乔母，乔母看她的眼神就跟乔岚欠了钱似的。

乔岚关上房间门开始琢磨，要不这学期申请住校算了，每天面对乔家一众人太影响心情。但是住校生晚上十一点就要熄灯，她晚上要打工，打完工十二点又回不去，这又是个问题。

乔岚想不到两全的好办法，于是只能将提前住校的念头打消，心道等熬过高一，一到高二马上就申请住校。

寒假比起暑假短了太多，还没到正月十五，就又要开学了。

乔岚在开学的前一天去了一趟银行，将自己寒假期间赚的所有钱存了进去，然后查询了余额。

两万零一百二十三。

比乔岚当初一开始准备打工时候的预想多了太多。

这份工作一个月就一千六百块钱，会有提成、小费，偶尔有奖金，乔岚当时满打满算给自己一个月算了两千块钱。

她暂时还不用自己养活自己，所以没有什么开支，所有的钱都存起来，到高一结束了应该也能有两万块。高中住宿费加学费，一年不到三千块钱，她每个月饭卡上会有两百块的补助，以后乔家不供着她了，每个月再添三百块的生活费绝对够用，毕竟在学校吃饭很便宜。

这样算下来，如果能赚到两万块，高二、高三就能安安心心地上下来。

但是现在才过去半年，银行卡里的钱已经达到了预期的数额。按理说看到卡里的钱，乔岚应该高兴一点，但是她实在没法开心。

一想到卡里一多半的钱是哪儿来的，乔岚又觉得自己坐不住了。

这里边有好大一半是郏墨来西餐厅吃饭给她的提成还有小费。

她一个月入两千的小服务员，硬生生被郏墨提成了月入五千的中等收入人群。乔岚拿着这张卡都觉得烫手。

乔岚觉得自己必须找个机会和郏墨说一说这件事情，不要让他再来西餐厅了，天天当散财童子算什么事。

乔岚将卡收起来，没敢放在家里，她还是装在书包里边的小口袋里，和西餐厅那边做好交接，恢复了每天只上夜班的生活，晚上早早睡觉后，她第二天早早去了学校。

早上九点开始报到，但是按时来的学生不算太多，可能是没睡够，也有可能是通宵赶作业现在都还没写完。

乔岚进教室后，教室里就零星几个人，班主任也不在，乔岚想去问问班主任关于郏墨电话号码的事情，正琢磨着怎么开口不会显得太没礼貌，倒是开完会的班主任看见她先开了口：

“上学期期末考时候郏墨让我帮你带句话，我太忙了给忘了，回头我给你妈妈发了短信，你妈妈告诉你没？”

乔岚：“……”

没有，乔母什么都没告诉她。

什么都不用再问，她已经知道所有了。

班主任还乐呵呵地自说自话：“哎呀我真的没有想到，郏墨进步能这么大，当初刚刚来学校的时候一句话也不说，谁都不理，现在居然会主动联系人了……”

乔岚听不进去，有一瞬间她想冲动地跑出校门，冲进那个小饭馆问乔母为什么不告诉她班主任发的短信，但她到底刹住了。

道理要和正常人讲，乔母这种人，根本没办法讲道理。

再说哪里还需要问什么为什么，要不是忘了，要不就是因为她没有给乔源补课，乔母故意不告诉她。

等报完到后，下午的时候乔岚去了手机商城。

原先觉得没必要，现在经过了这事，乔岚觉得她还是要买个手机。

卖手机的大叔很热情："要个什么牌子、什么机型？"

现阶段乔岚对手机要求很低，想了想道："能打电话能发短信就行。"

大叔："……"

买这种手机的都是老头老太太，你一个小姑娘家凑什么热闹。

他正要说什么，乔岚又急忙道："还是买个稍微好点的吧。"

之前想查资料都得等每周信息课，实在太不方便，买个手机用来查资料也挺好。之前在网上看了本有关阿斯伯格症的书，买了手机也正好能看。

买完手机办完卡，乔岚这才去了西餐厅。

晚上的时候，乔岚正在忙着上菜，一起的一个姑娘拉住她，指了指门口位置，乔岚回头一看，一个月不见的少年又出现在了西餐厅门口。

后边推着他轮椅的陈伯也乐呵呵地看着她。

身边的女生笑嘻嘻地将她手里的菜盘拿了过去，一脸意味深长的笑容："快去快去。"

乔岚："……"

店里的众人对她和郯墨的关系都有些误会，无论乔岚怎么解释自己和郯墨只是同学，也没一个人信。

乔岚没必要和她们解释什么叫作阿斯伯格症，后边也就任由她们说了。

乔岚走过去向陈伯郯墨问了好，陈伯笑眯眯地看着她："一个月不见，好像变白了啊。"

"冬天嘛，捂一捂大家都白了。"乔岚笑了笑，低头看着郯墨，"今天你最喜欢的那个位子正好没有人，我们过去吧。"

自打一进来就盯着乔岚看的郯墨，终于开了尊口：“好。”

一个月没有见了，要不是那边有点事情不能走，他还可以更早点回来。

再次看见乔岚的感觉，比他来之前想象的还要好。

郯墨又忍不住想一直盯着她看，他这么想也这么做了。

刚刚陈伯说乔岚白了些，郯墨细细地看，也没看出来，不过一想又觉得应该是这样，乔岚一整个寒假都在忙，也没有人和他一样每天送各种东西给她吃，又要营养不良了。

不过她眼睛还是一如既往地好看，就像他特意买的黑曜珠。

黑曜珠是他偶尔看见的，黑得通透的珠子，看到时郯墨就想起了乔岚的眼睛，于是买了回来。

乔岚熟练地帮两人点餐，低头看见乖乖坐着的郯墨，一时间脑子里蹦出了“可爱”两个字，突然想起什么似的，她回头看了一眼，没看见领班，于是小声与郯墨道：“我今天去买手机了，以后你找我就不用再找旁人了。”

郯墨抬头，大抵是想蹙眉但实在不会，板着一张脸：“你缺钱。”

“不是很贵。”乔岚忙道，又回头看了一眼将手机拿出来给郯墨，“你帮我把你的号码输在上面吧。”

郯墨接过崭新的白色手机，手指轻轻擦手机的金属边缘，滑开了屏保，点开通讯录，指尖蓦地捏住了手机。

上面干干净净的，一个号码都没有。

他是第一个。

脑袋里突然像蹦进了一个小火星，烫得他思绪都有些不稳。

他喜欢“一”这个字，第一、唯一、一起、一直，这些词语都喜欢。

他指尖落在屏幕上，认真地输入自己的名字，再输入电话号码，然后将手机还给了乔岚，乔岚拨了郯墨的号：“这是我的号，记得存啊。”

当然会存。

不过刚刚看一眼过去，他已经记在了心里。

乔岚还想再说什么，领班转到了这里，乔岚不能再和郯墨闲聊了，迅速将手机收起来后点完餐道：“等我一下。”

说完迅速走人，郯墨和陈伯都没反应过来怎么了。

过了一会儿领班走后，乔岚又蹿了回来，从衣服口袋里拿出一个小盒子递给郯墨。

“新年礼物，有点晚了，但是还没过十五，还是能算数的，我自己做的，不要嫌丑啊。”说完她不敢再耽搁，又迅速溜了。

陈伯笑道：“这孩子，风风火火的。”转过头来声音里带着几分笑意，“打开看看是什么，啧……平安结啊。”

乔岚不知道送什么给郯墨，买贵的不现实，买便宜的又没意思，路过一家精品店的时候看见了编平安结的彩绳，心中一动，买了许多回去，编了一大堆，终于编出一条满意的。

对于郯墨而言，他最缺少的，就是健康、平安。

郯墨临走的时候，乔岚又在忙了，陈伯看在眼里笑道：“明天上课就又见了，现在先回家。”

郯墨看了陈伯一眼，这才收回了视线上了车。

等回到家里，郯墨从柜子里将自己从外边买回来的黑曜珠找了出来，圆润的黑色珠子在灯光下色泽极好。郯墨从里边挑出一颗，将珠子和平安结都拿给了陈姨。

他想把这颗珠子串到这个平安结上。

“不要把前边的拆开，”拆开就不是乔岚做的了，“然后把珠子穿上去，做成手链。”

陈姨盯着珠子和平安结看了好半天，叹了口气：“我试试吧。”

陈姨戴着老花镜，和郯墨坐在灯光下边忙活了将近两个小时，终于完成了这项高难度的手工改造，将手链戴在了郯墨的手腕上。

苍白的肤色映衬着黑色的珠子与彩绳，很合适，也很漂亮。

郯墨左看右看，终于满意地推着轮椅回自己房间去了。

第六章

追光

乔岚觉得自己可能是真的白了点儿，在陈伯说她变白后，班里有同学和她打招呼的时候也说她变白了一些。

果然是以前被饿得太狠了，现在一点一点地调养，身体慢慢好起来，气色也比之前好了不少。

不过想想自打嫁入“豪门”之后就越发丰腴白皙的乔二姐，还有小白胖子乔源，乔岚觉得自己进步的空间还非常大。

想起原轨迹中对后来乔岚回归的四个字——惊艳归来，乔岚还真有些期待这张脸惊艳的时候是个什么模样。

肤色对一个人的颜值影响真的能这么大？不过那都是以后的事情，现在还是先把书读好。

班里除了郯墨，和乔岚关系最好的还是裴宁。

这学期来后，班主任没有再按照成绩排座位了。因为有同学举报班主任这种行为对成绩不好的同学不公平，所以班主任只能作罢，按照成绩排座位的规则换成了成绩好的同学可以自己挑选同桌，成绩不好的同学如果人缘够好，也能和成绩好的同学坐同桌。

高中的学生，还是有点害羞，班里那么多想和陈曜阳还有宋瑶坐一起的，但是到了最后，陈曜阳和铁哥们儿李凡坐在了一起，宋瑶也和自己的闺蜜坐在了一起。

裴宁也跑去和舍友做了同桌。

这么换了一通，班里的男女生同桌瞬间少了百分之九十，乔岚和郯墨就处于剩下的百分之十。

当初班主任说了换座位的新规则后，郯墨紧张了好一阵。

他不笨，早就发现乔岚在班里人缘不好，除了平时见面打招呼的同学，真正能聊天说话的其实只有一个裴宁而已。

所以乔岚不会想和其他人坐，但是指不定会和裴宁坐一起。

他小心地看了乔岚一眼，乔岚四平八稳地坐在座位上，就像换座位和她根本没关系一样。

后来裴宁和另一个男生做了同桌。

但是就算裴宁坐远了，一有空还是会来找乔岚，虽然平时都是来问题的。

正是下课时间，乔岚拿着手机正在查不认识的单词，裴宁不知道从哪儿蹿了出来，还没开始问题，先看见了乔岚的手机，“哎呦”了一声：“买手机了？那存一下我的号。”

乔岚比了一个OK的手势，裴宁报了一串数字，乔岚录在了手机上。

郯墨盯着乔岚手机上“裴宁”的名字，眼神暗了暗，没有说话。

几天后，偶然的一次机会，乔岚顺手将手机交给郯墨保管，郯墨盯着手里的白色手机看了好半天，然后滑开屏保，找到了通讯录。

乔岚的手机里已经不是只有他的号码了，除了裴宁，还有乔岚打工时候认识的好多人。

备注是按照名字首字母排的，郯墨姓氏的开头是T，虽然没有排到最后但是也已经很靠后了，至少裴宁的名字在他的前边。

郯墨抿了抿唇，点开自己的名字，在“郯”前边加了一个“1”。

“郯墨”变成了“1郯墨”。

然后再次打开联系人，郯墨看见自己的名字排到了最上面，而下面紧跟着的是乔岚自己的电话号码。

她老是记不住自己的号码，所以特别加了一个“本机。”

上边是“郯墨”，下边是“本机”，看了好一会儿后，郯墨突然又有些耳朵尖发烫，急忙锁了手机，装作什么都没有发生，等乔岚回来后将手机还给了乔岚。

乔岚没发现郯墨的小秘密，她忙着做物理卷子。

乔岚自打物理开了窍以后，对物理的兴趣与日俱增，最爽的是遇见不会的题，只要给郯墨一看，就一定迎刃而解，将卷子推到郯墨那边，郯墨很是自然地将卷子拿过来，接过乔岚手中的笔。

乔岚看见他手腕上的手链。

到底是她费了好大的功夫才编出来的，不至于串个珠子就认不出来了。

也不知道谁的手这么巧，乔岚当时给平安结收尾的时候怎么都不对劲，但是现在被做成了手串，收尾的部分不知道怎么编的，看起来很整齐，最后垂落的小穗子上被串了细小的银色小坠子，瞬间将乔岚的平安结上升了不止一个档次。

乔岚盯着手链上面的黑色珠子："这珠子是玛瑙吗？"

"不是，是黑曜石。"郯墨放下笔，拿出手机开了手电筒，正对着那枚黑色串珠，"灯光打过去的时候，玛瑙依旧是纯黑色，黑曜石不是。"

乔岚低头看了半天，强光下的黑色珠子里居然有点彩色。

"很漂亮。"乔岚道。

郯墨想了想："家里还有多半盒，我明天拿给你。"

"不用不用！"

乔岚赶忙闭嘴，她只是随口这么一说而已，这样下去，乔岚都不太敢在郯墨面前说什么好了，生怕郯墨第二天直接带过来。

郯墨每天的固定投喂让她已经倍感压力了，这两天乔岚都在琢磨怎么和郯墨开口，让他不要再来西餐厅当冤大头，但是一直没找到合适的机会。

乔岚预感这事一旦说出来，郯墨一定会不高兴，但是她非说不可，这是原则问题。

下午放学出来，去西餐厅的时候，乔岚路过一条街，三三两两都是烧烤店，附中的学生都戏称这里是"烧烤一条街"。

乔岚走过烧烤街，走着走着发现了一个熟悉的身影。

眯了眯眼睛，再看过去，还真没看错，一堆穿着附中校服的初中生挤在外边一个露天桌子边上，男男女女都有，一群小朋友吆喝着居然在喝酒。

乔源又圆又滚的身体挤在一堆身型单薄的初中生里边，格外明显。

乔父、乔母给乔源花钱向来舍得，乔岚也没有多想，只看了一眼就转身上了公交车。

晚上的时候，郯墨如约而至，不过陈伯送他来后又离开了，说是有点事情。

郯墨依旧点了和昨天一模一样的菜品，乔岚纠结了半天问他："天天吃这几样，不会觉得腻吗？"

再好吃的东西，天天吃也该腻了。

郯墨连续三个月在这个店吃完饭，所有的菜来来回回已经吃了不知道多少遍，他真的不腻吗？

陈伯最近越点越少甚至开始点红酒，乔岚敢打包票，陈伯绝对吃腻了。

但是郯墨正儿八经地切着牛排，还挺认真地回答乔岚："不腻。"

他没撒谎，郯墨也不会撒谎。

他是真的不腻，他就喜欢一成不变的生活节奏，包括住的地方、周围的人、房间里摆放的东西，还有填饱肚子的食物。

能吃饱就可以。

乔岚试探失败，她沉默地盯着郯墨看了好半天，突然道："郯墨，你知道你在这家餐厅已经花了多少钱了吗？"

郯墨切牛排的手顿住了，他不知道乔岚为什么会突然这么问。因为乔岚在说话，所以郯墨礼貌地抬头看她老实回答："不知道。"

每天都是陈伯付钱，郯墨既不关心也不在乎。

今天餐厅人少，陈伯也不在，乔岚索性坐在了陈伯之前一直坐的地方，她对着郯墨比了一个七。

"郯墨，三个月时间，你在餐厅一共消费了七万。"

乔岚一直都过得穷巴巴的，她之前没有细算，后边细算后发现郯墨居然已经在这家餐厅花费了这么多，她坐不住了。

郏墨还是没理解乔岚的意思，三个月消费了七万，怎么了?

乔岚眉头拧了起来:“你不觉得太多了吗?”

郏墨想都不想，摇头:“不多。”

乔岚:“……”

她不想和郏墨探讨七万块对于有钱人和一般人是什么概念，她深吸一口气:“但是对我来说，太多了，没有必要这么去浪费。”

“没有浪费。”郏墨放下刀叉，浅褐色的眼睛专注地看着乔岚，“我来这里吃饭，你可以有提成，有小费，所以不是浪费。”

这不是浪费是什么。

这是郏墨第一次明说自己来就是为了乔岚，说不感动是假的，但心里过意不去也不是假的:“每天花钱吃不喜欢的东西，这就是浪费。”乔岚试图和郏墨解释清楚。

郏墨沉默半晌，低下了头，小声道:“没有不喜欢。”

“没有不喜欢但是也说不上喜欢，是不是?在来这家餐厅之前，郏墨，你每天吃什么都有专业营养师帮你搭配，你需要补充均衡、充足的营养，你的身体也不允许你长期吃这么油腻不健康的东西。”

郏墨没有反驳，他终于从乔岚的话里听出几分不同寻常:“你到底想说什么?”他看着乔岚。

“我想说，郏墨，今天过后，和以前一样在家里吃饭吧，不要再来这里了。”

郏墨一语不发地看着她，好半天后声音闷闷的:“那我不来了。”没等乔岚松口气又接着道，“我让陈伯每天带回去。”

乔岚一口气又提了起来。

“不是，”乔岚终于发现了，完全不能和郏墨绕弯子，想说什么必须直接明确地告诉他，“不要来这里吃饭，也不要让陈伯带……”

郏墨难以控制地开始暴躁，他想不明白。

“你不要钱，也不要我来这里，那你到底要我怎么做?”

“你什么都不用做，郏墨，”乔岚又重复了一遍，“你什么都不用做，不用帮我不用给我钱，我自己可以……”

“可以什么，如果可以你又为什么来这里打工。”

郏墨执拗而又搞不懂乔岚为什么要一直纠结这个问题，她缺钱他有钱，不过七万块钱，为什么一定要这么难？

乔岚也因为怎么都讲不通而语气更加严肃："我缺钱和你有钱没有关系，你为什么就是搞不明白，我们是朋友，是同学，没有哪个朋友哪个同学会这么做，郏墨，我们之间，没有你必须养着我供着我的关系……"

郏墨压抑的暴躁，在听到最后一句话时瞬间爆炸，将手里的刀叉摔在了盘子上，"咣当"一声惊得周围的人纷纷往这边看。

他冷冷地看着乔岚："不吃了，结账。"

郏墨不懂人情世故，但是实属聪明。

这一刻暴躁生气是真的，但是自有用意也是真的。

乔岚说他们之间没有什么关系能让他这样帮她或者供着她，"他们之间没有关系"这几个字就像突然卡机的电视视频一样，一遍又一遍地在脑子里播放。

甚至还特意加大了音量。

他狠狠地将刀叉扔在盘子上，愤怒、伤心、烦躁，还有他自己不会形容的情绪，比如失望，比如委屈。

他眼中尽是阴霾，只想愤怒走人。

乔岚急忙同被打扰的客人道歉，然后跑回来："陈伯还没有到，你要去哪儿？郏墨，我没有想惹你生气。"

他不想听，现在去哪儿都行，总之这会儿不想待在这里。

乔岚迅速地整理好郏墨的餐具，堵住郏墨的轮椅，就是不让他走，郏墨冷冷地坐在轮椅上，定定地看着乔岚。

两人之间的气氛有些紧张，不过这是乔岚单方面感受到的，郏墨感知不到这种氛围，他一语不发地盯着乔岚看了好半天，突然想起了上次自己第一次带早餐给乔岚时，他们之间也有过一小会儿这样的对峙。

当时乔岚怎么都不吃，他也是这样看着乔岚，说如果不吃那就全部丢掉，最后乔岚妥协了。

郏墨怔了怔，突然间被转移了注意力，愤怒也被转移到不知道哪儿去了，若有所思地低下了头。乔岚不知道这一刻郯墨脑子里的小九九，看着洒了的汤无奈道：“我重新帮你上一份，这份不算你点的，餐厅可以免费赔偿。”

郯墨回神了。

“不用，”他抬起头凝视着乔岚，“我不想吃。”

乔岚低头瞅了眼几乎没碰的牛排，郯墨今天一共就吃了这么一点点，一会儿回去准要饿。

“那我打包好，一会儿让陈伯带回去。”

郯墨眸光微闪：“我会让陈伯丢掉的。”

乔岚：“……”

郯墨看着乔岚语塞的样子，心情终于稍微好了一点，以为乔岚和上一次一样终于要妥协了，结果乔岚也不笑了，居高临下面无表情地别过眼。

“想丢那就丢了吧。”

她真觉得这一刻的郯墨就是个熊孩子，惯的毛病。乔岚转身走人，留下眼中尽是茫然和错愕的郯墨，待茫然退去后，只剩风雨欲来。

没一会儿后，陈伯急急忙忙赶了过来，一过来就发现今天的气氛不太对，他小心翼翼地往郯墨脸上看了一眼，虽然和平时一样依旧面无表情，但风雨欲来的暴怒已经扑面而来。

怎么了这是？

陈伯莫名其妙地带着郯墨上了车，车开出好半天后才问郯墨：“怎么了？吵架了？”

半晌后，后边才传来郯墨闷闷的声音：“她说不要让我再来这里。”

郯墨的声音只是比平时低了一些闷了一些，依旧是毫无起伏的冰冷语调，但陈伯硬是从里边听出了委屈。

不让郯墨再来餐厅啊，陈伯大抵已经猜出了原因，但还是问道：“那乔岚有说为什么不让你来吗？”

陈伯不会放弃任何一个可以和郯墨正常交流的机会，每一次有情绪波动的交流对郯墨都是有帮助的。

郯墨默了片刻，抬起头来，面无表情地看着远处的路灯开始陈述。

“乔岚说三个月内我一共消费了七万块，消费数额太高，我说不高，她说很高而且这是浪费，西餐厅食物对我身体没有好处，她还说我们是朋友是同学，朋友和同学之间不会这么做，所以我不需要给她钱也不需要帮她。”

陈伯虽然一直很心疼郯墨患有阿斯伯格症，但有时候也觉得这个病症有方便的地方，比如说不会撒谎，比如说回答问题的时候不会欺瞒，而且能没有一句废话地将整件事情表述完整，虽然语序或者情感会有些不大对。

陈伯听了描述，看来乔岚不让郯墨来的原因和他想的差不多。

作为一个思维正常的人，陈伯不但很能体会到乔岚的感受，更是非常欣赏乔岚的做法。但是，如果是郯墨，他感受不到乔岚的为难，也不会觉得乔岚很为难，他的思维就像电脑程序一样，有自己的一套既成的逻辑，只要自己心中的逻辑合理，别人说什么都是没用的。

还在很小的时候，大概是三四岁或者更小，有一次郯墨在房间里堆雪人玩。对正常孩子来说，他们也许不懂雪受热会融化的原理，但是明白雪是不可以搬到房间里的。

那时郯墨的母亲还活着，她握着郯墨冻得通红的小手问他为什么要在房间里堆雪人，郯墨小脸蛋上没有一点表情，说因为外边有风，他不舒服。

因为外边有风不舒服，但是又想玩雪，所以将雪搬到房间里在房间里堆雪人，这是小郯墨自己的逻辑思维，在旁人看来简直不可理喻。

后来郯墨的母亲陪着他等雪融化了，告诉他雪融化后会变成水，会弄脏地板会弄湿沙发，郯墨这才被说服。

郯墨很难改变自己的想法，除非你可以用更正确的逻辑说服他。

当初郯墨的母亲可以用雪的融化来说服郯墨，那是自然现象，直观而又明了，但是现在乔岚不许他来餐厅是因为乔岚心里不能接受，心里不能接受，这要怎么说服郯墨？

在郯墨看来，被人帮助是一件很愉悦的事情，他不能理解为什么自己帮助乔岚，乔岚会为难会不高兴，而乔岚因为他的帮助而不高兴，郯墨也许会觉得是因为她不喜欢他，所以才不想要。

乔岚不接受他的钱，和不接受他的人没什么区别。

陈伯头疼。

以前他想让郯墨有个可以交流的对他好的朋友，现在有了，结果新的问题又来了。郯墨对朋友的所作所为和一般人不一样，就连对友谊的定义也和一般人截然不同。

第二天陈伯战战兢兢地将郯墨送进了学校，实在不放心地给乔岚发了个短信，让乔岚千万别故意冷着郯墨，这会让郯墨心灵很受刺激。

其实，就算陈伯不说，乔岚也不会这么做。

昨天晚上她看有关阿斯伯格症的书看到了凌晨两点，现在整个人都困得有些睁不开眼睛。

她和郯墨说话，郯墨却一直紧闭着嘴巴不同她讲话。乔岚试图和郯墨讲道理："郯墨，拒绝你和拒绝你帮助不是一回事，你已经帮了我一学期，我现在已经不需要了。"

郯墨终于开了口："你需要，你还在打工。"

乔岚："……"

乔岚终于明白了书里的一句话：对于患有阿斯伯格症的人来说，凡是符合他们逻辑的、他们认定自己是正确的，别人说什么都没用。

说多了可能还会有反向作用。

郯墨抿了抿嘴唇，想说什么又终究没有说。

那天离开西餐厅的时候，有那么一刻，郯墨难过到再也不想见乔岚了。

可是第二天他还是来学校，不但来了，还继续坐在了乔岚旁边的位置上，他一边还在气乔岚说的话、做的事，不想再理乔岚，但另一边又在心里隐隐担心，如果他真的不去，乔岚是不是再也不会理他了？

就算乔岚不接受他，欺骗他的感情，让他这么难过，但他还是不想和乔岚一刀两断。

裴宁没有一点眼力见地跑来找乔岚问英语题，等问完后一抬眼就对上郯墨阴鸷的视线，被吓得一个激灵，然后迅速挪开视线，凑在乔岚耳边小声问她："郯墨怎么了？我没惹他啊？"

乔岚："……我的问题。"

“你还能惹郯墨生气呢？”裴宁表示很惊讶，他真觉得乔岚在面对郯墨的时候简直好到没脾气。

裴宁声音很小，郯墨听不见他们说什么，只能看见他们挨得很近，手中骤然使劲，发出轻轻的细碎的响声。

郯墨低头一看，钢化膜碎了，细小的碎渣将指尖划开一道小口子，血一下子沁了出来，滴到了白色的校服上。

乔岚转头就看见郯墨校服上的血迹，吓得急声问他怎么了，迅速从书包里拿出一张创可贴。

“伸手。”乔岚看着不配合的郯墨，无奈道。

郯墨定定地看着她，一动不动。

乔岚实在没办法，伸手抓过郯墨的手腕，将指尖上的血迹用纸巾擦干净，又用创可贴细细包好道：“马上要月考了，也不知道会不会受影响。”

郯墨沉默地将手指抽了出去，冷冷道：“不会。”然后在下午回家的路上，盯着包了创可贴的手指将近半个小时。

过两天是这学期的第一次月考，等成绩出来，郯墨虽然还是位居年级第一，但是不知道为什么，这次的英语居然不到 140 分。

很多人惊讶，却不敢去问。

郯墨将英语试卷塞进书包里，一语不发。

上课的时候，英语老师老刘在班里的投影仪上放了好几篇英语作文，说是这次的高分作文。

这次英语作文主题是友谊。

让老刘赞不绝口的三篇英语作文，它们写友谊是分享，友谊是就算许多年不见也不会消散的感情，是会让大家变得更美好的情感，那三篇中有一篇就是乔岚写的。

郯墨也写了友谊。

他在作文中写：友谊是拥有，是占有，是不容有第三人的绝对领域。

15 分的作文，最后只得了 2 分。

下午放学后，乔岚继续去西餐厅打工，郯墨没法再去西餐厅了，坐在车子里注视着乔岚的背影。陈伯实在不想看郯墨轴成这样，打开车上的广播，企图吸引郯墨的注意力，结果还真将郯墨的注意力给吸引走了。

就连陈伯听到这条新闻也吓了一跳。

陈伯听的是本市新闻，杂七杂八什么都有，哪里交通堵了，哪里发生车祸了，结果听着听着，就听见广播里说昨晚凌晨时分发生了一起抢劫案，两名男子抢劫了一位女士并打伤了该女子。

这种新闻放在平时，最多也就是引得大家吐槽两句，但是发生抢劫的地方就在西餐厅那条街道上，这就足够让郯墨整个人都紧张起来了。

乔岚打工的西餐厅虽然在市区的繁华处，但并不在明晃晃的大马路上，大白天倒是安全，晚上其实真的挺危险。

尤其是很晚的时候，街道上没什么人。

因为以前并没有听到这类的事情，所以郯墨也没有想到这里，但是现在正好就听见了，郯墨脑子里一时间只有广播里主持人标准的播音腔。

即使再生气再难过，他第一时间还是想到了乔岚的安全。郯墨难得有紧张的时候，当即让陈伯掉转车头去西餐厅。

陈伯叹了口气："是要等乔岚下班送她回家吗？那太晚了，这样吧，我们先回家，然后我每天晚上来接她回家，这样好不好？"

郯墨紧张过后冷静了，这才想起了他和乔岚现在的处境。

郯墨莫名地不想让乔岚知道自己还这么关心她。

"不好。"郯墨闷声道，半晌后道，"陈伯，你找人每天晚上送她回去。"说完又补充一句，"偷偷跟着，不要被她发现。"

陈伯："……"明明还是关心，为什么就非得这么轴。

"行。"陈伯答应了，罢了又问，"跟到什么时候？"

"不知道。"一直打工就一直跟着吧。

陈伯："……"算了，你开心就好。

乔岚丝毫不知道发生了什么，但是打工的时候，领队特意找她们，说最近附近出了点事情，告诉她们千万要小心，尤其是上夜班的女孩子，还特意给每个员工发了一瓶防狼喷雾还有水果刀。

乔岚：“……”

这几天都相安无事，听说警察已经将两个抢劫犯追拿归案了，但总归还是要小心。

乔岚收拾好东西看了眼时间，和平时一样往家里走。

现在十一点四十七分，等回到家应该十二点二十分左右……今天作业不是很多，主要是在课间差不多都写完了……但是还是得预习一下明天的课程……

乔岚一路上乱七八糟地做着今晚的打算，等走到乔家楼底下，正好十二点二十分。

抬头看了一眼，微微诧异，家里居然亮着灯。

这个时候，乔家一众人按理说都睡了，除非是乔母又熬夜看电视剧，但是她看电视剧一般不会把客厅的灯开这么亮。

灯火通明的，乔岚上楼的脚步慢了下来，总觉得要发生什么事情。

上了楼，开了房间门，乔岚抬眼一看，客厅沙发上除了乔源，乔父、乔母、乔老太都在，乔老太一脸看好戏的表情，乔父、乔母脸色极其难看。

“站门口干什么呢，还不进来？”看见乔岚进来，乔母登时就站了起来。

乔老太“啧啧”两声：“指不定心里有鬼，不敢进来。”

乔父坐在沙发上一声暴喝：“还不滚进来！”

乔岚眯了眯眼睛，要进门的脚顿住了。

她上来的时候就猜到可能发生了什么，但绝对没有往自己身上想，毕竟她什么都没做。

但是现在看眼前这三个人的架势，好像她做了什么不可饶恕的大事。

乔母看她站在那儿不动顿时更气了：“耳朵听不见是吧，让你进来，门关上，你自己不嫌丢人我还怕别人听见了丢人！”

乔岚拧着眉头：“我怎么丢人了？”

“哎哟这还不认！”乔老太挑眉，“我就说天天往出跑肯定得学坏了，大晚上天天不回来指不定在哪儿干什么呢，偷家里的钱不说还不认账。”

乔岚总算听出来什么事情了，这是怀疑她偷乔家的钱？

“我没偷。”乔岚道。

“你二姐前段时间来家里，给了我两万块钱，我就放茶几下边的抽屉里了，我今天一数少了一千多。”乔母拿着一叠钱在桌子上一个劲儿地拍，“你说钱哪儿去了？”

“不知道，不是我。”乔岚面无表情道，“你去问别人吧。”

“不是你是谁，你奶奶根本舍不得花钱，我和你爸不可能拿，源儿我前几天刚给了钱，他身上有钱够用，你大姐、二姐最近没来过，不是你难道是鬼偷的？”

“那可能真是鬼偷的吧。”乔岚垂着眼睫冷笑一声，乔母被乔岚这个态度刺激得坐不住了，“不认是吧，以为念书念得好了，自己有本事了，我们管不了了是吧？”她站起来左右转了好几圈，从厕所拿了笤帚出来，“我再问一次，是不是你偷的？”

“不是她还能是谁，手机都买上了，不是她拿的，她哪来的钱买手机，还说什么打工挣的。”乔老太白了乔母一眼，一双眼睛盯着乔岚，突然站了起来，“看，我就说是她偷的，你看脖子上挂的是啥东西……”说着就要跑过来抓乔岚脖子上的苹果玉坠。

乔岚一巴掌拍开乔老太的手护住脖子，乔老太声音更尖了：“这没皮没脸的直接打死算了……”

一直没有说话的乔父在乔老太被乔岚推到一边的时候终于蹦了起来，一手抽过乔母手上的笤帚暴喝起来：“给我滚过来……”

乔岚一把推开门就往楼底下跑，乔父拿着笤帚跑出来追。

乔岚年纪小，身体矫健得多，乔父胖成一团又穿着拖鞋，大概也是没想到一直内向胆小的乔岚居然敢跑，他边追边在楼梯里骂，等跑到楼底下乔岚早就不见人影了。

左找右找没找见人，气得又骂了好半天才上去，他就不信乔岚不回来，等她回来他一定往死里打。

乔岚撒腿跑出了小区，直到跑到马路上这才松了口气，蹲在马路边的路灯下给自己匀气儿。

今天要是被乔父抓住，她真有可能被打死。

现在暂时安全了，但是看着眼前空荡荡的大马路，乔岚又有些发愁了。

现在去哪儿？之后去哪儿呢？

西餐厅已经关门了，回不去，她一个女孩子又不可能在大街上晃一晚上，也不能去网吧混一夜。

去开个房间？一想想就肉疼。

但是她实在想不到别的办法，只能点开手机搜索最近的酒店，找个稍微便宜点的，先把今天对付过去再说，等明天再想之后的事情。

乔岚蹲在马路上滑着手机，左看右看，终于看了家自己可以接受的，又点开地图瞅了瞅，辨认了一下路线后正准备站起来，一辆黑色轿车从远处滑了过来，停在乔岚面前。

车门缓缓打开，穿着十分单薄的面色苍白的少年坐在车子里居高临下地看着蹲在马路上抱成一团的乔岚。

两人四目相对了将近半分钟，少年终于别过了脸道：

“还不上来。”

因为担心乔岚会出事，所以郏墨让陈伯找人晚上跟着乔岚。

两个小伙子跟了好几天，一直相安无事，今天跟着乔岚看着她回了家，两人晃晃悠悠地商量今天晚上去哪儿，结果没五分钟，刚刚安全送回家的小姑娘突然从楼道里冲了出来。

两个人都吓了一跳。

那小姑娘玩命地跑，后边从楼道里蹿出一个胖子，拿了根棍子边跑边骂，听不清骂什么，就只听见那胖子说要打断这姑娘的腿。

两人一想最近拿陈伯这么多钱就是为了保护这小姑娘，马上就开始追，最后看见那小姑娘跑到了马路上，然后蹲在地上——玩手机？

最近陈伯找到他们两个，给了他俩挺多钱的，让他们天天晚上送一个姑娘回家，两人搞不懂陈伯到底要做什么，但还是尽职尽责。不过现在这个状况，他们也不确定要怎么办了，眼看着那姑娘在路灯下边蹲着，他们只好给陈伯打了电话。

不到十分钟，一辆轿车就风驰电掣地赶了过来。

然后他们远远看见车门开了，那小姑娘不知和车里的谁遥遥相望了半分钟，最后上了车，车子绝尘而去，陈伯给他俩打电话说没事了。

车上的暖气慢慢散开，被接上车的乔岚终于觉得不太冷了。

她从刚刚看见郯墨的震惊，到现在逐渐平静，但脑子里还是有一大堆疑问。

“郯墨，”乔岚转头看就穿了一件衬衫的郯墨，“你和陈伯为什么会在这儿啊？”

她想问的其实更多，为什么你们在这儿？为什么你们恰好这个时间在这儿？

郯墨抿了抿唇，最终选择了不回答。

在前边开车的陈伯适时岔开了这个话题：“乔岚啊，你大晚上的怎么在外边呢，外边多危险，家里出什么事了吗？”

郯墨不说，陈伯转移话题，乔岚也看出两人都在回避自己的话，虽然心里好奇，但也没追着问。

“是出了点事情。”乔岚道，说罢看陈伯和郯墨都没有开口，乔岚默了默只能继续道，“我二姐前段时间给了我妈两万块钱，不知道为什么少了一千多。”

“他们怀疑是你拿的？”

“嗯。”乔岚声音淡淡的，“我说我没拿，他们不信，然后乔……我爸要打我，我就跑出来了。”

郯墨隐在黑暗里，听到最后乔岚说她爸要打她，侧脸看了乔岚一眼。坐在前边的陈伯皱了皱眉，乔岚连郯墨的钱都不要，怎么可能拿家里的钱。

他之前就猜测乔岚家里不太对劲，现在听乔岚说乔岚家里人不分青红皂白就要打人，更是猜出了许多。

“你家里，除了你二姐，还有别的孩子吗？”

“有两个姐姐，还有一个弟弟。”

那就是了。

这种家庭陈伯见得太多，尤其是农村里。生了一个又一个，就是为了生个儿子，重男轻女，家里只有儿子是个宝，女儿全是以后留着换彩礼的。

怪不得乔岚家庭条件也不是太差，她却要出来打工，今天又遇到了这种事情。

陈伯收回了思绪，又问乔岚："你刚刚有什么打算吗？"

"刚刚没想太多，就想先找个酒店凑合一晚上，之后的事情明天再说。"

"你一个小姑娘住酒店多不安全，尤其这么晚了，而且住一晚上也不便宜，这样吧，先跟我们回家里，虽然不宽敞，但是至少安全。"

乔岚转头看了郏墨一眼，她之前看书说患有阿斯伯格症的人不喜欢有旁人进入自己熟悉的领域，不喜欢自己的生活被打扰，而且最近郏墨一直都不理她，乔岚怕郏墨不高兴。

郏墨直直地盯着前边的靠背看，半晌后硬邦邦地开口："明天可以让陈伯送你去学校。"

"不用不用。"乔岚忙摆摆手，"我自己去就好，那……那就打扰了。"

陈伯乐呵呵地表示，一点都不打扰，他透过后视镜看了郏墨一眼，笑容越发慈祥。

刚刚接到电话听说这边出了事，郏墨换了件衬衫，连厚衣服都没穿就跟出来了，结果现在又开始梗着了，就是臭脾气。

郏墨住在一个高档小区，不是郏父住的别墅区，就是普通的花园洋房。

郏墨不喜欢太空旷的房子，也不喜欢有外人来，所以家里上上下下都是陈伯和陈姨老两口打扫收拾的。

乔岚跟着陈伯和郏墨下了车，陈伯在前边打着灯，乔岚顺手扶住郏墨的轮椅，郏墨身体一僵想说不用，话到嘴边又收了回去。

郏墨家在一楼，都是为了方便。陈姨也没睡，听到动静也出来看。

乔岚有些不好意思，大晚上的麻烦老人家还不能休息。

陈姨一点没觉得被打扰，从一听到陈伯说要接乔岚回来，陈姨就兴奋得睡不着觉，天天听老伴儿说这姑娘，知道这姑娘对郯墨好，陈姨就一直想看看，没想到现在见到了。

乔岚被过分热情的陈姨接了进去，又被来来回回看了好半天，郯墨坐在轮椅上静静看陈姨和乔岚说话，陈伯实在无奈地打断了陈姨的兴奋劲儿。

“一点了，这孩子明天早上六点就得起床。”

陈姨这才反应过来，乔岚和郯墨的到校时间不一样，于是风风火火地又拉着乔岚进了一间卧室。

“岚岚啊，这是我的房间，你今晚就在这儿睡。”

“哦。”乔岚突然被叫岚岚，愣了一下，然后接过陈姨给她的睡衣，“那您在哪儿睡啊？”

“我跟老伴儿一起。”陈姨也笑眯眯的，平时她和陈伯分开住，因为陈伯晚上打呼噜，不过也不是不能一起住。等安排好乔岚，她又看见还在客厅发呆的郯墨：“墨墨也快睡觉。”

正好跟出来的乔岚听见陈姨这声“墨墨”，顿时不觉得自己的“岚岚”有什么了。

老人家这声“墨墨”听在乔岚耳朵里，突然觉得有些可爱。

再看看眼前面无表情还在梗着的郯墨，乔岚突然有了逗他玩的念头，唇边扬起了笑容走了过去，突然低下头来在郯墨耳边，轻声喊了一声：

“墨墨！”

还没来得及反应这不同寻常的称呼，郯墨蓦地感受到了温热的气息，这是他从来不曾有过的感觉。

格外敏感的耳朵尖上突然感受到温热，比常人清晰得多，甚至让郯墨有种乔岚是不是真的碰到了他的错觉。

他豁然间转头，身后的女孩满脸笑意道：“墨墨，快睡！”

郯墨：“……”

郯墨僵硬地坐在轮椅上，没有人看见这一刻郯墨紧张得连手指都不知道放在哪里了。家里重归安静，郯墨这才迟疑地伸手，摸了摸耳朵尖。

好烫。

第二天乔岚起得很早，她小心翼翼地收拾好被子，洗漱完后出了郯墨的家门，辨认了方向后急忙往学校那边赶去。

等回到学校，乔岚才开始仔细琢磨现在的情况。

乔家是不能待了。

就算以后乔家人知道那钱不是她拿的，乔岚也一点都不想回去了。既然不住乔家，她也不可能在外边租房子住，那就只有一个办法了——住宿。

住宿挺好的，乔岚以前一直住宿，和宿舍朋友关系都很好，但是住宿就有个问题，那就是打工没办法再继续了，因为宿舍楼晚上十一点准时关门。

听说附中的宿舍管理还挺严格的。

手里的钱只要她不乱花就够用，等之后放暑假和寒假，她可以再出去打工，所以不用太担心。

既然想好了，乔岚等一下早自习就去找班主任，没说是因为家里出问题，而是说为了更方便学习。

班主任听完很高兴，又对乔岚这种好学生很信任，说他现在就着手去办，不过肯定不能和同班同学一起住了，而且一两天内肯定办不好。

前者乔岚求之不得，后者的话……乔岚只能拜托班主任稍微快一点了。

等她回到教室，郯墨已经来了，昨晚睡得太晚，少年看起来有些困倦。他从书包里拿出还热腾腾的早餐递给乔岚。

"……谢谢。"乔岚接过早餐。

就算是这段时间在"冷战"，郯墨还是每天坚持带早点和营养液给她，乔岚转过头想和郯墨说什么，等对上视线后，郯墨突然别过了脸。

乔岚傻了，还在冷战吗？

她叹了口气。还好，她终于想到解决办法了。

下午快放学的时候，郯墨突然又开始紧张了起来，他盯着手腕上的黑曜珠看了好半天才和乔岚道："今天你回家吗？"

“不回。”乔岚道，想了想又补充道，“今天可以再收留我一天吗？”

郯墨抿了抿唇：“我让陈伯去接你。”

乔岚盯着眼前的少年笑了笑：“好，不过今天可能要早一点，七点左右。”

七点？为什么是七点？郯墨愣了愣但还是点点头。

到家后郯墨每隔一会儿就看看时间，六点半、六点五十分、七点、七点零二分……外边传来了开门声，陈伯接乔岚回来了。

郯墨终于将视线从钟表上挪了回来，不知道自己是不是该出去，这时房间门被敲响了。

“郯墨，我可以进来吗？”乔岚在门外问他。

郯墨从桌子跟前退开，转动着轮椅过去打开了门。

等乔岚进来后门关上了，这个空间就剩乔岚和郯墨两人。郯墨的身体不受控制地僵硬了起来，却见乔岚蹲了下来，蹲在他的眼前，然后从口袋里摸出来一张银行卡。

“郯墨，”抬头看他的女孩唇边带着笑意，将卡递给他，“这张卡，你帮我保管吧。”

郯墨有轻微的缄默症，尤其是在自己预料不到的事情面前，一般不会开口，即使他很紧张很茫然，也很想问为什么。

乔岚笑了笑：“我今天刚刚辞了西餐厅的工作。”

郯墨面无表情地怔了怔这才开口：“……为什么？”

“之前我和你说我不需要你帮我，并没有骗你，你帮了我很多，多到现在不用去打工也可以好好上学好好生活。不过最终决定辞职，还是因为其他的事，你应该也猜得到，是我家庭的原因，我不准备回家了，今天早上也和班主任递交了住校申请，大概再有一两天就能办好。”

乔岚语速比往常慢一些，说得也很具体很详细。

“这张卡是我上半年存的钱，一共是两万块多一点，如果不出意外，这会是我之后高中两年半的备用金。”说到这儿，她笑了笑，“不要觉得少，每个月五百块的生活费，对于普通高中生完全够用，但是也许会有遇到紧急情况而不太够用的时候，如果真的不够用，我就来找你。”

乔岚终于想通了，郯墨一根筋，她怎么也跟着死脑筋。

两万块钱，对她来说完全够用，所以乔岚不觉得自己哪天会真的找郯墨借钱，但是稍微改变一下说辞，就能让郯墨更愿意听，更能接受。就像现在这样，说成自己真的有求于郯墨的样子，之前的死局也就解开了。

她抬头认真地看着少年："郯墨，你会借给我吧？"

郯墨扣在轮椅上的手指一点一点不自觉地抓紧，想也没想地回答："当然。"

"我就知道你最好了。"乔岚笑眼弯弯，郯墨不吵不闹、单纯又真挚的模样，让她总觉得眼前的少年就像一个懵懂却又全身心依赖她的小孩子，于是她变得更加耐心，声音也不由自主地更柔和了。

"那现在我把这张卡交给你，你可以定期查看上面的余额是不是真的足够，知道我是不是真的缺钱，密码是××××××，你记数字那么厉害，肯定一下子就能记住吧？"

就这么一会儿，乔岚说了这么多话，信息量大到郯墨觉得自己一时半会儿没法全部理解。

在听到乔岚说自己已经辞职后，郯墨觉得，那时候的自己好像已经不怎么生气了，乔岚说不是不需要他的帮助而是不需要任何人的帮助，这个逻辑让郯墨将自己一直梗在心里怎么都过不去的坎过去了。

可谁能想到乔岚还会说之后那些话呢？

她给了他一张卡，她说这是她将来两年所有的积蓄。

乔岚把自己所有的积蓄给了他保管。

郯墨低头看着乔岚放进他手里的小小的卡片，脑子里一时间有太多想法和无法辨别的情绪，乱哄哄地吵成一团，让他根本不知道该说什么。

他就连呼吸都小心了起来，仿佛手中拿着的不是一张轻轻的银行卡，而是什么易碎的珍宝。在那些纷杂的情绪中，最终抽丝剥茧涌上心头的，是说不出的安心。

之前他觉得乔岚不在乎他，现在再想，有可能真的是自己的逻辑出了什么问题。

他们之间好像突然多出了什么实质性的羁绊，一瞬间，他就似乎什么都不怕了。

他真切地感受到，自己是被需要的，被乔岚所需要。

乔岚抬头细细打量着少年苍白的面孔，依旧毫无表情，可是那双漂亮的眸子多了不同的东西，她扬唇一笑，嘴上却道：“卡都给你了，你怎么还不说话，还在生气吗，还是不想帮我保管？如果不想的话，那我就拿去……”她伸手佯装要将卡拿回去。

少年一把将卡握在手里：“我的。”他定定地看着乔岚道，“给我了，就是我的。”

“你的你的。”乔岚不逗他玩了，“那你千万要帮我保管好，千万不能丢了啊。”

少年眼睛亮亮地保证：“不会。”

乔岚又忍不住笑了，突然想伸手摸摸郯墨的头发，但是郯墨肯定不喜欢，所以还是住手了。

一会儿，乔岚出去帮陈姨收拾厨房去了，陈伯小心翼翼地往郯墨房间看了一眼。

毕竟是从郯墨生下来就照顾他的人，别人看不出来，他哪能看不出来，虽然还是没什么表情，但是之前浑身的阴郁全没了，那双眼睛亮得跟什么似的。

陈伯都惊讶了。

他把乔岚带回家里就是为了让乔岚想法子修复一下两人之间的关系，还想着如果实在太难了，他还得想办法推波助澜一下，毕竟乔岚也就是个半大的娃娃。

结果这一转眼，还没十几分钟，郯墨整个人都跟开花了似的。

乔岚到底和郯墨说了什么？

陈伯都好奇了。

乔岚哄好了郯墨，出来想给陈姨帮忙，但是陈姨是个闲不住的人，愣是没让乔岚做什么，而是旁敲侧击地忙着打听。

打听乔岚和郯墨怎么认识的，问郯墨在学校怎么样，等等。

乔岚一一说了，陈姨不知道郯墨在学校里居然还有另一面，又听乔岚说郯墨特别聪明，问他什么都难不住他，更是笑得无比开心。

陈伯简直无语："你让人家两个孩子说话去，你一个老婆子拉着人家小姑娘有什么好说的。"

乔岚笑了笑说没有的事，但还是找郯墨说话去了。

郯墨在看书，又是纯英文的，听见乔岚进来，他陡然有些紧张。

乔岚没发现，她左右看看郯墨的房间，这是房间里最大的一间卧室，包含了一个阳台还有一个独立卫生间。卧室里除了床，还有一张书桌，挨着墙的部分是特意定做的书柜，是一个一个的小格子，从进屋的墙壁一直到阳台，全是书。

不知道郯墨到底看了多少，但是这个藏书量已经足够惊人了。

乔岚刚刚忙着和郯墨说话，都没来得及看一看，现在才后知后觉地惊叹，惊叹完了又去看郯墨现在看的书。

"这是什么？"乔岚问。

"*The Silk Roads*。"郯墨将书合上递给乔岚，想了想又补充道，"是牛津大学历史教授彼得弗兰科潘的一本全新世界史，从张骞通西域、亚历山大东征、罗马帝国崛起、波斯帝国辉煌、十字军东征一直写到美苏冷战、中东战争伊拉克战争，因为是从中国延展出去的丝绸之路展开的一部崭新通史，所以书名为'丝绸之路'，你要看吗？"

乔岚对历史还挺感兴趣的，可即使她英语可以裸考过六级，但是想畅通无阻地看这种书还是太难。里边生僻词汇太多了，乔岚看了一段就很有自知之明地知难而退了。

"看不懂。"乔岚老实回答，"等我英语更好一点……"

话音未落，郯墨突然转着轮椅往背后的书架上走去，乔岚正想问他怎么了，郯墨就从书架上抽出一本递给她。

和郯墨手里这本一模一样的封面绘图，就是上边多了她熟悉的汉字，是中译本。

乔岚愣了愣，心道难道郯墨也会有看不懂的地方所以需要对照着看？但是不对啊，郯墨在美国待的时间更长，英文比中文更好，能看懂英语又为什么特意买中文版？

郯墨将书递给她："这套给你。"

给……我啊？

乔岚抱着沉甸甸的书："你不看吗？"

本来就是给你买的，郯墨心道。

他当初觉得这本书好，也想让乔岚看，于是买了中译本，结果没想到中间居然发生了这么多事情，书也一直没有送出去，现在正好给她看。

陈伯进来就看见郯墨坐在桌子前，乔岚坐在床边趴在桌子一侧看书，灯光很合适。两个孩子虽然没有说话，但是坐在一起安静看书的样子，却让活了快六十年的陈伯眼睛一酸。

只有他们知道，郯墨永远都是孤零零一个人的过往有多让人心酸。

乔岚不用去西餐厅打工了，生活节奏突然一下子慢了下来，时间也突然多得让她觉得有些奢侈。

班主任说等后天就可以正式搬宿舍，于是乔岚又在郯墨家叨扰了一晚上。

晚上陈姨下厨做饭，老人家手艺很棒，乔岚一边吃饭一边听老人家说话，郯墨吃得不多，拿着筷子在碗里画圈圈。陈姨突然看了郯墨一眼，乐呵呵地转头与乔岚道："岚岚啊，我告诉你一个墨墨的小秘密。"

"什么？"乔岚好奇。

"我们家墨墨啊，一紧张就拿着筷子在碗底画圈。"

正在茫然画圈圈的郯墨愣了愣，马上将筷子放下，正好目睹全部的乔岚和陈姨陈伯见状都笑了。

看了半晚上的世界史，乔岚睡着后做梦满脑子都是地图，第二天去学校后，后来的郯墨带了陈姨特意给乔岚做的早点。

营养粥小煎饺还有牛奶，外加一盒水果。

乔岚："……"

她心情复杂地吃着早点，小声问郯墨："带这么多，你不觉得重吗？"

郯墨老实摇头，他是将书包放在腿上的，自己的腿又没知觉，感觉不到重。

乔岚听完郯墨的话，半点没放松，心情顿时更加复杂了。

她低头看了眼郯墨的双腿。

说话不揭短，这是最起码的礼貌，郯墨不喜欢人说他精神有问题，也肯定不喜欢有人说他的腿，所以乔岚从来不会主动提及这些问题。

但是现在郯墨自己主动提起了，乔岚迟疑片刻小心地问他：“郯墨，你的腿，自从受伤后将近一年了吧？”

郯墨半点没觉得被冒犯，还挺认真地想了想：“一年零两个月十四天。”

“医生有说什么吗？”

“不知道。”郯墨道，他不想说关于这方面的事情，居然会岔开话题，“好不好吃，好吃明天让陈姨再做一点。”

乔岚：“……不用。”

裴宁又挤了过来，攒了一堆单项选择正要问乔岚，走过来时候就看见乔岚和郯墨在说话。

裴宁是一个内向的人，不过只对不熟的人内向，对同宿舍的舍友和曾经的同桌乔岚，裴宁一点都不内向，甚至还能开玩笑。

他笑着打趣乔岚和郯墨：“你俩冷战过去，又恢复蜜月期啦？”

乔岚：“……”

裴宁在开玩笑，但是听不懂玩笑话的郯墨，却被这个太过亲近的词语刺激得有些头晕，头晕就罢了，甚至觉得耳朵又开始发烫。

他想说这个词用在这里不对，但是又没有说。

郯墨抬头看了裴宁一眼，突然觉得裴宁也没有那么不顺眼了。

裴宁哪知道自己一句话惹得郯墨乱七八糟想了这么多，他问完题后，看见乔岚后边的椅子空着，便随便坐下和乔岚说话。

“听说你要住校啊？”

“嗯。”

“为什么突然住校？”

乔岚没必要和裴宁说那么清楚，就用打发班主任的话打发裴宁：“方便学习。”

裴宁很是赞同地点点头：“住校的话是方便得多，每天还能多睡会儿懒觉，我每天都是睡到六点二十分才起。”

坐在一旁一语不发却听见全部的郏墨，这才想起裴宁也住校。

裴宁还挺开心：“你应该会被分到女生第一公寓，我们男生一公寓就在旁边，离挺近……”

郏墨刚刚还放松的身体又陡然僵直了。

他刚刚还觉得裴宁终于顺眼了不少，现在再看过去，只觉得裴宁比以前更讨人烦。

好不容易等裴宁走了，郏墨坐在座位上好半天，突然转头与乔岚道：“你可以不住校。”

“啊？”乔岚没反应过来为什么突然说这个，“什么？”

“你可以一直住在我家里。”

乔岚扑哧一笑：“我又不是你家人，一直住你家里算什么事，再说了我住你家陈姨住哪儿，这两天陈姨晚上一直睡不好，你也知道的。”

郏墨下意识想说那可以换大一点的房子，乔岚又道：“住宿不苦的，我听说我们学校的住宿条件很好，而且住校也有方便的地方，就像裴宁说的，每天可以多睡一会儿懒觉。”

郏墨闭上嘴，不说话了。

他想起昨天和乔岚在一个桌子上吃饭，在一个桌子前看书。他还想继续和乔岚一起吃饭一起看书，但是一时半会儿又想不出什么法子说服乔岚。

没等郏墨想出来说服乔岚的办法，乔岚已经搬进宿舍去了。

因为高一已经过去了大半，乔岚这个时候再住校，肯定不能和本班同学一起住，所以乔岚的舍友们都来自不同的班级，凑合住两三个月，等到了高二分科，重新分班后又得重新搬宿舍。

一个宿舍八个人，乔岚搬进去的宿舍只有三个人，等乔岚进去就是四个人。

乔岚没有回乔家拿东西，她手里边稍微值钱点的东西都不会放家里，家里也就一点衣服，还有几本书。

高中生穿衣服又不费，现在渐渐暖和了，也不用穿厚衣服，在网上买几件衬衫短袖，就齐活了。

她搬进去那天是个周末，宿舍几个女孩都在。

都是高一的学生，就算有些没有见过乔岚本人，但是也听过乔岚的名字，毕竟每次考试都挂在年级排名的前边，同寝的三个女孩听说新室友是乔岚，还期待了一下。

大家对成绩好的学生总会有惯性思维，比如会觉得可能是书呆子，可能不好交流，没想到全年级成绩最好的女生，其实特别好相处。

乔岚对本班很多同学很排斥，但是对新室友倒是没什么感觉，都是十五六岁的小姑娘，认识了几天，感觉几个女孩人都挺不错，乔岚住校也住得越发满意。

唯一比较麻烦的就是，三个女孩一有时间就和她打听陈曜阳。

陈曜阳是不是很帅？他平时是不是真的只是随便学一学就能考那么好？陈曜阳是不是和宋瑶关系特别好？

“是挺帅。”

“不是，挺认真的。”

“不知道。”

是真的不知道，乔岚没了解过陈曜阳，尤其是最近陈曜阳和宋瑶的座位都离她很远，乔岚更是什么都不知道了。

几个姑娘几乎把能问的都问了，看乔岚是真的不知道，有些失望，但也没觉得怎么样。

都说男生宿舍谈论最多的是女生，女生也喜欢讨论男生，都是爱八卦爱帅哥的年纪，八卦陈曜阳不行，转头就八卦到了郯墨的身上。

大家对天才都是充满兴趣的，尤其是这个天才还出乎意料地好看。

有个姑娘道：“郯墨真的好看，我有次碰见他没忍住，盯着他看了好半天，但是他好像不高兴，吓得我没敢再看了。”

“是吧是吧，我也有点怕他。”

“乔岚，郯墨是不是真的很不好相处？我听好多人说他太聪明，所以根本看不上和其他人说话……”

乔岚这回来精神了，一改之前八卦陈曜阳的样子，迅速反驳：“他是聪明但是其实很好相处，就是有些认生还有不爱说话，其实性格超级软。他是不习惯有人离太近，没有讨厌的意思，只要有点耐心和他说话就好，就是不太爱笑，所以看起来会有点凶。”

“乔岚你说起郯墨简直跟变了一个人似的。”一个女生笑道，“你怎么这么了解他啊？”

“我们是同桌啊，”乔岚道，“当然知道了。”

大家现在不会再说郯墨傻了，但是敢和郯墨说话、敢主动接触郯墨的人还是很少，就像刚刚那个女生说的，她们总归还是有些怕郯墨。

“天才”两个字，让人仰望，也让人止步。

更不用说郯墨天生没有表情，看起来总是一副生人勿近的样子。

乔岚不想让大家对郯墨总是有误解，他是一个善良又单纯的男孩子，她想让其他人都知道郯墨的好，亲近他喜欢他，想让郯墨慢慢和正常人一样，可以说可以笑可以交朋友。

虽然很难，但能做一点是一点，看这几个女孩对郯墨的印象大有改观，乔岚心情好了不少。

转眼乔岚住校已经过了一周，乔父、乔母始终没能等到乔岚回来，但他们还没来得及管乔岚去了哪儿，突然发生了一件事情。

有天下午，小饭馆里来了几个学生，乔母一看还挺高兴，她认识这几个孩子，都是和乔源一个班的，经常来这里，每次结账时乔母还会给他们少算点钱。

那几个孩子经常来，和乔母说话也没个顾忌，说着说着，乔母就听出来不对劲了。

有个孩子说自已特别羡慕乔源，因为乔父、乔母经常给乔源零花钱，还给得很多。乔父、乔母听完这话没觉得有什么，还挺自豪，结果又听那孩子说他们前段时间去吃烤串，乔源特别豪迈地结了账，最后花了将近六百块钱。

几个孩子说起来脸上全是羡慕，都是初中生，手里能有十几块钱都挺好了，乔源直接能请他们吃六百块的烤串，那得多爽啊。

不过他们有些事情还是没敢说出来，比如乔源请他们吃烤串，主要是想请班上的一个女生，那个女生还挺漂亮的。

这种事情，所有孩子都自觉地保密，绝对不会告诉家长，但是夸乔父、乔母疼乔源，给他零花钱多，这就不用保密了。

几个孩子满脸羡慕，乔母却傻了。

她是疼乔源，也经常给乔源零花钱，但是一般都是分着给，有时候三十，有时候五十，最多也就一百块，乔源哪来的那么多钱请同学吃饭?

攒的?

怎么可能，乔源根本不是能存得住钱的人，前几天还找她要钱，怎么可能是攒的。

乔母终于觉察出了不对劲，和乔父对视一眼，皱着眉又问几个孩子。几个孩子哪有乔母的心眼，而且乔源跟他们夸海口说那钱是他二姐给的，他二姐家巨有钱。

现在乔母问了，就一股脑全说了。

乔母只觉得脑子里嗡的一声，铲子掉到了地上。

乔岚有将近十来天没有回家，乔家人并没有将这件事放在心上，当初老二也跑出去一两个月，所以他们现在也就是骂骂咧咧几句，说等乔岚回来一定好好收拾她一顿。

结果没等乔岚回来，乔母却在偶然间发现，偷钱的可能不是乔岚，而是乔源。

乔母等乔源的几个同学走后变得一脸菜色，和乔父说有点事情先回家，一回家就直奔乔源的房间。

乔源吓了一跳，他被家里惯坏了，看见妈妈要翻他书包还一脸不耐烦：“妈你干吗?!”说着就要抢书包，因为他书包里有不能让她看见的东西。

结果没想到平时对他舍不得说一句重话的妈妈一巴掌拍在他手上，厉声呵斥让他坐下。

乔源结结实实地吓了一大跳，心头突然涌上了不好的预感。

然后他就看见妈妈从他的书包里抖出了三本他刚买的玄幻小说，还有一个没有拆包装的发卡，这是他前两天专门去给姚思梦买的生日礼物。

小胖子虚荣心强，最近老是在同学们面前显摆自己有钱，所以买了礼物故意连发卡上的价格标签都没撕掉——218元。

他们这个年纪，送个礼物最多也就十几块钱，有时候甚至送两张一次性的明星海报，乔源故意留着标签，就是想让姚思梦觉得他更有钱更有心，也让其他男生都羡慕嫉妒，哪能想到会突然被妈妈给发现。

现在他满脑子只剩下一个念头，早知道就把标签给撕了，看不见标签，他说只花了十几块钱也不是不行。

乔源缩了缩脖子："……妈你干啥啊，一进来就翻我书包……"

"哪来的？"乔母盯着这发卡上的218简直冒火，一看几本玄幻书更冒火，她每个月花上千块钱给乔源补课，结果乔源偷偷看小说。

"哪来的钱买的？！"

"就……就平时的钱攒的。"乔源也有点怕了，他倒是还没想到妈妈已经知道钱是他偷的了，主要是害怕妈妈说他不好好学习还看小说。家里所有人都宠他，妈妈也宠，但不像奶奶和爸爸一样，他不好好学习或者晚上偷偷吃东西，被妈妈发现了也要挨骂，所以乔源还是有点怕她的。

"你们给我的钱我没花，一直攒着……"

"这是攒的？"乔母将发卡摔在地上，上面的水钻都崩掉了几个。

乔源看得无比肉疼："妈你别摔啊！"说着就要捡起来，结果被乔母一句话给钉在了地上。

"只是攒钱买的，那请你们同学吃烤串的钱又是哪来的，也是攒的？"

乔源一张又白又胖的脸这才一变。

一开始偷偷拿钱的时候，乔源其实还挺怕的，但是那么厚的两摞钱，乔源就想抽一张应该也不会被发现，那段时间姚思梦喜欢喝茉莉蜜茶，他一天给她买两瓶。乔源自己花钱就凶，给姚思梦买东西以后就有些不够用了。

等过了三四天也没人发现，乔源慢慢胆子就大了，一开始是一张，然后两张，最后四五张，等半个月过去，已经拿了一千五。

他请关系好的哥们儿还有几个女生吃了一顿烤串，虽然一直悬着心，但想起同学们的羡慕，别提多高兴了。后来有一天乔父、乔母终于发现，但是压根没想到他身上，反而觉得是乔岚偷的，所以乔源终于将心放到了肚子里。

安安心心地又过了十来天，乔源以为这事就这么过去了，结果不知怎么的，妈妈居然发现了。

乔源这时候还嘴硬，还想把锅往乔岚身上推："什么烤串，是不是乔岚又跟你说什么了？"

乔母没想到这个时候乔源还狡辩，气得脑子一蒙，甩手在乔源胳膊上打了一巴掌："你还不认，你同学都说了你请他们吃东西，一吃六七百，你是不是要我到学校里找你同学问清楚了才认？"

乔源这下真的吓傻了，要让他那些同学知道他是偷的家里的钱，那他还怎么在他们面前混，这才后怕地扯开嗓子就哭。

在厨房里忙活的乔老太一听孙子哭了，饭都不做了就往这跑，一进来就看见儿媳妇要打孙子，一把将乔源护在身后，对着儿媳妇吼："你犯啥病了突然这么打孩子，你看哭成啥了？"

"他还有脸哭！"乔母气得哆嗦，"你问他偷了家里多少钱！"

偷钱，偷啥钱？乔老太愣了愣："那不是乔岚偷的吗，你赖给我孙子干啥？"

一提起这个，乔母才想起乔岚给乔源背了这么多天的锅，但这会儿乔母也顾不上想乔岚怎么样，她满脑子都是乔源。乔母自己没文化，所以总想尽可能地让儿子好好学习，以后比她和乔父都出息，也能成为乔老太嘴里的干部。

结果乔源偷偷看小说，偷家里钱还骗人，乔母除了愤怒，还觉得伤心。

乔老太终于知道了事情的全部经过，但知道归知道，看乔母要打乔源，又不满了："还打，要不连我一起打，你看孩子都哭成啥了！"她枪口一转就对着乔母开始开炮。

"两万块钱你不知道藏好，放在茶几上，不让家里人拿也迟早让贼偷了，自己不知道放好现在倒是开始怪孩子了。我以为拿了钱怎么不学好了，不就请同学吃了一顿饭买了个生日礼物？你平时多给点零花钱也不至于逼得他自己拿。一天忙得不见人，根本不知道管孩子，一出事就只知道打，谁家当妈的像你这样？！"

乔老太一顿说，本来是乔源的错，没几句话就把过错全推到了乔母的身上。

“你看都哭成什么样了，你不心疼我还心疼呢……”

乔源这时候倒是机灵，彻底放开嗓子又是一通猛哭，哭得乔老太太心肝都疼，等乔父回来后，就看见亲娘、媳妇又冷着脸不说话，儿子跟个受气包似的藏在他奶奶后边。

等问清楚什么事后，乔父又和往常一样充当婆媳之间的和事佬，和媳妇说乔老太也是心疼孙子，和乔老太说乔母是恨铁不成钢，最后拉着儿子坐在腿上给讲了一个多小时的道理。

好似乔源不是十三岁而是三岁，这慈祥耐心的样子，一点不像当时拿着笤帚打乔岚的时候那么凶横。

终于觉得给儿子讲明白了道理，他又偷偷给了乔源三百块钱：“想要钱就和爸说，爸还能短了我儿子的钱？一会儿过去给你妈道个歉，你妈也是为了你好。”

乔源拿着钱，一边点着头，一边却是在想又有钱能在同学们面前显摆了。

晚上，乔源跑到乔母跟前，低声道了歉说自己知道错了。乔母一看儿子眼睛红彤彤的，又心软了，又拉着乔源讲了一通道理。

乔源有惊无险地度过了“偷钱”风波，甚至手里又多了几百块钱。

等晚上睡在床上，乔源突然发现自己偷了钱，简直赚大了。

偷的钱偷了也就偷了，而且根本没有受到任何惩罚，乔源忍不住想，那如果他下次还拿家里的钱，就算他妈妈生气还有奶奶护着，爸爸也会护着他，还是挨不了打，等事情过去再找妈妈哭一哭撒个娇，这件事又过去了，指不定爸爸妈妈给他的零花钱还会更多。

反正偷的是家里的，又不是别人的钱。

乔老太、乔父三观不正且放纵的教育方式，到底会给乔源还有乔家造成什么样的影响，乔岚不知道，也不关心。

高一下学期要通过会考，大家最近都忙着学习，乔岚在闲暇之余还在看郑墨给她的《丝绸之路》，哪有心思关心乔家发生了什么。

有一天班主任突然找她，说乔母打电话给他，让乔岚有时间给回个电话。

乔岚没告诉乔母自己的电话号码，所以乔母打到了班主任这里。乔岚嘴上答应了，回头就将这事抛在了脑后，她是半点不想再和乔家有任何关系了，等高考后，她一定考外地的大学，离这里远远的。

乔母一开始还想找乔岚说说好话，结果找了两次，乔岚压根不理人，乔母也来了脾气。

有本事她一辈子别回来别找她要钱。

乔岚没了乔母的骚扰，日子过得别提有多舒坦，最近又不用去打工，学习空余时间还能看看别的书，晚上再去操场跑跑步。

乔岚现在气色比之前好了很多，她原本就十分出色的五官，终于一点一点地显露出来。

经过一次又一次的考试，郯墨和乔岚稳坐年级前二，陈曜阳成了不变的万年老三，大家终于对这个现实逐渐麻木，每次考试完后感叹一声后，往乔岚和郯墨的位子看一两眼，也就罢了。

不过看着看着也逐渐有了新发现，男生对女生的长相总是有着敏感的嗅觉。

“我怎么发现，乔岚比之前看起来好看多了？”

“变白了吧，气色也好多了，以前看起来面黄肌瘦的。”

“我之前说什么来着，乔岚就是肤色太暗了，她如果皮肤能和宋瑶一样，绝对也漂亮。”

郯墨耳尖地听到了这些话，突然从心底生出了一种你们终于发现了的优越感。

他从很早之前就发现乔岚很好看了，想方设法地投喂了将近半年，现在终于有了效果，郯墨觉得自己还要再接再厉。

远处议论纷纷的男生们不知道郯墨想什么，说得起劲儿。

“比宋瑶好看？别开玩笑了，怎么可能，夸过头了啊，就比之前稍微好看了点，就能和宋瑶比了？”

“我其实喜欢御姐那一款的，宋瑶长得跟娃娃似的，而且个子有点太小了。”

说到这个，大家倒是都不反驳了。

之前班里体检，宋瑶的身高才一米五五。

小个子就算比例再好也比不过大高个儿。男生们说起女生来瞬间变得兴奋，说班里谁个子高但是比例不行，又说谁比例好腿长。

说着说着就说到了乔岚。

学校最近流行改校裤，宽松的校裤改一改，就能改成还挺潮的铅笔裤，腿粗的改宽点，腿细的改得稍微窄一点，但是也不敢太窄，太窄了考验腿型，而且被年级主任看见了会挨骂。

改了裤子，那些腿长腿型又好看的姑娘瞬间脱颖而出。

乔岚就是其中一个。

她超过一米七的身高穿上被改过的校裤后，两条长腿就有些吸睛了。因为之前从来不会把乔岚归结到漂亮女生的行列中，所以好多男生在发现乔岚的身材好的时候都还挺吃惊。

“以前怎么没发现乔岚腿这么长？”

“她个子不是一直挺高的吗？好像快一米七二了，确实腿长。”

“腿长又不等于腿好看。”也有人不满，“乔岚太瘦了。”

乔岚没郏墨耳力那么好，听不见也没特意听，她将郏墨带来的水果盒子打开，用牙签扎了一块哈密瓜给郏墨。

乔岚发现郏墨喜欢很甜的水果，果然郏墨乖乖拿过去吃了。

乔岚轻笑一声。

最近比较闲，乔岚有时候就会琢磨郏墨的事情。

据乔岚的回忆，在原本的轨迹中，郏墨第一次出场也是在高一的时候，但是后来他因为总是受到同学们的欺凌，所以中途退学了，等再次出现，已经是陈曜阳和宋瑶上大学之后了。

郏墨因为记着宋瑶曾经偶尔的几次关心，依靠自己拥有的强大财力还有绝佳的经济头脑，帮助了陷入经济危机的陈曜阳和宋瑶。所有人都以为他可以好好活着，但其实他的抑郁症已经越来越严重。

终于在两年后，郏墨死于自杀。

接下来的事情乔岚就不清楚了，因为她对陈曜阳和宋瑶着实没什么兴趣。

宋瑶就是善良单纯的小白兔，所以宋瑶会在所有人欺负郏墨的时候帮郏墨一把，这没有什么逻辑错误。但是现在，不知道是不是因为乔岚先关心了郏墨，宋瑶自始至终只将眼睛放在陈曜阳身上，并没有关心过郏墨。

不过这些都不重要，重要的是郏墨的病情。

郏墨虽然有阿斯伯格症还双腿瘫痪，但是这两者都不会造成郏墨死亡，郏墨的死是因为他的重度抑郁症。

乔岚一开始对郏墨的关心源于对原轨迹中这个角色的喜爱，以及对郏墨的怜悯，可如今想起来，对于郏墨，乔岚在不知道什么时候，已经自发地将照顾郏墨当成了自己的责任。

因为她在帮助这个少年的时候，他回馈给了她太多。

人总是有感情的。

郏墨不愿意提起他的腿，有时候说到医院还有治疗相关的话题，也会笨拙地故意岔开，乔岚实在不忍心逼他说这些。

对于阿斯伯格症和双腿，乔岚暂时没有办法，至于抑郁症，郏墨身上暂时看不到抑郁症的痕迹，但是他有很严重的被害妄想症，被害妄想症也极有可能会伴生抑郁症。

自己能做的不多，但是总归还是有帮助的，陪伴、友好、善意等。

第二次月考的物理卷子很难，但郏墨还是再一次拿下了满分，几个物理老师拿着郏墨的试卷赞不绝口，最后找到了郏墨的班主任。

班主任喜气洋洋地进教室找到郏墨，班里同学看班主任乐开了花，好奇地问他发生了什么。

“反正是好事。”班主任还挺神秘，一高兴就忘了分寸，着急想帮郏墨推轮椅，郏墨忙将轮椅后退了半米远，脸上净是戒备。

班主任想起前几天还看见乔岚帮郏墨推轮椅，还想着郏墨又有进步了，结果今天自己上去帮忙，郏墨还是很抗拒。

班主任有点讪讪地收回手，心里涌上一点说不出的感觉，但还是急忙说正事：“郏墨，跟我来办公室一趟，老师有事情要告诉你。”

郏墨一离了乔岚，又恢复成了平时寡言的模样，沉默地操控着轮椅出了教室。大家左看右看也看不出什么名堂，于是重新自己的谈话。

乔岚盯着郏墨的背影离开后才收回了视线，坐在乔岚后边的两个女生随口问起乔岚：“乔岚，你准备学文还是学理啊？”

高一还有一个月就结束了，文理分科成了大家最关心的话题。

学文还是学理？

乔岚下意识想说学文吧，毕竟自己以前就学文，再学的话相对比较轻松，但是话到嘴边又收了回去，只道：“还没想好。”

“你应该学文啊。”后边坐着的女生倒是先替乔岚说了，“你政史地那么好。”

“人家不只政史地好啊，化学物理也挺厉害，这次物理就比郑墨低，还有数学，又考了满分……”

“我就说相对，相对！乔岚理科也厉害，但是她文科更好啊，她那个数学等以后学文，简直不要太占便宜好吗？”

乔岚什么都还没说，两个姑娘倒是因为她辩论了起来，乔岚也不和她们瞎聊了，低头盯着自己的成绩，琢磨了起来。

另一边被喜气洋洋的班主任带进办公室的郑墨，一进去就看见物理老师坐在办公室里喝茶，他一抬头看见郑墨，眼睛都眯成了一条缝。

“来啦。”物理老师只负责教课，不知道郑墨的具体情况，太过亲近的样子让郑墨又是下意识一退。

物理老师愣了一下，班主任忙在他耳朵跟前说了句什么，物理老师这才急忙“哦”了几声，然后坐了回去，与郑墨拉开了将近一米的距离，这才道：

“今天老师找你来，主要是觉得你在物理上特别有天分，我们学校每年都会选出非常出色的学生去参加全国高中物理竞赛，郑墨同学，你要不要参加？”

郑墨不是很有兴趣，但是也没有马上拒绝，物理老师已经开始滔滔不绝地讲了起来：

“先报名，十月份的时候，就能参加省赛区的全国高中物理联赛，如果成绩在全省前几名则可进入省代表队，我之前也带过获奖的同学，但是郑墨你的物理水平比那些同学还要出色！只要进入了省代表队，就能参加冬令营，冬令营如果再可以拿一等奖，那就可以进入国家集训队了！国家集训队由全国最优秀的竞赛老师授课，集训两个月后选出最优秀的，然后代表国家参加国际物理奥林匹克竞赛！”

物理老师越说越激动，就像郑墨真的已经获得了国际物理奥林匹克竞赛金奖一样。

却听郑墨冷冰冰地吐出了两个字：“不去。”

物理老师没说还好，说到进入国家队集训后，郑墨就更加没兴趣了。

物理老师的热情一下子凝固住。

班主任示意物理老师不要着急，接过话，用一种诱哄小孩子的语气慢慢同郑墨道：

“经过这么多次的考试，几位老师都对你在数学物理上的天赋非常惊叹，所以才想让你去试一试。”班主任坐在了离郑墨不远处的椅子上，继续道，“你掌握的知识内容对于高中生而言太超前，每天在这里上课对你而言的确是浪费时间，与其浪费时间，还不如去接受更高一层的教育，掌握更精髓的知识。”

班主任觉得郑墨对什么都没兴趣，但是他的数学和物理这么好，天赋是一回事，喜爱肯定也是另一大原因，所以想用这一方面来吸引郑墨。

结果郑墨听完还是两个字：“不去。”说完还想直接离开，班主任又急忙补充：

“参加比赛还会有很多好处，郑墨我知道你不喜欢和同学相处，不喜欢每天坐在这里上课，如果你真的能获奖，你就完全可以只专注于自己喜欢的东西，不用再和其他同学坐在一起上课；如果以后真的能得奖，得一等奖，那直接就能保送最好的大学，不用再来上课，你难道不想吗？”

这对学生的吸引力可太强了，尤其是郑墨，毕竟郑墨更讨厌校园生活，不是吗？

可惜郑墨还是一脸冷漠。

“不想。”郑墨冷冷道，说罢顿了顿又补充一句，“我想上课。”

什么获奖什么集训，他全都没有兴趣，他想来上课就来，不想来就不来，也没有人能逼迫他，他现在之所以待在这里，只是因为乔岚在而已。至于什么保送大学，他更是没兴趣，就算真的保送了，如果以后乔岚不在那个大学的话……

想到这里，郯墨陡然愣住了。

郯墨似乎这个时候才发现，自己关于以后、未来的很多事情并没有什么具体的规划，如果一定要有，那就是乔岚。

因为她在这里，所以他不想去参加什么物理竞赛。

因为不知道乔岚未来在哪里，所以他也不会过早地决定自己未来会在哪里。

他根本没有犹豫，就这么自然地在自己空白的未来画卷里写下了一个人的名字——乔岚。

只有这一个名字，没有其他。

郯墨第一次如此明确地感知到，自己对乔岚产生了强烈的依赖感、追随感。

他突然想到一句话——跟着光走。

不需要思考也不需要分辨，乔岚是他的光，光在哪里，他就在哪里。

而离开光，生活就会重新回到曾经的黑暗，也许会更加难挨，他突然想起艾米莉·狄金森的一首诗——

Had I not seen the Sun
我本可以忍受黑暗
I could have borne the shade
如果我不曾见过太阳

可是郯墨又忍不住想到了这首诗的后两句：

But Light a newer Wilderness
但是照亮了我的阳光
My Wilderness has made
造就了一片新的荒野

郯墨想不通这句话的意思，他只知道，自己离不开这道光，离不开这片阳光。

就像离不开阳光的小草，没有光，会死的。

这边班主任一脸诧异，郯墨以前不是最不想上课吗？最不喜欢热闹的校园生活吗？这是怎么了？他还觉得参加竞赛，对郯墨简直就像量身定做的生活轨迹，结果郯墨这么果断地拒绝了。

郯墨没有必要满足班主任的好奇心，在再次确认不会去后转身就走。

物理老师和班主任面面相觑，最后叹了一口气，班主任拿起桌子上的书急忙也往郯墨的方向跑去。

下节课是 14 班的语文课，他也要去上课了。

班主任走得很快，几步就走到了郯墨身后不远处，不放弃地又劝了郯墨好几句，最后连给学校争光、为自己争光这种场面话都说出来了，但是郯墨连头都没转一下，班主任终于放弃了。

算了，班主任摇摇头："对了还有一件事忘了告诉你，咱们学校设置了奖学金机制，你知不知道？"

"不知道。"

"我就知道你肯定不知道"，班主任乐呵呵地道，"我们学校为了鼓励学生学习，专门设置了奖学金制度，一等奖一个，二等奖三个，三等奖六个，根据每年级两学期的最后两次期末考试做出判定。一等奖有五千元，二等奖是三千元，三等奖一千元，如果不出意外，一等奖应该是你没跑了。"

获得一等奖的学生有奖金，带出获得一等奖的学生的班主任脸上也有光，班主任觉得郯墨拿这个一等奖简直不要太简单，毕竟每次考试分数都高得离奇。

说着说着，一转头突然发现郯墨坐在椅子上不动了："怎么了？"

丢东西了？

郯墨若有所思地抬起头："得一等奖，什么条件？"

"你还担心这个，你肯定没问题。"班主任乐了，"就是看两学期最后一次期末考试成绩，两次成绩加起来谁分数最高，一等奖就是谁的。"

到时候郯墨拿一等奖，乔岚和陈曜阳拿个二等奖，如果运气再好一点，裴宁或者宋瑶能在这学期期末更争气一点，指不定还能出一个三等奖。

那他可就太有面子了。

班主任越想越高兴，下意识想伸手拍拍郯墨肩膀，手伸出去一半又收了回来："马上响铃了，快回去上课吧。"

郯墨回到了教室，乔岚看了眼时间，马上就要上课了，郯墨这次出去得有点久。

"班主任找你是有什么重要事情吗？"乔岚问郯墨。

"没有。"郯墨道，想了想还是和乔岚说清楚了，几句话就将物理老师说的话，以及自己的态度概括了一遍。

乔岚点点头，怪不得班主任喜气洋洋的。

但是郯墨拒绝也完全在她意料中，她其实也不大想让郯墨去。

乔岚只要一想起书中的郯墨离开了两年，整个人变成了重度抑郁症，就觉得还是让郯墨在她眼皮子底下安安全全的更好。听说参加竞赛的学生一般都是要集训的，郯墨的身体状况根本不适合去集训，谁敢保证不会出问题？

获奖很光荣，但安全更重要。

乔岚的态度让郯墨有些捉摸不透，他静默地坐了好半天，想问乔岚什么，但这节课是英语，英语老师上课绝对不许有人说话。

郯墨转头看了眼偷偷在英语课上做数学的乔岚，从书包里拿出一张纸，写了几个字，默默地推到了乔岚那边。

乔岚看见这小字条还诧异了好半天，然后才拿过字条。

郯墨问她，她想不想他去参加竞赛。

乔岚迅速地落笔，然后将字条推了回去。

不想。

郯墨定定地盯着字条上干净利落的两个字，好半天后将字条郑重地夹在书里，然后自己趴在桌子上，面部动了动。

那是一个依旧略古怪却发自内心的不受控制的笑容。

第七章

蜕变

分科在期末之后，但不影响同学们提前迸发的热情。

分科对偏科的同学来说绝对是一大好事，但也有因此格外烦恼的人，比如文理科成绩都差不多的学生，还有一些特殊原因，比如宋瑶，她文科成绩明显好过理科，但报选文科就代表她不能和陈曜阳在一个班了。

当初高一进班，她可以托家里人想办法，让自己和陈曜阳一个班，但分科后家里再有权有势也不行，除非她学理，因为陈曜阳根本没有想过学文。

但如果真的学理，她很有可能会跟不上，毕竟陈曜阳进入尖子班的可能性非常大。

等高二分科后，重组班级，一共三十六个班，1 班到 10 班是文科班，11 班到 36 班是理科班。在这三十六个班级中一共有三个尖子班，文科一个理科两个，分别是 8 班、18 班、28 班，大抵是学校也有点迷信，觉得“八”这个数字比较吉利。

高一每个班级最好的学生组成尖子班，最好的学生加上最好的老师，以保证两年以后高考的一本上线率可以达到 99% 以上，这种数据对学校招生很有帮助。

宋瑶在高一的时候可以依靠文科成绩进入年级前五十，但是如果没了文科的加持，等进了理科班的尖子班，自己到底会在哪个位置，她自己都没底。

所以就算宋瑶再怎么想和陈曜阳一个班，也还是不敢冒这个险。

班里有人为分科愁得秃头，天天一下课就跑去厕所给父母打电话商量，每个人张口闭口全是分科。

乔岚差不多做好了决定后问郯墨想学什么。

郯墨对文理其实没什么所谓，他上课从来都不听课，但是如果硬要选一个，那应该是偏向于理科的。

现在乔岚问他，他却不回答，他聪明地觉得这个问题要先让乔岚回答。

如果自己说了学理乔岚想去学文该怎么办？虽然他可以改口，但是郯墨觉得这样不太好，尽管郯墨也没搞明白为什么会不太好。

他没有回答而是问乔岚："你呢？"

乔岚手上拿着一支笔在本子上划拉了两下，道："学理吧。"

"那我也选理。"郯墨这次倒是回答得很快。

乔岚放下手中的笔，唇角轻快地上扬："我也觉得你适合学理。"

郯墨虽然说文理都非常优秀，但他最突出的绝对是他敏锐的逻辑思维能力，他因为阅读量很大，所以在文科上会比旁人好那么一点点，但在理科上完全可以靠着自己的智商比旁人好出一大截。

而且乔岚以前学过文，学到后边也知道，文科并不是所谓的死记硬背，越到后边表达主观思维的题目就会越多，尤其是历史，郯墨在表达主观看法这一方面并不占优势。

至于乔岚，她一开始本来是想去学文的，毕竟以前学过，如果继续学文，她的高二、高三会比较轻松，但她偏偏不是这样的性格。

而且以前她最担心的物理，已经不足以让她害怕了。

她和郯墨的成绩进入尖子班应该没什么问题，学校设立了三个尖子班，乔岚现在就可以确认郯墨进入 18 班的可能性很大。

原因倒是很简单，18 班的教室在一楼，而 28 班在四楼，学校还是会考虑到学生的特殊性。

乔岚在本子上写了一个大大的 18，希望自己也能分进 18 班吧。

会考、分科，忙忙碌碌的高一生活转眼就到了尾声，最后一次期末考试来临了，班主任私下找乔岚，让她一定加油好好考，这次如果能稳住年级前三的位置，就能稳拿学校的二等奖学金，三千块钱呢。

乔岚从上一学期就知道奖学金这事，不用班主任说，早就做好了拿这三千块钱的准备。三千块钱对她而言，等于半年的生活费了。

不过想起自己当初发誓一定要拿一等奖的决心，乔岚没忍住，笑了笑，继续好好复习。

这次期末和上学期有了点不一样，关系好的朋友马上就要分开，有些感性的女生在考完后回到教室里哭了好一阵子，男生们则大多还是打打闹闹。

成绩出来的时候，大家对成绩的好奇心都比往日淡了许多，乔岚抬头随便看了一眼，结果在看到排名的时候愣了愣，又霍地抬起头看了第二眼。

她没看错，这次期末考试，班里的最高分居然不是郯墨，而是她。

乔岚急忙用手机点开校园网，拉出了成绩单，盯着上面的名字确认了好几遍，这才相信是自己没有错。

自己是班级第一，往下拉，郯墨这次居然掉到了班级第三。

怎么可能?

郯墨数学等拿手课业全是满分，历史、地理也都比她高，但是等看到最后，乔岚什么都明白了。

语文，零分。

乔岚来不及感叹郯墨就算语文零分也能拿第三这种恐怖的事情了，她分明记得考语文那天郯墨进了考场，所以并不是缺考。

乔岚捏紧了手机，转头目光落在了郯墨的脸上。少年正好看着她，看乔岚看过来的时候，像是没想到会这么猝不及防，面无表情的模样被惊慌打破，有一点点轻微的破碎。

乔岚深深吸了一口气:“郯墨，你交了白卷吗？”

少年浅褐色的眼眸颤了颤，侧过了脸:“……那天不舒服。”

分明没有一点表情，但撒谎的痕迹实在太过明显，就和以为自己表演得完美无缺的小孩子一样。

然后乔岚不说话了。

郯墨最怕这种气氛。

他看不懂对方的表情，看不懂对方的肢体动作，只要不说话，他就陷入了一片茫然之中。

他在班主任说了这件事的时候就想到了这个法子，虽然到现在还搞不明白乔岚当初不要他花钱的原因，但是也隐隐明白了自己可以通过其他方式，在乔岚给他的那张卡里多添一点。

可他又担心乔岚会不会和当初一样生气，虽然这两件事不太一样，但也有着共性。

乔岚现在不说话了，郯墨根本猜不到她在想什么。乔岚不说话，郯墨顿时又想了一大堆，她是不是又要生气，是不是又要不理他……

还没等他想出个所以然来，乔岚熟悉的声音钻进了郯墨的耳朵。

乔岚对他说“谢谢”。

乔岚既然能看出来郯墨笨拙的撒谎，那不至于笨到想不通郯墨这么做的原因。

要和上一次一样和郯墨讲得清清楚楚，弄得两人都不高兴吗？

乔岚觉得，人总是要知好歹的。

这世界上有人对你好，愿意这样想方设法地对你好，那就不要去在乎一些零零碎碎的破坏气氛的事情。

郯墨做这么多，不是为了让她反过来责怪他的。

乔岚自己要做的，不是去追究郯墨这么做哪里不对，而是知道感激，然后想一想该做些什么对郯墨更好，不要让少年付出的一片好意得不到一点回音。

乔岚点开了年级排名，因为郯墨的退让，她又回到了年级第一的位置。

上学期期末，郯墨因为匆忙赶往美国，所以语文考了一半，那一次郯墨虽然拿下了第一，但总分高出乔岚不到 10 分，这一次郯墨语文零分，乔岚比郯墨更高了好多。

总分加起来，乔岚高于郯墨，高一年级的一等奖学金已经稳稳地落到了乔岚的手里。

“郯墨，”乔岚突然转头与郯墨道，“一等奖学金有五千块钱，等我拿到钱，我们一起出去吃饭吧，我想想吃什么比较好，你有没有什么想吃但是一直没吃过的东西，等放假后我去找你玩，我们瞒着陈伯一起去，你喜欢吃甜食，我们可以去……”

乔岚一口气说了好多地方好多东西，郯墨侧着脸静静地看着她，半晌后道：“可以都去吗？”

选择起来太难了，郯墨想，如果有乔岚一起的话，每个地方、每个好吃的东西，他都想去试一试。

“都去吗？”乔岚佯装想了想，“都去也没问题，我现在是小富婆了。”

两人兴致勃勃地说着暑假的打算，郯墨问乔岚暑假干什么，乔岚说大概还会找个工作，再赚点钱。

郯墨沉默了好一会儿，大抵是想说什么，最后到底没有说，只是与乔岚说好一起出去吃东西，又怕她忘了自己的家庭住址，将地址输入到短信里发给了乔岚。

班里不明所以的同学们往他俩身上多看了一眼，小声地说着话。

“郯墨那天我看他去考试了啊，怎么语文零分？”

“不知道，天才的想法我们不懂。”

“我们学校不是有设立奖学金吗，那郯墨奖学金不是没戏了？”

“你没看见过每天接郯墨的那辆车吗，你看郯墨像是会在乎那点钱的人吗？”

“五千呢好吧，我也想要啊……”

没有谁猜得到真相，只有与乔岚关系很不错的裴宁，还有脑子格外聪明最近又格外关注乔岚的陈曜阳，像是猜到了什么，却什么都没有说。

高一生活在同学们恋恋不舍的告别中画上了句号，大家迎来了长达五十天的暑假生活。

乔岚又要开始琢磨这个暑假该怎么过了。

放假期间学校不允许住校，乔岚也不想回乔家，她正琢磨自己是租个房子，还是找个包吃包住的工作正好再赚点钱，陈伯突然给乔岚打电话。

郏墨如果找乔岚，一般都是用自己的手机号联系的，陈伯打电话给乔岚，那就是陈伯在找她。

这是放假第一天，学校允许学生在学生宿舍多待三天。乔岚正在宿舍拿着手机查东西，陈伯打电话过来后，乔岚迅速下了楼。

也不知道陈伯是怎么进来的，他笑眯眯地请乔岚上车，乔岚往车子里看了一眼，没看见郏墨。

一般大家也不会觉得子女和父母之间的关系会僵硬到这个地步，乔岚没有告诉郏墨自己暑假不回家的事情，这些糟心事没必要让郏墨知道，让他也糟心。

但是乔岚瞒得了郏墨，却瞒不过陈伯。陈伯活了半辈子，看人看事都通透得多。

乔岚能狠心直接搬出家里去住校，可见乔岚和父母的关系已经差到了不可修复的地步。高一这都结束了，陈伯有时候旁敲侧击地问起郏墨，从郏墨的话中发现，乔岚住校后，乔岚的父母好像也从来没有管过乔岚。

所以陈伯猜测，如今放暑假，乔岚大抵是不会回家的。

他打电话给乔岚的班主任，在确认乔岚还没有离校后就更肯定了这个想法，所以第二天就打电话找到了乔岚。

与陈伯相识也有半年多了，乔岚对陈伯挺熟悉也很感激。随便闲聊几句后，乔岚问陈伯找她有什么事情，陈伯皱着眉头想了好半天后，有些为难地开了口。

“是有这么一件事。”

陈伯说陈姨娘家有事，突然回娘家去了，也不知道什么时候回来，陈伯本来想找个人照顾郏墨，但郏墨太排斥外人，这事很不好办，所以想到了乔岚。

“岚岚你和少爷是朋友是同学，本来这种事情找你有点过意不去，但是除了我们老两口，他也就能和你多说几句话。”

乔岚没答应。

没答应的主要原因是，她怕这是陈伯还有郏墨觉得她没地方去，想照顾她，所以想到了这么个法子。

毕竟郑墨都会故意考低，将奖学金让给她了，陈伯的段位比郑墨高得多，乔岚一时半会儿还真不知道陈伯说的是真的假的。

趁着乔岚犹豫的空当，陈伯接着道："少爷的起居日常都是我打点的，每天吃什么都有营养师送过来，不会有什么重活儿，也绝对不会太累，完全不用担心，工资的话就按照……"

"没有没有。"乔岚忙道，"我不是想这个，我是想……"说完她顿了顿，大概是犹豫该怎么说，但最后还是实话实说了，"我是在想陈伯你是不是想帮我才特意来找我。"

陈伯笑了："想帮你是真的，但我老伴儿回家，少爷缺人照顾也是真的。"说完又补充了一句，"少爷希望可以看见你，也是真的。"

乔岚知道郑墨对她现在很依赖，但是陈伯的话听起来有点怪怪的，乔岚也没多想。

陈伯坦坦荡荡地承认确实有帮她的想法，但是也确实需要乔岚的帮助，乔岚觉得，自己被说服了。

乔岚边上楼收拾东西边感叹，包吃包住，吃得很好住得也很好，为什么不去。

唉！自己真是太现实了。

乔岚的东西不多，带点衣服还有书，很快就下来了，等上了车和陈伯随便闲聊。

有些话，陈伯在郑墨在的时候不会说，但是现在郑墨不在，陈伯倒是没什么忌讳，比如乔岚真实的家庭情况。

陈伯问她不回家父母会不会着急等等，乔岚也没有瞒着的必要，站在一个旁观者的角度说了乔家的一堆事，乔岚觉得自己心态很好。

陈伯从后视镜里看了眼表情淡淡的女孩，心道这孩子确实比一般这个年纪的孩子成熟得多。

郑墨因为生病，所以很难和同龄人交朋友。当初陈伯就想，如果有一天郑墨有了关系很好的朋友，那个朋友应该会比郑墨大一点，如果是同龄人的话，也会比同龄人成熟得多，因为这样才可以有更多的耐心去包容郑墨的脾气，不厌其烦地去化解他的冷漠，从而慢慢去理解他。

看着郯墨长到这么大，从几年前的冷漠疏离，到现在一点一滴的变化，陈伯心头的欢喜没有人知道。虽然郯墨依旧面无表情，但慢慢懂得了主动，懂得怎么去关心人；明白了更丰富的情绪，高兴、生气、失望，甚至还有委屈，他一点一点地慢慢都在感受。

少年永远都只有黑白色的世界，现在慢慢地被添加了一些新的色彩，虽然很慢，但已经是让他无比惊喜的进步。

陈伯知道郯墨能遇见这样一个人有多难，所以才会想法子抓紧一切机会，想让郯墨和乔岚更亲近，比如今天的这番说辞，比如他特意和学校年级组长打过招呼，希望能把乔岚和郯墨分在一个班。

还好乔岚这孩子的成绩也非常好，要不然还稍微有点不好办。

郯墨对于即将到来的暑假，其实没有特别喜欢，虽然说现在有了乔岚的电话号码可以联系，乔岚也说有时间会来找他，还要请他出去吃东西，但是也没有说具体时间，就算是说了具体时间，也只是一次两次。

暑假那么长，将近两个月的假期，一次两次实在是少得可怜。

为什么暑假就放这么长，不能和寒假一样稍微短一点吗?

郯墨重新从书架上取出一本书，这才将乱七八糟的想法清除出了脑袋，一瞬间只剩下同龄人看不懂听不懂的符号与文字。

当郯墨全身心投入什么之后，就很难有动静能打扰到他，他专心地读完自己想读的所有内容后，觉得有些口渴，这才打开房间门准备去厨房喝口水，然后却在自己家看见了让他愣怔好半天的人。

乔岚坐在茶几前边的沙发上，手里也拿着一本书，正是郯墨给乔岚的那套世界史。刚刚进门后，郯墨房间没有动静，陈伯说郯墨在看书，所以乔岚也没有进去打扰他。

乔岚笑着看了眼呆呆的郯墨，指了指桌子上切好的甜橙：“看完啦，休息一会儿，吃点东西？”

郯墨还有些没反应过来，直到陈伯从自己房间出来，和郯墨简单地解释了一下，郯墨听完转头与乔岚道：“不用照顾我。”

“嗯？”乔岚抬头。

“陈姨不在，你住在这里就好。”

你住着就好，不用照顾他也不用做什么，郯墨觉得乔岚能来已经很好了，非常好了。

陈伯看郯墨这么实诚的样子，乐了好半天，他就知道把乔岚哄到家里绝对有好处。

郯墨整个人都开心了起来，但随之而来的还有压不住的紧张，虽然他依旧面无表情，但乔岚又看见了郯墨紧张时候在盘子里画圈的日常动作。

晚饭是郯墨的专职营养师做的，定时定点送过来，平常都是陈姨按照营养师的配餐自己做，现在陈姨不在，所以改成营养师亲自来。

乔岚虽然说以前到处打工，生活阅历已经挺丰富的了，但是因为从小没有一个家庭，对于做饭还真不太会，唯一还不错的是做甜点、泡咖啡，毕竟曾经在咖啡店打过很久的工。

乔岚在厨房里转了一圈。陈姨应该是个很喜欢研究厨艺的人，厨房里的各种工具应有尽有，冰箱里也有每天送过来的各种新鲜材料。

看着看着，乔岚就动了心思。

郯墨很喜欢甜食，乔岚在和郯墨当同桌两个月后就发现了这一点。

表面上冷冰冰的少年其实是个甜食控，反差很大，但还挺可爱。

乔岚拿着手机，凭借记忆搜索自己曾经做过的、而且很不错的几个甜点。毕竟太久没做了有点不大记得了，等搜好后截了图保存起来，准备等有机会试一试。

没想到机会来得这么快。

陈姨的老家离这里不算太远，开车的话大抵三个小时的车程，之前陈伯说陈姨家里出了点事，没有具体说是什么，结果几天过去，陈伯告诉乔岚自己也得过去一趟，今天走明天就能回来，所以得劳烦乔岚特别照顾郯墨一天。

乔岚在郯墨这里住了好几天，近距离地观察了郯墨的生活日常，却意外地发现郯墨在生活上其实很独立。

除了有时候够不到书架高处的书，郯墨能自己做的事情几乎都是自己完成的，洗澡、睡觉、换衣服。但陈伯还是同乔岚交代了很多，比如郑墨必须忌口不能吃的东西，比如睡前检查一下郑墨房间的窗户，他受不了夜风，晚上睡觉也不能有灯光，等等。

乔岚拿着小本本一一记了下来，坐在房间里却听得见陈伯和乔岚说话的郑墨，又开始紧张地用笔在书上画圈圈。

虽然和乔岚当了半年的同桌，但是起初乔岚来家里，他还是紧张。最近乔岚最近一直都在，郑墨终于没那么紧张了，但是现在陈伯要离开，也就是说只有他们两个人，郑墨又开始紧张了。

陈伯说完笑了笑，其实也没什么好担心的，郑墨又不是离不开人的小孩子，之前郑父也经常会让郑墨去自己那边住，他就是借着机会把这些说给乔岚。

等中午过后，陈伯稍微休息了会儿，就开着车离开了。下午时候，乔岚往郑墨依旧安静的房间里看了一眼，将那天自己截的一堆图找出来，删掉里边郑墨忌口的东西后，进了厨房琢磨了起来。

房子不大，一百四五十平方米，房间又很安静，郑墨坐在自己房间完全听得见乔岚拉开了冰箱，大抵是在找什么东西的声音。

郑墨盯着眼前的书好一会儿，控制着轮椅从房间里出来。

进了厨房，郑墨看见乔岚穿着陈姨平时穿的围裙，拿着手机正在找什么。一转头，乔岚就看见了郑墨。

“吵到你了吗？”乔岚放下手机，“我还想动静小一点的。”

“没有。”郑墨盯着乔岚身上的围裙道，陈姨每天都穿，郑墨从来没注意过，可是现在穿在乔岚身上，郑墨却有些移不开眼睛，又是和之前有时候一样，心头涌上了说不出的亲密感。

“你在，”郑墨终于将视线放在了其他东西上，“做饭吗？”

“我不会做饭。”乔岚笑了笑，“我想试试做甜点。郑墨，你喜不喜欢布丁，我布丁做得还不错。”

郑墨推着轮椅进来，视线落在桌子上的食材上，低低道：“喜欢。”

喜欢就好，乔岚兴致更高。

高难度的一些甜点她忘得差不多了，也不敢献丑，容易一点的还是挺有把握，她之前帮学姐做的鸡蛋布丁，来咖啡店的客人都挺喜欢的。

郑墨坐在轮椅上认真地看乔岚处理食材，看她将一杯白糖混了开水，然后一直煮一直煮，厨房里渐渐溢出甜丝丝的焦糖味。

乔岚看郑墨有兴趣，于是将模具拿到了桌子这边，一点一点地将焦糖还有调匀的布丁材料小心地倒进模具里，给烤盘加水后放进烤箱。

“等十五分钟就可以，然后趁这个时间可以再捏几个椰香芒果卷。”

这是一种糯米做的小甜点，糯糯的，甜甜的，黏黏的，乔岚自己很喜欢。

郑墨看她细长的手指熟练而又迅速地将糯米粉和了水，揉成面团，郑墨的视线顺着乔岚的手指一点点上移，最后落在乔岚的脸上。

他同桌真的好神奇。

分明和他差不多的年纪，却这么厉害。

她手指上沾了糯米粉，不小心擦在了脸上，郑墨盯着乔岚脸上白色的糯米粉，突然想伸出手将它擦干净。

乔岚在做了几份小甜点后，又加了一份鲜果捞，全是选的郑墨喜欢的水果。郑墨格外喜欢椰香芒果卷，但乔岚没敢让郑墨吃太多，这是糯米做的，吃多了胃会有点不舒服。

晚饭后陈伯打了电话过来，问两人一切怎么样，乔岚告诉陈伯郑墨已经去洗澡了，陈伯这才放心。等郑墨洗完澡换了衣服坐着轮椅出来后，不知道是因为洗了澡还是乔岚的错觉，乔岚总觉得郑墨脸色比平时更白了。

乔岚顿时有些不放心，忙问郑墨有没有哪里不舒服，一想到晚上吃的东西：“是不是胃疼？”

“没有。”郑墨头发还没有完全干，软软的，看起来格外乖顺格外可信，“没有不舒服。”

乔岚看着郑墨，眉头拧了起来。

郑墨习惯说话的时候看着对方的眼睛，但现在完全没有看她，乔岚顿时想起了上次郑墨骗她说不考语文是因为身体不舒服。

乔岚心里总觉得不安，但郑墨坚持说没事，和平时一样和乔岚说了晚安，转身进了自己房间。

乔岚看着少年单薄的背影好一会儿，这才回到自己房间。

怎么想都有点不放心，于是乔岚打开了房间门，然后躺在床上继续看之前下载下来的有关阿斯伯格症的那本书。

白天睡得足，晚上就不太困，时间一点一点过了十二点，乔岚突然听见郯墨房间里什么东西掉在了地上。

她蓦地从床上翻了起来。

但声响过后，又恢复了宁静，就像是什么不小心掉下来一样。

乔岚眉头蹙了起来，下了床小心地往郯墨房间那边走去。郯墨房间里很安静，一切就像是她的错觉，直到她突然听见一声很低却在夜里格外清晰的忍痛声。

乔岚急声敲了敲郯墨的门："郯墨，你怎么了？"

屋里又是蓦地一静，但紧接着又是"哐当"一声。

乔岚脸色陡然一变："郯墨，我进来了。"说罢打开门走进去，开了灯。

灯光下，郯墨半坐在床上，脸色煞白，被拉开的抽屉掉在地上，右手里抓着一个小小的药瓶。

乔岚怔了怔，这才疾步走了过去，正要问他到底怎么了，目光却骤然被少年因为慌张而被被子蹭起裤腿的右腿吸引。

白得晃眼的皮肤上，印着一道长达七八厘米的狰狞的刀疤。

乔岚只觉得心脏猛地一抽。

为……什么会有疤……

她知道郯墨从小有阿斯伯格症，后来又发生了车祸导致双腿瘫痪，可……为什么会有一道这么狰狞的疤，当初车祸留下的？

可是除了这道伤痕，周围没有一点点其他的痕迹，车祸不应该留下这么平整的伤口，而且这痕迹……

更像被刀之类的利器留下来的伤痕。

少年腿上的皮肤似乎比脸上手上更加苍白，和那些在操场上跑步打篮球的同龄男生的腿不一样，没有清晰可见的肌肉，小腿还有脚腕处异常纤细，不像男生，更像纤瘦的少女。

一眼看去，苍白、纤细，极具病态的美感，这却是小腿肌肉萎缩的初期表现——肌肉相对而言开始减少，肌纤维组织开始一点点地变细，最后逐渐消失。

此刻郯墨的腿上印着刺眼的疤痕，小腿微微颤抖，他慌慌张张地弯下腰将被子拉上来将腿盖住，乔岚看见他苍白的面容依旧不曾有什么表情，可抓着被子的双手却紧得过分。

他不想让她看见。

不想让她看见自己病态又恐怖的腿。

但他很疼，因为乔岚看见了他床上的药瓶，这是专门缓解神经疼痛、神经性病变等症状的药。

乔岚蓦地反应过来，郯墨不是胃疼，而是腿疼，腿部神经疼。

“要吃药是吗？”乔岚忙跑出去倒了水进来，按照药瓶上的说明取了药片递给郯墨。神经疼起来有多疼，乔岚不知道，她只能看见郯墨已经疼到眼神涣散，急忙掏手机，顾不上已经这么晚了，给陈伯打电话。

陈伯大晚上接到乔岚的电话吓了一大跳，惊得忙问发生了什么，待乔岚说完松了口气，但还是很着急：“每个月都会疼这么一两次，没有固定时间，他不去医院，疼起来只能吃药只能硬挨着，药就在他床头的抽屉里，只能吃两片不要多吃……我明天早上就往回赶……”

乔岚挂了电话后，急忙将药瓶收起来，去卫生间将毛巾用热水浸透了，拧到半干又回来，伸手拉开被子。

吃了止痛药却依旧疼得眼神都涣散了的郯墨在乔岚掀开被子的时候突然被触动了神经，他牢牢抓着被子，死活不让她看。

“郯墨，放开。”乔岚抓开他的手，“你的腿需要热敷。”

“不。”郯墨听不进去，也不想听，他知道乔岚要做什么，每次腿疼的时候陈伯也会帮他热敷按摩，郯墨从来没觉得陈伯做这些有什么，但在乔岚掀开被子的时候，郯墨脑子里只有一个想法：不能让乔岚看见。

他想推开乔岚的手，抬起头来看着乔岚的目光既涣散又恳求：“不要看。”少年向来平稳的声音，因为疼痛和难堪在止不住地发颤，“不要看……很难看……”

“不难看，郯墨。”乔岚抓住少年发抖的手，声音前所未有地轻柔，就像稍微声音大一点都会吓到这个脆弱的少年一样，“真的，一点都不难看，放开好不好，墨墨，听话，手拿开。”

她一点一点掰开郯墨的手指，将紧紧抓在被子上的手拿开，再将被子掀开，苍白的皮肤与狰狞的伤疤又重现暴露在了眼前。

乔岚将温热的毛巾捂在郯墨止不住颤抖的小腿上。

“烫不烫？”乔岚手拿着毛巾，感觉不是很烫，但是又怕郯墨对温度太敏感。

郯墨僵硬又无措地坐在床上，看着乔岚的双手隔着毛巾捂在自己小腿上，半晌后才低低地开口：“不知道，我感觉不到。”

他不知道烫不烫。

不但感受不到毛巾的温度，也感受不到乔岚双手捂在他腿上的力度。

他只能感觉到神经一阵一阵让人崩溃地疼。

郯墨说得无比自然，乔岚听在心里却是说不出的难受，这才想起来，刚刚陈伯电话里说，郯墨的膝盖以下完全没有知觉。

感受不到温度，也感受不到力度，可是他能感受到神经在疼不是吗？神经如果疼的话，那是不是说明并没有到不可恢复的地步？

毛巾很快凉了下去，乔岚又去卫生间重新浸了热水，来来回回热敷了半个小时，郯墨白得过分的小腿上稍微染了些许血色，那道疤痕也因为长时间的沾了热气变得更红。

郯墨一动不动地坐着，看乔岚一遍又一遍地帮他敷腿，很认真，很专注。

她好像真的……不怕，也不觉得难看……

药效渐渐上来，他终于不再疼得那么厉害了，小腿上依旧没有触觉，但许是心理作用，郯墨似乎可以感受到按在小腿上的双手的力度，他目光一动不动地盯着乔岚的手，看她最后一次拿开了毛巾，半晌后，手指轻轻地落在了那道伤疤上。

郯墨又不受控制地往后一退。

乔岚急忙收手：“对不起。”她道，罢了又轻声道，“……这道疤，是怎么来的？车祸时候留下来的吗？”

“不是。”郑墨又忍不住想用被子盖住腿，乔岚这次却没有再隔着毛巾，那双手直接按在了腿上，郑墨登时吓得一动不敢动。

陈伯说热敷完后最好能按摩按摩，乔岚不大会，但稍微捏一捏总归有好处。

“那是……别人弄伤的吗？”

“不是。”郑墨浑身又绷得紧紧的，双手放在身体两侧紧紧攥在一起，“是我自己弄的。”

乔岚正在按摩的手陡然一僵。

自己弄的……

乔岚这才恍惚想起，在原先的轨迹中，郑墨在车祸严重的创伤后产生了应激障碍，曾经有自残行为。

腿上的刀疤，就是那时候留下来的。

乔岚眼睛有些发酸，尤其是这么近距离地看着这道疤痕。郑墨这样一个感情如此迟钝的人，是经历了怎样的痛苦，才能产生创伤后应激障碍，将刀扎在了腿上。

乔岚想伸手去碰一下，却又怕郑墨疼，她将手收回来，小心地避开这处伤痕，重新开始按摩。

“我刚刚看到，那瓶药是缓解神经疼痛的。郑墨，神经还有反应，你的腿是不是还能治？”

郑墨又沉默了。

他一旦不想说话的时候，就是这个反应。

乔岚认识他将近一年，看得出他撒谎的痕迹，也依稀辨认得出他沉默不说话的时候代表的意思。郑墨的腿，也许是真的能治。

“能治为什么不去？”

因为不能去，也不该去。

一个本不该出生的人，一个本该在那场车祸中死去的人，却阴差阳错地活了下来，而不该死的，却死在了那场车祸里。

残次品依旧存活于世，为了这个残次品受累半生的母亲却永远离开。

他永远记得外婆对他说，他从一生下来就是母亲的包袱，他拖累了她十几年，最后甚至害死了她。

他不想活着，却因为母亲最后的遗言不得不活着，可是这双腿，这双在那场车祸中瘫痪的腿，既然已经废了，那就让它永远废下去吧。

乔岚最终等来了郏墨的回答，却没能听明白这个回答的意思。郏墨说，这是他应得的。

他想推开乔岚的手，告诉她不用浪费时间在这双腿上，可终究没有开口，他有些舍不得开口。

他感受不到力度，却依旧留恋这种感觉。

时间渐渐过了一点，少年因为刚刚的疼痛精神有些虚脱，终于慢慢闭上了眼睛，乔岚小心地将被子重新替郏墨盖好，坐在床边注视着少年苍白却又精致的面孔。

他从来不曾皱起的眉头，却在睡梦中微微蹙了起来，就连睡着都似乎饱受折磨。

乔岚伸出手，轻柔地按在少年眉宇处，缓缓地推开了蹙起的眉头。

第二天八点，陈伯就匆匆赶了回来。

昨晚他接到乔岚的电话后就再也睡不好了，好不容易挨到天蒙蒙亮，就直接开车往回赶。

郏墨昨晚太累，还没有起。乔岚起来有半个小时了，正在收拾营养师送来的早餐。

陈伯悄悄地打开郏墨的房间门，进去看过后默默地退了出来，回头看了眼怔怔的不知道在想什么的乔岚。

他小声喊了乔岚一声，乔岚这才回过神来，拿了早餐出来，坐在了餐桌的另一边，半晌后道："陈伯，郏墨的腿，其实能治吧。"

陈伯默了默，半晌后才道："可以治，但很难，成功率不足百分之二十，而且治疗过程……非常痛苦，最主要的，是……"

"是郏墨自己不愿意治。"

陈伯一愣，盯着乔岚看了好半天，眼神黯然地点点头："是，他根本不愿意治。"

他说，全是报应。

从厨房出来后，乔岚站在阳台上，深深地吸了一口气，她从来没有过这种毫无办法的无力感，根本不知道该做什么能做什么，她总以为阿斯伯格症已经很严重了，可是更严重的，是郯墨偏激又根深蒂固的思想。

早上九点三十分，郯墨终于起来了，他坐在轮椅上看着背对着自己的女孩，突然想起昨天晚上乔岚照顾了自己半晚上，甚至用手帮他按摩。

少年整个脊背陡然又挺直了。

乔岚听见动静转过头来，郯墨刚睡醒，软软的头发还没有收拾，有几缕不安分地向上翘起，呆毛瞬间给还有些愣怔的少年更添了些许傻气。

乔岚蓦地笑了。

郯墨看着乔岚脸上的笑容，迎着阳光，女孩的笑容比阳光还要耀眼，郯墨下意识地也想回乔岚一个同样的表情。

可到底不知道该怎么笑，面部肌肉就像不听使唤一样，最后依旧是那个古怪又滑稽的模样。

乔岚拍了一下手走了过来，看着少年道："我想到今天要做什么了。郯墨，我教你怎么辨认表情、怎么笑吧。"

郯墨洗漱完出来，已经换了衣服，脑袋上的呆毛也不见了，又恢复了往日那个冷冰冰又精致的少年模样。

乔岚看郯墨整整齐齐的头发，一瞬间还有些小失望。

抛开这些说到正题，乔岚最近一直在读那本有关阿斯伯格症的书，书里讲到这种症状无法根治，但是可以通过其他办法，让阿斯伯格症患者与正常人更接近，慢慢看得懂其他人的面部表情或者身体动作。

如果只是将这种病看成一种病，得这种病的人无法与人正常交流，那么无疑会让人很沉重，但如果换一种思维，比如将与人交流当作一门课程，把其他人的表情、动作当作另一种自己从未接触过的语言，这么理解，好像也不是太难。

因为没有接触过，所以不懂，但如果慢慢地去学习，也许可以做到正常交流。

郯墨不知道乔岚要怎么教他，看似很听话地坐在桌子跟前，但其实脑子里一团乱。

因为乔岚出去的时候将手机撂在了桌子上，郯墨一眼就看见了乔岚看的书上边大大的字母——AS。

然后整个人都呆在了原地。

他之前并不知道乔岚已经知道他是阿斯伯格症患者，也不想让乔岚知道，就像不想让乔岚看见他那怪异的腿和难堪的伤疤一样。

但是现在陡然发现，其实乔岚早就知道了，不但知道，还背地里了解这个病。

她是什么时候知道的？是怎么知道的？知道后到底是怎么想的？她会不会觉得我很怪异？会不会觉得我很麻烦……

乔岚出去没一分钟，郯墨脑子里已经不知道闪现过多少念头。

一会儿后，乔岚不知道从哪儿找来一面镜子，然后搬了椅子坐在郯墨旁边，胳膊时不时地擦着他的胳膊。不像平时坐在同桌时候穿着校服，家里很暖和，郯墨能够感受到乔岚温热的皮肤，比自己的暖和很多。

乔岚将镜子放在郯墨面前："好啦，我们先从最基本的开始学起，也就是笑。笑有很多种，微笑、大笑、苦笑、冷笑……好多好多，我们学习最简单的就好，比如说最基本的微笑，看我！"

郯墨转过头。

啊，好近。

"不管是什么样的笑容，一般都是唇角上扬的，有些笑容上扬弧度大一点，有些小一点。微笑是大家常做的表情，简单的理解就是稍微笑一笑，稍微，懂吧？稍微就表示笑的弧度不大，所以嘴角上翘的弧度也不是很大，就是我现在这个样子。"

乔岚面带微笑地看着他，指了指自己的唇角："唇角上扬，一般会露出牙齿，然后眼睛会有一点点眯起来，整个面部弧度是向上的。"乔岚又用双手示意了一下向上的动作。

"如果一个人脸上五官是这样的话，那他很大可能就是在微笑，一般大家微笑的时候心情都很不错，笑容会让人变得更自信更好看，大家看见对方面带笑容，也会随之变得心情很好。”

郑墨看着乔岚近在咫尺的脸，有些不自然地挪开了视线。

他也觉得一个人笑的时候会更加好看，就像现在的乔岚，他觉得此刻的她真的特别好看。而且他似乎真的可以感知到情绪，这一刻他的心情确实是很好的。

“那我们先学习微笑，好不好？”乔岚将镜子放在郑墨面前，自己依旧保持着面部表情，“像我这样，唇角扬起来……”

郑墨终于明白乔岚找镜子是干什么用的了。

他动了动僵硬的面部肌肉，转头看着乔岚，觉得自己已经将她的面庞深深地印在了心底，可是等自己做起来，却远远没有那么简单。

正常人根本不用学这些，心里是什么感觉，五官便会自发地做出相应的变化，可对于郑墨而言，心里的感觉和脸部表情好像是不同的枢纽，他需要发出二次指令，控制自己的五官去做出相应的变化。

不是从心而发，而是模仿。

就像乔岚一开始说的，将这个过程类比成学习一门新的外语。

记住一个情绪所对应的面部表情，就像记住一个新的单词，但是重新思索，再想办法表现出来，也就是将新单词组词造句。

郑墨想起小时候学校一起拍照，摄像师对着他大喊让他微笑微笑，可是他不懂什么是微笑。

如果那个时候摄影师能像乔岚一样，告诉他微笑时候具体要怎么做，他也许也可以在童年时候，留下一张微笑的表情。

唇角要上扬，眼睛要微微眯起一点……

乔岚坐在旁边，歪着脑袋认真地看着他。

郑墨做得很认真，但是他从来没有过这样的学习，所以一开始总是艰难的。唇角扬起来了，却一高一低，不像微笑，更像是冷笑；眼睛眯起了，更像是有目的地打量而非笑眼。

“嗯……不太对。”乔岚道，她往前靠了一点，伸出手指突然落在郑墨的唇边，郑墨古怪的笑意顿时僵在了脸上，机械地转过头来对着她。

乔岚细细打量了一番，左手抬在郑墨下巴上，右手点了点他右边唇角的位置:“这里再上扬一点，对就这样，不要紧张，不要怕露牙齿，我们墨墨牙齿这么漂亮……咦，是橘子味的牙膏吗？”

郏墨感觉着乔岚温热的手指落在面颊上的位置，紧张得根本不知道做什么表情，听到乔岚这么说下意识道:“橙子。”

“我也喜欢橙子味。”乔岚笑了起来，“一会儿我们榨橙汁喝好不好？”

郏墨眼睛微微弯了起来，忙道:“好。”

“别动别动。”乔岚突然急声道，“就保持这样。”乔岚急忙掏出手机。

郏墨笑起来总是有些古怪的，可是刚刚那一刹那，他笑眼弯弯、唇角上扬的弧度格外好看。

迎着阳光，乔岚将这一刻的郏墨记录了下来。

阳光、少年、微笑。

乔岚将手机递给郏墨:“笑起来是不是很好看？”

郏墨接过手机，看着手机上自己的样子，抬起头看了乔岚一眼。

笑起来确实很好看，但他想的是乔岚。

她笑起来最好看了。

陈伯从外边进来，看见这张照片诧异了好半天，诧异完了忙让乔岚将照片发给他。

乔岚将照片发给了陈伯，又发给了郏墨，然后自己也盯着照片看了好半天。

长得这么好看，就应该多笑一笑啊，笑起来更好看了，经常笑大家也会更喜欢他，会有更多朋友、更多理解的人接近他。

之后的每天，乔岚和郏墨都多了一门新的课程，就是辨认表情。

先开始辨认，再慢慢学习模仿。

乔岚在看书的时候，看到书中推荐了一款软件，这款软件的开发者请了一位演员，展现了特定的与情绪情感相关的脸部表情、身体语言以及说话特色，而为了让人更简单地了解感情，开发者还为每一种感情编写了相应的小事件。

比如你期望在生日那天从父母那里得到一份礼物，可是父母忘记了你的生日，这时候所产生的感觉，就是失望；比如你没有做错任何事情，但是所有人都认为你做错了，这时候的心情，大抵就是委屈。

乔岚让郑墨先看，然后让他猜对方想表达什么感情，做出这个表情的时候是什么情绪，等郑墨回答后再看相应编写的故事。

郑墨真的很聪明。

依靠这样的学习方法，他很快记住了不少感情所对应的面部表情和身体语言，也逐渐理解了一些他之前不能辨认的感情。虽然对于常人而言，这种辨认方法很刻板，也会出现很多差错，但对郑墨而言，无疑是一种进步。

暑假就这样一天一天过去。刚刚放假时，郑墨觉得暑假太长，可是现在又觉得有些太短。

即将开学的前几天，陈姨终于从老家回来，回来后看见乔岚愣了好半天。

都说青春期的女孩子，一天一个模样，好几个月不见乔岚，陈姨都有些认不出来了。

乔岚的肤色本该很白的，毕竟乔母和乔二姐以及乔源都很白，乔大姐也大抵是因为营养不良又每天太劳累，所以脸色差一些。

乔岚经过郑墨将近一年的投喂，把以前欠缺的全数补了回来，肤色不再是之前的暗黄低沉，终于恢复了这个年纪的少女该有的白皙。

皮肤一白，原本就很出色的五官更加长开了些，就像是被擦干净的蒙尘许久的珍珠，露了原本的模样。原本只是个堪称清秀的小姑娘，陡然就变成了让人移不开眼的漂亮女孩。五官精致、身形极好、双腿修长，走在大街上绝对是惹人回头注目的惊艳存在。

乔岚看着镜子，也终于相信了一个人的肤色对颜值到底有着多大的影响。

郑墨坐在轮椅上，听着陈姨一遍又一遍地夸乔岚漂亮，也生出了几分与有荣焉的感觉，好似陈姨夸的那个人不是乔岚而是他。

终于到了暑假的最后一天，乔岚收拾好东西，提前返回学校，收拾一下宿舍，明天早上就去报到。

说起来还有些紧张，不知道到底分到了几班，不知道能不能和郑墨分到一个班。

陈伯乐呵呵地亲自送乔岚去学校，等走的时候留下一句话，说让她放心，这才扬长而去。

乔岚走得急，没反应过来，等第二天正式开学后，来到布展板的地方找到了分班情况，看到自己和郯墨的名字都出现在18班的学生名单上后，她轻声一笑。

原来让她放心是这个意思。

比起上学期报名时候大家稀稀拉拉的状况，高二重新分班，同学们热情高涨得挤在教学楼下边的展板上，在几十张分班表上找自己的名字。

比起那边的文科班，理科班因为班级太多，更是挤得透不过气。

乔岚对自己的成绩有把握，所以直接在18班和28班的名单上找，结果在18班的名单上不但找到了自己的名字，还有郯墨的名字。

乔岚心满意足地从人群里退了出来，正要去找教室，听到背后有人用有些不确定的声音喊了她一声。

“乔岚？”

乔岚回头，看见陈曜阳还有秦洋、李凡等一众男生。

虽然已经分了班，但这帮“狐朋狗友”们好像丝毫不受影响，依旧凑在一起，惹得周围女生频频往这边看。但秦洋却注意到更多男生女生都往另一个方向看。

那女孩太显眼了。

夏天刚刚过去，天气还有些炎热，来报名的学生们没有穿又宽又没型的校服。那女孩上身穿着最简单的白色T恤，下边是一条牛仔裤，脚下也是大家最常穿的白色帆布鞋，可还是让人忍不住看了又看。

这个年纪的男生女生，对好看的一切总是充满兴趣，秦洋几人难免多看了一眼，第一时间没认出来，还道这是哪个班的哪个妹子，怎么之前没有见过。

可等女生从人群里出来，看见既陌生又熟悉的脸，就连一直神情自若的陈曜阳都怔了怔。

他们终于知道这么多人在看什么了。

长相分明还是熟悉的，可是整个人变得不一样了。女孩肤色白皙、五官精致，即使扎着马尾将整张脸暴露出来，也丝毫不影响她的漂亮。

有些女孩的漂亮是柔和的，就像宋瑶，没有任何攻击性的长相，一眼看过去也许不会惊艳，却很耐看；有些女孩的漂亮是折中的，不具有太大的特色但很好看。但乔岚一眼看过去可以让人感觉到侵略性，尤其那双眼睛，瞳孔极黑，眼尾张扬地上扬，映衬着如今白皙的皮肤，好看得扎眼。

秦洋在叫乔岚名字的时候，都有些不敢确定，直到女孩朝他们淡淡点了点头转身离开后，才反应过来。

等乔岚走后，周围的学生才开始议论起来："那是乔岚吧？"

"我不知道，我就知道乔岚学习贼厉害，原来长得也这么漂亮吗？"

"以前没这么漂亮来着……"

陈曜阳几人站了好一会儿，李凡才一副我早就说过的模样："我说什么来着，我之前就和你们说乔岚五官特好，如果皮肤白绝对比宋瑶好看，你们还不信，这回信了没？"

"我真觉得宋瑶还有盛诗璐比不上乔岚。"

"不要你觉得，我也这么觉得……哎哟！曜阳我没说宋瑶不好，宋瑶和乔岚不是一个类型……"

陈曜阳不着痕迹地往乔岚离开的方向看了一眼："她几班？"

"谁？宋瑶？刚刚不是听见了吗，8 班。"

陈曜阳："……这个我早知道，我说乔岚。"

"哦哦我过去看看。"秦洋一米九的个子挤了进去，没一会儿钻了出来，"乔岚也在 18 班，和你一个班。"

陈曜阳眼睛眯了眯，没有太意外，毕竟乔岚在 18 班的机会有百分之五十。

乔岚在二号教学楼的一楼找到了 18 班的位置，新班主任坐在讲台上，一个一个地对学生进行登记，教室里已经来了挺多同学，每个人看起来都挺兴奋的，每进来一个同学都抬头看一眼，有没有眼熟认识的。

乔岚走进来的时候，教室里静了一刹，为数不多的同学们愣神地看着乔岚，大抵觉得她走错了教室。

毕竟这里是理科班。

等终于有人认出这就是年级排名永远在前二的乔岚，只剩下震惊与兴奋。学霸和美女都让人激动，两者相结合，效果加倍。

郝英在进教室的时候，一眼就认出了乔岚的背影。

在高一某次考试的时候，他曾经坐在乔岚后边，盯着乔岚的脑袋发呆了将近半个小时，那次考试，他的数学成绩达到了有史以来的最高峰。

郝英本就自来熟，因为这么一次考试，总有种自己和乔岚挺熟的错觉，后来在路上遇见乔岚的时候总会主动打声招呼。

现在一进班就看见了乔岚，假装没听见有人小声嘀咕郝英为什么在这里的碎碎念，迈开长腿跨到乔岚跟前，坐在了乔岚后边的位子上，龇着一口大白牙戳了戳乔岚：“我一看这马尾就知道是你，以后一个班还请多……”

前边的女孩蓦地转过头来，郝英不曾提防便撞进了那双凤眼。

一句“多多指教”没能说出来，看着这张极具冲击性的漂亮脸蛋，平时能说会道的郝英突然哑了。

乔岚看了郝英一眼，微微有些惊讶，郝英成绩不差，但是绝对没有好到可以进这个班，乔岚有些不确定地问他：“你也在这个班？”

郝英愣神之后回过神来，显而易见地兴奋了起来。

“我爸说让我沾染沾染学霸们的学习氛围，把我扔到了这儿。”这人一点也不忌讳告诉别人自己是走后门进来的，诚实得让乔岚有些不好意思问下去，只能点点头“哦”了一声：“多多指教。”

郝英笑得更开心了：“多多指教。”

曾经高一的时候，13 班就是全年级最受瞩目的班级，永远占据年级前三的位置，高一最受欢迎的帅哥美女也都在这个班里。

如今高一过去高二来临，18 班在报名第一天就又成了焦点，曾经帅到不相上下的陈曜阳与郝英居然进了同一个班，而一个暑假过去突然变漂亮的乔岚，也成了开学第一天的热门话题。

一个个报到结束，班里学生已经来了一大半。

两个尖子班，差不多都是抽取当初每个年级的前几名，所以如今班里每个人总有一两个相熟的同学，毕竟组成了新班级，大家都不熟，所以大都选择和以前的同班同学同桌。

可郝英大大方方地走过来，指了指乔岚旁边空着的位子：“乔岚，咱俩同桌行不行？”

班里的男男女女闻言都往乔岚那边看去，目光落在两人身上，也不知道是羡慕乔岚还是羡慕郝英。

学校的女生曾说郝英的笑容让人不忍心说出“不”字，现在这样的帅哥征求意见，大抵是没有女生能拒绝得了的，尤其刚刚还看见乔岚和郝英聊了好一会儿天。

结果乔岚倒是想也没想就拒绝了。

“不好意思，”乔岚笑了笑，“我已经和别人约好一起坐了。”

别人？约好了？班里几乎都到全了，就连陈曜阳都到了，还有谁没来？

直到第二天，所有人看见那个苍白的坐在轮椅上的少年才突然回过神来，原来是郯墨。

大抵是郯墨和所有人都不同，他们才没在第一时间想起他。

话说回来，和乔岚一个班的不只有陈曜阳，还有郯墨。

这个让所有人无比好奇的年级第一。

许多人都盯着他看，郯墨却只在许多人中看见了乔岚，唇角无意识地上扬，那张冷冰冰的面孔骤然像融了的冰雪，离他很近的一个女孩看着这样的郯墨，突然有些脸红。

郝英的新同桌小声地与郝英道：“我听说乔岚以前和郯墨就是同桌，乔岚经常照顾郯墨。”

“之前盛诗璐想欺负郯墨，乔岚还护着他来着。”

“是吗？”郝英点点头，想了想点评一句，“人美心善。”

旁边几个人都笑了。

现在的乔岚无疑是美的，主动关心郯墨这样的人，确实也是心善的，以前关照，现在还继续关照。

乔岚小声地与郯墨道："原来你和陈伯早就知道我们都在一个班，居然不提前告诉我。"

"惊喜。"

乔岚笑了，确实很惊喜。

"陈伯说让我放心，我还没明白是什么意思，等看见名单后才知道。"乔岚道，突然转头看见陈曜阳，"我没想到陈曜阳居然和我们也在一个班，不过裴宁分到28班去了。"

"嗯。"郯墨应了一声，他对裴宁和陈曜阳都不感兴趣，只是听乔岚说而已。

他们其实待在一起已经有一个暑假，上次见面也不过就在前天，可再看见重新换上校服的乔岚，郯墨还是觉得有种许久不见的新鲜感。

乔岚察觉到了郯墨的视线，笑着转头问他怎么了。

郯墨目光落在乔岚脖子上一晃一晃的玉坠上："没事。"

乔岚顺着郯墨的视线，低头看了眼玉坠子，小声与郯墨道："一直没有问你，这个是不是很贵。"

"不贵。"郯墨看着乔岚摇头，自从发现乔岚对这个很敏感后，郯墨就学聪明了，绝对不会让乔岚知道具体金额。他侧着头与乔岚说话，却敏感地觉察到了周围看过来的视线。

没有人比他对旁人的注视更加敏感，每当有人看他的时候，郯墨总能感觉到附着在身上撕也撕不下来的不舒服。

他早已熟悉了旁人怪异的注意，也已经逐渐习惯，每次接触到新的人，进入新的环境，各种各样的打量总是在所难免，这些他早就已经猜到了。可是即使如此，郯墨还是觉察到往这边看的视线比往日更多，他发现，在乔岚和自己说话时，被人注视的不舒服感总会更加严重。

郯墨在这一刻，突然明白了过来，他们看的，是乔岚。

乔岚觉得，十五六岁这个年龄，无论是男孩子还是女孩子，从本质上都不会太坏，所以她不觉得高一（13）班的那种氛围可以代表整个附中，以及其他人，对于高二新的朋友，乔岚还是挺期待的。

等真正进入新环境之后，乔岚终于感受到了正常高中的生活氛围。

高二要开始上晚自习，很多家里住得比较远的学生也都纷纷选择了住校，于是班里边的住校生比例迅速上升，宿舍也重新分配过，这次乔岚和同班的七个女生一间宿舍，如果不出意外，将来两年内都不会再换宿舍。

新舍友们都挺好相处的，尤其是和乔岚住上下铺的叫白钰的短头发女生。两人性格相近、爱好相近，最近乔岚都是和白钰一起吃午饭和晚饭，郏墨不来上晚自习的时候，白钰会搬凳子坐在郏墨的位子上。

教室的座位，是一开始报名时候大家自己选的，新来的班主任对这方面好像也不太在意。这位班主任是个讲题狂人，就算班会课也要争分夺秒地讲几道数学题。

理科尖子班只有两个，所以每个班的人数比普通班多很多，有些普通班甚至不到五十人，但是18班和28班都是整整六十个人。

班里男女比例七三分，全班女生加起来也没二十个。

乔岚的前后左右，只有后桌是两个女生，其中有一个叫项小寒的女生和乔岚住一个宿舍。

项小寒性格开朗，当初刚刚座位定了之后，项小寒在主动和乔岚自我介绍后还和郏墨说了话，不过有些可惜的是，郏墨要熟悉一个人太慢了，所以一开始并没有理她。

班主任在班会课的时候做了简短的一段讲话，他说尖子班就要体现出“尖子”两个字，尤其班主任认为曾经的年级前三都在18班，所以这学期国庆节之后的第一次月考，18班必须超过28班，拿下头筹。

说罢，班主任意有所指地表示，大家要把心思放在学习上，不要每天弄出那么多的幺蛾子。

班里一众人听完这话，转头瞄了眼因为个子太高而坐在最后的陈曜阳和郝英两人。班里因为有了这两个人，教室门口一到下课总是有一大堆女生，全是别班的。

班主任上课上了这么多年，还从来没遇到这种情况，就差没指名道姓说这两人的名字了。尤其是郝英，班主任直接说有些学生不是靠成绩进来的，要好好看清自己的位置。他最后想说陈曜阳，还是忍住了，毕竟陈曜阳的成绩还是很能打的。

乔岚一边听着班主任说话，一边做着题。

班里虽然经常闹哄哄的，但是学习氛围很浓厚，大家的学习态度也还不错。

现在这样的强度对乔岚来说不算什么，唯一让她有些担心的，那就是分科后自己会丧失一定的优势。

以前能拿年级前三，现在可说不准了。毕竟以前能压陈曜阳那么多分，大多数都是因为自己的政史地比陈曜阳好不少。

对了，还有语文。

高二的物理好像突然上升了一个难度，乔岚应对得不是太轻松，但是每当将题递给郯墨后，郯墨永远能在一分钟内算出答案，乔岚都忍不住羡慕郯墨。好不容易等班会课下课后，郯墨简短几句就将一道题的精髓点了出来，乔岚心服口服地小声与郯墨道：“你怎么这么聪明。”

郯墨停下笔，转头看看乔岚，想了想道：“你也很聪明。”

乔岚蓦地笑了：“可不敢在你面前说聪明，我还是有点自知之明的。”

话音未落，身边的光线一暗，乔岚转头看见郝英坐在了自己右边的空位上。

郝英不在意告诉别人自己是花钱进的这个班，但被班主任当着这么多人的面夹枪带棒地骂一顿，就算不在意也变得在意了。郝英最近就像被班主任的话刺激到了一样，每天也开始认真学习，上课认真听讲，下课一有时间就找同学问问题，但大多数时候都会挤到乔岚的桌子跟前。

乔岚一开始讲得还挺有耐心的，但郝英来的次数多了，她也有些想推辞，可一转头对上郝英灿烂的笑脸与很认真的架势，乔岚默了默，只能换个说辞委婉道：“其实你可以问问你同桌，他数学也很好。”

乔岚对郝英同桌的名字有点印象，好像是原来5班的第一名，每次考试绝对可以考进年级前十。

“早问过了。”郝英一脸认真，“他不会我才来问你的。就这个这个，我做了一半做不出来。”

乔岚盯着题看了片刻，拿过郝英递过来的本子，接着郝英做的步骤讲了下去。

乔岚的真实年龄是二十岁不是两岁，郝英来的次数太多，乔岚也不可能一点他的意思都猜不到。但郝英没直白说过什么，而且他问问题确实挺认真，乔岚也不好直接开口。

乔岚一边给郝英讲着题，一边突然有了个念头。自己天天找郯墨讲题的频率比郝英多多了，她才给郝英讲了几天就有些没耐心，郯墨每天跟上课一样地给她讲题，会不会也觉得烦?

等郝英问完题后，坐在乔岚和郯墨后边的项小寒笑着问郝英：“你们以前就认识啊？”

郝英一张帅脸笑得更灿烂了：“认识啊，高一第一学期就认识了。”他来这里找乔岚问题，主要心思其实在乔岚身上而不是在题身上，现在项小寒特意问他，又多了继续待在这儿的机会，他自然心情大好地说了起来。

“你猜我怎么认识她的。”

“怎么认识的啊？”虽然 18 班的姑娘们对学习更热衷，但是大家也喜欢和帅哥讲话。

“高一第一学期期中考试我坐乔岚后边，”说到这儿郝英顿了顿，乐了，“唉算了不说了，有点丢人。”

“说话说一半，你要急死人啊！”项小寒几个人笑了，乔岚坐在座位上皱了皱眉头，想说什么但终究忍住了。

乔岚重新将注意力放在了之前的物理书上，转头喊了郯墨一声。

郯墨蓦地转头看她，一瞬间乔岚对上那双漂亮的浅褐色眸子，可是和平时有些不太一样，不是毫无感情的冷漠，也不是看她时候的轻松，里边沁着乔岚已经很久没有看见过的暴躁。

上次出现这种状态，还是很久以前自己不许郯墨来西餐厅的时候。

乔岚陡然被郯墨吓了一跳，下意识一把抓住他的胳膊：“你怎么了？”

郯墨定定地盯着她看了足足两三秒，突然像醒过来一样。

这个班级对乔岚来说很不错，没有高一时候不友好的同学，就连郯墨都能看出来，班里的同学对乔岚很热情，尤其是男生。

乔岚的座位周围，不再像高一时候只有裴宁一个来问东问西，现在每到下课时间，总会有人故意聚在这里，每天来这里同乔岚说话的人突然增多，就像曾经 13 班的宋瑶一样。

郯墨并不傻，他虽然对感情迟钝，却也能发现，乔岚曾经在 13 班的时候并不受欢迎，甚至还受到了排挤。

当两个人有着相同境遇的时候，总会产生微妙的亲近感，他们同样不受欢迎，同样没有其他的朋友，所以两个人之间似乎有着别人根本无法插足的错觉，所以就算裴宁每天都来找乔岚，郯墨也没有真正讨厌过裴宁。

可是现在，一切都不一样了。

郯墨一天一天地认识到，他和乔岚之间的空间，慢慢地插进了各种各样的名字。

有男也有女。

可让郯墨最烦躁的是，这一切是他一手推动促成的。

他曾经因为别人看不到她的好而感到不平，所以用了一年多时间亲自将乔岚送到所有人面前，他想让那些不知道她有多好的人看见乔岚的好。

现在如他所愿，所有人都看见了。

他却忘了一点，每个人都是向往美好的，有人发现了乔岚的好，所以也和他一样选择了靠近。

郯墨低头看着乔岚抓在自己衣袖上的手，他伸出手，却又想到了什么，蓦地收了回去。

刚刚那一刹，他居然想伸手握住这只手。

他想不通自己为什么会突然生出这样的冲动，也想不清楚为什么没有这么做，他只知道心底里有个声音告诉他这不可以。

郯墨其实第二天就认出了郝英。

那个曾经走在乔岚身边说着笑着的阳光而又健康的、最近一直出现在乔岚身边的男生。

他控制着自己不要再去想郝英，不要去想郝英刚刚说过的话，重新将视线落在乔岚脸上，扯动着唇角道：“没事。”

自从乔岚教会了他怎么去笑以后，他为了让乔岚开心，不知道对着镜子重复过多少次，重复到后来只要提起唇角就可以熟练地完成这个表情，甚至已经成了下意识的反应。

乔岚看他笑了，但还是不放心地在郏墨胳膊上又捏了捏，大抵是想给他放松放松。

她和郏墨在一起住了将近两个月，两个月在一个空间里生活，难免多了许多自己都不曾察觉的亲昵，她甚至帮郏墨按摩过腿，所以丝毫不觉得这样的举动有什么。

在一旁正说话的郝英，在看见郏墨对着乔岚时露出的笑容和乔岚右手落在郏墨身上的动作时，表情瞬间一滞，片刻后才移开视线，重新和其他人交谈起来。

第八章

流言

自从上次离开乔家，已经过去了半年，半年时间里除去之前高一的班主任说乔母联系过他一次后，乔岚和乔家再也没有任何联系。

她平时住宿舍，但是周末的时候，陈姨会打电话让她去家里吃饭。

又到一周周末，同宿舍与乔岚关系很好的白钰随口问她："回家吗？"

"对。"其实是要去郯墨家。

白钰迅速地收拾好自己的东西："下周去我家玩吧，我妈妈说想见见你。"

"见我干什么，你和你妈妈说什么了？"

白钰眨眨眼睛："就说我上铺是全年级学习最好的、长得最漂亮的女生。"

乔岚一口水差点喷出来："你快打住，我怕了你了。"

"怕什么啊，我实话实说。"白钰乐了好半天，"我先走了，记得回家告诉你爸妈，下周去我家玩。"

"知道了。"乔岚摆摆手，回去收拾好书包出了校门，陈伯和郯墨已经在车子里等了好一会儿。

上车后，陈伯和乔岚聊天，郯墨和平时一样安静地听着他们说话，等了一会儿后乔岚想起白钰的邀请，转头与郯墨和陈伯道："差点忘了，下周我有点事，就不过来了。”

“什么事？”郯墨转头问她。

陈伯也从后视镜里看了乔岚一眼：“你父母打电话了？”

“这倒没有。”乔岚道，“我舍友说想让我下周去她家里玩。”

“这样，”陈伯点点头，“挺好，你们年轻人就该多交交朋友。”

郯墨隐在一边的手不自然地攥紧，沉默地看着车窗外飞快掠过的风景，没有人知道他在想什么。

每周乔岚来的时候陈姨都会准备得特别丰盛，乔岚吃完后想帮陈姨洗碗，却被陈姨赶了出去，让她去和郯墨说话。

乔岚笑了笑，出了厨房，找到郯墨的时候，郯墨又在看书。

乔岚坐在旁边歪着脑袋看了好半天，道：“郯墨，有时候你可以看一看除书以外其他的东西，比如电视剧、电影，比你专门看人物情绪解读的书籍要直观得多。”

郯墨合上书，语气淡淡道：“看什么？”

乔岚刚刚是提意见，没想到郯墨采纳得这么快。她想了想道：“我觉得你会对科幻类的电影很感兴趣，不过我建议适当地看一些感情向的影片。”

爱情、亲情、友情等，都可以。

“我一时间也想不起具体的，有时间可以在网上找一找，找那些经典电影，都是很不错的。”

郯墨拿出手机点了几下，搜索出一堆片名，全是各种世界著名影片，《海上钢琴师》《泰坦尼克号》《剪刀手爱德华》等。

于是，当天乔岚陪着郯墨和陈伯、陈姨一起坐在客厅里，看完了《海上钢琴师》。

看电影是过程，主要的目的是让郯墨去感知电影要表达的感情。钢琴师热爱音乐，对所热爱的事物一直保持纯真，他生于那艘大船，又随那艘大船一同沉没于无尽的海洋。

陈姨看得泪眼蒙眬，陈伯也不停地叹气，只有郯墨冷漠如初。

在最后沉船后，乔岚问郯墨知不知道为什么钢琴师没有选择下船，郯墨目光依旧盯着屏幕，却说出了准确的答案。

他能说出纯真与自由，这让乔岚很开心。

但他在看见最后的结局后依旧毫无波动，也难免让乔岚失望。

乔岚呼了口气安慰自己，不能一口吃个胖子，一切都得慢慢来。能感受到钢琴师所向往的感情已经很不错了，观众应该有的情绪，可以慢慢地进步。

"以后有时间，可以找一部电影，如果我不在的话，可以找一找影评，对比一下自己看过之后和其他人看过之后有什么区别。"

郯墨下意识想问你不在是去了哪儿，又蓦地想起下周乔岚就要去舍友家，抿了抿唇，终究没有说什么。

等周一回到学校，十一的临近让学生们又开始变得躁动不安。

除去十一放假，让大家更兴奋的是，放假前三天，学校准备开展为期三天的田径运动会。运动会代表着什么？代表着不用早起，不用上课，可以自由带手机。

体育委员站在讲台上统计报名参加运动会的同学，班主任站在一边随时参考。

陈曜阳和郝英喜欢打篮球，可惜附中开的是田径运动会不是篮球运动会，于是两人都蔫了。班主任盯着名单看了好半天，又在班里目视一圈，噌噌噌地点了五六个高个子男生的名字，其中就包括陈曜阳和郝英两人。

"长这么高的个子不参加干什么，一人一个。"

体育委员一脸"不关我的事"，最后郝英和陈曜阳一人选了扔铁饼，一人选了跳远，将跑步留给了其他几个人。

班主任安排完男生后开始安排女生，乔岚有种不大好的预感，果然下一刻她就被班主任点了名字。

"乔岚，我听说你每天晚上都在跑步，怎么就报了一个接力？都积极参与一点，给乔岚加一个八百米。"

乔岚："……"

班里的男生女生都对乔岚投去"你怎么这么惨"的目光。

乔岚叹了口气，跑就跑吧，她确实每天晚上都要围着操场跑好几圈，但她就是不想参与。那个接力赛，还是实在人不够凑上去的，理科班女生实在太少了。

等全部报名结束，班主任又点了乔岚，交给她一个工作。

运动会当天，每个班级都要走方阵，每个班选出一个女生走在前边举牌子，班主任也没让大家选，直接定了乔岚，定完后好几个男生起哄欢呼了起来。

原因无他，因为举牌子的那个人，有固定的着装打扮。

班里有女生羡慕，但也没人反驳班主任的意见，对于乔岚这种学习拔尖、长得又好个子又高的女生，实在让人想不出理由反对。

一节班会课又这么过去了，下课后从身边走过的同学随口与乔岚说笑几句，乔岚等身边清净了转头问郯墨："运动会那几天你来不来啊？"

郯墨平时晚自习都不来，运动会很可能不会来。

郯墨手中的笔不停，道："不来。"

来做什么？他没法参与，运动会和他一点关系也没有。

乔岚早就猜到会这样，但还是有些失望，她想让郯墨多和大家接触，但话说回来，看见赛场上其他人健步如飞，对郯墨而言可能更是一种折磨。

这么一想，乔岚觉得郯墨还不如待在家里看书、看电影。

于是这个话题就此结束。乔岚趴在桌子上叹了口气，她还是想劝郯墨早点去接受治疗，郯墨的腿部神经现在还有感觉，但是拖得久了也许就真的很难救了。

可她不大敢说。

陈伯说郯墨腿上那道刀疤就是因为当初他们强行让郯墨接受治疗，郯墨自己扎的。

晚上乔岚拉着白钰出去跑步，早上下早自习后，郯墨带了陈姨切好的水果给乔岚。

乔岚和平时一样将那些很甜的水果递给郯墨，一边吃着东西，一边听郯墨给自己讲题。

乔岚想起最近郝英找自己问问题时的感受，突然问郯墨："郯墨，你天天这么给我讲题，会不会觉得烦啊？"

郯墨抬头，漂亮的眼睛定定看着她：“为什么这么问？”

乔岚往左右看了一眼，然后靠近郯墨用只有他们两个人能听见的声音道：“因为郝英天天找我问题，我有点烦。”

郯墨怔了怔，突然间笑了。

阳光懒洋洋地映在郯墨的身上，少年那冷冰冰的五官，在笑容之下，好看得让人晃眼。

坐在乔岚和郯墨后边的项小寒又不禁想起了刚刚进班第一天见到郯墨的时候。

那天也是映着晨光，郯墨眼睛弯弯，她被少年精致无比的面容所震撼，愣怔在了原地。

鬼使神差地，她坐在了郯墨和乔岚后边的位子上。

可是已经过去了将近一个月，郯墨从未和她说过一句话，就算是她主动同郯墨打招呼，郯墨也没有一点回应，更不用说对着她露出这样的笑容。

项小寒突然觉得有些讽刺。

她是比不上乔岚成绩好，也比不上她那么好看，旁人都这么觉得也可以，可是郯墨又有什么资格这么想。

项小寒有时候想直接开口讽刺，但每每看见郯墨面对乔岚时候的温柔与耐心，她所有的不满又在一瞬间变了味道。

刚刚郯墨又对着乔岚笑了，项小寒咬了咬唇，将脸上的复杂表情清扫干净，声音听起来自然而又欢快：“郯墨，你天天给乔岚补课，有时间也帮我补补吧。”

乔岚看了郯墨一眼，郯墨脸上的笑容一瞬间收得干干净净，他冷冷地看了项小寒一眼。

项小寒被郯墨毫不掩饰的冰冷视线钉在了原地，脸上的笑容顿时有些挂不住了。

“没时间。”郯墨道，然后转过了头，重新将注意力放在乔岚身上。

项小寒急忙左右看看，看见有人已经在往这边看了，尴尬地抓了抓衣角。

余光又瞥见郯墨在和乔岚说话，项小寒只觉得无比憋屈。郯墨说没时间，是因为他时间全用在了乔岚身上。

可是郯墨为什么对乔岚这么好？

听许多人说乔岚在高一的时候就很照顾郯墨，所以郯墨也对乔岚一直非常好。

可是真的只是这样吗？

乔岚毕竟那么漂亮，就连郝英这样的男生都对她有意思，郯墨又会不会有这种想法？

可他这样的人，怎么敢对乔岚有想法，乔岚会不会其实也知道什么？

项小寒蓦地打了个战，又抬头看了眼乔岚和郯墨，再想想刚刚自己想到的，心头涌上一阵说不出的怪异感。

乔岚洗漱完回到宿舍，熄了灯后大家随便闲聊几句，说着说着，不知道怎么就说到了郯墨身上，项小寒难掩羡慕道："郯墨经常带水果给乔岚啊，乔岚，你和郯墨怎么熟起来的啊。"

怎么熟起来的？

"就经常主动和他打招呼说说话，慢慢地就熟了吧。"

"是你先和郯墨说话的吗？"

"是啊。"乔岚收拾好东西爬上床，"郯墨其实人很好的，就是一开始不好接触，等慢慢熟悉了你就知道他有多好了。"

白钰想起自己找乔岚的时候郯墨冷冰冰的眼神，摇摇头："不行，我怕。"

乔岚笑了好半天："你怕什么啊？"

"我之前还和他主动打招呼，打了两三次没一个回应。"项小寒道。

"他要接受一个人需要挺长时间的，我刚开始和他打招呼打了将近一个月呢。"

白钰真心实意地送给乔岚三个字："你厉害。"

项小寒安静了好半天，突然道："我听说郯墨家条件好像特别好。"

乔岚皱了皱眉："不清楚。"

"我听说每天接送郯墨的那车特贵。"项小寒继续道，说着说着便起身问乔岚，“乔岚，你就不怕郏墨和其他人关系近了，就对别人好了？”

乔岚皱起眉，项小寒说的这话怎么听着这么奇怪？她还没说什么，倒是白钰心直口快，直接撑人：“项小寒你是不是有毛病？岚岚和郏墨是朋友又不是在搞对象。”

项小寒冷哼了一声，没再搭理白钰，蒙着被子玩手机去了。

虽然是一个宿舍的，但是住久了每个人也有关系更好的人，慢慢有了小团体。

乔岚最开始对项小寒印象挺好，毕竟很少有人主动和郏墨讲话，但是将近一个月过去，乔岚倒是不大喜欢项小寒了。

她是想让郏墨多交朋友，多认识其他人，比如白钰、裴宁这些朋友都很好，但是项小寒，还是算了。

外边检查宿舍的老师走过去了，大家又随口聊了几句，白钰问乔岚明天是不是要发领队的衣服。

“对。”乔岚道，“也不知道是什么衣服。”

“短裙呗。”白钰挺兴奋，“跳啦啦操穿的，去年我记得是粉红色的，不知道今年是什么颜色，明天就能看见了，不着急。”

乔岚笑道：“我怎么觉得你比我还急。”

第二天乔岚收到了衣服，晚上回宿舍后，舍友们都好奇地跑来看。

打开一看，果然是短裙，一条短裙一件短款无袖衫，红色亮面的，露腿又露腰，衣服材质很硬，还送了一条腰带，银色的。

怪不得学校这么大方地送衣服，就这材质，可能连二十块钱都没有，穿过一次就没法穿第二次了。

不过这么夸张又亮闪闪的衣服，也不是平时能穿出去的。

白钰起哄要乔岚换上看看，乔岚收拾完后换了衣服，就算穿着拖鞋都不影响好看，露在外边的腰更是细得让人羡慕不已。

舍友们忍不住感叹：“看看人家这腿这才叫腿好吗？”

“我听说那天还有人要给你们化妆。”白钰比乔岚还兴奋，“岚岚，到时候我给你拍照。”

乔岚对着白钰比了个“OK”的手势：“没问题。”

第二天去了教室后，班里有男生问乔岚：“我听说这次领队的衣服特劲爆，乔岚，是不是啊？”

乔岚：“还行。”

“乔岚，班主任让你去办公室找他。”

“知道了。”乔岚站起来转身出了教室。班里还有人在说这次领队的裙子，听说是短裙。

郝英笑着踹了这男生一脚：“哪次运动会的领队服不是短裙啊。”

“也是。”大家都笑了。

项小寒想起昨天乔岚穿短裙的样子，想了想，突然戳了戳郯墨。

郯墨蓦地一僵，回过身后脸色很难看：“别碰我。”

项小寒讪讪地收回手：“郯墨，你运动会不来吗？”

郯墨强忍着没将主动碰他的项小寒扔出去，项小寒却不放弃地继续道：“乔岚昨天在宿舍里换了领队穿的衣服，特别好看，我听说运动会那天所有领队还要化妆，你真的不来看看？”

郯墨冷冷地注视着项小寒，一个“滚”字没来得及说出来，乔岚就回来了。

乔岚看了眼脸色难看的郯墨，又看了眼一脸无辜的项小寒，最终选择转回去问郯墨怎么了。

郯墨想起项小寒是乔岚的室友，终究没说什么，摇了摇头后问乔岚班主任找她做什么。

“还是运动会的事情，说后天早上让我去舞蹈室找舞蹈队的陈老师化妆，就走个方阵还这么讲究。”乔岚和郯墨解释道，突然想到什么似的叹了口气，“那裙子虽然说质量差，穿上还真挺好看的，白钰说到时候给我拍照片，如果有好看的图，回头发给你看。”

郯墨看着女孩漂亮的眼睛，许久后道：“好。”

马上就要进入十月，但天气还是有点热，学校特意查了天气预报，确定开运动会的三天不会下雨。

运动会第一天需要大家来早一点，毕竟要整方队，或者练练喊口号。乔岚起得更早，和其他女生坐在舞蹈室里等舞蹈老师化妆。

乔岚的头发散了下来，用发卡将一边拢在耳后，老师们不知道从哪儿搞来的发卡，不是银色的就是羽毛状的，很夸张。

这儿的女生都是每个班选出来的颜值担当，一眼过去全是漂亮女生，但到了给乔岚化妆的时候，老师还是看着这张脸愣了一下，感叹一声“这孩子长得很好”，然后才开始化妆。

18 班以六十人的人数优势，明显比其他班看起来更加有气势，又因为有陈曜阳和郝英两大帅哥坐镇，更是无比惹人注目，而等所有换好衣服化好妆的领队出来的时候，18 班男生的起哄声更是力压其他班。

和乔岚一个宿舍的几个女生，尤其是白钰，看着乔岚回来疯狂尖叫：“岚岚你是今天最靓的崽！”

乔岚差点一个趔趄。

乔岚的长相很有侵略性，属于艳丽那一挂，化完妆后更是将脸的优势无限放大，长发泼墨，凤眼红唇。

难怪 18 班的学生喊得那么起劲，乔岚往那里一站，别的班的同学也齐刷刷地往她身上看，本班学生与有荣焉的脸上都有光。

陈曜阳从口袋里拿出手机，是李凡发来的微信。

李凡不知道从哪儿找来了乔岚的照片：

　　我现在好羡慕你和乔岚一个班。

陈曜阳越过一堆头顶，看了乔岚一眼，回了一个字。

　　滚。

收回视线，他转头看了郝英一眼，郝英站在那里，眼睛看着乔岚的方向。

每个年级轮流走方阵，走完后就去规定的地方看其他班级走，高一、高二、高三一个一个来。学生们对走方阵没什么兴趣，几乎所有人的兴趣全放在了每个班领队的女生身上。

那一天，高二（18）班走过主席台时，学生们的哄闹声达到了顶峰。

隐在人群中的乔露心里酸到一句话也不想说，而在看台上看热闹的初中部里，正和班里学生吹牛皮的乔源，寻着大家的喊声，一眼就看见了自己将近半年没见的亲姐。

“那是哪个学姐?”

“谁知道她是哪个班的？”

乔源来不及震惊半年不见乔岚就跟变了一个人似的，第一反应是自己好像又有了吹牛皮的地方。

“那个，是我姐，亲姐！”

“你就吹吧。”有人不信，从上到下将圆滚滚的乔源打量一遍，再看看又瘦又高的美女学姐，怎么看都不像一个娘胎里出来的。

乔源急了：“不信，不信等我下午带她过来给你们看。”

“行啊。”

管他是不是，能见美女大家都兴奋：“到时候带不来怎么办？”

“开玩笑，我亲姐还能带不来？”乔源嗤笑，“带不来请你们出去吃一顿。”

大家开始起哄，乔源顿时觉得自己此刻一米八。

学校操场上热热闹闹，没人看见操场旁边小停车场上的黑色轿车，车窗放了下来，郏墨静静地看着操场上的一切。

他到底没忍住，又来了。

因为项小寒的那句话，她说乔岚穿这身衣服特别好看。

真的好看，从操场这边走过去的时候，郏墨觉得好像听见了自己的心跳声。

他明明已经看了那么久，已经见过无数个旁人不曾见过的乔岚，却还是被今天的乔岚夺走了所有的视线。

他伸手捂在心口的位置，心跳得很快，比平时都快。

郏墨觉得自己心里好像有什么念头、什么感情，在不受控制地喷薄而出，强烈、炽热而又难以压抑，他不想让其他人，让这里的所有人看见她这样惊艳的样子。

是执拗而又说不清辨不明的占有欲。

他只想自己一个人看见，没有其他人，只有他一个。

手机亮了，是乔岚发来的消息，她之前说拍了照会发照片给他。

郯墨点开了图片，他不知看了多久，久到乔岚又发来微信，她说还是很可惜，因为他没有看到。

郯墨沉默地坐在车子里，许久后拨通了乔岚的电话。

电话接通，郯墨听着女孩清亮的声音缓缓开口："我来了。"透过围着运动场的栏杆，郯墨看见了四处找人的乔岚。

"往右看，我在操场外边。"

白钰、郝英几个叫乔岚去玩，早上没有比赛，白钰带了桌游道具，已经在教学楼下边的草坪上占好了地方等着了，谁输谁就被弹脑嘣、抽皮条。

乔岚拿着电话，踮着脚尖往运动场外边的小停车场看，越过来来往往的学生看见每天送郯墨上学放学的熟悉的车。

乔岚眼睛一亮，一边迅速往运动场外走，一边让白钰她们先过去："你们先玩，我有点事。"

"什么事啊，要不要我陪你啊？"白钰问她。

"不用。"乔岚摆摆手，头也不回地出了运动场，郝英没忍住回头看了一眼，旁边几个和他玩得好的男生哄笑着将他拽走："别看了，眼珠子都快看出来了。"

"滚。"郝英笑着踹了男生一脚，大家都笑了起来。

一开学郝英就主动找乔岚坐同桌，后来又和与乔岚关系好的白钰几个人玩到了一起，每天有空就去找乔岚问问题，而且今天乔岚这个打扮一出来，郝英整个人都傻了。

是个人都知道郝英对乔岚的意思。

当初他们还笑话过郝英，谁能想到郝英也有围着女生打转的时候。

不过这个女生是乔岚的话，也难怪。

今天走完方阵后，本来不怎么活跃的学校贴吧都快炸了，全校都知道了这位学霸美女的名字，当初评选校花的帖子都被顶了上来，里边新回复十有八九全是提名乔岚的。

刚刚还有高三的学长特意过来打听。

郝英之前还挺淡定，每天在乔岚面前刷刷好感度，现在也有点坐不住了。

和郝英关系好的几个哥们儿都了解郝英，平时看起来悠哉游哉，遇上正事倒是果断得很，指不定最近准备有什么大动作。

郯墨看乔岚迅速地跑出了操场，绕过周围的栏杆，不到一分钟就出现在了车子跟前。

她弯下腰敲了敲车窗，郯墨缓缓放下车窗，看着乔岚的脸一点一点地出现在眼前，最先看见的是他最喜欢的眼睛，然后到鼻子，到殷红的唇。

她化了妆，微微有些陌生，但脸上的笑容依旧熟悉。

乔岚笑着和陈伯打了招呼，转头与郯墨道："什么时候来的啊，也不早点告诉我一声。"

"刚到。"郯墨道，他看乔岚上了车，坐在了自己旁边的位子上。

平时他们一起出去或者回家，乔岚都是坐在自己旁边，在更早的时候，他们甚至一直待在一个房间看书说话。郯墨之前只知道自己很喜欢和乔岚待在一个空间的感觉，和乔岚待在一起，他总是心情更放松，觉得更舒服。

可是最近，不确定从什么时候开始，他和乔岚在一起的感觉一点一点地变了。郯墨对情绪的变化感知太迟钝了，就算发现有什么不一样，也不知道到底是什么不一样。

直到今天，他看见这样惊艳全场的乔岚。他不是第一次知道乔岚好看，却是第一次因为她的好看，而心跳止不住地加快。

现在，郯墨不知为何，觉得车子里的空间小得让他呼吸困难。他喜欢在说话的时候看着对方的脸，看着对方的眼睛，他像平常一样看着乔岚，却又在对上乔岚的眼睛后，像是被火星烫到了一样，有些不知所措地挪开了视线。

视线不小心下移，落在了乔岚白皙的腰间，郯墨手指一颤，再低头，却是两条漂亮的长腿。

火星像是骤然崩裂，燃起了大火，郯墨来不及辨别这一刻自己是什么情绪，蓦地别过脸，闭上了眼睛。

心里太乱了，根本整理不清楚，郯墨只能凭本能转移话题，眼睛却还是不敢往乔岚身上看。

“早上有比赛吗？”郯墨问。

“有，十一点的时候。”乔岚道，她往车窗外看了一眼，操场最边缘的跳远比赛已经开始了，“八百米预赛。”

“那现在做什么？”郯墨压根不知道自己在说什么，就好像一个顺着对话的机器。

“白钰带了桌游，在教学楼旁边的草坪上占了位置，说一会儿一起玩。”郯墨不知道自己在问什么，乔岚倒是回答得认真，回答完了还有了新想法，突然抓住郯墨手臂欣喜道，“郯墨，你要不要跟我一起玩？”

约她一起玩的都是关系很不错的几个朋友，乔岚认证过的朋友，人品还是有保障的，郯墨和他们认识认识倒是很不错。

郯墨僵硬着身体，眼睛看了一眼乔岚白生生的胳膊，生硬地拒绝：“我不会。”

“不会我教你啊。”乔岚觉得完全没有问题，“你那么聪明，看一遍两遍肯定就能学会，我俩一家，到时候我教你玩。”

郯墨因为这句“我俩一家”心脏微微一颤，正在犹豫，前边的陈伯乐呵呵道：“我觉得挺好，桌游挺有意思的。少爷学会了，等以后岚岚来了，我们在家也能玩玩。”

郯墨沉默片刻后，终于同意了。

乔岚很开心，不过在去玩之前还是得先回一趟宿舍，把这身衣服换了，再卸个妆，全部收拾好后再回来。郯墨看着穿回校服的乔岚，视线终于敢落在她的身上了，却还是在直视乔岚的眼睛时，下意识地想挪开视线。

另一边，乔岚走了将近半个小时，郝英、白钰等人已经玩了好几轮，玩得好像特别热闹，但实则郝英有些心不在焉，时不时地回头看一眼。

终于看见想看的人回来了，郝英却一愣，因为来的不是一个人。

乔岚走的时候一个人，来的时候却带了……郯墨。

郯墨的到来让一众人瞬间静了，大抵是没人想得到郯墨会在运动会的时候来学校，但静了几秒后忙道“欢迎欢迎”。

白钰几人在草坪旁边的地上搬了张桌子，周围围了一圈人，现在乔岚来了，大家给乔岚腾了位置，郝英在乔岚和郯墨脸上看了好半天，最后还是落在乔岚脸上，心道卸了妆还是这么美。

白钰又拆了一包道具：“又添了两个人，那再加一份道具吧，乔岚你要不坐这儿？”

“不用。”乔岚搬了椅子坐在郯墨旁边，“我坐这儿就行，我和郯墨一家，算一个人，你们之前玩得怎么样？”

“挺好的啊。”有个男生多看了乔岚和郯墨一眼才继续道，“乔岚你玩这个怎么样，厉害不？厉害的话快点把郝英弄下去，没法玩了简直。”

玩的人多，大家商量好，谁输谁下，郝英从一开始玩就没下去过，不但不下去，每次赢了抽皮条还特疼。

郝英一脸笑意地看向乔岚，乔岚别开视线淡淡笑了笑道：“我玩得一般般，只是会而已。”说罢转头与郯墨小声道，“我先玩两把，你看看学一下，很简单的。”

郯墨“嗯”了一声，转头往郝英的方向看了一眼，却对上郝英正看过来的视线。

郝英愣了愣，又对着郯墨笑了笑。郯墨眸色暗了暗，移开了视线，重新将目光落在乔岚的手上。

周围看的人多，乔岚为了大家能坐得下，凳子紧紧地挨着郯墨，又为了让郯墨看得懂，更是往郯墨那边侧了一点，惹得旁边的同学又多看了两眼。

乔岚没觉得有什么，她说自己玩得一般般一点没谦虚，她很少玩这些东西，也只是知道怎么玩而已，最后是郝英赢了，迅速结束了一局。

玩桌游不是重点，惩罚才是，尤其是现在被惩罚的人变成了乔岚。

另一个女生捂着胳膊撒娇让郝英打轻一点，郝英一指头就抽过去，众人都说郝英不知道怜香惜玉，等下一个到了乔岚，旁边知道郝英心思的一众人顿时开始起哄。

乔岚大大方方地将胳膊伸出去，郝英指头在乔岚手臂上轻轻碰了一下，一瞬间旁边的起哄声更高了。

“郝英你区别对待啊！”

“你刚刚可不是这样的！”

郝英眼里含着笑意看向乔岚，回头笑骂一声“滚”，乔岚深吸一口气收回了手，等重玩一局的时候，挨着郯墨的手臂，感觉到了郯墨僵硬无比的身体。

乔岚转头问郯墨是不是不舒服，郯墨摇摇头道：“没事。”

第二局开始，三分钟后，乔岚又输了。

郝英平时常玩这个，和不怎么玩的学生们一比简直就是欺负人，乔岚又在一阵起哄声中挨了轻柔的一下。等第三局开始的时候，一只苍白的手突然接过了乔岚手中的牌，郯墨面无表情地开口：“我来。”

众人瞬间又静了，有人小声嘀咕：“郯墨输了谁敢打他啊，也不怕打出什么毛病……”

“他输了算我的。”乔岚脸色一沉。

说话那人看了乔岚一眼，又看了郯墨一眼，最后瞅了郝英一眼，皱着眉头不说话了。

郝英也皱了皱眉头，却到底没有说话。

重新开始一局，乔岚盯着郯墨比在座女孩子还漂亮的手指头，有些发呆，她坐得累了，索性直接将胳膊搭在郯墨轮椅上看他玩。

“这局不好打啊！”乔岚小声与郯墨道。

“没关系。”郯墨道。

乔岚笑了：“你当然没关系，挨打的可是我，好好打。”

郯墨看了她一眼，低声道：“不会。”

什么不会，乔岚看着郯墨一手烂牌觉得自己要完。

结果郯墨上手第一局，很快地就赢了游戏。

再之后，乔岚明白了郯墨口里的不会是什么意思。

第二局、第三局……郯墨以绝对的实力，都非常快地以自己大获全胜为结果结束了游戏。

乔岚简直目瞪口呆。

一开始大家只觉得郯墨运气好，但是等郯墨打破了郝英连续胜利的局面并垄断胜局后，白钰终于放下游戏道具，揉着被抽红的手腕由衷感叹了一句："我再和学神玩桌游我就去跳楼。"

郝英旁边的哥们儿都服了，不是说不会玩吗，不会玩玩成这样?

乔岚呆了好半天小声问郯墨："你不是不会玩吗？"

"确实不会，"郯墨道，"刚刚学会了。"

乔岚："……"

众人又玩了几局，白钰看了看时间，转头与乔岚道："岚岚，快十点半了，你是不是得去检录了？"

"那是该走了。"乔岚站了起来，"你们继续玩，我去检录。"

郝英丢下手里的游戏道具也跟着站了起来："玩这么久也玩够了，我去超市买点东西，过去一起看比赛，你们还玩不？"

"不玩了。"白钰几个女生自然要去看乔岚比赛，郝英几个男生去了超市的方向。

乔岚低头与郯墨道："郯墨，我先送你去找陈伯吧。"

一会儿她要去比赛，就顾不过来郯墨了。

郯墨"嗯"了一声，拿出手机拨了陈伯的电话，没一会儿陈伯赶了过来，乔岚这才放心地小跑去了操场。

乔岚刚刚进了操场，居然迎面撞上了乔源。半年不见，乔源长得越发胖了，他兴冲冲地冲了过来，在众人诧异的目光下一把抓住乔岚的胳膊："跟我过去一趟。"

白钰眉头一皱想都没想地一把推开了小胖子："谁啊，有病吧？"

"我是她弟。"乔源不耐烦地回了一句，刚刚他和同班同学闹着玩，几个男生怂恿他让他带乔岚过来。

近看乔岚，乔源还是震惊乔岚变化之大，但他来不及震惊，他同学还在那边等着呢。乔源不想和乔岚浪费时间："走走走，过去见一下我同学。"

乔岚脸上不掩厌恶地将胳膊抽了出去，转身就走："不去。"

"我都答应我朋友说要带你过去了，你不去我还得请他们吃饭。"

乔岚站住了，突然笑了一声回头道："那就请啊，你之前偷钱请他们吃饭也不是一次两次了。"乔岚本来心情挺好，一看见乔源陡然又不好了，她不想和乔源浪费时间，“你敢让我过去，我就敢告诉你那些朋友你的钱是哪儿来的。”说罢不再搭理吓得脸色发青的乔源，和白钰往操场走去。

另一边的郯墨远远地看着乔岚的背影最后走远，一直没有说话，半晌后陈伯试探着问他：“要不我们也去看看岚岚跑得怎么样？我看看台那边可以上去，那边人少。”

郯墨抬头望看台那边看了一眼，点了点头。

陈伯推着郯墨去了看台的地方，郯墨坐在高处，最后看见了检录完站在起跑线上的乔岚。

她没有穿校服外套，上身是一件宽松的白色短袖，站在最靠里边的一号赛道上，和旁边比乔岚还要紧张的白钰说着话。

她身边围着的人明显比其他人多得多，郯墨认出很多是 18 班的学生，还有许多不认识的男生，其中最亮眼的是刚刚离开却又回来的郝英，两分钟后，就连陈曜阳也出现在了操场上，和李凡几个人一起远远看着。

几个男生坐在郯墨后边打游戏，一抬头突然道：“这场怎么突然这么热闹，人这么多，那不是郝英吗，郝英也跑啊？”

“跑啥，看不见是女子比赛吗？”

“那郝英来干吗？”

“可能看谁比赛吧。”

看谁？

“乔岚啊。”八卦永远瞒不住，尤其是学校里所谓的风云人物，而坐在郯墨后边的几个男生，好巧不巧，是他们隔壁班的学生。

“郝英对乔岚有意思，我都知道了，你们不知道吗？”

郯墨的身体陡然一僵。

远处，枪声响了。

赛场上比刚刚更加热闹，赛道两边围满了学生。白钰一边跟在乔岚后边跑一边大喊加油，身边却迅速掠过一个身影。

男生高大帅气，穿着黑色 T 恤，款式简单却被他穿得格外有型。他两条长腿迈开迅速地超过了白钰，惹得旁边的女生频频回头。

郝英在陪跑。

郝英在主动陪乔岚跑步。

不管多少女生羡慕嫉妒，郯墨纷杂哄闹的脑海里只剩一句话——“郝英对乔岚有意思，你不知道吗？”

他不知道。

直到这一刻，郯墨才陡然反应过来，自己对郝英那莫名又强烈的敌意来自哪里。

乔岚速度很快，稳稳地保持在第一位，最后第一个冲到终点。同学们簇拥着她欢呼跳跃，随后而至的男生也快速地赶了过去，拧开瓶盖将手里的水递给她。

他不能陪她跑，他甚至都没法站起来，他也没办法上前递给她一瓶水，因为她周围有那么多人，他根本没办法接近。他们在说话在笑，离得那么近，只有他坐在这里，远远地拉开了距离。

身后的几个男生连游戏都不打了，议论起了八卦。

“真没想到郝英居然也会陪跑。”

“全程跟跑还送水啊，郝英是真的够可以了。”

“乔岚那样的女生，学习好长得也漂亮，引人注目多正常。”

“郝英都这么明显了，那乔岚呢？”

“不知道，不过我听说他俩关系挺好的。”

耳边分明还是《运动员进行曲》，声音那么大、那么吵，可是这一瞬间，郯墨耳朵里什么都听不见了。不知过了多久，也许是五秒，也许是十秒，又砰然恢复了听觉。

他脑袋里像是有什么轰然炸响。

他对郝英那莫名的敌意，根本不是出于对朋友的占有。占有、拥有，这形容的根本不是友谊。

友谊就像曾经所有人作文中写的那样，他们都说友谊是无私的，是要分享的。拥有、占有、不容有第三人插足的空间从来都不是友情，那是郯墨在陡然明白后却不敢想、不敢说的感情。

他只能缄默。

乔岚顺利进入下午的决赛。

中午吃饭的时候，郝英还有班里几个男生找她们一起去吃饭，白钰几个一脸我就知道的表情，正要怂恿乔岚，乔岚当即拒绝了，说自己回宿舍还有点事，让她们一起去就行。

白钰看看不掩失望的郝英，再看看心情好像不是很好的乔岚，果断选择和乔岚一起回宿舍。

等其他人都走了，白钰这才问乔岚是不是心情不太好。

“也没有。”乔岚道，就是有点心烦。

乔岚有小半年时间没见过乔家人了，今天突然碰见乔源，乔岚忍不住就觉得烦。如果不是法律不允许，她恨不得马上把户口从乔家的户口本上迁出来，从此没有一点关系。

她和白钰说了一会儿闲话，说着说着就说到了郯墨身上。

白钰今天才稍微近距离地和郯墨接触了一会儿，回想了一下与乔岚道：“还真像你说的，郯墨看着不好接触，其实好像也没什么好怕的。”

“是吧？”乔岚笑道，“我就一直不明白你之前怕他什么，他长得又不吓人。”

“是不吓人，过分好看了，真的。今天近距离观察了好一会儿，我觉得郯墨的脸一点都不比陈曜阳和郝英差啊！”

“本来就很好看，你居然才发现。”

“现在发现也不迟。”白钰道，罢了突然感叹一声，“这么一说突然有些伤感，长得又好又那么聪明，听说家里条件也特别好，如果腿没有问题能站起来，他一定会很受欢迎。”

乔岚听到这话，眼神黯了黯。

他如果可以站起来，如果没有阿斯伯格症，肯定要比陈曜阳还有郝英更受欢迎。

许多人都说老天是公平的，可实际上又哪里公平。乔岚在郯墨的身上根本找不到任何老天眷顾他的痕迹，孤独症、身体残缺、从小父母离异、长大后母亲遭遇车祸去世，就好像所有的不幸都降临到了他身上。

可是郯墨又做错了什么？

没有比乔岚更清楚，郯墨骨子里有多善良、多单纯。

如果郯墨能接受治疗就好了。

白钰看起来大大咧咧，实则是个挺心细的女生，看见乔岚语气有些低落，想起今天早上乔岚带郯墨来的情景，憋了好一会儿后，实在没忍住道："岚岚啊，我是真的好奇，你为什么对郯墨那么好？"

不说平时，就今天玩桌游那一会儿，乔岚对郯墨的态度就连她看了都觉得太亲近了。乔岚对郯墨几乎是事事关心、时时照顾，白钰对自己亲弟弟都没这么照顾。

就算是觉得郯墨可怜，觉得不忍心，也没必要做到这种地步吧？如果郯墨是正常人的话，白钰都有些怀疑乔岚和郯墨的关系了。

却不想乔岚听了白钰的话反问她："你觉得我对郯墨很好吗？"

不等白钰再开口，乔岚继续道："但比起他对我的好，我做的根本不算什么。"

不算什么？

白钰蒙了，好半天才试探地开口问乔岚："郯墨到底干什么了？"

能让乔岚说出这样的话，郯墨到底是做了什么？

做了什么？

乔岚想了好一会儿，帮她赚钱，送她圣诞礼物，故意不参加考试将奖学金让给她，每天帮她讲课，在她没地方可以去的时候正好出现在身边收留她，全身心地相信她。

"太多了数不过来了。"乔岚道，"如果一定要说的话，那就是如果没有郯墨，我现在可能连书都没法念，成绩也不会这么好，生活也会乱七八糟。"

如果没有郯墨，她现在还要每天想尽办法来赚钱，每天的生活排得满满当当，会很辛苦；如果没有郯墨，也许为了生活，她还得忍受乔家人，继续住在那个让人窒息的环境里，每天提心吊胆。

白钰从来都以为乔岚对郯墨只是出于同情和可怜，却不想原来他们之间发生过这么多。

"郯墨对你很重要吧？"好半天后白钰突然道。

"当然，"乔岚笑了笑，"非常重要。"

郏墨是这个世界上，她最在乎、最重要的人。

学校的运动会流程很快，早上跑完预赛，下午就是决赛。

早上跑完后，乔岚就感觉不太对劲，除了白钰，宿舍的几个人还有班里好多人都会在她面前提起郝英的名字，后来才知道郝英在她跑的时候陪跑了，最后她跑完喝的那瓶水，也是郝英专门去买的。

乔岚有些头疼。

她那会儿刚刚跑完，周围全是班里的同学，有人递水过来，她以为是班里给所有运动员准备的，所以也没多想就喝了。

她根本不知道那是郝英买的。

之前郝英经常找她问题，往她这边跑，乔岚就觉得有些不对劲，但是那时候郝英还算含蓄，所以乔岚也没说什么，毕竟大家都是关系很不错的朋友，乔岚觉得自己保持疏离感，总能让郝英明白。

结果今天来了这么一出，凡是认识郝英、认识她的，大概都知道郝英的意思了，不但知道，可能还误会了什么。

乔岚觉得自己必须找个时间和郝英说清楚，趁早将这棵幼苗给掐死。

但是计划总赶不上变化，运动会的最后一天，也就是十一放假的前一天，因为不用上课，不用上晚自习，这两天无论是班级管理还是宿舍管理都松散了很多。又加上这两天有几个班的女生搬宿舍，从二号宿舍搬到一号宿舍，为了搬得更快，所以班上的男生也被允许出入女生宿舍帮忙搬东西。

郝英就是趁着这样的空子，高调地找上了乔岚。

九月三十号的傍晚，在人来人往的宿舍门口，郝英直接捧着一大束火红的玫瑰混进了女生寝室，在宿管阿姨后知后觉的喊声中，将花送到了乔岚的宿舍。

这种行为本来就是劲爆话题，又因为这件事的主人公是郝英，那这件事的爆炸程度就不只劲爆了。

乔岚当天正好不在，等她回来后，花还放在桌子上，所有的一切已经解释不清楚。如果说郝英陪跑只引起了小范围的骚动，那等他送花后，全校上上下下都知道这件事了。

就连郯墨也知道了。

郝英用一而再再而三、越来越高调的行为，让郯墨明白了自己的心，也感受到了伴随而来的强烈而又复杂的心理刺激。他终于可以从最简单的烦躁里，区分出其中一层一层更加清晰的感情——愤怒、嫉妒、疯狂。

郯墨在第一次明白自己心思的时候，感受到的味道，是苦的。

十一放假回来，等待乔岚的不是即将到来的第一次月考，而是憋了一周气的班主任。

郝英这次闹得太大，就连班主任都听说了，再一听这人是郝英，更是气得冒火。

十一放假回来，乔岚和郝英先后被班主任叫去了办公室。

班主任对成绩好的学生和成绩差的学生的态度差了十万八千里，和乔岚说话的时候温声温语，最后听乔岚说她现在只想学习，没有别的打算后，才满意地放乔岚回去。

等郝英去的时候，他憋了一整周的气一股脑地全数爆炸了。

一整楼的学生几乎都听到了班主任的咆哮声：“你自己不学，别带坏我的好学生！”

郝英挨了一早自习的训，班里的同学几乎都在往乔岚身上看，班里和乔岚关系还不错的几个朋友，甚至在28班的裴宁，都发消息问乔岚情况。

乔岚心情很差，这种百口莫辩的状态让她无比烦躁。

她想不出自己哪里做得不对，给了郝英暗示让郝英误会了，还是郝英实在太过自信，所以才选择了这么高调的方法。

流言蜚语太多了，而更让乔岚心烦的是，很多人相信了。

郯墨刚刚到学校，就看见了从办公室出来的垂头丧气的郝英，郝英看见郯墨点了点头当作打招呼，然后进了教室。

郯墨看着郝英的背影，蓦地想起郝英陪在乔岚身后跑步的样子，想起有人拍到的郝英抱着花大步跨进女生宿舍的照片，以及照片下边不知名的同学们发出的“好配”的评价。

玫瑰红得刺眼。

简单的两个字，却比玫瑰更刺眼。

一瞬间，郏墨突然不想走进那间教室。

他停在教室外的楼道里，好半天后看见热热闹闹的学生突然惊呼出声，那间他不想走进去的教室，乔岚和郝英一前一后地走出了教室。

众人的惊呼和压抑的尖叫，全数充斥在了郏墨的耳朵里。

他们去了哪儿？他们去做什么？他们又要说什么？

郏墨不知道，他不敢想。

他恍惚想起乔岚曾经小声地说，她觉得郝英每天来找她问问题好烦啊，却又想起其他人凿凿的话语——

“那可是郝英。”

“谁能拒绝郝英？”

被班主任训话半个小时，郝英本来有些垂头丧气，但听到乔岚跟他说想找他谈谈，郝英的心情瞬间又飞了起来。

他从一进这个班就不招班主任的喜欢，被训话是常事，训来训去也慢慢习惯了。

乔岚和郝英一起走，瞬间又惹得许多人回头看个不停。郝英心情甚好地和几个认识的同学打了招呼，追上乔岚的脚步笑着说：“那天送花你不在，也不知道你喜欢不喜欢。”

乔岚回过头，郝英嘴上问着她喜不喜欢，但脸上的表情笃定得倒像是乔岚一定很喜欢。

这边离班主任的办公室已经挺远了，乔岚站住，回头，与郝英保持了一米以上的距离后才看着郝英道：“买花用的钱，我一会儿微信转给你。”

郝英这才收敛了笑容：“为什么这么说……你不喜欢吗？”

“不喜欢。”乔岚心情很差，但他到底还算不错的朋友，她还是给郝英留了点面子，没有选择在班里直接说，现在也说得还算含蓄，“比起花，我更喜欢一套习题册。但我没有让你送我练习册的意思，我的意思是我现在只想好好读书，没有其他的打算。”

郝英看着她一笑："我也没想现在做什么，我就是想告诉你，没有想打扰你、影响你学习的意思。"

"但是已经打扰到了。"乔岚越过郝英的肩膀，看见来来回回掩饰不住好奇的看热闹的同学，"从上周开始到今天，我的微信就没有消停过，每天宿舍门口都有问我的同学，马上要月考了，被班主任叫去问话，还要留出时间专门讲清楚这些问题。"

郝英怔在了原地，他大抵从来没想到过这些问题。

他太受欢迎了，从小时候到现在，很少有人不喜欢他，尤其是异性，学校里有太多女生因为和他认识觉得脸上十分有光，更不用说他明确表示过好感的那种。

结果乔岚压根没感受到所谓的脸上有光，只觉得麻烦。

郝英这才后知后觉的反应过来自己好像不太了解乔岚。

他确实不太了解，甚至说一点都不了解。不了解乔岚的家庭情况，不了解她的处境，不了解她如果不好好读书以后将会面临什么，换句话说，郝英和乔岚根本不是一个世界的人，郝英可以玩玩闹闹就这样混完高中三年，但乔岚不行，可惜郝英根本没发现这点。

郝英这才感觉到，乔岚不是故意说麻烦，人家是真的觉得麻烦。就算乔岚没有直说，郝英现在也明白了，他做的事乔岚一点都不喜欢，而且很嫌弃。

乔岚拿出手机看了眼时间，还有三分钟上课，她决定一次全部说清楚："我想不出我以前给过你什么暗示，让你产生了错觉，不过也有可能是你太受欢迎所以有了这种错觉，但我还是想明确地说一下，免得再造成误会。郝英，我对你没意思。"

郝英这才蒙了。

乔岚将话说清楚后，再没浪费时间，留下还有些呆滞的郝英直接回了教室。

项小寒看看乔岚，再看看还没回来的郝英，好奇地问乔岚："乔岚，郝英呢？你俩怎么没一起回来？"

"我俩为什么要一起回来？"

项小寒语塞，下意识看了郯墨一眼。

郯墨沉默无语，和往常一样将已经准备好的营养液递给乔岚，虽然依旧面无表情也没说什么话，目光却只落在乔岚身上。

项小寒顿时觉得浑身不舒服，乔岚已经有郝英了，却还理所当然地接受着郯墨的好处，果然人长得漂亮，不管做什么都是能被原谅的。

想到这儿，她没忍住，又往郯墨脸上看了一眼，郯墨为什么还要对乔岚那么好？

项小寒越想越憋屈，等后边郝英终于回来后，项小寒觉得自己想通了。

郝英可不是乔岚想吊着就能吊着的男生，指不定哪天他就对她没意思了。乔岚和郝英之间只是早晚的事情，到时候她就不信郯墨还能有这么好的气性。

项小寒等着看好戏，结果好戏来了，却完全出乎了她的意料。

虽然没有人知道那天乔岚和郝英到底说了什么，但只要有眼睛的，都能看出来郝英和乔岚之间的变化。郝英还是会来找乔岚问问题，但乔岚不会再给郝英讲题了，她总是有各种各样的理由拒绝，一次两次还好，次数多了，是个人都能看出来乔岚在拒绝郝英。

乔岚几乎把“我要离郝英远点”写到了脸上。

如果说郝英的高调行为足够让所有人震惊，那乔岚的拒绝就更加让人震惊了。

只要关注学校八卦的学生，这两天几乎都在谈论这件事，为什么乔岚会拒绝郝英？

有人说是因为郝英的方式太烂了，乔岚没和他翻脸就不错了。但这言论刚刚出来就被铺天盖地的反对声骂了回去——别人这么做确实让人觉得难受，但郝英根本不可能好吗？

所以乔岚到底为什么拒绝郝英？

“我觉得乔岚拒绝郝英挺正常啊，乔岚又不只是长得漂亮，人家是学霸好吗？郝英就一学渣，人家乔岚指不定就想好好念书呢。”

“高一和乔岚同班，告诉你们一个秘密，乔岚以前对陈曜阳有意思……”

这个传闻一出，好像一瞬间一切都能解释得通了。

虽然说郝英长得帅受欢迎，但陈曜阳除了没长一张明星脸，其余半点不比郝英差，甚至人家还是个学霸，至少精神层面上和乔岚是同一个等级的。

18 班这两天简直就是舆论中心，本来一个乔岚和一个郝英已经够热闹了，结果还把另一大热门人物陈曜阳搅了进来，于是更加热闹了。

郝英这两天见了陈曜阳，脸色更差了。

陈曜阳想起高一一整年以及高二这一个月乔岚对自己的态度，往乔岚那边看了一眼，果不其然看见正在和郯墨说话的乔岚。

他只想送给郝英两个字——傻子。

乔岚虽然还在过着日常被指指点点的围观生活，但不被大家误会已经让她心情好了很多，尤其是之后的第一次月考，乔岚保住了年级第二的成绩，她心情就更好了。

不过这次郯墨没有能压乔岚太多分，因为高二开始，理科三门不再是高一的 150 分，而是 100 分，分差就比以前小了很多。还有一个最大的原因是，郯墨的作文又跑题了，不但作文跑题，就连阅读理解分数都有些低。原因很简单，因为这次的阅读理解和作文，都是感情向的。

郯墨的表达能力很不错，甚至比一般人好得多，他词汇量极大，逻辑性非常强，写出来的作文在乔岚看来，更像是一篇严整的论文，猛地一看会让人有种自叹不如的高级感。

如果作文命题是固定的，而且写的东西是客观的，那郯墨的作文几乎可以拿到满分，而如果是感情向的，郯墨的作文十有八九都会跑题，每次都只有将近一半的分数。

老师讲题讲得很快，尤其这次阅读大家得分都很高，所以乔岚在下课的时候，将整篇阅读从头到尾地给郯墨顺了一遍，她很有耐心，就像在郯墨家里给他做感情辨认一样，将每一段表达的感情思想认真地讲给郯墨听。

乔岚不想让人看见自己给郯墨讲语文，因为在别人看来这根本不需要讲，她不想让别人发现郯墨在感情这方面的迟钝。她心疼郯墨因为阿斯伯格症所以感情欠缺，但不代表其他人知道后会和她一样。

为了让郯墨听清楚，乔岚压低了声音，离郯墨很近，她点出一段，来问郯墨这段要表达的感情，郯墨说得不太准确，乔岚顺手从郯墨手中拿过笔，手指自然地碰到了郯墨冰凉的手指。

郯墨蓦地一僵，片刻后骤然挪开了手。

乔岚愣了愣。

她和郯墨认识这么久，就连按摩都帮郯墨做过，郯墨对她的触碰已经很熟悉了，但是最近郯墨好像很怕和她有身体触碰。

今天这种状况不是第一次了。

乔岚拿着笔顿了好半天，终是没忍住问郯墨："郯墨，你最近怎么了？"

郯墨漂亮的浅褐色眸子，像是轻轻颤了颤，可乔岚没能发现，郯墨垂下眼睫，道："没事。"

直到第二节课下，乔岚下去做操了，郯墨看着卷子上乔岚耐心写下来的字迹，坐在椅子上一动不动。

教室里有人进来，郯墨没在意，做操的时候每天都会留两个学生打扫一下卫生。可下一秒郯墨不经意地一抬头，却看见了项小寒。

项小寒坐在郯墨前边的位子上，在郯墨开口让她滚开之前，蓦地开口：

"郯墨，你对乔岚有意思吧？"

就像一瞬间被人攥住了心脏，郯墨一句话也说不出来了。

郯墨浑身僵硬。

项小寒看着一语不发的郯墨，继续道："运动会那天，我看见你了，你和乔岚一起和白钰她们打牌，后来还去看台看了乔岚比赛。郯墨，你不是说你不会去运动会吗，怎么后来又去了？"

郯墨耳边嗡嗡作响，项小寒笑了笑，道："你是为了乔岚去的吧，因为那天我和你说，乔岚穿那身裙子特别好看，所以你是特意来看乔岚的。"

郯墨身体靠在椅背上，手指就连他自己也没发现地颤抖，目光定定地钉在项小寒身上："不关你事。"

项小寒听着这话心里着实来气，但还是忍着气，道："是和我没关系，但是你不觉得奇怪吗，你和乔岚关系那么近，所有人都知道你们关系好，但大家似乎都没觉得这有什么，除了我都没有其他人发现你对她的想法，郯墨，你知道为什么吗？”

郯墨不想听，他直觉项小寒的话不会是什么好话，却没有想到会诛心至此。

项小寒用轻飘飘的语气告诉郯墨：“因为在所有人眼里，你根本不是正常人。

“虽然最近很多人都在猜乔岚和陈曜阳的关系，打听和乔岚关系好的男生都有谁，却没有人将你算在其中，实际上你才是乔岚走得最近、关系最好的人，可是没有人会想到你，为什么？因为没有人觉得乔岚会对你有想法，就算你再聪明，学习再好，就算大家叫你一声天才，但在绝大多数人眼里，郯墨，你根本算不上一个正常人，又怎么会有人想到你的名字呢？”

有些话，比刀子更让人心寒，更让人绝望。

“不是正常人”这几个字准确无误地扎在了郯墨心口最脆弱的地方，疼得让他几乎没办法思考。

郯墨张了张口，却发现自己根本说不出话，因为他找不到反驳的理由。

项小寒得意地笑了。

她本来以为乔岚和郝英会有什么，但是让她出乎意料的，乔岚直接拒绝了郝英。

项小寒很震惊，心里又有些不安，当然，她也和所有人一样，绝对不会觉得乔岚对郯墨有什么想法。

可是乔岚不会，郯墨呢？

会。

即使项小寒不愿意承认，但是她看见了原本说好不来运动会、却依旧来了的郯墨。

郯墨对乔岚有想法，她敢保证。

“可是郯墨，你怎么敢呢？”项小寒盯着他道，“我知道，对乔岚有意思再正常不过了，她长得漂亮学习又拔尖，性格也好，我都挑不出她有什么不好的地方。可是你怎么敢呢？”

项小寒越说，心里越有种说不出的痛快。

“你知道在宿舍里乔岚怎么说你的吗？她说你可好了，还想让我们多和你说说话，让你多交朋友，她说如果你有其他朋友，她都会替你开心。郏墨，你看，她可对你一点想法都没有。不过这肯定啊，她对你好就是因为当初觉得你可怜而已……”

“闭嘴！”

心头的弦似乎已经在崩溃边缘，郏墨的声音里藏着掩不住的惊恐和疯狂。

闭嘴，闭嘴！

有些事实，是郏墨藏在心里，根本不敢挖出来的自卑，他不敢想也不愿意去想，只要没有人碰，他似乎就可以自欺欺人地掩盖下去，当作什么都没有发生。

可是现在有一个人，用最直接的方式，将所有的伤疤连带着血丝，毫不留情地全部掀了起来，伤口血肉模糊得让人胆寒。

他不想听，恨不得此刻耳朵失聪，可是越不想听见越听得清楚。

“你根本不是一个正常人。”

“你怎么敢呢郏墨？”

郏墨觉得心口疼得让自己呼吸不畅，他双手攥紧，有那么一刻想掐住项小寒的脖子。

项小寒被郏墨的暴怒的样子吓了一跳，但看着郏墨坐着的轮椅，胆子又大了起来。

郏墨连站都站不起来，她又有什么好怕的。

“生气了？”项小寒往后退了一点，才继续道，“其实你心里都明白，我只是说出来而已，你何必这么生气。郏墨，我没有想揭你的伤疤，我就是想让你清醒一点，她不可能给你回应，你也根本不敢告诉她，不是吗？如果乔岚知道了你心里的想法，你觉得她会怎么想你，她又会怎么做？”

郏墨咬紧的牙关松开，一开口似乎可以尝到血腥味。

“你威胁我？”

“没有没有，”项小寒急忙摆手，“我说了我只是想让你早点认清而已，不要去想不可能的事情。”

不可能的事情，郑墨心口像是空了一片，已经疼到失去了知觉。

“那什么才是可能的事情？”

“可能的事情……”项小寒突然有些脸红，小心地看了郑墨一眼，“郑墨，我真的是为了你好，其实我从第一次看见你就很欣赏你……”

郑墨无动于衷地看着她，半晌后突然感觉说不尽的荒唐。

“欣赏我？”郑墨看着项小寒，“你刚刚才说过，我不是正常人。”

项小寒眼睛亮亮地看着他：“我不在意的，只要你愿意像对乔岚那样对我，我不会嫌弃你的。”

不会嫌弃他？

郑墨终于明白了一个词语的意思——荒谬。

自卑是因为他在意，因为他在意乔岚，所以才会在乔岚面前觉得自己一无是处。

可对着项小寒，他又何来的自卑，他又何必在乎她的看法。

“乔岚是我不敢想的梦。”郑墨看着项小寒缓缓开口，“可你算什么东西？”

项小寒脸上的红晕刹那间消失得干干净净，她不可置信地看着郑墨。

郑墨居然在嘲讽她？

他有什么资格嘲讽她？

项小寒霍地站了起来：“你信不信我马上就能告诉乔岚你在想什么，让她知道你脑子里那些想法……”

“你可以试试。”郑墨道。

恶意来得悄无声息，他愿意在乔岚面前做一个单纯又善良的郑墨，可这并不能说明他的心中没有恶念。

从小遭受的苦难太多，郑墨不是不会怪罪任何人的圣人，恶念与黑暗一直被压抑着，可这不代表不存在。

“你可以试试。”郑墨说，他面无表情，那双眸子却冷得让项小寒胆寒，“我可以让你悄无声息地离开这所学校，可以让你的父母、你的家庭彻底崩溃，你大可试试。”

项小寒睁圆了眼睛，突然笑了起来：“你简直开玩笑。”可笑声有些不稳了。

她想起和其他人闲聊时说起每天接送郯墨的那辆车，听说价格在八位数以上，那是她根本不敢想的天价。

项小寒刚刚鼓起的勇气，一点一点地被消磨干净了。

下午的时候，郯墨进了教室，丢给项小寒一份文件。

项小寒皱着眉头接过，却在打开那份文件后，蓦地睁圆双眼，然后一把捂住了文件。

这是她的家庭信息，她的父母甚至她的姐姐，所有的信息完完整整，甚至还有许多她都不知道的东西。

项小寒忽地看向郯墨，眼中尽是惊恐。

看向那个看似瘦弱好欺的少年，她突然想起和朋友开玩笑时说郯墨就像古堡中不见天日的吸血鬼。

“你尽可试试。”郯墨这么说。

项小寒不敢了。

她拿着手中的文件，手指都在发抖。

乔岚看看项小寒，又看看郯墨，到底没忍住小声问郯墨：“你给了项小寒什么啊？”

“外班同学让我转交的，我也不知道。”郯墨低着头，没有看乔岚，不知何时，他已经发现怎么样去撒谎，才不会让乔岚发觉了。

乔岚还是不太信，因为项小寒刚刚的表情明显是看了什么很恐怖的东西。

但是郯墨又有什么让项小寒害怕的呢？

乔岚想不到。

她只是在和项小寒熟悉后，发现项小寒人品真的不太好，所以不想让郯墨和项小寒走得太近。毕竟郯墨那么单纯，接触了不好的人，如果沾到不好的毛病可就不好了。

但乔岚到底没有背地里说人坏话的习惯，只能旁敲侧击地小声问郯墨：“郯墨，你觉得项小寒人怎么样？”

郯墨侧过脸，没有直视乔岚的脸。

“不知道，”郯墨语气淡淡，“和她不熟。”

乔岚笑了笑，终于松了口气，但是又想起宿舍里项小寒时不时和她打听郯墨的消息，还时不时说郯墨家庭条件好的话，还是决定让郯墨离项小寒远一点。

“班主任说如果想换座位可以找他，我们换个座位吧，不要坐在项小寒前边好不好？”说完又怕郯墨多想，她小声道，“我和她关系不太好。”

郯墨转过脸，看着女孩精致的脸庞，那么好看，让他忍不住地想靠近。

可……

“你不是一个正常人。你怎么敢对她有想法？”

郯墨蓦地闭上了眼睛，半晌后重新睁开，露出了已经练习了千百遍的笑容轻轻道了声：“好。”

第九章

愿望

周末的时候，乔大姐来看乔父、乔母，和乔母说了会儿话后去乔岚房间看了一眼，乔岚房间现在几乎成了堆杂物的闲杂房间。

乔大姐咬了咬唇，去了厨房帮乔母做饭，等全家坐一起吃饭的时候问起乔母：“妈，岚岚一直没有和家里联系吗？”

“联系什么？”乔母语气瞬间变得不太好了，“我上次还打电话给她班主任，让她给我回个电话，结果一点音信都没有。不爱回来就永远别回来了，等哪天饿死了挨不住了，想回来我也不要。”

乔源啃着一块排骨，含糊不清地抢话：“饿不死，我三姐上学期考了年级第一，拿了五千块钱奖学金来着。”

乔老太瞅着机会啐了一口：“养了这么大养了个白眼狼，有好处一点记不得家里。”

“就是。”乔源擦了把油乎乎的双手十分赞同，想起上次运动会，他不过是想让乔岚跟他去见一下他的同学，结果乔岚怎么都不去，害他被班里好多人笑话不说，最后请一堆人吃饭又花了他二百块钱。

说到这儿，乔源突然想起一件事，抓着筷子问乔母：“妈，你这学期有没有再见过三姐？”

“没见。”已经有小半年没见过乔岚，但是乔母的态度看不出一点担心，就像乔岚不是她亲生的一样。

乔源倒是有些兴奋："你们没见过我见了，她变化特别大，整个人都和以前不一样了。"

"怎么个不一样法儿？"

"变漂亮了呗，特漂亮，我差点都没认出来。当初学校里选校花，选她的人特别多。前几天学校一个家里挺有钱的男生还送花给她，全校都知道。"

乔母听到这儿，终于来了点兴趣。

等吃了饭后，乔源拿着乔母的手机找到了附中的论坛，找到了曾经火爆全论坛的乔岚在运动会上的照片。

"你看你看，我差点没认出来。"

新的一周，乔岚和郯墨换了座位，换到了白钰前边的位子上。

白钰和另外一个男生同桌，两人在高一是同班同学，听说还是关系很不错的朋友，两人性格同样大大咧咧，活像一对兄弟。

两人活宝似的，用过分夸张的语气欢迎"学神"到来，乔岚抓着郯墨的胳膊提醒："笑一笑。"

少年微微一愣，精致又冷清的五官错愕一刹那后笑了。

后排的两人从来没有见过郯墨有过其他表情，更不用说这样好看的笑容，白钰捂着心口夸张地抓着乔岚："美颜暴击！"

郯墨大抵是从来没遇到过这种过分夸张的亲近，一时间不知道该作何反应，乔岚在他耳边小声道："早就和你说你笑的时候很好看了，没有骗你吧。"

郯墨回头再看她，一瞬间连眼睛里都有了笑意。

可郯墨的笑容，始终是和其他人不一样的。他不会在开心的时候发自内心地笑，而是在经过短暂又迅速的分析之后，觉得此刻该笑而已。

所以就连乔岚，有时候也看不懂郯墨笑容背后到底隐藏了什么。

不知道郯墨现在多看她一眼，多和她说一句话，都在那两句话的折磨中苦苦挣扎。

你怎么配，你怎么敢？

他在一个人的时候，拿着手机顿了很久，才艰难地输入了“残疾人”三个字。

承认自己是一个残疾人对郯墨来说，不是一件容易的事。

在艰难地输入“残疾人”三个字后，再小心翼翼地输入“在意”两个字，然后点击搜索，可只是看了一眼，那些消极的话语让郯墨心口还血淋淋的伤口瞬间又被扎了一刀。

郯墨蓦地闭上了眼睛，将手机丢在了桌子上，靠在轮椅背上许久，终是又拿起了手机。

他想从网上的言论里找到一些不同的声音，可是他花了将近一个小时的时间将所有的回复看完，却找不到反驳的理由。

他看了那么多，可是那么多人都没有一个圆满的结局。

郯墨急迫而又焦躁地想找到一个幸福的案例，想找到一个足以让他不这么绝望的可能，终于在最后看到有人说自己拥有了幸福，可等看完后，他只觉得更加绝望。

有人说她曾经见过一个很漂亮很好的男孩子，他不会说话，但是很优秀，多年之后他结婚了，他的妻子是一个很漂亮但同样不会说话的女孩。

有人用最简单却最残忍的方式道：“龙配龙虾配虾，自己不健全，为了自己也为了他人，还是找一个同样不健全的人吧。降低标准，没必要再奢望。”

是的，他们把这个词称作“奢望”。

有那么一刻，郯墨想，如果他真的去接受治疗，真的可以重新站起来呢？可等清醒后才陡然明白，一切都是自欺欺人。

有人残疾的是肢体，有人残疾的是心灵，可心灵的残疾比肢体的残缺更可怕。

就算他站起来了，看起来像正常人了，他却比所有人都明白，自己在心灵上在精神上，残缺得有多么可怕。

郯墨突然懂了自己曾经不懂的诗句后两句的意思。

我本可以忍受黑暗

如果我不曾见过太阳
但是照亮了我的阳光
造就了一片新的荒野

当生命中出现了救赎，她带给他温暖和光明，他却因为见过了阳光的美好，从此无法回到孤独与黑暗中，可是阳光并没办法将他从黑暗中解救出来，反而让他求而不得，一切都成为奢望。

周三下午的两节语文课，语文老师放了一部经典电影给大家：《剪刀手爱德华》。

她要求大家认真观看影片，看完后交一份观后感给她。

爱德华是住在古堡里的发明家所创造出的机器人，在一次圣诞节上，发明家正准备为爱德华装上自己为他准备的圣诞节礼物——一双人类的手时，意外身亡，因此爱德华的双手并不像正常人一样，而是锋利的剪刀。

他被佩格带回家后，爱上了美丽的金，可最终在小镇受尽质疑，躲回了古堡。

因为爱德华是个怪物，他对金的感情完全来自性情，没有功利。他可以为了金去做园艺，用剪刀手捏食物给其他人吃，忍受邻居的诱惑，甚至可以为了她隐瞒真相，去偷盗。

金问他为什么，爱德华说：“因为你叫我去。”

这部享誉世界的经典电影，有一个充满遗憾的结局。

“我拿起剪刀就不能拥抱你，放下剪刀就不能保护你”这样感人的台词，让班上许多女孩子都落了泪，她们最大的感受莫过于对爱德华的心疼——保护心爱的人却被误解，那种无能为力的感觉让他只能落荒而逃。

那天交上来的观后感，大家表达的思想大多都很一致，对人性的抨击，对社会冷漠的抨击。

语文老师在课上选出了最优秀的文章投影给大家看，有人写道：

“深爱也不是非要在一起才是好结局，纵然离别难过万分，即使此后形同陌路，如今回忆起，还是很高兴你记住的我，永远都是从前我年轻时最美的样子。”

爱德华永远记住了金最美的样子，郯墨却永远不能理解。

他没有告诉其他人，在看到影片最后，当爱德华独自一人回到古堡，金有了自己的生活结婚生子的时候，郯墨觉得自己如果是爱德华，他可能会选择去死。

感情在他的世界里，从来只有两个答案，要么100分，要么0分。

老师们不会和郯墨要作业，可是这次郯墨也写了观后感，只是没有交给老师而已，他看着同学们抨击着社会，却回想起自己在写这一篇观后感的时候，心底涌起的与爱德华感同身受的痛苦。

所有人都说这是社会的冷漠，郯墨却写这是因为异类的不容于世。

就像爱德华，就像他一样。

爱德华有一双不同于人类的剪刀手，他则有两条无法站立的腿与无法理解情感的脑子。

爱德华曾经因为这双剪刀手而备受欢迎，却在爱上女主后，因为这双手被所有人怀疑和排斥；他因为超出常人的智商而被大家仰视，可如果他们得知了他的心思，也许所有人也会像项小寒一样，只觉得怪异与恶心。

爱德华的剪刀手只是一个象征，它代表着异类和格格不入，他不能真把它当成剪刀，那双剪刀代表着自闭、贫穷、残疾等让正常人所不能接受的一切。

在多年后的某一天，他和乔岚，会像影片中的爱德华和金一样，一人孤独一生，一人终究会有自己的生活。

郯墨闭上了眼睛，久久没有说一句话，就这样不知道过了多久，他将作业本撕成两半，扔进了垃圾桶，他攥紧颤抖的双手，用尽全力将所有的情绪全数压了下去。

乔岚和白钰回到宿舍的时候，项小寒正在和宿舍另一个叫作闫梅的女生吵架。

乔岚住的宿舍一共八个人，总体却能分成三四个小团体。大家同住在一个屋檐下，关系最好的却不一定是本宿舍的，每天多多少少也会有点小摩擦。

但是像这样直接吵起来的情况倒是少有。

乔岚和白钰进去的时候，宿舍里除了本宿舍的几个人，还有另外两个女生。这两个女生是项小寒高一时候的朋友，听说不但高一一个班，初中就已经认识了，所以关系非常好。项小寒经常会带这两个女生来宿舍，来的次数多了，乔岚见了她们也会点个头打个招呼。

现在项小寒和闫梅吵架，这俩姑娘一脸尴尬，乔岚和白钰听了好一会儿才听懂为什么吵架。

能进 18 班的学生，曾经都是自己班里最拔尖的学生，但是这些学生凑在一起进入高二后，也不一定能在班里名列前茅了。宿舍里乔岚成绩最好，稳坐年级第二，项小寒最差，成绩在 18 班中下游位置，但是依旧能考进年级前二百，闫梅和白钰差不多，都是中游偏上，闫梅稍微比白钰更好一点。

但闫梅无疑是最刻苦的，和高一的乔岚有一拼。

闫梅每天在教室里学到最晚回来，中午和晚上临睡前还要再做一会儿题，结果项小寒将自己的好朋友带来宿舍，三个人一边嗑着瓜子一边聊天，声音还不小。

项小寒和宿舍其他几个人的关系不是太好，所以这两个女孩经常会来乔岚她们宿舍，平时倒也没什么，今天正好闫梅在，闫梅被吵得没法集中注意力，于是让项小寒声音小一点，项小寒不知道说了什么，两人就吵了起来。

等乔岚和白钰回来的时候，两人已经吵了好半天，吵架内容已经上升到了项小寒说宿舍的人排挤她，连她好朋友都不让来，而闫梅直接撑项小寒，说“为什么排挤你，你心里没点数吗？”

项小寒脸都黑了。

项小寒有时候真的不明白，她从刚刚来到这个宿舍，就想方设法的和所有人搞好关系，但是到头来所有人都不领情。

闫梅大抵是对项小寒有一肚子的火，最近憋久了，今天得了机会，全数爆发了出来，说项小寒就知道和班里的男生叽叽歪歪，在教室里也就算了，回宿舍张口闭口全是说和自己没一点关系的男生。

“自己学习不好也就算了，非得打扰别人，让别人也跟着你不好，说了几次不要把其他班的人往宿舍带，没看见我在看书吗？”

项小寒也来了气，当即冷嘲热讽道：“天天这么拼，成绩没见得有多好。有本事你像人家乔岚一样，有年级第一天天辅导，随便学学就能考年级第二。”

刚刚走进来一句话都没说的乔岚：“……”

项小寒背地里说人闲话，结果一转头就看见正巧回来的乔岚，场面要多尴尬有多尴尬。项小寒脸上一僵，被这么多人看着，尤其是乔岚，她蓦地想起郑墨对乔岚的百般照顾，又想起郑墨对她冷冰冰的威胁，非但没有被人抓包的愧疚，反而越发怨恨起乔岚来，硬生生恼羞成怒地生出了所有人都欺负她的扭曲心态，留下一句“我受够了”，直接离开了宿舍。

等项小寒和她那两个朋友出去后，白钰简直无语：“她受够什么了？我还受够她了呢。”

都是十六七的人了，大家都有了分辨的能力，项小寒表面热情，但背地里说人坏话的事情不要太多。大家都是尖子班的学生，满脑子只有学习，也就只有项小寒每天把心思放在打听谁家庭情况好上。

闫梅和项小寒吵完架后终于爽快了，半点没被项小寒刚刚拙劣的挑拨离间给挑拨到，却有些不明白地问乔岚：“她好端端的，突然提你干吗？”

“谁知道？”白钰道，“她暗戳戳地针对乔岚也不是一天两天了，真以为别人都是瞎子，什么都看不出来。”

“乔岚，她为什么老针对你啊？”

“不知道。”乔岚道，其他几个人也觉得莫名其妙。

乔岚皱了皱眉头，回想起刚刚项小寒的话在损她的同时又带上了郑墨。

乔岚对郑墨的所有事情都很敏感，现在回想起来，项小寒在宿舍里提起郑墨的次数确实非常多，经常时不时地问她郑墨的事情，而乔岚对项小寒疏远也是因为郑墨，因为项小寒一直问乔岚郑墨家庭条件是不是特别好。

虽然大家都对郯墨很好奇，但是从来没有一个人像项小寒这样感兴趣，乔岚蓦地又想起那天郯墨亲手交给项小寒的那份不知道是什么的文件，项小寒在看了那份文件后脸色都变了。

郯墨说这是外班有谁要给项小寒的东西，他只是负责转交，乔岚当时没有多想，等回头再想只觉得错漏百出。

郯墨从来都不是会主动帮人转交东西的人，而项小寒在看了那文件之后变得很惊恐，那惊恐分明是对着郯墨的。

所以项小寒和郯墨之间一定发生了什么，不管是好的还是坏的，总之是乔岚不知道的。

这让乔岚有些不习惯、不自在，在她与郯墨相识以来，两人之间从来都没有任何秘密，可是现在郯墨有事瞒着她了。

这种感觉也让乔岚说不出地不舒服。

她并不是不让郯墨去交其他的朋友，可如果这个人是项小寒……

乔岚突然有些不确定，等下午的时候，乔岚转头往项小寒那边看了一眼，又回头小声问郯墨："郯墨，我们换到这边坐，你有没有不喜欢？"

"没有。"郯墨说得很果断，想都没有想就回答了，说明是真心话。

乔岚松了口气，想了想又问："那你觉得是白钰好还是项小寒好？"

陡然提起项小寒的名字，郯墨眼中的厉色一闪而过。

郯墨从来没有这么讨厌一个人，讨厌到让他清楚地感知到了恶心的意思，他从来没有这么恶心过一个人。

不过他同样不喜欢白钰，这个女生是乔岚最好的同性朋友，分走了乔岚太多的注意力和时间。

可是如果一定要选一个，郯墨沉默片刻后道："白钰。"

乔岚这才放心了。

她不想主动去追问郯墨和项小寒之间到底发生了什么，只要是郯墨不想说的事情，乔岚就不会逼他去说。

把这件事抛到脑后之后，乔岚突然发现，郯墨的生日马上要到了。

乔岚比郯墨大小半岁，郯墨的生日是十月，乔岚在七月，当初乔岚故意学着陈姨管郯墨叫“墨墨”，郯墨不让她这么叫，乔岚就道“我比你大好几个月，怎么就不能叫”。

郯墨傻傻地想了好一会儿，也没有想出反驳的理由。乔岚被他难得的傻样子可爱到了，终于不“欺负”他了。

去年郯墨生日的时候，郯墨对她还冷冰冰地，一语不发，乔岚自然也不知道郯墨的生日。现在马上又要到郯墨的生日了，乔岚左想右想，却始终想不到要送给郯墨什么礼物比较好。

条件限制，乔岚的眼界着实没有很宽很广，她想来想去，觉得自己就是个俗人，最终还是决定直接问郯墨比较好。

郯墨早就注意到乔岚趴在桌子上，既不看书也不睡觉，就睁着眼睛不知道在想什么。

她在想什么？会不会有那么一刻的念头与他有关？

就算已经看清了自己的奢望，可郯墨还是有些贪心地忍不住去这么想，哪怕是一点点也好。毕竟现在乔岚还不曾知道他心里在想什么，他在她心里还是有一定的分量。

却不想女孩转了过来。

这节课是自习课，大家都在学习，乔岚压低了嗓子小声喊了他一声：“郯墨，你生日马上要到了啊。”

郯墨一怔。

他转头对上乔岚黑色的瞳孔，心口剧烈地跳动了一下，有些控制不住地想问：“你一直发呆就是在想这件事吗？”

但是到底没有敢问出口，却不想乔岚像读懂了郯墨的表情一样解释道：“我刚刚想了好半天，也想不到要送你什么礼物，贵的我买不起，便宜的又没什么心意，最后实在想不出来了，所以想直接问你，你有没有什么想要的啊？”

所以她一直发呆就是在想这件事情？郯墨心口像是一点一点地被熨热了。

郯墨突然觉得自己很过分、很贪心。

曾经没有人关心他、走近他，他向往着有一天有这样一个人，后来乔岚出现了，她对他那么好，他本应该满足了，却无法控制地想离她更近一点，甚至想把她占为已有。

其实早就该满足了，不是吗？是他要得太多太贪心，所以才活得这么痛苦。

郏墨摇了摇头，道：“我也想不到。”

他想要的只有一个，可这是他永远也不敢说出来的奢望。他是真的想不到除此之外，他还想要什么。

“那咱们都慢慢想，你想到了就告诉我，我想到了就在你生日那天给你个惊喜。”乔岚道，罢了又补充一句，“想到了一定要告诉我，只要是我能给得起的。”

你给不起，郏墨想。

我想要做你一辈子的朋友，可你没必要为我这样的人送上你的一辈子。

可郏墨还是点了点头道：“好。”

乔岚笑了，眉眼弯弯，她从书包里拿出了耳机戴上，开始写作业，写了两笔后看了郏墨一眼，摘了耳机问他：“要不要？”

郏墨愣了愣。

乔岚将右耳的耳机递给他：“要不要一起听歌，班里好吵。”

郏墨想伸手去接，他当然想，但还是与乔岚道：“你自己听吧。”戴一只耳机，还是会很吵。

这还不简单？

乔岚从书包里拿出一副耳塞，这是她专门买的，宿舍有人打呼噜，所以买了耳塞。

郏墨低头看着雪白蓬松的小海绵团，伸手接了过去。

班里嘈杂的声响被隔绝在外，他与乔岚听着同样的歌，就像只有两人同处在其他人所不知道的空间，再也听不见其他，只能听见耳机里他从没听过的歌曲，歌词清晰可闻。

想看你笑，想和你闹，想拥你入我怀抱……你可知我唯一想要……

郑墨轻轻捂住了心口的位置，他突然想到了生日想要什么。

他要不起她的一辈子，所以是不是可以奢求一个拥抱，就像歌词里说的一样。

一次就好。

乔二姐再次回家的时候，依旧是一个人回来的。

乔老太和乔母有些不高兴，乔二姐都已经结婚生孩子一年多了，除了结婚的时候见过一次二女婿，就再也没见过，更别说外孙了。

乔二姐含含糊糊地说因为老公太忙，孩子有保姆照顾，没好意思和乔老太还有乔母说她老公根本看不上她家，所以根本不想来这里，也没想着让乔母她们见孩子。

乔二姐不明说，乔老太也听得出来，顿时有些来气。她都没嫌弃二女婿都已经快四十岁了，他倒是嫌弃他们家穷。

乔二姐不想听老太太吵个不停，应付了两声后和乔母说话去了。等跑去乔岚房间看了一眼，结果看见房间里全是不用的东西，乔二姐这才发现不对劲：“老三呢？”

乔二姐一年回来的次数少得可怜，压根不知道乔岚已经离开家半年多了。半年多过去了，乔母对乔岚的气慢慢消了，也没说太详细，主要是不想让乔二姐知道乔源偷家里钱这事，就简单地告诉乔二姐说乔岚在住校。

乔二姐也没多想，她知道乔岚现在成绩特别好，只当是乔岚为了念书方便。

“我还有事专门找她呢。”乔二姐有些失望。

“找她能有啥事？”乔母瘪着嘴道。

乔二姐“啧”了一声：“不是你之前让我给老三打听打听人家？我这不是有消息了嘛。”

乔母这才来劲儿了，顿时兴奋了起来：“就是你上次说的那个家里有几套房子要拆迁那个？”

“不是那个。”乔二姐摆摆手，没告诉乔母，当初她给那人说乔岚，结果那人居然看不上，还拐着弯说乔二姐没文化，家里的姐妹指不定跟她一个样，气得乔二姐背后将那人骂了一个月。

“上次那个不好，那些拆二代家里有点钱就找不到东南西北，要找还是得找那些有经济头脑的，既有钱，又有赚钱的能力。我这次给老三说的比上次那个好多了，他爸妈也是开饭店的，年龄不大，才二十五，长得虽然不是特别俊但身高挺高，好多人打听他呢，我好不容易才搭上话。肥水不流外人田，好的还是给家里留着。”

乔母越听越高兴。

听乔二姐说这小伙子家里就他一个，独生子，家里条件可是半点不比二女婿差。

“本来想着乔岚在，我直接问好了，改天约个时间见一见。妈，你怎么不早告诉我乔岚住校了，我这怎么给人交代。老三本来就条件不好，这耽搁来耽搁去的指不定没戏了。”

“怎么就条件不好了？”乔母这回倒是硬气了，“乔岚现在成绩可好得很，长得比你还好，上次源儿给我弄了张照片。”

说着拿出手机，翻了几下找到了乔源从贴吧保存下来的照片，照片上乔岚穿着领队服，无论是身材还是长相都是一等一的好。

乔二姐拿着手机看了好半天才感叹：“小半年不见，老三居然这么出挑了，以前怎么没看出来有这潜质。”

越看越漂亮，漂亮得让乔二姐都嫉妒。

她自从嫁了现在的老公后，什么美女没见过，还真没见过乔岚这么漂亮的。

本来觉得乔岚长得不好没什么优势，没想到现在乔岚变化这么大，乔二姐瞬间高兴了，与乔母道：“那你一会儿给乔岚打个电话，让乔岚抽个空出来一下见一见。”

乔母满口答应。

这可是好事，而且是大好事，乔岚没良心，她还想着给她张罗这么好的女婿，乔母就不信乔岚还能这么不知好歹。

等乔二姐走后，乔母这才着手联系乔岚，结果想来想去，自己还是没有乔岚的联系方式，存的以前班主任的电话也没用了，乔岚都高二了。

乔母又没忍住，骂了乔岚好半天，等晚上乔源回来后，拉着乔源，让乔源明天去乔岚班里找她，让她回家一趟，说是有好事。

乔源好奇地问乔母什么好事，乔母没告诉乔源。

乔源心里不情愿，但乔母给了他一百块钱，乔源又答应了。

第二天早上刚刚下早操，乔岚和白钰从操场上往回走，就听见背后有人叫她名字，一回头又看见了乔源。

乔岚的眉头在看见乔家人的时候瞬间皱了起来，等再看乔源身后跟了好几个小男生，更是烦躁。

乔源两步追上来，以前从没喊过姐，这次当着班里同学的面倒是喊得亲热，乔岚觉得自己浑身都起了鸡皮疙瘩。

她转头让白钰等她一下，回头问乔源有什么事。

乔源得意地回头和兄弟们抬抬下巴，这才与乔岚道："妈说让你这周回家一趟，说有事找你。"

"什么事？"

"我不知道。"乔源道，"妈说了反正是好事。"

乔家人能有什么好事。

"有事说事，说不清楚就算了，我周末还有事，没空回去。"

鬼知道回去一趟还能不能再回来，乔家对她而言就是一个泥潭。

乔源没想到乔岚还是这么难说话，下意识就想和以前一样欺负乔岚，但是再看看如今乔岚的样子，想起班里男生提起乔岚掩不住仰慕的神情，他突然有点㞞，只能看着乔岚走远。

心道反正他已经把话带到了，听不听是乔岚的事，谁让妈妈不把事情说清楚，他也不知道妈妈到底找乔岚有什么事。

虽然在乔岚这儿受了气，但是回去后一帮子兄弟感叹原来他真的认识乔岚，听着众人羡慕的口气，乔源又觉得浑身舒畅了。

白钰等乔岚回来道："上次就看见这小胖子，这次又来了，谁啊？"

"我弟。"

"亲弟啊！"白钰表示很震惊。

看看乔岚，再看看那小胖子，哪里像一个妈生的，简直一个天上一个地下。

后边的项小寒远远看着这边，她现在几乎不和班里人玩了，倒是和那两个关系很好的女生班的其他人混得挺熟，尤其是那两人宿舍的女生，她现在总和她们走在一起。

有个女生随口道：“那不是乔岚她弟吗？”

“你怎么认识那是乔岚弟弟？”

“乔岚爸妈在学校门口开了一个小饭馆，我去过几次，经常能看见那个小胖子。”有个女生解释。

“那乔岚家条件挺一般的啊。”有人道，说罢笑了笑，“可能是乔岚成绩太好漂亮了，我下意识觉得她家条件也特别好。”

项小寒阴阳怪气地插嘴道：“她家要是条件好，她还用得着去讨好一个残疾人？”

这话说完，旁边一众同学看向项小寒的神情都透露着古怪，和项小寒关系挺好的女生吓了一跳，急忙推了项小寒一把，让她别乱说，结果拉也拉不住，项小寒最近说起乔岚简直像憋着狠劲儿，就连她们都感觉到项小寒有些针对乔岚。

但是为什么，项小寒从来都不说。

乔岚有天偶尔看见了一位国外大师创作的手工壁画，起初只是觉得这个壁画漂亮，后边突然有了想法，她专门跑了好多地方，终于买到了想买的手工壁画材料。

这幅壁画最后做出来的图形，是一棵幸运草。

图案很简单，但是制作还是有点难度，是用线一根一根钩成的。制作过程很精细，但是成品很漂亮。

四叶草的叶子有些立体，一眼看过去很有质感。

郏墨到底没有告诉乔岚自己生日想要的是什么，他坐在沙发上，分明是生日，却没有什么心情。

电视上是陈伯随便放的电影，自从乔岚让他有时间就去看看电影后，陈伯就买了很多碟片，有事没事地放电影给他看。

他很喜欢悬疑电影，觉得很有意思，比如《盗梦空间》《十二怒汉》等，陈伯也会按照他的喜好给他放电影。

不过今天陈伯放的这部电影是爱情片。

他不想看，因为自从明白了感情后，给他带来的痛苦太多，感同身受的痛苦也多了。

可是这部电影出乎意料地温暖，一些曾经幻想过的、奢望过的美梦一点一点地被勾了出来，让他有些舍不得关掉。这部电影没有波澜壮阔、大起大落的情节，从头到尾充满了温情与眷恋。看到最后，郯墨突然关掉了电视。

他又不想看了。

他可耻地闭上了眼睛，因为在刚刚那一刹那，他想到了乔岚。

有些从未有过的念头，一旦开始就像疯涨的潮水，根本由不得思想去控制，越想停下来却越疯狂。

“咔嚓”一声，有人开门进来，郯墨霍然睁开眼睛，却对上了刚刚在他脑海里抑制不住遐想的熟悉面孔。郯墨微微地呆了片刻，然后一瞬间清醒过来，就像才反应过来自己做了什么万恶不赦的事情。

他僵硬着身体看乔岚走近，然后兴冲冲地从背后拿出来一块黑色的板子，翻过来后是细密的线编成的四叶草。

“幸运草，我亲手做的生日礼物。郯墨，我想不到你想要什么，那就送你幸运草吧，祝你所有的愿望全部都能实现吧。”

女孩笑颜如花，那么漂亮，那么干净。

而前一刻自己却在想什么？

郯墨觉得自己就是一个肮脏的变态，是妄图将天使拽下地狱的魔鬼。

大家一起坐在客厅里，乔岚数了十六根蜡烛，将蜡烛一一点亮了。

她转头看着郯墨，烛光星星点点地映在少年精致的脸上，那双浅褐色的眸子更像琥珀一般璀璨夺目，漂亮得让乔岚微怔。

陈伯笑呵呵地催郯墨快点吹蜡烛，乔岚这才回过神来急忙拦住：“等一下，先许个愿，可以不说出来。”

郯墨看着乔岚，沉默片刻后闭上眼睛，半晌后睁开眼睛淡淡道：“好了。”

生日蛋糕是陈姨亲手做的。

郯墨很喜欢吃甜食，但是今天吃得并不多，乔岚看得出郯墨心情并不是很好。她回想了好半天，从今天早上开始到现在，有什么事情能让郯墨心情这么差，可是怎么想也没有想出来。

乔岚将旁边的抱枕抓了过来抱在怀里，下巴搁在抱枕上浅浅叹了口气。

郯墨从卧室里出来，目光落在不知道在想什么的乔岚身上。

外边天气渐渐凉了，可家里很暖和，少女刚刚洗完澡出来，穿着一件舒适的米白色裙子，长发半湿地披在消瘦的肩上。她蜷坐在沙发上，怀里抱着一个毛茸茸的抱枕，米白色裙子下边露出纤细白皙的半截小腿还有精巧的双脚。

郯墨挪开了视线，目光机械地落在乔岚旁边的沙发扶手上："很晚了，怎么还不睡？"

乔岚回过神来，看了他一眼笑了笑："马上就睡。"

"嗯。"郯墨点点头，转身正要离开，乔岚却喊了他一声，道，"郯墨，你今天……你最近是不是遇见了什么事情？"

乔岚刚刚回想了很久，郯墨并不是今天不开心，这样不寻常的情绪其实已经持续了很长一段时间。

郯墨静了片刻问她："为什么这么问？"

"因为最近你心情不是很好。"

她果然很聪明也很敏感，郯墨心道，就连陈伯都没有发现，但是乔岚发现了。

他摇了摇头说没事，等乔岚回房间睡觉后，郯墨却在黑暗里坐了很久，他看着窗外的月亮，看着刚刚乔岚坐过的位置，以及乔岚刚刚抱在怀里的抱枕。

他盯着抱枕看了很久，然后小心翼翼地将抱枕抱过来，犹豫却又沉默地将抱枕抱在了怀里。

周日的时候，乔岚本来准备像平时一样坐公交车回学校，因为周日晚上要上晚自习，不想外边细细密密地下起了雨。

陈伯看了眼外边，转头与乔岚道："岚岚，今天先别急着走，一会儿我送你去学校，别推脱了，外边雨这么大，送你一趟又不麻烦。"

话说到这个份上，乔岚怎么都没法拒绝了，谢过了陈伯后，她待到了将近四点，这才背着书包跟着陈伯出了门。

学校门口这会儿倒是人不少，乔岚下了车进了学校，远处不知哪个班的几个女生这才犹犹豫豫地开口："刚刚那是乔岚吗？"

"是吧。"几个女生看了一眼，现在全校上下不认识乔岚的人真不多。

"她刚刚从那辆车上——下来吗？"

女生不确定地开口："那辆车好像是每天专门接送郯墨的车吧，好像之前有人在学校论坛里扒过，价格在八位数以上……"

几个没关注这事的女生首先被八位数震惊了一下，然后才找到了重点。

"所以每天专门接送郯墨的车，今天送了乔岚过来？"

众人都默了。

她们不是 18 班的学生，但因为之前的八卦，都知道了很多乔岚的事。爱八卦的人更是把和乔岚关系好的男生扒了个遍，其中就有人提到过郯墨。

据说是乔岚高一的同学说的，乔岚高一的时候就和郯墨是同桌，郯墨谁也不搭理，只搭理乔岚一个人。

关系好没有什么，可是她们今天好巧不巧地看见陈伯送乔岚过来，这件事就有些说不出地暧昧和古怪。

一个男生只和一个女生说话，而且每天给这个女生讲题甚至送早点，现在甚至专车接送，换成其他人，几乎已经能肯定这两人之间有猫腻了。

可是一旦换成郯墨，大家又会觉得不该是这样。

不该是这样，可是又过分暧昧，所以更觉得说不出地怪异和别扭。

"我之前听我朋友说，她和乔岚的舍友关系可好了，乔岚舍友说乔岚家条件特别不好，所以乔岚才故意去讨好郯墨，毕竟郯墨家很有钱。"

"不是吧，我觉得乔岚不是那样的人啊。"

"那她为什么一直对郯墨那么好，而且现在还坐郯墨家的车来学校？"

乔岚不知道发生了什么，等晚自习上到一半的时候，白钰戳了戳她，脸上神情有些不大好看，小声地问乔岚："岚岚，你今天是怎么来学校的？"

乔岚没有和任何人说过自己周末一般会去郯墨家的事情，她下意识想随便搪塞过去，可话到嘴边突然发现了不对劲："怎么了？"

"有人拍到你从郯墨家的车上下来，现在论坛上好多人都在说这个事情。"

乔岚一愣，拿过白钰的手机一看，有人放了她今天从陈伯车上下来的照片，说这辆车绝对不会认错。

如今只要一沾染上乔岚、郝英、陈曜阳等人的名字，所有的八卦似乎瞬间就能爆炸，偏偏还有人故意往这边引，开玩笑似的说了一句，"校花拒绝了郝英的玫瑰，但是没有拒绝郯墨的豪车"。

一句看似开玩笑的话，却根本掩饰不住对乔岚的讽刺。下面还有人跟风，说早就听说乔岚一开始就是因为郯墨家里有钱，所以才主动接触郯墨的。

乔岚如今人缘越来越好，可不喜欢她、看她不顺眼的人也越来越多，尤其是女生。

如今这些人一副替郝英抱委屈的语气，说用郝英和一个残疾人比，侮辱郝英了。

乔岚的脸色前所未有地难看。

她想不通为什么这么多人喜欢用这种幸灾乐祸又高高在上的态度去评判一个陌生人。这样能给她们带来什么好处？

乔岚想不通，也不想去想，她第一反应只是不想让郯墨看见这些乱七八糟的东西。乔岚将手机还给白钰，然后与白钰道："这些东西千万不要让郯墨看见，郯墨在的时候也不要提。"

可是乔岚忘了，郯墨对周围异样的感知比她不知道敏感多少倍。

他不知道发生了什么，却能感受到分明不认识他的人投在他身上打量的眼神。可是周围没有人告诉他发生了什么。

又是体育课，所有人都离开了教室，郯墨坐在教室里看着书。外边不想晒太阳的女生们跑到教学楼旁边的阴影下躲着太阳聊天，郯墨没心情听那些人说什么，却陡然听见了乔岚的名字。

郑墨从来不敢让乔岚、让其他人知道自己的心思，他怕因为自己给乔岚带来流言蜚语，可是郑墨永远也没有想到，流言以另外一种让他更加无法接受的方式，蹿进了他的耳朵里。

“远处那是乔岚吧？你们说她真的像大家说的那样，是因为郑墨家有钱，所以故意接近郑墨的吗？”

“我觉得不是。”有人道，“我觉得乔岚是真的对郑墨好。”

“我是真不明白，郑墨哪里比得上郝英？”

郑墨还没能明白这句话的意思，下一句话却骤然让他的理智全然崩塌。

“这你们就不懂了吧？”那姑娘笑了好半天，“有个词语你们听过没有。”

“什么？”

“慕残啊。”

郑墨从小到大，听过太多侮辱和轻视的言语，他曾经会控制不住自己的暴躁和冲动，直到慢慢长大后，他才不再在乎那些人说了什么，又诋毁了他什么，已经很少会因为他人的言论动怒。

可他绝对也想不到，有朝一日，自己舍不得说一句重话、舍不得她有一点点伤心的人，却因为自己，被冠上这么难听的字眼。

慕残。

这两个字只要说出来，郑墨就觉得连呼吸都艰难到不行，因为对他好，因为她太过好心太过善良，所以莫名其妙地要承受这些肮脏的言语。

全是因为他。

郑墨终于知道这两天大家古怪的眼神是因为什么了。

乔岚不可能不知道，却没有告诉他，其中的理由并不难猜，可是郑墨感受不到感动，愤怒和悔恨已经将他烧得体无完肤。

体育课后，郑墨看着女孩依旧毫无阴霾的笑容，张了张口，终究没有说出来。

说什么？说让乔岚以后不要再对他好了，不要让人误会她喜欢一个肢体有残缺的人？

怎么可能？乔岚不把这件事情告诉他，已经很明确地说明了她的态度，她从来不会因为旁人的闲言碎语改变自己的立场。

而且这件事的关键根本不在于乔岚，而在于他。

郯墨坐在车里，一句话也没有说，他没有用太久的时间，就想清楚了断绝这些言论可能性的方法，明确而又清晰，只有两个办法。

第一，他主动远离乔岚，甚至彻底地离开这里，只要他离开了，所有的纷争也将随之烟消云散。

第二，如果他能够站起来。

他不知道自己到底能不能站起来，相比于双腿，心理上的残缺才让他在面对乔岚的时候更加不安和自卑。他曾想过即使自己有朝一日能够站起来，阿斯伯格症也依旧会伴随他一生。

阿斯伯格症是天生的残缺，没有治愈的可能性。

可是现在，乔岚因为他瘫痪的双腿而被中伤，让郯墨看到了重新站起来的意义。

如果他能站起来，能成为所谓的“正常人”，乔岚是不是不会再被中伤？如果可以让乔岚免受伤害，他可以为此放弃自己曾经的坚持，即使那是对母亲的愧疚与补偿。

他就是一个这样无比自私的人。

分明有两条路可以走，分明可以选择远远离开乔岚，可是只要一闭上眼睛，只要想一想以后的生活中没有乔岚的痕迹，郯墨就不敢再想下去。

就像离了水的鱼，会死的。

他想选第二条路。

当初那场车祸的情景又开始不间断地浮现在脑海里。失控的车子撞上来时母亲的尖叫声，最后一刻将他护在怀里时母亲依旧明亮的眼神，爆炸声后双腿剧痛之下的彻底昏迷，以及外公、外婆指着他说他耽误了母亲的一生又害死了她。

车祸、爆炸、鲜血、医院，一幕又一幕重新在眼前闪现，郯墨痛苦地睁大眼睛，可眼前一片黑，什么都看不见，许久不曾发作的创伤应激反应又猛地扎进了脑子里，不知从何而来的质问声，一遍又一遍地问他为什么反悔，为什么当初死的那个人不是他，他背弃了曾经的信念，他会遭到报应的，他保护的人也会遭到报应的……

呼吸越来越急促，郯墨不得不用手紧紧地捂在心口的位置，陈伯被郯墨陡然的变化吓了一大跳，一脚踩住刹车，将车子停下来。

陈伯打开车门急声问他怎么了，情急之下大力抓在郯墨的手腕上，手腕上一阵钝痛，郯墨恍惚低头，看见了手腕上的平安结与那颗黑曜珠。

“如果背弃信念一定会有厄运……”郯墨看着那颗黑色的珠子喃喃道，“就让一切都降临到我身上吧。”

一切都和乔岚没有任何关系，如果因果有报，也该是他一人独自承担。

陈伯被他突然复发的样子吓了一大跳，听到郯墨口中喃喃的话语更是一时间红了眼眶，急声问他怎么了。

好半晌之后，郯墨的双眼才终于有了神，他低下头，看着陈伯缓缓开口：“替我联系医生吧。”

陈伯像是听见了什么不可置信的话语，一时间整个人怔在了原地，半晌后这才激动得双手都在不停地颤抖。

“联系……我明天就联系……不不不，等回家后马上就联系……”

陈伯不知道到底发生了什么，才让郯墨终于想通放弃了曾经的偏执，郯墨没有说，这没有关系！他也不问，郯墨终于接受治疗，已经足够让他激动到说不出话来。

当天回到家，陈伯马上打电话联系郯墨刚刚从国外回来时，负责给郯墨做手术的那位医生。虽然可以让医生来家里帮郯墨检查，可是家里没有设备，所以最好还是去医院。

郯墨坐在轮椅上，手指轻轻地滑过手机屏幕，静静地看着和乔岚聊天的微信框。

上一条微信过去不久，是中午的时候和乔岚说完话后，乔岚日常的一句“午安”。

看着这句“午安”，郑墨一动不动地坐了很久，直到时间过了九点半，学校里下了晚自习后，郑墨这才发了微信给乔岚，告诉她自己明天不会去学校了。

消息发出去不到半分钟，乔岚的电话打了过来，女孩的声音夹杂在吵吵嚷嚷的喧闹声中，有些不太真切。

“怎么了？”乔岚问他，罢了突然紧张起来，“是不是又腿疼？”

“嗯。”郑墨道，“所以明天不去了。”

“不舒服就在家休息好了，身体最重要，你现在身体太虚了。”女孩有时候就像一个小唐僧，有时候比陈姨还要唠叨，可是郑墨听了很久。她在电话那头说，他在这边静静地听。

电话那头大抵是白钰在喊她，问她在和谁讲电话，乔岚半点不在意地直接道：“郑墨啊。”

郑墨的心口骤然一疼，急忙找借口挂掉了电话。

陈伯等他打完电话后进来，道：“已经联系好医生了，明天早上我们就过去。”

“嗯。”郑墨身体一动不动，点了点头。

陈伯深吸了一口气，犹豫地问他：“明天去医院……真的可以吗？”

郑墨对医院和医生的恐惧和排斥太严重了，无论什么时候想起郑墨扎进自己腿上的那把刀，陈伯都依旧觉得可怕。

“可以。”郑墨语气出乎意料的平静，“明天早上准时叫我。”

陈伯点点头，替郑墨关上了门。

等关上门后，陈伯的脸色在一瞬间垮了下来，他坐在沙发上，将近六十岁的老人家捂住了眼睛，无声却又忍不住地落了泪。

他没有告诉郑墨，刚刚和医生交流的时候，医生说郑墨的腿拖了太久，可能会很难。

医生说会很难，陈伯却明白，郑墨的真实情况，可能要比很难更难。

他一个人在客厅里坐了很久，擦了把脸回到卧室，第二天依旧精神抖擞，就像什么都不知道一样叫醒了郑墨，然后带着郑墨去了医院。

陈伯费了很大的力气才将医生早上的预约推后，将最早的时间留给了郏墨。

距离上次去医院其实也没有太久。上次外公去世时，郏墨也去过医院，可今天不是为了其他人，而是为了他自己，接受检查的那个人也不是别人，而是他。

一想到这个，郏墨的神经就开始止不住地紧绷起来。

检查的过程，就像被放慢一样，比郏墨想象中更加难熬。他浑身僵硬地听陈伯回答医生的问题，躺在冰冷的设备上，听着各种各样的机器在耳边不停地“滴滴”作响。

车祸后已经过去了一年半，他有一年半的时间没有接受过任何专业的检查，如今一项一项地检查，包括腿，包括身体的整体素质。

整整一个早晨过去，医生的神色从一开始的郑重变得越来越严肃。

虽然乔岚已经教了他很多表情，可是郑重、严肃这样细小的情绪变化，郏墨还是无法察觉，只有陈伯，感觉到心口的温度一点一点地越来越低。

医生示意陈伯跟他出去，陈伯装作轻松地让郏墨等一等，然后跟了医生出去。

医生拿着厚厚一叠检查出来的片子以及其他东西，一一指给陈伯看。专业性很强，陈伯听不懂全部，却能听得懂大概，他双手紧紧握在一起：“不用和我说这些，我听不懂，我只想知道……还能不能治……”

说到最后，陈伯几乎是咬着牙说出来的。

医生沉默了好半天，叹了口气：“当初因为病人的抗拒，所以治疗本来就不彻底，后来一年半没有经过专业的检查和治疗，横纹肌营养障碍导致肌肉萎缩，横纹肌已经遍布身体多个地方，而后来又出现营养障碍。复健本来就是非常痛苦非常难熬的，小少爷长期身体亏损，根本撑不住复健，所以……

“所以，小少爷很大概率上……这辈子只能坐在轮椅上了。”

陈伯双眼红得不像话，却还是不死心地问：“很大概率……是多大……”

“百分之……九十八。”

陈伯只觉得脑子轰然一炸，整个人当即再也站不住，踉跄地倒退几步，医生急忙一把抓住陈伯，却在抬头后僵在了原地。

郯墨不知道什么时候出来了，没有发出一点声音，他浅褐色的眼眸依旧看起来毫无波澜。

他静静地看着医生和陈伯，半晌后轻轻地重复了一声："百分之九十八。"

医生急忙改口道："其实没这么高……"

其实是应该更高吧，百分之九十九，甚至——百分之百。

他本以为自己选择了另一条路，也许会有新的开始，可是没想到他的报应来得如此之快。

他曾说如果有什么厄运，请尽数惩罚到他的身上，如今一切应验了，却比他想象的，来得早得多。

人生有时候绝情得可怕。

生死之间只有两条路可以走，可是仅仅一天之后，一条路又变成了死路。

医生告诉郯墨，他这辈子可能永远都要在轮椅上度过了。

他没办法站起来，没办法成为其他人眼里的正常人，没办法让乔岚脱掉"慕残"嫌疑，如今的他再也没有了选择的权利。

命运只留给他一件能做的事情。

那就是离开乔岚。

远离她，不要再让任何人看见乔岚和他有一点点关系。

这一刻，郯墨觉得心口已经疼到没有了知觉。

手机振动了片刻，郯墨低头，看见是乔岚发来的微信，她问他今天有没有好一些，明天可不可以来学校。

为什么还要管他呢？

因为他，她已经被中伤成了那样，为什么还要这么坚持呢？

郯墨有时候真的恨不得乔岚能稍微自私一点，稍微不那么善良。

他明天去不了学校，后天也去不了，也许以后的每一天，再也不会去了。

好久后，郯墨给乔岚回了微信，告诉她这周应该都不会来了。

“为什么？”乔岚的电话如约而至，“这次这么严重吗？”

“嗯，”郯墨道，“很严重。”

那边沉默了好半天，道：“郯墨，去医院检查吧，周末我陪你去，好不好？”

郯墨闭上了眼睛，拿着手机的手有些不稳，他突然喊了乔岚一声，乔岚轻声问他怎么了。

“如果……”

郯墨压住痛到极致的情绪哑声道：“我说如果，如果我去检查过，医生告诉我，一辈子……我永远也站不起来……”

你会怎么做？

可话到嘴边，郯墨却突然自嘲，自己站不起来又为什么要问乔岚怎么做，这与她又有什么关系，他又在期望着乔岚什么？

没什么，我乱说的。

郯墨正要这样说，可是下一刻，乔岚的声音已经从电话那头传了出来。

乔岚不知道为什么郯墨会突然说这样的话，等郯墨问完后，她根本没有多想，已经开了口：“那我就照顾你一辈子啊。”

待说完后，乔岚电话那头陡然寂静了。

郯墨怔怔地拿着手机，乔岚后知后觉地反应过来自己说了什么后，突然感觉到耳朵隐隐发烫。

等后边再说了什么，两人都有些听不进去了。迷迷糊糊地挂了电话后，乔岚发怔地拿着手机，蹲在宿舍外边晾衣服的露天阳台上。

刚刚那句话，在郯墨问完后，她想也没有想就脱口而出了。

郯墨问她，以后站不起来怎么办，她当时的想法就是说的那样，站不起来就站不起来吧，她还是会和现在一样去照顾他。

可是等脱口而出后，乔岚这才发觉，这句话似乎有些不一样的特殊意义。

郯墨单纯，不懂这些，可是乔岚怎么能不懂，无论是男是女，当你脱口而出，当你已经想过照顾一个人一辈子的时候，那代表的是什么。

乔岚蹲在黑暗里，一语不发地回想着自己为什么会说出这样的话。

可她细细想来，自己有这样的念头，好像也不是无迹可寻。

很久之前，乔岚就知道在原本的命运轨迹中，郯墨将在高二的时候离开学校，在大一的时候重新出现，在大三的时候结束自己的生命。

她不想让郯墨重复这样的生活，更不想让一条鲜活的生命离开这个世界，所以她总想尽可能让他感觉到有人喜欢他、关心他，让他不要对生活失去信心，勇敢地活下去。

相识一年多，乔岚将郯墨看成了自己的责任，看成了自己最重要的人，她想让他好好地度过这个高中，然后守着他让他安安全全地度过大学时光，不要再有惨剧发生。

至于再远一点的将来，乔岚并没有专门去想过，只是不知不觉间已经变成了这样。

如今静下来，认真地再去想一想，等她陪着郯墨度过了命运的死亡点，那之后呢，她可以就此放心地松手，任由郯墨自己去生活？或者将他交给另一个人？

乔岚想了很久，最后确定，她做不到。

她不放心，她不放心自己离开后会不会有谁出现，就比如原本轨迹中的宋瑶一样，又一次将他推入地狱；她更不放心自己只不过离开了一段时间，等再次回来，会不会再也见不到他。

所以她确实是想照顾着郯墨，看他平平安安地永远活下去。

乔岚没有特意去想这些事，却在不知不觉间早就为未来做好了打算，所以才能在郯墨那么问的时候，她想也没想地说自己可以照顾郯墨一辈子。

左想右想，她都不觉得自己的想法有什么问题，但是再回想，却还是觉得这句话哪里都是问题。

乔岚蹲在阳台上，好半天后给白钰发短信。

如果有人说想照顾你一辈子，你觉得这话是什么意思？

白钰那边瞬间回信。

你问这话是什么意思？

谁和你这么说了？

有人要是跟我这么说，我绝对跟他走！

乔岚："……"

她再三解释没谁和自己这么说，她就是想问问，可过了半天后又问白钰。

如果有一天，你对一个人有了这种想照顾他一辈子的想法，这又说明什么？

说明他对我超重要啊！

乔岚无语，都什么乱七八糟的。

自己比郯墨大，而且郯墨还那么单纯，什么都不懂，按照白钰这个说法，这不是她占郯墨便宜吗？

白钰说的都是什么啊！

乔岚想来想去也没纠结出什么，索性不想了，心道反正郯墨肯定没听出自己说的这话有歧义。他这次腿疼好像挺严重的，等周五下午放学了，去郯墨家看看吧。

转眼就到了周五，最后一节课结束后，乔岚给郯墨发消息问他在不在家，在的话她就过去。

郯墨回话说他在外边，过一会儿后又让乔岚等一等，说他和陈伯有点事，等事情完了后就去接她。

乔岚思索了两秒后，说了声"好"。

刚刚一犹豫间，她又想起了之前自己从陈伯车上下来后，学校里传的各种流言蜚语。

乔岚其实没觉得有太大影响，班里的同学都很不错，除去项小寒阴阳怪气，倒是没有人乱说过什么，有些还在骂外班那些人什么都不知道，思想龌龊。

当初刚刚知道这件事的时候，乔岚气了一个晚自习，但等睡了一觉后就不气了。她们再怎么诋毁她，再怎么酸她，她照样考得好，现在还长得漂亮，就当是她们嫉妒了。

难道真的要为了那些人故意避着郯墨？故意和郯墨离得远远的？在她心里，她们的看法连郯墨的一根头发都比不上。

所以陈伯这次说来接她，乔岚只想了一刹那就答应了，她也不怕有人看见。

有时候所有人都不相信你，这并不代表是你错了，而是他们瞎。

乔岚回宿舍拿了件衣服，等快六点的时候这才出了校门，站在学校对面的小区那边等陈伯过来。

可还没等到陈伯，却听见有人叫她，乔岚一回头，看了好半天才认出来坐在车子上和她打招呼的人是乔二姐。

乔二姐看见乔岚的时候，余光扫了一眼旁边坐着的另外两个人，终于松了口气。

她每天开车来附中外边，已经好几天了。

说起来就来气，前几天乔二姐才知道乔岚根本不是方便学习才住校的，而是乔父、乔母冤枉乔岚偷家里钱，将人赶了出去。

亏她妈还拍着胸脯和她保证，一定能把乔岚带回去，结果等来等去，也没等到乔岚的人。

不过好在乔岚那张照片实在是太惊艳，本来已经没什么耐心的“准妹夫”在看了乔岚的照片后不但回心转意，还说愿意多等几天。

后边可能又打听到乔岚在高中的成绩，对方就更加满意了，天天主动找她，说想见乔岚。

乔二姐这个高兴啊，连续又催了乔母好几次，一直不见人，后边终于知道乔岚被乔母给打出去这事。

气得没办法，她索性开车过来碰碰运气，已经来了好几次，今天终于撞见了。

乔岚刚从学校里出来，还穿着校服，但还是特别出挑，让人一眼就能注意到，等转过头来，更是惊艳。

坐在车子后边的年轻男人顿时眼睛一亮。

虽然说以前看过照片，但是到底没见过真人，他是打听到乔岚成绩特别拔尖，确实和乔家其他人不一样，所以才更加期待的。现在终于见了真人，不像乔二姐那样年纪轻轻的脸上的妆就浓得看不出原本五官，远处的女孩脸上干干净净，却依旧美得惊人。

“准妹夫”罗年终于觉得自己来了好几趟没有白跑。

乔二姐过分热情地和乔岚打招呼，乔岚皱了皱眉头，还是走了过去，站在离车子一米远的地方和乔二姐打了招呼。

乔二姐越看乔岚越高兴：“这是去哪儿啊，回家吗？”

乔岚往车里看了一眼，发现除了乔二姐，车子后边还有两个人。

“不是，去我朋友家。”乔岚不着痕迹地往后退了两步。

“放假不回家怎么去朋友家呢，来上车，姐姐带你去吃饭，我们好久不见了，好不容易见一面说说话。”

乔岚终于看清了，车子后边坐着一男一女，她不认识那个男人，可对方直勾勾地看着她，眼神让人格外不舒服。

乔岚感觉不太对，乔二姐不在家带孩子，突然出现在这里就很奇怪。以前乔二姐对她爱理不理，现在这么热情更加奇怪 。

“不了，我和朋友说好了。”乔岚往后退两步，“我朋友来了，我先走了。”

“哎——别走啊。”乔二姐踩着高跟鞋追了出来，正要抓乔岚的胳膊，却发现迎面走过来一个中年人，看着特别精神，个子很高，乔二姐吓了一大跳。

正想嚷嚷这人干吗，却看见乔岚和这位中年人打了个招呼，然后上了对面的车子。

乔二姐气得想追过去，结果首先看见了那辆车。

不看还好，一看吓一跳。

乔二姐嫁了个有钱人，慢慢地跟所谓的有钱人相识后，也见了很多开眼界的东西，比如车子。

她自己开的这辆车是她老公给她买的，六十多万。她开着这辆车到处逛，见了以前的朋友总是忍不住一番炫耀。

除了炫耀自己的车，乔二姐还爱炫耀自己老公的车。

她老公的车将近两百万！不过有一次酒店里来了几位客人，后来酒店的员工告诉她，这几位才是真的有钱，酒店下边停了三辆车，其中两辆都是价格高达八位数!

两百万的车已经是乔二姐想都不敢想的豪车了，八位数更是天文数字，她老公的酒店总资产大概也就是八位数，一辆车能贵到这种地步，到底哪里好?

于是乔二姐特意跑去看了一眼，等回来后还和老公说起这事，老公笑话她没见识，然后两人凑在一起看了好多真正的豪车过了把眼瘾。对车有了些了解，于是她一眼就看出乔岚上的那辆车，就是她曾经看到的超过八位数的一款。

乔二姐傻了。

别说后边坐着的罗年，就连她老公也买不起这样的车，乔岚的同学居然这么有钱?

乔二姐回到车上，罗年问她："你妹妹人呢？"

"她说她要去同学家。"乔二姐道。

罗年有些不大高兴，来了好几天，好不容易才见到人，居然没留住，罗年难免抱怨了乔二姐几句。

乔二姐气得想骂回去，但是到底没敢，她还要指望着罗年帮她忙呢。

乔二姐只能止不住地可惜，怎么罗年就没看见刚刚那辆车呢，如果看见了，肯定就不是现在这副趾高气扬的模样了。

乔岚摆脱乔二姐上了车，钻进车子里，一抬头就和正看着她的郏墨对了个眼。本来是再正常不过的对视，平时不知道已经发生过多少次，但是不知道是不是几天没见郏墨，还是那天之后自己的心里有些变化，现在一对上郏墨的视线，乔岚居然有些不好意思地躲闪了一下。

好在郏墨不会注意到这种细微的小表情，注意到了大概也不知道什么意思，乔岚又放心下来。

陈伯这两天整个人都很难挨，但是对着乔岚还是强装出几分精神，问她刚刚拉着她的人是谁。

“我二姐。”

乔岚和陈伯随口聊了几句，她不把陈伯和郑墨当外人，也没好心替乔二姐瞒着，简单地把乔二姐的事迹讲了些许，陈伯听完简直不知道说什么。

陈伯有时候真的想不明白，乔岚这么好这么优秀的孩子，怎么家里人都是这个德行。

但是现在他也没心情管这些了，他今天和郑墨出去，是专门去和郑父吃饭的。

郑墨说他想出国。

郑墨没有瞒着陈伯，又也许是因为憋在心里太难受了，所以想找个人说出来，他告诉了陈伯自己对乔岚的想法。

陈伯终于知道了郑墨答应去检查的原因，可一想起检查的结果，心口又是止不住地疼。

“少爷，其实岚岚可能根本不在意，她是个好姑娘。”

不在意你有阿斯伯格症，也不在意你的腿。陈伯认识了乔岚这么久，他不觉得乔岚在得知郑墨的想法后会和其他人一样远离郑墨。

“她不在意，我在意。”郑墨道。

“她是个好姑娘，所以更没必要和我绑在一起。”

陈伯沉默了。

郑墨从来都不懂感情，现在终于懂了，并不代表能得到幸福。

因为太在意，所以不得不离开。

陈伯想说什么，但看着郑墨的样子，到底没有说出来。

乔岚总觉得郑墨还有陈伯都怪怪的，但是他们又都什么都不说。转眼一个周末过去，乔岚重新回到学校，却在学校门口遇见了一个年轻男人。

乔岚第一眼没认出来，那男人开口说上周五还见过她，乔岚这才想起这就是那天乔二姐车子后座坐着的那个人。

罗年之前没见过乔岚真人还好，见了一次就有些念念不忘了，他叫乔二姐再来，但是乔二姐说什么都不来，罗年气得骂了几声，索性自己来了。

他开的是自己价格百万的车子，穿着一身名牌，站在学校门口跟个灯柱子似的。

乔岚当即往后退两步，抬眼问他："有事？"

罗年看乔岚冷着脸，心道乔岚可能都不认识自己身上这些名牌，果然是穷人家的女孩子，没见识。不过穷归穷，脸还是好看的，罗年笑了笑道："我和你二姐是朋友，前几天还见过你妈妈。"

"所以呢？"

罗年一愣："你妈你姐没和你说吗？"

周围看热闹的人越来越多，乔岚和罗年拉开距离："我半年没见过我妈了，你有事就去找她。"说完转头就走。

乔岚直到跑出去好远才站住，沉默地站了好一会儿。

她以为自己不招惹乔家人，和她们离得远远的，就能过上清净日子，可是乔家人的不要脸程度真的超出了她的预想。

乔岚不傻，她想想乔二姐，马上就能猜到这个罗年为什么来找她。

乔家是穷疯了吗，赶出去的女儿都要想方设法地卖出去？

乔岚心里梗得难受，可等晚自习后突然收到罗年的短信时，乔岚整个人都蒙了。

罗年到底从哪里搞到她的电话号码的？

罗年就像一个精神病，每天给她发各种骚扰短信，乔岚烦不胜烦地直接关机。

又是一个周末，乔岚这周本来答应了白钰去她家里，却在校门外又遇见了罗年。罗年说想请她去吃饭，乔岚说不去，罗年一把抓住她的手腕就要往车子上走。

郑墨准备这个月月末离开，也就是三天后。

他拉开抽屉，看见了抽屉中一张绿色的银行卡。

"郑墨，这是我这两年所有的积蓄，你帮我存着好不好？"

他当时很郑重地答应了她。

他准备不告而别的念头，被一张银行卡给摧残了个干净。

他总该和她说一声的，虽然他担心自己见了她后又会舍不得离开。

郑墨拿着这张卡看了好半天，拿出手机给乔岚发了微信，结果过了好半天也没有回信。

乔岚从来不会不回他的微信。

郑墨隐隐觉得哪里不对劲，又拨了乔岚的电话，但是手机关机，打不通。

郑墨蓦地攥紧了手中的卡。

静默几秒后，他直接找陈伯一起飞速去了学校。

学生已经走了大半，学校门口此刻人不多，乔岚和白钰被罗年缠住，罗年人高马大，他不让乔岚走，乔岚也走不掉。

乔岚看罗年伸手就来抓她手腕，也来了火气，甩开手当即让他滚开。

罗年这辈子也没听别人让他滚过，脸上挂不住，也来了气，没几句就暴露了本性。

“你妈和你姐天天求着我快点把你领回去，别以为自己长得漂亮点又念书念得好就觉得自己是个人物……”

陈伯的车子风驰电掣地赶过来，郑墨入眼就看见一个男子凶横地挡在乔岚面前，伸手像是要动粗。

郑墨的瞳孔骤然一缩，陈伯根本不用郑墨说，已经冲下了车拦住了罗年。

周围有围观的学生，有些也想上前，但是一直没敢，现在见有人冲上去后也三三两两地冲上来，将罗年堵在了旁边。

罗年的脸色顿时更难看了。

看见人多他也不多留，临走前说了一句类似让乔岚等着的狠话，然后上了车扬长而去。

几个帮忙的学生这才散了，乔岚脸色煞白地看了陈伯一眼，然后看向后边坐在轮椅上的郑墨，两三步跑了过去：“郑墨你怎么来了？”

郑墨看着罗年离开的方向，眼里是压不住的狠厉与暴躁：“那是谁？”

第十章

曙光

乔岚看着扬长而去的罗年，眼中净是阴霾。

既有对罗年的，还有对乔家的，罗年和乔家这次的做派，前者强盗后者人贩子，无论哪个都令人作呕。

她无意识地伸手揉了揉刚刚被罗年抓住的胳膊，很痛，肯定抓红了。

看到郯墨突然出现在这里，乔岚惊讶之余又当即有些担心，转头问他怎么突然来这里，低头才看见郯墨的脸色已经差到了极点。

郯墨好不容易才控制自己，将视线放回了乔岚身上，看见她捂在胳膊上的手，行动快于思想，等反应过来后已经一把抓住了乔岚的手腕。

“他是谁？”

乔岚低头看着郯墨紧紧禁锢在自己手腕上过分用力的手，到底没抽出来。

“是我父母找的准女婿吧。”

白钰也被吓得惊魂未定，本来开开心心地想找乔岚回家里，结果没想到撞上了这种事。

她是真的想不到，这年头居然有人敢正大光明地在学校门口堵人。乔岚一般不会提及自己的家庭情况，白钰从只言片语中只能判断出乔岚和家人的关系并不亲厚，却怎么也没想到会到这种地步。

刚刚那个罗年说得很清楚，他说乔岚的父母和姐姐求着他把乔岚带回去，乔岚的父母这简直就是明摆着卖女儿，也正是因为这样，这个罗年的态度才这么猖狂。

还要不要脸，有没有一点人性了？

今天乔岚大抵是不能去她家里玩了，郯墨和乔岚应该是有话要说，而且因为罗年这么一出，白钰也不敢随便带着乔岚到处乱逛了，指不定这个罗年又会从哪儿冒出来。

一想到罗年，白钰心里还是一阵后怕，但除了后怕，更多的还是担心。

刚刚罗年走的时候说让乔岚等着。

乔岚就是一个学生，家里一堆人都恨不得将她卖了送人，那个罗年看起来又有钱有势，谁能帮她？

这个罗年如果再来的话，谁能帮乔岚？

不知道为什么，她下意识地转头往郯墨那边看去。

现在郯墨既然来了，白钰松了口气，也不拉着乔岚去自己家里了，把乔岚交给了郯墨自己转身离开。

直到白钰走远了，郯墨这才看见自己抓在乔岚手腕上的手，愣了一刹后才忙松了手。

盛怒之下他稍微有些不知所措，只能问她："疼不疼？"

"没事，不疼。"乔岚揉揉手腕，不想再让来来往往的人围观，转身跟着陈伯和郯墨上了车。

上车后，乔岚才同陈伯还有郯墨说今天到底是怎么一回事。

上周郯墨来接乔岚时遇见了乔二姐，乔岚同他们说过乔二姐的事情，当时陈伯只是觉得乔二姐不知羞，却不承想她可以无下限到这个地步。

郯墨隐在黑暗里，他左手还紧紧地捏着一张银行卡，手指太过用力，银行卡颤颤巍巍的，像是下一刻就能被掰断一样。

如果今天他和陈伯来晚一点会发生什么？

如果他下定决心不同乔岚告别，直接去了美国，又会发生什么？

等几个星期，或者几个月之后，等他终于忍不住想要看一看乔岚如今过得怎么样了，也许她已经被她那群家人给拉进了泥潭。

也许会被强制退学，也许会被关在家里，强行让她和那个所谓的准女婿……

一声脆响，乔岚诧异地转过头来：“什么声音？”

手中的银行卡断成了两截，郯墨用尽全身气力压住了情绪：“不知道，可能是车子外边的声音。”

乔岚“哦”了一声，这才转头问他：“郯墨，你怎么会突然来学校这边，是有什么事情找我吗？”

有事。

他准备来找乔岚告别。

马上就要走了，他还是想见一面，然后亲自说一声“再见”。

可是现在，走？

走哪里，怎么走？

他走了，乔岚怎么办，他走了又有谁能保护她、帮助她？

也许是乔岚表现得太过乐观，她总像没有烦恼一样地笑着，从来没有抱怨，就像没有什么事情能难得倒她，所以才给了郯墨一种错觉，一种乔岚其实过得很好的错觉。

可其实，她过得一点都不好。

有这样的家人，怎么可能会好？她在前面拼命地跑，后边却有好多人想将她拉回去。

郯墨松开手，折成两半的银行卡掉在了车缝里。把本来准备说出口的分别暂时搁置了起来，郯墨道：“我打你电话打不通。”

乔岚拿出手机道：“罗年不知道从哪里弄到了我的电话号码，天天打电话发短信，我实在没办法，所以关机了。”

郯墨眸色又是狠狠一沉：“先去办张新卡。”

陈伯车子拐了方向，往附近移动营业厅的方向拐了过去。

办了新卡，回到郯墨家里，所有人都有些沉默，就连乔岚在吃饭的时候也有些心不在焉。

她现在不得不去考虑要怎么办。

她原想凑够了钱，至少能安安稳稳地过完高中，可是乔家人明显比她想象的还要没有底线，他们时时刻刻在盯着她，准备将她卖出去。

躲避已经没有用了，除非在剩下的一年半里，她一步都不要踏出学校，就算这样，乔岚也不觉得这真的可行。

这个罗年，今天敢在学校门口直接堵人，明天指不定还会做什么事情。

可是不躲避又能做什么？跑回家和乔家人大吵一架，和他们断绝关系？

怎么断绝？她的名字还是写在乔家的户口本上，乔家人知道她能换钱，又怎么可能答应断绝关系，而且乔岚不敢想，自己如果回一趟乔家，还有没有再走出来的可能性。

报警？她是乔家的女儿，警察也不会插手。

乔岚深深吸了一口气，烦躁地闭上了眼睛。

她真的恨不得自己是个孤儿。

隔壁房间里，陈伯小心地敲开了郯墨的房间门，走进来关上门。

郯墨不喜欢父亲，当年父亲在他还不记事的时候出轨自己的秘书，母亲和父亲离婚后带着他去了美国。郯墨对父亲没有什么感情，可因为感情太过单薄，也生不出什么恨意。

郯父当初因为郯墨的母亲这才成功地进入了检察院，即使如今郯父已经是本省的检察院常务副检，正儿八经的省厅级干部，他也不曾否认，没有郯墨母亲一开始的帮扶，也就没有今天的他。郯父当初出轨，郯墨母亲不作思考当即离婚，他确实对前妻和儿子充满愧疚，尤其是郯墨母亲去世后，所以这才将郯墨接了回来。

但也仅此而已了，郯父想尽法子想对郯墨补偿一二，可郯墨母亲去世后留给郯墨的遗产太过惊人，郯父就算想补偿也无从下手。

今天接到陈伯的电话，被告知郯墨又准备回美国，郯父在惊讶之余也是掩不住的失望，极力相劝也没什么成果。

可不想晚上的时候，郯墨亲自打了电话过来。

有些事花钱可以办到，有些事却还需要一点权力。

郑墨给父亲打了电话。

花钱将罗年的情况查清楚，这不费劲。

罗年真正的家庭情况，远比他嚣张的样子可怜得多，不过两个小时，郑墨拿到了罗年和罗年父母的所有信息，甚至知道了罗年父母所有的资产。

看似嚣张跋扈、无法无天的罗年，父亲经营着一家火锅店，规模不小，罗年的父亲因为和乔二姐的老公共同投资另一家分店，所以最近一直有合作。

罗年是父母年龄挺大的时候才生的，父母的过分溺爱，将罗年养成了天不怕地不怕的性格。

郑父有些诧异郑墨居然会主动找他，而且很精准地提了要求。郑墨没有直说，只是让他和监管局说一下，多放一点精力在 ×× 街的某家火锅店上。

郑墨不明说，郑父也能明白意思，想给一家餐饮店找点麻烦实在太简单了。现在很多饭店打着新鲜食材的牌子，其实真正新鲜的没有太多，原材料和调料里边掺杂过期货的也不少。

很多时候监管局来检查，饭店提前听到风声，总能准备一二，如果突击检查并严格地全数检查，那很大一批饭店都得关门。

对郑父而言只不过一句话的事情，更何况是郑墨好不容易开口的，郑父自然没有不答应的理由。

等挂了电话后，陈伯往外边看了一眼，低声与郑墨道："那出国这事……"

郑墨摆明了要帮乔岚帮到底，所以近期内肯定不会出国了，而且指不定以后，因为放心不下乔岚，应该也不会再离开了。

却不想郑墨道："等这边所有事情处理完。"

"还是要走？"陈伯诧异。

"去特种外科医院。"郑墨垂下了眼睫，那是全球最好的骨科医院。

郑墨在今天之后才发现，自己对乔岚并非一无是处，他还可以保护她。

乔岚需要他。

医生说他有百分之九十八的希望会永远坐在轮椅上，可除去这百分之九十八，还有百分之二能够站起来的希望。

心里一旦有了想要保护的人，似乎一切变得没那么可怕了。

尽管只有百分之二，可他愿意为了这百分之二的可能，尽他所能地去拼一次。

罗年实在又没脸又气不过，转头就给乔二姐打了电话。

乔二姐在乔家一众人面前觉得自己高人一等，但是到了自家老公还有老公这些朋友跟前，整个人就矮了几分。

很多人明面上客客气气的，背后没少戳她脊梁骨，句句戳到乔二姐的心上。面对不如她的人，乔二姐能一点都不含糊地全部撑回去，但是如果对上条件本来比她好太多的这些人，乔二姐只能全部都受着。

最近乔二姐老公和罗年家合资开了一家火锅分店，乔二姐从来都没法插手家里的生意，但慢慢也懂了，自己手里没钱没生意，还是要永远被人踩下去。

于是死缠烂打，最后终于成了这家新店的半个负责人。

乔二姐别提有多高兴了，每天开着自己的小宝马，享受当老板的风光，结果转头就被罗年劈头盖脸地骂了一顿。罗年说乔岚不知轻重，不知道自己几斤几两，以为长得好看了点就能上天。

罗年嘴里骂的是乔岚，但乔二姐怎么听都觉得罗年是在指桑骂槐地骂她和乔家人。

乔二姐心里气得不行，可偏偏在遇见这些真正的"有钱人"时，乔二姐便不由自主地矮了半截。本来只是觉得罗年在骂她，指不定自己撑两句后，罗年骂的人直接就是她了。

乔二姐只能将气全都给受了，等挂了电话后当即怒气冲冲地给乔母打电话，要不是没有乔岚的联系方式，乔二姐这通电话就是打给乔岚的了。

乔母这些天心情还挺好，罗年为了追乔岚，没少给乔家送东西，什么水果、保健品，没几天就送来一大堆，乔母简直心花怒放。

比起乔二姐嫁的女婿，罗年真是怎么看怎么好，年纪不大，又是独生子，出手还这么大方。现在已经给家里送东送西，等以后把乔岚嫁过去，不说能有多少好处，彩礼钱首先肯定不会少。

乔母越想越高兴，结果没高兴几天，乔二姐一通电话打了过来，直接问她乔岚到底想干什么。

乔母听完后更气，在家里走过来走过去，不只生气，主要还想不通。

“我是在害她吗？给她找的女婿不好吗？难得人家罗年看得上她，她倒是拿乔拖后腿！”

乔母是真没想到乔岚居然直接把罗年给惹毛了，一想想可能几十万的彩礼要打水漂，顿时坐不住了。她左思右想，觉得不能就这么算了，到手的鸭子飞了，她不得肉疼死？

但是怎么找乔岚又是个问题。

附中是本省很不错的学校，管理相当严格，一般不认识的人很难进出学校。之前有次乔源说身体不舒服，乔父去学校接人，但门卫死活就是不让他进。

不知道乔岚的电话，也进不去学校，乔母最后实在没辙了，将乔岚高一班主任的电话号码翻了出来，打听到了乔岚高二，也就是现在班主任的电话。

就算老师们想着保护学生，但毕竟这是乔岚亲妈打过来的电话，乔母说她和乔岚吵了一架，孩子赌气不接她电话，实在没办法了才找到了班主任跟前。一般人哪能想得到亲妈会这么算计自家孩子，乔母话里话外又好像对女儿很关心，班主任根本没有怀疑什么。

周日晚自习那天，陈伯担心罗年还会来学校门口找乔岚的麻烦，又亲自将乔岚送了过去，等回去后，按照郯墨的意思，找人盯住了罗年那边，免得他又去学校那边找乔岚的麻烦。

罗年故意打电话给乔二姐，就是让乔家自己处理这事，然后让乔岚主动来找他，所以这两天罗年倒是挺安分的，就等着乔二姐那边给他好消息。

乔岚这边暂时没有罗年的骚扰了，但周一早上升旗的时候，班主任说有事找她。

乔岚成绩好，班主任经常找她帮忙，上次还让她帮忙批过卷子，所以乔岚没有多想，结果等乔岚过去后，就看见了将近一年不见的乔母。

乔岚转身就想走人，班主任却拍了拍她的肩膀道："和家长赌什么气，你看你妈妈不放心你，还特意跑学校里看你，可不能再这么任性了，和你妈妈好好谈一谈，孩子和家长哪有什么隔夜仇。"

说完班主任乐呵呵地先走了，乔岚一点都不想和乔母说话，可转头又站住了。

她和乔家的事情一直拖着也不是办法，总该找个时间解决。她之前就想找个机会和乔父、乔母说开了，但是又怕回一趟乔家，指不定就再也出不来了，所以只能搁置。结果现在乔母主动找来了，是个机会。

乔岚又退了回去。

这会儿所有人都在参加升旗仪式，这边倒是没有别人。

乔母怒气冲冲地来找乔岚，但是等进了学校后就有些局促，再看见将近一年不见的乔岚后，突然发现眼前的三女儿陌生得让她认不出来。

比以前漂亮太多了，乔母这辈子还没见过这么漂亮的姑娘。以前属于乔岚的畏畏缩缩也不见了，她整个人透着明显的疏离感。

乔母不知道为什么，突然觉得自己横不起来了。她盯着乔岚看了好半天后才道："这都一年了，如果不是我今天来看你，你是不是这辈子都不准备回去了？"

乔母还是决定先打感情牌，乔岚到底是她生的，当初可能是真的生气才离家出走，但不可能对家人没有感情。

这语气，如果不是乔岚知道乔家人的本性，如果是还对亲情有着不切实际幻想的以前的乔岚，还真以为乔母在担心她。

乔岚侧耳听着年级主任颁发流动红旗，脸上没有一点表情："有事就直接说事吧。"

乔母嘴里刚准备好的"妈妈一直担心你"顿时说不出来了。

乔母瞪着乔岚："一年不见了，你见了妈妈就是这个态度？你还有没有点良心，啊？你看谁家的孩子跟你一样……"

"也没谁家的家长像你这样。"乔岚不耐烦地打断了乔母的话，"一年时间不闻不问，没有给过女儿一分钱，没有管过她一点死活。上周罗年来学校差点将我绑走，这周你就来了，到底来做什么，你和我心里都明白，这里也没有别人，有话就直说，还有十分钟升旗仪式就要结束了。"

乔母没皮没脸地活了四十几年，怎么都没想到自己有朝一日居然能被自己生的女儿撑得生出几分愧疚来，但也只是稍纵即逝，片刻之后她就本性暴露了。

"我听你二姐说人家罗年来找你，结果你给人家甩了脸，还让你同学把人家赶走了？"

"有什么问题吗？"

"人家好心好意地来找你，天天给你发短信送东西，周末还专门跑到学校门口带你去吃饭，你抽的哪门子疯，态度这么恶劣？"

乔岚觉得简直不可理喻。

"是我让他来的？"

"人家罗年家里条件那么好，看得上你是你的福气，你还挑三拣四的。我和你姐姐好心替你张罗这么好的事，给你找个这么好的女婿，张罗来张罗去，全让你给搅黄了。"

乔岚冷笑："条件这么好你不如自己去！你是给我张罗，还是给你张罗？罗年这是要给你多少彩礼钱，能让你这么贴心地把女儿上赶着送过去？"

乔母又噎住了。

乔岚现在和以前完全不一样了，根本不是她说什么就是什么的小女孩了。乔母发现自己小瞧了乔岚，但也被乔岚这么直白地拆穿给刺激得有些恼羞成怒。

"要彩礼怎么了，我把你养了这么大，要点彩礼钱咋了，你花我的钱吃我做的饭，花了十几年吃了十几年，你自个儿算一算得还我多少钱？你现在觉得你长得漂亮了厉害了，所以不把家里放在眼里是吧？

没有我和你爸，你哪来的聪明脑子，哪来的这张脸……”

“我的脑子跟你们一点关系也没有。”乔岚实在听不下去了，“所以你到底要怎么样？”

乔母蓦地停住，大抵想到以后就算想蹭女婿的钱也得先讨好女儿，又放缓了语气：“我是你妈妈，肯定不会害你，罗年家条件那么好，人又年轻，还这么喜欢你，可比你二姐夫好多了，你乖乖去跟我回去，然后给罗年道个歉，好好陪人家吃顿饭……”

“没可能。”乔岚打断了乔母的话，“他如果再敢来一次，我就报警。”

“报啥警啊！”

乔母又惊叫了起来，真的搞不明白乔岚怎么想的，顿时也有些不耐烦：“行行行，你不见罗年也行，只要你能把彩礼钱给我补上，你要干什么我都不管你。”

依照罗年家的条件，彩礼钱绝对能有几十万，她就不信乔岚还能这么强硬。

“我会给你钱，但不是现在，更不是彩礼钱。”

“啥？”乔母傻了。

乔岚道：“等高考结束后，我可以给你钱，就当是你们把乔岚养大的报酬。”

只要她能考到全国前二的学府，她就可以拿到二十万以上的奖学金。只要她保持现状甚至更努力一点，她有信心能拿到那笔钱。

虽然很可惜，但是如果能和乔家断绝关系，乔岚觉得一切都值。将这笔钱给乔家，就算还乔家把乔岚养大的“恩情”，也当作她以后要给乔父、乔母的所有赡养费，这样以后她也没有再赡养乔父、乔母的义务了。

用钱，买她后半辈子的清净。

“等高考后我给你钱，以后我是死是活是穷是富，和你们没有一点关系。”

乔母一怔，心里第一反应是乔岚哪来的这么多钱？

乔母想不通了：“谁知道你是不是骗人，等高考后你考到外边的大学，一转眼找不到人了，我上哪儿找你去？”

“你不答应也可以，逼急了指不定这几天我就离开这里，让你一辈子都找不到。”

乔母顿时尿了。

如果真的逼急了，乔岚直接跑路，那她上哪儿哭去？

而且乔母想到了另一种可能性。

她根本想不到乔岚能拿到高考奖励这件事，乔母现在总觉得是乔岚傍上了什么其他有钱人，指不定比罗年家更有钱！

这么一比，乔母突然觉得也不是非罗年不可了，指不定以后乔岚能找个更好的，她完全可以再观望观望。

事情终于说定了，乔母还算满意地回到了家里。

乔母回家给乔二姐打了通电话，让乔二姐转告给罗年，让他别再来打扰乔岚。

乔二姐傻眼，怎么一眨眼就变成这样了？

“老三是个急脾气，逼急了哪天跑了可怎么办？”乔母道，“而且我觉得那个罗年也没有太好，父母就是个开饭店的，你妹妹长那么漂亮，指不定以后能遇见更好的。”

乔二姐简直要被乔母给气死了。

乔母轻描淡写地将这事情给拒绝了，但是回头要给罗年交差的是她又不是乔母！

这话她哪里敢和罗年说，想来想去，乔二姐决定把所有的责任推到乔岚身上。

乔二姐露出一副很对不起罗年的样子，气得大骂乔岚，说乔岚怎么都不同意，他们已经说了不知道多少遍了，乔岚就是不答应，还说如果逼急了她就直接跑人，让他们全都找不着。

罗年等了好几天消息，最后等来这个结局，就算再怎么喜欢乔岚，现在也只剩下一肚子的火气。将乔岚骂了一通后还是不解气，当即给当初他打听乔岚电话的那个同学发消息。

乔岚换了电话号码，罗年之前打听的那个号码已经打不通了，他只能让人重新打听。

结果等啊等，还是没打听到。

乔岚现在的电话号码，除了郑墨和陈伯，没有别人知道，罗年本来就气，现在更气了。

“行行行，惹我是吧。”罗年捏着手机，一脸暴怒，也不看她能不能惹得起！

附中周一到周五，外人根本进不去，就算罗年有钱也不好使，罗年只能周末继续在学校门口蹲人。

他就不信乔岚能一辈子都待在学校里不出来。

乔岚还真没出来。

自从决定要拿那笔钱，乔岚又恢复了高一的超高强度学习，每天除了学习还是学习，更何况郑墨都不来学校了，乔岚顿时觉得能说话的人少了一大半。

罗年在学校门口蹲了两天也没蹲到人，恨得牙痒痒却想不出办法。

结果还没等想出办法，罗年家里突然出事了。

平时根本不会这个时候出动的监管局突然检查，并在他家后厨查出了卫生不达标的材料。

每年都有好多饭店会被查出来卫生不达标，一般来说只要情节不太严重的，罚款也就了事了。所以罗年一开始听到这事也没放在心上，可等最后的处罚决定下来后，罗年和罗年父母都傻了。

罚款确实不多，但是整家店被强制停业了。

这对罗家来说简直就是晴天霹雳。

而与此同时，乔二姐从来没经营过酒店，从小跟着乔父、乔母，看乔父、乔母偷奸耍滑看惯了，因此她在管理和罗年父亲共同经营的那家没开多久的分店时学着乔父、乔母的样子，结果直接被抓了个正着。

罗年家的本店是监管局好不容易才找到了不合规定的材料，但是乔二姐这家，简直遍地都是。

刚开没一个月的分店直接被停业，而且被吊销了许可证和营业执照。

但要说倒霉还是罗年的父亲更倒霉，这家店的经营人写的是他的名字。乔二姐一通偷奸耍滑的操作，直接把罗年的父亲拉进了地狱。

两家店直接停业，本省的新闻上点名批评，没几天所有人都知道这两家火锅店卫生不合格，用了过期的劣质材料。

饭店停产信誉受损，之后面临的只有一个结果，破产。

每天开着小豪车，觉得自己可以上天的罗年还没来得及收拾乔岚，家里突然陷入了经济危机，再也顾不上乔岚了。

而且罗年隐隐觉得这件事并没有这么简单。

罗年的父亲最近像是老了好几岁，天天问罗年的母亲还有罗年是不是在外边惹了什么人。

突然的检查、严格的惩罚，还有后续紧跟着的媒体宣传，一连串的操作简直就像有预谋一样。

罗年听得浑身冒冷汗，虽然不想相信，但还是忍不住想到了乔岚。

最近他得罪的人只有一个乔岚。

可是他怎么也想不通，乔岚哪来的这么大的本事。

罗年家愁云惨淡，乔二姐那边更是吓得大气不敢出。说白了，其实就是乔二姐直接拉罗年的父亲下了水。要不是乔二姐，火锅店根本不会被吊销营业执照。

乔二姐害自家老公亏损了上百万不说，还彻底和罗年家结了仇。

乔二姐的老公气得指着乔二姐骂她啥都不懂偏偏要逞能，字都不认识几个还想逞英雄，和乔家学了偷鸡摸狗的坏毛病，害他丢了上百万……

越说越气，最后直接动了手。

还不到两岁的儿子哭天喊地，他却再也不想看乔二姐一眼，当晚直接去了外边没回家，之后连续好多天都是这样。

乔岚完全不知道发生了什么，等陈伯再来接她的时候，她才知道罗年家出了事。

乔岚下意识往郑墨脸上看，郑墨淡淡道："罗年家饭店卫生不达标，前段时间新闻上已经通报过了。"

"这样啊。"乔岚不再想了，反正罗年出了事，她心里只有两个字：活该。

郏墨终于替乔岚处理干净了一切，甚至安排好了人照看乔岚，将所有的一切全部打点完毕后，他与乔岚坐在沙发上一起看电影。

电影快结束的时候，郏墨突然道："我要离开一段时间。"

乔岚看着电视的目光一滞。

最近郏墨一直没有去学校，已经有将近二十天，她敏感地觉察到即将会发生什么。

就比如郏墨刚刚这句话。

郏墨说要离开一段时间，若是旁人，只当是他有点事可能会离开几天或者十几天，可是乔岚隐隐觉得，不是这么回事。

她顿了好半天才道："多久？"

"可能很快，"郏墨道，沉默片刻又道，"也可能会很久。"

如果最好的医院也不能治好他的腿，他还是不能站起来，那就会很快回来。如果他的腿还有挽救的机会，那将是漫长的复健，所以会需要很久。

郏墨不想告诉乔岚自己是去治腿，因为就连他自己都不知道自己会面临什么。

也许是希望，也许是绝望。

这是一场未知而又残酷的审判。

所以他不想让她知道，能少一分担心，也许还能少一分失望。

如果无法治疗，他去一趟后很快回来，对乔岚而言只不过是一场小小的分别。但是如果可以治疗，如果真的可以站起来……

郏墨心跳陡然变快。

如果可以站起来，那将是他送给乔岚的最大惊喜。

郏墨不说，乔岚也不问了，声音就连自己都没发觉的掺杂了几分失落。

"去哪里啊？"

"美国。"

"什么时候走？"

"过完年。"陪你过完年。

乔岚已经没有家没有亲人了，她已经将这里当作了一个家，郏墨不想在所有人团聚的那天，只留下乔岚一个人。

新年来临的那天，本该欢欢闹闹地过年，气氛却微微有些压抑。

新年的钟声敲响，乔岚揉了揉酸涩的眼睛，有些挡不住困意，不知道什么时候已经闭上眼睛睡了过去。

少女蜷缩着身体靠在沙发上，呼吸平稳，可是依旧没有回房间。

她本想在郯墨离开前陪他再待一个晚上的。

电视的声音弱了下去，郯墨用遥控器调成了静音，他侧脸看着已经熟睡的女孩，目光落在她纤长的睫毛和红润的嘴唇上，半晌后才缓缓落在她随意搭在抱枕上的右手上。

如果他可以站起来，他就可以抱她进去，可是现在的他还做不到。

郯墨深深吸了口气，转动轮椅的手颤了颤，却又没有忍住地靠近。

轮椅碾在地板上，发出轻微的响动，郯墨像是被声音吓到，又僵硬地停住。

乔岚没有醒，依旧睡得安稳。

郯墨静静地看着她，像是用尽了这一生全部的气力和胆量，小心翼翼地伸出手，虔诚地握住了她冰凉的手指。

郯墨离开了，乔岚坐在沙发上，身上裹着昨晚睡前不曾有的薄被。

郯墨到底去了哪里，去做什么，乔岚不知道，但是不知道是不是错觉，她似乎可以感受到郯墨身上有一种决绝。

假期很快过去。重新开学后，郯墨依旧没有来学校。

同学们从上学期一开始惊讶郯墨为什么没有来，到新学期开学依旧没看见郯墨，已经开始习惯。

乔岚的同桌换成了一个和乔岚关系不算很亲近、成绩在班级很靠前的男生。

这个男生和裴宁有点像，不是说长相，而是性格。性格偏内向，刚刚和乔岚同桌的时候甚至有些害羞，后边慢慢才开朗了起来。和裴宁很像的还有他的成绩，同样理科拔尖，但是英语拖后腿。班主任很喜欢这个学生，所以特意放在乔岚旁边，大抵是想让乔岚有时间帮他补一补英语。

乔岚习惯了郑墨坐在身边的日子，有时候做到不会的题下意识转头就想问题，但等转过头才想起郑墨现在已经不坐在旁边了。

新同桌人很好，可乔岚还是忍不住怀念和郑墨坐在一起的时光，他们一起戴着耳机听歌，一起传小纸条说话。

乔岚比以前更拼了，学习刻苦到让白钰都害怕。乔岚周围还有宿舍的同学，都因为乔岚的劲头，莫名其妙地也跟着拼命。

郑墨不在了，几次考试下来，乔岚坐稳了年级第一的位置，没有人可以撼动她的位置，和她关系好的几个朋友说乔岚今年的一等奖学金又稳了。

有人笑了笑说，可惜郑墨不在。

郑墨走了很久，大家似乎忘记了曾经对他的侮辱以及对乔岚的侮辱，同学们再提起郑墨时，大多只剩感叹曾经认识这样一个天才。

闲暇时候大家聊起以后，比如毕业，比如大学，郝英问乔岚以后想考什么大学。

经过之前的事，郝英变了很多，学习进步了很多，性格也收敛了很多。

他保持距离，和乔岚只做朋友，乔岚也不会连这个都不答应。

乔岚随口提起如今国内的最高学府，因为她需要一大笔钱，所以必须去那里。

朋友们听完倒是没觉得有什么，乔岚是年级第一，她完全有资格说这句话。郝英愁眉苦脸地揉了把脸，虽然他的成绩已经好了很多，但是考那座学府，他还是没有一点可能。

“那你想学什么专业？”

这回是其他人问了。

“金融吧。”乔岚一边写着卷子一边道，她根本没想，只是有人问起，她随便回答了以前曾经学过的专业，等回答完之后，乔岚突然停下笔。

其实之前有次她想过另一个专业，因为郑墨。

可是也只是想想而已，毕竟距离高考还早。

金融已经不是她最想学的专业了，但乔岚也没和众人解释，等一天结束后躺在床上，乔岚这才拿起手机，照常给郯墨发了“晚安”。

和往常一样，郯墨没有回信，郯墨的回信一般都在凌晨三四点，也就是纽约的下午三四点。

很规律。

郯墨结束了一天的复健，整个人就像从水里捞出来一样，已经虚脱到没了抬手的力气。

是疼的。

郯墨曾经在发生车祸的时候，以为那时双腿骨折是他这辈子疼痛感最强的时候，直到开始复健，郯墨才知道骨折的疼痛根本不算什么。

医院说郯墨的腿可以治，但是会非常非常辛苦。

髌骨粉碎修复手术重新做了一遍，让原本已经愈合但长歪的肌肉和骨头裂开，再进行手术。从手术室出来后麻药渐渐退去，郯墨已经一年半不曾有感觉的双腿开始疼痛，骨头、神经、肌肉，没有一处好的地方。

双腿动都不敢动。手术后腿部有严重的僵直状态，膝盖弯曲严重受阻，伤口火辣辣地疼，每天敷冰袋止痛消肿，感觉伤口在一遍又一遍地撕裂。

郯墨因为阿斯伯格症，疼痛感远比常人更加强烈，有时候疼痛袭来时吃什么药都不管用，最后生生疼到直接休克。

等醒来后，郯墨看着窗外的星星，觉得自己从地狱里走了一遭。

术后，郯墨在病床上躺了将近两个月，两个月后终于开始尝试下地，首次腿部着地时，一条腿瞬间变成黑紫色，就像再次被车轮从腿上碾过一遍又一遍，郯墨闷哼一声，一把抓住陈伯的手。陈伯觉得那力度，自己的手差点被捏碎。

疼痛有时候能让人丧失理智，可在片刻清醒的时候，郯墨心里却涌上了前所未有的喜悦。

很疼，但这是他两年后第一次用脚站在地上。

他想尝试走几步，被医生勒令停止，告知要一步一步来。

而这一步一步，才是复健真正的开始，弯度复健的开始。

腿根本没办法弯曲，复健就是让腿一点一点地弯曲，一点点从腿部垫高物开始，被动制造角度，然后到后边俗称的“掰腿”。

每天如此，一天一天地重复。

因为太疼了，连续的复健动作很容易会造成病人再次休克，如果稍有不慎，才长好的肌肉又会撕裂。

清晨总是从双腿贴满各种测试机器开始的，然后开始日复一日的压腿伸直和掰腿弯曲。郯墨觉得骨节就像错位一样，每天都在将骨头拆卸然后重新组装，覆在外边的肌肉战战兢兢地维持拉伸撕扯的状态。

郯墨住的是单人病房，隔壁的病房里是一个二十多岁的小伙子，同样出了车祸。他是车祸后立马就被送进来的，程度远比郯墨轻松得多，可是每天的复健开始，隔着墙壁，所有人还是能听见他痛苦不堪撕心裂肺的哭喊声。

二十多岁的大男人，疼到那种地步。郯墨的复健比他更辛苦，可从始至终，郯墨没有哭过一次，也没有喊过一次疼。

他总是咬着牙，双手抓在病床的床单上，偶尔疼到极致时闷哼一声，就再也没了别的声音。

可等每天的复健结束后，他咬紧的牙关已经疼到不能吃东西，双手抓住的床单早就被撕破了口子，浑身被冷汗浸透了一遍又一遍，整个人再也没有一丁点力气。

一晚上的休息后，第二天又是一样的程序。

医院里有人受不了复健的疼痛，最终选择了放弃，郯墨最早进来医院，走的人一批接着一批，他却留到了最后。

两个月的术后休息，八十天的复健，郯墨全都咬牙坚持下来了，当双腿终于可以弯曲到三十度的时候，有坚持不住的病人问他：“你为什么还能坚持？”

郯墨沉默半晌，开口道：“因为有人在等我重新站起来。”

“很重要的人？”

“最重要的人。”

少年脸色苍白，今天的复健结束已经很累了，可他依旧拄着拐杖在练习走路。

刚来时，医生曾说他身体太弱，根本承受不住复健的痛苦和消耗，可是他全数咬牙撑住了。

而且走到了最后，看见了曙光。

KUWEI
酷威文化
图书 影视

指尖萤火

小孩爱吃糖 著

下

江苏凤凰文艺出版社
JIANGSU PHOENIX LITERATURE AND ART PUBLISHING

第十一章

耀眼

郑墨终于可以摆脱双拐走路的那天，乔岚的高二生活刚刚结束。

乔岚告诉郑墨说自己发现了一家甜品店，里边的草莓慕斯杯特别好吃，而且相当自信地说就算郑墨现在再回来，也抢不走她的第一名了，她再次拿下了一等奖学金。

郑墨右手紧紧抓着腿部肌肉复健器的安装架，左手将手机紧贴在耳边，刚刚经过了超强度的复健练习，喘息声比平时急促了些许，声音中带着自己都不曾发觉的笑意：

“是吗？”

“当然。”乔岚道，“我的生物成绩可好了，每次都接近满分，你最近都没有学习吧，肯定比不过我了。”

郑墨无声地笑了笑：“真厉害。”

乔岚从这句话里似乎听出了几分宠溺，恍惚间甚至觉得这是一种错觉：“郑墨。”乔岚叫了郑墨一声，“今天是不是有什么开心事，心情这么好。”

“嗯。”郑墨放开安装架，没有扶任何东西，站稳，往前走，从这里走回病房，眼中溢着浅浅的笑意，耳边是乔岚天马行空的话语。

她问他今天发生了什么这么开心，郑墨说是秘密，不告诉她。

半年多了，郑墨也不知道这一次远行到底是惊喜还是失望，直到现在，医生终于肯定地告诉他这一定是一个惊喜。

他已经可以不依靠任何辅助就能站立、行走，现在不用再继续之前的复健，每天的康复任务主要变成了锻炼，并开始大量地补充营养，加强身体素质。

慢慢地，他不但可以正常地行走，上下楼梯，还可以跑，可以跳。

经过一年多堆积的病弱，长达四个月宛如地狱走一遭的复健，他折腾了许久的身体，现在是最虚弱的时候。

陈伯给郯墨请的是专业的复健师，用专业的数据计算出郯墨现在身体可以承受的最大运动量。

一个刚刚恢复的病人，现在就开始这么高强度的运动训练，并非一般人能做得到的。就像从来没有健身过的人，从一开始就接受最高强度的训练，没几个人能坚持下来。

复健师看着高高瘦瘦却一眼看得见病弱的少年，没觉得他能坚持几天，却不想他坚持了一天又一天。

他不会过量，一定是控制在接受范围之内，但只要是制订好的计划，当天一定都会完成。

这样下来，郯墨的进步堪称神速。

复健师在惊叹之余更加积极地帮助郯墨恢复，有时候还同郯墨聊天，推荐他在恢复完全后可以每天都坚持锻炼，最好学一些专业性比较强的运动，可以更显著地加强体质。

郯墨说知道，没有说自己早有这个念头。

他一直都记得，当初罗年来学校门口骚扰乔岚，而自己只能坐在轮椅上什么都不能做的痛苦。如果他可以，他一定会第一个冲上去。

放在旁边的手机响了，郯墨拿过手机接通了电话，复健师看着刚刚还面无表情的少年，在接起电话时连声音也不自觉地柔和了起来。

郯墨讲的是中文，复健师听不懂，但从郯墨简短的回答中，也能听出来都是些没什么营养的家常话。

确实没什么营养，比如今天天气怎么样，今天吃了什么，等等。

郯墨这边的早上十一点，正是国内的晚上十一点，乔岚在临睡前给郯墨拨了电话。

等拨通后才发现自己其实好像也没什么好说的，她的生活除了学习，再无其他，也没有什么好玩的有趣的事情和郯墨分享。

可还是打了。

去年寒假的时候郯墨前往了美国，如今暑假已经过去了一半，乔岚已经有半年时间没有见过郯墨。分别的时间越长，乔岚就越清楚地意识到，郯墨对她的重要性比她想象的还要大。

乔岚不知道自己说了什么，反正都是些没有营养的废话，但郯墨丝毫没有不耐烦，依旧听得很认真，直到最后乔岚蓦地沉默了下来，郯墨一时间有些无措，是不是自己太无趣所以让她也不知道说什么？

“你什么时候回来啊？”乔岚轻声开口。

你什么时候回来，你还会不会回来？

我有些想你了。

不是，其实是很想你了。

女孩略有些踌躇而又轻柔的声音，伴着月色，朦胧得让郯墨觉得自己是幻听了。

“快了。”心口藏着的想念卡在喉咙，郯墨的声音喑哑而又含着轻微的颤。

快了，真的很快了。

高三的补课生活远比想象中还要忙碌，每天二十四小时就像被时光老人偷走了几小时一样。

乔岚的生活一如往日，偶尔夹杂着郝英的名字。

高二刚刚结束的时候，学校里只有准高三的学生们，瞬间空旷了很多。乔岚回到宿舍，和白钰几人半个暑假没见，再见面时乔岚还是挺开心。

白钰的老家远在西北，她回了西北一趟，带给舍友好大一堆特产，葡萄干、薰衣草等，铺开之后整个宿舍都蔓延着薰衣草的香味。

等给舍友分完后，白钰又分了好几份，准备第二天补课的时候带给班里几个玩得很好的男生。

白钰性格像个男孩子，除了乔岚，班里和她关系好的几乎都是男生。

虽然郝英一开始是故意接近和乔岚关系好的女生的，但时间久了，大家确实也玩到了一起，都是很好相处的朋友。

等分完后，手机响了，白钰拿起来一看，是郝英的微信，让她偷偷下宿舍楼一趟。

白钰往乔岚那边看了一眼，无奈地摇摇头，下了楼，在楼底下看见了晒黑一圈的郝英。

郝英说暑假的时候去了夏威夷玩，所以晒黑不少，他将手里的袋子交给白钰，说这是他在夏威夷顺手买的纪念品，让白钰给关系好的几个女生每人分一件，最后略有些不好意思地拿出包装最好的一份，让她转交给乔岚。

白钰低头一看，一串珍珠与小贝壳串成的手链，很漂亮，一看就不便宜的那种。

“我觉得她可能不会收。”白钰还是给郝英提了个醒。

郝英抓了抓脑袋，露出一口因为皮肤晒黑而更白的大白牙：“不收再说吧。”

行吧，白钰收了东西上了楼，将礼物一一送到后，最后将手链给了乔岚。

果不其然，乔岚没有收。

如果是和其他人都一样的贝壳手串倒也还好，但看看上边的珍珠，乔岚绝对没法收，她重新将手链装好，准备明天上课给郝英还回去。

宿舍里现在只剩她俩，白钰叹了口气：“我知道当初郝英搞了那么一出不太好，但后边他也挺后悔的，这都过去大半年了，你就真的没有考虑一下？”

乔岚诚实摇头：“没有。”

“为什么啊！”

乔岚笑了笑：“这有什么为什么的。”

乔岚把脖子上的苹果玉坠拿了下来，重新拿出一根完好的红绳，将原来有些磨损的红绳换了下来。

白钰看着她小心又认真地穿好玉坠，趴在床上随口问她：“我记得你这坠子戴了好久了吧？”

“嗯。”

“你自己买的？”

见识过乔岚的家人之后，白钰怎么都不觉得乔家人能给乔岚买这样的东西。她看过乔岚的这个玉坠，玉质特别好，价格绝对不便宜。

“不是。”乔岚重新将玉坠戴好，冰凉的坠子贴在锁骨上，她眼睛弯了起来，“郯墨送的。”

白钰愣住了。

她低头看着乔岚，想起郝英那被乔岚拒绝的手链，再想想被乔岚这么宝贝的玉坠，突然喊了乔岚一声。

“岚岚。”

“嗯？”

“你不会……”

说到这儿又不说了，乔岚等了半天也没等到白钰的下半句，于是抬头问她到底想说什么。

“你不会暑假作业没做完吧？”

乔岚：“……”

等乔岚出了宿舍，白钰才躺在床上长舒了一口气。

郯墨已经离开半年多了，无论是白钰还是班上的其他人，将近二百天的时间，已经逐渐将那个本不熟悉的少年的名字忘在了脑后，直到刚刚乔岚说起，白钰这才突然发现，乔岚在说起郯墨时，语气依旧是熟悉的自然和亲昵。

你是不是还在等他回来？

想起记忆里逐渐模糊的坐着轮椅的少年，白钰到底没有问出来。

问这个好像也没什么意义，毕竟郯墨已经离开了。

后来正式开始补课，找座位又是一次大混乱，这个时候大家总是抓紧时间自行调整座位，白钰第一个抢占了乔岚旁边的位子。

不说她俩关系好，就说乔岚的成绩，年级第一，谁不想在高三跟学霸坐同桌？

跟乔岚同桌一个月，白钰明显觉得自己英语水平有进步，第一次模考成绩出来那天，白钰满意地反复欣赏第一次冲过130防线的英语卷子，夸张地感谢乔岚的帮扶之恩：“岚岚，你可真是我的再生父母。”

乔岚噙着笑打趣她：“可以，晚上我要点加肉的麻辣拌……”话音未落，外边突然跑进来的学生一脸震惊和兴奋：

“你们猜猜我刚刚看见了谁？”

楼道外边喧哗了起来，好多同学趴在窗子上往外看，惊呼声与尖叫声透过薄薄的教室门传进了教室里。

“怎么了？”乔岚诧异地回头往教室外边看去。

青绿色的教室门被推开，嘈杂声一瞬间被放大了好多倍，在惊呼与抽气声中，长达二百天不曾看见的少年，踏着清晨的阳光走进了教室。

乔岚怔怔地看着和所有人一样站着的郏墨，突然间，泪水模糊了双眼。

乔岚不是一个情绪过分外露的人，但是这一刻看见郏墨和其他人一样地站一样地走，却是止不住地想哭。

从一月到如今的九月，已经过去了将近二百个日夜，郏墨从来没有说过他要去哪儿，也没有说过自己到底会不会回来，乔岚有时候真的觉得郏墨可能不会再回来了。

对于其他人而言，郏墨重新回来并站了起来，只是震惊和意外，但对乔岚而言，再次看见郏墨的那一刻，一直虚无定所的心终于一点一点地落回了原地。

似乎身后骤然有了退路与依靠。

教室外边好多外班同学扒着门往里边看，嗡嗡嗡地议论成一片，教室里边倒是安静得过分，几乎所有人的目光都落在郏墨身上。

他本就相貌极其出色，只是大家总会因为他的腿疾而忽略他的长相。但现在他和所有人一样站了起来，身形高瘦，双腿修长，肤色又极白，那张一直被大家忽视的脸骤然像又上升了不止一个档次，一瞬间大家都感受到了两个字——惊艳。

站起来的郏墨，完全不输于郝英和陈曜阳，甚至比他们更加耀眼。

因为在郏墨站起来之前，所有人用两个字来称呼他：天才。

周围的寂静维持了十几秒钟，然后重归喧嚣，虽然还有很多人时不时地往这边看。

刚刚还说要和乔岚做同桌的白钰，根本没想清楚为什么，瞬间从乔岚旁边的凳子上弹了起来，转头与乔岚道："郏墨怎么突然回来了，你知不知他要回来？算了算了，郏墨回来了，还是你俩继续当同桌吧……"

在郏墨回来之前，她觉得乔岚和谁一起坐都没关系，但是郏墨一回来，那个位子好像就成了郏墨的专属位子一样。

郏墨与白钰说了一声"谢谢"，长腿迈开走到了乔岚旁边，却在看见乔岚湿漉漉的眼睛后一怔，心口又酸又涩。

郏墨眸色颤了颤，二百个日日夜夜，每天复健完后浑身脱力地躺在床上，没有人知道他有多想她，每当乔岚的电话打过来时，听着听筒里的声音，郏墨恨不得立马回国。

女孩眼睛微微有些发红，那双黑亮的眸子沁了一层水雾。

郏墨垂下眼睫，拿出了干净的纸巾递给乔岚，乔岚却像还没回过劲儿似的，接过纸巾后将纸巾攥在了手里，眼睛却依旧盯着他看。郏墨愣了愣，半晌后踌躇地重新抽出一张纸巾，捏着纸巾的手指分明僵硬得不像话，却依旧尽自己所能地靠近，轻柔地将女孩眼下的泪痕擦干净。

乔岚这才觉得刚刚的恍惚一点一点地悉数消失，目视着与她离得极近眉眼精致漂亮到极致的少年，心口的位置可以听见比平时更加清晰的心跳声。

现在还在教室，周围也许还有会看过来的同学，可是乔岚不想推开郏墨。

她心情波动得厉害，她需要这样的关心，乔岚甚至有种想拥抱郏墨的冲动，这样才能完全平息。

可是周围人太多了，乔岚突然觉得还算友好的同学们都有些碍眼。

泪水擦干了，郏墨有些恋恋不舍地移开了手，掩住眼中的眷恋，用尽量平和的声音道："好了。"

乔岚眨了眨眼睛，深深地吸了一口气后趴在桌子上，然后将脸颊转向郑墨的方向，开口道：“所以你离开这么久，就是去做复健吗？”

“嗯。”郑墨点点头，“昨天下午回来的，想给你一个惊喜。”

郑墨余光扫过时不时往这边看的同学，也换成了和乔岚一样的姿势。郑墨心跳得很快，既是因为自己忍不住的故意的亲密动作，又是因为这是他第一次在其他人面前，敢于去和乔岚亲密互动。

他已经站起来了，能走了，除了乔岚没有人知道他患有阿斯伯格症，没有人再会觉得他不是一个正常人，没有人会觉得他的行为怪异，就算有人发现他喜欢乔岚，也不会再有人去嘲讽乔岚。

而且，他甚至还想故意这么做。

他不敢也不想让乔岚知道他的心意，却想让除乔岚以外的所有人都知道，尤其是那些和他一样对乔岚抱着相同念想的男生。

从郑墨进教室的那一刻起，郝英的目光就没有挪开，他从没掩饰过自己对乔岚的喜欢，也从未放弃过，却没有哪一刻像现在这样清晰地认知到，自己没有机会了。

乔岚是开朗的，可她在和男生相处时依旧保持着很明确的界限感，但现在，在面对郑墨时，她的界限感全都没有了。

郑墨敏感地接收到了郝英的敌意，可他没有退让，旁人越是觊觎，郑墨就越是忍不住地与乔岚靠得更近。

乔岚完全不知道郑墨在站起来后骤然大变的、大胆的占有欲和强势，她眉眼弯弯地笑着：“真的是太惊喜了！”但转眼又想到什么似的露出几分心疼道，“复健很疼吧？我听说一般复健比受伤时候还要疼。”

她是在关心他、心疼他吧？

郑墨觉得干枯的心口像滴进了一滴甘露，蓦地忍不住想让她更心疼一点。

“很疼。”郑墨目不转睛地盯着乔岚的眼睛道，“有时候太疼了，就想……就那么死过去。”

如果她能再多露出几分不忍，他就……

手上骤然一暖，冰凉的手被女孩细软的手指握住，郑墨浑身骤然僵硬。

“郯墨，以后无论有什么事情，不要再瞒着我好不好？”乔岚看着他的眼睛道，“我知道你不想让我失望，可是如果你不告诉我，我会很担心。”

郯墨一动不动地任由女孩抓着他的手，不敢动，也舍不得动，生怕一动乔岚就会将手收回去。

他机械地点了点头。这一刻他觉得，无论乔岚说什么，他都会不作思考地全数答应。

看着呆呆的完全没有反应的郯墨，乔岚收回了手。

刚刚听到郯墨说自己疼到想去死，那一刻她是真的心疼，所以下意识地抓住了郯墨的手，却在郯墨僵硬着一动不动后忍不住质问自己：你在做什么？

在说出“我想照顾你一辈子”这样的话后，乔岚便再也不能像以往一样的看待两人之间的关系，而与郯墨两百多天的分别，也让乔岚明白了自己对郯墨的依赖与想念。

乔岚承认自己对郯墨的感情变得逐渐有些模糊，而今天的自己情绪更是有些失控，总是忍不住地想靠近郯墨。

可是郯墨有阿斯伯格症，根本是个什么都不懂的孩子，她到底在干什么？看郯墨僵硬成那个样子，果不其然被她吓了一大跳。

班主任从外边走了进来，乔岚蓦地从桌子上坐直，将刚刚乱七八糟的想法清出脑子里。

确实被乔岚吓了一大跳，却与乔岚想象中吓到的原因完全不一样的郯墨，像是盯着什么宝似的盯着右手看了好半天，直到被班主任点到了名字，这才抬起头。

班主任自然对郯墨的回归感到很开心，一个很有机会冲击最高学府的尖子生，没有老师会不喜欢。

当初稳坐年级第一、理科等成绩几乎全部满分的学神回来了，不但回来了，还脱离了轮椅，很多今天看见了郯墨的同学都在议论。

“他站起来了，真的，我看见了，自己一个人走过来的，完全看不出腿上有什么问题。”

“不知道为什么，郯墨站起来后整个人就像在发光，我怎么从来没发现郯墨这么帅？”

“郯墨应该不能叫帅吧，他的长相不是陈曜阳和郝英的那种帅，就是好看，我好喜欢这款啊！”

“我宣布我心目中男神一号的位置让贤了，陈曜阳位居第二，郯墨晋升第一，毕竟是超级学神，自带 buff。”

站起来的郯墨，丢掉了“残疾人”的称呼，所有美好出色的品质就像突然曝光一样，全数被周围人发现。

再也没有人侮辱他，没有人看不起他，同学们在提起他的时候，已经不知不觉间将他送到了和郝英、陈曜阳等同的高度，无论哪方面，长相、家庭、成绩，郯墨都不比这两人差，甚至更强。

乔岚不知道郯墨心里是什么感受，但乔岚在看见贴吧里清一色赞美郯墨的话语，以及下课后好奇来教室外边打探郯墨的同学时，觉得无比自豪。

他就是这么好！你们居然才发现！

郯墨依旧没有去上晚自习，他原本想去，毕竟现在行走已经不再是问题，不过现在晚上有了新的事情要做。

他依旧要保持高强度的锻炼，才可以让身体恢复得更好。除了锻炼，郯墨让陈伯请了专业的私人自由搏击教练。

自由搏击是一种在实战中远比跆拳道、空手道等有用的搏击方法，他不在乎其他，只想在最快的时间里，无论从哪方面，都拥有可以保护乔岚的力量。

他颀长的身影从项小寒眼前走过，项小寒愣怔地坐在座位上，看着曾经被她羞辱过的少年，如今变得耀眼到让她不敢直视，她突然想起了郯墨曾经冷冰冰的话语。

项小寒想同郯墨说些什么，却再也不敢了，如今的郯墨，已经是她再也不能触碰到的了。

曾经郯墨在的时候，乔岚从来没有想过自己能考得过郯墨，但是如今郯墨再回来，乔岚看他才开始着手学习的生物，突然看见了自己有考试超得过郯墨的可能性。

乔岚的生物出乎意料地好。

她曾经是文科生，没学过生物，如今初次接触，没想到自己在生物上居然这么有天赋，生物考试她一般都能得将近满分。

不说以后怎么样，就最近的考试乔岚还是很有信心的。看了眼正在认真看生物书的郯墨，乔岚突然来了兴致，用指头戳了戳重新跟她同桌的郯墨道："墨墨，我们打个赌怎么样？"

郯墨又被乔岚一声"墨墨"叫得面孔发僵，先不管乔岚要打什么赌，脸上依旧面无表情，只是眼神中似乎可以看出几分纠结地小声道："……不要叫墨墨。"

本来乔岚还没注意，她就是随口叫的，现在被郯墨点了出来，乔岚同样压低了声音笑了好一会儿后才道："陈姨天天叫，也没有见你不让叫啊。"

陈姨能一样吗？

郯墨抬头看了眼讲课正讲得兴起的班主任，他骨子里还是很有原则性的，比如上课可以不学习不听讲，但是不能说话。

不过如果是和乔岚说，郯墨便果断抛弃了原则。他将脑袋微微压下来一点才转头继续道："陈姨是长辈。"

乔岚也将脑袋压下来一点，桌子上放了很高一摞书，压下来正好将两人的脑袋挡住。乔岚眨眨眼睛："你是不是忘了，我比你大好几个月。"

郯墨："……"

"你现在还没满十八。"

郯墨："……"

他下个月才过十八岁的生日，郯墨开始后悔自己为什么要提及这个话题，然后果断重新捡起乔岚刚刚的话题："打什么赌？"

乔岚也抬头往讲台上瞥了一眼，班主任还在热情洋溢地继续讲课，她用书挡住脸继续道："一模已经过去，那就二模吧，我打赌二模你绝对考不到第一。"

郯墨笑着看她："第一是你吗？"

"当然。"以前她还担心陈曜阳，现在没什么好担心的了。

郄墨看了看眼前的生物书，想了想，同意了："可以，赌什么？"

这个乔岚倒是没想好，于是反问郄墨："你想赌什么？"

"那等成绩出来后，谁的分数高，谁就要求对方做一件事吧。"

"就算不用打赌，你想让我做什么我也会答应啊。"乔岚道，但声音太小，郄墨没听见："你说什么？"

"我说……"

毕竟在上课，不好声音太大，乔岚只能凑得更近一点准备将刚刚的话重复一遍，正要开口，身后的白钰突然用笔戳了戳她。

乔岚一愣，当即准备回头问白钰怎么了，结果才发现班主任激昂的声音消失了，她一抬头就对上班主任瞪了老圆的双眼。

"乔岚、郄墨，聊得高兴吗？"

班主任一声大喝，"噔噔噔"地用手指戳着黑板："上课，看黑板，看我！黑板在这儿！"

成绩好就不用听课了？这次能稳住第一吗就敢这副姿态？

郄墨上课从来不听讲，老师们已经习惯了，明白对这孩子而言上课听课就是浪费时间，所以郄墨上课看别的书，老师绝对都不会管。

但是不听课也不能聊天聊得这么忘乎所以，惹得周围好多同学不听讲，总往他们身上看。

班主任一吼，全班同学的眼神齐刷刷地往乔岚和郄墨身上戳，带着意味深长的表情，戳得乔岚耳根突然有些烫。

班主任带学生带了这么多年，瞬间发现了不对劲。

倒不是从乔岚和郄墨身上，而是从旁边的学生身上。

班主任老早就发现，只要班里有点什么，老师们不知道但是旁边的学生绝对都知道，有时候他们点了两个人的名字，周围其他学生的表情绝对都很有戏，有些胆子大的还会起哄。

今天抓到乔岚和郄墨上课说话，虽然说没有起哄声，但是瞧瞧周围一个个的眼神，班主任瞬间警惕了。

对待好学生和差学生，班主任的态度简直天差地别，尤其是乔岚和郄墨这样的尖子生，班主任盯着两人沉默了好半天，道："下课来我办公室。"说罢又补充一句，"乔岚先来。"

乔岚、郯墨："……"

一下课，班主任的举动就像突然给两人加了某种认证一样，不说叽叽喳喳议论的其他同学，就连白钰都觉得不对劲。

白钰跑过来跟着乔岚出了教室，问她："你俩上课说啥呢？"

"打赌二模考试谁考得高。"乔岚心累，简直不知道该说什么。

白钰："打个赌你俩凑那么近干吗？而且你不知道班主任站在讲台上盯着你俩看了多久！"

乔岚："……"

白钰回头往郝英那边看了一眼，正好对上郝英的眼神，顿时觉得这哥们儿有点可怜。她重新将目光落在乔岚脸上，然后下移看见乔岚脖子上的玉坠，当初忍住没问出来的话，这会儿实在有些憋不住了。

她目睹了郯墨回来那天乔岚哭得红彤彤的眼睛，乔岚平时是个没什么情绪波动的人，所以那次真的吓了白钰一跳，她之后不但看见了乔岚哭，还看见乔岚任由郯墨帮她擦眼泪。

再想想最近在宿舍里乔岚无意识提起郯墨的次数，白钰深吸一口气，道："岚岚，我问你个事情。"

"问吧。"

"你和郯墨……是不是有点什么啊？"

"不是不是。"乔岚急忙摆手，说完不是又觉得不对，精致的眉头蹙在了一起，纠结了好半天后才道，"其实我也不知道。"

她是真的不知道。

自打郯墨去了美国，自己忍不住总是想郯墨的时候，乔岚就觉察出了一丝不对劲，可是再往深处想，好像又不是。

乔岚想了好几天，终于想清楚了归根到底的原因，因为从一开始，自己并没有把郯墨当作一个异性来看，郯墨对她而言是一个最特殊的存在。

办公室里只有班主任一个人，他指了指前边的座位让乔岚坐，然后才道："知道老师为什么找你吗？"

"知道。"乔岚道，"对不起老师，我不会再上课说话了。"

班主任："……"虽然认错态度很端正，但是这都是小问题。

"知道错了就好。"班主任对着自己最欣赏的学生实在骂不出来，咳嗽一声才继续道，"除了这个，还有呢，你和郑墨怎么回事？"

乔岚："……老师我们没什么事。"

"你们成绩都很好，老师对你们还是很放心的，但是你们到底年龄还小，现在又是高三，谈恋爱可以等以后上了大学再好好地谈。你们成绩都很拔尖，好好努力绝对可以考进国内前二的两所大学，到时候想怎么谈就怎么谈，老师绝对不会管你们……"

……老师您想得太远了。

乔岚刚刚还在纠结自己对郑墨的感情，压根还什么都没想明白，郑墨更是什么都不懂。乔岚认真地和班主任保证："老师，我们真的没什么，老师您真的误会了。"

班主任用十分怀疑的眼神看着乔岚："真的？"

"真的。"

班主任沉默了好半天："算了，你先回去，让郑墨进来。"

等郑墨进了办公室后，班主任和郑墨沉默对视好半天后，班主任才开口道："你能站起来，回到学校，老师非常高兴。"

所以呢？郑墨沉默不语地看着班主任。

班主任顿时脑壳疼，刚刚和乔岚说得那么开心，现在倒是像个哑巴，但是想起当初刚刚接手郑墨时候，负责照顾郑墨的那位老先生的话，又将脾气压了回去。

"老师找你过来，主要是因为你和乔岚的事情。"

"哦。"郑墨心里颤了颤，他现在非常喜欢，甚至很享受有人把他和乔岚的名字列在一起，就算是上课被老师点名。

班主任："……"虽然早就知道郑墨难交流，但是这也太难了！

班主任皱着眉头想了想道："老师想了想，你们两个成绩都这么好，而且都很均衡，如果分开坐的话，可以帮助一些成绩相对较差的同学，所以……"你俩要不要别坐同桌了。

话音未落，就被少年冷冰冰地打断了："不行。"

班主任皱眉，刚刚被乔岚安抚下去的心脏瞬间吊了起来："原因？"

因为他只想和她坐，但是郯墨不想说，他拒绝回答班主任这个问题。

班主任道："不说原因，马上就换座位。"

郯墨抿了抿唇，沉默片刻道："如果换座位，那我就不来了。"

这是何等明显直白张狂却又幼稚的威胁！

班主任震惊。

难道他会被这种小学生的威胁给吓到吗？

沉默片刻后，班主任认命了。

会。

附中是本省很不错的升学率能排前五的学校，而每年的高考状元，如果不出意外，都是从前五的这几所学校里出的。

优秀的学生不少，就像陈曜阳、乔岚等，但是不管怎么样，都和郯墨不一样，他能被称为"天才"，总是有原因的。

班主任带过那么多学生，从来没有遇到过郯墨这种让班主任觉得自己没法教的学生，郯墨掌握的知识早就超出高中知识的范畴太多。

这样的学生，有非常非常大的可能性冲击今年的高考状元。

一个高考状元，就问哪个老师不心动？不说最后的奖金，主要是荣誉。

所以即使郯墨的威胁这么幼稚，班主任还是被威胁到了。

就因为换个座位，指不定会丢掉一个好苗子，就问亏不亏？

而且除了郯墨的威胁，班主任还担心另外一点。

虽然乔岚刚刚说他们没什么，但是郯墨这此地无银三百两的态度，班主任如果再看不出来，那就有问题了。

班主任虽然严格，但并不迂腐。他看着眼前面无表情的少年，又是喜欢又是生气，思索了好半天后才道："你和乔岚如果要继续同桌，可以，但是有要求，成绩绝对不能落下。"

"好。"郯墨这回倒是回答得很快。

班主任将信将疑地看着郯墨，比起乔岚，郯墨更让他操心，谁让郯墨能说出"不让他和乔岚同桌就不上学"的恐怖言论。

"那我就相信你们一次。"班主任道，说完又想起来什么似的急忙厉声补充一句，“还有，上课不许再说话！”

“知道。”郯墨这回答应得爽快。

不说话完全可以做到，如果实在有事情要说，他还可以传小纸条。

郯墨想起上一次和乔岚传小纸条，好像已经是一年多以前的事情了。

他有点想念。

郝英当初被班主任一顿臭骂，整个楼层都能听见班主任的发飙声。结果到了郯墨，稳稳当当地进了办公室，风轻云淡地走了出来，等下节数学课的时候，班主任还叫郯墨到黑板前做题，郯墨做出来后，班主任一脸的欣慰笑意。

不论如何，单从班主任的态度上去看，同学们看向郝英的表情顿时更加同情了。

这就是学渣和学霸的终极差距。

教室后倒计时的牌子翻得很快，很快迎来了高三第二次模拟考试，乔岚依旧稳坐年级第一的宝座，但是刚刚才学了小半年生物的郯墨，压了陈曜阳，跟在了第二的位置。

乔岚看着郯墨的成绩，顿时觉得自己当初和郯墨打赌有点太自信，但是一想她和郯墨打赌的内容，其实她还挺期待郯墨会有什么要求的。

郯墨这次作文没有跑题，成绩比乔岚还高，就是生物差了点。他拿着生物练习册做题，旁边的乔岚正在给班里某个她记不住名字的男生讲英语。

郯墨盯着一道题默数了一百秒，乔岚还没有讲完。

郯墨不看了，拿起笔在书上迅速地画了几笔，将书本往乔岚面前一递：“不会了。”

找乔岚请教题的男生愣了，就连乔岚也难得呆了一下，大抵是从来没想到郯墨也会有不会的内容，想不到他也会向人请教问题。

不管旁边那个男生是什么想法，乔岚瞬间来了兴致。

给郯墨讲题哎，她从来没想到自己居然有朝一日能给郯墨当小老师！

乔岚两三句草草给旁边的男生讲完，拿过郯墨递过来的练习册，动力十足：“哪道？”

郏墨将一整页一大半的题打了对钩，直直看着乔岚：“很多道。”

乔岚将打了对钩的题大概扫了一遍，确实都是这一章的重点难点，便拿过笔认认真真地和郏墨讲起题来。

坐在后边发呆的白钰，看着郏墨在和乔岚说话时面上的笑意，等吃晚饭的时候和乔岚闲聊：“你和郏墨的成绩，到时候都能去B大吧？”

乔岚点头：“不出意外的话。”

“你们这是已经商量好要报同一所大学吗？”

“没有。”乔岚道，她没问也没想过，就觉得应该是这样。

白钰笑了笑：“不用问，郏墨那么在意你，肯定和你考一个大学，没跑了。”

乔岚差点被一口饭呛到，急忙摆手：“没有没有。”

“什么没有？没在意你还是没想和你考一个大学？”白钰觉得乔岚的眼睛可以捐给需要的人了。

以前因为郏墨站不起来，所以大家都不会多想，但是现在郏墨站起来了，再回想以前，是个人都能看出来郏墨对乔岚的特别。

故意考差把奖学金让给乔岚；每天给乔岚带早点和营养品；每天都做乔岚的专职物理小老师；见了其他人都是面无表情，只有看见乔岚时脸上带着笑。

还有让白钰永远忘不掉的，是当初乔岚差点被罗年带走的时候，郏墨突然出现在学校门口，当时她回头看了郏墨一眼，那少年脸上的戾气，至今都让她觉得可怕。

乔岚却摇摇头：“真的不是。”

她在那本关于阿斯伯格症的书上看到过，患有阿斯伯格症的人一般都患有“爱情障碍”症。专家们认为，他们的智商远超寻常人，情商却比寻常人低太多，在感情上，他们更像小孩子。

所以郏墨会依赖她、照顾她、保护她，但对她不会有其他的感情，因为郏墨不懂这些。

专家说患有阿斯伯格症的人终其一生都不会懂什么是爱，也许有极少部分的人会懂，却会因为天生感情上的缺陷而过分偏执，占有欲太过强烈，很少有正常人受得了这样的爱，结局往往走向悲剧。

乔岚有时候也会想郯墨会不会是这其中的极少部分，可是她观察了很久，最终得到的结果是，并没有。

患有阿斯伯格症的人完全不会掩饰情绪，所有的表现都是最直观的，可乔岚没有从郯墨身上看到过类似的情形。

但就算白钰再怎么不懂，乔岚也没有告诉她为什么。

郯墨患有阿斯伯格症这样的秘密知道的人越少越好，他好不容易摆脱了嘲讽，每天都在这么努力地让自己更像一个正常人，已经够辛苦了。

高三的十一假期只有短短三天，三天过后又是紧张的复习。十月中旬的时候，郯墨迎来了自己的生日。

乔岚对郯墨道："墨墨，明天你生日，我带你去吃草莓慕斯杯吧，上次逛街时候偶然发现的。"

郯墨已经不会再去纠正乔岚的"墨墨"了，在所有人都喊他郯墨的时候，乔岚叫他"墨墨"，似乎也很不错。

郯墨眸光微动："一个人去逛街？"

逛街怎么可能是一个人，和谁一起？男生还是女生？

乔岚适时打破了郯墨的瞎想。

"和白钰，那边有个商城，影视城旁边有家甜品店，它家的草莓慕斯特别好吃，你肯定喜欢。"

郯墨的眸色重归平静，虽然还没吃到草莓慕斯，但似乎已经感觉到了丝丝的甜。

郯墨看着女孩漂亮的眼睛，唇边浅浅地扬起了笑意，轻轻道了声"好"，心却开始跳个不停。

晚上，郯墨因为第二天的出行约定而紧张不已，比一般人更甚。因为他从来不喜欢去那些人多嘈杂的商业区，从来没有满怀期待地等待着和一个女孩逛街，他止不住地去猜想明天他们要去的地方、要吃的东西、要说的话，还有要穿的衣服。

陈伯站在门口看着纠结地换衣服的郯墨，心里说不出的高兴，多少年了，他终于看到郯墨有了十几岁少年的青春气息。

郯墨忐忑地问他这身好不好，陈伯高兴地连声称赞特别好。

第二天起床吃完饭，郯墨紧张得坐立不安，直到终于看见远远走来的女孩。她没有穿校服，长发披在肩头，漂亮得让人移不开眼。

她真好看，郯墨忍不住去想，待再看时才发现，乔岚穿着和他的衣着颜色搭配极其相近的衬衫和九分裤。

乔岚似乎也发现了两人的撞衫，片刻诧异后，耳尖又悄悄地泛了红，心思却与郯墨不约而同地撞在了一起。

他怎么这么好看。

十月中旬的天气已经不复之前的炎热。

两人心中皆有暗藏着的小九九，波澜频起，脸上却依旧淡定得什么都看不出来，十分默契。

郯墨因为之前一直坐轮椅，营养又跟不上，个子还不是特别高，一米七八左右，但比例很好，身形板正，双腿修长，过分白皙的皮肤加上异常出色的五官，让同样来甜品店吃东西的女孩子甚至男孩子，都忍不住回头看了一眼乖乖坐在桌前的少年。

乔岚点了之前就很喜欢的草莓慕斯，又估摸着郯墨的喜好搭配了饮品。郯墨坐在位子上，没有注意周围往他身上戳的视线，目光只盯着乔岚一个。

郯墨从来没有来过这种商业区，今天是第一次，他简直不能更喜欢现在的氛围。

他注意到，甜品店里大多是结伴而来的女生，除此之外全是成双成对的情侣。

郯墨忍不住高兴起来。

乔岚点好东西后回到座位上，坐在了郯墨对面的位子上。郯墨听见不远处几个女生小声地叹息，如果仔细辨认，甚至可以听见她们在说什么。

“那边那个小哥哥好好看，皮肤超白五官超级精致。”

“好像是一个人，你说我去要他的微信号，能不能要得到啊？”

“有个女生朝他走过去了，好像是和他一起的。”

女生难掩失望，乔岚正好背对着她，看不清长相，她只能盯着乔岚的背影看了好一会儿:“也不知道长得怎么样，但是腿好长。”

郯墨曾经很讨厌自己太过敏感的听觉，因为总能听见很多并不想听到的言语，现在却觉得听力太好真的是一件好事。

乔岚点了两份不一样的饮品，给郯墨的是一杯仙草茶，等所有东西都上齐了，乔岚喝了一口自己的太平洋咖啡，抬眼看小心尝试的郯墨。

“怎么样？”

她没喝过那个口味，因为郯墨偏爱甜食，所以她问了店员要了口味偏甜的饮品，也不知道郯墨喜不喜欢。

郯墨尝了一口，凉凉的，很甜，但是不腻。

“很好喝。”郯墨眼睛弯了起来，将杯子往前推了推，“要不要试一下？”

看着郯墨手中的茶，乔岚难得地卡壳，抬眼对上郯墨澄澈又干净的眼睛，乔岚顿时又想掐自己一把，她默了默后伸手接过来:“那我试一试。”

手中的茶杯凉凉的，和刚刚自己喝的咖啡是完全不同的温度，乔岚喝了口郯墨递过来的茶，又看看自己的咖啡，压住自己的胡思乱想，将咖啡递过去。

“那你试试这个，也是甜的，不过稍微有点腻。”

郯墨唇角的笑容更深了，浅褐色的漂亮眼眸盯着眼前的咖啡杯，低头尝了一口。

乔岚有些不放心地问他:“怎么样？”

郯墨双手捧着温热的杯子，用牙齿轻轻咬了咬吸管，没有敢抬眼，他目光盯着桌子上的小蛋糕低低开口:“我喜欢这个。”

郯墨喝咖啡的样子太过乖巧，乔岚甚至想伸手摸摸郯墨的头，但到底忍住了。

“喜欢的话那你喝那个。”乔岚笑眼弯弯，抬头往外边看了一眼，又看了看时间，犹豫片刻后试探性地开口，“时间还早，这边有家影视城，最近正好有新电影上映。来都来了，要不一起去看电影吧。”

郯墨握在杯子上的手指微微一紧，低头掩住眼中的开心与欢喜：“好啊。”

说罢又怕乔岚怀疑，又补充了一句：“最近正好有想看的电影上映。”

如果说甜品店更受女孩子青睐，那电影院绝对是情侣的天堂。

看着排在前面一起拿票的情侣，乔岚本来压下去的罪恶感顿时又涌了出来。

等拿好票后，乔岚让郯墨坐在观影厅外边的休息区，自己准备去那边买点爆米花还有鲜榨果汁。

正要站起来，郯墨却抓住了她的手腕，看着她道：“我去吧。”

“没事，我去。”乔岚照顾郯墨习惯了，虽然现在他可以自己照顾自己了，但是郯墨毕竟从来没有自己排队买过东西，没有来过人口密度这么大的地方，所以乔岚还是和以前一样，下意识主动去照顾郯墨，所有的事情都由自己来做。

可郯墨说他去。

他确实没做过，这里人太多太嘈杂，也确实让他很不舒服，买东西时要主动说话还要挑选，对他而言也是挑战，可是郯墨还是想去试一试。

想试一试自己亲自给乔岚买东西是什么感受，想试一试当自己买东西、乔岚坐在身后注视着自己时，又是什么感受。

他站起来了，不再是那个凡事都要乔岚来照顾的人了，他也想去照顾乔岚。

乔岚愣怔地看着少年的背影，挺拔、果断，又带着略微有些可爱的强势。她不争气地按了按心口，半晌后无力地捂住了脑袋。

看这场电影时，坐在乔岚旁边的四个男生，看模样应该是大学生，转头看了乔岚一眼，没忍住又看了第二眼。

他们刚来就看见这个女孩，不知道有没有伴儿，这些都不重要，重要的是这个女孩实在太漂亮了，即使没有化妆，都能在这么多人中脱颖而出。

四个男生中最高的那个做了好半天的思想工作，轻咳一声走了过来，坐在乔岚旁边与乔岚打招呼：“你好啊。”

乔岚一直盯着郯墨的背影看，没注意到旁边坐了人，转头看见一个长了小虎牙的男生，这才说了声“你好”。

郯墨买好了爆米花，服务生小姐姐问他要什么果汁时，他回头往乔岚那边看了一眼，不看还好，一看，脸上的笑意顿时消失得干干净净。

然后周围的一众人就看见这个格外惊艳的少年脸色骤然一沉，迈开大步往休息区那边走去，和刚刚带着笑意的模样判若两人。

乔岚哪里看不出这个男生找自己是在搭讪，她搪塞两句想将男生打发走，但是男生似乎一点都没发现她的冷淡。

正巧男生问她是一个人还是和朋友一起来，乔岚转头瞄了眼还在买东西的郯墨，说：“不是，两个人，我朋友去买爆米花了。”她转头又看了郯墨一眼。

男生顿时有些失望，还想再说什么，却突然看见有人一阵狂风似的刮了过来。一抬头便看见五官异常出色的少年，面无表情地看着他，然后一把抓起女孩的手，用极度生硬的语气道：“陪我去买鲜榨果汁。”

女孩在看见少年的那一刻眼睛亮了亮，跟着少年从椅子上站了起来。

刚刚来搭讪的男生，看着两人身上颜色极其统一的衣服，再看看两人皆异常出色的相貌，就算被拒绝了，但也不得不承认他们实在有些养眼。

这边乔岚转头问郯墨：“你怎么突然过来了？”

因为看见你和别的男生说话，郯墨心想。

他默了默，最终道：“不知道你喜欢什么口味？”

好吧，乔岚闭嘴了，跟着郯墨走了好一会儿，她低头看着被郯墨抓在手里的手腕。刚刚郯墨抓着她就走，现在还没有松开，乔岚下意识想抽出来，但转头看见少年毫无察觉的面孔，就任由郯墨抓着了。

而抓着乔岚手腕的郯墨，现在才发现自己又冲动地做了不该做的举动，心里蓦地紧张慌乱起来。

可握着女孩纤细的手腕，到底没舍得松开，他决定装傻到底。

郑墨很高兴，不只是因为第一次和正常人一样坐在电影院看电影，还因为是和乔岚一起，感受一切自己从来没有感受的东西。

他终于走了出来，接触到了新世界，而接触新世界的时候还有重要的人陪在身边。

可等回到学校，甜蜜的折磨似乎才刚刚开始。原因倒是简单，郑墨和乔岚出去看电影、逛街，被同校的同学给撞见了。

虽然自打郑墨回到学校后，很多人都觉得这两人指不定已经有什么了，可到底是猜测。如今终于有人撞见了，虽然不是本班同学，但他俩是附中的名人，还不至于认错，更不用说还被拍了照片。

一周过去，郑墨和乔岚两个当事人什么都不知道，其他人已经认定了两人的关系。

郝英这回彻底内伤了。

他防备了所有人，包括陈曜阳，就是对郑墨没防备，尤其后来郑墨还离开了。

可谁能想到，消失了半年的郑墨又回来了，不但回来了，还健健康康地回来了。

身体的发育耽搁了两年，在郑墨疯狂锻炼和补充营养后，他开始迅速抽条，短短两个多月，之前许多裤子都换了新的。

乔岚和郑墨并排走着说话，转头就能看见少年精致的下颌线，正想说什么，却瞬间被两人之间的身高差吸引了注意力。

“墨墨，”乔岚将郑墨从下往上地打量一遍，伸手比了比后道，“你是不是长高了啊？”

乔岚有一米七，在女生里就挺高，之前和郑墨说话并没有觉得有身高差，今天突然有了身高差。

“嗯。”郑墨提起身高似乎心情很好，唇边扬着笑意，余光瞥见周围又往这边看的同学，故意低头在乔岚耳边道，“现在一米八一。”

乔岚：两个月长高三厘米？

郑墨眼中映着女孩诧异的神情，眸中的笑意更加深了几分。他太喜欢如今从这个角度这个高度去看乔岚了，可以看得肆无忌惮，看她纤长浓密如小扇子一样的睫毛，看她高挺的鼻梁和红润的唇，却不会被她发现。

乔岚不知道郯墨在想什么，她想起网上曾经说过一米七九是男生身高的分水岭，一米八和一米七八只差两厘米，但给人的感觉完全不一样。

看着如今的郯墨，乔岚完全同意这种说法，只是高了三厘米，可她再看郯墨已经要抬头了。

而郯墨之后一定还会更高，少年迟来的青春期着实有些吓人。

乔岚突然觉得有些新奇，自己曾经一直蹲下来照顾说话的少年，转眼已经比她高了好多。

高三的生活，每一天都似乎太短有些不够用。三模考试时，郯墨在经过乔岚最近尽职尽责的生物“教学”后，生物成绩突飞猛进，迅速追上并赶超了自己的小老师，总成绩重新回到了第一名。

所有人对这个结果都像是早有预料一样，没有惊诧，也没有错愕。

物理老师在上课的时候甚至故意点完乔岚的名字，紧接着点郯墨的名字，一脸我什么都知道的神情。

班主任本来准备再找乔岚和郯墨谈一谈，结果好巧不巧听见郯墨和乔岚的对话，乔岚说等下次她绝对会超过郯墨，郯墨笑着说了声“等你”。

班主任纠结了好半天，最后终于决定睁一只眼闭一只眼。

除了白钰，所有人都认定她和郯墨的关系不一般。乔岚一开始还会解释，到后边索性也不解释了，既没有解释的必要，也不想解释。

自己真的是太卑鄙了，又暗戳戳地占郯墨的便宜，乔岚心想。

还好郯墨在这方面是个傻子，什么都不懂。

北方的天气，说变就变，突然间气温就降了下去，整个 S 市迎来了一场流感。流感来势汹汹，学校超市里纸巾的需求量瞬间增大，去校医那边拿药的人也猛然增多。

乔岚被郯墨投喂了将近两年，每天又坚持跑步，身体素质很不错，但挡不住宿舍里有人感冒，一个个传染下来，最终她也没逃离流感的魔爪。

外边气温已经到了零下，很冷，教室里有暖气，但不算太暖和。

早起背书时候乔岚已经开始头疼，等早自习开始时，同学们嗡嗡嗡的背书声萦绕在耳边，本来乱糟糟的脑袋变得更重了，配合着后边白钰两分钟擤一次鼻子的节奏，乔岚趴在桌子上睡了过去。

现在还在早自习，不是下课，总归不是该睡觉的时候。乔岚睡得不太安稳，不知道过了多久，她抬头朝着讲台上看了一眼，没有看见英语老师进来，又昏昏沉沉地眯了过去。

之后似乎下课时候水木年华的《一生有你》响起，乔岚终于安心地睡了过去，直到有沁着凉意的手轻轻地落在了额上，陡然的凉意让乔岚蓦然惊醒，她侧着脸睁开眼，对上郯墨浅褐色的漂亮眼眸。

少年像做错了事情一般微微无措，眼神微微飘忽，却还是靠近她小声问："是不是我的手太凉？"

他已经将手暖了好一会儿后才去给乔岚试温度，可依旧凉到了乔岚。

乔岚摇摇头："没有。"她浑身一点力气也没有，眼睛有些失神地盯着少年收回去的手，却发现苍白的手腕有一处明显的瘀青。

温度偏高的手抓住了郯墨的手腕，郯墨不知道是因为被抓疼，还是被乔岚手上的温度烫到，轻轻一颤。

大抵是被高烧烧坏了脑子，乔岚的胆子大了些，声音有些沙哑，夹带着就连自己也没有发觉的轻软语气，指尖擦过那处瘀青，刺激得郯墨浑身僵硬。

"这里怎么回事？"

"不小心撞到了。"郯墨道。其实是学习自由搏击时受的伤。

乔岚盯着那处瘀青看了好半天，这才松开了手："笨蛋。"就连责备声也软得让人心颤。

郯墨深吸一口气，目光从乔岚脸颊上错开："你发烧了。"

"嗯。"乔岚重新将脸颊埋进胳膊，"有点低烧，眯一会儿就好。"

身边的少年不再说话了，乔岚昏昏沉沉地又睡了过去，不知道又睡了多久，身上还带着外边空气冷意的郯墨将她叫醒。

手边是温度刚刚可以喝的水，和用纸巾包好的药，少年垂着纤长的眼睫，低头将一大片药片仔细地分成四份。

“哪来的药？”

“医务室。”郯墨道，将药递给乔岚，“吃了药继续睡吧，我和下节课老师说过了。”

“嗯。”乔岚吃完药继续趴在桌子上，半晌后肩上一沉，一件外套披在肩头，乔岚闻见曾经在郯墨衣柜里闻见的熟悉的清新味道，再次抬眼，看见郯墨身上只穿着单薄的羊毛衫与校服外套。

乔岚拿下身上的衣服想将衣服还回去，却被郯墨固执地重新披在了肩上，少年凑近她耳边轻声道：“我不冷。”

乔岚看着他身上单薄的衣服，怎么可能不冷？

“真的不冷。”郯墨替她重新披好衣服，冰凉的手指轻轻蹭过乔岚的脸颊，笑了笑低声道，“你忘了，我感觉不到冷。”

乔岚心口蓦然一酸。

一直坐在后边目睹了全程的白钰，看看趴着的乔岚，再看看只穿着单薄校服的郯墨，终于忍无可忍地朝着同桌怒吼一声：“我生病了！”

同桌一脸蒙：“我知道啊。”你一个早自习一卷纸都快用完了。

“你就没一点表示？”

“我不是把我的纸都贡献给你了？”

白钰：“……我冷。”

“所以？”

“外套给我。”

“给你我穿啥？教室里这么冷。”

白钰：“……”滚滚滚！

也许是大冷天只穿着单薄校服的郯墨太引人注意，又也许是这两人本来就过分引人注意，就连进来上课的生物老师，目光都时不时往乔岚和郯墨那边瞟。

想起刚刚郯墨主动来办公室找他，生物老师还以为有什么事情，结果郯墨跑来请假，不是给自己而是给同桌请假，说同桌生病了，让她上课好好睡觉。

这么一来，生物老师的眼神就有些管不住地往乔岚和郯墨那边瞥，再看看郯墨身上薄薄的衣服，老师不受控制地打了个冷战。

看来这两天是太冷了。

乔岚好好吃了药又早早休息，她身体底子好，两天后渐渐好了。白钰一边擤着鼻子一边发誓："等这次感冒好了我绝对和你一起去跑步。"

同样的年龄，乔岚的抵抗力比她好太多了。乔岚都发烧了，结果人家两天就好，自己还每天头昏脑涨。

白钰给自己桌洞旁边挂了一个垃圾袋，专门装纸用的，她一边重新拆了一卷纸，一边与乔岚随口聊天："岚岚，你为什么想考金融专业啊？我想不到想学的专业，我爸妈让我上师范学校，我不想当老师。"

这简直就是报考专业时的常态，很多父母希望孩子报考师范学校或者去学医，但是很多学生对这两个专业都是绕道走的，尤其是师范专业，很多人就跟白钰是一样的想法。

毕竟当了十几年的学生，受了老师十几年的气，生出一点逆反心理再正常不过。

但是等毕业开始找工作，工作难找时，又会有一大批学生后悔：为什么当初没有听父母的意见？有些师范学校的毕业生直接就去了学校任职，除此之外，还有很多人开始羡慕老师有寒、暑两个假期。

乔岚和白钰瞎聊了一会儿以后报考专业的事，等转过身来，郯墨合上手中的书问乔岚："为什么想学金融？"

刚刚看郯墨分明在看书，看来看得不太认真啊，自己和白钰瞎聊，郯墨居然都听见了。

乔岚轻咳一声，假装正经道："郯墨同学，请端正你的学习态度。"

郯墨愣了愣一时间没说话，乔岚这才陡然反应过来，自己怎么突然跟郯墨开起了文字玩笑。

郯墨是没办法听懂她的调侃的。

也许是最近的郯墨太正常了，根本和旁人看不出什么区别，所以乔岚有时候也会突然忘记郯墨还患有阿斯伯格症。

患阿斯伯格症的人无法辨别除语言以外的所有信息，比如眼神、表情或者一些身体动作，一些开玩笑的语言表述他们也很难懂。

乔岚记得自己在看那本书的时候，里边有一个例子：一位已经功成名就的企业家，在演讲中讲到自己患有阿斯伯格症，并用最简单的例子阐述了这种病的不方便。

这位企业家说，曾经有朋友调侃地问他："可不可以问一问你的手表，现在是几点钟？"

对于正常人而言，这是一种幽默而又有趣的问时间的方法，可对于这位企业家而言，他听不明白。他只觉得无法理解，因为自己的手表并不会讲话，它没办法告诉朋友现在几点钟。

所以他在分明戴着手表又知道几点钟的情况下，回答朋友说："不知道。"

之后发生的事情就很好理解，朋友以为这是他故意的拒绝，从此慢慢疏远了他，而他是在很久很久以后才明白自己当时做错了什么。

将近四十岁的成功企业家都听不懂朋友在问他时间，如今刚刚十八岁的郯墨，想让他听懂乔岚突如其来的调侃，实在太为难他了。

乔岚的这句"请端正学习态度"，在郯墨看来，更像乔岚不高兴的训斥。

乔岚看着郯墨面上的愣怔，急忙改了口："我的意思是刚刚看你在看书，所以以为你没有听到我们在说话。"

郯墨一愣，突然想到了什么，好半天后这才点了点头。

虽然郯墨依旧面无表情，可乔岚太熟悉郯墨了，看他突然沉默就知道刚刚这件看似很小的事情，还是对他造成了影响。

乔岚只能迅速转移话题，继续刚刚郯墨问她的问题。

"以前不知道想学什么，对炒股有点兴趣，随便想的金融，之前白钰她们问，所以随口就答了。"

郯墨终于被乔岚转移了注意力："喜欢炒股？"

"不算喜欢，就是有点兴趣。"乔岚笑了笑，"之前有次偶尔看了'股神'的传记，觉得特别厉害，很佩服而已。"

很厉害很佩服吗?

郏墨若有所思地垂下了眼睫，乔岚偏着头看又陷入了沉思的郏墨，蓦地想起之前自己曾经想到的新的想学的专业。

那是在认识了郏墨后才想去接触的东西，后来因为郏墨的暂时离开，以及郏墨越来越正常的表现而暂时被搁置，而今天，乔岚重新将当初的念头捡了起来。

她怎么就忘了，阿斯伯格症，终其一生也无法治愈。

之后大家一起说话的时候，郏墨陪在乔岚旁边，他不说话只是听着其他人讲，正好有人讲了一个很好笑的段子。

所有人包括乔岚都笑得不行，只有郏墨一个人面无表情。

讲笑话的男生一抬眼就对上没有笑也没有说话的郏墨，突然有些吓到了，有些自我怀疑地小声道:“不好笑吗? ”

好笑吗?

郏墨下意识在心里反问，他真的没有听出这段话有什么好笑的地方。可是除他以外的所有人都在笑，所以不是笑话不好笑，而是他根本没有听懂。

郏墨顿时觉得心口一紧。

因为重新站了起来，表面看来他似乎已经和其他人没有了区别，就像一个正常人一样。这种感觉太好，以至于让郏墨开始沉溺其中，甚至有些乐不思蜀，差点忘了一个残忍的事实。

就算能站起来，他还是和所有人不一样。

他患有一个一辈子也无法治愈的病症，阿斯伯格症，这是甚至会被许多人当作精神病的一种病症。

他怎么就忘了，其实自己和其他人还是不一样，他的心灵永远残缺。

骤然的冷场让讲故事的男生有些尴尬，旁边有人急忙救场:“可能学神没听见，哈哈。”

“你讲得太隐晦了好吗，郏墨应该没听懂吧，人家的脑子是用来学习的，不是用来听你讲这些的。”

一众人哈哈大笑了起来，郏墨浑身僵硬地坐在原地，突然感觉到右手被捏了一下。郯墨诧异回头，乔岚松开了手慢悠悠道：“其实我也没听懂。”

“没听懂你笑什么？”讲故事的男生大受打击，这个段子真的这么难懂？

“这不是看你们都在笑吗？”乔岚一脸无奈。

那为啥现在你又承认了？

男生刚想问，蓦地想起刚刚郯墨一脸面无表情没听懂的模样，瞬间悟了。

众人又乐了好半天：“果然学霸的脑子和咱们不一样。”将刚刚突如其来的一点小冷场盖了过去。

郯墨坐在椅子上，双手在没有人看见的地方，一点一点地缓缓攥紧。

曾经有一位患有阿斯伯格症的青少年用一个比喻形容自己与正常人的不同。他说普通人的大脑就像是在社会化世界中运行的 windows 操作系统，而阿斯伯格症患者的大脑只能在 dos 系统下缓慢地运作。

除了慢，还会出现各种各样的错误。

这是永远也无法改变的事实，是将跟随他一辈子、永远无法抹去的残缺。

郯墨就算再迟钝，也能明白刚刚乔岚是在给自己解围，她在帮助他，不让其他人发现他的不同。

暂时的安稳让他有些得意忘形了。

当天晚上的晚课，郯墨的自由搏击教练明显感觉到了郯墨的暴躁，虽然他依旧面无表情，可手上的力度一眼就看得出是在发泄。

这个少年是他教过的学生里边最狠的一个，就像有什么在他身后拼命催促他一样，教练有时候还会好奇地问郯墨几句，不过郯墨从来都不会说。教练也没指望郯墨今天会说些什么，就随口问了一句，今天是不是遇见了什么事情。

身型逐渐不再瘦弱的少年，依旧攥紧着拳头，动作却停了下来。

他在原地立了好久，突然开口，声音很低，与其说是诉说还不如说是在问自己。

“如果有一个，你穷极一生都追不上的人，你会怎么做？”

穷极一生都追不上的人？

教练虽然不知道郯墨到底是什么身份，但就看郯墨出手阔绰和每天接送他的车的品牌就能知道这少年身份绝对不简单。

能让这少年觉得自己一辈子不管怎么追都追不上的人，那得是什么样的人啊？

如果是他的话，既然知道怎么追都追不到，教练没做多想就道：“那就算了呗。”

话音刚落，教练就看见一直面无表情的少年，面容瞬间染上了一层狰狞的气息，一双眼睛尽是阴郁，教练都被少年陡然的情绪变化吓了一大跳。

还没来得及想清楚，教练就迅速改口：“其实我更好奇的是，你为什么觉得一定追不上呢？你长得这么帅，家境这么好，这么优越的条件还追不上，难道是已经得到确切答复了？”

少年沉默片刻，沉沉开口：“没有。”

教练：“那你怎么知道追不上？你们认识吗？”

“认识。”

“那，关系很差？”

“很好。”

“很好是有多好？”

“最好。”

“那还不快加油？”教练听着都替郯墨着急了。

郯墨垂下眼睫，摇了摇头：“不行。”

怎么就不行了？教练搞不明白。

“她是我朋友。”

“多正常。”教练觉得这根本不是什么事，“虽然我不清楚你们之间到底怎么回事，但是我觉得你没必要这么消极。”

“凡事总是要试一试。”教练本来不知道该说什么，没想到一开口就变得滔滔不绝起来，“因为觉得追不上就不去试试，那就永远追不上了。但是如果去试一试，万一追上了呢？至少回想起来不会觉得遗憾。”

不留遗憾。

郯墨突然有些想笑。

他是不想留遗憾，可是如果乔岚发现他的想法后，他们从此变为陌路呢？

比起遗憾，这才是他更不能接受的结局。

教练还在洋洋洒洒地说，郯墨闭上眼睛，轻描淡写的一句话就让教练瞬间闭了嘴。

教练愣了好半天才道：“病？”

郯墨几乎每隔几天就要做一次身体检查，身体绝对没毛病啊。

“什么病？”

郯墨好久才艰难地说出口：“精神病。”

教练：“……”他完全无意识地往后挪了一下。

郯墨冷冷地朝教练看了一眼，虽然什么都没说，教练却看懂了郯墨眼中的嘲讽。

看吧，任凭刚刚说了多少，当得知他有这样的病时，所有人都会远离他。

教练这才猛地反应过来，想起自己刚刚无意识的动作，简直想抽自己一巴掌，他想解释，却觉得这时候再说什么都没用了。

人下意识的反应才是最真实的反应。

正是因为这个，郯墨才这样消极，教练觉得一切都能解释得通了。

“对不起，我真的不是有意的。”教练叹了口气，“所以那个女孩不知道你有病吗？”

“知道。”

知道？教练诧异。

好半晌后，教练终于正色道：“我觉得能让你这么在意的女孩，一定有和其他人不一样的地方，你不必用其他人对你的看法去估摸她的想法。她既然早就知道你的情况，但是依旧对你好，对你最好，说明她可能根本不在意你有没有病。”

郯墨目光沉沉地看着远处，没有说话。

教练叹了口气："郯墨，也许，我是说也许，你在她的心中，比你想象的要重要得多。"

谈话就此结束，郯墨重新站起来开始练习，手法依旧犀利，不过比起刚刚，终于少了些许狠厉。

郯墨的学习内容，除了正常的课业以及自由搏击，又多了两项。

一项是股票，一项是情感分析。

股票是在得知乔岚对炒股有兴趣后，郯墨开始接触的。

乔岚说因为看了股神的传记后很佩服，所以想学。这一句话就让郯墨做出了决定。

他总是想用各种各样的方法，让乔岚对他产生更多的感情。此外，乔岚对炒股感兴趣，他可以先学，之后再慢慢教乔岚。

不过让郯墨觉得很高兴的是，在真正接触炒股后，郯墨发现这件事情需要利用数学和各种各样的分析，比他想象的有意思太多了。

除此之外，郯墨开始疯狂学习情感分析。

他忍受着不适，开始重新接触心理医生，并接受心理医生的建议，让自己变得更像一个"正常人"。

他永远都不可能是一个正常人，但他可以努力做到让其他人看不出他并非正常人。

这是一项异常艰难并要坚持终生的学习。

心理医生给他一本专门针对阿斯伯格症的书，这本书中一共确认了 412 种人类的感情，并将所有的感情分成了 24 个不同的组群。

他需要做到的是将这 412 种感情全部背下来并记在心里。他不懂，那就去记，记住每一种感情会表现的表情和动作。

他不知道当一个人哭的时候会做什么，那就背下来，统统记在心里。

短短几天时间，郯墨就觉得自己身心俱疲。

因为他不懂，所以他只能在看见一个人出现某种表情后，在记忆库中去搜寻其他人在看见这种表情后，该做出怎么样的反应。

他必须很快做出反应，因为如果慢一点，就会有人觉得他迟钝，没有人知道在短短的几秒时间里，郯墨的脑子已经快速地处理了多少信息。

太累了，因为神经每一刻都在高度地紧绷，郯墨觉得自己都要被累出毛病了。

可是效果出乎意料地好。

郯墨疯狂地汲取知识，让自己变成一个模仿大师，他要在最快的时间内，让自己可以在面对各种各样最常规表情时做出正确的应对。

有人说郯墨终于不是面无表情了，也有人说郯墨其实没有很难交往，只有乔岚在所有人认为郯墨变得越来越合群的时候，感受到了浓浓的不安与违和。

郯墨在乔岚不曾发觉的地方，开始野蛮生长，只有在面对乔岚的时候，还能因为心口难以抑制的悸动，而展现出一个还算真实的他。

乔岚问他到底怎么了，郯墨却已经可以镇定自若地撒谎了。

他说自己接受了心理医生的治疗，最近可能与平时不一样，是因为心理医生让他这么做而已。

这确实是心理医生的建议，可郯墨没有告诉乔岚，心理医生当初还告诫过他另外一句话。

医生说当患有阿斯伯格症的人运用模仿能力可以和正常人一样交流，甚至开始得心应手并大受欢迎时，一切看似很美好，可那才是灾难的开始。

因为整个世界都会变得真假不分。

他曾经经过缓慢分析才能分析出对方的真实想法，而那时他将不会再做任何分析，只要依靠所掌握的知识和经验去猜测对方的想法，并做出相对的反应就好。

别人看他时，从此就真的，再也什么都看不懂了。

天气渐渐冷了，但就算再怎么冷，好像也没有影响男生们对篮球的热情，虽然老师们一直告诫大家不要去打篮球，冬天的地比平时的更硬，很容易受伤，但只要不下雪，篮球场上永远还是有人。

乔岚每天都要从篮球场经过，但一眼看过去全是不认识的学弟，同年级的高三学生已经没时间玩篮球了。

她与往常一样往教室里走，一边和白钰说着话，一边往篮球场那边瞥了一眼，结果一眼就看见了蹲在一群高高瘦瘦的男生里的那个白胖子——乔源。

很久没见乔源，乔源个子也猛地高了很多，但是好像比之前瘦了点，不再是又矮又圆的胖子，而是成了一个又高又壮的胖子，他抱着篮球在球场上跑动的身影，看起来格外累人。

乔岚有些诧异，实在没想到乔源也会打篮球，但也只是想了一刹而已，转头就将这事抛在了脑后。

直到又过了将近十来天，学校里突然响起了救护车的声音，惹得好多同学都好奇地往外边看。

救护车来得快走得也快。一下课，大家都好奇地打听到底怎么回事。等下午的时候，差不多班里人都知道了，好像是一个高一学生，在打篮球的时候摔了，摔得还挺严重的，体育老师吓坏了，直接拨了120。

所有老师都被拉去开了紧急会议，等上课的时候，班主任借着此事严令禁止学生再去打篮球，一众男生唉声叹气，就算他们想玩也没时间玩啊，高三连体育课都没了。

高三的生活太无趣了。

全班几乎都在哀号，乔岚往郯墨那边瞥了一眼，郯墨桌子上又放着一本厚厚的书。

郯墨最近天天都在抱着这本书看，乔岚之前瞅了一眼，看见那是一本有关于炒股方面的专业书，而且不是初级入门，而是已经挺有深度的那种，乔岚也翻看了几页，就算是她曾经学过金融，也看得磕磕巴巴。

白钰感叹也只有郯墨能在高三这个紧张的时候看其他闲书，还能保持年级第一的好成绩了，感叹完后又问郯墨为什么突然开始研究股票，郯墨表情淡淡地开口道：“很有意思。”

乔岚用手撑着下巴，看着少年精致的侧脸，想起了不久前郯墨特意问她为什么想学金融。

她说因为自己对炒股有点兴趣。

虽然在学过金融后才知道，学习金融学对炒股并没有什么太大的帮助，但她当初报考的时候，确实是因为这个，所以郯墨问她她也就这么答了。

如果她记得不错，郯墨开始看这方面的书，正是她说完这句话后的第二天。

虽然乔岚不止一次地告诫自己不要这么自恋，但还是不自觉地去想，郯墨是不是因为她才特意去学的。

乔岚将脑袋枕在胳膊上盯着郯墨发呆，反正班主任这会儿正在和悲愤的同学们扯皮。

郯墨本来就对人的视线敏感，更何况乔岚已经盯着他看了好一会儿，心口跳动的速度又不争气地快了一刹，落在书本上的指尖无意识的摩挲了一下，眸光微微一动，唇边似有似无地含了一抹笑。

他稍微低下头一点，转过去对上乔岚的目光："怎么了？"

"没事没事。"乔岚忙错开视线摇摇头，指了指郯墨手中的书道，"墨墨，你学懂后记得教我啊。"

本来就是为了教你才学的，郯墨心道，却是面上不显一点端倪地点点头。

乔岚直直盯着郯墨的眼睛，依旧没有从这双漂亮的眸子里看出来一点异常。

郯墨面部少有表情，所以乔岚一般都是观察他的眼睛，可是不知道从什么时候开始，乔岚发现自己已经很难从郯墨的眼睛里看出什么来了，他在看着她的时候，那双眸子永远都是笑着的。

乔岚晃了晃脑袋，将乱七八糟的念头清理干净，撒谎、假装这些高难度的行为，郯墨怎么可能会。

周末只有一天假，陈姨给乔岚打电话，让她去家里吃饭。

周六下午补完课后，乔岚和郯墨一起出了校门，许多人眼睁睁地看着乔岚和郯墨上了一辆车，然后绝尘而去，大家已经从一开始的惊讶到逐渐麻木了。

乔岚自从上高三后，来郯墨家的次数就少了很多，好不容易来一次，陈姨就想方设法地给乔岚补充营养。

等吃完饭后乔岚去陈姨房间看书，转眼到了十二点，乔岚收拾好东西后上床睡觉，睡了没十几分钟又想出去喝口水。外边静悄悄的，一点声音也没有，乔岚估摸着所有人都应该睡了，于是也没开灯，免得吵到陈姨他们，结果从屋子里出来，正好撞上了刚刚洗完澡从房间里出来的郯墨。

乔岚一脑袋撞在郯墨胸口上，郯墨手疾眼快地一手抓住乔岚的胳膊，一手按开了走廊灯。

浅橙色的灯光亮了起来，乔岚低头看着抓在自己胳膊上有力的右手与手臂。

家里太热了，地暖比学校的暖气不知道热了多少度，乔岚在家就穿着短袖和短裙，刚刚洗完澡的少年也穿得很凉快，上身穿了一件无袖的 T 恤，已经覆了一层肌肉的胳膊明晃晃地露在外面，肌肉漂亮手腕有力。

头发半湿半干的少年漫不经心地用毛巾揉着头发，精致的面容上还挂着水珠，卷着还未散尽的水汽，乔岚蓦地抬头，少年好像比之前又长高了，居高临下地看着她时，暧昧又说不出的强势气息陡然将乔岚裹住。

那是男孩子特有的让人脸红心跳的荷尔蒙。

乔岚蒙了一刹，然后在一瞬间觉察到了脸颊上的温度。

郯墨抓着乔岚的手腕没舍得松开，于是装作没发现地问她有没有被撞到。

不知道是不是乔岚的错觉，她总觉得郯墨的声音比起平时稍微低哑了一点，在这样的晚上这样的氛围上越发惹得她耳朵发烫，急忙摇头说“没事”，抬头往郯墨房间里看了一眼，自我感觉还算沉稳地转移话题：“怎么还没睡？”

郯墨手指轻轻在乔岚手腕上摩挲了一下才恋恋不舍地放开，道：“正要睡。”

“哦。”乔岚低头看了手腕一眼，又看了眼面色正常的郯墨，没敢再往郯墨脸上看，“我去厨房喝口水，墨墨你也早点休息。”

一杯水喝完，听见郯墨回房间关门的声音后，乔岚坐在椅子上发了好一会儿的呆，这才回去继续睡觉。

结果她翻来覆去地睡不着。

郑墨真的变了，长高了，身体结实了，散去了曾经的懵懂与孩子气，从从前的男孩变得越来越像一个男人，浑身上下全是她都招架不住的荷尔蒙。

乔岚烦躁地将脑袋埋进枕头里。

打住，打住，控制住！

学习，学习，好好学习！

可是有些事情越想忘记就越记得清楚。

等白钰回到宿舍，就看见乔岚趴在床上躺尸，她乐呵呵地凑过去问她怎么了，乔岚沉默了好半天，真心实意地哭丧一句：

“我好难啊。”

你难什么啊，白钰震惊。

没什么，乔岚从床上爬起来：“走吧，去教室，好好学习天天向上！”

白钰：“……”

等元旦过去，转眼就是寒假，不过高三的寒假短得寒碜，学校规定补课必须补到腊月二十八，等期末后其余年级欢欢喜喜地回家，高三学生趴在窗台上看着远去的学弟学妹们无语凝噎，而补完课过了一个非常短暂的年之后，高三很快又开学了。

唯一让人觉得安慰的是不用跑早操了，所以每天到校时间稍微晚了一点，大家可以多睡一会儿，而且除此之外，最近学校管得也不会太严格，有学生订外卖的话，看门的大爷也睁一只眼闭一只眼不太管了。

郑墨也来上课了，虽然他还是不听课，依旧在研究自己的股票。

乔岚好奇问他有没有试一试。

“有。”郑墨道，说罢又补充一句，“用的你卡上的钱。”

我的卡？

乔岚这才想起来，自己当初把自己的银行卡给了郑墨。

“赔了算我的，赚了算你的。”郑墨笑了笑，“放心。”

乔岚笑了，她也没什么不放心的啊，她卡里最多也就剩一万多了，一万多对郯墨而言实在太少了。乔岚估摸着是郯墨自己炒，然后顺便带了她的一点钱而已。

乔岚有些好奇了，郯墨那么聪明，不知道对这方面怎么样，挺有兴趣地问他："行情怎么样？"

郯墨想了想后道："还可以。"

郯墨的"还可以"绝对不是一般人的"还可以"，乔岚感叹，果然是郯墨啊，做什么事情都这么厉害。

两人说着话，突然有同学叫乔岚，说外边有人找她，乔岚随口问是谁，那同学道："好像是你妈妈。"

乔岚脸上的笑容骤然消失得干干净净。

沉默片刻后，乔岚转身出了教室。

其他人不觉得有什么，就连时时刻刻关注乔岚的郝英也没觉得有什么不对，只有知道乔岚家里情况的白钰和郯墨脸色不大好。白钰转头正要问郯墨，却见郯墨已经站了起来，跟着乔岚走了出去。

郯墨远远跟着乔岚，看见远处那个中年妇女在看见乔岚的时候，几乎是朝着乔岚扑了过去。

乔岚往后退了一步，躲开了乔母，问她又有什么事。

乔母抬起头来，乔岚这才微微一怔。

乔母虽然是个农村来的女人，但是长得确实漂亮，因为年龄大了逐渐不漂亮了，却依旧会化点妆。可今天的乔母素面朝天，面色蜡黄，黑眼圈很重，头发甚至有些乱糟糟的，乔岚一眼就能看出她脸上的憔悴。

这样子实在太落魄，乔岚心里稍微一软，正要说什么，乔母却一脸狰狞，不可置信地看着她，声音尖锐而又刺耳："你弟弟都成那样了你还一副不耐烦的样子？"

乔源？

乔源怎么了？

乔岚是真的什么都不知道，乔母瞪圆了眼睛盯着乔岚冷笑："别说你什么都不知道。"

乔岚刚刚才升腾起来的一点点心软一瞬间被乔母的态度磨得干干净净。

“不知道。”乔岚脸色冷了下来，“有事说事，没事我回去上课了。”

乔母一把抓住乔岚的袖子尖叫道：“不准走！”惹得旁边路过的学生都难免看一两眼。

乔母一说起儿子，脸上的表情一瞬间变了，除去狰狞和疯癫，整个人又变成了刚刚失魂落魄的模样。

乔母有时候觉得老天真的不公平，到处都是人，为什么厄运要降临到她的儿子身上？

几天前，她在店里忙活的时候接到了乔源班主任的电话，说乔源在打篮球的时候摔了一跤，摔伤了，好像有点严重。

乔父、乔母当场吓得脸都白了，把店门一关就往学校里跑。

本来以为只不过摔了一下不会怎么样，结果乔源一直哭着喊疼，最后直接疼晕了过去，这才吓得学生急忙找班主任，班主任拨了120以后通知了乔源的父母。

将人送到医院，从手术室里出来后，医生告诉了乔源父母一个晴天霹雳的消息。

乔源这一摔，引起了右肾破裂，最后很可能需要将右肾摘除。

不说乔父、乔母，就连班主任都傻了，谁能想到就摔了一跤，能把一个肾给摔坏了？

医生说现在天冷地硬，乔源的身体重量又太大，所以也能解释得通。

乔母坐在病床旁边看着手术后昏睡过去的儿子，哭得眼睛都肿了。

医生在旁边劝她，说只要一个肾脏的一半功能在，人就没事。通过检查，乔源另一颗肾脏没有任何问题，所以摘除一个肾脏对乔源是没有太大影响的，一个肾脏足以满足机体需要。

可乔母还是不信邪，看看昏迷的儿子又拿出手机来百度，又看见了很多其他的说法。那些说法让乔母看得心惊胆战，之后医生再说什么都不听了。

医生本来心平气和地和乔父、乔母解释，结果乔母一副医生不作为的讨债模样，惹得医生也没了好脾气。

“所以你的意思呢？”医生强压着烦躁道，“如果你不放心，可以找一颗适配的肾脏。”

乔母脱口而出：“那就找啊！”

乔父到底没失了智，一把抓住乔母问医生：“那得要多少钱？”

“肾脏移植手术费用大约需要十万到三十万元不等，这要看术后的适配反应。至于肾脏，肾源很难得，一颗合适的肾脏价格一般在四十万以上。这还不包括术后的恢复费用。”

听到价格，乔母一个激灵，终于从疯癫中清醒了过来。

医生终于堵住了乔母的嘴，离开了病房。乔母愣怔片刻后开始大哭。

手术的费用加上一颗肾脏，还有术后恢复，加起来将近一百万。

这对于乔父、乔母来说真的太多了。

乔父、乔母所有的收入都来自附中门口的小饭馆，小饭馆太小了，而且学生吃饭价格都偏低，收入还算凑合，辛辛苦苦了好些年，后边成功嫁出去了两个女儿，终于才买了现在的房子。

他们自己舍不得花钱，但是对乔源倒是大方，几千块的鞋买起来眼睛都不眨一下，这些年攒下来的钱还真不多，满打满算十来万而已。

哪来的一百万？

除非卖了房子，可是房子怎么能卖，卖了房子他们住哪儿？

乔母哭得眼睛肿成了核桃，偶尔有小护士劝她，真的不用这么担心，一颗肾绝对没有问题。结果乔源醒来后一直喊疼，又吃不进去东西，乔母刚刚被小护士说得动摇的心瞬间又乱了，小护士和她说这是术后伤口在疼，乔母什么都听不进去。

不行，绝对要让儿子健健康康的！

乔老太比乔母的反应更激烈，当时听见孙子受伤后吓得当场昏了过去，等醒来生怕乔父、乔母真的不舍得花钱给乔源，天天给乔父、乔母洗脑，就算砸锅卖铁也必须给乔源治病。

“家里没钱不是还有老大老二，老大家再不行十万总能拿出来，老二开着几十万的车，我就不信没有钱？”

乔老太自己没钱，一辈子手里的钱也没有超过两百块以上，对金钱完全没什么概念，一口一个几十万倒是喊得轻松。

但事情到了这个地步，乔父、乔母也不管了，当即打电话给乔大姐和乔二姐。

乔大姐家里条件不算很好，对刚刚结婚后买了房子欠了一大堆债的小两口而言，十万块太多了，但到底是亲弟弟出事，乔大姐东拼西凑，还是找了三万块给了乔母。

乔老太骂骂咧咧地说乔大姐小气，亲弟弟都成这样了就拿这么点钱。

乔大姐心里蓦地一酸。

就是这三万块也来得不容易，老公虽然没说什么，但是婆婆特别不高兴，为了这三万块钱她受了多少罪？但乔老太只觉得她小气。

乔大姐突然间眼圈红了。

乔源是她亲弟弟，她为了乔源东奔西走地找钱，可她的孩子都快三岁了，乔老太以及乔父、乔母连一罐奶粉都没给她的孩子买过。

乔大姐越想越伤心，越想越难过，她老公走过来默默地揽住了妻子的肩膀，乔大姐抓住老公的胳膊，控制不住地哭了起来。

乔大姐好欺负，乔父、乔母要了三万块钱过来，可乔二姐那边就难了。

按理说乔二姐嫁的老公更有钱，之前还给了乔母两万块钱的零花钱，遇到这种事理当掏得更多，结果这次，乔二姐抠得一毛不拔。

一句话，就是没有。

乔母震惊，你怎么可能没有，你老公呢？

不提还好，一提起老公，乔二姐更憋屈了。

自打之前她将老公新投资的火锅店的经营权要了过去，本想轰轰烈烈地大干一番，结果谁能想到，开门还没一个月，直接被吊销了营业执照。

店没了，投资的上百万直接打了水漂。

平时还算宠她的老公，那天直接发飙，之后一段时间天天骂她，有次喝酒还动手打了她。

乔二姐吓得哭了一晚上，可她到底不敢和老公哭闹。

店确实是因为她才没的，钱也是因为她没的，而且她哪里敢和老公闹，如果将老公惹毛，指不定她现在的一切都没了。

乔二姐自从嫁了一个有钱老公后，没少在以前的朋友和亲戚面前嘚瑟，如果有一天自己没法再靠着老公，当初那些人会怎么看她怎么想她，乔二姐想都不敢想。

所以就算老公再怎么横，她都得受着，不但受着，每天还得想方设法地伺候着让老公满意。

可即使这样，事情还是朝着她不能控制的方向狂奔而去。

乔二姐不但把新投资的店弄没了，还连累罗年家的店倒闭。罗年的父亲和乔二姐的老公关系很好，这事弄得乔二姐的老公特别没面子，对不住人家。

一起的朋友都感叹，果然穷乡僻壤出来的打工妹靠不住，也就长得漂亮了点，除了长相一无是处。

虽然说以前的嫂子年纪大了，但到底是和他当初一起上大学还帮他打拼过的女人，孩子教育得优秀，帮他管理酒店也管理得井井有条。

结果离了婚娶了现在这个，不说工作量比以前加倍了多少，现在直接上百万全没了。

乔二姐的老公幡然悔悟，想起来只觉得自己当初糊涂，再回想已经许久不见的前妻，突然还有些想念，还有跟着前妻走的女儿，其实自己也想得紧。

后来他实在没控制住，又去见了前妻，结果前妻已经有了新的稳定的感情，他只能补偿了前妻和女儿一大笔钱，后边每隔几天还会去看看女儿。

乔二姐听说了这事也不敢和老公闹，又打听到那个前妻已经快结婚了这才放心，可没等放心多久，老公回家的次数越来越少，有时候甚至彻夜未归。

乔二姐坐不住了，跑出去盯了老公好几天，终于发现老公又和另一个女人走得很近。

乔二姐打听清楚了那女人，已经二十七岁了，而且离过婚，她越想越不是滋味，终于鼓足了勇气去和老公抱怨。

对她越来越冷淡的老公低头看了她一眼，一句话就将乔二姐打回了原形：“人家可是正经名牌大学毕业的高才生，你是不是连这个大学都没听过。”

乔二姐一直和所有人吹嘘的理念瞬间崩塌。

她一直觉得自己年轻漂亮，那些名牌大学生都要叫她一声“老板娘”，同样的年纪，她甚至更年轻，她可以住别墅、开豪车、戴钻戒，许多大学生一个月也不过几千块钱的工资，每天还起早贪黑。

乔二姐对此感到无比优越，后来甚至想将乔岚也拉下水，结果还没等将乔岚拉下水，乔二姐已经成了一只落水狗。

乔二姐终于后知后觉地明白了一个道理：一个能抛弃妻子找她的男人，完全有可能抛弃她再去找别人。

而将所有的希望寄托在这样一个男人身上，有朝一日注定会被抛弃。

第十二章

解脱

乔二姐现在自身都难保，每天抱着刚刚会说话的儿子，生怕一个不小心自己就要从这别墅里滚出去，钱也不敢和老公要了，哪里还有钱给乔父、乔母。

而且乔二姐一直都知道老公看不起她的家人，更不喜欢她在他跟前提起乔父、乔母，现在乔母想和她要这么多钱，乔二姐哪里敢提。

乔二姐不想让父母知道自己现在的落魄境遇，所以怎么也不和乔母说明原因，就说自己没钱。乔老太在一边听着乔二姐和乔母打电话，越听越来气，她就觉得是乔二姐不想借钱，拿着钱买车、买钻戒都不愿意救自己的亲弟弟。

乔二姐在老公面前㞞，对着乔老太可一点都不㞞，两人隔着电话便吵了起来。等吵完后，乔二姐发誓自己一毛钱都不会给乔家，乔老太顿时又有些后悔，急忙想再说什么，乔二姐已经挂了电话，等再打过去时已经直接被拉黑了。

从两个女儿手里最后就要到了三万块钱，连手术费的零头都不够，乔母气得一边骂乔二姐，一边哭自己的儿子命苦。

第二天再去医院的时候，乔母终于不敢再对着医生乱发脾气了，小心翼翼地问医生，和医生打听医保的事情，想问清楚如果做了手术，医保能补多少。

医生说手术费可以报很多，但是肾脏是一毛钱都不会减的，乔母听完又哭了，哭完又开始记恨其他人，记恨两个女儿，甚至记恨班主任。

她找到学校里和班主任闹，说班主任不作为，管不好学生，让儿子摔着了，又疯了似的抓住当初和乔源打球的几个男生，说是不是他们故意推的她儿子，好端端的人怎么可能摔倒。

但小篮球场旁边有摄像头，摄像里的乔源还真是自己把自己摔着了，根本没人推他。

乔母气极，不知道从哪儿打听到，乔源是为了班里一个女生特意去打篮球的，堵住女孩将人家大骂一顿，说她不学好，引得他儿子受伤，想让女孩家里赔钱。

被乔母这么闹了一场，同学和老师从一开始的同情到最后只剩下厌恶，尤其是那个女孩，更是气得恨不得乔源一辈子躺病床上，别起来再祸害人。

乔母发了好多天疯，还是一点钱也没弄到，整个人老了好几岁。

她和乔老太一起在病房里照顾乔源，听着医生的话，乔老太突然从凳子上蹦了起来，抓住医生急忙道："肾脏不一定要买你们的吧。我家还有个孙女，就比我孙子大两岁，绝对健康，不能把她的肾换给我孙子？"

乔母一愣，蓦地抬起头来，顿时像看见了新世界，眼睛都亮了起来。医生的眉头瞬间皱了起来。

乔老太口中的孙女并不在这里，乔老太就直接做主说要将孙女的肾换给孙子。你孙子缺一颗肾就要死要活，你孙女把肾给了旁人就剩一颗肾，怎么就不见你们心疼？

医生着实讨厌这种重男轻女的家庭，语气冷了下来："并不是亲人就一定适配。"

"不管适配不适配，先把人叫过来查一查，如果适配呢？"

医生沉默了好半天："这种事还是需要本人同意才可以。"

乔老太双眼一瞪："把她养了这么大，难道是吃白饭的？"

病房里的其他几个病人以及医生护士们，面上皆是一言难尽，这年头居然还有这样的家长，也不知道他家姑娘造了什么孽，给这些人当女儿。

可乔老太、乔母完全不管，她们终于看到了曙光，一时间只剩高兴了。

只要有肾脏，十几万二十万的手术费，贷贷款还是能办到的，更何况还有补贴。

乔母终于回家睡了个好觉，第二天一大早就赶到附中，找到了乔岚的教室，让学生喊乔岚出来。

结果乔岚根本什么事情都不知道，乔母气得又骂了乔岚两句，说乔岚不知道关心弟弟，乔源都住院住了这么久了，居然什么都不知道。

乔岚这才恍然大悟，原来之前那个摔伤的高一学生就是乔源。

乔岚半点没心疼，甚至有些幸灾乐祸。

“乔源住院了你不去陪着，跑来找我做什么？”乔岚道，“我又不会给你儿子看病。”

“什么叫我儿子！”

乔母跳了起来：“源儿不是你弟弟吗，你还有点当姐姐的样子没有？”

“我没有偷了钱赖给姐姐的弟弟。”乔岚冷声打断了乔母，“别跟我打感情牌，有事说事。”

乔母没想到乔岚居然知道那钱是乔源偷的，被乔岚直接戳破后脸上一僵，但也只是一瞬间，她意识到自己再教育乔岚好像也教育不了了，当即说明了来意。

“你请一天假，跟我去医院一趟。”

“去医院做什么？”

“你弟弟摔了一跤，右边的肾摔裂了，刚刚做手术取了出来。”乔母说到这儿又开始哽咽，“医院一个肾要几十万，咱家哪里能掏得起。”

乔岚心头涌上不太好的预感，却依旧有些不可置信，她想到了什么，又觉得这太荒谬了。

没等乔岚想多久，乔母直接帮乔岚确认道：“亲属提供肾脏就不用花钱在医院买了。你跟我去医院走一趟，看和你弟弟能不能适配，适配的话……”

乔母难得地突然有些说不出口。

乔岚深吸一口气，简直要被气笑了：“适配的话把我的肾脏取出来给乔源？”

乔母当即点点头：“你弟弟伤了几天瘦了一大圈，医生说少一颗肾以后肯定对身体有影响，你弟弟才这么大点。”

“乔源少一颗肾脏对身体不好，我少了就无关紧要了？”

乔岚觉得不敢置信，她每次都觉得乔家人已经坏到极致了，可是他们依旧有办法刷新乔岚的认知。

“你一个女孩子……”乔母脱口而出，等说出来后才猛地收了回去换了个说法，“你先给你弟弟，以后咱们有钱了再帮你找合适的。”

“为什么不是等有钱了以后再帮乔源找合适的？”

乔母语塞片刻，大抵是说不过乔岚，恼羞成怒道：“你怎么就没有一点良心？你弟弟都成这样了，你一点都不担心还说这种风凉话。我和你爸要不是年纪大了不合适，哪能轮得到你，医生说了少一个肾对以后没什么影响，你就给你弟弟一个又怎么了？”

“没什么影响乔源还需要什么肾脏？”乔岚不想再和乔母说一句话了，再多说一句她觉得自己会被这家人恶心死。

“乔源怎么样不关我的事，如果一定需要你们想办法凑钱，不要来找我，我没有义务为了你儿子搭上我自己，放开我，再不放开我就找保安了。”

你还找保安？

你还想让人直接把你亲妈赶出去？

乔母气得脑袋都昏了，抓住乔岚的手腕死都不让乔岚走。

“行，你不去医院也行，你上次答应给的钱，现在就给我。”

“我上次说了等高考后。”乔岚想甩开乔母的手，乔母却死死抓住她，“我不管，你不给你弟弟肾脏就给钱，我把你养了这么大，简直养了一个白眼狼，你这女儿我也不要了，你把钱给我。”

“我从来没有义务给你钱，上次答应给你钱是我良心未泯。”乔岚一字一句提醒乔母，“我想给你就给你，不想给你，你一点办法也没有，我说了高考后给你钱，你如果再继续闹，高考后我也不会给你一分钱。”

如果是以前，乔母也许真的就放弃了，可一想还躺在病床上的儿子，还有乔岚坚决不同意的态度，好不容易压下去的疯癫瞬间又升腾了起来。

“一个两个全是白眼狼！你二姐没良心，你也没良心。”乔母咬着牙，她一直坚信乔岚能掏出几十万是因为有个有钱的同学。

“行，你不给是吧，不给我就天天来学校闹，让所有学生还有老师都知道你对家人见死不救，我看你高三能不能上安稳，我看你还能不能去高考。不给是吧，你一天不给我一天不让你安生，我们不好过你也别想好过。”

她撕扯着抓住乔岚的衣服，乔岚怎么扯都扯不开乔母的手，身后陡然有人快步走过来，一只极有力的手抓住乔母的胳膊，将人架开，然后将乔岚拉了过来。

郯墨紧紧揽着乔岚将她护在怀里，那双向来含着笑意的眸子，此刻只剩一片寒冰。

乔母闹得动静太大了，惹得许多学生都出来围观，白钰和几个关系好的学生从教室里边冲了出来，就连旁边办公室里的班主任和一众老师都急忙跟了出来。

几个老师上前急忙将乔岚护在后边，又快速通知了保安，保安迅速赶过来，准备将吵吵嚷嚷的乔母拉走。

乔母一边撕扯一边指着乔岚大骂，骂她没心没肺见死不救，说要不是父母给她这么漂亮的脸蛋这么聪明的脑子，她哪能有今天的日子。

保安使劲要将乔母拉走，结果被乔母挠了好几把。

周围的学生议论纷纷，乔岚静静地站着注视着乔母的方向一动不动。

好不容易乔母终于离开了，班主任等人一回头就看见被郯墨紧紧揽在怀里的乔岚。

“咳咳。”正要说话的班主任顿时很尴尬。

“那个，乔岚啊。”班主任又咳了一声，“一会儿来办公室一趟。”

乔岚这才后知后觉地发现自己被郏墨揽在怀里，乔母的到来让她感觉很累，而贴着她背的胸膛又让她觉得难得地安心，这一刻乔岚真的想就这么一直靠在郏墨怀里。

只可惜她不能，现在周围的环境也不允许。

乔岚不是乔家真正的女儿，但乔母今天的行为还是让她愤怒到情绪失控。

这样的人有什么资格成为父母？

不对，他们确实是全心全意为孩子的父母，为了乔源什么都能做，只不过除乔源以外其他的女儿，在他们心里大抵根本算不上自己的孩子。

换肾，这么荒谬的事情，乔母居然能一本正经地说出来。

乔岚跟着班主任去了办公室，留下一众议论纷纷的学生与目光紧紧落在她身上的郏墨。

等乔岚从班主任的办公室出来后，办公室里的几个老师都被乔母气到肺疼。班主任左想右想，实在气不过，想起上次乔母通过他找乔岚好像留了电话号码，转头给乔母打电话，想做做思想工作，结果被乔母一通撒泼给撑了回来。乔母一口一个我们家的事关你什么事，还说班主任狗拿耗子多管闲事。班主任挂了电话大骂，乔岚这么好的孩子怎么就有这么奇葩的父母？

同学们不知道到底发生了什么事，不过等过了两天，凡是了解八卦的学生几乎都听说了，因为乔母想方设法地混进学校里来找乔岚，就像乔母说的那样，不达成目的自己不好过，那就绝对也不让乔岚好过。

乔母在遇上乔源的事后简直就像一个疯子，而且因为乔岚的拒绝，她偏执地认为乔岚一定可以和乔源适配，所以行为越发激进。

正好这段时间高三在补课，学校的警卫管理没有之前那么严格，又被乔母钻了两次空子后，学校加强了警戒。乔母实在进不来了，她又不知道从哪里打听到了乔岚的电话，还有乔岚宿舍另外一个关系好的朋友的电话，每天不是打电话就是发短信。

乔岚自己被骚扰也就算了，但是因为自己的事情打扰到了别人，这就是乔岚不能忍受的了。尤其还有项小寒，她本来对乔岚有意见，最近借着机会没少呛乔岚，问她能不能处理好自己的事情。

大家一开始不知道发生了什么事情，有些对乔岚不友好的学生还听信了乔母的话，以为乔岚不孝顺，说她人品不过关。等后边乔母闹得多了，大家终于知道了事情原委，再也没人说乔岚的不是了。

毕竟为了亲弟弟把自己的肾贡献出去这种事，简直让人无法理解，很多人都感叹乔岚怎么有这样的父母。

18 班的学生知道得更多一点，比如乔岚宿舍的所有人都知道，乔岚家里已经有两年没给过乔岚一分钱，乔岚所有的学费都是自己打工赚的。

郝英想起当初乔岚对自己说的话，她说自己没有他想象中活得那么轻松，那时郝英不明白其中的意思，现在终于明白了。

她真的远比他想象中活得辛苦得多，而知道此事后的陈曜阳也为此沉默了许久。

和乔岚关系好的同学都开始想办法给乔岚支招，有人让她不要管，有人说让她报警，也有人说要不就去医院试一试，指不定根本不适配呢。

但马上被其他人反驳了去，如果不适配那自然万事大吉，但是如果真的适配呢？那不是直接把乔岚往火坑里推？

报警根本行不通，乔母是乔岚的亲人，警察不会管这些事情。但也不能不理会乔母，她现在就像个疯子，乔岚现在高三就剩最后两个月，如果任凭乔母这么闹下去，乔岚的学习效率一定会大受影响。

就是因为乔岚和乔母之间斩不断的血缘关系，让这件事变得越发棘手。

有一天乔岚和陈曜阳擦肩而过时，陈曜阳突然喊住了乔岚，乔岚停住脚步，陈曜阳看着她好半天才道：“如果需要帮助，需要钱，可以找我。”

乔岚微微诧异。

因为一开始陈曜阳对乔岚的态度太恶劣，乔岚一直对陈曜阳印象不好，后来两人也没什么交集，所以陈曜阳突然这样说，乔岚实在没想到。

乔岚真心实意地谢过了陈曜阳，但还是说了拒绝。

之后郝英也找她说可以借钱给她：“你妈妈不就是缺做手术的钱吗，我可以借你，虽然不是太多，但聊胜于无。”

乔岚依旧谢过了郝英，拒绝了他。

她知道这是大家的好意，可她不喜欢欠其他人的人情，也不喜欢麻烦别人，更不喜欢所有人以一种可怜她的态度去帮她，她还没有到走投无路的时候。

乔岚想打起精神好好听课，但还是有点难，她真的很累。

她将脑袋埋进胳膊，脑子里全是乔母的事情。

乔岚想的远比其他人想得多。

除去最紧迫的换肾，乔岚想的还有如何真正断绝和乔家的亲属关系，或者想办法剥夺乔家人对她的抚养权还有监护权。就算这次的事情处理完了，她也不能保证乔家人以后不会继续做什么。

实在不行，她可以去求助法院，虽然会很耽误时间、影响学习，但如今已经这样了，最坏又能坏到哪里去。

郯墨转头看着乔岚，想了想，从书包里拿出一根棒棒糖，递给了乔岚。

乔岚接过糖，将糖纸撕开，甜甜的味道充斥了整个味蕾。

乔岚呼了口气，脑袋依旧枕在胳膊上，脸转向郯墨那边看着郯墨。

“墨墨。”乔岚叫了郯墨一声。

“嗯。”郯墨认真看着她。

“我好累啊。”乔岚道。

她不想在外人面前示弱，可郯墨对她而言并不是外人。

郯墨是她最重要的人、最亲密的朋友、最亲近的家人，也是她，小心翼翼放在心里的人。

乔岚从来都是一个人，从来不会依赖其他人，从小缺爱的女孩最清楚的一个道理就是：靠人永远不如靠自己。

可是她认识了郯墨，这个曾经一直被她保护依赖她的男孩，现在长大了，长高了，不知道在什么时候慢慢发生了变化，乔岚后知后觉地发现，自己对郯墨有多依赖。

乔岚想起几天前郏墨将她揽在怀里的时候，她原本感觉背后空无一物，往后退一步就会陷入一片黑暗，可就在那个时候，郏墨出现在了她的身后。她退了一步，身后不是黑暗，而是温热的胸膛。

就像现在，她真的好累，她不想和其他人示弱，却想在郏墨面前这样，这个分明没有比她大的男孩子，现在成了她唯一能抓住的依靠。

她想像上次那样抱一抱他，或者想让他碰一碰她，乔岚知道自己又开始胡思乱想了，却控制不住。

人在脆弱的时候，太需要温暖，需要依靠了。

乔岚直直地看着郏墨，正想说些什么，郏墨却突然伸出了手。

温热的手自乔岚的视线中上移，最后落在乔岚的发间。

郏墨摸了摸乔岚的头发，轻柔而又认真。

“累了闭上眼睛休息吧。”郏墨道，“没事的。”

少年看着女孩的面容，眼里是温情，是怜惜，是所有人一眼就能看明白的感情，可等离开学校后，所有的一切全部消失，那双眸子只剩阴霾。

陈伯在前边开着车与郏墨道：“已经联系好了。”

郏墨“嗯”了一声，低头看了眼时间，下午五点四十八分，距离约定的时间还有四十二分钟。

不紧不慢地吃完饭，又拖过了约定的六点半，郏墨这才姗姗来迟地来到与人约定好的地方。

一家乔父、乔母这辈子也没有来过的高档餐厅。

这里最大的好处——安静、保密。

乔父、乔母看着周围精致华丽的装潢，又看看菜单上价格惊人的菜品，吓得到底没敢动。

直到将近七点的时候，外边终于走进来两个人。

一个与乔岚年纪差不多的相貌非常出色的少年，一个跟在少年身后的中年人。

乔父、乔母急忙站起来，满是谄媚道：“没想到联系我们的人这么年轻，这么帅气。”

郏墨似笑非笑地看了乔父、乔母一眼，乔父、乔母顿时拍不出马屁了。乔父使了个眼色给乔母，乔母迫不及待却又小心翼翼道：“那个，你说你可以帮我们给源儿找到匹配的肾源，还帮我们出钱，不是开玩笑的吧？”

郯墨抬眸：“开玩笑你们就不来了？”

“那肯定不是开玩笑的！”

乔母急忙又道：“我就说我源儿吉人自有天相，这世上到底好人多，真的是太感谢您了。”

“先别急着感谢。”郯墨淡淡道，“我可以帮你们，但是有条件。”

“什么条件？”

郯墨抬眼，看着掩不住急迫的夫妻俩。

两人为了儿子可以做到这种地步，郯墨想起乔岚无措却又疲惫的样子，心中只剩心疼。

“放弃对乔岚的监护权、抚养权，与乔岚分户。”郯墨道，“从此和乔岚断绝一切关系，如果能做到……”

话音未落乔父已经迅速表态：“能做到！”这有什么做不到的！

“别着急。”郯墨垂眸，缓缓喝了口水才继续道，“从此以后你们家的任何一个人，不许见她，不许找她，从她眼前消失得干干净净。如果你们能做到，那大家都相安无事，如果做不到……”

少年浅褐色的眼眸眯了起来，一字一句道：“如果做不到，我就让人将装给你儿子的肾重新挖出来，怎么把肾装到你儿子身体里的，到时候我就怎么把它弄出来。”少年看着哗然变色的夫妻俩，悠悠道，“我说完了，现在你们可以好好考虑考虑。”

郯墨血淋淋的威胁顿时将乔母刚刚的一点小心思给吓了回去。

之前和她联系的人是跟在少年后边的那个中年人，乔母是在又想法子去学校找乔岚的时候遇见这个中年人的，这个中年人找到她说，他可以帮她支付乔源肾源的钱。

这对乔母而言简直就是喜从天降。

回家后乔老太高兴地说肯定是老天不忍她的乖孙儿受苦，所以让好心人来救他，乔母高兴了两天后慢慢察觉出来不对。

但那个中年人什么都不透露，乔母也不敢多问，她猜测会不会跟乔岚有关系，但没敢太往那边想。

毕竟乔二姐跟那么有钱的人结婚了，都没能给家里一点好处，更不用说乔岚了！

直到刚刚郯墨明确地说出了自己的要求后，乔母终于能肯定，这个少年就是为了乔岚才帮乔源的。

乔母心中大震，虽然之前就猜到乔岚的同学肯定有钱，但是绝对没有想到会有钱到这种地步，几十万在人家眼里就跟几块钱似的。

知道了这点，乔母的心思顿时跑远了。

看来乔岚的同学比乔二姐家更有钱，而且对乔岚的感情不是一般地深。

乔母整个人眼睛都亮了。

乔岚到底是她女儿，这少年这次可以为了乔岚给乔源找肾源，那以后她指不定可以靠着乔岚讨更多的好处。乔母本来觉得自己有求于这个少年，所以一开始说话的时候低了郯墨一截，等知道郯墨的来意后，顿时觉得自己有了底气，觉得是郯墨有求于她。

谁让她是乔岚的亲妈。

她正在心里美滋滋地打算盘，打算提点条件。

这少年要她和乔岚断绝关系，乔母心道她就是答应了，以后再找乔岚又能怎么样，结果郯墨一句话将她吓得什么都忘了。

挖……挖出来？！

这都是法制社会了！还能这么无法无天？

乔母不敢置信地瞪着郯墨，可这少年悠悠的态度很明确地告诉她，他没开玩笑。

陈伯适时地添油加醋道：“你们不信大可试试。对了，差点忘了一件事，之前乔岚的二姐介绍了一个人给乔岚，如果没记错，是姓罗吧？现在家里已经破产了吧？”

乔父、乔母震惊。

他们当然知道罗年家破产的事情，当初罗家破产，乔母还说还好没把乔岚嫁到罗家，要不就亏大了。

其实罗年家的破产根本不是偶然，而是因为眼前这个少年？

乔父、乔母终于怕了。

他们觉得刚刚这个少年的威胁，不是儿戏。

乔母吓得咽了口唾沫，有些犹豫不决，乔父却急急忙忙道："只要能救我儿子，以后我们绝对不会去找乔岚！"

乔母抓住乔父的袖子让他别冲动，乔父回头就瞪乔母，压低了声音恶狠狠道："儿子重要还是钱重要！"

乔母一震，不敢再多言了。

乔父赔着笑与郯墨道："那我们现在是不是该去医院？"

"不着急。"郯墨淡淡道。

"怎么能不着急！"

乔母又憋不住了，拧着眉头道："我们都答应了！"

陈伯替郯墨开口："我们少爷刚刚说了，给你儿子看病的要求是你们放弃对乔岚的抚养权、监护权，然后给乔岚分户，等这些全部完成后再给你儿子做手术。"

"那不行！"

乔母一口否决："先给我儿子看病，如果我儿子好不了，我就不答应。"

郯墨似笑非笑地看着乔母："你是在威胁我？"

"我……"乔母一愣，一时间没反应过来自己说错了什么，转头就看见乔父一副想打人的模样。

郯墨轻笑一声，慢悠悠道："根据法律，出卖、遗弃、性侵害、虐待、暴力伤害未成年人的，或者将未成年人置于无人监管和照看的状态，导致未成年人面临死亡或者严重伤害危险，经教育不改的，经法院判定后可剥夺父母的监护权。"

乔父急忙道："我们没有。"

"你们逼迫子女捐献肾脏，两年内没有给乔岚一分钱的抚养费，被告到法庭后就不是这么简单地谈一谈了，"郯墨道，"你们自己想清楚，是你们主动还是我动手。"

乔父、乔母就是两个法盲，卖女儿这种事干了不止一次，根本不知道其实早就触犯了法律，一听自己居然犯法，顿时又㞞了。

“还有，”郑墨继续道，“你们自己好好想清楚，你们儿子的身体重要，还是和乔岚的关系重要，我可以慢慢等，就看你们儿子能不能等。”

乔父总算是看清楚了，这少年根本不像长的那般无害，他和乔母根本不是他的对手，而且他们还有求于他。

乔母始终不甘心，总觉得放弃这么一条大鱼太吃亏，借口说要去上厕所，查了一下剥夺监护权和分户的要求，看网上说分户需要年满十八岁，以及分户人必须有一套房产。

她顿时觉得又有戏了。

乔岚没有房产，她就看乔岚怎么能把户口分出去。

这回她再没有和郑墨唱反调，老老实实地同意了郑墨的要求，倒是让乔父微微有些诧异。

等谈话终于结束后，乔母把自己刚刚查到的消息告诉乔父，乔父想想也对，这可不是他们不同意，而是法律根本不允许。

等陈伯那边通知他们，让他们跟他一起去派出所和社区验证消息的时候，乔父和乔母都傻眼了。

乔岚确实没有房产，可等需要出示房产的时候，陈伯居然真的拿出了乔岚的房产证！

郑墨的母亲还活着的时候，在本市有两套别墅，一套在市区，一套在环境更好的近郊。郑墨回来后不喜欢太大的房子，所以另住了一套小复式，两套别墅倒是一直空着。

郑墨在乔岚完全不知情的情况下，将自己名下的一套过给了乔岚。

乔母偷偷看了一眼乔岚名下的那套房子，惊得眼睛瞪得老圆。

她虽然没看清房子有多大，却看清了地段！

那地段的房子全是别墅，周围环境一等一地好，一套房子的价格起码在八位数以上，结果这少年直接给了乔岚这么贵的一套房子？！

乔母又一次被震惊，又一次开始蠢蠢欲动，可也又一次真正相信了郑墨口中的威胁。

陈伯不管失魂落魄的乔母，现在所有需要分户的条件，全部满足。

乔父、乔母傻眼看着不过几天，乔岚就有了一本属于自己的户口本，从此脱离了乔父、乔母。乔父、乔母被剥夺了对乔岚的监护权和抚养权，从此凡是法律上可以将乔岚和乔父、乔母绑在一起的条条框框，全部被郯墨清扫得干干净净。

乔岚和乔家，终于再也没有一点关系了。

只要有钱，医院那边迅速就位，乔源的手术也排上了日程。

陈伯将刚刚办好的户口递给郯墨："等这周周末，岚岚来家里的时候就可以给她了。"

郯墨打开户口本，盯着乔岚的名字看了好半天，是干干净净的一页。

郯墨合上户口本，抬头看着陈伯，道："去学校一趟吧。"

陈伯笑呵呵道："这么迫不及待想给岚岚一个惊喜吗？"

"不全是。"郯墨指尖轻轻抚在乔岚的名字上，道，"她最近因为家里的事情一直心情不好，晚上都睡不着。"

这还是白钰和郯墨说的。

白钰有一天晚上睡得有点晚，这才发现乔岚晚上睡得不是很好，于是转头就将这件事告诉了郯墨。

郯墨很是心疼。

当然除此之外，他确实有点迫不及待地想告诉乔岚这个好消息，直白地讲，郯墨就是想去邀功。

他即使平时装得再淡定，有时候却还是和小孩子一样。

等到了学校，已经过了晚上十点，郯墨站在宿舍楼下，却又迟疑了。

乔岚会不会已经睡了？自己是不是来得太晚了？自己这样明显的态度，会不会让乔岚看出什么？

补课期间是不用上晚自习的，通校生不用去，住校生也没有硬性规定，想去就去。

但是在教室看书的效率绝对要高过在宿舍，乔岚和白钰在教室上晚自习上到九点半才回到宿舍。

住宿生的人数并不是太多，而且现在更是只有高三的学生而已，所以偌大的宿舍看起来空空落落的。今夜下着小雨，天空中飘着细碎的雨丝，宿舍楼下的路灯昏昏暗暗地亮着，将每一丝细雨照成朦朦胧胧的模样。

乔岚在宿舍看了会儿书，有些昏昏欲睡，便下床去了小阳台，想要吹吹凉风，稍微清醒一点，她低头看着簌簌落下的雨在地上浅浅度铺上一层水雾。

有人站在路灯下，静静地站着，似乎在想些什么。

乔岚只不过扫了一眼，却蹙起了眉头又看了过去。

路灯下的那身影，眼熟得让她根本不需要辨认，一眼就能看出来。

那是郯墨。

郯墨为什么会在这里？

乔岚迅速回到房间往楼下跑去，白钰一脸蒙地跟在后边喊："你干吗去啊？外边下雨呢！"

"有事。"乔岚的声音飘荡在楼道里，白钰不解地去了阳台，想看看乔岚到底去做什么。

路灯昏暗，不该出现在这里的少年站在昏黄的灯光下，什么都没有做，只是站在那里，不知站了多久，终于转身往校门的方向走去。

白钰下意识想喊郯墨等一等，刚刚冲下楼的女孩也出现在了同一片灯光下。

白钰不知怎的，突然松了口气。

女孩跑得很急，迅速追上了走得异常踌躇、异常缓慢的少年，大概是喊了少年一声，郯墨蓦地转头，下意识伸手扶住了跑得很急的乔岚。

从白钰的角度看去，两个人离得很近，灯光、细雨、少年、少女，组合在一起的画面，美得让白钰有些心动。

郯墨完全不知道白钰乱七八糟的想法，他没有想到乔岚居然看见了他，一时间有些惊慌，却又说不出地满足。

"这么晚了怎么突然过来啊？"乔岚道，"是不是有什么急事？你一个人吗，陈伯呢？过来怎么都不打电话，要不是刚刚看见你……"

郯墨看着少女絮絮叨叨的样子，唇角不受控制地上扬，轻声笑了。

这么晚这么冷来看你是因为想你。

过来不打电话，不让你知道，是因为怕你发现我的心思。

他有好多好多话想同乔岚说，却什么都不能说。

他想在这一刻将跑得太快连外套都没有穿的女孩抱在怀里，想握住她的手试一试她手上的温度，可他也不能这么做。

天空在下雨，就算郯墨还想和乔岚继续说话，但到底心疼她穿得太少。

他看着乔岚笑了笑："刚刚和陈伯处理了点事情，正好有个惊喜想给你，又觉得有点晚了，所以还是想明天再给你。"

他已经学会了骗人，学会了怎样去掩饰真正的情绪，天衣无缝，乔岚根本看不出。

乔岚也笑了："什么惊喜需要这么着急？"

可等接过郯墨手中的东西，乔岚完全怔在了原地。

在被乔母纠缠的这些天里，乔岚查了无数资料，问过了能问的所有人，她深知分户有多难，尤其是在有乔父、乔母的情况下，更是难上加难。

可郯墨全部处理好了。

他什么也没有说，轻描淡写的模样，就像一切真的很容易一样。

乔岚手指摩挲着暗红色的小本子，声音在自己也不曾发觉的情况下染上了哽咽。

"你给了她什么？"乔岚声音有些抖。

"让乔源做了手术而已，没什么的。"郯墨道，他低头看着乔岚柔声道，"法院已经剥夺了他们的监护权，以后他们再也不会纠缠你，怎么了，怎么突然哭了？"郯墨游刃有余的态度骤然变了，少年一瞬间变得手忙脚乱。

他笨拙地蹲下来一点帮她擦脸，平时学的所有话全忘了。

"真的没什么，一场手术的钱换你以后安安稳稳，我觉得很值得，岚岚，别哭了好不好，天气冷眼睛要哭坏了。"

他声音陡然一滞，扑进怀里的少女将泪湿的脸颊埋在他锁骨的地方，烫得他瞬间失去了所有的言语。

乔岚抱住了郯墨，眼泪依旧止也止不住。

她不想哭的，却忍不住一直掉眼泪。

对于寻常人而言，就算没有一个将你疼到骨子里的人，还有一路为你保驾护航的爱你的父母，可是乔岚什么都没有。

她总是拼尽全力一个人往前跑，一个人走得太久，根本不知道有人依靠是什么样的感觉。

这段时间是她最无措、最疲惫的几天，没有人知道乔岚每天还能正常上课需要多强的意志，没有人知道再有一点小小的挫折，她也许真的再也挺不住了。

她原以为自己会是一个人，却在自己也不曾知道的时候，有另一个人在保护她，拯救她。

都说万物皆有裂缝，而郏墨，是乔岚黑暗的世界里，光照进来的地方。

郏墨清楚地记得，自己曾经在一年前的生日那天，悄悄许下一个生日愿望。

那时候的他依旧还是个站不起来的残疾人，那时乔岚问他想要什么生日礼物，他同乔岚在自习课上共用一个耳机，听着《一次就好》：

想看你笑，想看你闹，想拥你入我怀抱。

他听着歌，许下了生日的愿望，他想要一个拥抱，一个乔岚的拥抱。

可是郏墨到底没敢将如此简单的生日愿望告诉乔岚。

那年生日过去，又是一年生日到来，如今距离那次许愿已经过去了一年，郏墨终于体会到了将乔岚拥在怀里的感觉。

郏墨一动不敢动。

他想起很小的时候，也会有人经常想抱他，可拥抱的感觉让他浑身僵硬，落在身上的触感更让他忍无可忍。

他拒绝别人的接近，拒绝拥抱这种表达亲密的动作，却在认识乔岚后开始一次又一次地期待。

乔岚的拥抱依旧让他浑身僵硬，却与曾经所有的感觉全然不同，因为无措，因为不敢置信，更是因为兴奋，郑墨甚至在心里不自觉地希望，乔岚抱着他的手可以更加用力，可以让他们之间更加密不可分。

这是他这辈子距离乔岚最近的时候。

乔岚的声音轻得像是自言自语的喃喃，可郑墨依旧听见了。

乔岚说郑墨你怎么可以这样。

郑墨以为是乔岚在怪他，乔岚却继续道："你这样，让我以后怎么办，我离不开你怎么办……"

郑墨心中的话一瞬间脱口而出：

"那就永远不要离开。"

那怎么可以，你总会长大的，等长大后会遇见其他的人……乔岚下意识想这么说，却在开口的一瞬间顿住了。

乔岚指尖轻轻一颤，就像是因为这一刻自己心头萌发的恶念，而让她羞愧不已，却又忍不住继续这么想下去。

郑墨总归会长大的，总归会明白的，等他长大后明白后会遇见其他的人。

可是……

如果一定会有这么一个人……

为什么这个人不能是她呢？

他还小，她是不是可以慢慢陪他长大？他不懂，她是不是可以一点一点地教他？他不可能一辈子永远只是一个人，不是吗？他说"那就永远不要离开"，说明他同样希望她能和他一直在一起，不是吗？

虽然郑墨的感情同她不一样，可是想和对方在一起不想分开的想法是一样的，郑墨说他们要一起考到一个城市，一起考到一个大学，未来的很多天他们依旧可以像如今这样，一切皆有可能，不是吗？

即使在其他人面前再游刃有余，郑墨在乔岚面前也总是不知所措，他后悔自己的执拗，却忍不住期待乔岚的回应。郑墨脱口而出的真实想法让他陡然清醒过来，而半晌后一直没能等到乔岚的回应，更是让郑墨本就忐忑的心越发七上八下。

就在这时候，郑墨听见耳边女孩轻柔的应答声，她说："好。"

乔岚能感觉到自己在说出“好”字后，郯墨的喜悦。

过了好一会儿乔岚才后知后觉地发现，自己抱着郯墨的双手早就冻得发麻。

她下楼急，身上就穿着在宿舍里穿的单薄外套，如今天空正在飘着细雨，刚刚心情太激动没有发觉，现在才感觉到浑身已经冻透了。

乔岚下意识想松开郯墨，就像往常一样让郯墨早些回去，可心境早与之前不同，伴随着不可言说的罪恶感，乔岚突然小声道：“墨墨，我冷。”

郯墨觉得是不是因为乔岚的回应而太兴奋，以至于出现了错觉，要不然他怎么会从乔岚的这声“墨墨”里边听出一丝丝撒娇的口吻。

第二批上晚自习的学生陆陆续续地回来了，每个人路过时难免往乔岚和郯墨这边看一眼。

郯墨挡住其他人的视线，他仔细辨别着乔岚的这句“我冷”。

乔岚说自己冷，那他是不是该放开她，让她早些上楼去休息？可郯墨舍不得，这样的拥抱，不知道得等到什么时候才有下次了。

郯墨最终脱下外套，把乔岚裹了起来。

周围路过的正好将一切尽收眼底的同学忍不住一声惊呼，在阳台上看热闹的白钰更是捂着嘴大喊了一声。

最后郯墨回去的时候，整个人还是晕晕乎乎的。

都说月色让人心乱，夜雨也一样让人难以自持。

乔岚到底没有推开他，她甚至十分乖巧地任由他隔着大衣抱着，没有挣扎，也没有不自在，最后还笑着同他说了“再见”，让他安全到家后发微信给她。

她没有不喜欢，也没有不开心，郯墨心想。

那她有没有喜欢，有没有觉得开心？

郯墨不知道。

郯墨猜不透乔岚的想法，他只能清晰地感受到自己的想法。他曾经只奢望一个拥抱就能满足，如今刚刚得到就开始期待下一次，也许真的有一天有了下一次，他依旧不会满足，甚至会更加渴望。

人总是贪得无厌的，得到了一样就开始贪妄其他，这种念头浇也浇不下去，反而越烧越旺。

郯墨坐在车上，他回想着今晚的每一个触碰、每一句话，最终将思绪停在了那个“好”上。

乔岚答应了他，永远也不会离开他。

在这之前她甚至还说，郯墨你这样，我永远离不开你怎么办。

那时他回答得太快，不曾去想过这句话里的其他意思，如今细细想来，不正是乔岚已经逐渐开始离不开他了？

两人之间的感情是相互的，就像郯墨离不开乔岚，乔岚也逐渐变得离不开他。

既然如此，他是不是可以让她更加依赖自己，让她更加离不开自己，这样直到最后，是不是就可以永远将她留在身边？

郯墨蓦地攥紧了拳头。

他不该有这样的想法的，他是个精神残缺的人，本就不该将乔岚绑在自己身边。

可是天知道他有多想这么做。

郯墨深吸一口气，将自今天后升腾而起的欲念艰难地尽数压下来。

陈伯在后视镜里看了郯墨好几眼，郯墨今晚的表情实在太丰富了，陈伯敢肯定一定是发生了什么，可郯墨什么都没有说，陈伯只能将话题转移到其他不相干的事情上，比如已经成功进行了手术的乔源。

“肾刚刚换上，现在还在观测中，想要完全正常出院，至少还得一个月的时间。”

“嗯。”郯墨将注意力转移开后便轻快了很多。

“你明天再给郯赫程打一次电话。”

陈伯：“……”那是你父亲。

但一想郯父曾经干的事，陈伯也没说什么，而是问郯墨找郯父做什么。

“跟上次一样，故技重施，这次查乔家的那个小饭店。”

陈伯一愣，查乔家的小饭店？

就算不查，陈伯也敢保证，那个小饭馆的卫生绝对没达标，能教出乔二姐的乔父、乔母绝对不是什么本分的生意人。郯墨嘴上说的是查乔父、乔母的小饭馆，隐含的意思就是和之前的罗家一样，撤了乔家夫妇的执照，让他们生意做不下去。

虽然他能理解郯墨的做法，但是……

“这样是不是会把那两口子给逼急了，到时候没办法又来找乔岚怎么办？乔源术后恢复，住院费加上药钱绝对二十万打不住，我看他们现在已经捉襟见肘了，而且那两口子又没什么见识，我觉得真有可能回头继续找岚岚……”

“就是要让他去找。”郯墨淡淡道。

他还担心他们胆子不够不去呢。

陈伯一瞬间明白了郯墨的意思。

郯墨曾经说花几十万买乔岚一个清净，可没说花几十万帮乔源治个病，再给乔岚一个清净。

就算几十万打了水漂都没关系，也远比真正帮了乔源让人感到舒服。

乔家那些人，也绝对不是能因为几句话就真正收心的人，毕竟贪婪那么清楚地写在他们脸上。他从来没想着让乔家人舒服，那颗肾，他也从来没想过让它在乔源的身体里待太久。

这次乔岚再怎么和白钰说自己与郯墨没什么，白钰也不信了。

不过这次乔岚也不解释了。

她想任由大家误会，然后探一探郯墨，看他懂什么，又不懂什么。

白钰天天感叹，一副过来人的模样老神在在地说：“有句话说得好，男女之间根本没有纯友谊。”

乔岚一乐：“那你和尹子琪也不是纯友谊？”

尹子琪是白钰的同桌，两人从高一起就在一个班，高二分到一班又坐在同一桌，眼看高三快结束了还坐在一起。乔岚和郯墨坐在白钰和尹子琪前边，每天都能听见这两人不住地斗嘴，等白钰终于生气后，尹子琪又开始哄白钰开心。

听乔岚突然提起尹子琪，白钰愣了一下，然后爹毛似的跳了起来：“好端端的提他干什么啊，其实吧男女之间还是有纯友谊的，尹子琪就是！

“言归正传啊，反正你和郯墨这样的就不是。你还专门把郯墨的电话号码挑出来，在姓名前边加了个‘1’！”

乔岚：“……”

要不是白钰突然提起这事，乔岚还真的差点给忘了。

这事也是白钰发现的。

白钰拿着乔岚的手机玩，玩着玩着点开了乔岚的通讯录。

按照姓氏拼音排行，白钰的开头是“B”，一般都在通讯录的最前边，结果白钰一点开就看见郯墨的名字排在自己名字上边。

怎么首字母是“T”都能排到她前边，一细看才发现“郯”字前边有个“1”。

一看就是故意加上去的。

这是乔岚的手机，不是乔岚特意备注的还能是谁？

乔岚微微一愣，这年头大家都习惯用微信联系，打电话的频率很低，就算打电话也不是找通讯录，尤其是常联系的人，一般都从通话记录里找，更何况郯墨的电话号码乔岚背得比自己的还熟，所以还真没发现这事。

她当即转头去床头摸出手机打开了通讯录。

郯墨的名字确确实实就是第一个，前边加了一个小小的“1”。

乔岚盯着这个小小的“1”，半晌后轻轻笑了。

今夜对乔岚来说，前所未有地轻松。

终于摆脱乔家人的轻松，终于想清楚了自己的想法、明白要做什么的轻松。这段时间堵在心口所有的不畅消失殆尽，乔岚终于睡了这么多天以来最安稳的一觉。

乔岚这边睡得安稳，郯墨那边只要一闭上眼睛就能想起乔岚。辗转反侧直到深夜才勉强睡着，可睡着之后又完全印证了一句话——日有所思夜有所梦。

那是他隐藏在内心最深处压抑着却不敢讲出来的事。

早上郯墨醒来，一动不动跟傻了似的呆呆地坐在床上，抱着被子，半晌后手机屏幕亮了一下，郯墨机械地摸过手机。

是乔岚早上的“早安”。

晚上做了梦，郑墨难得降智，没发现今天突然多了一句“早安”，只是盯着微信聊天背景中的女孩，耳郭一点一点地烫了起来。

乔岚感觉到郑墨今天略有些别扭，只要一对上她的眼睛瞬间就会移开，跟做了什么亏心事一样。

难道是因为昨天？

她后知后觉地终于发现了什么？

乔岚一点都不着急，一点都不担心，甚至觉得有点兴奋。

如果郑墨真的一点都不懂，那必是无动于衷，一点反常都没有，如果能有一点点的反常，虽然也许只是后知后觉地害羞，但这对乔岚来说绝对是一件好事。

郑墨在课间简短地回复陈伯几个字，在乔岚不知道的情况下，学校门口属于乔父、乔母的小饭馆已经关门，乔父、乔母在儿子身体逐渐好转的喜悦中没有坚持多少天，就因为生计被断而愁眉苦脸。

虽然郑墨付了肾的钱，可术后需要的药费还是一笔巨大的开销，眼看着手里的钱越来越少，又没了赚钱的路子，乔父、乔母简直不知道该怎么办。

乔老太实在搞不明白：“那人能掏钱给源儿看病，就不能把术后的钱也掏了？”

乔父、乔母面面相觑，半晌后乔父道：“也不能这么说吧，人家掏钱是人家好心，又不是欠了咱们的……”

“怎么就不是欠了咱们的！”

乔老太双眼一瞪：“咱们辛辛苦苦养大的闺女都送人了，让他掏点钱给弟弟治个病怎么了。你们不是说人家特有钱吗，给乔岚买了上千万的房吗？几十万对人家而言就跟咱们几百块一样，已经掏了那么多了，也不在乎再掏一点了吧？”

“这……”

乔父不知道该说什么了，乔母却有些动摇，觉得乔老太说得有道理。

“咱们也不和他多要，就要源儿术后用的钱，最多就二十万，你去要我就不信他不给。”乔老太道，“就一个十几岁的娃娃，我就不信你们还拿不住他。”

乔母被乔老太说动了，不但说动了，还想到了另一回事。

“你说咱家店里前天突然来人是不是那小子背后使坏啊?!”乔母道，“他当初不是说罗家那什么……”

“罗家啥事？”乔老太好奇。

乔母这才将罗年的事情告诉了乔老太，乔老太一听更冒火了：“还有没有王法了，去要！好端端的断了咱家的生计，我就不信他不给钱！”

乔父、乔母有些害怕：“……如果不是呢？”

“你儿子治病重要还是你的脸重要？”乔老太双眼瞪圆，“你不要我去要，有什么害怕的，我就不信他还敢真的对源儿干什么，现在都是法制社会，他以为自己是谁呢无法无天了……就是看你们胆子小哄你们，这么大的个人了被个小屁孩给吓成这样。”

乔父、乔母沉默了好半天，半晌后乔母道：“要不就再找一次吧，要二十万就行……先别找乔岚……”

乔父想想被吊销的营业执照和关门的小饭店，终于点头了。

另一头的陈伯拒绝了乔家人的联系，乔父、乔母怎么也联系不到陈伯，更不用说郯墨了。

郯墨轻笑一声，收了手机，回头和乔岚继续说话去了。

高三的生活终于在五月陷入了最焦灼的时候，五一短短一天假，同学们冲回家里，开始享受为数不多的一天假期。

放假那天，乔岚拉着郯墨出了门，两人去吃了甜点。

她依旧清晰地记得郯墨去美国前最后一次同她吃甜点的时候，那是与此刻全然不同的心态。

那时候总是有种说不出的绝望萦绕在她心头，说不出为什么，她只是记得那时候郯墨的心情很差，她问过郯墨好几次，可郯墨什么也没说。

乔家的事情解决了，乔岚难得开心地硬拉着郯墨出了门，带着鲜少逛街的少年穿梭在大街小巷。

路上到处充斥着放假的喜悦，到处都是来来往往的行人，人挤着人，让人透不过气，却越发能感受到夏日即将来临的欢闹。郯墨尽量习惯着与其他人擦肩而过的不适，目光紧紧地锁着乔岚，可还是一不小心被人给挤散了。

乔岚转过身站在万千灯火中展颜一笑，伸手越过人群抓住郯墨的手。

少年失神间踉跄两步贴近了乔岚，下意识将女孩的手握得更紧。

之后他们再也没有走散过。

那年新年里，乔岚和郯墨一起守岁，一起迎接新年，一起在新的一年的第一天，第一眼看见了对方的面庞。

映着窗外的万千星火，两人将对方的脸庞映照在眼里，刻印在心里。

那是他们内心深处最好的模样。

在家的时候，郯墨每天继续看自己的书，偶尔看一看与课程相关的东西，毕竟他是学校唯一一个可以上课不用听讲、下课放学不用做作业的特殊生，所以作业也是没有的。

乔岚就没有这样的待遇了，作业还是要做的。

附中就算只给高三学生放了一天假，但是作业一点都不含糊，卷子一套又一套，除了卷子还有很多不需要动脑子只需要动笔的笨蛋作业。

乔岚写得又烦躁又无语。

郯墨总结完本周的股市走向后进房间来找乔岚，乔岚正坐在桌子前边奋笔疾书地赶作业。

乔岚正在写数学。

她更加喜欢数学、物理、化学这类灵活的作业，虽然她的英语和语文成绩一直拔尖。

郯墨伸手拿过乔岚摆在桌子上的一大堆卷子，翻开一看，语文和英语还有生物几乎都是空着的，乔岚大概是准备将这些放在最后再写。

这倒是符合乔岚的性格，就像乔岚在吃饭的时候，也总是喜欢将最喜欢的先吃完，将不太喜欢的留在最后边。

乔岚看郯墨来了放下了笔，她转了转有些酸疼的手腕，笑了笑问郯墨：“看完了？”

郯墨自从接触股市后兴趣渐增，每天放在这上边的时间越来越多，当初乔岚还说想和郯墨学一学，结果根本没有时间。

“嗯。”郯墨点点头，随口和乔岚解释了两句今天的股市动向，目光落在乔岚下意识转动的手腕上，顿了顿道，“我帮你写吧。”

“嗯？”

乔岚抬眸。

“你的语文、英语也不需要写这些东西，有多余的时间还不如多背背单词、看看书。”郯墨将乔岚放在最远处的英语和语文作业拿了过来，挺厚一摞卷子，上边干干净净的，连个名字都没有。

“你先写你手上的，这些我帮你。”

乔岚揉手腕的动作顿住，看看郯墨再看看郯墨手中的卷子，真心实意地感叹：“墨墨你真的是天使。”

郯墨笑了：“我不是，我要报酬的。”

“什么报酬？”乔岚笑眯眯地保证，“只要你要，天上的星星都帮你摘下来。”

“我要星星干什么？”郯墨心道漫天的星星也比不上一个你。他将手伸出来，白得过分的手腕上依旧系着一条手链，已经戴了很久的手工编成的手链上穿着一颗黑色的珠子。

“我要一条新的。”郯墨道。

乔岚看着郯墨手上的手链，这是两年前她送给郯墨的一条平安结，郯墨让陈姨把平安结改了改并编进去一颗黑曜珠，最后串成了现在的手链，郯墨一直戴着这根手链，现在再看，确实已经不怎么新了。

确实需要一条新的了。

可是乔岚很为难。

“我不会啊。”女孩漂亮的眉眼蹙在了一起，当初学平安结都是在网上找的教程，学了好几天才编出一条不算太丑的，现在编法完全都忘了，平安结都编不出来，更不用说手链了。

郯墨将手链从手上拿下来："这个我不管。"他将手链塞到乔岚的手中，"我就要。"

乔岚："……"

她又好笑又觉得故意耍小性子的郯墨可爱得没边。

反正郯墨已经帮她写作业了，腾出了时间，正好再找视频学一学。乔岚将手链收好，想了想后趁机又提出要求："那下午你陪我出去买彩绳，好不好？"

当然没有问题，郯墨心道。

两人下午一起出门，彩绳这类的东西随便找家礼品店都有，最近又是放假，商城这边到处都是人，像这种小礼品店里更是挤满了女孩。

郯墨最近又长高了，高到已经马上就能摸到天花板。本就瞩目的身高，再配上白皙的肤色与精致无比的五官，让他一进店里就惹得一众人往他身上看。

在这个如今小哥哥比小姐姐更受欢迎的时代，郯墨这样的男孩太扎眼了。

可就是这样的男孩，却异常乖巧地跟在一个女孩后边，两人去了里边编彩绳的地方，听不见在说什么，但看动作大抵是在选颜色。

乔岚抓起郯墨的手，将彩绳在郯墨手上比了比，想看看什么颜色最好看，却发现因为郯墨的皮肤太白，每个颜色衬着他的皮肤都特别好看。

乔岚抬头看看郯墨再看看彩绳："都很好看啊，墨墨你喜欢哪个？"

"都喜欢。"郯墨倒是回答得快，浅褐色的眼睛酝着几分笑意道，"都买了吧。"

说罢又补充说明："多买点可以多练练，而且上次买的珠子还有好多。"

乔岚乐了："编好多，然后每年过年送一条手链吗？"

郯墨也笑："我觉得可以。"

每年送一条手链这也太寒碜了，乔岚心道，虽然自己是个穷人，但是也没穷到这种地步啊。不过最后还是把每种颜色都买了好多。

既然已经进来了，索性多逛逛，乔岚还挺喜欢逛这种小店的，左右看看也挺好。

郯墨跟在乔岚背后，无视一众往这边看的男男女女，一转头就看见挂在镜子旁边的各种各样的发箍。

郯墨蓦地想起那时还是高一，圣诞节那天他来学校送给乔岚一颗苹果玉坠，乔岚从礼堂里跑出来的时候，发间别着一个鹿角发箍，一亮一亮的，俏皮又可爱。

现在墙上挂了好多发箍，镶了水钻的、带蝴蝶结的，还有和乔岚上一次戴的一样亮闪闪的，除此之外居然还有猫耳朵、兔耳朵的。

郯墨盯着一只毛茸茸的粉白色的兔耳发箍盯了好半天，乔岚都选好东西准备去付钱了，一回头就看见郯墨站在镜子旁边，盯着墙上的什么东西发呆。

等走过去一看，乔岚难得一呆，全是无比少女风的发箍，而郯墨盯着的绝对是最少女风的一个。

“墨墨？”乔岚试着喊了郯墨一声，郯墨转头盯着乔岚看了好半天，突然伸手将挂在墙上的兔耳朵发箍拿了下来。

乔岚因为放假，所以没扎马尾辫，漂亮的长发泼墨似的披在肩头，粉白的兔耳朵被郯墨戴在了乔岚的发间。

郯墨还觉得不够，伸手将乔岚捂着脸的口罩拿了下来，女孩精致的五官瞬间暴露出来。她抬着头，黑色的眼睛湿漉漉地看着郯墨，配合着毛绒绒的发箍，将她本来异常明艳精致的相貌衬托得十分可爱。

郯墨满意了：“走，去付钱。”

被强行戴上兔耳朵的乔岚：“……”

郯墨喜欢这种调调吗？

这种可爱的？

可她的长相一点都不可爱啊。

乔岚心里有点甜却又有点酸，紧跟着郯墨去了收银台那边。刚刚好多往郯墨这边看的女孩终于看见了乔岚，一瞬间又被惊艳了一次。

等乔岚和郯墨两人离开后，收银台的几个女孩不由感叹，这两人的颜值未免太高了些。

回家的路上，乔岚明显地发现郑墨心情特别好。

乔岚摸了摸脑袋上的发箍，想了想从手机里下载了几张当红小花的美图，等存好图后转头问郑墨觉得哪个比较好看。

郑墨扫了一眼，摇头：“都不好看。”

乔岚：“一定要选一个呢？”

郑墨只能拿过乔岚的手机，重新翻看了一遍，最后指了一个给乔岚：“这个吧。”

因为她的眼睛和乔岚有些像。

乔岚盯着手机上的这位女明星，双眼上挑极其挑逗，墨发雪肤美艳逼人。

和可爱清纯一点都搭不上边。

这不对啊。

乔岚好半天也没琢磨出个所以然来，最后索性打开视频找编手链的教程去了。

等回到家里，郑墨乖乖地帮乔岚写语文、英语作业，乔岚拿着一大堆彩绳还有一小盒子黑曜珠，开始认真学习编手链。

但弄来弄去也不着调，她突然想起郑墨的手链是陈姨帮着改的，当即从床上蹦了下来，跑去陈姨的房间找陈姨。

推门进去，陈姨正坐在床边，戴着老花眼镜不知道看什么东西。

陈姨看乔岚进来招手让她过来，乔岚放下手中的彩绳还有盒子，走近了才看见陈姨看的是一本相册。

乔岚一眼就能看出这是郑墨小时候的模样。

这本相册记录了郑墨从小到大的成长过程，从刚刚出生，最后停留在郑墨的十四岁，也就是郑墨妈妈去世的那年。

“这些照片都是我们夫人亲手放进去的。”陈姨小心翼翼地抚过相册。

将相册翻到第一页，那一页到第五页中，除去郑墨，还可以看见另外两个人。

乔岚见过郑父几次，认得出这是郑父年轻时候的模样，旁边是一位五官精致气质温和的漂亮女性。

“这是墨墨的妈妈吧？”乔岚道，“墨墨长得真像阿姨。”

郯墨的五官就很精致，现在看照片完全可以知道他像谁了，除了鼻子更像郯父，眉眼部分和妈妈简直像一个模子里刻出来的。

陈姨看着照片中郯墨的妈妈，眼中是掩不住的慈祥：“是啊，这时候雁凝才刚刚大学毕业一年。”

刚刚大学毕业的郯母不过二十二岁，长相漂亮，学历高，家世又好，与她门当户对的也不少，她却看上了一穷二白的郯父。

听说郯父是郯母同校的学长，相貌英俊，家境清寒却十分优秀。陈姨说郯母从大学时起就很喜欢他，她是个大胆的女孩，喜欢就去追了，可是郯父一直没有答应，最后却不知什么原因，两人迅速结了婚。

结婚很快，生下郯墨也很快，所有人都觉得他们郎才女貌很是恩爱，就连陈姨也那么认为。

因着郯墨外公的原因，郯父顺利进入了检察院，年轻有为、春风得意，就在大家以为一切都往好的方向发展的时候，郯父和身边的小秘书走到了一起。

如果要问郯父真的喜欢那个小秘书吗，郯父自己也不知道，如今再想起已经离世的郯母，郯父觉得自己对她的思念远比对现在的妻子多得多。

有时候他也会想自己当初为什么会出轨，他其实是爱郯母的，可他还是出了轨。

而最让他意想不到的，大抵就是郯母那样温柔的女人，却没有给他一点点悔过的机会，出轨就等于死刑，她迅速离了婚，带着不过三岁的郯墨去了遥远的美国。

所以三岁后，郯墨的照片中就再也没有父亲的身影了。

之后郯墨的照片中，零星有几张同郯母的合影，最后在郯墨十四岁的时候戛然而止，没有照片，只剩空白的相册。

陈姨却接过相册又往后翻了两页，乔岚低头一看，心口骤然一缩。

两页空白过后，相册里又出现了一张照片，照片上只有一个人。

不是郯母也不是郯墨，那是不知何时拍下来的乔岚。

陈姨说他们不知道郯墨什么时候拍了这张照片，他们只知道这张照片是郯墨自己放进去的。

郯墨将乔岚的照片放进了属于自己亲人的相册里，小心而又隐秘地珍藏了起来。

这是郯墨小心翼翼地珍视的东西。

陈姨握紧了乔岚的手，已经不复年轻时候明亮却依旧清澈的眼眸紧紧地盯着乔岚："孩子，你会陪着他的，对吗？"

眼眶不知何时已经有些湿润，将照片翻回到之前，乔岚指尖轻轻抚过照片上的郯墨。

"我会的。"

她听见自己的声音，哽咽却坚定。

我会陪着郯墨，一直陪着他，永远陪着他，无论如何，我都会在他的身边。

第十三章

指环

郯墨不知道乔岚在这一刻心境有什么变化，等郯墨再进来的时候，乔岚和陈姨已经将相册收了起来，开始研究怎么做手链了。

有陈姨帮忙，乔岚学得很快，学会了就开始喜欢弄这些玩，乔岚这才觉得郯墨当时买了这么多彩绳是一件多么正确的事情。

乔岚不但学会了，还能弄出新花样。她把各种颜色的彩绳进行了各种搭配，编了七八条出来。

首先给郯墨换了一条，然后选了一条颜色相对较浅的戴在了自己手腕上。

郯墨看见乔岚手腕上与自己颜色不尽相同、款式却差不多的手链，在乔岚看不见的地方轻轻扬起了唇角。

有了郯墨的帮忙，乔岚的作业提前完成了。

郯墨舍不得让乔岚回去，可住校生有规定，所以郯墨只能送她回学校。

第二天一大早，白钰看着站在镜子前已经扎头发扎了三分钟的乔岚："你今天梳个头怎么梳这么久？"

乔岚对着镜子看了看转头问白钰："高马尾好看还是低马尾好看？"

白钰："……"

"您这种颜值，秃头都好看。"

“哦。”乔岚重新转回去看了看镜子，半晌后又道，“所以到底哪个更好看？”

白钰：“你中啥邪了？”

每天镜子都不照用手指两把抓好头发的某人，今天对着镜子照了这么好半天？

乔岚最终还是扎了一个漂亮的高马尾，显得更学生气一点，嗯，和郯墨的年龄更配一点。

然后拿起手机给郯墨发了“早安”。

郯墨的“早安”也很快回了过来。

乔岚每天差不多走的时候会发微信叫醒郯墨，郯墨在这个时间起床，然后吃早点再来学校，正好赶上早自习下课。

“我现在马上去教室了。”乔岚道，“一会儿见。”

“一会儿见。”此刻并未在家而是已经在教室的郯墨全然不顾同学们的诧异目光，也开口道。

然后，乔岚就在教室里看见了刚刚说一会儿见的郯墨。

乔岚和白钰双双一愣，乔岚两三步走了过来，盯着郯墨看了好半天这才小声道：“你怎么突然来这么早？”

“好好学习。”郯墨正色道。

乔岚：“……”

真是进步越来越大了，都会开玩笑了，乔岚心想，转头正想说什么，却又听见少年突然凑在她耳边的低语：“为什么早上发了两条信息？”郯墨对每一日墨守成规的事情都很敏感。

“一晚不见，”乔岚道，“所以想要早点见到你。”

不管郯墨怎么想，乔岚只不过是实话实说，她是真的这么想了，所以也就这么说了。

郯墨怔怔看着乔岚，只能听见自己心跳的声音。

他想说“我也想早点见到你”。

他早早地起床，早早地来学校，可不就是因为太想，所以这么迫不及待吗？

空气中似乎多了些缱绻的味道，郯墨脑袋乱乱的，半晌后呆呆地拿出陈姨准备的早餐，是陈姨刚刚做好的虾仁水晶饺。

皮是半透明的，肉馅饱满色泽鲜亮，整整齐齐地摆放好，晶莹剔透，不大不小正好一口一个。

乔岚本来没觉得饿，但水晶饺实在太过诱人，乔岚瞬间感觉到了胃的抗议。

乔岚难得注意到了周围同学们的感受，毕竟大早上大家都饿着肚子，自己直接这样吃是不是有点拉仇恨?

“怎么了？”郯墨叉起一个，将小叉子递给乔岚，“尝一尝，凉了就没那么鲜了。”

乔岚在虾饺和同学们的感受中间纠结了不到一秒，果断选择了前者。

陈姨手艺出色，虾饺口感柔软、鲜美可口，简直不要太好吃。

郯墨又将另外一个小盒子打开，里边是切好的各种水果，每种分量都很少，种类却非常多。他拿出里边一颗又红又大的车厘子递到乔岚唇边:“吃点水果。”

乔岚下意识准备直接咬过去，突然感觉到灼灼的视线，微微迟疑后默默回头，坐在乔岚后边的白钰啃着食堂的白饼咸菜，一脸怨念。

乔岚:“……”

乔岚终究还是自己接了过去，顶着来自身后的视线问郯墨要不要吃虾饺。

“我吃饱了。”

“真的？”

郯墨用手撑着脑袋看着乔岚，在家里也就罢了，在学校里这么明目张胆，乔岚脸皮到底还是薄，拿起一本书放在郯墨面前:“别看我，看书。”

“没你好看。”郯墨拒绝，“不看。”

乔岚:“……”

郯墨看着乔岚白皙的面颊上又微微泛了粉，将本就明艳漂亮的五官衬托得越发动人。

而且今天的乔岚和平时好像不太一样。

郯墨将乔岚从上到下又观察了好几遍，终于将目光定格在乔岚扎高的马尾上，这样的发型显得乔岚多了几分可爱和俏皮。乔岚的长发发尾有些自然卷，不听话地在乔岚低头的时候滑在乔岚的脸颊旁边，乔岚将高高的马尾又甩到后边，一会儿后发尾又滑到了前边。

乔岚终于赶在班主任和班里大部分学生来之前吃完了东西，将小叉子和小饭盒收起来后，摸了摸饱饱的肚子与郯墨小声道："我不敢再这么吃了。"

郯墨茫然："为什么？"

"怕胖。"乔岚道，"你不觉得我最近胖了吗？"

"没有。"郯墨回答得很快。

"有，"乔岚捏了捏自己的脸颊，"脸圆了。"

"没有。"他每天都将她的样子记在心里，所以他的观察绝对比乔岚准确得多，郯墨看着乔岚的手像是自言自语道，"胖了也好。"

"啊？"这回换乔岚迷茫了。

胖了也许就不会这么受欢迎了，郯墨幼稚地想。

乔岚如果可以不那么漂亮，不那么优秀，不那么受欢迎，他是不是就可以将她留在身边留得更久？

但郯墨觉得，乔岚绝对不会喜欢他这样的想法，为了他而让自己变得平庸，太自私太自我了，不是吗？

如果乔岚不喜欢，那就不用说了。

郯墨隐藏了自己的真实想法，用他在书中、在电影中学到的话语，用惯用的模仿技巧笑着与乔岚道："我的意思是胖了也好看。"

乔岚的眉头不着痕迹地一蹙，她说不出哪里不对，却还是能感觉到不对劲。

郯墨将早上到校的时间提前了，但晚自习还是没法去，因为还要学习自由搏击。

郯墨将打拳和陪乔岚上晚自习在心里对比了一下，毫不犹豫地选择了晚自习，但又想到曾经乔岚被人欺负时候自己的无能，他终究还是选择继续学习搏击。

五月的最后几天，教室前黑板旁边写着高考倒计时的牌子上已然不剩几天，紧张的气息开始在班级里蔓延，就连郝英这种对学习不是太上心的学生，也加大了学习的力度。天气已经渐渐炎热，窗外的杨柳洒下了丰茂的树荫，细柳条垂落下来，有那么一两枝调皮地跑进了窗户里边。

18 班的教室就在一楼，每年夏天，窗外的树木都郁郁葱葱，将教室外的阳光遮得严实。

乔岚看着伸进窗户的细嫩的小柳枝，伸手折下来食指长的一小截。自从从陈姨那边学会了编手链之后，乔岚觉得自己的手都变巧了不少，手指灵活地左右摆弄一小会儿，便编出了一个小小的指环。

最后几天，就连课间也不像以前那么吵吵闹闹，大家要么低头学习，要么趴在桌子上稍作休息，教室里安安静静的，偶尔夹杂着压低了声音的交谈声。

郏墨正在看书，左手突然被乔岚拉了过去，郏墨一转头就看见乔岚将细细的嫩柳指环小心翼翼地戴在他的手指上。

她戴得很认真，终于戴好后略有些自得道："果然跟我估计的差不多。"

郏墨看着手指上的小指环，一时间怔住，脑子里空白一片。

乔岚也许只是玩性大发，所以弄了这样一个小东西而已，但郏墨眼中却如同翻江倒海。

他依旧不敢去想在一起这件事，而就算是和乔岚在一起的时候，郏墨也是不大敢去想"未来""永远"这类词语的，他最多想到他们一起毕业，一起考上一样的大学，仅此而已。

可乔岚现在在他的手指上戴了一个小指环，虽然只是一个杨柳编成的小东西，却让他涌起了比之前更多的期许。

郏墨小心地展开手指，看着手指上的小指环。乔岚凑过来，也伸出自己的手指道："看我也有一个。"

一模一样的两个小指环，戴在一模一样的位置，郏墨的唇角轻轻扬了起来。

上课铃响了，老师从教室外进来示意开始上课，郏墨依旧盯着手指上的小指环看个不停，伸展着手指看了好久，又翻过手掌看了好半天，最后轻轻地攥住了拳头。

一瞬间，细软的柳条接口处一松，完整的指环断了。

第十四章

毕业

一刹那，郯墨的心跳都滞住了。

乔岚给他编的指环断了。

小小一截柳条从指间脱落，静静地躺在他的手心里。

所以他还是不该去奢望，不可能拥有这些更加长久的东西。你看，一个小小的指环，才不过一分钟，已经断掉了。

郯墨不想这么去想，这太痛苦了，可是一旦有了这样的念头，更多类似的念头就开始不断地侵蚀脑海。一般人会觉得不过就是因为用的力气太大，而杨柳太脆，所以自然而然地断掉了，可郯墨总会想到一些别的东西。

断掉的杨柳就是什么象征一样。

郯墨一把攥住细细的柳条，旁边的乔岚倒是被郯墨吓了一跳。

高三学生的桌子上都摞着高高一摞书，稍微低下头就能将自己的身影挡得差不多。讲台上老师还在讲课，按理说乔岚应该好好上课，但一看郯墨的状况，她也管不了那么多了。

“怎么了？”乔岚将脑袋压下来小声道，郯墨却怔怔地看着她不说话，乔岚看看郯墨颤抖的眸光，再看看郯墨攥紧的左手。

她悄悄地伸手抓住郯墨的手腕，强硬地使劲将郯墨的手拽了过来，然后将牢牢攥住的手指一根一根掰开，终于看见了已经被捏得歪歪扭扭的小柳条。

乔岚又气又心疼。

阿斯伯格症不但让患者看不懂别人的想法，还总会让他们思虑过重，容易想一些有的没的，而郯墨本就没什么安全感。

乔岚叹了口气，将郯墨手心里的柳条拿了出来，低声道："这是柳条随便编的，又不是真的戒指，我编得也不是很紧，断了多正常啊，伸手。"

郯墨迟疑地将手伸出来，乔岚重新将柳条缠在郯墨手指上，这次乔岚编得很认真很认真，尤其是接口的地方。

"断了我们重新系上就好了。"乔岚终于将小指环重新编好，"好了，我们墨墨手指真好看。"

郯墨低头凝视着重新戴在手指上的指环，刚刚心跳停滞的感觉终于一点点散去，恢复了正常，这次他手指一动也不敢动了，生怕再不小心又给弄断了。就算乔岚说这不算什么，可郯墨还是很重视。

站在讲台上讲课的老师一低头就看见脑袋凑在一起的乔岚和郯墨。

老师睁一只眼闭一只眼好半天，一转头看这两人还凑在一起不知道在干什么，正要提点提点，就看乔岚坐端正了。

行吧，就再给一次机会。

乔岚重新开始认认真真听课，郯墨盯着手上的指环看了好一会儿后，小心翼翼地将指环从手指上取了下来，终于完完整整地拿下来后，郯墨松了口气，他打开了一本厚皮书，将指环夹在了书本里面。

这样就好了。

不管怎么样，它都不会再断开了。

高考倒计时的最后一周，正好宿舍有舍友过生日。

乔岚宿舍的八个女孩子，虽然平时也有自己的小团体，但除了项小寒，大家整体关系还是很不错的。

高三过生日，一般都是十八岁的成人礼，女孩向来注重仪式感，尤其这是几个舍友中高考前最后一个过生日的，所以这个生日还是需要好好庆祝一下的，就连本来准备回家的白钰也特意留了下来。

十来个女孩子一起去吃了饭，最后又去唱了歌，于是本来打算去郯墨家的乔岚也没能去成。

即使柳条被夹在了书里，但断裂的瞬间依旧印刻在了脑海，郯墨不敢与乔岚说这些，也不想说这些，更何况乔岚为了给舍友过生日也没有回来，于是在练自由搏击的时候，郯墨整个人要多暴躁就有多暴躁。

教练纠结了好半天试探地问他："咋了这是？"

话音刚落，就收到了郯墨杀人似的眼刀。

教练瞬间认㞞："……对不起。"

晚上陈伯来接人的时候，他乐呵呵地和教练八卦："小姑娘陪室友过生日去了没陪他，闹别扭呢。"

教练要多无语有多无语，等再看郯墨瞬间心态都变了。

"闹别扭"的郯墨度过了一个格外不开心的周末，等周一重新开始上课，心情都没有好很多。

让人不舒服的校园生活还在继续，其中偶尔夹杂着让他心情稍微好点的东西，比如他炒的股。

郯墨因为乔岚的原因接触了炒股，等接触之后发现很有意思，而且越研究越觉得有意思，本就对数学格外有天赋的郯墨，在这里发现了一些寻常人看不到的东西。

刚开始玩的时候他还亏过一点，后边几乎就没怎么亏过钱了。

他用乔岚卡里的钱买了一小份，当时答应了乔岚赚了算乔岚的，赔了算他的，而最近用乔岚的钱买的这一小份股，势头不是一般地好。郯墨用了乔岚将近一万块钱，现在早就多了一个零。

郯墨决定暂时先不告诉乔岚这个好消息，毕竟这只股还有潜力，可以等毕业后再给她一个小惊喜。

尽管找了很多事转移自己的注意力，郯墨晚上的睡眠仍不是特别好。

郯墨一遍又一遍地在心里告诉自己，这不是乔岚的问题，是自己的心理问题。他和旁人总是不同的，他不能用自己病态的需求和渴望去要求乔岚，乔岚不会喜欢他这样的。

乔岚不会喜欢他这样，乔岚不会喜欢他那样，他有很多行为乔岚一定都不会喜欢。

越想郯墨就越绝望。

郯墨连续失眠了两个晚上，导致向来都精神很不错的他，居然在上课的时候睡了过去。

老师从来不会管郯墨，但乔岚得管啊，乔岚还从没见过郯墨在上课的时候睡觉。

乔岚趁着老师不注意碰了碰郯墨的手。

是凉的，不烫。没有发烧没有生病。

郯墨醒了过来，乔岚余光瞥了老师一眼小声问他："你怎么了，不舒服吗？"

"没有。"郯墨摇摇头。

就是很想你。

就算你坐在我的身边，近在咫尺，我还是觉得很想你。

乔岚猜不到他在想什么，有些微微的不安，这段日子郯墨总是很沉默，他明明不开心却总是不告诉她，甚至装作什么都不曾发生。乔岚忍不住担心，也忍不住变得更加勇敢，她温柔地注视着她的男孩，终于轻声开口。

"墨墨，等高考结束后，我要告诉你一件事。"

我会告诉你，我喜欢你。

不管你到底懂不懂爱情，不管你穷尽一生能不能明白什么是爱情，都没有关系，我会告诉你，教会你。

郯墨下意识想问是什么，为什么现在不能说，是因为担心说出的话影响他的高考吗？那是不是说明……并不是什么值得期待的事……

突如其来的恐惧让郯墨张不开口，他有些不敢看乔岚抑或不敢往下想，只能转过头，一如刚刚地冷静。

"好。"

挂在教室前边的倒计时牌上的数字终于变成了"1"，所有人都流连在校园里，用相机记录这最后的时刻。

郑墨静静地站在树荫下，浅褐色的眼眸落在乔岚身上，乔岚是真的很受欢迎，不但在18班受欢迎，就连别的班甚至低年级的学弟都跑来和她拍照。

大家大抵都是伤感的、不舍的，郑墨却无从感知。

他并不怀念这片属于乔岚与其他人共存的空气，只想快点毕业，快点回家，快点只剩他们两个人。

可骤然间又想起了乔岚的话，她说高考后有话要同他说。

微微雀跃的心情又骤然跌落，甚至砸得更深。

乔岚到底要和他说什么，是要离开……郑墨狠狠闭上眼睛，只是睫毛都在微微颤抖，他甚至不敢去想这个词。

六月的北方已经很热了，郑墨却觉得自己仿佛置身冰窖。

高考当天，班主任比学生们来得更早，提前一个多小时等在学校考场的门口，只要看见本班学生就会冲过去做一小番思想工作。

看见乔岚和郑墨来的时候，他冲得格外快。

毕竟这两人可是他寄予厚望的两个人！

尤其是郑墨，他可是瞄着今年的全省状元去的，想到自己可以带出一个状元，班主任就很激动。

“不要紧张，发挥你们自己的实力就可以，就跟平时的考试一样……”

乔岚本来挺紧张的，但如今临近考试，心情倒是慢慢稳定了下来，被班主任这么一套连环叮嘱后乐了好半天，等班主任走后与郑墨道：“如果真的失利没考好怎么办？”

“不会。”郑墨倒是实诚，乔岚的水平摆在那里，就算失利也比绝大多数人好得多。

“说不准呢。”乔岚笑了笑道，“考不好我们是不是就不能去一个大学了？”

“没这个可能。”郑墨这次回答得更快，说完后想了想又补充道，“就算有考不好的可能，也没有不在一个学校的可能。”

乔岚花了五秒钟终于理解了郑墨的这句话。

简单来说，就是乔岚考到哪儿他就去哪儿。

乔岚顿时被感动到了。

不过相比被感动到的乔岚，郯墨认真思考一番后，觉得乔岚倒是不用担心，自己才是更容易失利的那一个。

语文这个对其他人来说很稳定的科目，对郯墨来说却是最不稳定的一科，每次的阅读理解和作文，郯墨都是听天由命的。

他转头看了乔岚一眼，突然有点担忧。

如果这次的阅读和作文是情感类题目那该怎么办？如果自己语文没有考好怎么办？如果自己没有考到他和乔岚约好的学校，难道让乔岚跟着自己走吗？

所以如果语文没办法保证的话，其他几门必须达到完美，是不是才更安全？

高考第一天的第一门就是语文。

郯墨略有些担忧地进了考场，等看到作文题目稍稍松了口气。

如果他判断得没有错，这个作文题应该是在反映某种社会现象。

应该……是吧……

以往就算郯墨不确定作文立意也没紧张过，这是第一次，他在考试的时候紧张。

等语文终于考完，他走在路上，忽略时不时投到他身上的目光，竖起耳朵听来来往往的同学们讨论作文立意，但他一直没完全放下心。

直到找到乔岚，听了乔岚的作文立意后，他才很开心地笑了。

之后的几门课都是郯墨的拿手科目，更不用说这次的郯墨比平时考试不知道仔细了多少，数学卷子做完之后还检查了两遍，确认无误后才交了卷。

最后一门英语结束后，乔岚和郯墨又在学校门口遇见了班主任。

大抵是最后一门考完了，气氛完全不同于之前，大家也不对答案了，而是开始兴致勃勃地讨论接下来的暑假。

郯墨陪着乔岚去宿舍拿东西。

陈姨让乔岚将上学时候的课本都带回来，说就算用不着了，也是一种纪念。

今天学校特准外人进出宿舍，父母和朋友可以进宿舍帮毕业生搬东西，宿舍楼里时不时会从窗户里扔出一堆东西，最多的是书，很多学生终于解放，将所有书都从窗户里扔了下来，兴奋得大喊大叫。

宿管阿姨站在楼底下大骂，但丝毫不影响此刻激动的学生们。

乔岚看看进进出出的学生，笑着与郯墨道："要不要上去看看？"

郯墨想起什么，下意识想说自己就不上去了，但转念又迅速决定："上去。"

如果没有记错，郝英曾经冲进女生宿舍楼，甚至冲进乔岚的宿舍找过乔岚。

他也要进去看一看，好歹是乔岚住了两年的地方，虽然大抵会遇见不大顺眼的人。

宿舍里乱糟糟的，还没走到就能听见项小寒指挥父母收拾东西的声音。

她满脸笑容，但在一转头看见乔岚，或者说看见郯墨的时候，笑意全数僵在了脸上，然后像是想起什么似的急忙往后退了两步。

乔岚诧异地挑了挑眉。

项小寒一直和她不对盘，平时能不说话就不说话，但除此之外也没有其他什么，但刚刚项小寒的动作分明就是害怕。

乔岚确定郯墨和项小寒之间发生过什么。

就连项小寒的父母也感觉出女儿突然沉默了下来。

郯墨就像是没看见项小寒一样从她身边走过，指了指乔岚的床铺："你睡这里吗？"

"啊？是。"乔岚收回了视线，没再多想，走过去和郯墨一起收拾东西。

项小寒盯着乔岚和郯墨的背影。

项小寒永远都没办法讨厌郯墨，只不过曾经还觉得高人一等的心态，早在郯墨站起来后被打击得一点不剩，郯墨连一个眼神都不愿意给她。

也正是因为这样，项小寒才更讨厌乔岚。

她看着这两人无比和谐的样子，更是觉得刺眼。

项小寒握紧了拳头，深吸一口气，转过身子匆忙收拾好东西，拉着父母离开了宿舍。

乔岚往宿舍门口看了一眼，又将目光收了回来继续收拾衣服。

白钰从外边进来，一边收拾东西一边扯着嗓门和大家喊：“明天晚上 18 班最后一次聚会，能来的都来啊，不能来的请写一份五千字的请假条交给班主任。”

大家哄笑着说“知道了”，因为已经毕业，所以白钰大着胆子对着郯墨又吼了一遍，对上郯墨似笑非笑的眸子又缩了缩脖子：“能来吧？”

郯墨抓头问乔岚：“来吗？”

“来来来。”乔岚和白钰保证自己能来，郯墨她也能带过来。

毕竟是最后一次聚会了，大家做了两年的同学，关系还是很不错的。

白钰这才放心地跑去找其他人。

等收拾好东西，陈伯打电话问他们好了没有，郯墨出去接电话了，乔岚手机忽然振动起来。

乔岚拿出手机，看见微信消息上边的名字，眉头不着痕迹地皱了起来。

乔岚抬头往门外边看了一眼，点开了微信，将项小寒发来的一大段微信消息仔仔细细地看完，项小寒还不放弃地又发来了一条。

> 你以为郯墨是你想象中的那么阳光单纯？他全是骗你的。
>
> 郯墨就是一个魔鬼！

乔岚正准备回信，郯墨打完电话从外边进来了，乔岚又将手机收了起来。

郯墨随口问怎么了，乔岚笑了笑道：“老班在班群里说明天他请客。”

说完后将已经整理好的大箱子推到郯墨跟前：“你拿这个。”

郯墨提箱子，乔岚背起小书包：“走吧。”

郯墨轻笑一声，将乔岚手里的小书包也拿了过来，接过推箱往门口走去。

乔岚追了上来，很不诚心地表示："这样不好吧，我也能拿东西的。"

郑墨将手机从衣服口袋里掏出来递给乔岚："你拿这个。"

乔岚看看手机，再看看帅气下楼的郑墨，笑意溢满了眼睛，捏着手机一蹦一蹦地跟了上去。

第十五章

状元

高考后狂欢余韵还是热闹得紧，即使从学校里出来已经渐渐天黑，乔岚依旧没有半点疲态。

她今天还有非常重要的事情要做。

街上人来人往，有买花的小女孩跑到乔岚和郯墨眼前，甜甜地说哥哥姐姐真好看，问他们要不要买花。

乔岚“扑哧”一声笑了，现在的小孩子嘴可真甜，买花之前还要先夸你好看。

乔岚大大方方地买了一朵，转头笑盈盈地将玫瑰花递给郯墨，道：“墨墨，送给你。”

郯墨接过花，他几乎不敢正视乔岚的眼睛。

从刚刚走出学校，从乔岚将花递到他的手里，郯墨怕自己意志力只要再差那么一点点，便会将眼前的女孩紧紧揽进怀里。

“谢谢。”

郯墨艰难地控制着自己，不敢深想这花的含义，压低了嗓音才将声音中的颤抖勉强压住。

他们在夜晚散步，吃着冰激凌，有摄影爱好者游走在大街小巷，记录下每一个美好的瞬间，乔岚和郯墨就这样闯进了他的镜头。

男孩注视着女孩的眼神，像是注视着整个世界。

“咔嚓”一声，他将此刻记录，并衷心祝福了两人，乔岚与那人道了声“谢谢”。

“我们去看电影吧墨墨。”

“好。”

即使心里很急切很不安很焦躁，但对乔岚的话郯墨总是无条件答应。

她和他一起进门，就和一起走进电影院的其他情侣一样。

电影院里人很多，放映厅里没有一个空位。

这是一部校园电影，青春、懵懂。

郯墨其实并不喜欢这类电影，他更喜欢刺激烧脑的电影，可今天这部电影，他看得前所未有地认真。

他看懂了。

看懂了男主角的暗恋与藏在心底不敢言说的爱意。

青涩又唯美的青春，最后结束在男孩自始至终没有说出来的暗恋中。

那么苦涩。

电影最后的画面停留在女孩靠在另一个男孩肩头，男孩低头浅浅地吻在女孩唇上，如若没有那个深爱的男孩，那夕阳映照着两人的身影，这个画面唯美而又温馨。

暗恋，总是无疾而终。

电影终于以这样的方式结束。

郯墨终于看明白了感情，可他宁愿自己没有看懂。

走出电影院，已经晚上十点了。

大街上的人渐渐少了，天空中又开始飘起了细雨。时候不早了，郯墨准备给陈伯打电话来让陈伯接人，乔岚却拉着郯墨上了一辆正好经过的公交车。

这是晚上最后一趟，时间很晚了，车子上几乎没什么人。

“墨墨，你是不是从来都没有坐过公交车？坐这个回去吧。”乔岚拉着郯墨坐在最后一排靠着窗子的位子，“这路车可以直接到家门口。”

郯墨确实没有坐过。

公交车比郯墨家的轿车差太多了，很吵也很颠，可不一样的空间与感受，却让郯墨有了不一样的感受。

车子每到站一停，偶尔会有人上车，车子最后的位子却没有其他人打扰，窗外纷纷扬扬地飘着雨，乔岚枕在郯墨的肩头渐渐睡了过去。

她真的困了，脸颊枕在郯墨的肩头，乖巧得不像话。

这一刻似乎与电影一点一点重合，女孩枕着男孩的肩膀睡着，男孩注视着她的睡颜，那一刻他前所未有地想要亲吻她。

郯墨不懂那种毫无预兆却喷薄而出的感情，不理解为什么明明深藏内心，那一刻却难以自制。

现在郯墨明白了。

原来这就是感情，这就是爱情，是理智也难以战胜的妄情。

电影中的男主始终不敢吻下去，郯墨没空也没有心情去想若是他吻下去，一切会不会有所不同。

郯墨一动都不敢动，他只想车子永远不要停。

车站广播提醒下一站就是他家了，郯墨小心地转头看着依旧睡得安稳的女孩，想叫醒她，却又在这一刹那停住，他低头看着女孩近在咫尺的面容，终于缓缓地低下头，却停在了近在咫尺的地方。

那一刹，本已沉睡的女孩不知何时醒了过来，双手揽住了少年，浅笑一声，轻轻抵住了他的额头。

乔岚上车后确实有点困，但不至于困到睡着。

她既然想通了自己以后想和郯墨在一起，想通了要让自己和郯墨之间的感情变一变，所以她会时不时地故意拉近两人之间的距离，一边慢慢让郯墨感受到其中的不一样，一边慢慢观察郯墨到底可以不懂到什么样子。

就像今天，乔岚就是故意靠着郯墨的。

她有些累，一边是冷冰冰的窗户，一边是她喜欢的男孩子，乔岚觉得这不是一个需要考虑很久的选择题。

她将脑袋枕在郯墨的肩膀上，那一瞬间，乔岚感觉到了郯墨的紧张和不自在，他身体僵硬得厉害。

如果郯墨像她想象中的并没有男女意识，如果他完全不知道男女主之间的感情，定然不会是现在这个僵硬到一动不敢动的样子。

最近时不时的试探与故意亲近，乔岚隐约觉得郯墨并不是完全不明白，可也就到此为止了。

耳边是隆隆的车子声与时不时提醒到站的声音，她听见下一站的提醒声，原本打算装出一觉睡醒的样子，却骤然听见少年极力屏息却依旧清晰的呼吸声。

她甚至可以感觉得到郯墨的气息。

乔岚想不起那一刻自己心里在想些什么，惊讶、惊喜、心动，太多了，她只能感受到少年试探一般小心的靠近。乔岚没有睁眼，却伸出了双臂抓住了即将逃跑的少年，抵住了他的额头。

她睁开眼睛时，看见了郯墨颤抖的眸光，那双眸子里映着她的身影，却对不准焦。

就像她怎么都想不到郯墨会这样偷偷靠近，郯墨应该无论如何也想不到自己会被抓包，乔岚看着郯墨这副模样轻声笑了。

公交车停了又走，本该到站下车的两人，一人完全没听见，一人毫无办法。

乔岚眼看着过站的车子越走越远，伸手使劲推了郯墨一下，郯墨丝毫不动。

“墨墨！”

郯墨终于回过神，浅褐色的眼眸中依旧满是毫无保留的喜欢和到骨子里的眷恋。

郯墨从来都是冷漠的、冷感的，除去暴怒，乔岚从没有在郯墨的眼中看到过这么炙热的感情。

耳边下一站到站的提醒声又响了起来，打断了乔岚的思绪，来不及去想其他，乔岚急声道：“我们该下车了，已经坐过站了！”

郯墨看看外边已经不熟悉的街道，再看看近在咫尺的乔岚，这才像豁然醒来。

乔岚再不敢耽搁，拉着郯墨在车子又要再次启动的时候迅速跑下了车。

郯墨看着乔岚放开的手，丧失的理智逐渐重新归位，却还是一团乱，乱得让刚刚小疯子似的少年不知所措。

乔岚拿出手机看了眼时间，道：“都快十一点半了，不知道陈伯睡了没，从这里走回去应该不会太远吧？”

结果说完后没等到郯墨的回答，回头一看，刚刚还异常凶狠的狼崽子少年，此刻看着她的眼神俱是迟疑与忐忑，活脱脱像只小猫崽。

乔岚将手机放回衣服兜里，笑了笑道：“怎么了，怎么不走？”

郯墨漂亮的眸子定定地看着她，不说话也不动。

乔岚想了想走了过来，轻声道：“墨墨？”

郯墨缓缓伸手，就像试探一样地抓住了乔岚的手，然后像是在等待乔岚的反应一样，慢慢地将乔岚的手紧紧握住。

乔岚低头看了看两人相握的手，抬起头来笑眼弯弯。

郯墨眸光又是一乱，他握紧了乔岚的手，像是经过一番思想斗争后才道：“我们现在，算什么。”

“你觉得呢？”乔岚反问道，她将郯墨的另一只手抓过来，那只手里还捏着一枝玫瑰。

“特意送你玫瑰花，特意约你一起看电影，现在还默许你拉着我。”乔岚说得很慢，每说一句郯墨抓着她的手就紧一分，乔岚想把手抽出来，结果被握得太紧，根本没法动。

乔岚放弃了，循循善诱地补充上最后一句：“你说我们现在算什么？”

少年的眸光茫然了一小会儿，继而豁然亮得惊人，又迅速开始从小猫崽往狼崽子过渡。

乔岚看着熟悉的眼神，忙道：“好好说话，不许动，先松手。”

“不。”郯墨果断拒绝，“如果我理解得没有错，为什么要松手。”

乔岚面无表情地幽幽道：“因为你手劲儿太大，疼。”

郯墨：“……”

放轻了手上的力道，少年垂着脑袋，精致好看的脸蛋上只剩心疼和懊恼，乔岚实在惊诧郯墨现在的表情丰富。她上前一步，走得更近一些，用另一只空闲的手摸了摸郯墨的头发，稍微蹲下来一点，仰着头看着又沉默下来的少年，道：“墨墨。”

郯墨看了乔岚一眼，又用纤长的睫毛挡住眼中的神色，心神恍惚地“嗯”了一声。

“我说过我要告诉你一件事。”

“我喜欢你，我们在一起吧。”

郯墨腾地对上乔岚的眼眸，他似乎就连心跳声也停了。

不知道过了多久，他才攥紧了拳头。

他当然想，他恨不得让乔岚发誓，这一句话说出来后就永远都不要收回去。

可是不行。

“不行。”郯墨几乎用尽了全身的力气才将拒绝说了出来。

乔岚诧异：“为什么？墨墨你这样不行的，你拉了我的手，还收了我的花，怎么都该做我男朋友了。”

“可是我有病。”

郯墨厉声说：“我有病。”他又重复了一遍，喃喃道，“阿斯伯格症，精神病，一辈子都治不好。”

“我知道，早就知道。”乔岚声音柔和了下来，道，“我不在乎。”

可是我在乎。

阿斯伯格症，以后有可能会发展成抑郁症，甚至精神分裂症，他永远会是一个危险的存在，也永远是一个见不得人的异类。如果有其他人知道，依旧会有无数的流言蜚语，依旧会像曾经一样缠着乔岚，她也永远不能过上正常人的生活。

“墨墨，墨墨，郯墨！”

乔岚抓住越来越急躁的郯墨，厉声道：“阿斯伯格症从来都不是精神病，只是一种自闭症障碍，你只是一个比正常人更聪明的男孩子，不是异类！你知道很多伟人都有阿斯伯格症的，是不是，他们是异类吗，不是的？”

爱因斯坦、比尔·盖茨都是，没有人称他们是异类，所有人都只觉得他们是天才。

“还有别人的看法，为什么要在意他们的看法，你在意的是我还是其他人？”

“是你，”郯墨的声音喑哑而又残破，“只有你。”

乔岚的眸光越发柔和，她抬起手将少年低垂的脸摆正了，让他认真地看着自己，一字一句道：“既然只有我，那就只看我。

“我的审美就是你，所以，你从来不用去在意别人怎么看。”

在我这里，你就是所有的心情。

郯墨觉得乔岚这个人太过分了。

怎么轻而易举就能说出这么动听的话，一句话就将他所有的踌躇和顾虑全部击碎，拼都拼不起来？

郯墨晕晕乎乎地想，果然乔岚的语文学得很好。

他就说不出来。

乔岚眼中含着笑意着看少年怔怔的模样，漂亮的眼睛眯了眯，笑意更深了。

原来郯墨真的其实什么都懂！

所以她到底为什么会坚持认为郯墨是什么都不懂的小孩子心态呢？她想起之前还一直觉得郯墨太单纯，乔岚突然觉得还是自己太单纯。不过想通了这些，再联系郯墨刚刚激动之下的那些话，乔岚似乎明白了这个少年隐藏在内心深处的某些想法，渴望与自卑相互交织。

就算不用想，都是痛苦的。

乔岚蓦地觉得有些心疼。

伸出手又摸了摸已经逐渐平息下来的少年的头发，乔岚再次拿出手机：“我们给陈伯打电话吧。”

郯墨默了默，伸出手将乔岚的手机拿过来，重新放回到乔岚的衣服口袋里，道：“走回去。”说完又补充一句，“不远，一站路。”

郯墨不想有第三个人来破坏现在的氛围，他就想和乔岚两个人，没有任何人打扰。

乔岚瞄了眼固执的少年，轻轻笑了一声，装作没看出郯墨的用意。“好吧。”乔岚边走边道，“但是已经很晚了，会不会有点危险。”

“不会，”郯墨道，“有我在。”

乔岚轻笑一声：“这么自信啊？”

郯墨挺认真地想了想，半晌后点点头：“嗯。”

乔岚又想笑了，这次笑是被可爱到了。

她总是忘了，郯墨已经长大了，身体已经健康了，还学习了自由搏击。看他这般自信的样子，乔岚觉得郯墨应该是有说这种话的资格的。

抬头看一眼已经比她高了将近一个头的少年，乔岚道："墨墨，你现在多高啊？"

不知为什么，总是有些呆呆的郯墨呆呆地回答："一米八五。"

两个月又长了四厘米？

乔岚不得不再次感叹，青春期的少年发育太可怕了。

郯墨完全不知道乔岚在想什么，他一直晕晕乎乎的，突然和乔岚在一起的不真切一点没有减弱，反而越来越严重。两人一不小心稍微碰到一下，郯墨的心口轻跳一下，脑子里才有一瞬间的清明。

毕竟这种事太匪夷所思了。

自己喜欢了两年，放在心口不敢表露一句的女孩突然告诉他，她和他也有着同样的感觉。

就算是做梦，郯墨也从来没有做过这么美好的梦。

美好到让他不敢去相信。

所以郯墨总是想去碰一碰乔岚，这样才能让他觉得一切是真的，可这样的触碰太清浅了，郯墨觉得根本不够。

最好能将乔岚抱在怀里，实在不好那就抓住她的手。

不管是什么接触，只要有接触就好，正这么想着，没想到乔岚突然在他胳膊上捏了一下。

郯墨迟疑好半天，伸出了手，试探一般地轻轻握住了乔岚的手。

在握住的一瞬间，乔岚反握了回来。十指相扣的一刹那，盘桓在郯墨脑子里晕乎乎的不真实感就像被风全数吹走了，再次清楚的认知让郯墨心跳的速度又一次加快。

原来都是真的。

郯墨想走得更慢一点，他突然有些后悔，为什么要这么早下车，如果再多坐两站就好了。

乔岚难得地与郯墨的心思偏差了一次，郯墨恋恋不舍地不想回去，因为一回家会有两个电灯泡，但乔岚还真的一心只想马上回去。

好不容易终于到了家门口，乔岚抓着郯墨几乎是飞奔进楼道的。

迅速开灯开门，等门打开的瞬间才听见郯墨突然喊了她一声，乔岚拉着郯墨进了房间，舒了口气这才回头："怎么了？"

抬眼看着闻讯迅速出来的陈姨，郯墨瞬间恢复了面无表情的模样。

"没什么。"郯墨背过身去，垂着脑袋换鞋子。

他就是想在进门之前来个亲亲，结果乔岚根本没听见。

乔岚看着从头发根都写着委屈两个字的郯墨，难得地蒙在原地。

好好的怎么突然就委屈了？

陈姨完全不知道两人之间发生了什么，一边念叨怎么不打电话，一边催着两人快点去冲个热水澡别感冒，自己跑去厨房忙着又折腾了一点夜宵。

男孩子洗澡快，郯墨出来的时候乔岚还在卫生间。

陈姨又准备了小点心和鸡汤，郯墨吃一口往厨房门外边看一眼，心不在焉的样子陈姨一眼就看了出来。陈姨还以为是自己炖的汤不好喝，郯墨看陈姨又误会了，这才急忙喝完。

然后郯墨直接被陈姨赶进了卧室，催着去睡觉。

郯墨："……"

他就说不能这么早回来，想做什么就得在外边全做了。

一回来什么气氛、什么空间，全都没了。

郯墨憋屈地躺在床上，听着外边浴室门终于开了，听见乔岚吧嗒吧嗒的拖鞋声，还有听不清说什么的乔岚和陈姨的谈话声。

最后是乔岚进了对面的卧室、门被关上的声音。

一切重归安静。

乔岚摸了摸又有点撑的肚子，心道明天早上必须去跑步。郯墨每天这样吃是长个子，她这样吃绝对是长横截面。

时间已经很晚了，就算白天再怎么热闹，现在也到了夜深人静的时候。

乔岚裹着被子翻了个身，睁着眼睛看着天花板，这才有时间有心情，将今天发生的一切全数整理一遍。

今天对郯墨而言是梦幻的一天，对乔岚来说何尝不是。

在不久前她才刚刚下了决定，她要教这个什么都不懂的少年什么是感情、什么是喜欢，可直到今天才发现，郯墨早就知道了喜欢的意义，甚至比她想象的深刻得多。

等静下来再想，很多事情才变得有迹可循。

当初郯墨莫名其妙地问她，如果自己一辈子站不起来会怎样，一别就是一年多，最终他站了起来，在明知自己不健全的情况下一次一次地挣扎。

乔岚对郯墨的喜欢里是她摇摆不定的犹豫，可郯墨对她的喜欢，是同命运同理性作斗争的艰难的压抑和挣扎。

比起郯墨，乔岚太轻松、太容易了。

乔岚心口又是一紧，在她不知道的时候，郯墨实在经历承受了太多。

郯墨因为有阿斯伯格症而自卑，乔岚却在郯墨的感情面前感到了自卑。

她何德何能，被这样优秀的男孩子喜欢。

乔岚捂住心口的位置，深吸一口气，闭上了眼睛。

就这样不知道过了多久，乔岚猛地睁开眼睛。

一动不动地仔细听着外边的动静，可是好半天后又没有一点点声响。

难道自己听错了？

她满脑子全是郯墨，根本睡不着，刚刚分明听见了一声声响，像是开门的声音，很轻，但是真的有。

乔岚以为是郯墨晚上出来喝水，听了好半天却一点动静都没有。

乔岚抱着被子又躺了好几分钟，然后突然从床上翻了起来，赤着脚迅速下了床一把打开门，按开了小走廊上昏暗的灯。

本该早就睡着的少年蹲在地上，耷拉着脑袋手指在地板上画圈圈，然后被乔岚突然的开门吓了一大跳，精致好看的脸蛋上满是愣怔。

同样愣在原地的乔岚首先反应过来，两步走过去蹲在郯墨旁边，耳边伴随着陈伯的呼噜声，压低了声音问郯墨："在这里做什么？"

“没什么。”郯墨抿了抿唇道。

乔岚默默无语，这一点都不像没什么。

两人像两只小仓鼠似的蹲在一起，郯墨过了好半天这才抬起头看着乔岚缓缓道：“我就想，”顿了顿才继续道，“确认一下。”

他还是觉得不真实。

乔岚蓦地心软得不像话。

“既然要确认，待在门口怎么确认？”她如果真的已经睡着了，没听见怎么办？

“过来。”乔岚轻声道，双手捧住不大明白却乖乖凑近的郯墨的脸颊，认认真真地亲了一下，“确认完毕，现在真实了吗，男朋友？”

第二天醒来，乔岚还没从自己和郯墨身份转变这件事上回过神来，一打开微信，就被 99+ 的消息吓了一跳，项小寒给乔岚发的消息早被其他消息压了下去。

作为一个尖子生，乔岚在这个时候发挥了自己的用处。虽然有白钰那种考完后“管它好坏，天大地大开心最大”的人，但也有考完试战战兢兢不确定答案的，好多同学都发消息问乔岚题目答案到底是什么。

将关系不是特别好的人全部回复完后，剩余几个关系好的，乔岚边回复答案边撑人，毕竟现在都考完了，也没办法再改，答案一样也就罢了，如果不一样了，成绩出来前的这十来天还要不要活了。

裴宁给乔岚回消息，说他明白这个道理，但就是忍不住，还一个劲儿地催乔岚别说废话，快给他说答案。

乔岚：我也不能保证我的是全对啊。

裴宁：我也没指望你能全对，所以您能不能帮忙问问您的男朋友？

乔岚：“……”

郯墨转头看了乔岚好几眼，不知道她跟谁聊天聊得这么开心，都不怎么和他讲话。

“白钰吗？”郯墨实在没忍住问道。

“不是。”乔岚笑了笑道，“裴宁，还是找你的。”

乔岚准备将手机给郯墨，犹豫一下后又趁着郯墨不注意，将项小寒的消息给删除了，这才将手机给他。

郯墨接过乔岚的手机，手指迅速在上边点了起来。

三分钟后，郯墨将手机还给了乔岚。

乔岚目瞪口呆。

所以说人和人的差距真的很大。数学是昨天下午考的，大题她倒是还记得答案，选择题的答案她就记得最后两道。

但是郯墨记得清清楚楚，裴宁一道一道问得烦人，郯墨直接将所有选择题、填空题，还有后边除证明题以外的可以准确得出结果的大题答案，一股脑发了过去。

裴宁丢下一句“还是大佬给力”后迅速跑路，完美体现了乔岚工具人的作用。

不过几分钟后，裴宁又小心翼翼地发过来一条，问乔岚“最后一道填空确定是这个答案吗”。

想都不用想就知道，裴宁这道题的答案和郯墨不一样。

乔岚乐了，转头与郯墨道：“就说考完后绝对不能对答案，影响心情，趁着成绩还没出来前好好玩就是了。”

坐在前边的陈伯很赞同：“考完了就好好休息，岚岚假期准备干什么？”

“不知道。”乔岚摇头。她是真的不知道，不用像以前那样拼命打工了，乔岚还真有点茫然，茫然了片刻转头问郯墨准备做什么。

郯墨倒是早就想好了，他的假期规划很简单。

学车，考驾照，然后接着炒股。

说起炒股，乔岚倒是来了兴趣：“之前我问你炒股炒得怎么样，你说还可以，那现在呢？”

郯墨侧着头，看着乔岚笑了笑，眼睛却没忍住亮了起来，就像考了满分准备将卷子交给家长的小朋友一样道：“你猜你的那一万块现在是多少？”

一万块的本金，一年多一点的时间……

乔岚之前也学过一点点，当时听说学校的一个老师投资两万块，一年后成了六万，这已经算非常非常好了。

但乔岚对郯墨谜之自信，所以又把郯墨的水平拔得更高了一点。

别人两万块变六万，郯墨一万块的话……

“五万？”

乔岚试探地问。

郯墨唇角扬了起来，不说话，任由乔岚猜了好半天后才无奈道：“你从来不看你的银行卡余额吗？也不怕我全败没了？”

“没了就没了啊。”乔岚笑了笑，当初那笔钱本来就是郯墨花的冤枉钱。

乔岚自打将银行卡交给郯墨后就没查过余额，她每个月花销多少都记得很清楚，所以就算不用看余额也能知道大概剩多少。

乔岚下载了银行 App，登录自己的账号，点进去了“余额”。

点进去后，乔岚看着上边的数字蒙了好半天，又将账号退了出来重新登录了一次，在检查了一下银行卡还有自己的名字，确定没有错误后，她愣愣地转头看向郯墨：“真的不是你偷偷给我转钱了吗？”

实在不怪乔岚不信，一万块的本金，一年多时间变成了三十一万，实在太魔幻了！

“不是。”郯墨摇头，看着乔岚眯了眯眼睛道，“这是不相信我的技术，还是不相信我的信用？”

乔岚：“……不敢相信我能有这么厉害的男朋友。”

这真的太恐怖了！

乔岚想了一大堆，郯墨倒是成功地被取悦到了。

从当初听到乔岚很佩服股神后，郯墨就生出了想炒股的想法，直到现在听见乔岚这句话，郯墨就觉得什么都值得。

乔岚发誓自己只是好奇：“除了我这小一万，你自己投的，现在有多少？”

郯墨想了想后，在乔岚耳边小声道：“养你的话，够了。”

乔岚：“……”算了，还是不问了。

她本来有时候觉得自己遇见郑墨就像一场梦，这会儿更觉得像梦，世界上真的有这么优秀的天才少年？而这个少年还是她的男朋友？

郑父给郑墨打电话，想庆祝郑墨毕业，被郑墨拒绝了，郑父只好退而求其次，等郑墨高考成绩出来后再庆祝。

打开微信，班群里班长一遍又一遍@全员，再三强调明天大家一定都要到，还特意找了乔岚，让她一定把郑墨带过去。

现在无论是谁，找郑墨都不直接找他，全是找乔岚，就连班主任也开始正大光明地找她打听郑墨的情况。

乔岚再三保证明天两个人一定一个不缺，手机这才平静了下来。

第二天一觉醒来，几乎已经到了中午，乔岚从来没有睡得这么安稳过，等醒来后迷迷瞪瞪地撞见坐在沙发上看书的郑墨，两人对视了好半天，乔岚这才急忙冲进了卫生间。

对着镜子检查了一下，除了头发略有些凌乱，她整个人的颜值还是看得过去的。

乔岚松了口气，开始洗脸刷牙。

等外边的郑墨明白乔岚为什么匆匆忙忙躲起来后，没忍住笑了。

他在乔岚还没醒的时候，其实已经进过乔岚房间了，不但进去了，还坐在床边盯着乔岚看了好半天。

乔岚一出来就看见坐在沙发上发呆不知道想什么的郑墨，走过去坐到郑墨身边，这才看见他比女孩子还白皙的面颊粉粉的，突然就笑了。

“想什么呢？脸都红了。”

“……热的。”郑墨将脸颊转过去，然后不怎么自然地转移话题，“下午几点过去？陈伯、陈姨这两天不在家，我们得自己找过去。”

“五点到饭店，四点出发就可以。”乔岚道，“吃完饭可以休息一会儿。”

郑墨想了想，站了起来道：“不休息了，我们去外边吃饭，吃完带你去个地方。”

两个小时后，吃完饭的乔岚，被郑墨带进了商场。

又一个小时后，郯墨心情甚好地拉着乔岚从商场出来，两人穿着格外和谐的情侣装，成了一道亮丽的风景线。

等两人准时出现在饭店里时，郯墨满意地听见了来自四面八方的各种被狗粮噎到的感叹声。

“你俩真是够了！”

“不吃饭了！狗粮已经吃饱了好吗?！”

之前还抓着乔岚、郯墨做思想工作的班主任，这次终于笑了，拍了拍乔岚的肩膀：“很好很好。”

简单和大家说了几句后，班主任这才站了起来：“同学们静一静，我来说两句！”

众人哄笑出声，平时一个个都挺怕班主任，现在毕了业，倒是不怎么怕了。

班主任笑骂了几声最皮的几个学生后才道：“高考终于结束了，所有人辛苦三年，不管到时候结果怎么样，每个人都努力了，那就是最棒的。”

“对！”

几个男生大吼一声，待众人笑了好半天后班主任才继续道：“高考结束了，再过二十天，你们的志愿也报完了，之后你们就要离开家乡奔赴全国各地。老师很替你们高兴，也替自己高兴，那个时候我的使命也就完成了。”

众人渐渐安静了下来，班主任的声音也带了几分感慨与伤感：

“我知道我平时对你们太凶，但我一点不后悔。现在你们毕业了，作为老师，我也该放手了，不能再管着你们了，以后你们的人生都要靠自己去走。老师在这里，希望每一位同学都能好好做人，好好做事，每个人都要为自己的人生负责，等多年后，老师希望再见到你们时，你们都能过得比现在更好。

“我知道你们一会儿还准备换地方继续玩，老师就不跟着你们去了，我在那边你们也放不开，玩不尽兴，咱们现在就碰一杯！”

众人拿起杯子，有男生大喊着能不能喝酒。

“既然都成年了，想喝就喝。”班主任这次也不拘着大家了，“喝多了就早点回去睡觉，不许撒酒疯！班长，到时候你盯着！”

班长一听这话，站起来表示保证完成任务，然后将酒杯里的啤酒换成了雪碧。

最后又同大家说了些话，班主任就准备离开，离开前还叮嘱大家，晚上回去后记得给他发微信报平安，大家都答应了，班主任这才安心离开。

等班主任离开后，大家这才开始放开了玩，没吃饱的接着吃饭，吃饱的转战旁边的 KTV。

乔岚和郯墨吃得慢，主要是乔岚不太想让郯墨去 KTV，郯墨的听觉比常人好得多，这种场合还是尽量少去。最后实在被白钰催得不行，他俩这才去了 KTV。

那边 KTV 里的人已经唱了将近一个小时。

乔岚和郯墨推门进去后，里边已经在群魔乱舞了。

乔岚拉着郯墨坐到离音响比较远的地方，和几个不怎么唱歌的同学坐在一起聊天吃水果，将空间留给了白钰等一众麦霸。

乔岚想安安稳稳地坐着，有人却不想让她安稳。

十分钟后，郝英搬过来一箱啤酒，一屁股坐在了乔岚和郯墨正对面的小圆方墩上，和郯墨对上了。

“喝酒！”

乔岚想都没想就拒绝了。

郯墨每顿饭都是专业营养师给特别搭配的，有很多东西他完全不能碰。如果喝了酒出问题怎么办？

“不行。”乔岚挡住来势汹汹的郝英，“郯墨没有喝过酒，不喝。”

郝英也许是已经喝了一点，整个人看起来和平时不太一样，又也许是对着乔岚的缘故，尤其是现在乔岚还护着郯墨跟他唱反调，郝英的脸被酒气熏得有些可怜巴巴的，看着乔岚的眼神也满是委屈。

“谁都是从没喝过开始的，我以前也没喝过。”郝英这回是真的找事，在学校里憋了两年，现在已经毕业，等成绩出来后大家各奔东西，以后指不定连见乔岚一面都见不到。

所以他直接把今天当成了最后一次见面，该委屈就委屈，该出气就出气。

自打郯墨能站起来后，郝英还有陈曜阳在大家心目中的地位就开始直线下降。用很多人的说法就是，郯墨长得比郝英好，学习上更是完全吊打，本来身高比不上，结果郯墨后期疯狂拔高，郝英就连玩得很好的斗地主，都比不过刚刚开始玩的郯墨。

他哪儿都比不上郯墨，就说憋屈不憋屈？

郝英今天就是找准了要和郯墨比一比，就不信喝酒还喝不过他？

尤其乔岚刚刚还说郯墨从来没有喝过酒。

郝英蛮不讲理完后还拍着桌子同乔岚吼："这是我们男人之间的事情，你不要掺和！白钰，把乔岚带到一边唱歌去！"

乔岚："……"

白钰："……"她可不敢，比起得罪郝英，白钰更怕郯墨。

白钰不敢，但今天在场的可不只白钰。

全班除了陈曜阳那几个人几乎都在，郝英、郯墨等人本来就是焦点，现在这两人直接对上，他们一个个连歌都不唱了，看热闹不嫌事大。

"喝喝喝！"

乔岚还想再拦，倒是郯墨异常冷静，伸手接过郝英递过来的啤酒瓶，动作相当优雅地用酒起子打开酒瓶盖，挑眉："怎么喝？"

旁边的一众学生顿时沸腾了。

白钰不敢听郝英的话，但明摆着比谁都更想看热闹，一看郯墨这个态度，顿时激动地抓住了乔岚的胳膊。

"郝英又输了。"白钰感叹，"郯墨这也太帅了吧！"

对郯墨本来就有滤镜的乔岚，自然只会觉得他更帅。

少年稳稳当当坐在沙发上，半靠着沙发挑眉的模样，让乔岚都觉得心悸。

周围看热闹的同学们搬凳子的搬凳子，坐沙发背的坐沙发背，乔岚默默挤到郯墨旁边，看看已经倒好酒的一排啤酒杯，再看看来势汹汹的郝英，小声问郯墨："真的喝啊，你会喝酒吗？"

“不会，”郯墨倒是实诚，“没喝过。”

不知道是谁又弄来好多杯子，一张桌子上满满的都是酒，少说也有二十个杯子，乔岚看得头皮发麻：“那你答应什么？”

刚刚那动作确实帅，但是逞英雄也不是这么逞的啊。

“到底谁喝还不一定，”郯墨一点都不担心，“而且……”

说到这里郯墨顿了一下，转头在乔岚耳边轻声道：“为了你，我也不能输了。”

乔岚：“……”

虽然有点被感动到，但是这种事情是说赢就能赢下来的吗？

可郯墨已经答应下来了，乔岚也没有再反对。

喝就喝吧，郯墨应该也不是那种会拿自己身体开玩笑的人，他敢答应，就应该不会对酒精过敏。

只要不过敏不出事，喝醉就喝醉吧。

郝英大抵是看不下去乔岚和郯墨正大光明地在自己眼前咬耳朵，用骰子磕了磕桌子：“不许说话了，喝酒！”

“你先说规则。”郯墨眼睛眯起来看了郝英一眼，唇边突然扬起一抹坏坏的笑，用不大不小、但郝英绝对能听见的声音对乔岚道，“鼓励一下？”

“啊？”

乔岚愣了一下，什么鼓励一下？

倒是旁边看热闹的同学们比乔岚在这方面脑回路更快，哄笑一声然后瞬间尖叫开来。

郯墨捏着乔岚的下巴，将她的脸颊转了过来，当着郝英的面，在乔岚唇上亲了一下。

一瞬间的尖叫声差点将房顶都掀翻了。

乔岚被亲得猝不及防，听着大家的欢呼声，这才后知后觉地脸颊发烫了起来。

坐在对面也被猝不及防“伤害”到了的郝英，沉默地瞪着郯墨看了将近十几秒钟后。

“吹牛，会不会？”郝英觉得自己不能跟郯墨废话，一废话自己就输了，还是喝酒来得实在。

“不会。”郯墨是个乖宝宝，连斗地主都不会玩的人怎么可能会玩“吹牛”。

郝英只能和郯墨讲解：“每人各摇一次，看清自己盅内的点数，猜测对方的点数，然后从主持人开始吆喝所有参与者骰盅内共有多少个某点数的骰子，叫法比如三个点、四个点，最大六个点……我和老猫示范一次，你先看看，看会了咱们开始。”

乔岚坐在郯墨跟前，抬头看看郝英，突然有点可怜这孩子。

如果玩“诈金花”之类的，是多少就是多少，这种游戏虽然比较无聊，但是纯属运气。

但是“吹牛”就不一样了，这种游戏不但比运气，还要比智商，看你猜得准不准，算得准不准。

郯墨玩斗地主，玩三把就能压着郝英打，这种游戏……乔岚想都没想就直接站在郯墨这边。

郯墨刚刚说“到底是谁喝还说不准”实在太明智了。

郝英大抵是对自己太有自信，和班里一个男生玩了几把之后，问郯墨明白没。

郯墨说明白了，郝英又“好心”地给了郯墨三次试玩的机会：“前三把咱们就试试，不喝酒，等三把过后开始喝酒，没问题吧？”

“没有。”郯墨晃了晃骰子，慢条斯理道，“酒怎么算？”

“一局三杯，玩开心了过。”

“可以。”郯墨表情依旧淡淡，“先试试。”

开局三把，不喝酒，纯属练手，郯墨全输了。

周围看热闹的同学们哄闹了起来，有人开始说郝英欺负人，毕竟郯墨从来没玩过。

郝英脸皮厚，没玩过怎么了？谁让他答应的。

只有乔岚，看一看郯墨手里的三个骰子，再想想刚刚郯墨叫的数字，简直就是在乱叫。

如果不是郯墨完全没摸到门路还不会，那就是……故意的。

乔岚觉得后者的可能性更高一点。

毕竟“吹牛”不是什么高智商的游戏，而且跟数学有一点关系，郯墨不可能在看了别人几局后自己再玩几局，还什么都不懂。

郯墨的智商，和他们普通人从来都不在一个水平线上。

于是就在这样的开局下，在郝英终于觉得自己胜利在望的情况下，郝英悲催的夜晚终于拉开了帷幕。

一正式开始玩，郝英就傻眼了。

这个游戏，手气的成分太低了，就算你手里的点子再怎么好，只要被对方猜中就没用。

三局开头，刚刚还三连胜的郝英全输了，九杯酒直接被送到了眼前。

郝英不信邪：“继续！”

郯墨淡淡地瞥了眼：“先清酒。”

郝英：“……”

旁边看热闹的同学殷勤地跑出去要了很大的酒杯，郝英眼睁睁地看着九杯酒被倒在了一起，然后好大一杯酒被递到了他面前。

这不是他想象的开局啊！

郝英倒是说话算数，没有逃酒的意思，将一大杯喝完后吼一声“再来”。

游戏继续。

一开始确实是因为郯墨的故意示弱，让郝英轻敌了不少，现在他发现是郯墨在放迷雾弹，就重视了起来。

虽然说智商比不上郯墨，但他到底是玩了好多年的老手，不轻敌认真对待后，终于不是被郯墨一直吊打的状况了。

三局里边还是可以赢一局的，偶尔占了先机后还能更好一点。

总体来说两人胜率三七开，郝英三，郯墨七。

郯墨一开始喝酒的时候还总是忍不住皱眉，等慢慢喝多了后，倒是没有之前那么难以下咽了。

但是经常喝酒的人就比较有经验——当你觉得酒开始变好喝的时候，那就说明已经喝高了。

显然，不怎么喝酒的乔岚不知道，从来没喝过酒的郯墨，更是不清楚。

郯墨和郝英的拼酒到了白热化的阶段。

尤其是郝英，一张帅脸已经明显能看见醉意。

就算再怎么能喝的人，喝太多也一样着不住，更不用说郝英在之前就已经喝了不少。

喝醉了的人真是太烦人了，乔岚不由发出感叹。

郝英对乔岚的态度一直都挺端正的，但喝醉酒的郝英，要多烦人就有多烦人，不但烦人，还不讲道理！

用“男人之间的较量不需要女人掺和”这种中二无比的说法，愣是将乔岚从郯墨身边给弄走了。

乔岚：“……”

之前看热闹很起劲的白钰几个人，看多了也觉得没劲了，拉着乔岚去旁边唱歌了。

乔岚对唱歌的兴趣不大，但郯墨、郝英那边已经被男生们包围了，她只能放弃。

郝英看起来已经醉得不轻，但是郯墨好像还好，依旧是之前淡漠的模样，冷冷的，话不多，跟刚开始喝的样子没什么区别。

乔岚放心了些，玩了会儿手机觉得无聊，索性出去透透气。

这家 KTV 的最边上有个小天台，六月的夜风不是很凉，吹在身上很舒服。

乔岚趴在栏杆上，看着远处的路灯，难得地放空，发了会儿呆，直到听见脚步声才转头。

来的人是项小寒。

乔岚没觉得太惊讶，甚至觉得在意料之中。

昨天项小寒给乔岚发了很多微信。

微信中，项小寒问乔岚，知不知道郯墨私底下到底是什么样子，问她知不知道看起来单纯干净的郯墨，实质上就是一个魔鬼。

项小寒说郯墨曾经调查过她的家庭情况，说要报复她的家庭，说要让她的父母丢掉工作，让她离开校园。

项小寒：郑墨就是一个魔鬼，你根本就是被他骗了。

项小寒：你害怕吗，知道你喜欢的男生其实就是这样一个人，害怕吗?

乔岚没有回。

果然项小寒今天憋不住了，微信上没有达成目的，现在就直接来找人了。

乔岚只看了她一眼，依旧靠着栏杆，直到项小寒走到乔岚身边说：“你居然一点都没听进去我的话。”

她以为乔岚不回自己的消息，是被吓到了，是去质问郑墨了，项小寒还有些兴奋地想今天郑墨会不会不来，两人会不会终于出现了裂缝。

结果今天乔岚和郑墨都来了，不但来了还穿了情侣装，从一开始到刚刚，这两人几乎一直都腻在一起，郑墨甚至当着那么多人的面直接吻了她。

想起刚刚那个吻，项小寒骤然攥紧了拳头。

乔岚终于给了项小寒一个正脸，道：“我为什么要听你的话？”

“我说的全是真的！”

项小寒激动道：“我还有郑墨调查过的资料，你如果不信，我可以给你看！”

“倒也不必，”乔岚淡淡道，“我信。”

项小寒心中微微一喜，却听乔岚又道：“然后呢？”

就算他真的调查过你的家庭，威胁过你什么，然后呢，你想做什么?

“你不害怕吗？”项小寒瞪圆了眼睛，“他根本不是你想象的那样，他那么可怕，你居然还喜欢他？”

乔岚将视线落在项小寒身上，似笑非笑地看着她：“是啊，他这么可怕，所以你为什么还喜欢他？”

项小寒怔住了，就像被突然戳中了隐藏在心底最深处的秘密一样，又猛地反应过来急声反驳：“谁喜欢他！”

“平时就没少给我找麻烦，现在又这么积极地想拆开我们，你不喜欢郯墨，难道你喜欢我？”乔岚一边嘲讽一边还能开玩笑，“项小寒，你当我是傻的吗？”

项小寒喜欢郯墨这件事，在高二的时候乔岚就有觉察，那时候项小寒在宿舍里提起郯墨的次数就很多，后来一有机会也会和乔岚打听郯墨的消息。

若不是后边发现项小寒这人心术不正，乔岚还以为项小寒是真的想对郯墨好。

项小寒没想到乔岚居然看出来了，脸上一阵青一阵白，憋了好一会儿才缓过劲来继续道：“现在说的是你们，和我没有关系，我就算喜欢，也绝对不会和他在一起的……”

“可别给自己脸上贴金。”乔岚一听这话就忍不住想骂人，难道你想郯墨就能跟你在一起？

项小寒不傻，听明白乔岚这句话已经是明摆着的嘲讽，越发难堪：“乔岚你别不知好歹，我好心提醒你让你早点看清楚他的真面目，免得以后后悔。”

“我再重复一遍，项小寒，不要把我当成傻子。”乔岚脸色沉了下来，“你以为你微信上说得模棱两可的那些话能有几分可信度？郯墨从来不会主动招惹其他人，更不用说招惹你。如果不是你做了什么把他逼急了，他怎么会弄出那些东西去威胁你？”乔岚声音严厉了起来，“自己坏还不自知，说的就是你这种人！”

“你当初到底和他说了什么？”乔岚一把抓住被逼问后明显慌神的项小寒，“说！”

项小寒紧闭着嘴巴，就是不说话。

乔岚冷笑一声：“你老说我把郯墨想得太单纯，我现在倒是觉得是你把我想象得太单纯了。我和郯墨认识三年，郯墨到底是什么样子我能不清楚？我能不知道他是什么人？你觉得我为什么不怕，因为这种事情我也做得出来。”

乔岚眯着眼睛：“别觉得我做不到，只不过一句话的事情，你可能不知道吧。”乔岚在项小寒耳边小声道，“我现在就住在郑墨家里。”

项小寒霍然抬头，脸上的震惊与嫉妒根本来不及掩饰。

“想知道为什么是吗？”项小寒突然道，“行啊，我告诉你，因为那个时候我发现了郑墨对你的想法。”

乔岚抓着项小寒的手蓦地一紧，项小寒继续道：“那时候他还瘫着，但是他居然敢对你有想法，还藏得那么小心翼翼，可还是被我发现了。”项小寒咬着牙道，“我只是很好奇地问他，乔岚学习那么好，那么漂亮，他一个站都站不起来的残疾人，到底有什么资格敢这样想。”

乔岚脑袋里轰然一响，只觉得心口像是被人狠狠捅了一刀，疼得整个人都在打战。

那时候的郑墨，自己每天小心翼翼地护着，就算外界说的话再怎么难听，乔岚也舍不得让他听见只言片语。

她那么护着的人，却在她不知道的时候，听到了世界上最诛心的讽刺。

他本来就很自卑，现在已经这么优秀了可依旧自卑，依旧觉得他配不上她。

那个时候，还不能站起来的郑墨呢？

有些事情即使乔岚现在才知道，但想起来依旧心口疼得说不出话。

怪不得那时候的郑墨总像是有心事，好像总是不开心，总是小心翼翼地和她保持距离。

所以他才会问出“如果我一辈子站不起来”这种问题。

是喜欢到了什么程度，才会自己痛成这样也不敢说出来，又是怎么样的喜欢，让他最后决定放弃对母亲的愧疚，选择了重新站起来。

这一刻乔岚有多心疼郑墨，就有多厌恶眼前的项小寒。

“我以为这样就好了，可是他居然站起来了，乔岚，为什么你们永远这么幸运……”

“你闭嘴！”

乔岚忍无可忍。

“他受过多少苦，经历过什么，你知道吗？你不知道，但我经历过什么，项小寒你不会不知道，你父母健全家庭美满，你站在什么立场去说自己不幸运，就算是不幸运那也是你自找的！”乔岚厉声道，“你说郯墨是魔鬼，说他可怕，你有什么脸说出这种话，相比郯墨，你才更像魔鬼，用其他人的痛苦来满足自己，项小寒，你简直不是人。

“我一点都不觉得郯墨可怕，我只觉得被你这样的人喜欢，郯墨真是太可怜了。

“项小寒，你是我这辈子见过的最恶心的人。”

乔岚再也不想和项小寒说一句话，她不想再看见这个将刀捅进郯墨心口的魔鬼。

这样的人，总有一天会遭到该有的报应，越是这样，她就越要和郯墨过得更好。

她只是心疼郯墨，想抱一抱郯墨，抱一抱这个曾经受过太多苦楚的她最喜欢的男孩子。

离开小天台，乔岚回到包厢里。

包厢里依旧热闹非凡，拼酒已经接近尾声，郝英彻底喝趴下了。

乔岚着实被吓了一大跳，郝英居然抱着关系很好的兄弟在哭。

乔岚走近了才听见郝英边抹眼泪边祝福郯墨：“祝你们幸福！”

郯墨坐在对面的沙发上，一动不动，很是淡漠地开口：“谢谢。”

“我好难受啊！”郝英继续号，“这辈子第一次喜欢一个人，居然还被人抢走了……”

乔岚：“……”这算哪门子的抢，她认识郯墨可比认识郝英早多了。

乔岚无奈地坐在郯墨身边，小声问他：“怎么样？”

“还好。”郯墨看了她一眼道，终于第一次善意地和郝英说了一句话，“祝你早些找到女朋友。”

郝英摆摆手：“不找了，伤心透了。”他抬头看见乔岚后，一双迷迷瞪瞪的眼睛对着乔岚，又变成了之前委屈的样子深情道，“以后哪天他不要你了，你俩分手了，记得来找我，我一直都在……”

刚刚还觉得泯千仇的郯墨：？

他拿着手中的酒瓶，顿时想站起来打人。

被郯墨猛地捏住手、疼得皱眉的乔岚 ：“……”我到底为什么要进来？

旁边看热闹的哥们儿终于不闲着了，几个人拉起郝英就走："醉了醉了，他说的话就当没听见。"他们将郝英拽到另一边的沙发上，"哥，喝点茶？"

"不喝。"郝英一边抽搭一边拒绝，"我要唱歌。"

"行行行，唱什么，我给您点。"

郝英晃晃悠悠地站了起来："我自己点。"

半分钟后，所有人包括郯墨看着歌名齐齐无语——《我会一直等着你》

乔岚："……"

她一把抓住郯墨的手："不早了，我们先回去了。"然后拉着人就往门外走，将郝英撕心裂肺的"我的眼泪掉下来"挡在了门内。

等终于走了出去，凉风袭来，乔岚拿出手机道："等我约一辆车……"

话音未落，郯墨蓦地从身后将乔岚抱住，脑袋重重地磕在了乔岚的肩膀上。

郯墨早就醉了。

每个人醉酒后的反应都不一样，有上头的，也有不上头的，像郝英那样就属于上头的，像郯墨这样越喝越冷静的，属于不上头的。

但是不管上头不上头，总归都是醉了。

郯墨的皮肤本来非常白，很多人都是越喝脸越白，郯墨大抵也是这种反应，但肤色太白所以对比不明显。而他平时就是冷冷的模样，话不多，尤其乔岚不在的情况下更是话少，所以刚刚郯墨不怎么说话，一动不动地坐在沙发上，就连乔岚都没发现有什么不对劲。

虽然喝得不是太多，但加起来也有四五瓶，郯墨一个从来没碰过酒的人，能站住已经实属不错了。

人多的时候要面子，尤其是和郝英硬撑着，现在终于走出来了，身边就剩乔岚一个人，硬撑了将近半个多小时的郯墨终于撑不住了。

又或者说，酒精这个东西很神奇，有时候觉得脑袋还是清醒的，但是脑子控制不住身体行为，如果严重的话，脑子都控制不住。

郯墨现在的程度，已经属于脑子快控制不住的情况。

整个人像一个大号的娃娃一样趴在乔岚的背上，双手从后边揽住乔岚的脖子，脸颊埋在乔岚脖子里蹭来蹭去。

乔岚被吓得差点跳起来。

这可是在大街上!

正好有出租车路过，乔岚赶忙拦了出租车，郯墨睁开眼睛看看车子，乖乖地站了起来跟了进去。

又像突然清醒了一样。

司机本来想说不想拉喝醉的客人，但一回头，刚刚看起来还站不住的少年，直直地坐在后座上，面无表情但眼睛亮亮的，没有一点点醉意。

行吧。

司机觉得是自己判断失误了。

而乔岚看着又恢复正常的郯墨，简直叹为观止，而且也有点搞不清，郯墨到底是醉了还是没醉。

一分钟后，乔岚相信郯墨是醉了。

因为郯墨将乔岚的手紧紧抓住了，乔岚被捏疼了想抽出来，郯墨却抓得更紧了。

乔岚感受着被捏得发麻的手，吓得一动不敢动。

好不容易到了家，给了钱，郯墨也一直乖乖地跟在乔岚身后，直到进了门，乔岚刚刚换了鞋子，突然天旋地转。

郯墨一声不吭地将人打横抱起，直接往卧室里走去。

乔岚觉得这一刻自己应该害羞地尖叫一声，但是实在不怪她，她真的怕喝醉了的郯墨抱不住，直接将她丢地上。

乔岚紧紧抓住郯墨的衣服，慌忙之中听见郯墨说了什么。

“什么？”乔岚没有听清。

等了好一会儿也没能等到郯墨的回应，乔岚一转头，顿时哭笑不得。

醉了酒的少年已经闭上眼睡着了。

乔岚挣扎了两下没能挣脱出来，倒是郯墨反手把她箍得更紧了，乔岚又好气又好笑，伸手在他脸颊上捏了一把，最后也闭眼睡着了。

第二天醒来时，自己裹着被子睡得安稳，只不过是裹着郑墨的被子睡着郑墨的床，乔岚放空了几分钟，反省了一下是不是发展太快了。

三分钟后，乔岚原谅了自己。

都已经在一起了还在意这些做什么，再说了他们什么都没有做。

起来后才发现陈伯、陈姨都不在，郑墨刚刚从卫生间出来。

乔岚陡然撞见郑墨这个样子，一时间有些脸热，却不想郑墨瞧见她，不知怎么地居然别过头，转头间乔岚才发现郑墨耳尖都在泛红。

还没来得及害羞的乔岚瞬间没了害羞的想法，只觉得害羞的郑墨十足可爱。

“我去换衣服。”郑墨眼睛有些躲闪，却在进门前没忍住，又退了回来，对上乔岚诧异的目光，捧着她的脸在她唇上亲了一记。

暑假正式到来，乔岚这种忙惯了的人居然有些不知道要做什么。

郑墨倒是很单纯，不想出门也不想做别的，就想时时刻刻和乔岚腻在一起，转头就让陈伯给教练打电话，将今天晚上的自由搏击课取消了。

“别啊。”乔岚忙道，她之前和陈姨聊天的时候听陈姨说过，郑墨的自由搏击教练很厉害，请他教郑墨一点都不便宜。

乔岚见不得钱这么被浪费，不用想都明白郑墨不想去上课的原因，她想了想道：“一会儿我陪你去吧。”

她还挺想看看郑墨打拳时候的样子。

乔岚这么一说，郑墨想了想，答应了。

本就八卦的教练，一抬头就看见了郑墨旁边的小姑娘。

等走近了，教练不由感叹，怪不得能让郑墨这么在意，太漂亮了，听说这姑娘还是个大学霸。

郑墨眉头皱了起来，果断地用自己挡住了教练的视线，一脸不高兴，教练瞬间讨饶。

话不多说，就好好开始训练。

郑墨进去换了衣服，出来后看见乔岚坐在旁边的小板凳上，教练凑过来坏笑一声道："有女孩在这儿，需不需要为师稍微手软一点。"

郯墨急速一拳，瞬间让教练闭了嘴。

乔岚本来想着郯墨学的时间不长，应该还只是学到皮毛而已，结果一看郯墨和教练对打，她瞬间被惊出了一身冷汗。

自由搏击不拘泥于任何固定的套路招式，提倡在实战中根据战况临场自由发挥，风格开放，所以双方打得更是格外凶狠。乔岚看得心惊肉跳，总觉得这两人不像是在学习，而是在打架。

乔岚本来就是想陪着郯墨而已，结果神经完全被郯墨给牵着走了，她紧紧盯着郯墨，生怕一不小心他就被打了。

她总算是明白郯墨胳膊上偶尔出现的青紫色痕迹是怎么来的了，胳膊不容易受伤，指不定郯墨身上的青紫痕迹更多，就这么打不受伤才怪。

乔岚看得心惊肉跳，尤其是看见那个教练一肘击在郯墨后背，郯墨闷哼一声，乔岚顿时觉得心跳到了嗓子口，坐都坐不住了。

郯墨一转头就看见乔岚已经站了起来，女孩脸上的担忧明显得他一眼都能看出来。

郯墨突然生出了几分恶劣的想法。

等教练再一拳过来时，郯墨躲避的动作慢了些许。

乔岚看不清这零点几秒的差距，但教练懂啊，这么一来二往，没几下就发现了郯墨的不对劲。

刚开始还觉得这小子今天是不是生病了，结果在注意到郯墨老往乔岚那边瞥的眼神后，顿时什么都明白了。

好小子，居然用苦肉计！

教练真想借着机会揍郯墨一顿，但这位毕竟是自己的衣食父母，教练还是㞞了，主动应和起来。

既要看起来凶狠，又要打着不疼，瞒过小姑娘的眼睛，还要让郯墨别受伤。

一场打下来，教练觉得比跟郯墨好好打一场都累。

郯墨今天不给他涨工资简直说不过去。

中途休息了一会儿，乔岚跑过来递给郯墨一瓶水，抓着郯墨的胳膊左看右看，又盯着他身上的衣服看了好半天，终是放弃了。

她回头看了教练一眼，小声道："你每天都这样啊？"

"……嗯。"郯墨有些违心地点头。

乔岚心疼了。

这也太狠了啊，那位教练好歹是拿过奖的人，用得着对郯墨这样一个新人这么凶吗？

教练完全不知道自己被乔岚埋怨了，喝了口水还特自来熟地打招呼，打完招呼还开始打广告："小姑娘要不要也学学，长得这么漂亮不学点防身术，多危险。"

乔岚："……不用了，谢谢。"

"这个不适合女孩子。"郯墨喝了口水与乔岚道，"如果你想学，可以学学巴西柔术，我教你。"

他小时候学过一点，因为母亲学这个，所以他还会几招，如果乔岚想学，他也可以先学了再教她。

乔岚拉过郯墨的胳膊帮他揉了揉："你什么时候会巴西柔术了？"

"以前学过一点。"郯墨道，"很厉害。"

"是吗？"乔岚随口道。

"嗯，我教你一招试试。"

"啊？"

乔岚一愣，这就突然开始学了？

郯墨站了起来，伸手将乔岚也拉了起来："这种武术不是很依靠力量，更注重技巧，就像这样……"

乔岚还没反应过来，一个天旋地转，她就被郯墨给压倒，郯墨一手绞住她两只手，她瞬间一动也不能动了。

"是不是很厉害？"郯墨一脸无辜地问她。

乔岚："……"她觉得自己受到了嘲讽。

"很厉害。"乔岚道，拍开了郯墨的手，"教我。"等我学会了就治你。

郯墨放开了乔岚，很是认真专心地将这一招的原理给乔岚讲清楚，然后又开始讲自己刚刚一瞬间完成了哪些步骤。

看似很快的一招，没想到分解开来居然这么难。

好在郯墨手把手地教她，乔岚终于差不多摸到了这一招的精髓所在，学会了后瞬间有些跃跃欲试。

郯墨无比配合。

乔岚很聪明，而且这招确实不太需要力气，只要手法对了，对方就使不上劲，所以当乔岚做对了的时候，郯墨就被乔岚撂倒了。

乔岚艰难地用两只手绞着郯墨的双手，微微有些喘气道："我赢了。"

郯墨一脸笑意地看着她："是啊，我被你制服了。"

去了趟卫生间、现在正好推开门进来的教练看见这一幕，傻眼片刻后道："……对不起我来早了，你们继续。"

这是一个美丽的误会，她只是在学习柔道而已。

乔岚没有解释，她只是脸上有点发烫而已。

郯墨比乔岚淡定，他起来之后问乔岚还学不学。

"不学了。"乔岚说。

高考后的日子，郯墨的心情格外好。

黏着乔岚好几天后，乔岚舍友聚会，郯墨接到陈伯电话后才让乔岚出了门。

等将乔岚送到，车上只有郯墨和陈伯两个人的时候，陈伯这才说起了不能让乔岚听见的事情——乔家的事。

陈伯当初找乔父、乔母简单，以陈伯的手段打听这样一个家庭实在太过容易，当初帮助乔源时也是陈伯主动联系乔家人的。

但等乔源做完手术之后，陈伯就消失不见了，陈伯和郯墨对乔家人了解透彻，但乔父、乔母甚至连郯墨叫什么都不知道，更不用说了解郯墨的底细了。陈伯断了和乔父、乔母的联系，只要陈伯和郯墨不想，乔父、乔母就绝对没可能找到他们。

自打乔源出院后已经过去了一个多月，这段时间里乔家人一直没放弃找郯墨。

郯墨出了手术里的大部分钱，剩余的药物是乔家人自己买的。

所以说人和人总是不同，有些人就是贪得无厌，将旁人的好意当成自己应得的。

郑墨出了最大头的钱，按理说正常人都应该感激涕零，可到了乔家人这边就变了味道，用乔老太的话说，既然郑墨能随便拿出几十万，那也不差后边这十几万。

更何况乔老太现在坚信，乔父、乔母的小饭馆倒闭和郑墨脱不了关系，是郑墨害他们成了这样，所以他必须负责。

分明是自己有求于人，却是一副自己才有理的模样。

可惜乔家人气势汹汹地准备找郑墨讨公道，却根本找不到他的人。

乔父、乔母到底有些怕郑墨当初的那句警告，虽然让人觉得荒诞，但是因为涉及亲儿子，他们难免要小心一点。

后来眼看着小饭馆的门面已经被别人租走，财路无望，而乔源的病后续需要的钱远比想象中的多，乔父、乔母终于又将念头打到了乔岚身上。

回家探望乔源的乔大姐实在想不通乔父、乔母为什么还要找乔岚。乔家算是贫困户口，乔源这次大病之后，政府医疗保险补偿的钱有好大一笔，乔家暂时也不是很缺钱，而且乔岚已经和乔家分了，人家当初帮助乔源的条件就是不许再去打扰乔岚，结果受了人家的恩惠转头就毁约，那当初说的话都算什么？

乔大姐实在没忍住说了两句，结果被乔老太一句话给顶了回去。

乔老太说乔大姐一个嫁出去的女儿，早就不是乔家人了，没她的事。

乔大姐突然想，自己到底是为了什么还一直惦记着这些人？

就像乔老太说的，她已经嫁人了，已经不是乔家人了，乔家发生什么又和她有什么关系？

婆婆老骂她心软没志气，乔大姐一直反驳，毕竟这是她的亲生父母，但这样一次又一次之后，乔大姐突然觉得没意思了。

爱怎么样就怎么样吧，以后乔家再发生什么，她再也不想管了。

乔大姐走了，乔父、乔母在乔老太的撺掇之下，又开始想方设法地找乔岚。

但因为之前乔源的事情，学校的几个门卫都记住了乔父、乔母，几乎全学校都知道这对夫妻为了儿子，想将成绩优异的女儿抓去医院换肾，几个门卫防乔父、乔母跟防贼似的。

乔母根本进不去学校，所以也就一直没见到乔岚。

郑墨和陈伯将一切都看在眼里，没有拦着也没有添一把火，静静看着乔家人作死。

结果没等乔父、乔母作死，乔家人自己先乱了。

陈伯告诉郑墨，乔源和家里大闹了一场，跑了。

乔源好不容易出了院，每天被乔父、乔母精细无比地养着，一个多月后才终于回了学校。

结果等乔源一回去，一切都变了。

曾经的好哥们儿都不搭理他不说，乔源在意的那个女孩见了他，要多厌恶就有多厌恶。

乔源这才知道，当初自己住院的时候，乔母天天跑来学校闹，将和乔源玩得好的男生统统骂了个遍，就跟是他们害乔源摔伤了似的。这还不够，乔母还骂那个女孩不学好勾引乔源，要不乔源也不会好端端地跑去打篮球，最后把自己摔进了医院。

她用那么难听的话侮辱人家女孩，还借机讹钱，这事放到谁身上都觉得难受，更何况那姑娘对乔源本来就没什么好感。

事情全被自己亲妈给搞砸了，虽然乔母做的一切全是为了他。

可乔源不管。

一想起周围同学的模样，乔源就忍不了，他坐在教室里没有一个人和他说话，几乎全校人都知道乔母为了他去让乔岚换肾，走到哪儿都有人说“这就是乔岚那个弟弟”。

才不过两天，乔源就受不了了。

回到家里后，他说什么都不去学校了。

乔父、乔母虽然对乔源溺爱，但还是很重视儿子的学习的，结果乔源直接不去念书了，乔父、乔母这回也不惯着他了。

乔父、乔母不同意，而乔源本来就对乔母有气，要不是因为乔母，自己也不会落到这个地步。

乔母一心一意全为了乔源，怎么也想不到到头来居然被儿子这么怨恨，又气又难过地大骂她这是为了谁。

乔母越这样，乔源越觉得乔母果然就是大家说的那样，没文化没素质，活脱脱就是一个泼妇。

乔源曾经因为乔老太一直说乔母没文化，还怨恨过乔老太，但如今却用同样的话说自己的母亲。

乔母直接傻在原地，一句话也说不出来了。

她最后狠狠扇了乔源一个耳光。

事情发展到最后，陈伯与郯墨道：“乔源直接拿了家里两万块钱跑了。”

乔源偷家里钱已经偷成了惯犯，但这绝对是偷得最多的一次，几乎是把乔家能找到的所有现金全部拿走了。

郯墨冷笑一声。

他还没动手呢，结果乔家人自己就乱了。

这样也好。

郯墨帮乔岚脱离出了乔家，但从来没告诉乔岚其实他根本没准备放过乔家。

乔家人虽然没底线，但到底是乔岚的亲人，郯墨也会担心如果自己做得太过，被乔岚知道了该怎么办。

有些事情，郯墨希望乔岚一辈子也不要知道。

比如当初他威胁了项小寒，比如他曾经让罗家破了产，又比如他准备将自己帮忙换进乔源身体里的肾给重新破坏掉。

在乔岚不知道的地方，郯墨做了很多阴暗见不得人的事情。

乔岚总觉得他阳光、单纯，可实际上根本不是。

这是乔岚绝对不会喜欢的阴暗面，他永远不会让乔岚发现。

乔源的事情，郯墨早就有了安排，但现在乔源自己作死，给了他一个机会，郯墨倒是觉得轻松不少。

乔源这样的人，根本不用郯墨做什么，他就能将自己玩死。

乔岚完全不知道发生了什么事，陈伯找人将乔父、乔母盯得很紧，乔父、乔母根本没有接触到乔岚的机会，更何况现在的他们可没工夫再去找乔岚讹钱。

乔老太哭着骂乔母，说要不是乔母打了乔源一巴掌，乔源也不至于就这么跑了。

“你让他一个人在外边怎么活？”乔老太哭得眼睛都肿了。

一想亲孙子才不到十六岁，从来没离开过父母，现在不知道跑哪儿去了。再想想乔源才出院一个多月，换肾之后休养至少也要三四个月，而且饮食生活都得非常非常注意。

但乔源跑的时候，连药都没有带。

医生当时说了，刚刚做完手术的人一定要好好休养，千万不能磕着碰着，新换的肾比之前的更脆弱，而且不小心被感染后，很有可能肾衰竭。

乔母越想越后悔，就算之前被乔源气得哭了一晚上，在儿子跑了之后她也半点不在意了。

只要乔源能回来，能健健康康的，就算不念书又能怎么样?

这回她是真的什么都不做了，每天的生活只有找儿子。

自己找，还要花钱请人找，钱大笔大笔地花出去，却一直没有音信。

一个多月后，乔父瘦了许多，乔母也看着又老了几岁。

这个时候，乔源终于有消息了。

是从距离这里将近上千公里的另外一个城市打来的电话，说乔源住了院，让家属快点赶过去。

担心了一个多月的乔母当场晕了过去。

乔源是被打到住院的。

刚刚做完手术没有多久，乔家人将乔源照顾得好，乔源觉得身体没有任何问题，所以才那么大胆地药都不带。

乔母和乔老太谨遵医生教诲，给乔源补充蛋白，不让他吃油腻吃咸，平时饭量也是严格控制着。但乔源本来就好吃，一个多月天天清汤寡水的，终于到了外边，他也不知道自己忌讳什么，胡吃海喝暴饮暴食不说，重口味的东西更是顿顿不少，结果不到两周时间，就出现了腹泻、高烧、呕吐等现象，最后严重脱水，去医院住了好几天。

医院里用钱多，乔源就带了两万块钱，他又习惯了用请客的方式结交朋友，新认识的几个朋友天天看乔源傻乎乎的，故意捧着他，没几天钱就花了一半。

后边住了院，钱又少了，乔源这才开始注意，但到底是从来没有离开过家的孩子，别人看他傻看他好欺负，身上的钱没几天就没了。

曾经乔源偷家里的钱，乔家人没有责备，甚至为了不让乔源偷拿家里的钱，所以给了乔源更多零花钱。到后边，乔家人已经管不住他了。

毕竟那是偷家里钱，家里人就算再生气也不会真的伤害乔源，可他将这种坏毛病带到了社会上。

没钱又不想找工作，乔源几乎没怎么犹豫，就走上了偷窃的道路。

偷的是他最近结交的所谓的好兄弟们的钱，偷完钱还没花掉就被抓住了。一番口角后，几个都不大的年轻人动了手，乔源这个刚做完手术的玻璃人没挨几下就碎了。

医生之前说过，移植肾在有外力挤压时极易受到挫伤，因此平时应加强保护，就算是坐车，也要选好乘车位置，避免车辆转弯或急刹车时移植肾的部位碰撞到其他物体，从而引起移植肾的损伤，可见移植肾脆弱到什么地步。

结果乔源直接被打，等几个人发现不对劲的时候，乔源已经晕了过去。

几个年轻人这才害怕起来，匆匆忙忙地拿回钱跑路，还是路过的好心人叫了救护车将乔源送去了医院。

乔父、乔母接到的电话就是医院打来的。

乔源刚刚换上才不到两个月的肾脏又坏了，虽然没有碎，但肾枯竭已成定局，而重新再做手术更是对人元气大伤。

换了一家医院，医生又同乔父、乔母说了同样的话，医生告诉他们不用太忧心，一个肾还是能保持基本生活的，只要好好保护，和一般人没有什么差别。

上一次乔母还能在医院大闹，还能想都不想地说为了儿子什么都可以，但如今家里没有任何收入来源，乔母什么也不敢说了。

乔父犹犹豫豫地说，要不再去找郏墨，实在不行去找乔岚，乔母却蓦地想起了几个月前那个少年阴恻恻的话语。

那个少年说只要他们敢再找一次乔岚，当初医生怎么把肾装到乔源的身体里，他就怎么把它拿出来。

乔母顿时打了一个寒战。

由不得她不多想，因为她去找过乔岚，还不止一次，虽然没有见到人，但确实是找了。而最可怕的是，乔源这颗新换的肾，又一次在手术室里被拿了出来。

乔母不敢去想，到底是不是郯墨动的手。

她不敢问郯墨，也找不到郯墨，只能和警察撒泼，要他们一定要查出自己儿子受伤的真相，结果真相是自己的儿子偷了别人的钱，所以才被打进了医院。

不是有人平白无故打他，是他自己先犯了错，几个被抓到派出所的小混混一口咬定乔源偷了他们的钱，还说他们对乔源如何如何好，结果乔源转头不认人。

乔母不敢闹了，乔源还在医院，如今却要背上永远无法抹去的案底了。

乔家终于因为对儿子的过度溺爱以及贪得无厌等种种原因，彻底垮了。

而此时的附中，一片岁月静好，乔岚什么都不知道。

郯墨没有和乔岚提一个字。

二十天后高考成绩终于出来。

不知道其他人怎么样，乔岚不是很担心也不是很着急，郯墨更是无比淡定。

因为足够优秀，所以考完后差不多就能有一个大概的结果，最终结果应该不会和估计的差太多，尤其是理科。

乔岚和郯墨没有大晚上熬夜等着查成绩，直到第二天刚刚六点多，许久不见的班主任一通电话直接打到了乔岚的手机上。虽然还没有查成绩，但是从班主任的兴奋劲上看，乔岚和郯墨肯定都没发挥失常，考得都不错。

但如果能兴奋到这个份儿上，乔岚也跟着兴奋了起来，忙问班主任郑墨到底考了多少。

班主任纯属太兴奋才给乔岚打电话，结果一听乔岚的语气发现她压根还不知道。“我不说。”班主任笑得别提多高兴，“你们自己查，查完了记得来学校。”

出成绩的这天，学校会统一给学生下发报考学校的专业指导书，有些学生还要询问老师们的意见，所以大家都会去学校一趟。

“行吧。”乔岚挂了电话后，拉着郑墨跑去打开了电脑，陈姨和陈伯也跟过来看热闹。

虽然对高考不是很了解，而且很多爷爷奶奶也不懂这个，但孙子孙女出成绩的时候还是很关心。

乔岚觉得要先查自己的，再查郑墨的，把惊喜留到最后。

输入准考证号，片刻后，乔岚的成绩还有资料全数显示了出来。

数学和英语满分 150，语文 138，理综稍微低一点 283，总成绩 721。

乔岚他们做的高考卷子总分 750 分。

这个分数比乔岚之前自己预想的要高那么一点点。

乔岚给自己估计的是 715 左右，和她平时的几次模拟考成绩差不多，乔岚模拟考从来没有上过 720 分，没想到最重要的高考，居然突破了。

虽然只突破了 1 分，但也算是突破啊！

大抵是乔岚和郑墨的表情太淡定，陈伯和陈姨都拿不准，乔岚到底是考得好还是不好？

郑墨想了想道：“抛开今年卷子的难易程度，这个分数差不多能当有些省的状元。”

他们听不懂成绩，但是听得懂“状元”两个字啊，陈姨高兴地抱着乔岚，差点亲了一口。

乔岚迅速关了自己的页面，点开新页面输入郑墨的准考证号。

郑墨的分数才是重头戏！

班主任一直盼着郑墨能考个省状元回来，作为郑墨的女朋友，乔岚比班主任还激动。

将所有信息输进去后，乔岚停了一下，深呼吸，做好准备。

郯墨没忍住笑了，道：“说不定你比我更高呢？”

“怎么可能？”乔岚想都不用想地摇头，“你肯定比我高啊！”

说话的一瞬间她点了下去。

郯墨轻描淡写地看了一眼，笑了。

乔岚盯着那个成绩看了好几遍，这才转过来抓着郯墨的手，声音掩饰不住的激动：“你怎么这么淡定啊？！”

738分！

数学和英语满分150，语文比乔岚还高了2分，140，最可怕的理综，298分，差2分就满分了。

郯墨的总分也就比满分少了12分而已。

其中10分在语文上，但语文140分，已经是高分中的最高分了。

乔岚早就见惯了郯墨的厉害，但是还是忍不住感叹。

我男朋友怎么能这么厉害？差12分满分哎！

郯墨这个分数肯定是状元。

不用找班主任去确认，官网上已经明晃晃地出了新闻，郯墨的名字挂在最上边，那惊人的分数也被高高挂了起来。

乔岚瞬间明白班主任刚刚为什么那么激动了，她现在也激动得想到处找人打电话炫耀。但是自己的朋友几乎全都是本班同学，不用乔岚说，应该也全都知道了。

乔岚顿时有种无处炫耀的失落感，最后只能继续和自家男朋友感叹：“怎么这次能考这么好？”

郯墨倒是回答得认真，想了想道：“因为多检查了两遍。”

乔岚：“……”

其他人做卷子的时间都不够，哪有时间检查啊，还检查两遍！

所以归根到底，还是郯墨厉害啊！

“走，去学校！”

乔岚瞬间满血复活，就像得了什么大宝贝一样，必须找人炫一炫。

郯墨没忍住，又笑了。

分明自己也考了前所未有的好成绩，但乔岚好像完全不关注，全部心思都放在了他身上。

郯墨虽然不喜欢热闹，也不喜欢有人太关注自己，现在却很愿意配合乔岚。

等到了学校后，教学楼下边的横幅上，郯墨的名字还有成绩已经很有排面地挂在了上边，办公楼上挤满了学生，都是跑去找老师们的。

成绩终于出来，有人欢喜有人愁，但大多看起来似乎心情都不错，一个个凑在一起聊得正嗨。

平时的郯墨、乔岚就是学校里的明星人物，今天更是了！

有人实在忍不住感叹，老天造人的时候真的是偏心眼啊，为什么有些人长得那么好看，学习也还能这么好？而且还有对象！

和平时的考试一模一样，学校排名中郯墨第一，乔岚第二，这次高考依旧是。不过郯墨是学校第一，也是全省第一，而乔岚是全校第二，却是全省第三。

第二名是一中的一位学霸，比乔岚高了 4 分，总分 725 分。

所以 730 以上的还是只有郯墨一个人！

班主任今天绝对是所有老师里边最有排面的一个。

本省的成绩出得不早也不晚，之前已经有几个也是全国卷一的省份先出了成绩，出的那几个省的状元都没郯墨分数高，有一个省份的状元还没乔岚的分数高呢。

所以班主任估摸着，郯墨这个分数，不仅仅是省第一，很有可能是这套卷子的全国第一！

730 分以上，已经很难得了，更不用说郯墨是 738 分，将近 740。

终于等乔岚和郯墨来了办公室，满脸喜气的班主任冲上来，给了郯墨一个完全没有防备的大大的拥抱。

郯墨不习惯与除乔岚以外的任何人拥抱，更不用说这么“诚挚”的拥抱了。

一时间他额角一跳，差点将班主任给扔出去。

好在班主任抱完了后猛地想起当初郯墨来上学时，陈伯特意提过郯墨不喜欢别人接触，这才急忙放开，然后乐呵呵地赶紧解释：“太高兴了，没忍住。”

郯墨面无表情地往后退了两步，站在了乔岚后边，周围的几位老师和同学顿时都笑了。

班主任实在太兴奋了，拉着郯墨还在说东说西，乔岚顺手拿起18班的成绩统计表，从上往下看。

陈曜阳指不定要被气死了，因为乔岚就比陈曜阳高了1分。

乔岚主要看和自己关系好的几个人，白钰发挥正常，到时候报考她之前预想的学校应该没有问题。

一路看下去，她目光最后停留在项小寒的位置上。

今年的卷子偏难，分数线比去年低了10分左右，白钰比一本线高了将近50分，乔岚和郯墨高的就更多了。

但是项小寒居然没考到一本线。

18班可不是一般的班级，18班是尖子班。

学校追求的升学率是百分之九十八,百分之九十八也就是说说，其实是百分之百。

项小寒的成绩在18班确实不算好，中下游的水平，但尖子班到底是尖子班，就算最后边的学生，去了普通班也能考个中间位置。

结果项小寒这次居然连一本线都没过?

乔岚看了郝英的成绩，郝英都超了一本线20分。

乔岚看着项小寒的名字，虽然有些不道德，但是脑海里还是蹦出来两个字——活该。

不过有点惨的就是，项小寒成了18班唯一一个拖后腿的学生。18班本该百分之百的一本升学率，被项小寒硬生生拖到了百分之九十八。

郯墨还是不太喜欢一堆人凑在一起的这种热闹氛围，他站在办公室外边的护栏边拿出手机看股市行情，比常人更加敏感的神经骤然感受到了什么，转头便看见失魂落魄、却在看见他后面露狰狞的项小寒。

郯墨淡淡看了她一眼，重新将目光落回手机上，就像项小寒是个毫不相识的人。

项小寒浑身忍不住颤抖，高考失利、乔岚和郯墨在一起的刺激，以及此刻郯墨的漠然，都让她精神崩溃。

她突然开口道："你会有报应的，你一定会有报应的！"

像是想到了什么似的，她笑了起来："郯墨，你们不会长久的，我已经告诉乔岚你是个精神病了，她迟早会离开你，她现在不过是可怜你……"

郯墨呼吸骤停，他豁然抬头，却被从办公室里冲出来的乔岚一把抱住。

"墨墨，我们可以回家了。"

她紧紧抓住郯墨的手，可郯墨的手凉得像块冰。

郯墨曾经想过，乔岚为什么要和他在一起。

他记得乔岚说过喜欢，他其实是有一点相信的，可只有那么一点点。

毕竟他是一个遍布丑态的精神病。

所以为什么会喜欢他呢？

可他不敢想，也不想多想，他曾经想永远和乔岚在一起，如今他们在一起了，乔岚甚至也和他说了永远。

这就够了，不是吗？

他在心里这样问自己，为什么要问呢，就不能装作什么都不知道吗，那些所谓的"为什么"真的就有那么重要吗？

事实证明，是有的。

一句"可怜"，就能击破他所有的防线。

郯墨死死盯着乔岚，压抑着疯狂跳动的心，沉沉地开口："你到底为什么……"

郯墨顿了顿，才终于艰难地将整句话讲完：

"为什么要和我在一起？"

这回轮到乔岚怔住了。

因为乔岚想不到也想不通，为什么郯墨会问她这种问题。

乔岚觉得他们经历了那么多，无论什么都是水到渠成的。

为什么在一起？因为我很喜欢你，喜欢了很久，而恰好在一个偶然的机会发现原来你也在喜欢我，所以我们走到了一起。

他们之间，即使从来没有人说过什么，可是眼神和行为，早在很久很久之前就已经很明显了。所以乔岚以为郯墨和自己一样，其实什么都明白。

可郯墨现在突然问她这个问题。

郯墨根本不懂，他根本不懂自己对他的感情。

这里人来人往，甚至还有项小寒。郯墨垂下眼睫，转身也往教室外边走去，还没走两步突然被乔岚抓住。

“跟我来。”乔岚拉着郯墨下楼。

办公楼中央是螺旋状楼梯，楼梯下边有个很隐秘的小角落，这里一般没有人。

乔岚必须和郯墨解释清楚，不能任由他胡思乱想。

郯墨乖乖地任由乔岚拉着他走，等转进了螺旋小楼梯后，将郯墨摁在了台阶上这才开口：“郯墨。”

郯墨坐在楼梯上，抬头看着站在眼前的乔岚：“嗯？”

乔岚一手按在台阶口的小矮墙上，垂眸看着郯墨，道：“我一直以为有些话就算不说，但你和我都明白。”乔岚认真道，“但是我现在才发现，有些步骤真的一点都不能省，仪式感真的是个很重要的东西。”

郯墨张了张嘴，不知道该说什么。

因为他有些没听懂乔岚的意思。

他仰着头看着乔岚，乔岚注视着郯墨：“所以我们还是把所有落下的全部都问清楚。郯墨，那天你为什么要偷偷亲我？”

郯墨手指一紧。

因为，郯墨听着心口跳动的声音哑声道：“我喜欢你。”

喜欢了很久，喜欢到了骨子里。

乔岚笑了笑，漆黑的眼眸亮亮的，身体伏下来一点又继续道：“那你觉得我为什么会拉住你？”

郯墨沉默片刻，老老实实地开口：“我不知道。”

他不知道。

就算到了今天，郯墨依旧想不通。

乔岚被气得想揪住郯墨衣领大吼，但她到底忍住了，继续道：“那你觉得我为什么会和你在一起？”

郯墨又是沉默片刻后，道：“可怜我吧。”

乔岚这回真的被气笑了。

“我可怜你？”

乔岚简直不知道该说什么，大抵是气急了也不在意形象了，长腿一跨，一脚踩在郯墨旁边的台阶上，胳膊搭在膝盖上，顿时两人离得越近了。

“我可怜你什么？你有什么能让我可怜的？别转头，看着我。”乔岚伸手将郯墨转过去的脸转了回来，“而且我是那种因为觉得你可怜，就稀里糊涂决定自己人生的人？”

这世界上让她可怜的人多了去了。

而且乔岚完全搞不懂郯墨为什么会觉得自己可怜他，她与郯墨相比，更应该被可怜的难道不是她？

“我搞不懂你为什么会这么想，相比之下，我家境困难，爹不亲娘不爱，麻烦事情一大堆，你有可怜过我？”

郯墨摇头，他怎么会觉得乔岚可怜，在他心里乔岚漂亮聪明，优秀得让人自惭形秽。

郯墨看乔岚已经不是有简单的滤镜了，乔岚听着郯墨的话都觉得有点不好意思，笑了笑道：“说得这么好听，我差点就信了。”

“全是真的。”郯墨道，在他心里乔岚就是这样的存在。

“那你知不知道，在我心里，你也是一样的？”乔岚放慢了语速，像是担心他听不懂听不清一样，几乎是一字一句道，“也许开始接近你确实是觉得你可怜，可那不是全部，没有谁和谁的感情是只靠怜惜来维持的。

“你不知道在我心里你有多优秀，比我见过的任何一个男孩都要优秀。”乔岚眨眨眼，“你这么好看，这么聪明，这么厉害，你不知道我有多佩服你，多想一直留在你身边，嘘，不要说话，等我说完。”

乔岚将踩在台阶上的脚收了回来，蹲在了郯墨的面前，抬头看着他继续道：“我说的全是真的，当初你什么都不告诉我去了美国，每一天我都在想你，想你什么时候才能回来，想你会不会就这样一走了之。

我也会害怕，害怕你在我看不见的地方遇见了另外一个人，你会像对我一样对她，从此和我只是关系好一点的朋友。

“我还试探了你很多次，所以患得患失了很久。郏墨，说了这么多，我想告诉你的是，我从来不是因为可怜你才和你在一起的，想照顾你一辈子是因为喜欢你，不喜欢你和别的女孩子走太近是因为喜欢你，那天你吻我我回吻也是因为喜欢你，决定和你在一起，想做你女朋友还是因为喜欢你，从来没有第二个原因。

“我没有想到你会这么没有安全感，我很抱歉当时没有说这句话。”乔岚握住郏墨的手，将下巴抵在郏墨膝盖上仰着头轻声道，“以后你想听多少遍都可以，郏墨，我真的很喜欢你，从来没有喜欢过这样一个人的喜欢，想在一起一辈子那样的喜欢，好啦我终于说完了，现在轮到你说……”

郏墨抓着乔岚的手，话还没说出口，隐秘的小楼梯口伸出一个脑袋，幽幽地开口：“你们在这里干什么？”

郏墨和乔岚：“……”

首先冷静下来的郏墨：“……谈心。”

担心他俩出事而找了半天的白钰：“……”

等两人回到办公室，项小寒已经离开了。郏墨满脑子只剩下乔岚刚刚的话，也不知自己是怎么离开、怎么坐上车的，全凭乔岚牵着走。

直到到了家门门口，郏墨晕乎乎的脑袋终于可以理智思考了。

他突然从身后搂住了正要上台阶的乔岚。

乔岚诧异转身，反手抱住他问他：“怎么了？”

“想你了。”郏墨小声道。

“我们不是一直在一起吗？”乔岚摸了摸郏墨脑袋，“不过我也想你了。”

“真的吗？”郏墨道，问完后却不等乔岚回头急声道，“你白天说的话还算数吗？”

“什么话？”乔岚故意道，“我白天说了好多话。”

郏墨低头轻轻用额头蹭了蹭乔岚的额头：“你说只要我想听，你就说给我听，我现在想听了。”

乔岚轻笑一声，踮起脚尖在他耳边浅声道：“说什么？喜欢你、好喜欢你、最喜欢你，你喜欢哪个？”

太要命了。

郯墨这两天打拳都特别狠，没办法，心情太亢奋，今天分明已经打爽了，浑身没什么力气了，可等看见乔岚后，郯墨觉得自己浑身又烧了起来。

绝对不是他不经撩的原因，而是乔岚太能撩拨了，女孩子在耳边的轻语声就像蛊惑一般，每一个“喜欢你”都酥到了骨子里。

郯墨浑身上下每一根神经都绷得紧紧的，抱着乔岚的双手恨不得将怀里的人揉碎了。

他忍无可忍地搂着女孩的腰将人腾空抱起来，乔岚惊叹自家小男朋友嘴上说不过她就开始动手，一个转身已经被郯墨反制，后背抵在了墙上。

少年的气息铺天盖地地压了下来，额头，眼睛，鼻子，柔软的唇一寸一寸往下，浅尝辄止的模样。

楼道里黑漆漆的，静悄悄的，乔岚甚至可以听见楼上小夫妻笑闹的声音，她到底没郯墨胆子这么大脸皮那么厚，伸手在郯墨胸口推了一把：“别闹了。”

“没闹。”郯墨侧着脸，目光下移紧紧地锁着乔岚微微张开的唇，缓缓地，轻轻地，贴上，碰了碰。

比起上一次那个吻，这个吻安静而又纯情。

郯墨顿了一会儿，轻轻开口：“三天了。”

乔岚又担心有人看见，小声道：“什么三天。”

“距离上一次接吻，已经过去了三天！”郯墨手掌托在乔岚后颈的地方，大拇指不安分地在她格外敏感的脖子上轻缓地摩挲，他低声强调，“你前天昨天都没有亲我，每一天我都记得很清楚。”

乔岚震惊：“哪有人记这些东西的！”

郯墨倒是很认真地思考了一下自己之所以记得清楚的原因：“可能是……”

说到这里郯墨难得地顿住了，突然有些委屈，又突然有些害羞的小声道："可能是次数太少。"

乔岚："……"

"如果多亲几次，我可能也就记不清了。"郑墨还再接再厉道，"是不是很有道理？"

乔岚："……有道理你个头，放开。"

"不放。"郑墨继续抱着乔岚，下巴在乔岚肩膀上蹭了蹭，"今天你说的话，我想了很久。"

乔岚忍不住又笑了："就几句话想这么久。"

郑墨将脸闷在乔岚肩膀上闷声道："我从来没有想过能像现在这样，你说的话，就像做梦一样。"

乔岚有些心疼："不是梦，全是真的。"

乔岚笑笑："好了，再不回去陈姨要着急了。"

"陈伯、陈姨不在，"郑墨嘴上答应着，却依旧没走，自顾自地继续道，"我也有些话想和你说。"

他确实反射弧慢，乔岚的一番话他反应了一路，才终于琢磨透了。他终于从晕晕乎乎的状态中脱离出来，变得清醒，从而想明白了很多事情，坚定了很多事情。

"我以为我这辈子都不会明白'喜欢'这个词的含义，但是我遇见了你，我从来不敢奢望能和你在一起，但是是你先说了我们要在一起的。

"我曾经想这样就够了，就算有一天你离开了我，我也不会阻拦你，但现在，乔岚，你和我说了喜欢，说了永远，以后如果你再想离开，我不会同意，也不会给你机会了。

"我曾想过将你牢牢地绑在我身边，永远都离不开我，可到底不忍心也舍不得。"

可现在是乔岚主动走近了他，她主动将自己送到了他的身边，郑墨不是圣人，他可以控制自己不去伤害她，但控制不了自己不接受她。

而一旦接受，一旦真正被他拥有，郑墨就再也不许乔岚走出去了。

就算以后有朝一日乔岚不喜欢他了，受不了他了，厌倦讨厌他了，他都不会放手。

他就是这么病态，这么自私。

乔岚认真听他说完了所有后，握住郯墨的手与他十指相扣，如果郯墨口中的自私是将她留在身边：

“那就一直自私下去吧。”

在喜欢上郯墨的那一天，她的未来蓝图中，从来没有第二个人的影子。

郯墨呼吸一窒，抱着乔岚的双臂越发用力，打开门走进去，家里黑漆漆的：“陈伯他们不在家。”

乔岚：“……你刚刚说过了。”

“就我们两个人。”郯墨突然像想到了什么一样。

乔岚很难不多想，脸上有些发烫，抓着郯墨的手臂提醒他：“你想什么呢？快放我下来。”她真怕郯墨抱不住她。

郯墨难得聪明地明白了乔岚背后的意思：“摔不了。”

下一秒惊呼一声，郯墨抱着她坐在了沙发上，而被他抱在怀里的乔岚，惊诧之间双手抱住了郯墨的脖子。

郯墨将乔岚抱坐在自己的大腿上，抬头看着乔岚，右手顺着乔岚的脊背蜿蜒向上，最后落在后颈上。

黑夜中，乔岚低头吻住了他。

郯墨完全沉迷其中，乔岚呼吸不稳地抱着郯墨的脖子，有些喘不过气。

她伸手推了推郯墨，结果被少年那双亮得惊人的眸子看得心口骤然一跳。

郯墨目光灼灼地盯着她，重新将乔岚抱了起来放在了旁边的床上，然后欺身过来，将眼角微红的乔岚压进了柔软蓬松的抱枕间。

乔岚看着郯墨那双眼睛，感受到他粗重的呼吸，突然有些不忍心拒绝。

对郯墨，乔岚真的没有原则，几乎是无条件地惯着他。

她真心实意地问自己，觉得如果是郯墨的话，她并没有拒绝的想法，只是觉得稍微有点早而已。

乔岚心里乱七八糟地想了一大通，在郯墨的吻落在锁骨还要继续往下的时候，到底伸手抱住了郑墨，是默许的意思。

可下一刹，郑墨突然从乔岚身上滚了下去。

少年将自己滚到旁边的位置，用被子将自己卷成一团，脸颊埋在枕头上。

“对不起。”少年闷闷道，“不用管我，我趴会儿就好了。”

乔岚看着趴在床上的少年，一时间不知道作何言语。

好不容易下定决心的乔岚盯着将自己卷成蚕蛹的少年，好一会儿才伸手戳了戳郑墨：“墨墨……”

郑墨整个人顿时缩得更紧，转头迅速看了乔岚一眼，将自己滚得更远，裹得更严实了，声音闷闷的：

“不要碰我，离我远一点。”

乔岚：“……”

乔岚只好乖乖侧躺在一边，看郑墨将自己卷成一堆，如果仔细听，还能听见少年时不时的喃喃自语声。

乔岚听不清他到底在说什么，想了想，小心翼翼地凑过去，终于听见少年的自言自语。

是元素周期表。

乔岚：“……”她心情顿时越发复杂了，又心疼又想笑又无语。

乔岚在旁边躺了一会儿后，突然琢磨着这个时候自己出去可能会比较好。

郑墨说趴一会儿就好，就这样下去得趴到什么时候?

给郑墨一些独处的空间，这么一想，乔岚从沙发上翻了起来，没再碰郑墨，只是与郑墨道：“我去厨房倒点水，你先躺会儿……”

话音未落，刚刚还攒成一团的少年蓦地伸出了手，一把攥住了乔岚的手腕。

“不行。”郑墨终于不背元素周期表了，他紧紧抓着乔岚的手腕，就是不让人走，掌心烫得灼人。

乔岚这才发觉出不对劲，伸手在郑墨脖子上摸了一把，惊道：

“墨墨，你发烧了！”

郑墨这发烧来得毫无预兆，但确确实实就是发烧了。

乔岚这才一急："我不是走。"乔岚耐心地解释，另一只手拍了拍郑墨的胳膊道，"我去找退烧药。"

"不行。"郑墨道。半晌后，那双漂亮的浅褐色眸子依旧亮得惊人，却用说不出的委屈模样看着乔岚，小声道："不要离开我。"

许是因为生病，郑墨今天才这样黏人。

可乔岚就喜欢他黏着自己。

乔岚一下子心软了。

"不走不走，我去拿药，二十秒就回来，十秒。"乔岚迅速找到药跑了回来，重新坐了回去，反手握住了郑墨的手，十指相扣，声音温柔得不像话，"哪里都不去，就陪着你，乖，先吃药。"

郑墨满意地"嗯"了一声。少年颀长的身体从沙发那边挪了过来，吃了药后将脸颊贴在乔岚和自己相握的手边，乖巧地躺了下来。

少年脸颊依旧很烫，大抵是很喜欢乔岚微凉的手，不但贴着，还满意地蹭了蹭。

这回不像狼崽子了，活脱脱像一只爱撒娇的猫咪。

乔岚觉得自己的心都快化了。

郑墨紧紧贴着乔岚，心口全是粉红泡泡，他深深地叹了口气后说了一句什么。

乔岚又没听清楚，捏了捏郑墨的耳垂，俯下身来问他："说了什么？我没有听清。"

"我想在你身上拴根小绳子。"发烧的郑墨异常诚实，平时心里有多少小九九从来都不敢说出来，今天晚上一个接着一个地往出倒，虽然声音小，但乔岚还是听见了。

乔岚："……为什么要拴根绳子？"

"绑起来。"郑墨又抓着乔岚的手蹭了蹭，说完后略有些害羞地小声道，"这样你就永远不能离开我了。"

乔岚怔了怔，沉默了好半晌后才道："为什么总觉得我会离开呢？"

是她做得不够好吗，郑墨还是没有安全感。

最近这段时间，郑墨的表现一直很正常，比起之前来开心了很多也放开了很多，乔岚看在眼里心里也终于微微放松了一点。

她以为在自己说了那样的话之后，郯墨应该不会再有那样的想法了。

可是今天郯墨发烧了，生病脆弱的时候才有了最真实的反应。

曾经乔岚也以为郯墨永远不会说谎，永远不会掩饰自己的心情与想法，但自从知道郯墨喜欢了她那么久，却一直压在心底里从不让她看出来后，乔岚就再也不敢这样去想了。

所以这段时间的开心是不是也是他装出来的，又或者说他的担心从来都没有消失过？

可是到底为什么呢，为什么总觉得她会离开呢？

少年紧紧抓着她的手，闭上了眼睛。

为什么呢？

有些残留在童年深处的声音，因为郯墨自己的抗拒，所以平时不会想起来，可越是压抑越是想忘记，却往往适得其反，总会将其埋得越深。

他不想留下这些记忆，可它们总会时不时自发地跑来找他，就像现在，他依旧清晰地记得在外公的葬礼上表哥说的那些话——

你没有心，你不会爱别人，所以没有人会爱你，没有人会喜欢你，所有人都会离你而去。

“没有人会一直喜欢我。”郯墨轻声道，像是对自己说，又像是对命运说，他闭着眼睛，将自己蜷了起来，“所有人都会离开我……”

乔岚握着郯墨的手骤然一紧，她想说不会的，她永远不会离开他的，少年却又继续道：“他们说我没有心，我不会爱人。”郯墨道，他抬起头来看着乔岚，“可是我真的很爱你。”

乔岚眼眶发酸，眼泪差点滚了出来。

“你不要走，不要离开我。”少年望着她道，“我会很爱很爱你的，没有人会比我更爱你。

“妈妈曾经说，以后一定要和爱你的人在一起，而不是你爱的人，这样才会更幸福。

“所以有我就好了。我会永远陪着你，永远照顾你保护你，不会有人比我做得更好，所以就这样永远和我在一起，永远不要离开我，好不好？”

乔岚的眼泪止不住地落了下来，手指抚过郯墨的脸颊。

“好。”

也许是她做得还不够，又也许是黑暗的童年与母亲离世给他留下了太多阴影，这些都不重要了。

既然过去无法改变，那就在未来做得更好。

郯墨不敢相信，那就一点一点地让他相信，让他相信她真的也很爱他，远比他想象的爱得更多。

郯墨终于平复了下来，贴着乔岚的脸颊，好一会儿后，突然伸手在旁边的床头柜抽屉里摸了好半天，最后摸出来一根彩绳。

是之前为了给郯墨编手链剩下来的彩绳。

不知道郯墨藏到床头柜里干什么。

郯墨将细细的彩绳在乔岚手腕上绕了一个圈，然后绑了一个死结，再三确认很结实后，这才满意地又拿出两根线来，将原本短短的彩绳接长了。

三根彩绳的长度接近两米，郯墨满意道：“接长一点，这样你可以稍微跑远一点，但是跑不掉了。”

乔岚唇角扬了起来：“是啊，跑不掉了。”她也没想着要跑。

郯墨给乔岚系完后没法给自己系，乔岚将彩绳接了过来：“我来。”

郯墨听话地伸出手，任由乔岚也在他手腕上系了一个死结。

系完后郯墨不放心地问：“系好了吗？”

“好了。”

“确定好了吗？”

“确定。”

“哦。”静默五秒钟后，“是死结吗？”

乔岚没忍住又笑了：“死结，解不开了。”

解不开那就好。

郯墨拽着彩绳的这一头，拉了拉那一头，将乔岚的手拉了过来，小孩子似的眼睛弯了起来。

乔岚也笑了：“那现在我要去厨房喝口水，你要不要跟我一起去。”

“去。”郯墨从床上翻了起来。

“那一会儿还要洗脸刷牙。”乔岚边走边道。

郯墨想都不想：“一起。”

“还要睡觉。”

“……一起。”

“那我还想洗个澡呢？”

生病后的郯墨实在太好逗了，乔岚忍不住就接了下去。

一直“一起”的郯墨这回终于不说话了，过了好半天后才纠结道：“还是不要洗了吧。”

郯墨蓦地害羞了起来。

乔岚突然说到这里，他刚刚想了一下就刹住了车，不敢乱想了。

乔岚实在没忍住笑了出来。

这样诚实到什么都藏不住的郯墨真的太可爱了，不管是正经事还是开玩笑，都是一副很认真的模样。

乔岚现在很好奇，等郯墨醒来后看见两人手上的彩绳，该是什么表情什么反应。

平时装得跟个正经人似的，原来满脑子都是小九九。

就这样拽着一根小彩绳，郯墨跟在乔岚身后，将乔岚的洗漱用品全部搬到自己的浴室。笑眼弯弯地和乔岚一起洗了脸刷了牙，又觉得这种氛围格外好，然后拉着乔岚两人坐在小板凳上泡了脚。

最后才坐在椅子上看乔岚将乱糟糟的床重新铺好。

乔岚坐在床沿上与郯墨道：“你要睡里边还是外边……”

话音未落，声音陡然打了一个战。

少年突然站了起来，走过来后半跪在乔岚面前，俯下身，在女孩光洁的小腿上，轻轻吻了一下。

郯墨终于心满意足地睡着，可拜郯墨所赐，乔岚失眠了。

乔岚完全没有想到郯墨会突然做出这样的动作，小腿上被吻过的地方，不知道是不是她的错觉，好像比周围的皮肤烫了不少。

乔岚盯着那一块皮肤看了好半天，突然下床，在郯墨的桌子上摸了一支笔，在那里画了一个小爱心。

这才满意地重新躺了回去，然后继续失眠。

直到凌晨两点，乔岚转头看了眼让她失眠的罪魁祸首，实在睡不着，想出去吃片感冒药，结果被手上细细的彩绳给拽住了。

乔岚："……"

没办法，她又重新又躺了回去。

乔岚失眠到凌晨三点才睡着，郯墨却是一觉到天亮。

第二天郯墨睁开眼睛还没来得及发呆，就感觉到今天和平时好像不太一样。

女孩蜷缩在他的怀里，右手抱着他的腰，脸颊贴着他的胸口。从郯墨的角度看过去，她的睫毛跟小扇子似的，浓密纤长。

郯墨曾经想过，如果一睁开眼睛就能看见乔岚，那又会是一种什么样的体验?

今天一睁开眼睛，郯墨就看见乔岚了。

问他什么感觉?

想永远就这样抱下去的感觉。

他幸福到不知道该说什么。

乔岚睡得还熟，不知道是梦里梦到了什么，无意识地又往他怀里蹭了蹭。

郯墨一僵，下意识往后一退，这才发现双腿也被乔岚修长的腿紧紧压住了。

郯墨愣了好一会儿，然后崩溃地捂住了眼睛，这可真的太折磨人了。

而且随之而来的，还有昨天的记忆。

有些片段已经不太记得，但是有些郯墨还是能想起来。

比如他和乔岚坐在沙发上接了吻，比如为什么乔岚昨天晚上没有回自己房间，还有昨天临睡前亲了乔岚的腿。

郯墨："……"又蠢又幼稚又放肆，但是他一点不后悔。

毕竟干的都是平时根本不敢的，郯墨现在回想起来，居然还觉得很不错。

不过有一点郯墨非常庆幸，昨天差一点点就真的发生什么了。

还好没有。

郯墨总体上来讲，还是一个很有仪式感的人。

恋爱中的每个重要步骤，对郯墨而言都很重要。

更不用说是这样的事情。

更何况在之前，郯墨还不知道乔岚的想法。

而现在……昨天的记忆虽然零碎，却还是有迹可循，郯墨记忆不是很清晰，却还记得乔岚抱着自己温顺乖巧的样子。

郯墨不傻，他看得出来，那是默许，这背后是一辈子将自己交给他的决心。

郯墨的心软成了一汪水，无意识地将怀里的女孩抱得更紧了。

乔岚迷迷瞪瞪醒来，半睡半醒地蹭了蹭："困。"

类似于撒娇的轻软语气，将本来准备起床的郯墨重新拉了回来。

郯墨不动了，乔岚满意地在郯墨胸口找了一个舒服的地方，又睡着了。

陈伯和陈姨不在家，郯墨也堕落成了一个懒人，就这样陪着乔岚一直躺到将近十一点。

完全清醒的两个人相互对视好半天后，突然齐齐别开了视线。

"想吃什么？我订外卖。"这回是郯墨先开的口。

"别订了，我做吧。"乔岚接话，时间刚刚十一点，反正现在放暑假有的是时间，做一顿饭也挺有意思。

"好。"郯墨收了手机下了床，"我先去洗……"然后被绑在手腕上的彩绳拽了回来。

郯墨："……"

乔岚："噗。"

昨天她就在想郯墨今天醒来后发现彩绳会是什么样子，果然很有意思。

郯墨愣愣地看着两人手腕上的彩绳。

乔岚面无表情地看着郯墨："你绑的。"

郯墨："……"

“你说怕我走，要把我绑起来。”

郯墨：“……”

“对不起。”郯墨低头小声道。

乔岚脸色好像不太好，肯定是不喜欢的。

下一刻乔岚却笑了。

“道什么歉啊？”乔岚转了转手腕，“你手上的还是我绑的呢，我是不是也该说声对不起？”

郯墨一怔，看看乔岚再看看手上的彩绳，乔岚笑了笑从床上爬了下来：“好啦不闹了，快点解开。”

不想解，郯墨心道。

但还要去洗澡，他只能不情愿地解开，解着解着一低头，就看见乔岚白皙修长的小腿上有一颗爱心。

乔岚发现郯墨突然不动了，低头正要问怎么了，结果发现郯墨目不转睛地盯着自己的腿。

顺着郯墨的视线，乔岚看见了自己昨晚画在腿上的小爱心。

所以说晚上是个容易迷失的时间啊！

昨天是真的想画，但是也没有想着要让郯墨看见，更不用说现在是大白天已经不是晚上了。

啊啊啊！乔岚内心几乎要尖叫。

她怎么就忘了这事了？怎么就被郯墨给看见了？

乔岚耳根一烫，刚刚抓包了郯墨，结果转眼被抓包的成了自己。她连拖鞋都顾不上穿，拖着长长的彩绳直奔自己房间。

郯墨坐在床边呆了好半天，唇角忍不住地一点点上扬了起来，漂亮的眼睛里俱是温柔的笑意。

他拿起乔岚留在地上的粉白拖鞋，敲了敲乔岚的房间门，走了进去。

乔岚脸颊还是有些发烫，小声道：“我要洗澡换衣服了。”

“我知道。”郯墨走过去，又一次蹲了下来，将乔岚匆忙丢下的拖鞋穿在了她白净的双足上。

“好了。”郯墨又看了眼乔岚腿上的小爱心，眼中的笑意又一次溢了出来，他站了起来道，“现在可以去洗澡了。”

陈伯和陈姨出去了一趟，几天后回来，莫名感觉家里这俩孩子氛围不对了，比之前更腻歪了。

不过对于老两口来说，乔岚和郑墨越好，他俩越高兴。

听说陈姨当年刚刚成年就嫁给了陈伯，如今要不是社会提倡晚婚，这俩孩子都没到结婚年龄，陈姨恨不得直接拉着两人去领证。

郑墨依旧每天晚上都去练拳，乔岚现在闲了下来，于是每天都陪着郑墨去。

陈伯将两人都赶去考驾照，于是白天学车，晚上练拳，日子过得要多惬意就有多惬意。

第十六章

大学

乔岚和郏墨的大学很好选，全国最高的两座学府，现在任由他们挑选，就看这两人选哪个了。

乔岚和郏墨选学校选得很快，不过等选专业的时候，郏墨看着乔岚最终确认的专业，瞳孔猛地一缩。

乔岚没有选之前说好要学的金融，她报考的是应用心理学。

“为什么要学这个……”

郏墨道，可等问完之后突然觉得自己问了一句废话。

原因只有一个，因为他。

郏墨一时间不知道心头该作何感想，感动、欢喜，还是酸楚？

沉默好半天后，郏墨这才按住了乔岚的手低声道：“不用这样。”

不用为了他放弃自己喜欢的，而逼迫自己去接受这些本不在预期之内的东西。

“不要为了我这样，学你自己喜欢的就好。”郏墨道。

乔岚笑了笑道：“我现在就很喜欢这个啊。”

郏墨沉默着不说话，乔岚合上书走过去坐在郏墨旁边的位子上，握住了郏墨的手：“当初说想学金融是因为对炒股感兴趣，你现在就在炒股，你比我更明白大学学金融其实和炒股的关系并不大，就算以后我也想试试，你完全可以教我啊，是不是？”

郯墨没有说话，乔岚只能继续道：

“想学心理学不是最近才有的念头，这个想法已经有将近一年了。如果说不是为了你，你也不会相信。确实是因为你，我才想去学这个的，但是完全不用觉得我放弃了什么。我现在确实觉得心理学很有趣，我也想通过学心理学更加了解你，更加关心你啊，就像你特意学炒股一样。

“我一点都不觉得委屈，为了喜欢的人去付出，这是一件很幸福的事情。”

你看不懂大家的表情，无法表达自己的感情，这没有关系，我去学就好了，我会努力去读懂你。

乔岚抬手摸了摸郯墨的脸颊：“能学和你有关的大学专业，太幸福了好吗？再说了，B大的心理学在全国也是数一数二的，反倒是金融学不如那几个顶尖的财经学校呢！好啦，我的话题就此跳过，你呢，你准备报哪个专业？”

郯墨目光定定地盯着乔岚看了许久，终于将视线重新放在了电脑上。

“数学。”

郯墨记忆力超群，从小对数字异常敏感，数学这种专业最适合他不过，而且如今股票市场主流分析主要有三类，技术分析、基本面分析、数据量化分析，其中技术分析和数据量化分析都与数学有着密切的关系。

乔岚听罢想了想，道：“你学数学是为了继续炒股，当初炒股是因为我，所以四舍五入也就是说你学这个专业也是因为我了。”

郯墨：……有点不太对，但是好像又没什么毛病。

“所以这就对了嘛！”

乔岚拍了一下手，道：“你看我学的专业是因为你，你学的专业是因为我，是不是很公平？”

这怎么公平，虽然一开始接触炒股是因为你，但是后来是因为喜欢。

乔岚喜欢心理学吗？郯墨不知道。

但是不管郯墨知道不知道，乔岚既然做了决定，郯墨也就管不了了。

最后将志愿交上去，因为乔岚和郯墨的分数太高，他们属于最早被录取的那一批，比其他学生要早很多。

后来等两人都拿到了录取通知书，班主任还有很多同学都知道了两人的专业。郯墨的专业倒是正常，看见乔岚选的专业，就连班主任都以为乔岚选错了。

“没错啊。”乔岚解释道，“第一志愿就是这个。”

“怎么突然想学这个？”白钰实在搞不懂，“之前不是说想学金融来着？”

“你之前还说想学法律呢，现在怎么去学管理了？”

……这倒是。

很多同学都没有选择以前想好要学的专业，毕竟上学那时候对专业了解太少，很多人都是随口一说罢了，就是实在觉得乔岚这个专业有点偏。

“虽然说没有考到一个城市吧，但是离得也不远，高铁一个小时就能到，周末有时间了我一定过去找你玩。”白钰道，“对了，你和郯墨住校还是住外边啊？”

白钰是鲜少知道乔岚如今就住在郯墨家的人。乔岚和郯墨已经是见过家长的关系，郯墨的家境又那么好，所以在外边租房子甚至买房子住也完全正常。

主要是白钰实在想不到郯墨和其他人一起住宿舍的样子。

大抵是认识郯墨两年，郯墨除乔岚以外没有一个朋友，所以白钰想不到他会和其他人关系好，甚至生活在同一片屋檐下是个什么情景。

乔岚倒是还没想到这个问题。最近天天练车，乔岚满脑子全是交通规则和挂挡刹车。

乔岚刚开始还担心自己学不好要挨骂，毕竟网上经常有人说驾校教练训人一套一套的，结果陈伯给乔岚报的是贵宾班，随时预约不用排队不说，还专门辅导，教练十分温柔耐心。

乔岚压力更大了，生怕对不起陈伯花的钱，每天学车的时候恨不得将百分之二百的注意力都放在上边。

现在白钰说起住校不住校的事情，乔岚自然是想住校，倒不是因为自己，而是因为郯墨，郯墨还是需要慢慢融入人群的。

虽然自己会一直陪着他，但她无法代替所有，郯墨还需要有志同道合的朋友，尤其是同性朋友。

B 大是全国最高学府，能去那里的学生都是优秀的，总体来说都是高素质的，在那样的环境里，郯墨也许真的会结识关系很好的朋友。

这是乔岚所期待的。

但她也没办法完全放心，毕竟郯墨从来没有和陌生人住在同一个屋檐下过，而且郯墨的阿斯伯格症始终是一个隐患。

乔岚咬了咬嘴唇，这事还是得和郯墨商量一下。

刚刚班主任又找郯墨不知道要干吗，乔岚一路找了过去，才看见说得嘴皮子发麻的班主任和无动于衷的郯墨。

一问才知道，随着各省的成绩全出来后，全国卷一的各个省状元也相继出现，但郯墨依旧保持住了第一名的称号。历年的文理科状元都会接受采访，然后留几张照片，像郯墨这样学习又好长得又这么帅的，班主任觉得怎么都得多拍几张照片。

结果别说拍照片，郯墨连采访都没接受。

班主任怎么劝都没用，看见乔岚来了眼睛一亮，拉着乔岚让她劝一劝郯墨。

乔岚完全站在了自家男朋友一边。

“那就不采访了吧，”乔岚道，“他不喜欢。”

随着最近高考成绩公布，网上有关高考的话题就没断过，一开始是那些参加高考的明星，后来就是这些高考状元。

郯墨从来不关注这些东西，所以也不知道，乔岚却看到过。当时738 分的惊人高分出来后，网上很多人都在讨论，下边的评论居然还有附中学生的爆料，自称是同校的学弟学妹，说了好多有的没的。

乔岚也喜欢看那些夸郯墨厉害、说他名字好听的评论，却很不喜欢看到那些到处科普的学弟学妹们。

尤其是有人专门写出郯墨以前双腿受了伤站不起来，很多人都感叹很励志，但乔岚看着还是觉得不舒服。

所以到了最后，郑墨也没有接受采访，记者没办法，只能采访班主任，还采访了几个同学。

乔岚搜了几个相关的新闻看了，几篇新闻稿的意思大抵都是郑墨是个不折不扣的天才，理科方面异常突出，就算不怎么听课也次次年级第一，然后不出所料地提到了郑墨以前不能站立的事情。

新闻就是这样，尤其是对郑墨这样的正面人物，总喜欢突出他的辛苦，再通过辛苦烘托他的不容易，就跟心灵鸡汤一样。

这两天热搜上时不时有什么高颜值状元等，之前有个男生白白净净的，直接冲到了热搜前五，如果换成郑墨的照片，估计直接能在热搜第一挂一天。

好在郑墨没接受采访，也不允许用自己的肖像，网上没有郑墨的照片，所以热度也不太高。

三个月的暑假好像很长，但过得又很快，乔岚拿到了二十五万元的奖金，再加上郑墨炒股给她的红利，乔岚顿时觉得自己是个小富婆。除此之外，乔岚还成功拿到了驾照。

对于住校不住校的问题，乔岚郑墨和陈伯一起商量了很久，最后还是决定先住校，如果郑墨不喜欢、不适应，那就搬出去住，反正郑墨在学校附近买房子也是轻而易举的事情。

九月初，乔岚和郑墨一起坐上了前往首都的飞机，在学校外的酒店住了两天，提前一天去周遭还有学校里边逛了逛。

学校还没有正式开始迎新，但是校园里的氛围已经很热闹了。

乔岚指了指林荫大道那边已经搭起来的牌子，犹豫道："明天我还是先陪你报名吧。"

陈伯、陈姨这次没来，总不能让两位老人家帮他们拿行李，更何况乔岚和郑墨带的东西很少，乔岚之前说先陪郑墨报完名之后再自己去报名，被郑墨拒绝了，郑墨说自己去就可以。

可是今天都已经这么多人了，明天肯定人更多。

郑墨揉了揉乔岚的头发："不要总把我当小孩子照顾。"

“好吧。”乔岚只能点点头，“那明天我们分头行动，报完名后我再去找你。”

郯墨一定是行李带得最少的新生。

乔岚还拎了个小箱子，郯墨浑身上下只有一个手机。

这人怕麻烦，所有的东西，包括衣服，都准备今天报完名后重新买。

迎新非常热闹。

小彩旗从校门口一直延伸到报名处，到处都是穿着各色 T 恤的学长，进来一个新生，学长就问是哪个学院的。

数学专业是 B 大的王牌专业之一，更是尖子生扎堆的重点专业，所以就连报名的地方也比其他专业显眼一点。

郯墨往那边看了一眼，乌泱泱的全是人。郯墨下意识不想去，这种环境已经让他很不喜欢了，更不用说让人窒息的报名处。

心里再不喜欢，面上倒是看不出什么。郯墨现在已经很会掩饰内心的真实想法了，就连眼神也可以掩饰到乔岚一点都看不出来。

“真不用我陪你去吗？”乔岚问道。

“不用。”郯墨将手里的小拉箱还给乔岚，“一会儿找到宿舍后给我打电话。”

“好。”乔岚道，她和郯墨约好报名结束后去逛一逛，郯墨缺的东西太多了。

乔岚到底不放心，谁让郯墨一直都是被照顾大的，乔岚一边找心理学专业的位置，一边回头看郯墨那边，手里拎着个箱子，一步三回头的样子，一看就是什么都没见过的标准的新生。

乔岚走了一圈，终于看见了一个树荫底下拉着的横幅，写着心理学专业。

B 大的心理学是全国拔尖，但是到底不是热门专业，而且招收人数非常少，今年 B 大心理学一共就招收七十个本科生，几个年级加起来的总人数都比不上大专业的新生人数。

乔岚估摸着这里应该挺冷清的，两天时间一共接七十个学弟、学妹，简直不要太轻松。但到了地方后，才发现挤在一起的人倒是不少，比旁边几个专业看起来热闹很多。

乔岚走过去后，坐在前边统计的学姐听见拉箱滚动的声音，急忙往后边吼一声：“小声点，有新生到了，通知书给我……”

转头这才看见乔岚，学姐看着乔岚愣了愣，又低头看了看乔岚的录取通知书，一瞬间整个声音都柔和了下来：“这么热往里边走走，学妹先坐，填一下这个。”

一声“学妹”将几个说话的学长给吸引了过来，等众人再看清楚乔岚的长相，这才眼睛一亮，“嗖”地一下子挤了过来。

几个人一散开，乔岚一下子明白为什么这里人多了。

最里边坐了一个男生，乔岚看见他脑子里顿时蹦出“邻家学长”四个字。因为坐着，看不出高低，穿着白色休闲衬衫看起来很干净，无论是长相还是气质都很温和，当然最主要的是长得很好看。

要不然怎么单单就这里这么多人，毕竟有帅哥坐镇。

但就算是个帅哥，却比郟墨差远了，大抵和陈曜阳、郝英一个水平。

乔岚对郟墨有滤镜，论谁来都比不上郟墨更好看。

乔岚看了一眼收回视线，接过学姐递过来的笔，在表格上填上自己的专业名字，挤过来的另外两个男生七嘴八舌地和乔岚问话。

“学妹字不错啊！”

“谢谢”。

“学妹哪儿的人啊？”

“S 省。”

“我家就在隔壁省份。”学长乐道，看了看乔岚身后没有其他人，“学妹一个人来的吗？”

“不是，”乔岚将填好了的表和笔还给学姐，对着学长展颜一笑，“和男朋友一起来的。”

兴冲冲的学长瞬间卡壳，后边几个学姐顿时都乐了，一开始让乔岚填单子的学姐这才接过话继续八卦：“那你男朋友呢，没来陪你报名啊？”

“他在那边，我们分开，各自报名的。”乔岚指了指远处的几个专业，道，“谢谢学姐。”

“不谢不谢，我送你去宿舍。”学姐站了起来，直到乔岚走了，几个学长才开始感叹，双学霸啊！情侣一起考进顶级学府这种事，原来真的存在。

不过让几位学长比较受打击的是，心理学专业本来招生就少，好不容易来一个这么漂亮的学妹，结果早就被人预定了。

这年头的学弟怎么这么不懂事？还没来呢就跟学长抢人！

跑去外边接人的两个学姐回来，说数学系那边特别热闹。

“听说来了个颜值逆天的学弟，一堆人都跑过去看热闹。”

“你也去了？”

“那当然。”学姐很自豪，自豪完了兴奋道，“身高目测一米八五以上，真的帅！”

“今年新生颜值都这么高的吗？”

“还有谁？”

“刚刚咱们专业也来了个颜值逆天的学妹，腿特长，就是已经有男朋友了。”

“人家没男朋友也没你什么事儿啊……”

众人哄笑开来，一直坐在后边的那个白衬衫男生，随手拿起刚刚的报名表，看清了上面的名字——乔岚。

专业人数少，住宿条件倒是不错，四人寝，上铺下桌，乔岚来得最早，宿舍里还没有其他人。

乔岚找到自己的床位，简单地收拾了一下后将行李箱放进柜子里，带上手机身份证下楼去找郏墨。

刚刚和送她过来的学姐聊天，打听到了数学系宿舍的位置，离这里倒不是很近，但乔岚记路挺厉害，走了十来分钟便到了郏墨的宿舍楼下边。

乔岚找了片树荫后给郏墨打电话。

男生总是能因为一个小小的投缘的话题，迅速熟络起来。

郯墨报考的是B大的王牌专业，这个专业本来就是真正的学霸扎堆的地方，B大每年招收十来个高考状元，今年有两个就在数学专业，其余分数也平均都在650分以上，而郯墨所在的宿舍，四个人更是学霸中的学霸，全是700分以上的大佬。

其中最牛的还是郯墨。

不过看到郯墨时，就像之前报名的一众学姐一样，室友第一眼还是先看郯墨的长相。自我介绍一番后，谢弘毅捂着脸感叹："唉！221的颜值第一保不住了。"

郯墨从未有过这样与陌生人直接对话的体验，他有些不知道该说什么做什么，看着眼前白白净净、自来熟的清秀男生，脑子里又下意识蹦出了之前学习的各种情绪解读与模仿应对。

当他不知道该怎么做的时候，转化成借用别人的思维，一切好像就轻松多了，他笑了笑，甚至还能开玩笑道："保得住，让给你。"

"上道。"谢弘毅下意识想伸手拍郯墨的肩膀，被郯墨不着痕迹地躲了过去。

谢弘毅倒是没察觉到，他一伸手，发现郯墨比自己高了多半个头，觉得自己还是不要自取其辱，将手收了回去念念叨叨："刚刚已经来了一个哥们儿，他父母陪着来的，这会儿陪父母转去了。我妈要跟着来我没让，你也是一个人来的吗，你是本地的吗？咋连行李都没带……"

这一大串问下来，郯墨都不知道该回答哪个，最后挑了自己最愿意回答的："不是一个人，还有女朋友。"

"哈？"谢弘毅一呆，这才回头，想了想后突然道，"兄弟，你名字是哪两个字？"

怎么感觉这么熟呢？

郯墨将自己的通知书递给谢弘毅，谢弘毅看完一拍大腿嚷了起来："我就说耳熟！你是那个全国卷子的理科状元是吧？我之前还看过你的新闻！"

碰上一个自来熟又话多的舍友，郯墨觉得很轻松，不用回答问题，谢弘毅完全可以自问自答。

"你长这样咋就没你照片啊？"谢弘毅激动道，"我和你讲，之前网上那个最帅高考状元简直就是来搞笑的，长得还没我帅呢……”

郯墨皱眉，这要怎么接话，背后议论人总归不道德。

结果没等郯墨开口，门口推箱子的声音响起。

“你又在背后编派我是吧？”推着老大一个箱子的高瘦男生站在门口盯着谢弘毅，“不就比你高了1分？你就记了两个月……”

谢弘毅瞬间跳了起来：“我能记一辈子！”

平时考试一直都是他考得更好，结果最后一次这人居然比他高，高也就算了，结果就高了1分，还拿了本省状元的称号。

郯墨听出不对劲了：“你们以前认识？”

“啊。”门口推箱子的那高瘦男生走了进来，“认识，高中前后桌、上下铺。你好，我叫孔沙。”

“郯墨。”

“行了，收拾你的东西。”谢弘毅帮孔沙将行李箱拽进来后继续和郯墨唠嗑，“兄弟，我真的看过你的新闻，一开始我不认识你这个姓，所以印象特别深刻，后边还看了新闻下边的评论，有你们学校的学生爆料，说你从来不上课，但次次考试还是第一，厉害！”

郯墨：“……谢谢。”

“谢啥啊？谦虚！”谢弘毅摆摆手，“哦对，你刚刚说，说你和你女朋友一起来的，你女朋友哪个学校的？师大？我记得师大也是这两天开学。”

“不是，也是B大。”

谢弘毅震惊：“你对象高考多少分啊？”

“721。”

郯墨说完手机响了，低头一看，整个面部线条都柔和了下来。

谢弘毅拽了拽孔沙小声道：“肯定是他对象你信不信。”

孔沙给了谢弘毅一个白眼，这么明显的问题有什么信不信的。

看着郯墨脸上的笑，再听听这含着笑意的声音，等电话挂断后两人目视郯墨出了门，孔沙看了谢弘毅一眼，低声道：“羡慕了？”

“有什么好羡慕的？”谢弘毅嗤之以鼻，“找对象还是要大学找好吗。大学里漂亮妹子多得是，你不知道报名那会儿好几个学姐要送郯墨过来，个个都漂亮，肯定比他那女朋友漂亮。”

大学生会打扮，而且由于本班的亲身经历，谢弘毅实在不觉得理科班有什么特别好看的女生。

但他到底好奇，伸长脖子往楼下看了一眼，就看见楼下树荫凉那边一个颜值超高的妹子，谢弘毅眼睛一亮：“看，我就说高颜值妹子随处都是，这也太漂亮了……”

话音未落，就看见刚刚出去的新室友朝着那妹子走过去，那漂亮姑娘看见郊墨后展颜一笑，越发好看了。

然后那女孩被郊墨揽进了怀里，离得很近说了些什么，最后手挽手地一起离开。

谢弘毅：“……”

孔沙眼中酝着笑意：“怎么了？”

谢弘毅：……为什么他高中的时候班里没有这么漂亮的妹子？为什么现在他也没有这么漂亮的女朋友？

刚刚说的话不算，他现在老羡慕了。

“室友怎么样？”乔岚最关心的是这个。

郊墨想了想，做出了评价：“挺好，你呢？”

“我还没见到。”乔岚道，“我是第一个来的，等我们买完东西回去，差不多应该就到全了。”

郊墨“嗯”了一声，过了好一会儿才像是反应过来一样：“我们要买什么？”

乔岚：“……”

这个时候，郊墨没有一点天才的样子了，又傻又无助。

之前说好和乔岚一起去买东西，说好的时候完全没有异议，好像自己什么都知道一样，原来其实什么都不知道，乔岚说什么他点头就是。

乔岚被逗笑了。

“买的东西很多啊，尤其你连衣服都没带。”作为一个住校生，乔岚倒是什么都知道，“首先得办一张电话卡，本省的联系起来更方便，好像还有校园套餐什么的，然后生活用品、毛巾牙刷之类的，买完这些后我们再去商城买衣服。”

“好。”郯墨依旧乖乖答应。

学校有一个大超市，东西很齐全，但是因为正值开学季，里边人山人海。乔岚和郯墨买了东西后排在好几米长的队伍里，一边等着结账一边说话。

反正闲着也是闲着，乔岚索性和郯墨讲新生要注意的一些东西，免得被骗。乔岚能想到一点就说一点，郯墨听得也很认真，直到最后全部听完了，那双浅褐色的眸子这才沉沉地盯着乔岚：“你怎么知道这么多？”

“啊？”乔岚一愣，这要怎么说？

“刚刚报名时候听到的。”她随口找了个借口，结果正好撞上了郯墨猜测的目光。

郯墨觉得乔岚知道这么多有些奇怪，又想起了刚刚一定要送他去宿舍的几个过分热情的学姐。

异性总是很具有吸引力的，尤其是相貌非常出众的异性。

就像乔岚这样，是不是也有男生像那些过分热情的学姐一样，一定要送乔岚回宿舍，还在去宿舍的路上和乔岚说了这么多东西？

虽然郯墨拒绝了几个学姐的引路，但从舍友谢弘毅的口中，郯墨得知谢弘毅是被学姐送回宿舍的，并且交换了微信号。

那乔岚呢？

当然乔岚不会主动去加别人的微信号，但如果送她回来的学长要加呢？能主动送她回来，那就说明对她感兴趣，既然感兴趣不会不向她要微信号，而乔岚是个很随和很好相处的人，一般不会拒绝……

郯墨眼神骤然一凛，却听乔岚继续道：“我们专业男女比例三比七，当时去报名的时候几乎全是学姐，一个学姐送我回来的时候说的。”乔岚自己有点心虚，所以解释得更加清楚。

郯墨一愣，眼中的寒意一荡：“学姐？”

“对啊。”乔岚点点头，点完头后这才体会出郯墨在意的点，品出了其中的滋味，眼中一时间浸满了笑意，一把揽住郯墨的胳膊，踮着脚尖在郯墨耳边小声坏笑，“吃醋啊？”

郯墨：“……”

“吃个醋拐弯抹角的，差点没看出来。”乔岚啧了一声，“我还没问你呢。”

“问我什么？”

“谁送你去宿舍的？”

“没人送。”郯墨整个人的气质都软和了下来，“我自己找去的。”

乔岚眼中的笑意更深了：“方向感很不错。”

“还可以。”郯墨握紧了乔岚的手，“到我们了，去结账。”

“嗯。”乔岚跟上郯墨的脚步，等全部结账后离开超市，一直跟在两人后边排队的几个妹子这才叽叽喳喳地议论：“天哪！前边这对情侣颜值好高。”

“而且超甜有没有？”

“有。”

“羡慕。”

羡慕的人不只这几个。

因为担心商场关门，所以日用品准备暂时全部放在郯墨的宿舍里，于是乔岚又顺便跟着郯墨去了一趟宿舍，与他的三位舍友简单地打了个招呼。

“我女朋友，乔岚。”

郯墨对着别人说乔岚是自己女朋友，这样一句简单的陈述句，他每次从口中说出来时，都会感觉幸福感和满足感要从心口溢出来了。

这次依旧是。

乔岚对着郯墨的三位舍友笑了笑，谢弘毅顿时有些结巴，自己的名字都说得磕磕绊绊的。

刚刚谢弘毅站在二楼，从上往下看，已经能看出这妹子身材好颜值也好，等乔岚走过来，谢弘毅突然明白了拍照时候的所谓的“死亡角度”。

从高处往低处拍，一米八的人能拍出一米五的错觉。

再看郯墨的女朋友，谢弘毅刚刚还说郯墨这么早找女朋友太吃亏，但是看到真人后，谢弘毅忍不住吃了个柠檬。

有这样的女朋友，错过多少妹子都值得啊！

而且这女朋友还这么温柔，这么好脾气，对郯墨这么好。短短几分钟，谢弘毅觉得自己就这样看着乔岚和郯墨都牙疼。

被甜的。

按理说这种颜值的女生，不应该高冷一点，任性一点？

就这样羡慕地看着这两人回来一趟又转身离开，谢弘毅将自己摔在床上，幽幽道："我也想谈女朋友。想要这么好看的女朋友。"

孔沙毒舌道："下辈子吧。"

谢弘毅："……"虽然我长得是不如郯墨，但是好歹兄弟一场，你就这么损我？

谢弘毅越发难过了，趴在床上气得不理孔沙了。

另一边，乔岚在帮郯墨挑衣服。

虽然和郯墨已经逛街过很多次，但每次乔岚还是觉得异常不适应。

郯墨这人根本对钱没概念。

乔岚没打听过郯墨有多少钱，她只知道郯墨母亲留给郯墨的遗产很多，就算他挥霍一辈子都够用。

乔岚摇了摇头，将乱七八糟的想法都摒弃掉，重新认真帮郯墨挑选衣服。

必须挑选，因为如果不挑，郯墨会看一套买一套，根本试都不试。

虽然郯墨现在个子高，像个行走的衣架，穿什么都好看，但钱也不是这么浪费的。

为了不让郯墨件件都买，乔岚只能各种挑毛病，尤其是那些贵得离谱的，还有平时没有合适的场合穿的。

这件颜色不好看，那件质量不太行，这个牌子她不知道为什么就很讨厌，那个牌子口碑不太好，凡是能想到的乔岚都用上了，站在一边的店员小姐脸都是绿的。

乔岚完全相信，他们走后那些店员一定会议论，说这么帅的男生怎么就找了这么难伺候的一个女生，人家花自己的钱她还挑个没完。

但就算是这样，等逛完后还是买了很多。

乔岚将能扔掉的盒子和袋子都扔掉，一是为了拿着方便，二是为了低调。

郑墨今天这一堆东西买下来，花的钱在六位数以上，这对一般大学生而言绝对是个天文数字。郑墨本来就不太会和人相处，乔岚担心有些红眼病的人会有什么坏心眼，郑墨的优秀和帅气看来是藏不住了，那就稍微藏一点富吧。

白天出门，直到晚上才回来，乔岚先跟着郑墨去宿舍拿东西，拿完东西后郑墨又跟了下来说要送乔岚回去。

谢弘毅搞不明白："这样你送过来我再送过去，有意思吗？"

"没意思。"孔沙道，"所以你没有女朋友。"

这次乔岚再回去，三位舍友终于都回来了。

回来后，乔岚敏感地发现，这个宿舍的氛围，和自己曾经的大学宿舍好像不太一样。

宿舍里三个人，两个躺在床上，一个还戴着耳机，另外一个拿着手机玩，只有一个扎了双马尾的女孩看见她欢快地迎了过来。

然后其他两个女生这才注意到乔岚，简单地打了招呼后，一个继续戴耳机，一个继续玩手机，只有双马尾女孩拉着乔岚说话。

女生一般对长相很敏感，乔岚长相太突出，扎着双马尾的很有漫画风的可爱妹子惊呼一声"你好漂亮"，聊了一会儿后问乔岚高考考了多少分。

这是个很常见的话题，乔岚相信每个宿舍都会问到。

但有目的和没目的的问话，乔岚还是听得出来的。

乔岚觉得自己真的很有学心理学的天赋，或者是因为和郑墨在一起后喜欢分析每句话的意思，所以多心了一点。

毕竟没必要在问个成绩之前铺垫这么一大堆，比如一次又一次地夸乔岚漂亮，又莫名其妙地提起自己以前也有个关系很好的很漂亮的女孩，但是成绩不太好，还突然说心理学这个专业太偏门，虽然说是 B 大这样的顶级高校，但心理学的录取分数线其实在某些地方也只是一本线而已，说罢一副天真无邪的样子问乔岚："岚岚你是哪个省的啊？"

"S省。"乔岚边收拾东西边道。

S省虽然不是那种高考大省，但绝对也不是偏远地方，分数线绝对不低，甚至今年的全国卷一状元就是S省的。

"这样啊。"双马尾妹子点点头，"我是F省的，今年分数线真的好高啊，550多，比其他好多省高了二三十分呢，B大就更不用说了，我考了680多，一直担心过不了，还好录取上了。"说罢还心有余悸地摸了摸心口。

乔岚："……"

戴着耳机的女生没什么动静，但另外一个看手机的女生，乔岚如果没看错的话，那个女生绝对翻了个白眼。

双马尾女孩一点都不觉得有什么，歪着脑袋很是可爱地问她："岚岚，你高考多少分啊？"

"700多吧。"乔岚拿出手机给郏墨回微信。

双马尾女孩一僵："……700多？

"700多少啊？"

"721。"

"噗！"一直玩手机的那姑娘实在没忍住，乐出了声。

说实话，满心期待地来到大学，无论对学校还是舍友，大家都有一个美好的幻想，但是谁能想到第一天就遇到这么硌硬人的对象。

长得可可爱爱的，说话也娇滴滴的，但一开口就让人烦。

不说别的，就说高考成绩，这"小可爱"女孩高考成绩最高，高也就高吧，结果一直说个没完，虽然没有直说，但话里话外就是故意显摆。一口一个姐姐，直接将柳灿灿给气笑了。

你比我小吗？谁是你姐姐。

结果人家还很可爱地愧疚道："但是我长得显小嘛。"

柳灿灿：……扎个双马尾穿个萝莉裙就显小了？

她想吵架但又觉得没必要，刚第一天，而且都成年人了，没意思。

另外一个室友直接戴了耳机，柳灿灿也懒得再搭理她，直到乔岚回来。

没想到最后这位室友这么漂亮，于是那位“小姐姐”又开始了，先是一顿夸奖，后边果然又开始打听乔岚的成绩，还明里暗里故意说长得漂亮的女孩一般学习都不怎么样。

结果人家这妹子不但是超级美女，还是超级学霸。

721分，放在有些省份都能当状元了。

双马尾妹子沉默了好半天，终于憋出来一句：“你好厉害啊！”

“谢谢。”乔岚铺好床铺从床上下来，去外边和郑墨打电话去了。

她实在没有想到宿舍生活会是这个样子，但就像网上很多人说的，在大学里，大部分的宿舍氛围都不是很和谐，六个人有五六个群之类的事情，再常见不过。

乔岚承认自己有些失望，毕竟是要一起生活四年的对象。

但也仅此而已了，等郑墨电话接通后，乔岚就将这些事情抛到了脑袋后面。

两天迎新过去后，军训前的一天晚上，指导员将这一届堪堪两个班的心理学学生们组织起来。基本的步骤，做一做自我介绍，让大家认识认识，班会进行到一半的时候，教室后边来了几个人，指导员看见几人笑了笑，挺熟稔地聊了起来。

乔岚一看，挺熟悉的几张脸。

当初送她回寝室的那位学姐在，和她搭讪的那个学长在，还有那个虽然没说话但颜值很高的白衬衫学长也在。

那位学姐看见乔岚，还挺开心地和乔岚挥了挥手。

罗曼，也就是双马尾女孩，往后看了一眼，然后凑了过来小声问乔岚：“那个学长是谁啊，我记得报名的时候他就在报名处。”

虽然说第一天大家的见面不是很愉快，但一开始的活动几乎都是以宿舍为一个群体，一个宿舍四个人都坐在一起。

乔岚在和郑墨发微信，郑墨那边也在开班会，差不多一样的流程。

乔岚挺好奇郑墨怎么做的自我介绍，郑墨回信，说报了名字。

乔岚：然后呢？

郑墨：没有然后了。

乔岚：“……”好吧，其实挺符合郯墨的人设。

乔岚和郯墨在说话，回复罗曼的样子就有些不太用心，好在罗曼的注意力都在那位白衣衬衫的学长身上：“你也不认识吗？”罗曼语气还挺高兴，“我以为你会知道呢。”

乔岚：“……”为什么我会知道，大家都是新生。

几个学长学姐坐了一会儿后离开了，指导员这才说这是他们心理社的社长、副社长，他们专业人少，所以整个专业的凝聚力还挺强的。而心理社与一般社团不一样的是，这个社团对他们的专业真的很有帮助，还有教授指导，所以学心理学的学生，很有必要去试试加入心理社。

罗曼挺兴奋地说自己一定要去，乔岚随口应了一声后继续和郯墨说话。

结果过了好一会儿后，郯墨那边始终没回信。

这种情况太少见了，甚至从来没有过，郯墨回她的消息永远都是秒回的，就算不是秒回，点开微信也是正在输入中。

乔岚又等了一会儿，始终没等到郯墨的回信。

她皱了皱眉头，突然想起自己昨天去郯墨宿舍的时候，那个白白净净的男生加了她的微信。

乔岚找出谢弘毅的名字，很礼貌地打招呼。

乔岚：同学你好。

谢弘毅这边倒是秒回。

谢弘毅：咋了弟妹？

乔岚：“……”弟妹？

郯墨住了个校，一下子从大佬变成弟弟了？

算了弟妹就弟妹吧，说实话乔岚被叫得挺开心的。

乔岚就问郯墨没出什么事吧，好半天不回信。结果一会儿后，谢弘毅噌噌噌地发过来好几张照片，一看就是偷拍的。

乔岚一看，头发都快奓了起来。

她家男朋友被好几个女孩子围在座位上，由于谢弘毅拍的角度不太对，看不出他此刻是面无表情还是满脸笑意。

谢弘毅：弟妹没啥大事，就是学生会的人问他有没有兴趣加入学生会。

乔岚：“……”这还叫没什么大事？

“同学，你真的不考虑一下？加入学生会对你以后的人生际遇真的很有帮助，以后找工作的时候……”

谢弘毅小心地瞄了一眼郏墨穿着的鞋子。

当初他还随口问郏墨怎么什么东西都不带就来学校，结果当天下午，郏墨就跟他的漂亮女朋友买了一大堆东西回来。

虽然郏墨和乔岚很低调地丢掉了包装，谢弘毅感叹新室友人品实在有点好，但是作为一个喜欢鞋又买不起名牌鞋的鞋子控，谢弘毅还是一眼认出了乔岚和郏墨买回来的几双鞋。

几双鞋加起来的价格绝对好几万，更不用说还有那么多衣服。

怪不得人家来的时候什么都不带呢，家境够好所以随便买。

所以说实在的，这些学姐信誓旦旦说的以后对找工作有帮助什么的，指不定人家郏墨根本没想着找工作啊。

果不其然，郏墨要么不开口，要么只有淡淡的两个字：“不去。”

学姐们不放弃，再三和郏墨说学生会并不是想进就能进的，这是一个很难得的机会，要不是看郏墨成绩好又长太帅，他还得和其他同学一样经过面试选拔才能进去。

结果不管怎么说，郏墨还是两个字：“不去。”

谢弘毅甚至从这一声一声的“不去”里边，听出了郏墨的心情——越来越烦躁，已经在忍无可忍的边缘。

谢弘毅觉得自己得稍微出动一下，便很故意地咳嗽两声，喊了郏墨一声然后道："郏墨，还有两分钟九点了！"

九点整下课，每个班也差不多九点整班会结束，谢弘毅刚刚问郏墨班会完了要不要去食堂觅食，郏墨说不去，说自己要去接女朋友。

于是一众围着郏墨的学姐，就看见刚刚一直面无表情的郏墨，看了眼手腕上的表后站了起来。

"让一让。"

"那个……学弟……"

"让一让，我有急事。"

不知道为什么，明明就是个刚刚上大一的少年，但郏墨冷着脸的时候很有震慑力，直到他离开了教室，才有好奇的学姐问谢弘毅："什么事啊，这么急？"

谢弘毅懒洋洋地眯眯眼，拖长了声音道："接女朋友啊——"要多故意就有多故意。

果然一说完，一众学姐全部沉默了。

谢弘毅终于觉得心里爽了。

让你们不邀请就比郏墨稍微差那么一点点的我！

一旁的另外两位室友，皆是一脸"我不认识他"的模样。

郏墨出了教室才看见乔岚发来的微信，刚刚一直被围着，郏墨就算再不喜欢，但基本的礼貌还是有的，毕竟好多人来找他，他不好低头看手机。

他也没回信，直接拨通了乔岚的电话。

女孩的声音在人群中稍微有些不太清晰："你们也结束了啊？"

"嗯。"郏墨应了一声，"哪个楼？"

问得莫名其妙，也就乔岚能秒懂。

"三号楼，3402。"

"等我。"

乔岚挂断了手机与舍友们道："你们先走吧，我还有点事。"

柳灿灿随口道："怎么了，要帮忙吗？"

"不用不用。"乔岚笑了笑，"我男朋友来接我。"

"你有男朋友啊！"

罗曼声音突然拔高，惹得周围好多人都往乔岚这边看，尤其是今天时不时往乔岚这边看的几个男生，罗曼这才捂住嘴巴眨眨眼睛："我就说岚岚你这么好看怎么可能单身，灿灿我们也留一下，看一眼岚岚的男朋友怎么样？"

"人家男朋友你看什么？"柳灿灿简直搞不明白。

"都是室友嘛。"罗曼道，"岚岚这么好看，那岚岚的男朋友帅不帅啊，而且室友有男朋友，先见一见再请我们吃顿饭，这不是很正常吗？"

乔岚三人齐齐头大，这很正常吗？

柳灿灿没心情陪罗曼搞幺蛾子，室友是室友，室友男朋友是室友男朋友："我走了你爱看自己看。"

"哎哎！"

罗曼看看两个前边离开的室友，再看看压根不管她的乔岚，到底还是跟着柳灿灿她们跑了，她可不想一个人走在校园里。

郯墨在主楼上课，乔岚在三号楼，间隔得稍微有点远，乔岚坐在后边翻看刚刚关注的学校公众号，没看两眼郯墨就来了。

郯墨看乔岚走过来，突然觉得自己想她想得厉害。

说实话真的很不习惯，尤其是暑假的时候，他们几乎同吃同住，二十四小时都在一起，但自从大学开学后，宿舍离得远，教室也不在一起，除了中午时候一起吃饭，今天再没有其他的见面机会。

等终于再看见乔岚，郯墨刚刚的烦躁、不安等负面情绪骤然间消失干净。

乔岚还没来得及问郯墨和学姐们说什么，郯墨已经全数倒了个干净，说刚刚没回消息是因为有人找他，想让他进学生会。

"你怎么想？"

"不去。"郯墨依旧是这两个字，但语气可比刚刚温柔多了，"你呢？"

"可能会参加学校的心理社什么的，导员说这个对专业挺有帮助……"

两人说着话并排出了教室，临出去的那一刹，郯墨突然低头，猝不及防地在乔岚唇上吻了一下。

乔岚吓了一跳："还有人……"

"没人。"郯墨亲完后满意了，拉着她的手往外边走。

乔岚"噗"地笑了出来。

嘴上这么凶，眼睛都不敢往她脸上看，脑袋里边也不知道在想什么东西，耳郭都红了。

郯墨被乔岚笑得耳尖更烫了，警告乔岚不许再笑，然后生硬地转移话题："要不要吃东西？"

"不吃。"乔岚坚决摇头，"我要控制体重。"

她要控制体重保持颜值！郯墨现在太招人了，别人都是面试考察才能进学生会，郯墨直接是学生会的人来请他。

郯墨压根不知道乔岚居然很有危机感，装作很自然地在乔岚腰上揽了一下："不胖。"

"现在当然不胖，等真正胖了可就晚了。"

好吧，郯墨意犹未尽地收回手："那我们现在该去哪儿？"

可怜智商超群的小天才，对感情约会这种事情永远一头雾水，乔岚故作沉思半天后："好像是没什么事情了，那……回宿舍？"

郯墨："……"

他一声不吭地盯着乔岚，然后抓住乔岚的手："那就在外边逛逛。"

现在已经九点多，十点半关寝室门，去不了太远的地方，所以也就在校园里到处逛逛，郯墨不太在乎去哪儿，只要乔岚在身边就可以。

学校很大，走一走就快到时间了，郯墨将乔岚送到宿舍楼底下，又一瞬间体会到了住校的不好。

乔岚之前和他说先试着住校，如果实在没办法适应，那时候再搬出去也行。

虽然这一刻的郯墨已经产生了搬出去的念头，但到底还是忍住了。

这才两天就说搬出去，自己是不是太过娇气了？乔岚也许会觉得他出尔反尔，觉得他孩子气，而且住校也是为了他好，乔岚想让他和其他人多交流交流。

有些人很烦，就像那些时不时瞥他的人，就像那些说了好多遍也不走的学姐，但也有相对顺眼的存在，比如三个新舍友。

虽然有一个稍微有些多话，但总体来说相处得还算不错，这种同性之间的沟通，在郯墨看来还是挺新奇的感受，更不用说谢弘毅三人也是学霸，几个人偶尔交流起学习上的东西还挺投缘。

所以，暂时……能忍先忍。

“一会儿上去还得试试迷彩服。”乔岚道，“明天就军训了。”

“嗯。”

“那明天早上我就不等你了，我们院要求在三号楼底下集合，而且还挺早，应该和你们时间不太一样。”

“……”

郯墨又不想说话了，这回甚至不觉得住校烦人，而是觉得上大学都很烦人。

而且郯墨突然想到一个问题，明天早上见不到，他连乔岚穿迷彩服的样子都见不到，就算中午能见到，但也是其他人都见过之后？

郯墨顿时更烦躁了。

乔岚敏感地注意到了郯墨突如其来的低气压，伸手摸了摸郯墨的头发，顺毛似的柔声道：“怎么了突然？”

“你们明天几点集合？”郯墨生硬道。

“七点半。”乔岚道，“乖啦，明天早上很赶的，你自己收拾好和室友一起去集合，等中午结束了我们一起吃饭。”

郯墨不说话，就这样看着乔岚，好半天才道：“我想看。”

乔岚一愣，想看什么？

看你穿迷彩服，不但想看，还想第一个看。

乔岚终于明白了郯墨的纠结，心里软软的：“就算那样也还是有其他人早一步看到了啊。”

看看低气压的郯墨，再看了眼时间，还差五分钟宿舍关门，乔岚将手机塞进郯墨手里：“等我。”说完就往楼上跑去。

宿舍在四楼。

不高，但也不低。

柳灿灿几个被突然冲进来的乔岚吓了一跳：“别急啊，还有几分钟才关门……”

她们还以为是乔岚因为快关门了跑回来的，结果就看见乔岚以最快的速度，将两条长腿套进宽松的迷彩服裤子里，踩上鞋子抓过上衣腰带又冲了出去。

几人：？

干吗呢这是？

郯墨拿着乔岚的手机，半晌后，看见他漂亮的女朋友从女生宿舍里跑了出来，迷彩服外套披在身上，拉链都没拉好。

他们的军训服不是平常军训时候的那种绿色，是天蓝色的那种，而且特别加工过，胸标是校训，臂章是校徽，还有肩章，多了很多元素和细节，看起来挺有质感。

乔岚边走边将迷彩服外套穿好：“里边的实在来不及换了。”乔岚将手中的帽子和腰带递给郯墨，自己随手抓了个马尾，然后又将帽子戴好，伸手准备将最后的腰带拿过来系好，手伸出去又收了回来。

精致的五官在夜色下显得格外诱人，女孩张开双臂对着少年低语道：

“第一个给你看，腰带也给你系，这样好不好？”

乔岚就站在眼前，张开双臂的模样像是随时随地就能投入他的怀抱，崭新的腰带拿在手里，沉甸甸的，让人双手打战。

“还有两分钟就要关门。”乔岚抬头看着郯墨蹿起小火苗的双眼，“再发呆可就来不及了……”

话音未落，就被忍无可忍的郯墨拦腰扣住，低头狠狠地在唇上咬了一记，然后一语不发地将腰带束在乔岚腰上，动作看起来凶狠，实则力道一点也不大。

腰带可真是个神奇的东西，本来有些宽松的迷彩服扎上腰带后瞬间变了气质，郯墨不知道是这次的军训服好看，还是因为乔岚太漂亮。乔岚本就精致张扬的五官，在海蓝色的迷彩服下显出几分英气来，漂亮之外还很帅气。

乔岚任由郯墨盯着自己看了好半天，弯着眼睛唇边漾着笑意：“满意了？”

没。

但没时间了，宿管阿姨已经在喊人了。

乔岚催着他快点回去，免得男寝关了门进不去。

郯墨这才想起来并不是只有乔岚有门禁，他也有。

住校真的好烦。

目送乔岚进去，就算郯墨跑得再快，回去后还是迟到了几分钟，宿管阿姨不大开心地从里边开了门，结果瞅了郯墨一眼到底忍住了。

这孩子长得也太俊了！

这年头谁都喜欢好看的人，好看到郯墨这个程度，就连宿管阿姨都舍不得多骂两句。

等回到宿舍里，三位舍友已经洗完澡各自忙活，谢弘毅想起今天发给乔岚的郯墨被一群学姐包围的照片，乐了好半天问郯墨："弟妹有没有训话？"

"训什么话？"郯墨完全不知道谢弘毅在说什么。

难道没有训话吗？谢弘毅从床上蹦了起来，那会儿发照片给乔岚的时候，乔岚绝对紧张了！谢弘毅还想看看小情侣之间吃吃醋耍耍小性子呢，结果居然什么都没发生？

郯墨这样子明显什么都不知道。

这让很爱搞事情的谢弘毅有点失望，不过失望之余倒是对郯墨和乔岚之间有点感兴趣了："四儿，你和弟妹在一起多久啊？"

不知道为什么，总觉得郯墨和乔岚这两人和一般的情侣不太一样，虽然说热恋期的情侣都很甜，但这两人除了甜总有种说不出的温馨，有时候还有些老夫老妻的错觉。

所以谢弘毅琢磨着郯墨和乔岚在一起是不是挺久了。

郯墨在宿舍里年龄最小，还没等他说同意不同意，就已经成了老四，谢弘毅更是叫得亲切，一口一个"四儿"，郯墨抗议无效，只能随他去了。

在一起多久？

"三个月。"郯墨记得很清楚。

谢弘毅点头："那是挺久了。"

孔沙若有所思地放下手中的笔："你们认识多久了？"

"三年。"

孔沙不出所料地点点头，果然记得很清晰啊。

刚才谢弘毅问郑墨在一起多久，郑墨想也没想地就说了，如果是一般人绝对不会记这么清楚，要么大概说一个时间，要么稍微停顿一会儿计算一下才说出准确时间。

但郑墨说得很快，就像将每一天都牢牢记住一样。

等郑墨进了浴室，谢弘毅才傻不愣登地看着剩下两位舍友，最后转头问孔沙："你咋知道他之前就认识弟妹了？"

孔沙实在不想回答这么智障的问题，丢下一句"傻子"，转头继续看自己的书去了。

最后还是另一位舍友程晋看不过去，屈尊问谢弘毅："每个人谈恋爱之前总要先认识，然后产生好感，再经过一段时间的暧昧期，最后在合适的机会确定关系，之前没感情咋在一起，难道你谈恋爱要先有了名分才纠结感情的问题？"

谢弘毅从椅子上跳了起来："你咋知道？！"

程晋："……"他终于明白孔沙老说谢弘毅是个"哈皮"是个什么意思了。

郑墨正在浴室里洗澡。

作为一个有轻微洁癖的人，郑墨其实还是有些难以忍受与其他人共用一个浴室，但他如今渐渐明白了"适应"这个词语的意思，一切不喜欢和不习惯，总是要慢慢去适应的。

洗完澡后打开电脑，看了看今天的股票大盘，晚上十一点半准时关灯，乔岚的晚安微信也如约而至。

郑墨看着手机上说着晚安蹦跶的小兔子，轻笑了一声："晚安。"

第二天终于开始军训，校园里瞬间被小蓝人给淹没了。

专业集合之后再一起去参加军训动员大会，乔岚找了好半天，终于找到了数学系的旗子，距离自己简直有十万八千里，乔岚只能放弃。

大会有点无聊，柳灿灿看见乔岚的动作后笑了笑："找你男朋友啊。"

乔岚和柳灿灿关系挺好。

宿舍就四个人，一个天天戴着耳机是个独行侠，一个罗曼合不来，柳灿灿性格倒是和白钰有点像，不说话的时候挺高冷，一说话后就有些搞笑属性，而且性格很直爽。

乔岚点点头："不过离得有点远，看不到了。"

柳灿灿顺着乔岚的视线，看见了数学系的旗子："你男朋友是数学系？"

"嗯，怎么了？"

柳灿灿积极地乔岚分享八卦："我在学校贴吧里边看见，说数学系今年来了个颜值逆天的男生，而且高考成绩十省第一，之前评选的几个校草学长直接被迫让位。话说之前评选的几个校草之一还有季宿来着，就是我们专业那个帅哥学长……"

乔岚完全没听进去后半句，只听进去前半句的十省第一和颜值逆天，顿时满腔的自豪，拽了拽柳灿灿的袖子低声在柳灿灿耳边小声道："告诉你一个秘密。"

"什么秘密？"

乔岚眼睛亮亮的："那是我男朋友。"

柳灿灿愣了愣，想了好半天才迟疑地小声道："是新校草还是季宿啊？"

乔岚莫名其妙："季宿是谁？"

柳灿灿："……"我们系的系草的存在感低到这种程度了吗？

所以就是那位新校草了？

柳灿灿知道了一个惊天秘密，但是想来又觉得好像没什么太惊讶的，乔岚这么漂亮这么优秀的女孩，找个更优秀的帅哥男朋友，天经地义啊！贴吧里虽然到处都是感叹校草太厉害的人，但也有人说今年也有好几个颜值超高的学妹，大抵是心理学人太少了，有位心理学的学姐提名了乔岚，却没几个人知道。

柳灿灿看了楼底下被爆照的几个女孩，没一个比得上乔岚的，更不用说乔岚的身材了。就这军训服，穿在乔岚身上也和其他人不一样，谁让乔岚腿长呢。

本来对乔岚的男朋友不太感兴趣的柳灿灿，因为“校草”两个字也突然有了兴趣，帅哥什么的，还是想看一看的。

等军训动员大会结束后，长达半个月的军训终于开始。

大抵是之前几年里，有些高校军训出了点问题，所以这两年军训的力度比之前小了很多，又也许是乔岚高中三年坚持跑步，身体素质很好，所以没感觉到太辛苦，就是太阳有点晒。

中午吃饭的时候，就算郏墨再怎么适应，还是暂时适应不来和那么多人挤在食堂里打饭，所以两人去了校外吃东西。

乔岚有睡午觉的习惯，吃完饭有点困，但现在回宿舍的话，走回来至少二十来分钟，到时候还要赶去军训，大抵连二十分钟都睡不到。

郏墨看着困意袭来的乔岚，透过玻璃看了看正对面的一家酒店：“去开个房吧。”

乔岚一个激灵瞬间醒了：“……开房做什么？”

结果就听郏墨道：“去睡个午觉。”

乔岚：“……”

郏墨眼尖地看见乔岚骤然红润的脸颊：“怎么了？”

“没事。”乔岚脱口而出，“开个……开个房间就为了睡午觉啊，怎么能这么浪费！钱是大风刮来的吗，虽然你有钱，但是也不是这么浪费的，以后日子还过不过了？”

乱七八糟的，乔岚都不知道自己在说什么，胡说一气好掩饰掩饰自己内心的丢人。

郏墨没想到乔岚这会儿脑子里想的东西，他默默地在心里反驳乔岚，以后他还能再赚啊，再说了就他现在的资产，养几个乔岚都绰绰有余的。

但到底没说，拉着乔岚出了饭店走进对面的酒店：“有钟点房，不贵。”

“贵。”

“我累了，不想走回去。”郏墨道。

果然话题到了郏墨身上，乔岚终于不反对了。

“我没带身份证。”

“我带了。”

“军训为什么要带身份证？”

“……要订酒店。”

其实他也不知道，不知道怎么就顺手带了，不过现在看来带得很有必要。

跑去酒店订个房间，就是为了睡午觉。

乔岚捂着脸：真的太奢侈了！

除奢侈以外还有一件很尴尬的事情，酒店的前台小姐盯着两人看了好半天，意味不明的眼神一看就是想偏了。

乔岚这个时候突然有些羡慕郏墨有阿斯伯格症，他完全看不懂这位小姐眼睛里边的调侃，乔岚实在有些脸热地想保持一下距离，以证明他们就是很单纯地来睡个觉，结果被郏墨一把抓了回来。

“过来。”

乔岚：“……”能不过去吗？

郏墨将房卡递给乔岚：“你先进去，时间紧。”

乔岚：“……”怎么越听越不对劲？

乔岚看也不看前台小姐的眼睛，拿过房卡落荒而逃。

郏墨看着乔岚的背影笑了笑，转过头来又恢复了平时面无表情的模样，与前台小姐道：“这个房间我要订半个月。”

前台姐姐一愣：“哈？”

郏墨表情淡淡：“新生军训，找个地方方便睡午觉。”

前台姐姐：“……”原来只是睡个午觉。

她吐槽归吐槽，工作还是要认真的：“不好意思，我们酒店的钟点房不提供包月的，其实你们每天过来办个手续就可以。”

“麻烦。”郏墨道，“那就换个房间。”

“啊？”

“换个能包月的房间。”

“……那价格不便宜的。”能一次包半个月的房间都是标间以上的。

“没关系。”郏墨依旧面无表情。

这对他而言都是小钱，而且就算真的贵，天大地大女朋友睡午觉最大。

不过他还是要嘱咐前台小姐一句：“如果她问起来，你就说这是钟点房。”

“为什么？”

一直冷冰冰的少年终于又露出了一点笑容：“因为她不喜欢我浪费钱。”所以，记得不要告诉她。

第十七章

季宿

军训不算太辛苦，除了稍微有点热。

这种顶级高校的学习氛围是一般学校不能比的，但由于现在还是军训，算是所有新生最后几天的放松，倒是与一般大学相差不大。

心理学一共两个班，加起来七十个人，军训了几天后大家都已经相互认识和眼熟了，大家凑在一起聊天，谈谈高中的有趣事、对即将开始的课业的好奇，顺带聊一聊学校里的新鲜事情。

休息时，乔岚和几个女生坐在一起聊起当初为什么要选这个专业，说着说着，背后突然有点骚动。

乔岚等人转头，看见了她们心理专业的“门面”学长季宿，也就是乔岚之前在报名处看见的那位“邻家学长”。

一起来的还有另外几个学长和学姐，但是季宿长得好看，身高腿长的，众人一眼就看见了他。

坐在旁边的罗曼兴奋地和乔岚等人八卦：“我听说季宿学长的成绩一直都是专业第一，特厉害，而且是我们心理社的社长。咱们部不是还有教授偶尔坐镇嘛，季宿现在还不是硕士生，但教授经常会专门指点，以后肯定直接留校考咱们学校的硕士生。长得又帅又那么厉害，但是人一点都不高冷，特别好相处，有人跑去和他请教专业问题他也不嫌烦的……”

专业人数少就是有这个好处，八卦少，但是精，像季宿这种心理系的风云人物，没几天就被学弟学妹扒了个遍，也就只有乔岚除了季宿的名字什么都不知道，毕竟她百分之九十五的神经全都在郯墨身上。

季宿和几个学长学姐是来给大家送水，慰问学弟学妹们的。

比起班主任，直系学长学姐到底亲近多了。虽然年级不同但是都是学生，大家本来就好奇，现在来了几个学长学姐，新生们自然围着他们问东问西，一个个全是好奇宝宝。

罗曼兴奋地朝着季宿招手，对着季宿大喊了一声“学长”，季宿往这边看了一眼，笑了笑走了过来。

乔岚信了罗曼的话，这位学长是真的好相处，长得一副邻家大哥哥的模样，说话时这种感觉更盛，温和，却有信服力，还挺幽默。

有同学好奇他当初为什么要学心理学，季宿回答得也挺认真。

“挺久以前的时候很喜欢一部电影，《犯罪心理》，不知道你们有没有看过。我看完后对犯罪心理侧写师很感兴趣，觉得很酷，所以选了心理学。”

侧写师，根据罪犯作案的手法、时间、地点、受害人的类型、数量等因素，并结合犯罪心理学的理论，推断犯人的个性、职业、生活情况、作案风格，从而协助警方抓住罪犯。这个行业，将犯罪心理学直接运用于犯罪的调查，心理学是最基础的东西。

乔岚心道确实刺激，就是和这位学长的气质不太搭，完全反着的。

旁边的同学们听完也叽叽喳喳地说这个职业好帅：“但是想当侧写师，学长你为什么不直接考警校学犯罪心理学啊？”

“因为妈妈不同意。”季宿笑道，“所以只能退而求其次了。”

大家都笑了，后边又聊到了心理社的问题，有人问到心理社真的有教授指导吗，平时都是做什么，季宿全数一一解答，最后道：“等军训结束后，会开始社团迎新，想来的话可以来报名，不过进不进得来，还是要看你们自己。”

虽说只有七十个新生，但是心理社团又不是只招收本专业的人，还有相关的外联部之类，也可以是其他专业的同学，所以最后能进去的人还是少数。

一通畅聊后，新生们有些意犹未尽，尤其是罗曼。

因为军训，罗曼的穿着打扮和大家都一致了，虽然说有时候挺作，但大部分时候罗曼表现出来的可爱还真的挺可爱，就像现在撒娇地问季宿还会不会再来的模样，乔岚觉得就挺好。

也许是罗曼的撒娇有用，也许是季宿真的人很好，他还真答应了，说军训的时候有时间就来。

郯墨所在学院的训练今天早结束了几分钟，他看了眼时间，抬步去了心理学那边的训练场地，想着一会儿可以直接接乔岚去吃午饭。

乔岚她们正在做最后整合，比较随意地站着听教官讲话，突然旁边的两个女生小小地骚动了一下，乔岚一抬头就看见半靠在操场拦网上往这边看的郯墨。

乔岚听见罗曼小声惊呼："那边那个男生好帅，和季宿学长有一拼了！"

乔岚："……"比季宿帅多了好吗！

"我怎么看他那么眼熟？"

"这谁啊，是在等人吗？"

"等谁啊，他在看我们这边，等的应该是我们班的吧……"

虽然说郯墨这位新晋校草和状元郎的名号够响亮，但是真正知道他长什么样子的到底是少数，只有柳灿灿突然想到了什么，猛地回头看了乔岚一眼。

倒是旁边看热闹的几个学长学姐，其中有一个正好是那天去数学系那边看过热闹的，一眼就认出了郯墨，毕竟学校里颜值高成这样的也没有几个。

"那个那个，就是之前数学系来的新校草，季宿，你可输了啊。"

季宿抬头往郯墨那边看了一眼，淡淡地收回视线："这是那谁的男朋友吧。"

"谁？"

季宿将目光重新落在乔岚身上。

其实很好猜，乔岚报名的时候就说过自己有男朋友，男朋友是数学系的，现在郯墨又来心理系这边接人，这两人的长相都是一等一地出挑。

果不其然，等这边终于解散后，乔岚直接朝着那个男生走了过去。季宿听见刚刚那个认出郯墨的女生惊叹一声，以及恍然大悟地点点头："我想起来了，她上次就说过男朋友是数学系的是吧。"

是啊。

季宿又往乔岚那边看了一眼，看见女孩蹦蹦跳跳地蹿进那个少年怀里，少年伸手揽在她腰间，两人不知道说着什么。季宿可以看见郯墨脸上带着笑，抬头时目光正好撞了过来。

季宿笑了笑收回视线，同心理社的几个人一起去了食堂那边。

来来往往的人难免往乔岚和郯墨身上看一眼，郯墨盯着季宿背影看了好半天问乔岚道："那是谁？"

乔岚回头看了眼："那个男生吗？是我们直系学长，今年大三，好像还是心理社的社长，怎么了？"

"没事。"郯墨收回视线，"看来很厉害，而且长得不错。"

"还行吧。"乔岚道，说完又突然笑了起来，"这样不行啊，看你看惯了，总觉得谁都没你好看。"

一瞬间，郯墨因为这句话，心里莫名涌起的不舒服瞬间消失得干干净净，两人一起出了学校去吃东西。

等下午再军训的时候，乔岚感觉大家看她的眼神都有些不一样了。

以乔岚的长相，虽然说心理系的男生少，但是到底还是有二十来个，对她暗戳戳有好感的肯定有，结果郯墨这一趟直接宣布了乔岚有主，就算有心思的也没心思了。

女生倒是更对此事好奇，和乔岚关系好的几个还和她打听她和郯墨怎么认识的。

之后几天，郯墨就再没机会来了，倒是那几位学长学姐，之前答应了大家要来，来了三四次，每次来就数罗曼最高兴。

罗曼喜欢季宿，只要有眼睛的就能看出来。更不用说乔岚、柳灿灿等人在宿舍里，时不时就能听见罗曼说季宿的名字。也不知道罗曼从哪里打听到的消息，比如季宿是单身、季宿的父母离婚这种事情她都能知道。

转眼十五天军训过去了，最后一天军训结束后，一众大一学生终于解放，乔岚去找郯墨的时候遇见了郯墨的几位室友，谢弘毅一看见乔岚就道：“你怎么一点也没晒黑啊？”

因为我抹了防晒霜啊。

乔岚之前学车的时候防晒做得不够好，晒黑了一点。

其实晒黑倒也没事，但是郯墨是个晒不黑的体质，自己好歹是郯墨女朋友，比郯墨还要黑这叫什么事啊。

所以这次的防晒工作做得特别好。

和郯墨两个人站在一起，再和旁边的谢弘毅一比，简直天差地别。

军训彻底结束，也就预示着真正的大学生活来临。军训完，学校给学生们提供了一天喘口气的机会，一天后正式开学。

上课第一天，第一节课下后，郯墨班主任打电话给郯墨。

郯墨话少，一直是电话那头说，他偶尔回答一两句“没时间”“不想”“不考虑”。

等郯墨挂了电话后，乔岚问郯墨怎么了，郯墨说刚刚班主任打来电话，想让郯墨做这一届新生代表发言。

“那就去啊！”

谢弘毅比郯墨还激动：“别人想去都去不了，你还不乐意，我要是能替你去早就替你去了！”

“麻烦。”郯墨很冷漠，课程很紧，本来就没时间，有时间还想和乔岚一起。

“有什么好麻烦的。”谢弘毅实在想不通，“这是荣誉懂不懂，几千新生就选了你，多光彩的事情。我是你室友我都觉得脸上有光，弟妹肯定也觉得特有面子。而且说实在的，你俩都在一起这么久了，现在还天天腻在一起，真的不烦吗？”

郯墨搞不懂：“为什么会烦？”

“行吧行吧，不讨论这个了。”谢弘毅道，“不过我建议你还是答应比较好，班主任都找到你跟前了，你这么拒绝了多不给老师面子，你以后还要被他管整整四年呢，好好想想。”

郯墨最终还是答应了班主任，因为乔岚说她可以帮他一起写演讲稿。

没有占用自己和乔岚在一起的时间，郯墨就没太排斥了，而且乔岚还帮他修改了演讲稿。

等稿子通过后，郯墨要着手准备发言的事情，他虽然几乎可以将稿子背下来，但语气平淡，听起来波澜不惊，而且脸上也没什么表情。

郯墨是那种要么不做、做了就会做到最好的性子，他让乔岚将稿子中需要停顿还有语气加重的地方标出来，又找了许多演讲视频。

等乔岚再次验收的时候，整个人都惊呆了。

短短一天时间，郯墨从昨天那个面无表情的机器人模样，变得特别自然。

非常好。

郯墨百分之百地信任乔岚，乔岚说好了，那就是真的好了，郯墨放下手中的平板去了趟卫生间，乔岚随后拿起平板电脑，点开后看见了还未关掉的演讲视频。

是郯墨专门搜索的非常出色的演讲。

乔岚随便看了两眼，但就是多看了两眼，乔岚的眼睛慢慢睁大了。

太像了。

甚至不能说是像，而是一模一样。

郯墨刚刚说话的语气、脸上的表情，甚至连手上身体上偶尔的小动作，都和视频里边的这个人一模一样。

乔岚愣了好半天，猛地将视频关掉，将平板重新放回去。

等郯墨回来后，乔岚装作什么都没发现的样子，随便闲聊两句后道："要不我们再来一遍吧，我再看看。"

郯墨没有怀疑。

乔岚看着眼前会笑会皱眉甚至会用手势的郯墨，等郯墨回宿舍后，乔岚几乎是飞奔回宿舍，她打开自己一直带在身边的那本书，没翻几下就找到了想要找的内容。

那些阿斯伯格症青少年可以将自己从戏剧课学到的本事用到生活日常里，他们观察谁在社交上得心应手，并模仿这个人的言行。

成为一个模仿高手当然也有其他好处，能活灵活现地模仿老师或者电视里的某个主角，从而让自己变得大受欢迎，但当一个阿斯伯格症患者运用模仿能力在表面上获得一定的社交能力后，一切就弄假成真了。

别人不会再相信他们其实在社会理解力和同情心方面存在着困难，他们也将活在自以为的最表面的世界当中，用所谓的“经验”去辨认这个世界。

乔岚合上书，坐在床上发呆。

她心情有些复杂。

如果不是今天偶尔发现，乔岚完全不知道郯墨在模仿上居然有这么好的天赋，但也有可能是他早已接触过这种训练，而如今所展现出来的是他训练之后的成果。

郯墨从来没有说过，乔岚也没有发现。如果不是今天偶尔看了那段视频，乔岚可能还是什么都不会发现。

乔岚不知道这是好还是不好。

就手里的这本书，乔岚看过好几遍，书中有很多所谓的“成功案例”，但何为成功？其实不过是人们眼中的成功。

事业有成，有妻有子有朋友，就像一个正常人一样，看不出任何异样，成为许多人羡慕的人生赢家。

可是背后呢？

其实他们还是什么都不懂。

不懂爱情，不懂友情，甚至不懂亲情，他们习惯性地用自己在书中、在电视中或者在生活中看到的各种经验来处理事情。妻子生气了，他们不会去想到底因为什么，而是采用最简单的方式——买东西送东西。乔岚看到书中有个案例，妻子绝望地问丈夫到底爱不爱她，而患有阿斯伯格症的丈夫却一脸冷漠地问她：

“不是买了礼物给你？”

他们不懂什么是爱，他们只知道别人表现出来的“爱的方式”。

这很可怕，这不是乔岚愿意看到的。

可是换一种思维，模仿能让他们变得更像正常人，让其他人喜欢他们接受他们，让他们融入这个社会，即使是假的，可回报给他们的，却是真的。

这又很诱人。

所以乔岚不知道这样是好还是不好。

她想让其他人也喜欢郯墨，可不想在未来的某一天，郯墨的生活变成无休止的表演，甚至，甚至对着她也开始演戏，而她根本辨认不出这到底是出于真心还是习惯。

到底要怎么办?

乔岚想来想去也想不出什么，索性给郯墨拨了视频通话。

那边过了好半天才接，接通后眼前一晃，然后突然间一片白雾。

乔岚:“……手机出问题了？”

“没有。”郯墨用手将摄像头上的白雾擦干净，画面重新恢复清晰，镜头里不知道是什么，总之还是看不见郯墨的脸，乔岚凑近镜头看了好半天，突然明白了过来，骤然红了脸。

郯墨正在洗澡。

手机是室友从外边塞进来的，浴室里满是雾气，瞬间将手机摄像头蒸了一层白雾。

郯墨将摄像头擦干后把手机立在洗脸台那边，洗脸台不高，结果镜头好巧不巧地对准了郯墨的腰腹。

乔岚盯着郯墨漂亮的腹肌傻了好几秒，登时觉得手机烫手有点拿不住。

镜头里郯墨晃来晃去的，乔岚生怕不小心拍到更不能看的地方，忙错开了视线，等错开后又没忍住看了一眼，再看时郯墨已经穿好了浴袍，从白雾蒸腾的浴室里走了出来。

乔岚羞耻地发现，自己居然有些失望。

郯墨这才发现今天的乔岚好像有点安静，平时打电话过来都是乔岚一直说话而自己主要负责听，结果今天电话接通了好半天，乔岚居然一句话也没说。

往手机屏幕里看了一眼，就看到自家漂亮的女朋友，白皙的脸蛋非常明显地染了一层红晕。

郯墨愣了愣，这才想到什么似的低头看了一眼，然后一点都不尴尬地抬头，问她现在在做什么。

乔岚这才想起自己刚刚发愁的事情，却不知道该如何开口了。

不管郯墨对其他人如何，对她却是真实的。

也许这件事有折中的办法。

也许郯墨和其他阿斯伯格症患者不一样，书中说绝大部分的阿斯伯格症患者甚至不会去喜欢谁，可是郯墨喜欢了她。

也许郯墨可以通过学习其他人将自己变成一个正常人的同时，还能保持本心，还能在她面前保持最真实的样子。而且她现在已经开始学习心理学了，她会辨别出郯墨到底说的是真还是假，只要自己不被骗过去，一切就都有挽救的机会，不是吗?

乔岚无声地叹了口气，看着镜头中的郯墨小声道："在看书，顺便想你。"

"顺便？"

"看书就要心无旁骛，我已经匀出来半份用来想你了，要满足。"

郯墨看着女孩带着笑意的脸，笑了。

好吧，其实他刚刚在洗澡的时候，也顺便想了一下乔岚，但是这话还是不说了。

等挂了电话后，乔岚又在网上搜索了好多与阿斯伯格症有关的书，准备购买，她必须对这种病更加了解才行。

两天后，新生大会召开，郯墨作为新生代表发言。

自然风趣的演讲、精致无死角的脸蛋、好听清朗的声音，这确实是荣誉，乔岚看着大屏幕中男朋友帅气的模样，自豪得无与伦比。

可等自豪完了之后，乔岚这才发现有点不对劲。

郯墨这次算是在所有新生面前亮了相，以前知道的暂且不说，这下不知道的也全知道了。

郯墨发言后的第二天，宿舍里，罗曼一边泡着脚一边玩着手机，絮絮叨叨地和乔岚几个人说自己今天又为季宿学长做了什么。

"我刚刚去我们校园公众号的表白墙上和季宿学长表白，你说学长会不会看见啊？！”

“不知道。”三个人回答得倒是整齐。

罗曼叹了口气：“算了，还是过几天社员迎新想办法进社团吧，对了岚岚，我看见好几个和你表白的呢。”

“嗯。”乔岚没太在意。

“还有和你男朋友表白的。”

乔岚：“……嗯？”

“超级多，翻两页就有一个。”

乔岚摸到枕头边的手机，点开公众号，找到了所谓的表白墙，刚点进去，就看到热气腾腾的最新表白。

啊啊啊！郑墨真的好好看啊，好喜欢他啊！

未来的男朋友，我希望你满足这几点：1. 身高 187，2. 长相 9.8 分以上，3. 高考成绩十省第一，好的，我说的就是数学系的郑墨，当我男朋友吧！

学姐动心了，郑墨学弟姐弟恋吗？

乔岚：“……”

这真的是全国最高学府吗？不应该都是闷头读书的超级学霸吗？不应该视帅哥如粪土，一心只有圣贤书吗？

还有，郑墨已经有女朋友了好吗？

结果再往下一翻。

郑墨你有女朋友我也不在意，我会等你们分手的！

点开这条表白，里边一串人在问郑墨真的有女朋友吗，他女朋友漂不漂亮，等等。

乔岚盯着手机沉默好半天，重新点开“天猫”，迅速下了好几个单。

乔岚对打扮向来不是很重视，尤其是正式开学后，课业还挺忙。

大一主要学的是基础，与专业相关的只有人体解剖生理学还有普通心理学，其余的是马克思主义基本原理还有计算机应用基础这类基础课，这类课程可以自行选择时间，所以一节课有可能有各种专业的学生。

郯墨和乔岚选了一样的时间。

郯墨与往常一样在宿舍楼底下等乔岚，看见熟悉的身影走出来，等走近了却发现了乔岚和平时不一样。

今天的乔岚，漂亮得过了头。

乔岚真的很适合化妆，娱乐圈很多明星也是有名的“上妆脸”。这类五官总归有几个特征，面部立体度非常高，高眉骨，高山根、还有些深眼窝，鼻梁必须高挺，脸部正面非常饱满，侧面非常立体，温和与小家碧玉这类的词语和这种长相完全沾不上关系。

乔岚就是这种，五官精致，美得极具侵略性，她平时也就涂个唇膏，连眉毛都不怎么化。

现在只要稍稍修饰一下，将五官突出一下，她的妆并不重，毕竟是在学校里，生活妆而已，描一描眉毛，勾一下眼线，最后加上口红，她很适合很正的那种红。

他看着这张脸，心里只剩“惊艳”两个字。

今天早上化完妆后，宿舍几个姑娘看着她都怔了好半天，更不用说郯墨了。

郯墨有些愣神地盯着乔岚，等回过神的那一刹那，心情瞬间差到了极点。

他想把乔岚脸上所有的妆容都擦干净。

他想让周围所有的人都消失，全部。

他想把乔岚藏起来，不要让除自己以外的任何一个人看见。

乔岚着实没想到郯墨会是这种反应，她还挺期待郯墨看见会是什么反应的，还想问他好不好看喜不喜欢，结果郯墨面无表情地看着她，看得她心里发毛。

乔岚不受控制地缩了一下，犹犹豫豫地开口：“不好看吗？”

郯墨目光沉得不像话，没有回答而是依旧盯着她。

化给谁看?

他吗？

对他而言今天不是什么特殊日子，郯墨想了又想也想不出今天的自己有什么值得乔岚特意化个妆。

她要去见谁所以才这个打扮？

郯墨并不愿意去怀疑这怀疑那，自从他们在一起后，郯墨觉得自己心中的不安已经逐渐消失，他开始真的相信自己也许是值得被爱的，乔岚是真的喜欢他，而且比他想象中的更喜欢。

可这一刹那，郯墨发觉不安并非消失，而是短暂地被压了下去而已。只要他所沉迷的平静生活稍微有一点点的波澜，稍微有一点点的不同寻常，被他渐渐遗忘的不安一瞬间就会卷土重来，死灰复燃。

就像现在，就因为乔岚化了妆而已，他的神经已经开始不受控制的横冲直撞。

为什么？因为谁？乔岚是不是瞒了他什么？

郯墨想质问。

但是到底理智战胜了情绪，他控制着表情问乔岚："今天要去见什么人吗？"

乔岚摇头："没有，就是去上课。"

就是去上课？

郯墨攥紧了手指，却尽量用相对自然又随意的语气问乔岚："那为什么突然化妆？"

今天上的课与平时有什么不一样？

好像是有不太一样的地方，专业课都是一个专业的学生一起上的，但是马克思主义基本原理是很多班一起上的。

这个课上有谁？

乔岚真的没有看出来，没有看出来郯墨平静面孔下边的压抑。

对于这个问题，乔岚确实想隐瞒，她是真的不大愿意回答为什么要化妆。

乔岚原本预想的是郯墨看见今天的自己会不会被惊艳到，然后顺便夸夸她很好看，结果郯墨单刀直入问她为什么化妆。

吃醋这种事情，自己知道后在心里暗戳戳地吃就行了，让当事人知道多尴尬啊！

乔岚抬头和郯墨对视几秒钟，沉默地掏出了手机。

郯墨攥紧的手指顿时更紧了，他以为乔岚这是故意转移话题不想回答，却见乔岚在手机上点了两下，然后将手机递给他，声音闷闷的："你自己看。"

郯墨低头看了眼手机，一眼过去全是各种的"喜欢"。

"这是什么？"

"学校表白墙，"乔岚有些小郁闷地说，"各种各样的表白。"

乔岚给他看这个做什么？

郯墨不大明白，但乔岚既然让他看肯定是有用意的，就往下翻了翻，随后感到非常惊讶。郯墨从来不知道，有这么一个地方，有这么多根本不相干的人提起他的名字，看看这些"表白"，再看看今天格外漂亮还有些沮丧的乔岚，郯墨终于意识到了某种可能性，心口"怦"地一跳，一瞬间似乎可以听见清晰可闻的心跳加快的声音。

是……他想象的那样子吗？

郯墨长腿迈开，两大步就追上了乔岚的步子："岚岚，乔岚！"

本就惹人注目的两人，顿时更加惹眼了，又加上这会儿大家都要去上课，路上全都是走过的学生。

郯墨因为是之前的新生代表，只要留心过的人几乎都认识他。因为郯墨和乔岚分属不同专业，所以两人每天上课也没有约好一起去，而是和舍友们各自去的，今天因为是基础课所以约了一起，郯墨这才光明正大地出现在了乔岚的宿舍楼底下。

有人不知道郯墨有女朋友，有人听说过，但也许是郯墨太好看太优秀了，就算听说他有女朋友，也没有将这位"女朋友"想象得有多好，认为指不定都不是B大的学生，也正是因为这样，表白墙上的表白才层出不穷，甚至有人直言会等郯墨分手。

毕竟这里是B大，能来这里的哪个不优秀？哪个不自傲？尤其是既优秀又漂亮的怎么都觉得自己肯定要比郯墨那位女朋友好得多。

结果今天就见了个正着。

不是说没化妆的乔岚不漂亮，但绝对没有化过妆之后的乔岚更完美更惊艳。好多女生都没忍住，回头多看了乔岚一眼，小声地问身边的朋友那个女生是谁，是不是隔壁电影学院的学生跑错地方了，这长相放在娱乐圈也绝对够看啊！

结果就看见这位超级大美女和最近学校里人气爆棚的新晋校草手牵手一起去上课了。

郯墨是对视线非常非常敏感的人，他当然能感觉到落在身上的目光多得数也数不清，但这会儿也没心情去关心这个了。

他抓住了乔岚，手劲儿极大地将微微感到有些丢脸的女孩强硬地拽了过来，低下头和她咬耳朵："如果我没有想错——"

郯墨心跳快得让他有些快飘起来，就连说话都似乎在飘，声音落在乔岚的耳朵，让乔岚感到跟羽毛挠似的发痒："你是吃醋了吗？"

乔岚忙用另一只手捂住耳朵，就是不往郯墨那边看，拖着郯墨往教学楼那边走："快，还有十分钟就上课了。"

郯墨刚刚满脑子的阴郁念头早就消失了，眼睛亮得惊人。他动也不动，就将使劲拽着他走的乔岚给拽了回来，不管周围的人怎么看，他目光灼灼地盯着乔岚贴着乔岚敏感的耳朵要她说个明白。

"你还没说是不是。"

乔岚："……"

"是不是？"

"是是是！要迟到了！"

郯墨笑了，那张在其他人面前永远冷冰冰的脸庞温暖了起来，不再拽着乔岚不让她走了，而是乖乖地跟在乔岚身后往教室的方向走去。

他太高兴了，高兴得有些昏了头，和当初乔岚说完喜欢一样，又变成了十足的小傻子。

原来乔岚也会不安，也会不放心。

原来喜欢的人为自己吃醋是这样的感觉。

郯墨不知道，他只知道吃醋是什么感觉，曾经没在一起的时候没有资格的吃醋，在一起之后还要小心控制的吃醋，那种心脏飘忽在空中没有着落的不安，郯墨不喜欢也不想经历。

可喜欢的人为自己吃醋，这种感觉却甜得心口像是泡了蜜一样。

他每天都在寻找乔岚喜欢他爱他的证据，好让自己活得更踏实一点，今天无疑是浓墨重彩的一笔。

但尽管这种感觉好到无法描述，可郯墨不想再经历第二次，因为在他欢喜的时候，乔岚也许和当初的自己一样正在不安。

郯墨听话地被乔岚拖着走，走着走着突然道："不用吃醋的。"

"嗯？"

"我只喜欢你。"

只喜欢你，根本看不进其他任何一个人，我的世界早已被你全部占领。你的名字、你的相貌、你的声音，占据了我所有的感观，再也腾不出一点点地方给其他人了。

所以根本不用吃醋。如果不是乔岚今天给他看这个表白墙，他根本不知道有这样一个地方，也不知道还有"喜欢"他的其他人。

更何况，郯墨经历了多少才终于明白了喜欢的含义，又经历了什么才将喜欢说出口？"喜欢"两个字对郯墨而言太珍贵了，而这种随随便便就能说出口的喜欢，廉价得让他不想再看第二眼。

乔岚没想到郯墨突然蹦出了这么一句，猝不及防的表白让她心跳都快了起来。

乔岚伸展手指，将郯墨的手握得更紧，抬头看着走在身边的人群，笑容明媚。

"我知道。"乔岚说，"我只是想让所有人都知道你是我的。"

我是足够漂亮、足够优秀、足够与郯墨匹配的女生。

我是郯墨的女朋友。

我的男朋友任何人都抢不走。

觊觎郯墨的人，哪边凉快去哪边待着。

想都不要想。

谢弘毅很委屈，他真的不是故意的。

但是事实就是，上课二十分钟，他已经没忍住往乔岚脸上看了不下五次。

说爱美之心人皆有之，好看的人走在大街上回头率会更高，好看成乔岚这样的，就坐在自己左边的左边，隔着一个郯墨就能看见，这让人怎么忍得住？

旁边的孔沙都要被谢弘毅这歪理给气笑了，你自己管不住眼睛，合着还成了人家女孩子的错？

怪她过分美丽？

孔沙面无表情地开口："你如果还想好好上课，我奉劝你还是管管你那眼睛。"

"哈？"

"你敢再看一眼，你信不信郯墨把你从教室里扔出去。"

"没这么小气吧。"谢弘毅完全不信，不就多看了两眼，有什么打紧的，今天的乔岚实在好看得太过分了啊！

结果等不信邪的谢弘毅再次没忍住往乔岚那边看了一眼时，就对上了自己帅气无比的室友的死亡凝视，附带一个冷冰冰的字："滚。"

谢弘毅："……"

真有这么小气啊！

谢弘毅瞪圆了眼睛，想回揶郯墨，但对上郯墨的眼神，莫名㞞了，最后又转头去跟孔沙吐槽："哇！郯墨是不是太过分了，我只不过多看了两眼就让我滚，还有没有一点室友爱了？看两眼都不行，真的太小气了吧，你说是吧，他是不是很过分？谈恋爱都是这样的吗，如果真是这样我宁愿单着。不对啊，我谈恋爱肯定不会和郯墨一样这么小气的，我还是要谈恋爱的，我也想要这么漂亮的女朋友，哎——你咋不说话啊，你怎么回事怎么突然又不理人了。"

孔沙深吸一口气，闭上眼睛沉默了三秒后，也果断地送给谢弘毅一个字。

"滚。"

谢弘毅："……"

"你为什么也突然凶我？我怎么你了？你别给我装哑巴，不说清楚没完！"

"第五排穿黄衣服的那个男同学……"讲台上的教授突然开口，一瞬间所有人往第五排看去。

就说谢弘毅这人不靠谱，穿一身明黄色跟个小黄鸡似的，教授一进来就被这无比显眼的颜色给吸引了，结果他还明目张胆地说话，教授想不注意都难。

“看你好像很想发言，那就回答一下这道题。”

谢弘毅蒙蒙地抬头，大屏幕上有道题：十九世纪三大工人运动中，集中反映工人政治要求的是哪个？

哪个？

纯纯的理科生谢弘毅蒙了，就算高一的时候学了，他现在也不知道啊，他甚至都不记得三大工人运动是哪三个。

作为曾经的尖子生，从来没有被老师在课堂上点名的谢弘毅，终于体会到了有多丢人，终于闭上了嘴，安静地待到了下课。

乔岚直到下课都还想笑，教授在点了谢弘毅一次后又点了两次，好笑的是他不点名字，每次都管谢弘毅叫“小黄同学”，谢弘毅实在没忍住，同教授说“我叫谢弘毅”，结果教授直接管谢弘毅叫“谢小黄同学”。

谢弘毅那么话多那么闹腾的一个人，一节课上完后跟霜打了的茄子一样，蔫不拉叽的。

乔岚和郯墨下午都有课，而且都是下午一点上课，两人一起去食堂吃午饭。

B 大的食堂乔岚吃过几次，还是挺不错的。

郯墨自小的饭菜都是陈姨亲自下厨做的，所以一开始他有些吃不习惯，适应了几天后稍微好了点。

郯墨什么都没说，乔岚问起来也说吃起来还不错，但乔岚总觉得郯墨没吃饱。郯墨之前因为还要练自由搏击，每天晚上运动量特别大，而且又因为出院要补充营养，所以陈姨都是选用的最好的食材做饭，像牛肉这类都是每天必须的，不但必须，还控制量。

明显，食堂绝对达不到这种水平。

不是说郯墨娇气，是他的身体需要。

乔岚之前想的是让郯墨住校，可以认识新的朋友，这对郯墨有好处，但是等真正住校后，其实很多小麻烦都暴露了出来。洗澡、吃饭、健身、用电用网、谈恋爱，总之都不是很方便，尤其郯墨之前有时候研究大盘会盯到半夜，自从住校之后就不行了。

但郯墨什么都不说，问他的时候他也一直回答感觉还好，乔岚看他这个样子，看不出他到底有没有勉强。

午饭的时候郯墨吃的正常饭量，但绝对比之前在家的少，乔岚皱了皱眉头，正想说什么，突然有人喊她。

“真是你啊。”三位学长走了过来，喊她的那个学长“啧”了一声，“化个妆都不太认识了，不过更漂亮了。”

这三人应该是一个班的，毕竟心理系就两个班，同班的概率太大了。

郯墨看着眼前的小个子学长，眯了眯眼睛。

“谢谢。”乔岚笑了笑，随便聊了两句后，挺有礼貌地介绍了一下郯墨，“这是我男朋友。”

然后笑眯眯地点头：“我也这么觉得。”

几个学长都笑了，季宿也笑了，视线和郯墨对上后笑了笑，几人又闲聊了几句，临走前季宿像是想起来似的与乔岚道：“下周一社团开始招新，如果想进的话可以提前准备一下。”

“好的，谢谢学长提醒。”乔岚点点头，等三位学长走了，回头才看见郯墨面无表情地盯着三人的背影，眼神晦暗不明。

乔岚拉了郯墨一下：“怎么了？”

“没事。”郯墨收回视线，和乔岚一边往教室走一边像是无意地问乔岚，“你要加社团？”

“要啊。”乔岚道，“心理社和一些社团不一样，专业性很强的，还有教授指导，我听说社团经常会组织大家一起研究案例，有时候还能聘请心理医生，平时帮助学校同学做心理辅导提升能力，帮助还挺大的。”

“嗯。”郯墨淡淡应了一声，“是挺好。”

乔岚终于听出了一点点不对劲：“怎么了？”乔岚猜得挺准，“你是不是不太想让我去啊。”

是。

郏墨垂下眼睫，没有说话。

他不知道为什么，不想让乔岚和这个季宿走得太近。

乔岚之前说过，这个季宿非常出色，还是本科生却已经是教授的重点培养对象。优秀的人总是惹人注目的。

而且有一点很重要，季宿是乔岚的直系学长。

郏墨总是想尽办法让自己的生活和乔岚的生活重合度更高，努力培养和乔岚相同的兴趣，这样他们之间就有聊不完的话题，乔岚永远也不会觉得腻。

他没有报考心理学专业，也学不来这些，阿斯伯格症从一开始就决定了他在这一门学科上永远比不过旁人，更不用说这位教授的得意门生季宿了。

乔岚会不会有一天被这样优秀的、也更加有共同话题的人吸引？

郏墨不敢想。

也许正是因为这个原因，季宿的任何行为，在郏墨看来似乎都别有深意。

军训时候看向乔岚时候被他撞见的眼神。

他刚刚还特意提醒乔岚来面试。

为什么会专门提醒？

既然会提醒让乔岚好好准备，那就说明季宿想让乔岚去心理社团，还想让乔岚留下来。

为什么想让乔岚去？为什么要把她留下来？

郏墨眼神骤然暗了下来。

郏墨到底没说什么，因为这也许只是他的臆想，所以他不能这么无理取闹地说出自己的真实想法，他摇了摇头说："没事。

"我就是觉得参加社团太费时间，我们在一起的时间本来就不多。"

这个回答合情合理，也很符合郏墨的风格，乔岚犹豫了一下："那要不……"

"去吧。"郏墨打断了乔岚的话，"我们以后时间还长。"

他其实不知道时间长不长，他只知道乔岚想去这个心理社。

几天之后，大家口中的"郏墨的女朋友"，终于有了名字，稍微八卦一点的学生终于知道了她叫乔岚。

特漂亮。

稍微拾掇拾掇就能出道的那种漂亮。

不过到底是全国最高学府，学习氛围才是最出众的地方，颜值这种东西，虽然很重要，但在B大绝对不是最重要。

B大课程很紧，从早上八点开始到晚上九点半，一共十二节课，一节课五十分钟，中午就一个小时的休息时间。

能来B大的学生，一般都是状元或者省里前几名，高中时肯定都是老师的重点关注对象，也是学生们仰慕崇拜的学霸。但是等到了B大后才发现，原来身边都是学霸，有可能还是各方面条件都比你好的学霸，这些学霸不仅学习好，而且家境优渥、多才多艺、视野开阔，都很勤奋。

就像乔岚的室友罗曼，一开始觉得她浑身上下的漫画萝莉风格，怎么看都不像是学习很好的人，但是罗曼到底是学霸，虽然每天要腾出时间化妆、买衣服、试裙子，还要打听季宿学长的喜好，可学习的时候还是很认真的，一点不含糊。

趁着洗脸的工夫，罗曼开心地捂着脸说自己今天又遇见了季宿学长，学长还说下周一就是社团迎新，让她好好准备。

“学长特意提醒我哎，你们说他是不是其实对我也挺有好感啊！”

乔岚想起今天季宿和自己也是这句话，不过看罗曼这个样子，她很赞同地点点头：“我也这么觉得，加油。”

一共就七十个人，但心理专业学生要进的心理健康部其实就收十个人，其余组织部、宣传部，还有秘书处并不只招收心理系的学生，而心理系的学生在这几个部门上的竞争力，还真不如其他专业。

宿舍四个人有三个人准备去，乔岚、柳灿灿还有罗曼，另外一个妹子很酷地参加了轮滑社。

季宿说让她们准备一下，但是到底准备什么，其实乔岚几个也不太清楚。

乔岚和当初认识的学姐发了微信，请教了一下学姐，学姐发来一串语音，说这个说不准，就看你面试时候的表现了。学姐说她当时面试的时候，面试的学长也没问什么专业问题，问专业的她也不懂，毕竟才上了一周课，问的全是家常话。

“我就跟面试官唠嗑唠了五分钟，后边接到消息说我过了，让我过去。”

过了一会儿，学姐又发来一条文字微信：

偷偷告诉你，我室友准备了一大堆演讲稿，就比如学习心理学是为了造福社会之类的大场面话，没进去。

乔岚若有所思，所以招收新人主要看的是“真实”两个字吗？

但是尽管学长学姐们说得再如何轻松，新生们还是挺紧张。

心理专业星期一下午上完认知神经科学后就没课了，下午一点上课，两点五十下课，后边是难得的空余时间，一般大家都会去图书馆或者自习室。

招新就在这个时候。

等到了地方，七十个新生一起上完课，几乎又一起去面试，还挺有集体感的。

一个社团的分工还是很明确的，有负责招人的，有负责联系外边的，也有负责面试的，不过面试的基本都是心理健康部的学长学姐们。

这次负责的三个人，一个大二的学姐，另外两个都是大三的，三个人正在说着话，后门那边进来一个人，转头一看倒是诧异：

“社长怎么来了？！”

季宿是和另外一个学姐一起过来的。

季宿是社长，他主要负责策划每次活动，也就是说他是做决定的那一个，下边的分工都有各自的人负责。

季宿完全可以不用来，不过他想来就来，也没人拦着。外边的学妹们看见季宿应该都还挺高兴的。

季宿坐在旁边的沙发上，笑了笑道：“正好有时间，过来看看，你们开始就行。”

那位大二的学姐故意有些夸张道："本来是我们验收学弟学妹的，社长一来，弄得我感觉我才像面试的。"

坐在季宿旁边的学姐乐了："他有什么好怕的。"

季宿这张脸还是挺无害的，是让人第一感觉就很亲近的那种。

不过这只是表象，真正了解他的人才知道这个人是典型的外热内冷，真实模样和他外表的样子完全相反。

今天季宿打电话说跟裴北嘉一起过来，她过去找他时，他正在打电话，她听不见电话那头说什么，只听见季宿说他很忙，没时间，周末再说，那时候的季宿脸色绝对算不上好看。

季宿和她是两年的同学了，现在又是心理社的社长、副社长，平时接触得多，了解得也多。

"又是医院打电话？"

"嗯。"季宿闭着眼睛坐着沉默了好半天，片刻后站了起来，没多说什么转头去了社团那边。

裴北嘉看着季宿的背影，心里有些不是滋味。

她想起新生军训的那天，学妹问季宿为什么要学心理学，季宿说因为他喜欢犯罪心理侧写师，而他的母亲不同意，所以退而求其次选择了心理学。

这个人随口就能编出这样一个原因来，还让人觉得他很酷很有趣。

可谁能想到真实的情况是季宿有一个精神不正常的父亲，还有一个被不正常的父亲逼得同样不正常的母亲。

季宿很少提起自己的父亲，他和父亲的感情很淡，平时偶尔会提起自己的母亲。裴北嘉知道他的母亲现在住在一家条件非常好的疗养院里，季宿每隔一段时间会过去看一次。

这才是季宿学心理学的原因。

他从来没想过当什么犯罪心理侧写师，他信手拈来的说辞，根本信不得。

不过这个人今天突然打电话给她，说让她一起来社团这边，裴北嘉也是学心理学的，学心理学可不只是分析心理，有时动向和话语都很值得分析。

季宿这种人从来不做多余的事情，原本不用来的纳新却特意过来，还拉着她一起过来，想想就有问题。

但是季宿不说，那就别想从他嘴里撬出什么，除非等他哪天突然想说了！

裴北嘉只能配合季宿一起看社团纳新，看着也觉得挺有意思的。

每年都有那种理想远大报效祖国的优秀青年，面试的时候跟演讲似的，让人听得还挺激情澎湃，就是有点好笑。

乔岚这姑娘今天还化妆了，更漂亮了。

裴北嘉稍微坐起来一点，看乔岚开始面试。

而等进去后，乔岚才发现，之前学姐私下和她说的完全没有错，就是进来聊天的。

问你是哪里人，高中生活觉得怎么样，最后问一问老生常谈的问题：为什么要学心理学。

“想帮一个人。”乔岚道。

“什么人？”面试的学姐好奇。

虽然是面试，但乔岚还是没说郯墨的阿斯伯格症，她不想多一个人知道，于是笼统地回答：“很重要的一个人。”

季宿闻言，瞳孔一缩。

面试的学长学姐们笑了，略有些促狭地开玩笑：“很重要？男的女的？”

乔岚也笑了：“不告诉你。”

“你胆子挺大啊。”学姐笑了会儿，“好了，结束了，结果明天出来，到时候等通知。”

“好的。”乔岚同几人出了房间。今天又扎了双马尾的罗曼穿着小裙子走了进去。

等所有的面试结束后，差不多已经将人确定了下来。

季宿从沙发上起来，拿过名单，看见乔岚的名字端端正正地写在上边，将名单还给负责的学姐：“再加一个人。”

“谁啊？”

“就那个双马尾的女生。”季宿想了想才想起来，“叫罗曼。”

一共就收十来个人，乔岚宿舍进了两个，乔岚和罗曼。

罗曼捂着心口心有余悸道："我那天没发挥好，生怕过不了，没想到居然过了，我要给学长发个微信，告诉他我过了！"

三个人报名，就柳灿灿一个没选上，本来她心情就不怎么好，罗曼还一直没完没了地说，柳灿灿有些不高兴地回掉："你过了就过了，和学长说什么烦不烦你？"

"关你什么事啊，学长之前提醒我好好准备，我现在回个话怎么了？"罗曼瞪眼，"你自己没选上，和我们撒什么气？"

"学长还提醒乔岚了呢，人乔岚怎么就没给季宿发消息？"

乔岚："……"好端端的又扯上她做什么？

乔岚因为郯墨，除了上课和晚上睡觉时间，一般都不和舍友们一起活动，所以还不知道发生了什么。柳灿灿和罗曼每天必吵一架，乔岚一开始还能劝两句，后边劝不过来，也同另外一位舍友一样，戴着耳机装聋了。

外边已经稍微有点凉，乔岚不大想去外边打电话，但是宿舍里又吵闹，索性戴着耳机给郯墨发消息。

乔岚问郯墨在做什么，郯墨发了一张照片给她，是一本书，《世界上最伟大的交易商》。

郯墨：这本还不错。

郯墨倒是没问她为什么突然文字聊天，很配合地和她有一搭没一搭地说着话，只不过听乔岚说自己已经过了心理社的面试后，稍微慢了几秒钟才回信。

郯墨面无表情地看着自己打出的"恭喜"两个字，最后还是删掉换成了稍微好一点的语气：

很棒。

虽然他一点都不想恭喜乔岚，更恶劣的，他甚至希望乔岚没有通过面试，结果乔岚还是过了，谁让她那么优秀。

可是他已经和乔岚说过自己不在乎了，现在又摆出一副不开心的样子给谁看。

乔岚通过面试，心情很好，他没必要惹得乔岚不开心，毕竟每一天每时每刻他都要做一个完美男友，这样才不会惹她生气让她不喜欢，她才能永远留在他身边。

比起乔岚的喜欢，自己的心情其实也没那么重要。

郑墨没有发觉书本已经被他捏得皱巴巴的，控制住心里的烦躁，尽量自然地问她宿舍还有没有其他人也选进去。

乔岚回复：

还有一个。

郑墨觉得自己稍微好受了一点点。

如果是语音聊天或者视频通话，乔岚也许还能从郑墨的语气还有脸上看出来些许什么，可惜现在只有文字。

郑墨的语气很正常，没有不高兴也没有怪异，就像最正常不过的聊天，乔岚又一次没有察觉出来，这个话题就此揭过，乔岚和郑墨说起了别的。

十月十九号是郑墨的生日，离得很近，就在下周了，下周的星期天。

正好是周末放假，乔岚觉得不能和平常一样待在学校里泡自习室，这么有意义的日子还是要出去约个会。

前两天乔岚就想提前计划一下要怎么给郑墨过生日，可以找一下本地好吃的东西，或者去看电影……

想了好半天，乔岚被自己异常匮乏的恋爱经验给郁闷到了，想来想去也就这几样。最后没办法，只好上网查，终于发现了海洋馆、电玩城、游乐园、恐怖屋等。

乔岚全用备忘录记了下来，留着以后参考。

乔岚把备忘录截了屏，然后发给郯墨，郯墨第一时间没反应过来，问她这是什么。

乔岚：约会计划，我特意查的。

乔岚：墨墨，你生日那天我们出去玩吧！

郯墨盯着这张手机截图，心口微微甜了一下。

乔岚记录得很认真，而且应该是看了很多后挑选出来的，全是他没去过的地方，也是他们一起没有去过的地方。

乔岚说他们可以一起计划一下，安排一个完美的行程，早上可以去海洋馆，下午看看电影喝喝茶，晚上去恐怖屋玩玩。

说起恐怖屋，乔岚居然还很兴奋。

郯墨的笑意不自觉地从唇边溢了出来，刚刚的不欢快被乔岚的用心冲淡了不少。

说不定是他想多了，毕竟不只乔岚进了社团，而且B大学习很忙，社团活动也应该不是很多。

耳边谢弘毅欢呼一声，说自己收到了社团的通知，说他通过了，高兴地在宿舍里蹦跶了好几遍，旁边的孔沙一脸生无可恋。

他和谢弘毅进的是一个社团，要不是谢弘毅，他打死也不会进这个社团，本想着没可能过，结果居然真的过了。

谢弘毅报的社团叫禅学社。

谢弘毅说自己受够了每天看舍友谈恋爱，所以要报个禅学社平心静气。

谁能想到真的过了。

比起孔沙的生无可恋，谢弘毅倒是高兴，兴致勃勃地说他们社团特别积极，已经定了这周要出去聚餐。

聚餐？

郯墨愣了愣。

他没有参加过这些，也不知道社团活动的流程，现在才发现，原来社团有些活动居然不是在学校的。

乔岚的心理社会不会也有这么多事？

还没等郯墨问乔岚，乔岚这边还真的接到了消息。

罗曼让她看最近加的社团讨论组，乔岚打开后，看见最新加的群消息已经 99+，而且还有 @ 自己的。

这是面试结果出来后学姐让她们加的群，乔岚打开群聊，发现里边聊得正嗨，往上翻一翻也不是只 @ 她，而是 @ 全员，新社员进社团，每年迎接新人，大家都要一起吃顿饭，借着这个机会真正地熟悉一下。

订的时间是十月十八号下午六点半。

十八号？

乔岚还挺有兴致的心情瞬间垮掉。

因为郯墨的生日是十九号。

虽然说不是当天，但乔岚本能地有种将这一天左右的时间也全都留给郯墨的想法，没想到聚餐正好定在了郯墨生日的前一天。

群主是现在心理社的副社长，@ 全员后问大家有没有时间，有时间的话扣个“1”。

乔岚将聊天记录从上往下翻了一遍，一顺溜的“1”，因为十月十八号那天正好是周六，一般来说大家都有时间，更不用说是傍晚之后。

第一次集体活动就不去，实在有些说不过去，但因为自己的原因再让大家改时间，那更没道理。

乔岚犹豫片刻后点开学姐的私聊，问学姐到时候聚餐，大概几点能结束。

学姐回复得挺快：

大家就是吃个饭，不会太晚，十点绝对可以回宿舍。

十点啊……

乔岚想说还是有点晚，但讨论组就剩她一个没有给答复，乔岚沉默了片刻后还是同意了。

等回复了学姐后，乔岚告诉了郯墨自己下下周周六要参加社团活动的事情，郑墨那边安静了好半天也没见回信。

郑墨实在不知道回什么，而且他一个字也不想回。

本来心情不怎么样，好不容易想到生日的时候两人可以不受打扰地在一起，结果转头就又得到了这样的消息。

他本来还想说周日一天玩不了什么，要不周六就出去，现在也不用再说了。

也许是因为季宿，郑墨从一开始就对这个心理社团没有一点好印象，现在更是只剩厌烦。

对打扰他的一切事情厌恶，还夹杂着无法忽略的愤怒。

他真的生气，甚至是对乔岚。

可是冷静再想，乔岚又做错了什么？

是十八号不是十九号，只不过是一顿饭而已，所有人都去，乔岚没理由不去，这都很正常。

是的，很正常。

郑墨一遍又一遍地在心里重复，就像是给自己洗脑，重复到最后若不是心口还是难受，他真的要信了。

如果这些都正常，那他为什么生气？为什么难受？

所以到头来，是不是说明还是他不正常？

不想让乔岚接触其他人，不想让乔岚的生活里有除自己以外的任何痕迹，所有的时间只属于自己，让乔岚只看他，只能看他。

这样的想法本身就很不正常。

按理说，这种社团聚会一般都安排在学校附近的饭店里，一则便宜，学生们承受得起；二则离得近，大家玩得晚了回学校也更方便、更快。但乔岚她们这次的初次见面会居然没在学校门口，社团把地方订在了很繁华的街道上的一家韩式料理店，离学校稍微有一点远，而且价格不菲。

但最终还是订了下来，因为听学姐们说这家的烤肉非常好吃，而且社长也就是季宿掏了大头的钱，所以大家可以吃顿更好的。

罗曼高兴得在宿舍里一个劲儿地瞎蹦跶，将自己的衣服全都摆出来，边换边问几个舍友哪个更好看。

三位舍友都有点坐不住，去自习室的，去隔壁宿舍玩的，当然还有找了男朋友散步的。

乔岚今天没跟郯墨视频，总觉得哪里空荡荡的，掏出手机想给郯墨打电话，又想了想，索性直接下了楼去找人。

现在九点二十七分，还能晃一个小时呢。

乔岚给郯墨打电话的时候，郯墨正在宿舍里戴着耳机一边听书一边撑俯卧撑。

自从康复之后，郯墨就保持每天大量运动，现在到学校稍微有点不方便。虽然学校附近也有健身房，但人太多，郯墨不会去，去更高档、更远的地方又太浪费时间，宿舍里也不允许摆放各种大型运动器材，所以只能做一做这种最基础的运动。

谢弘毅一开始看见郯墨的腹肌后大受刺激，还想跟着一起做，不过坚持了没两天就放弃了。

之前每天晚上上完课后，乔岚和郯墨要么一起去图书馆，要么围着校园或者去周围逛一逛，总归每天还有些许的约会时间。但自从之前一场雨后，天气冷了下来，尤其到了晚上凉飕飕的，他俩也就不怎么出来溜达了。

更不用说现在已经九点多了。

郯墨下了楼，用手里的外套很顺手地将乔岚裹住。

虽然心情还是很差，但他控制得很好，何况关心照顾乔岚已经成了他骨子里的习惯，有些动作根本想都不用想。

乔岚看看自己穿得好好的外套，再看看郯墨上身就一件衬衫，而且想起刚刚电话里郯墨微喘的声音和刚刚跑下来的速度，突然将手伸到郯墨的脖子那里摸了一下。

郯墨还没来得及反应，乔岚又已经迅速将手收了回去。

“穿好，”乔岚将郯墨披在她肩上的外套给扣了回去，“刚运动完，也不怕吹了冷风感冒。”

郯墨被摸得毫无防备，愣了愣才道：“我不冷。”

“知道你不冷。”郯墨对冷感很迟钝，几乎感觉不到，乔岚自然知道这个，“不冷又不代表不感冒，穿好，我穿得够多了。”

郯墨心口微微暖了些许，将衣服穿好后牵起乔岚的手边走边道：“怎么突然出来，室友又吵架了？”

乔岚在郯墨跟前没秘密，几乎什么都和郯墨说，郯墨虽然不加以评论，但对乔岚说过的全都记得清楚，之前好几次乔岚特意出去和他通视频电话，都是因为乔岚宿舍的两个女生在吵架。

“这倒没有。”乔岚笑了笑，将自己微微有些冷的手指蜷起来，郯墨顺手将她的手整个裹住，乔岚开心地眯了眯眼睛，“为什么突然过来？就是单纯地想你了。”

乔岚被握住的手倏地被捏了一下，她笑容还不曾散去地抬头，就看见郯墨突然不动了。

乔岚心道从这个角度看过去，郯墨的下颚线真的好看得过分，正想感叹一句，郯墨却低下了头，精致好看的五官骤然放大，郯墨的唇柔柔地吻了下来。

夜还不深，但天已经很黑了。

乔岚说出想他的时候，郯墨只想吻她，而心神烦躁了一晚上的郯墨，也确实很需要一个吻。

他需要安抚，需要安慰。

可是他不能告诉乔岚自己不高兴的原因，所以没办法从乔岚那里得到安慰，才选择了这样的方式。

宿舍楼下不远处有棵老树，树干很粗，一人甚至抱不过来。乔岚被郯墨温柔却强硬地抵在树上，郯墨一手揽住乔岚的腰，一手固在她脑后将她的脸颊微微抬起，低下头轻轻地咬在了她冰凉的唇瓣上。

郯墨吻得突然，乔岚在不曾反应间已经被亲得晕晕乎乎的。不知道为什么，乔岚总觉得这会儿的郯墨像一只求安慰的小兽，不会说话，只能用这种方式。

微微喘息间乔岚突然发现，自从他们上大学后好像就再也没有亲吻了。

乔岚伸出双手圈在郯墨的脖子上，脚尖不受控制地踮起迎了上去。

这棵树位置隐蔽，她和郯墨的位置更加隐蔽。

乔岚抱住郯墨的脑袋，轻轻喊了他一声：“墨墨。”

“嗯。”郯墨将脸颊闷在乔岚颈间，像是喃喃自语一般道，“我好想你。”

乔岚笑了笑摸摸郯墨的头发：“我就在这里啊。”

是啊，你就在这里。

可是为什么我还是觉得我那么想你？

郯墨将怀里的人抱得更紧。

我到底该怎么办？

乔岚敢保证，郯墨今天晚上绝对有什么地方不太对，虽然说话一切正常，可乔岚想起刚刚那个吻与抱着自己时的沉默，乔岚总能感觉到说不出的难过，她在心疼郯墨。

可是为什么？

乔岚问郯墨是不是不高兴，郯墨笑着摇摇头反问她为什么会有这种感觉，说完后又道：“我没有不高兴。”接着像是自我催眠，又像是为了让乔岚信服，“真的没有不高兴，我现在心情非常好。”

乔岚心头涌上一种浓浓的违和感，她盯着郯墨脸上的笑容看了好半天，最终什么都没说。

直到几天后，乔岚看着学姐推荐她的很硬核的一本心理辅导书，终于明白了那天的违和感来自哪里。

书中说，当人撒谎的时候，总是喜欢重复，这一点就连他们自己都不会发觉。

撒谎者面对一个提问，借以假笑的时间迅速思考出一个谎言，并且会异常坚定地回应，而且会重复很多遍，因为他会担心别人不相信从而怀疑他。

虽然书上的内容是根据审讯犯罪分子时候的经验得出的，放在现实生活中有些严重，可有时候不无道理。

不过一句“你是不是不高兴”，一般人不过一句“没有”或者“不会”。

如果乔岚没有记错，郯墨整整重复了三遍。

郯墨好像在骗她。

乔岚手指轻轻一颤，她盯着书上那句话看了好半天，摇了摇头。这只是说大概情况，并非适用于全部情况，如果完全听信书上的内容，那也太过疑神疑鬼了。而且这几天郯墨都很正常，没有变得话少，笑容依旧，所以应该是她想多了。

正在发呆，手机亮了一下，乔岚拿过手机，打开微信，发现是个好友申请。

乔岚一看，居然是谢弘毅。

她不是有谢弘毅的好友吗？她没有删掉谢弘毅，所以是谢弘毅删了她？

乔岚犹豫着重新同意了好友，还没问他怎么删了好友，谢弘毅就发来了消息。

谢弘毅：弟妹啊，你是不是和郯墨吵架了？

乔岚心跳骤然一滞。

乔岚：没有，怎么了？

谢弘毅：没有？那他闹什么？我感觉郯墨天天想打死我！

虽然平时郯墨话就少，但是最近这两天简直了，是个人都能看出来他心情差到极点。

乔岚想起今天分别前郯墨面上的笑容，深吸一口气后回复。

乔岚：今天呢？

谢弘毅：地狱模式！

乔岚咬了咬唇。

乔岚：他心情不好，具体是哪天开始？

谢弘毅：星期三啊，他晚上接了你的电话出去了一趟，回来整个人都不对了，我还以为是你俩吵架了，原来不是啊？

乔岚将手机扔到一边，闭上了眼睛，好半天后才重新拿起手机回复了谢弘毅，让他不要将这件事告诉郯墨。

谢弘毅感叹他哪敢啊，上次就和乔岚微信说了一句话，拍了一张郯墨的照片给乔岚，结果回去后就被郯墨强行删了乔岚的好友。

今天他还是翻了孔沙的手机找的乔岚的号。

这又是乔岚从来不知道的事情。

乔岚记得当初她和郯墨偶尔说起自己和谢弘毅聊过一两句微信后，郯墨没有半点不开心，甚至笑着问她他们说了什么。

谢弘毅求助完乔岚后，又转头将她给删了，说怕郯墨发现了不高兴。

如果是平时，乔岚大抵还能开两句玩笑，现在乔岚一点开玩笑的心情都没了。

前一刻她还在替郯墨辩解，辩解说郯墨的行为也许不能用心理学的某些惯性思维去判断，结果转头就被谢弘毅证实了。

郯墨心情很差，却在她面前一直笑着。

郯墨很在乎她和异性有交流，在她面前却装作一点也不在乎。

大抵有人会说这说明他在乎她，不愿意将坏情绪留给她，可这不适用于郯墨。

乔岚曾想她可以放任郯墨去练习模仿，他可以用学到的所有东西在这个社会生存得更好，让自己更受欢迎，只要在面对她的时候展现出他真实的想法就好。

她从来也没有想过，郯墨将自己最真实的一面留给了她以外的所有人，只把虚假的一面留给了她。

即使这份虚假是为了她。

第十八章

幸运

乔岚发了挺久的呆。

难过是有的，生气也是有的，不过除此之外，也没有其他了。

连失望都没有。

乔岚想了好半天为什么会连失望也没有。她发现，对于郏墨，有些情绪她天生就不会有。

她想了很久，想了很多，想郏墨为什么要骗她，为什么只骗她。她其实可以找郏墨，直接质问他的，可只要想一想那个场景她就放弃了。

她舍不得。

舍不得郏墨在被她质问的时候明明慌张无措却假装镇定的样子，更舍不得他因为自己的情绪而胡思乱想，使心情更加糟糕。

她分明只想让他开心幸福。

其实这里边的原因，也根本不难去猜，在其他人面前能保持最原始最真实的样子，却在她面前装成另外一副模样，归根到底，也不过是在意罢了。

因为不在意其他人，所以不需要掩饰，就算被他们厌弃又有什么关系？但因为在意她，所以他总是压抑自己，将有些最真实的东西藏起来，假装出一副他自以为她会喜欢的模样。

是的，他自以为乔岚会喜欢的。

比如隐藏自己可怕的占有欲，而在她的面前装得云淡风轻；又比如不想她多想，装成毫无阴霾、开开心心的模样。

乔岚喜欢这样的郏墨吗？

不喜欢。

那些在其他人看来“怪异”“有病”的行为，乔岚从来没有在意过，她心疼他悲惨的过去，怜惜他因为与旁人不同而生来的自卑。

郏墨在最落魄的时候与她相识，所以乔岚见过他最灰暗的一面；一千多个日日夜夜与他相知，所以乔岚喜欢的是他最原本最真实的一面。从一开始喜欢上郏墨的时候，他就是与众不同的一个，那时候他不但有阿斯伯格症，还站不起来，喜怒无常疑神疑鬼，有时候根本没办法沟通，可乔岚就是喜欢他，越来越喜欢。

郏墨这个名字，早已经被刻进了血肉之中，他的好他的不好，她都会全数接受，只要这一切是真的。

所以为什么郏墨会认为他伪装出来的这个完美的样子，才会让她更喜欢呢？

因为这是乔岚希望的。

郏墨不在其他人面前伪装，是因为他不在乎，可是他依旧留在学校，依旧维持着一个正常人的样子，所有的原因全是因为乔岚在乎。

因为她让他住校，让他接触同学，让他认识朋友，让他做一个所谓的“正常人”，因为她这些自作聪明的主张，所以郏墨认为她希望他变成那个完美的样子。

他想变成她更喜欢的模样，这样就能永远将她留在身边。

她早就知道他有阿斯伯格症不是吗，她也早就知道这个病永远不可能痊愈不是吗，那为什么还要逼着他去改变？直到现在，乔岚这才发现自己走进了一个误区，她想让其他人也喜欢郏墨，认同郏墨，她想让那些人知道他有多优秀，可她用错了方式，而错得更离谱的是，这根本不是郏墨想要的。

郏墨之所以会变成这样，所有罪恶的源头，只不过是她想要而已。

所有源头理清楚的那一刹那，乔岚心口疼得有些呼吸困难。

乔岚，你知不知道你到底做了些什么？

乔岚拿出手机，点开郑墨的微信框，大抵是想说些什么，但看到上边的聊天记录，又索性翻上去看看。

翻着翻着，乔岚的手顿住了。

这周三，也就是八号那天，谢弘毅说就是那天之后郑墨整个人变得很容易生气，原来原因这么显而易见。

那天她和郑墨正好聊了很多，而且是文字消息，他们一直在讨论怎么给郑墨过一个完美的生日，而之后因为她接到了群里的消息，将自己十八号要去社团聚会的事情告诉郑墨后，郑墨那边沉默了好半天。

将近有十几分钟的空白，之后郑墨才回信说自己刚刚和舍友在讨论问题，所以耽搁了一会儿，并让她在十八号那天好好玩。

这么明显的不对劲，为什么当时她没有发现？

而之后郑墨一句简单的解释，还有那句“让她好好玩”，她居然真的信了，如果是以前，乔岚绝对可以发现。

是郑墨演戏的本事越来越厉害了，还是她变得迟钝了？

两者皆有吧，但也许后者的原因更多一些。

她模模糊糊地想起几天前的晚上，在和郑墨接吻的时候，那一刻她才意识到原来他们已经很久没有接过吻，现在再想，她已经有多久没有和以前一样每天习惯性地对着他说“我好喜欢你”了？

她确实变迟钝了，而郑墨是那样敏感的一个人。

负责社团活动的学姐收到了乔岚的微信，乔岚说很抱歉，但是没有办法，那天聚餐她有事，去不了了。

社团聚餐又不是正式的社团工作，不来也不是什么大事，但如果是乔岚……

毕竟这种校花级别的美女，还是很能调动大家的积极性的，所以学姐试图劝一劝乔岚，但乔岚直言是很重要的事情，所以实在去不了。

好吧，都这样了，学姐也没有办法，又和乔岚说了几句话后才转头去和季宿说，说之前确定好的人数有变动，有个学妹来不了了。

这种事情其实不用和季宿说，但季宿这次几乎等于请客了，所以裴北嘉还是和季宿说了一下，季宿那边过了一会儿才回信。

季宿：哪个？

裴北嘉：乔岚，就那个特漂亮的学妹。

季宿这回倒是回得快了。

季宿：原因。

裴北嘉：没说，就说了有事来不了。

季宿：去问清楚。

裴北嘉盯着这行字，愣了好半天。

社团一起吃饭而已，人家都说了有事，又不是和老师请假，还要追根到底地问那么清楚，本来就是想来就来、不想来就不来的事情，以前社团都一起吃过多少次饭了，也没见季宿要问清楚其他人不来的原因啊。

如果是其他人，大抵听了季宿的话也就乖乖去问了，可裴北嘉不会，以她对季宿的了解，这又是一件不正常的事情。

上一次不正常还是季宿莫名其妙拉着她去一起看新生面试，这次又让她问清楚人家小姑娘为什么不来。

两者一联系，裴北嘉神色微微一变，踌躇片刻后才发消息给季宿。

裴北嘉：你看上这个小学妹了？

季宿敢在裴北嘉面前表现出这些不正常，就没指望瞒着她。如今裴北嘉终于问了，季宿倒是回答得干脆。

季宿：是这样没错。

裴北嘉沉默片刻后打字。

裴北嘉：人家有男朋友，季宿我不信你不知道。

季宿：知道，我这不是把罗曼也弄了进来？

裴北嘉第一时间没反应过来，乔岚有男朋友和罗曼有什么关系，等全部想通后，陡然间出了一身冷汗。

季宿当然知道乔岚有男朋友，不但有，还是一个异常优秀的男生。之前也有学长对乔岚表示过好感，所以乔岚见谁都直言自己有男朋友，并疏远了那些对她有想法的男生。

所以季宿才把罗曼弄进了心理社。

只要不太过区别对待，谁都不会发现他对乔岚的心思，如果不是季宿故意让她知道，她也根本想不到这一层面。

所有人都发现不了，那乔岚自然也不会发现，乔岚不会发现，那也就不会疏远他。

裴北嘉觉得自己的手有些抖，她打字。

裴北嘉：季宿，别像个疯子一样，行吗？

季宿：何必这么激动？我暂时还没想做什么。

裴北嘉看着这人气定心闲的样子，实在有些气不打一处来。

裴北嘉：季宿，我劝你还是别这么自信，人家郑墨半点不输你，小心哪天阴沟里翻了船。

她其实还有更过分的话想说，她想说我现在觉得你和你的父母一样，也像个有精神病的疯子，可话到嘴边到底还是没说出来。

戳人伤疤这种事，她还是做不出来。

而另一边的乔岚回绝了学姐后，重新计划了一下这个周末。

多出了一天，乔岚瞬间感觉时间宽裕了，她后知后觉地发现，比起周末和郑墨一起出去玩，和校友们一起去吃饭真的一点吸引力也没有。

玩什么呢?

乔岚打开上次备忘录里保存的约会圣地，恐怖屋，想去;游乐园，也想去;海洋馆，还是想去。

那就都去!

两天时间呢，能去好几个地方了。

乔岚花了一个多小时的时间，查这些地方什么时候客流量最大，避开人最多的时间，终于整理出来了一份约会计划。

乔岚满意地将计划来回看了两遍后，等下午两人吃完晚饭后，乔岚噌地一下将自己的小本本掏出来。

郑墨看了乔岚一眼，接过了小本子。

虽然乔岚没说这是什么，但郑墨还是能看出来，郑墨盯着周六下午六点那个时段看了好半天:“不是说要聚餐吗？”

郑墨发誓，他已经尽量控制住了语调，好让自己看起来没有太高兴。

“我想了想，和一群不大熟悉的人坐在一起聚餐，哪里有和男朋友一起约会有意思。”

郑墨这回想忍都忍不住了，没人知道他在丧了这么多天后，听到这句话有多欢喜。

乔岚看着郑墨唇边的笑意，伸手捏了捏郑墨俊俏的脸蛋。

早就该这样了，开心就笑不开心就不笑，这样真实又满心只有她的少年，真的让她太喜欢了。

乔岚从来没有玩过恐怖屋或者密室逃脱这类游戏，当得知原来还有这么一个选项的时候，乔岚直接把这个定成了第一想去的地方。

虽然乔岚承认自己胆子不怎么大，曾经她在宿舍里边和大家一起看过恐怖片，乔岚全程有一半的时间都在捂着眼睛，但就是越尿越想看。

谢弘毅发现郑墨的心情转晴，没敢和郑墨说自己私下和乔岚交流过，只是摆出一副什么都不知道的样子问郑墨怎么心情突然这么好。

郑墨心情好，也没平时那么冷漠寡言了，甚至故意秉着秀恩爱的念头告诉谢弘毅，周末的时候要和乔岚去玩。

谢弘毅“哦”了一声，心道果然还是乔岚有办法，随口又问：“你们去哪儿玩啊？”

“密室逃脱。”

正常人听到这里都知道这是人家情侣的单独约会，可惜谢弘毅榆木脑子不灵光，他又对这类游戏兴趣极高，一听瞬间来了兴致：“带我一个，我也想玩！”

另外两个舍友：“……”

郏墨面无表情。

“不是你们两个人也开不了啊，到时候还不是要和别人组队，和其他人组队还不如带我……你干啥啊，我说的不是大实话吗？”

郏墨：“滚。”

另外两位舍友：“……”情商不够用咱就少说话好吗？真的怕哪天你会被郏墨给打死。

至于乔岚寝室那边，罗曼明明在得知乔岚不去后心情好得不像话，却还是挂着满脸的笑意，有些言不由衷地劝乔岚：“大家第一次见面呢，怎么能不去啊，啊呀不过男朋友生日也确实重要啊……”

“明明心里乐开花了能不能不这么装？岚岚不去了你以为你就是焦点了是吧……”柳灿灿和罗曼又吵了起来，乔岚长叹一口气，戴上了耳机。

虽然之前这个想法是因为郏墨才有的，因为每天和郏墨在一起的时间太少，对郏墨了解不够关心不够，也让郏墨更没有安全感，所以乔岚重新开始考虑了一下是继续住校还是搬出去住的问题。

现在看看又开吵的两人，乔岚觉得自己可以立马搬宿舍走人。

乔岚之前想了很多，郏墨没有安全感，她不会让郏墨去克服不安感，只会尽自己所能给他安全感，感情之中的一人缺少安全感，无外乎几个原因：

比如本身不够优秀。这一条直接可以排除。自打乔岚认识郏墨以后，郏墨就是乔岚心目中最优秀最让她心动的男孩。又比如对感情看得太重，把对方看得太重。作为郏墨的另一半，乔岚很享受这种状态，重视对方这本该就是情侣之间该有的。

除此之外，剩下来的所有总结起来，不过是因为觉得对方不够喜欢自己罢了。

那就让他感受到自己有多喜欢他，一遍一遍地告诉郏墨他有多优秀，告诉他自己有多喜欢，告诉他自己有多离不开他。

不喜欢她关注其他的事情，那就少关注，减少放在除郏墨以外的其他事情上的注意力；不喜欢她和异性走得近，那就和其他的异性朋友保持距离。

不管这对还是不对，乔岚没有觉得委屈也没有觉得很困难做不到。

约会就该漂漂亮亮地出门。

周六的早晨，乔岚化了有史以来自己最满意的妆容。

郏墨看着乔岚从远处走来，步子很急，几乎是小跑过来的。

天气已经冷起来了，乔岚穿了一件郏墨很眼熟的蓝色风衣，之所以记得清楚，因为这件衣服是郏墨买给她的。蓝色的复古收袖、收腰的搭配，版型经典又很显身形，乔岚个子高，身材比例又特别好，一身风衣衬得她高雅又大气。

她今天甚至烫了头发，长发发尾的地方卷起了卷儿。她眼眸漆黑，笑眼弯弯地问他："今天好不好看？"

"好看。"郏墨手指轻轻抚过乔岚的脸颊，特别好看。

乔岚贴着他手的脸颊，轻轻地挨着他的手蹭了蹭，又猝不及防地在郏墨手腕上亲了一下道："你也特别好看。"

郏墨微微一愣，不但被亲得毫无准备，而且被夸得同样毫无准备。

"这是什么反应？"乔岚歪着头笑容更深了，"我以前没有说过你很好看吗？"

郏墨怔怔地摇头。

这回轮到乔岚诧异了，真的没有吗？

自打认识郏墨以后，她就觉得郏墨特别好看，甚至有时候还自叹自家男朋友怎么能这么好看，结果居然都没对郏墨说过吗？

"怎么能没说过呢？"乔岚喃喃道，自言自语完了后也不纠结这个问题了，以前没说过那就现在说，乔岚觉得以后自己必须心里想什么就和郯墨说什么，免得他都不知道自己有多好。

“墨墨。”乔岚叫了郯墨一声，道，“你是我见过的最好看的男孩子。”说完又补充一句，“没有之一！”

郯墨又呆住了。

按照他学习的各类模仿表演，此刻他大概需要说一声“谢谢”然后回夸一句，但显然这样冷淡的反应一点都不适合此刻心跳很快的他。他傻了好半天后耳根悄悄地红了，憋出来两个字：

“没有……”

“不要你觉得，是我觉得。”乔岚借用了最近相当火的一句调侃，“我就认为你最好看，你怎么看没用，不许反驳！”

郯墨张了张嘴，欲言又止地想说什么，最终还是放弃了，满脑子只剩乔岚的“我觉得你觉得”，还有虽然沉默却不容忽视的好心情。

两人在食堂吃过早餐后，就去了海洋馆。乔岚之前不懂为什么有人说海洋馆是约会圣地，等到了之后才明白，这里轻松悠然的氛围让人格外舒畅，整个世界都是蓝色。在冷色调的灯光下，转头再看自家本就颜值爆棚的男朋友，瞬间觉得更好看了。

乔岚和郯墨手牵手走出海洋馆，走在人来人往的大街上，她突然明白，约会重要的其实根本不是去哪里，而是陪在身边的人。

只要是郯墨，无论去哪里、做什么，她都觉得很开心。

不过等终于可以见识一下自己期待已久的密室逃脱了，乔岚还是瞬间兴奋了起来。

因为是周末，来玩的人还挺多，一走进去，恐怖阴森的气息已经扑面而来，乔岚听见有胆子小的女生在小声说有点害怕。

表面大胆实际很㞞的乔某人，其实也被墙上披头散发的女鬼吓了一跳，但还是装作很硬气的模样转头与郯墨小声道：“墨墨，如果你害怕的话，我们可以选不恐怖的。”

郯墨想说自己不害怕，大抵是从小到大最怕的都是人心，对这些疑神疑鬼的东西，郯墨一点感觉都没有，更何况他还有阿斯伯格症，情绪感知本来就比普通人迟钝得多，他甚至都不太明白害怕是什么感觉。

郯墨想了想乔岚的话，想完后很“贴心”地摇摇头：“不用。”你喜欢玩恐怖的那我们就玩恐怖的。

乔岚：“……”

一个小组六个人，乔岚、郯墨和另外一对情侣以及两个女孩分到了一个组，凭借着女生敏锐的第六感，乔岚敢保证，那两个姑娘甚至还有那个已经有男朋友的女孩都时不时往郯墨身上瞥！

乔岚瞬间将郯墨的手握得更紧了。郯墨低头看了一眼，在她耳边小声道：“怎么了？

乔岚同样小声回复郯墨：“对那些觊觎你的女孩宣布所有权。”

郯墨这才抬起眼皮看了眼同组的其他几个人，然后实在没忍住，在乔岚耳垂边亲了一下。

郯墨不知道是不是自己的错觉，今天的乔岚要命地甜，无论是早上突如其来地说他好看，还是海洋馆里有些冷时主动藏进他的怀里，还有现在又可爱又霸道的小任性，都甜到让郯墨时时刻刻心动到不行。

他将人紧紧揽在怀里，心道还需要宣布什么所有权，要不是乔岚这么一说，他连队友是男是女都没有注意。

他眼睛里只有一个乔岚而已。

旁边平白吃了一顿狗粮的四个人：“……”

其中那对情侣，女孩子看着将乔岚紧紧揽在怀里的郯墨，伸手狠狠地捶了自家男朋友一下，郁闷地抱怨：“你看人家！”

男生觉得莫名其妙，想起刚刚乔岚在郯墨耳边说话撒娇的样子，很郁闷地说：“你看你！”

乔岚和郯墨完全不知道自己干了什么。等游戏开始一会儿后，乔岚看见互不理睬的那对情侣，还暗自感叹，一看这对情侣就不够恩爱。

但也只是想一下下而已，因为这个游戏，比乔岚想象的还要恐怖，刚刚有个白色人影从自己身边飘了过去，虽然心里明白这是假的，但乔岚还是浑身发毛地一把抱住了郯墨。

而从进来到现在依旧面不改色的郯墨，一手将乔岚抱好，一手输数字。

这一关要用到圆周率，墙上面写到了 π 的小数点后很多位，中间扣掉了一位数字。

这谁知道啊，大家最多也就背到第七位，一起的那个男生抱怨这题太坑爹，还不让带手机，他正说着郯墨已经输了数字上去。

“哎！你别乱试，弄错了脑袋上的天花板要往下掉……”

话音未落，门开了。

男生：“……”

男生的女朋友倍感丢脸地又捶了自家男朋友一下：“你看你！”

这回男生终于没话说了。

还有之后的对照着摩斯密码猜数字，郯墨超乎常人的聪明和敏感，在其他人还没想到怎么办的时候已经破解成功，最后用了极短的时间将几个人带了出去。

被这样魅力值爆棚的郯墨吸引的同队姑娘实在没忍住，等出来的时候和郯墨搭讪：“那个……你是以前就玩过吗？”

“没有。”郯墨随口道。

“你们是哪个学校的啊，真的好厉害，以后有机会可以约一起玩……”

“不用。”面对着其他人，郯墨就是一尊雕塑，带着乔岚出来后，捏了捏自家女朋友滑嫩的脸蛋，“怎么了？”

乔岚定定地看了郯墨好半天，道：“没事。”

但等过了一会儿后，她实在又没忍住：“你怎么能这么厉害！”

郯墨又一次感叹，今天的乔岚果然过分地甜。想起刚刚一起的那个男生抱怨因为有他在都没什么游戏体验感，他低头看着乔岚问她：“我这样，不会觉得无聊吗？”

“怎么会？”乔岚想都不想地摇头，看着自家男朋友一路吊打其他人，这种自豪感简直不要太好。

郯墨心口一暖，刚刚的一点点小担忧也全部消失不见：“那以后想来我们再来。”

“好。”乔岚笑眯眯地任由郯墨牵着手。

乔岚真的很开心很幸福，早上腻歪一会儿后去海洋馆，中午骑着单车迎着人群去吃日料，下午去恐怖屋和男朋友一起玩耍，晚上两人走过大街小巷，一起去吃火锅，羊肉里边嵌着小葱花，七彩的面条看起来格外有趣。等吃完后去买两杯奶茶，口味不一样的，我尝尝你的，你试试我的，慢慢踱步去湖边消消食，听路边的流浪歌手唱歌，看坐在路边的老爷爷老奶奶打牌。

流水账一样，可这不就是所有相爱的人的日常写照。

乔岚看着坐在湖边的枕着老爷爷肩膀的老奶奶，轻声喊了郯墨一声："墨墨。"

"嗯。"

"等我们老了，我们也要像那边的爷爷奶奶一样。"

郯墨顺着乔岚的视线看过去，看见岁月静好的老两口，一瞬间眼睛酸涩不已，差些落了泪。

"好不好？"乔岚这样问他。

"好。"郯墨哑声道，当然好，他根本不敢想的好。

"今天开不开心？"

郯墨将脸颊埋进乔岚脖颈间，"嗯"了一声，有些闷闷的。

"那我们是不是该回学校了，再晚就进不去宿舍了。"

郯墨："……嗯。"

乔岚使劲憋着笑继续道："其实进不去也没关系。"

"嗯？"这回郯墨没听懂。

乔岚踮起脚尖，在郯墨耳边道："我特意带了身份证。"

凌晨的夜很静。

郯墨小心又没忍住地伸出手，拂过乔岚的脸颊。

她睡着了，但睡得很不安稳，纤长的睫毛时不时地还会颤动一下。

郯墨越发舍不得爬起来，纠结了好几分钟，最终还是爬了起来，小心翼翼地下了床去了浴室。

关上浴室门，免得洗浴的水声吵醒乔岚，两三下冲完后披好浴衣走出来，拿起浴缸旁边的一次性浴缸套。

郯墨从来没用过这些东西，甚至连给浴缸放水都没做过，现在他心情甚好、异常耐心地慢慢琢磨。

等全部都弄好后，再三试了试水温，这才出去将睡得迷迷瞪瞪的乔岚从被窝里挖出来。

乔岚是真的累。

少年经过高强度锻炼后的身体有些可怕，本就想了那么久，乔岚还故意煽风点火地刺激，一没控制就过分了。

身体简直已经不像是自己的，听觉触觉似乎都迟钝了起来，直到被郯墨抱起来进了浴室放进了水里，乔岚这才醒过来。眼睛睁开一条缝儿，就看见自家男朋友浴袍下漂亮的腹肌，等迷瞪几秒钟再次睁开眼睛，这下浴袍都没了。

乔岚蓦地醒了过来。

水温很合适，包裹着身体很舒服，郯墨的手力道很柔和地抚过乔岚的脖颈、手臂、腰际，最后快到大腿的时候被乔岚一把抓住。

乔岚被碰过的双腿还有些抖，她咬着唇低声道："我自己……"

郯墨轻松地将手从乔岚的手中抽出来，长腿跨进浴缸里，低头亲了她一下："你累了，我来。"

乔岚一愣，脸颊又是蓦地发烫。

放开了那只手，乔岚抿着唇眼睛躲闪，就是不往郯墨那边看。偶尔浑身一僵，本就眼角发红的双眼越发像沁了一层水雾。

脸皮薄得不像话的乔岚只想快些洗完了回去。

郯墨半是欣喜半是害羞，犹犹豫豫地问她痛不痛，等说完后还紧接着结结巴巴地解释："对不起，是我不好……"

乔岚想哭，平时想方设法地哄她，这个时候为什么要这么诚实，诚实得让她不忍心岔开话题搪塞过去。

这要怎么说？

按照之前的想法，乔岚准备多夸夸郯墨让他知道自己有多优秀，可是也不能现在夸啊。

顶着少年满是关怀的眼神，乔岚只能期期艾艾地回复一句："还好……"

还好，就说明还是有不好的地方。郯墨一心疼，已经瞬间内疚了起来："我不太会……"

我就知道!

一句还好已经成这样了，实话实说得内疚成什么样子，她忙打断了郯墨的自我批评：“没关系的，我觉得挺好的……”说完两个人都静了。

挺好的，什么挺好的?

乔岚僵硬地抬起头，刚刚眼中尽是愧疚的少年眼睛骤然亮了起来：“还……还好吗？那能不能……”

郯墨凑了过来在乔岚唇上咬了一下，漂亮的琥珀色眸子直勾勾地看着她:“能不能再来一次。”

乔岚:“……很晚了。”

“明天不用上课。”

“……你不累吗？”

“不累。”

乔岚快哭了，她双手按住精神抖擞又要凑过来的少年：“我累了，好累！明天好不好？！”

郯墨盯着乔岚看了好半天，终于退了回去:“好吧。”谁让这是他捧在手心里的女朋友，还是要宠着的。

于是，明明说好要去游乐园玩的两人，在酒店给郯墨过了生日。

不过虽然没玩成，但过生日的寿星，心情前所未有地好。

他心满意足地出门，亲自去给女朋友买东西吃。

昨天给开房间的前台姐姐，看着昨天那个呆若木鸡仿佛被强迫的男生今天喜气洋洋、生龙活虎的样子，愣了好半天。

等片刻后，又看见他小心翼翼地拿着买来的东西，脸上的欢喜就连她这个外人都看得出来。

郯墨真的是生活白痴，买东西也完全不会买，只挑贵的。乔岚语气软软地说他太败家，郯墨被批评得心情更好了，眼睛一眨不眨地盯着乔岚吃东西，这才后知后觉地问乔岚：“昨天你是不是有话要和我说？”

昨天来酒店之前，乔岚说自己有件事情要告诉他，后边给忘了，现在才想起来。

乔岚转动着迟钝的脑袋，想了好半天，终于想起来自己准备和郏墨说要不要搬出来住。

还好没说。

“没有，”乔岚果断摇头，“不是什么大事！”

本来就对语气不是很敏感的郏墨，现在更是没有多想，注意力重新回到了乔岚身上：“好不好吃？我问了店员说这个特别补……”

第二天还有课，他们拖到临近宿舍关门的最后一刻终于赶了回去。

刚一进宿舍，罗曼就高声道：“岚岚回来了，我还以为你不回来了呢。”

“……啊，回来了。”乔岚有点不知道该怎么回答，和几人打了个招呼后进卫生间洗漱，洗漱后出来一边和郏墨发微信，一边听罗曼兴高采烈地和她说那天聚会的事情。

“岚岚，你没来，大家都好失望的。”

乔岚给郏墨回自己已经洗漱完躺床上了，随口回罗曼：“有什么好失望的？”

“都想看看校花长什么样子嘛，不过岚岚你都有男朋友了，当然看不上其他人了。唉！我们心理社男生太少了，不但少还质量差，你男朋友那么帅，也就季宿学长能比了，但是好可惜，学长来坐了一会儿就说家里有事，付完钱就先走了……季宿学长真的好好啊，那家店吃东西好贵的，学长居然全包了，啊！我真的好喜欢他，你说他是不是特别好？”

“……好好好。”乔岚心不在焉地附和两句，心道就算是季宿也没法和郏墨比啊。

她不由自主地又想起了郏墨的脸。

完了，乔岚丢下手机，将脸埋进枕头里。

她没救了，她居然觉得郏墨更帅了，她更喜欢了。

一直“自言自语”的罗曼突然“哇”了一声，像是发现新大陆一样地惊呼：“岚岚，你肩膀上！我才发现还有锁骨……”

乔岚一愣，一转头就看见了肩头的痕迹。

……

这种事情，如果不是关系非常好的朋友就别问，如果关系一般那就装作没看见好了，哪个会像罗曼一样直接当着其他人的面说出来，还嚷嚷得这么大声?

乔岚不怕人知道，也没觉得这有什么丢人，但也被罗曼这个反应弄得有些烦躁:“别说了行吗? ”

“不说就不说。”罗曼不大高兴地移开了视线，“对了，那天聚餐后，学姐说下周开始制定第一个课题，课题内容季宿学长已经定了，明天我们全部去社团听工作。”

“知道了。”乔岚点点头，然后继续和郯墨说话去了。

虽然不想承认，但是不得不承认，有些事情发生后，两人好像更亲密更想黏在一起了。

乔岚尚且这样，更不用说郯墨了。

郯墨心理上发生的变化，有时候超出了乔岚的想象。他完完全全地将乔岚纳进了自己的世界，不留一点缝隙、一点痕迹。

只想把她留在身边，不让离开半步，想知道她在自己不在的时候的所有动向，在哪里、和谁在一起、说了什么做了什么，他全部都想知道。

控制不住地想要全部掌控。

乔岚不知道郯墨心理上的变化，但是倒挺享受郯墨的照顾的。

郯墨早上连去教室也不和室友一起去了，陪着乔岚吃完早点，当着乔岚一众同学的视线将她送到教室，这才走人。

乔岚压根不知道郯墨是确认了她前后左右没有男生以后才走的。

中午一出教室就能看见郯墨来接她，而且带她出去吃海鲜，坐着看郯墨笨笨地剥虾，剥好后放到她眼前的碟子里。

就问谁能拒绝这么周到的照顾。

乔岚吃着郯墨亲手剥的虾，与郯墨道:“我记得你们下午还有课。”

“嗯，六七节。”

“那你空个位子给我，我去完社团那边和你一起上课。”

郯墨手一顿，抬头:“社团? ”

“嗯，社团活动。”

“哦。”郑墨又开始继续剥虾，“去吧，不用陪我上课。”

“去什么去！”乔岚放下筷子，“抬头看着我！”

乔岚之前想好了要怎么让郑墨不再骗她，要对他好让他有安全感，等等。

这是她要做的。

但并不代表郑墨什么都不用做。

乔岚想找个机会和郑墨说说这件事，但是一直没找到机会。

她发现只要好好观察郑墨，还是能看出他到底是在说真话还是在撒谎的，抑或说以乔岚对郑墨的了解，她可以大抵猜出郑墨更真实的想法。

和郑墨一起过周末，乔岚没找到什么机会，也是因为那两天的郑墨很真实，他很高兴，乔岚一眼就能看出来。

郑墨被乔岚突然认真的语气吓了一跳，下意识抬起头来，对上乔岚的眼睛。乔岚直直地盯着他的眼睛，不许他眼神躲闪：“这个反应，我不喜欢。”

郑墨一怔，眼神不受控制地乱了。

没有人知道他有多怕乔岚说出“不喜欢”这三个字。

乔岚看得见郑墨眼中的迷茫与慌乱，止不住地心疼，却还是继续道：“知道为什么吗？不许低头，看着我。”

郑墨想要挪开的视线一颤，又重新对准了乔岚，声音小了下去：“不知道。”

乔岚叹了口气，声音柔和了下来，略有些受伤道：“因为这个反应，让我感觉不到你的喜欢，让我觉得你不是那么在乎我。”

“没有，”郑墨回答得很快，有些回答根本不需要思考，“我只在乎你。”

“那为什么要这么平淡地让我去？”乔岚道，“如果我是你，你要去一个地方，那里全是我不认识的陌生人，还有很多觉得你很帅的女孩，我肯定会不开心的。”

不开心吗？郑墨怔怔看着她：“为什么……”

“因为我喜欢你啊，喜欢是很霸道很没道理的。我不喜欢别的女生看你，不喜欢你和其他人在一起占用我和你在一起的时间，不喜欢有人在我不知道的地方偷偷看你喜欢你，所以我肯定不想让你去。但是如果一定要去的话，我会问你几点结束，等你回来后会问有没有喜欢你的其他女生，总归要问一些让我安心的问题，毕竟我的男朋友那么帅那么优秀。”

郯墨沉默地看着她，没有说话。

乔岚像是什么都不知道一样地继续道：

“如果我是你，我会这样。因为我喜欢你啊，所以我要表达出来，我要让你知道我很在乎。冷静地说一个‘去吧’，我做不到，除非我不在乎，或者我想隐藏我的想法，装作不在乎，可是既然相爱那就应该坦诚相对，不应该隐瞒，不应该有欺骗。所以墨墨，你这个反应，是你不在乎我呢，还是你在隐藏自己的想法，装不在乎？”

那双漆黑的眸子就这样看着他，郯墨心里有鬼，不敢这样和她对视，可偏偏乔岚不许他错开视线。

是因为不在乎还是想隐藏想法装作不在乎？

郯墨浑身发冷，手都是僵的。

如果这个时候还不明白乔岚的用意，郯墨也就考不上这所学校了。

乔岚说了这么多，其实最后只不过就是想问他：你隐藏自己的想法骗我，到底是因为什么。

她发现他说谎了，发现他骗她了。

她说相爱的人不该有欺骗，可是他骗了她。

乔岚对他失望了。

“失望”这个词浮上心头的一刹那，郯墨觉得自己心口都在绞着疼。

失望之后会怎么样，会慢慢变得不喜欢，不喜欢之后呢，分手？离开？再也不见？

郯墨觉得浑身的血已经凉了，整个人怔怔地坐在那里，动也不动，半晌后几乎是没什么意识地开口。

“没有不在乎。”

“那为什么要骗我？”

“我以为你会喜欢这样……”

喜欢他不私心，喜欢他不麻烦，喜欢他大度。

以为？

乔岚看着他这个模样真的心疼，只想抱着他揉一揉，但到底忍住了。

“还是刚刚那个话题，如果你去参加社团，我平平淡淡地说一句‘去吧’，你会喜欢吗？”

“……不会。”

“那为什么觉得我会喜欢呢？”乔岚有时候也想不明白，虽然她明白郯墨是为了她，可是为什么会觉得她会喜欢这样的反应，“郯墨，我也不喜欢。”

这次直接叫郯墨了，而且又是一遍“不喜欢”。

他心口像是又被插了一刀。

“不一样。”郯墨道，他说完后沉默了好一会儿，才继续道，“我和你，不一样的。”

郯墨大抵是太绝望了，一瞬间甚至已经想到了最不能接受的地步，有些从来不敢在乔岚面前说出来的话，此刻他破罐子破摔似的说了出来：“我不是一个正常人，我听不懂别人的话，占有欲强、偏执、极端，甚至有妄想症。为什么要骗你？因为不敢让你知道我真正在想什么。我不想你去，如果你不答应那就把你抓回去，你说什么都没用，我不想你有朋友，有亲人，不想你除我以外去看任何一个人……”

“那就这么去做。”

郯墨所有的话，因为乔岚的这句话全数停了下来。

他像是没有反应过来似的，好半天才道：“什么……”

“我说你想怎么做那就去做。”乔岚看着他，神色严肃，“我有没有和你说过，我是什么时候开始喜欢你的？”

郯墨怔了片刻：“没有。”

“你问我如果你站不起来该怎么办那次。”乔岚道，“你问我怎么办，我说我会照顾你一辈子，那时候我意识到我喜欢你。”

郯墨手指颤了颤，居然是……这么早吗？

他一直都以为是他站起来以后。

“我记得刚刚认识你的时候，我一直和你说话但是你不理我，那时候你可比现在难相处多了。总觉得别人要害你，一有不如意就想自杀，死气沉沉没有一点活力，比起现在更听不懂人话，完全照着自己的想法走，一点不讲道理，甚至还站不起来。”

乔岚这话说得毫不留情，郯墨听完甚至不知道该怎么和乔岚对视，那么差劲的他，那么不知道好歹的他。

“可是我还是喜欢上了你。”乔岚的语气柔和了下来，她伸手越过桌子，摸了摸郯墨的脸颊，“你知道有多喜欢吗？你肯定不知道，你肯定还不知道对我而言你意味着什么。”

“……什么？”郯墨成了一个不会说话的傻子。

“我在一摊烂泥一样的家庭里长大，暗无天日，没法后退也看不见前方，你是一道光，将我从黑暗里带出来的光，是我的救赎。你总是怕我离开你，怎么会呢，你可是我的光啊，就算是仙人掌不需要水，但是离开光也是会死的。”

郯墨不知道死后是什么感觉，他只知道劫后余生是怎么样的感觉。

就是现在这样。

郯墨觉得自己在地狱里走了一遭，却突然被乔岚拉了回来，并带他去了天堂。

他这样的人，怎么可能是光，怎么可能是救赎，乔岚才是他追逐的光与救赎，他甚至觉得这两个字眼放在自己身上侮辱了它们。

可是乔岚认真地看着他，告诉他这不是撒谎，而是真的。

“占有欲强，对感情偏执、极端，这不是阿斯伯格症的病症，这是爱情的病症，不只你有，我也会有。一开始和你说的那些，并不只是想故意引导你，而是我的真实想法。我更希望你在我说要去其他地方的时候说出你自己的真实想法，而不是你以为的我会喜欢的话。我见过你最真实的一面，也因为你最真实的样子才无可救药地喜欢你，喜欢你只是因为，你是你而已，如果你将自己伪装成另外一个人，那就不是我喜欢的样子了。

“你要继续这样下去，变成一个让我陌生、让我渐渐不喜欢的人吗？”

“不。”郯墨想也不想地摇头。

在每个付出真心的爱情关系里，没有人会不自卑，自卑到为了对方，努力变成对方喜欢的样子而抛弃自我。他却从未想过，他所认知的乔岚喜欢的样子，根本就是错的。

乔岚大抵还是对他失望了。

因为就连他自己都对自己很失望。

郯墨想问，又有些不敢，乔岚看出来他欲言又止，问他想说什么，说完后又迅速道：“不许骗我！”

“你是不是，”郯墨说得很吃力，“是不是对我很失望？”

乔岚笑了笑：“这倒没有，我当时有些难过，还有些生气，生我的气，不是你的，但是没有失望。”

“为什么？”

“因为舍不得啊。”

郯墨眼睛一涩，突然想把人就这样抱进怀里，可到底压抑住了：“……我说为什么生自己的气？”

“因为我在想是不是因为我，因为我潜意识地想让你和大家相处融洽，所以你才会这么做。墨墨，对不起，是我误导你了，以后跟随本心好吗？想做什么就做，不要有太多顾虑。”

郯墨好不容易清醒了，结果听完这句又傻了，过了一会儿后才道：“想做什么都可以吗？”

乔岚答非所问：“你刚刚说我如果想去社团，你想干什么？”

“不想你去，如果你不答应那就把你抓回来，你说什么都没用，我不想你有朋友，有亲人，不想你除我以外去看任何一个人……”郯墨像个复读机，干巴巴地回答。

“对，这个。”乔岚吃完东西，用湿巾擦了擦手，“不想我去，这个可以，但是后边的不行。”

“你说想做什么就做……”

“想做什么就做，是让你不要有隐瞒，但是我会告诉你哪些可以做，哪些不可以做。我们是情侣，可以有沟通有协商，你和我都可以有让步的地方，但是不可以有欺骗，比起你自己在那儿瞎猜我喜欢什么、不喜欢什么，为什么不直接问我喜欢还是不喜欢，我很乐意告诉你。”

沟通才是最好的解决办法，只要两人心里有对方，没有什么事情是不能好好沟通的。

郯墨可能有点难理解这句话，低着头想了好半天后终于想明白了，下定决心似的想要尝试一下新的交流方式：

“那我不想你下午去社团。”

乔岚点点头：“嗯。”

“那，”郯墨顿了顿又道，“那你能不去吗？”

“不能。”

郯墨：“……为什么？”

“因为这是对你骗我这么久的惩罚。”乔岚站起来捏了一下郯墨的脸，“当初问你我要不要去参加心理社，你偏偏嘴硬说我想去就去，现在后悔了没？”

郯墨肩膀耷拉了下来。

现在想一想，真的好后悔。

乔岚当初确实询问过他的意见，问他到底要不要去，郯墨越想越后悔，越想越觉得自己当初有毛病。

下午还有课，他只能眼睁睁地看着乔岚去参加她的社团活动。

郯墨的课下午三点才开始，乔岚走了，郯墨索性直接去了教室，难得地什么都没做趴在桌子上发呆。

看着像发呆，实则想东想西。

对知识的敏感度，旁人远远不及他，但对感情对情绪，郯墨比旁人迟钝太多。

和乔岚的一番谈话后，他只不过理出了最显而易见的意思，比如乔岚曾经生过他的气，但是现在已经不气了，而原因是乔岚所说的舍不得生他的气。

郯墨想到这里，心神又是一晃，心情好到可以飞起来。

乔岚的原谅、乔岚的纵容、乔岚的表白，乔岚说她根本离不开他，一点一点地去发现乔岚爱他的痕迹，郯墨想不到这世上还有比这更让人幸福的事情。

谢弘毅几个从宿舍这边过来，一进来就看见提前到了的郏墨。他们随便打了声招呼，就要坐到郏墨旁边，郏墨大抵是第一时间没反应过来，等反应过来后，架起谢弘毅的胳膊将人挪到了左边的位子。

孔沙和另外一位舍友："……"

谢弘毅的脑回路比较奇怪，第一反应倒没觉得郏墨这个行为怎么样，而是目瞪口呆地盯着郏墨的手。

自己好歹一个一百多斤的大老爷们，就被郏墨这么轻飘飘地抓起来丢到旁边了？

等惊讶完才瞪圆了眼睛："我怎么你了？你这么嫌弃我？！"

"一会儿岚岚要过来。"郏墨指了指这个位子，"你往那边一点。"

岚岚？

谢弘毅反应了一下，这才反应过来郏墨说的是乔岚。

谢弘毅不气了，甚至还挺高兴。

他当然是没有什么非分之想的，但是美女嘛，他还是爱看啊。再说了，他和乔岚还有瞒着郏墨的小秘密呢。

谢弘毅乐呵呵地往左边挪了一个位子。

郏墨盯着谢弘毅乐呵呵的样子，脑子里一瞬间冒出一大堆念头。

我女朋友来上课，你高兴什么？

想到这里，郏墨又瞬间想起当初一起上课谢弘毅老往乔岚这边看，私下居然还给乔岚发微信，在宿舍里不止一次地说乔岚漂亮……

郏墨瞬间心中响起了警钟。

于是被郏墨挪了一个位子的谢弘毅，又蒙蒙地被郏墨更往左边挪了一个位子。

谢弘毅："……"

等一会儿乔岚真的来了，谢弘毅看着自己和乔岚隔了两个位子的距离，最后得出了一个结论，谈恋爱的人都有病！

乔岚顶着郏墨同学们的眼神，心情甚好地坐在了郏墨旁边的位子上。

郏墨将来教室之前随手买的"露露"打开递给乔岚，乔岚喜欢喝这个。

“这么快吗？”郯墨还以为要上一节课之后乔岚才能来，没想到乔岚居然在上课前就赶了过来。

“其他人还在那边呢。”乔岚将下巴搁在手背上，偏着脑袋和郯墨说话，“我等听完工作安排后就过来了。”

“没关系吗？”

乔岚伸出手指在郯墨脸颊上戳了一下：“心里都快乐开花了吧？还装得一本正经的。”

郯墨微微侧脸在乔岚指尖上亲了一下：“演技浮夸，被你看出来了。”

“……别闹。”乔岚到底脸皮薄，教室里前后左右都是人，乔岚刚刚进来的时候，坐在郯墨后边的一排学生声音顿时小了很多，现在更是一点声音都没有，指不定全看见了。

乔岚将郯墨的书翻开，又塞了一支笔给他：“教室是用来学习的神圣场所，老师来了，听你的课。”

郯墨笑着，慢吞吞地将笔帽打开：“明明是你主动。”

乔岚还想再说什么，但抬头看看已经站在讲台上的老师，算了，还是不说话了。

坐在后边的一众同学，还有旁边怨念地往这边看的谢弘毅，眼看着平时冷若冰霜没有一点表情、没有一点室友爱的郯墨，在女朋友面前笑容不断，甚至还会撒娇！

他简直觉得好像从来不认识这个人一样。

于是郯墨乖乖上课，乔岚拿出刚刚在社团开会时记的笔记，一边查资料一边整理笔记。

毕竟是她们的第一次社团工作，这次的课题不难，分给她们这些新生的任务也很轻松，乔岚的工作就是查资料，然后整理，到时候交给副社长或者社长。

用两节课的时间大概整理了一遍，等回到宿舍再用电脑慢慢整理。

郯墨真的一点都不想让乔岚回宿舍。

虽然以前就不想让她回去，但是自从和乔岚的关系有了突破性的进展，又听了乔岚那么好听的情话，郏墨就更不想让乔岚回去了。不但不想让人走，还总想做点别的事情。

他就这么黏糊糊地从乔岚身后将人抱在怀里，下巴搁在乔岚肩膀上，有一下没一下地在她脖子上亲："晚上做什么？"我今天正好有点闲。

乔岚哪里猜不出郏墨的想法，但乔岚正好今天不怎么闲，又想起昨天一整天躺床上的样子，瞬间觉得腿还在疼："晚上啊——"乔岚故意拖长了声音，"晚上嘛，当然是要写作业啦。"

郏墨："……"

"满脑子想什么呢？"乔岚在郏墨手上拍了一下，"今天回去还要查资料，现在我要给陈伯、陈姨通个视频，你也来说两句话。"

郏墨叹了口气，丧丧地对着那边兴高采烈的老两口打了个招呼，陈姨看他无精打采的样子还挺担心："这是怎么了，生病了啊？"

"毛病。"乔岚笑着道，"没事，健健康康的。"

"健康就好。"老两口乐呵呵地与乔岚说着话，郏墨就坐在一边认真地看，心里平静而又满足。

转眼几天过去，乔岚和罗曼等人的工作全数交了上去，暂时就没她们什么事情了，要等学长学姐们整理完他们的资料，才继续开展课题。

乔岚这个专业不像郏墨的专业还做作业，她需要大量阅读，所以一有时间就泡在图书馆里。乔岚去了图书馆，那郏墨自然也去了。

郏墨自打上次和乔岚说开了后就开始渐渐地放飞自我，乔岚纵着，郏墨自然不会委屈自己。只不过他到底聪明，将骨子里的偏执和占有欲换成另一种方式表达出来——撒娇。

偏偏乔岚对郏墨撒娇根本没有抵抗力，还觉得这样的郏墨可爱到不行。

只能一遍又一遍地在心里感叹：乔岚，你完了，你真的完了。

她感觉手里的书都没郏墨好看了。

乔岚好了伤疤忘了疼，距离郏墨的生日过去了三四天，身体恢复了又能活蹦乱跳了，顿时又将当天病恹恹趴床上的事情给抛到脑后了。

甚至还有些想念抱着郯墨睡觉的感觉了。

眨巴眨巴眼睛，前几天还发誓绝对不会搬出去，还没几天呢，就开始反悔。

乔岚琢磨着等一会儿出了图书馆可以和郯墨说一下这个事情，虽然说现在说也可以，但图书馆这么神圣的地方，还是不要糟蹋了。

结果还没来得及开口，乔岚的手机先响了，她压低了声音接了电话，叫了一声“学长”。

正看书看得专心致志的郯墨的注意力一瞬间转移到了这边。

乔岚只是简单地回应，郯墨没法得知他们在说什么，等乔岚挂了电话后才告诉郯墨，是季宿的电话，说之前乔岚交上去的资料有些问题，还说上次她因为走得早，有些东西没听到，所以让她这会儿有时间去社团那边一趟，他正好在那边。

郯墨脸上的笑容消失了，他不知道是不是自己多想了。之前他习惯性地瞒着乔岚没说，现下一时半会儿也很难一下子改过来。

所以他又在心里纠结了好一会儿，才跟着乔岚出了图书馆，突然抓住乔岚的手，一把将人拽了回来。

“你这个学长。”郯墨顿了顿，又换了一个问题，“只有你的材料有问题吗？”

“我也不知道。”乔岚摇摇头，“不过那天就我一个人先走，其他人好像都一直在社团。”

这个逻辑听起来完美，没有问题，因为乔岚当天正好不在，所以她正好有点东西没听到，现在正好她的材料没有过关，然后严格又负责任的社长将她叫过去。

郯墨迅速在脑海里捋了一遍，实在找不出哪里不对劲。乔岚看着郁郁不乐的郯墨：“好啦，就是过去听两句话而已，要不你陪我一起去吧？”

“可以吗？”

“有什么不可以的。”乔岚笑了，上次开会的时候还有人直接带男朋友过来，她只不过是去找社长而已。

郯墨这下没什么不满意的了，只要他能知道乔岚的任何事情，就不会抓心挠肺地不安。他心情瞬间好了，又仗着乔岚的喜欢“毫无理由”地瞎吃醋。

“你们社长有女朋友吗？”

“应该有吧，他都大三了，长得不错，能力也强。”

“你觉得他怎么样？”

乔岚面无表情地看着自家叨叨叨个没完的男朋友，郯墨被盯了好一会儿才发觉，从自己的世界里退了出来，看着自家女朋友的表情下意识一㞞，声音都小了下来。

“怎么了？”

为什么突然这么看他？果然这个季宿还是不一样……

乔岚果断打断了郯墨的胡思乱想：“你这样会让我有点误会。”

郯墨不明所以：“误会什么？”

“误会我男朋友对另外一个长得不错、能力也强的学长有意思。”

郯墨：“……”三秒后，郯墨的表情破裂了。

这是什么可怕的让人崩溃的发言？

乔岚还挺有理：“这也不怪我，你看刚刚，和我说十句话，有九句都是在问学长。”

怎么都觉得不对劲但语塞的郯墨：“……”

最后他终于无力又可怜地实话实说：“我怕他喜欢你。”

乔岚心道，现在的郯墨还是不够坦诚，但凡事都有个过程，所以慢慢进步就可以。

“不会啦，他找我是公事。”乔岚将自己凉飕飕的手放进郯墨手心，“我又不是万人迷，谁见了都喜欢。再说了，我有男朋友的事情大家都知道，不打扰其他人的感情这是基本道德问题，我听其他同学说学长人品还是蛮好的。”

“……嗯。”

“想他干什么啊？”乔岚捏了捏郯墨的手，“你只要知道我喜欢你就够了。”

“嗯。”

“心情好了没？”

“没。”

“那一会儿回来告诉你一个好消息。”

“现在说。”

“一会儿。”

“现在。”

这话到底还是留到了一会儿之后。

社团有学校分配的教室，乔岚敲了门进去。季宿正坐在办公桌前，用笔记本电脑打字，看见乔岚进来，与往常一样地笑了笑，随之看见与乔岚一起来的郯墨，几不可见地顿了一刹那后依旧保持笑容，甚至还有些开玩笑地调侃了一句。

就连郯墨也没有发现任何端倪。

季宿简单地调侃了两句后没再多话，而是说起了正事。他将乔岚交上来的材料打开，那上边做了不少批注。

“我改了百分之八十，还有一点没改完，有批注的我大概讲一下……”

郯墨坐在沙发上，看着那边的季宿和乔岚，季宿用鼠标控制着电脑，乔岚坐在季宿旁边的椅子上，拿出笔用笔记本记着季宿说的话。

两人之间的距离目测四十厘米，没有挨到一起，但是有点近，郯墨不喜欢。

他们说的东西，郯墨不是很听得懂。

这种感觉，郯墨也不喜欢。

郯墨不知道现在这个状况是因为自己有阿斯伯格症，还是乔岚所说的爱情的病症，郯墨试图从季宿身上找出一丝一毫的端倪。

只要郯墨想找，那就不难找。

比如季宿说自己才改了百分之八十，既然还没有改完，那为什么就让乔岚过来？

这种东西有必要当面讲吗？季宿不是已经说做了批注？

郯墨在那边想东想西，乔岚虽然不觉得季宿真的会对自己感兴趣，但知道郯墨介意，所以还是将自己和季宿之间的距离拉得尽量开一些，也完全没有和这位优秀的学长亲近一点的想法。

乔岚一边听季宿说一边记，季宿将之前的大概讲了一遍，后边的着重讲，讲完后将电脑转过去正对着乔岚："前边的你根据批注自己记一下。"余光从乔岚纤长的睫毛往左边移动，最后移到郯墨身上。

他刚刚有意无意地往郯墨那边看了好几次，而几次看过去，郯墨都紧盯着乔岚。

季宿有些意外，但又没有觉得太意外，甚至有些意料之中。

当初听乔岚说自己学心理学就是为了一个人，季宿就想过这个人是谁，而郯墨，自然也在他的猜测范围之内。

他接触不到其他能让乔岚关心亲近到值得为之选择一门专业的人，就只能观察观察乔岚的这位男朋友了。

乔岚今天过来还带了郯墨，季宿确实不是很高兴，毕竟找个不让人这么容易察觉的机会和乔岚单独相处，并不是一件太容易的事情。

可是既然已经带来了，季宿索性也多看了两眼。

季宿记得之前开会时也有个女生带了男朋友过来，只不过他们在开会，那个女生的男朋友在看自己的书。

很少会有郯墨这种将所有的视线都放在女朋友身上的男生。

当然，也许是因为他喜欢这个女孩喜欢到了骨子里。

不过也许……季宿陡然想起曾经伴随着多年噩梦的破碎家庭，又往郯墨那边看了一眼。

也许是因为其他呢？

他也不着急，总归就在这个学校，想接触乔岚还是不难，更何况乔岚还在心理社。

等乔岚将所有的批注记完，谢了季宿一声后没作停留，拉着郯墨就往教室外边走去，郯墨临出门时回头看了一眼，却是瞳孔骤然一缩。

刚刚和乔岚说再见的时候分明还盯着电脑，像是顾不上他们的季宿，现在却转头看向他们离开的方向，大抵是没想到郯墨会突然回头，眸光一闪后露出了一个笑容。

无害而又随和的笑容，郯墨却只记得他盯着乔岚背影的样子。

乔岚蓦地被郯墨用力攥了一下，小声"嘶"了一下："怎么了？"

郯墨脸色很难看，他低下头盯着乔岚的眼睛："以后离他远一点。"

“……啊？”乔岚不知道刚刚还好好的郯墨怎么突然又对季宿这么排斥，虽然她不会拒绝郯墨，但还是要问清楚，“发生什么事了？”

郯墨抿了抿唇，沉默了好半天后才道：“他刚刚在看你。”

乔岚：“……”她有点不知道该怎么办。

郯墨自然不会撒谎，所以季宿肯定是看了，也许是有意看了一眼，但也许只是随便看了一眼。

要和郯墨这么理论吗？

乔岚迅速在心里比较了一下，还是不要了。

没必要为了不相干的人和郯墨去纠结这些东西，反正她又不喜欢季宿，也不想和季宿有一点点关系，毕竟罗曼喜欢季宿。

本来就没想过要和季宿走近，既然郯墨不喜欢，那就离得更远点好了，以后工作做到让人挑不出毛病，季宿也就没理由找她了。

虽然乔岚觉得季宿真的是为了公事才找她的。

“知道啦。”乔岚揽着郯墨的胳膊，“绝对离得远远的。好了好了，不说他了，说好了有惊喜要给你呢。”

郯墨没这么容易从情绪里脱离，尤其是季宿刚刚那个眼神，让他控制不住地有了危机感。

乔岚可以离远一点，但是毕竟在一个学校，又是一个专业，如果以后季宿还这样以公事的方式找乔岚怎么办？如果那时候他正好有课不在又怎么办？

想法子让乔岚退出这个社团？

更或者……想办法说服乔岚搬出去住……

对，搬出去，这是最好的办法。

如果他们早些搬出去住，季宿今天绝对不会打电话给乔岚，毕竟正是因为知道乔岚在学校，所以方便。

郯墨越想越觉得搬出去好，除了每天和乔岚多十来个小时的相处时间，还能借此推脱很多事情。

可是要怎么和乔岚说？就这么直白地说？

郯墨有些忐忑，他不确定乔岚会不会同意，所以乔岚说有个惊喜要给他的时候，郯墨依旧有些无精打采，不怎么有精神地问了一句：

“什么？”

乔岚往左右看看，没看见有走得近的同学，毕竟这话，光天化日之下说起来怪不好意思的。

乔岚伸手将郊墨左肩膀压了下来，这才凑近了郊墨耳朵小声道：“我们搬出去住吧。”

郊墨一愣，用五秒钟的时间分辨了一下这是真实还是幻觉。

毕竟前一秒还在想着怎么说服乔岚搬出去住，下一秒乔岚就主动说了这样的话，难怪郊墨没反应过来。

郊墨好不容易反应过来，还傻傻地问一句：“为什么？”

还问为什么？乔岚瞪圆了眼睛：“你不想？”

“想！”

郊墨终于不傻了，很迅速地说了一个“想”字，可见他有多想。

乔岚笑眼弯弯：“想就行了嘛，还问为什么。还能有为什么，因为想和你在一起的时间更多一点啊，那等周末我们一起出去找房子。”

郊墨没有回答。

第二天乔岚就知道郊墨为什么没有回答了。

开心到尾巴都要翘到天上的郊墨，将钥匙递到她手里：

“房子找好了，明天周六，搬家！”

乔岚呆滞了将近五秒钟后找到了自己的声音，试探性地战战兢兢地问：“……买的？”

实在不怪乔岚这么想，郊墨在花钱上根本没有数，又因为怕麻烦，所以更是怎么方便怎么来。即使在一起这么久，对这一点乔岚还是怎么都没法适应。

郊墨这回回答得特快：“租的！”

邀功求表扬的意味格外明显。

乔岚诧异地笑了笑：“居然知道租房子了？”

“你说过要省钱嘛。”郊墨抱着乔岚脸颊蹭了蹭，蹭完后在耳垂上咬一下，这才小声继续道，“其实还有个次要原因。”

乔岚被咬得瑟缩了一下：“什么？”

“我看的房子，房主只租不卖。”

乔岚：“……这才是主要原因吧。”

“不重要。”房子怎么来的不重要，郑墨决定略过这个话题。

两人吃完饭，晚上没课，明天还是周末，乔岚也不知道要去哪儿，郑墨索性直接带着乔岚去看自己租好的房子。

房子就在学校附近。

乔岚她们都在新学区，老学区那边在市中心很难扩张，所以学校又建了新学区。新学区地价没那么贵，学区很大，周围的房子也一套接一套地建起来，房子选择多而且都很新，小区环境也很不错。

郑墨也不大熟悉路，乔岚都不清楚他到底是怎么签的房租合同、拿的钥匙。看着住址，两人找了好半天找到了这边的一栋花园洋房，一共七层，和周围十几层二十层的小高层还算和谐地融为一体。

郑墨确认了一下房号后，拉着乔岚进了楼道，一层两户，郑墨在一楼右边的位置停了下来。

“一楼吗？”乔岚倒是有些惊讶，没想到郑墨会选一楼。

郑墨一边打开房间一边同乔岚道：“不是，这套陈伯和陈姨住，陈姨喜欢种花。”

花园洋房，一楼的房间最能体现“花园”两个字，有一个小的花园，还有地下车库，确实很适合年龄大一点的人住。

乔岚挺惊喜陈伯、陈姨也能来，她从小没亲人，其实还是很喜欢人多的。

不过这会儿也来不及高兴，更多的是不解。

一楼两户的房子，真的很大，目测绝对在一百三四十平方米以上，只有两个卧室，但都自带卫生间。

“我们不住这儿吗？”乔岚瞅了瞅两间卧室，根本分不清哪个是主卧哪个是次卧，总归大家一起住绝对绰绰有余。

郑墨将乔岚从房间里拉了出来：“我们不住这里，我们在顶楼。”

说完后顿了顿，凑在乔岚耳边又补充一句：“和大人一起住，不方便。”

什么不方便？

乔岚下意识想问，话到嘴边生生压了回去。

乔岚觉得自己没救了，虽然有点羞耻，但好像还有点小期待。

好了伤疤忘了疼，说的就是乔岚。现在活蹦乱跳，早就将上次在床上休息一整天的事情抛到脑后了。

郯墨给房间开了窗户通风，然后带着乔岚出来，转身往电梯那边走去。这可是他挑了好半天才挑到的房子，也正是因为这个原因他才一下子订了这套。

“顶楼的户型和底楼不一样，有个设计我非常喜欢。”郯墨眼睛亮亮的与乔岚道。乔岚问是什么，郯墨眨眨眼睛：“先不告诉你，上去就知道了。”

乔岚进去后，只感觉更空旷了，也许是因为没有家具，所以显得空旷。房子装修得特别好，就跟房地产楼盘那边的样板房一样，很干净很精致。

郯墨告诉乔岚，房主说这套房子本来是房主装修好准备自己住的，结果后边因为家里小孩上学，所以搬去了孩子学校附近的学区房，这套房子也就一直闲置，挂了个广告，但是到现在根本没租出去过，更不用说卖出去了，所以才这么崭新干净。

乔岚心道租得出去才有问题。

大学生的开销不大，一般小情侣出来租房子够住就可以了，总归要省钱的，谁会租这么大这么贵的房子？

虽然乔岚没问郯墨这房子房租是多少，但看了房子后心里已经有了个大概，必定不便宜，郯墨对一楼的常规配备不是很感兴趣，拉着乔岚上楼梯去看上边的小阁楼。

小阁楼上只有一间房间，但是顶楼也有个小花园，乔岚觉得可以在这里买个跑步机什么的运动运动。还没等乔岚说什么，她就被郯墨拉进了小阁楼里唯一的那间房子里。

一进去，乔岚就觉得自己有些窒息。

房子里边空荡荡的，除了一个好大好大的圆形浴缸什么都没有。

郯墨显而易见地兴奋，他其实也没见实物，就是看了照片后请户主来学校找他签的合同，现在看完后发现比他预料的还要好。

郯墨想起上次在酒店，那个浴缸就有点小。

这个浴缸实在是太让人满意了。

将乔岚揽在怀里小声地咬耳朵："是不是很棒。"

乔岚："……"

她真的一次又一次地低估郯墨的脸皮厚度，等陈伯、陈姨来看见这个得怎么想，乔岚一想就觉得头皮发麻。

"是不是……"乔岚挣扎了一下，"……是不是太夸张了。"

"不夸张。"郯墨想都没想地摇头，还顺带着畅想未来，"等以后毕业了可以买那种带小型露天游泳池……"

游泳池，还露天，乔岚捂住这人的嘴："你一天天脑袋想什么呢？"

郯墨正好在乔岚手心里亲了一下："想你啊。"

想赚更多的钱是为了给你更好的生活，想买更好的房子是想和你住得更开心，总归什么都是和乔岚有关的。

"明天我们出去买家具还有电器。"郯墨拉着乔岚下了阁楼，将钥匙分给乔岚一把，一边往外边走一边规划，"先买床，冰箱这些必备的东西，后边可以慢慢添，等周一的时候带你去找班主任申请校外住房，陈伯和陈姨大概过几天就来……"

乔岚任由郯墨牵着，听着郯墨絮絮叨叨的话语，唇角一点一点上扬。

郯墨的进步和变化，她全数看在心里。

看着那个曾经只会看书学习的孤僻少年变得爱笑爱说话，虽然只有在她面前是这样，但这不才是他的真情流露？

最真实才说明是真的进步。

他一点一点成长，慢慢地不再需要她的照顾，而是开始照顾她，慢慢变得越来越有担当、有责任，无论大事还是小事，都在一步步地变成那个可以做主、可以让她去依赖的人。

想到这里，乔岚又不禁郁闷自己当初到底在瞎搞什么，这些不都是他进步的证明吗？

不过，自己好像真的越来越堕落了。

活了二十年，从来都觉得靠别人不如靠自己，所以自己能做的一定要自己做，虽然力量不大，但是她不需要依靠别人。

但是现在呢，郯墨越来越会照顾人，自己越来越享受被照顾了。

乔岚捂着脸唾弃了一下“没出息”的自己，郯墨将她的手扒拉开问她“怎么了”。

“我觉得我越来越废了。”就像没有手一样，乔岚眨巴眨巴眼睛，“有你在什么都不用做。”

郯墨一瞬间变得更开心了，他还觉得自己做得不够，恨不得乔岚更“废”一点，好让自己在乔岚生活中的痕迹更重一点。

第二天一大早，乔岚就被郯墨的电话给振醒了，迷迷瞪瞪地被带去买家具。

家居行的漂亮小姐随口问他们要买几张床，乔岚本来想说一张，但又一想一张是不是不太够，假如偶尔有人来家里住呢，总得有个客房什么的，而且假如他们吵架了不得不分床睡……

虽然至今还没有真的吵过架。

这么一犹豫就被郯墨抢先了，郯墨根本想都不用想就说一张，乔岚想了想还是道：“要不买两张……”

“为什么？”

“假如我们吵架了，到时候……”

“不可能，我们怎么可能吵架。”郯墨果断摇头。

旁边卖家具的姐姐已经结婚了，一听瞬间笑了。果然是小年轻热恋期，才能说出这种话，两口子过日子哪有不吵架的。

她也笑眯眯地掺和进来说了两句：“其实买两张确实方便些，以后家人来家里也有个住处。”

“他们住楼下。”郯墨一句话就将这位姐姐给堵了回去，抓着乔岚和乔岚解释为什么不可能。

“你说什么我都听，所以我们不可能吵架，就算真的吵架了，那也不许分床睡，就买一张！”

乔岚：“……一张一张。”全听你的，反正还有沙发！

搬家这么繁重的一件事情，硬生生被郯墨用了一个周末就解决完了。等周一去和班主任申请后，下午乔岚和郯墨各自请宿舍舍友们吃了饭，当作告别。

郑墨这边几个男生聊得热火朝天，他们关系真的很不错，虽然谢弘毅天天嫌弃郑墨秀恩爱，但是现在要走了，他还是有点小伤心，不过伤心了一会儿又觉得没事，反正上课也能见得着。

孔沙点点头道："挺好，以后我可能也要搬出去。"

谢弘毅："哈？你搬出去干啥？和谁搬出去？"

孔沙看了谢弘毅一眼，像是没听见他的话，继续和郑墨说话去了。

乔岚这边倒是平淡，柳灿灿有点伤心，虽说大家感情并没有太深，但只要想一想唯一能正常交流的乔岚要走了，以后宿舍里剩下的两个人，一个神龙见首不见尾，一个罗曼天天和她吵架。

罗曼好奇地一直问乔岚住的房子在哪里，柳灿灿不大高兴地问她打听干吗。

"哎呀！以后有机会可以去找岚岚玩啊。"

乔岚原本就没打算告诉罗曼，一听更加觉得还是少和这姑娘交流为妙。

"唉！我真的好羡慕你。"罗曼叹了口气，"我什么时候才能追上学长啊。"

乔岚想起之前郑墨吃季宿的醋，真心实意地祝福罗曼："加油，你一定能追上。"

"谢谢！"罗曼笑得可甜了。

两天后，季宿给罗曼发消息，让她去社团那边一趟，然后"顺带"问罗曼乔岚在不在，在的话顺便给带上。

罗曼给季宿回信：

学长，岚岚和人家男朋友搬出去住啦，我现在也不知道她在哪里，要不我先过去？

那边安静了好半天后才回信，说教授找他有点事，暂时先不用过来了。

罗曼：好吧。

罗曼好失望，但还是体贴地表示老师那边更重要。

季宿看着罗曼絮絮叨叨发来的一堆微信。

当初他是为了乔岚才特意将这姑娘调进来的，现在可真后悔。

如果要问季宿为什么一开始对乔岚感兴趣，那就太简单了。

和其他对乔岚感兴趣的男生女生一样，好看的人总是惹人注目的，更何况乔岚漂亮得格外惹眼，还是他最喜欢的那种类型。

不过第一眼的印象，除了漂亮还有其他。季宿记得清楚，当时不掩兴趣的比他还高一届的学长问她和谁一起来，准备送她去宿舍借机搭讪的意图有点明显，乔岚礼貌一笑一句话打消了学长的想法。

她说自己是和男朋友一起来的。

季宿在离开前看了那女孩的名字。

乔岚，名字倒是普通，不过长得漂亮，一手字也写得格外漂亮。

新生军训前一天的时候去新生开班会的教室转了转，在这样一个女生人数明显大于男生人数的专业，季宿知道自己有多受人关注。季宿朝着乔岚的方向看了一眼，这个唯一一个让他记住名字的新生低着头看着手机，等下课后季宿和其他几人路过三号教学楼时，看见乔岚与一个男生手牵手走了出来。

“那就是郯墨吧？”旁边的某同班女生说，说完还调侃季宿，“就是抢了你校草名号的那个，原来是乔岚的男朋友。”

“郎才女貌，不对，男帅女美，配啊！”

配吗？这样看过去是挺配，确实是一对好看的小情侣。

不过是这世上好看的人多了去了，换成另一个，走在一起在旁人看来也一样赏心悦目，一样很配。

乔岚和郯墨很好，之前还对乔岚有过念想的好几个男生都放弃了，季宿却对乔岚更上心了。

因为对乔岚上心，季宿特意在新生军训的时候多去了几次，又特意在新生社团报名的时候走了一趟，一是为了看看乔岚，二是在里边稍微加点小动作。

如果乔岚能力不够，进不来，那就让她进来；如果乔岚能力没有问题可以进社，那就顺便再拉进来一个人，用来迷惑乔岚。

毕竟乔岚在报名的第一天就告诉所有人自己有男朋友，对其他异性的拒绝果断而又明显。

季宿亲自看了乔岚的面试，说话逻辑清楚，完全不同于其他新生的紧张，幽默之中还会让人心生好感，但最让季宿心境大变的，还是乔岚的一句话。

面试官问乔岚为什么学心理学，乔岚说是为了一个人。

一个最重要的人。

季宿有些恍惚，他想起自己刚刚高考完的时候，母亲终于和父亲离了婚。

母亲和疯子一样的父亲生活了将近二十年，最后用自杀换取了自由，抢救回来后父亲终于答应了离婚。

季宿以为所有的一切就这样结束了，可被抢救回来的母亲疯了。

“疯了”这个词可以概括太多种情况，就像自己的父亲，有专业术语形容他那一辈子也好不了的病，但他习惯性将父亲看成一个疯子，而现在他的母亲疯了，她寻找一切机会自杀，严重的抑郁症让她有时候甚至认不出她疼爱了十几年的儿子。

季宿有时候恨不得他的父亲去死，亲人们却说这不是他的错，因为病是无法控制的。

既然病是无法控制的，那不要因为自己的病去连累另外一个人，这难道不可以控制？既然早就知道自己是个疯子，那为什么还要娶妻，因为爱她？

这是爱吗？这是自私。

季宿骗学弟学妹们说自己学心理学是因为想当侧写师，这些确实是假的，可有些话也是真的，比如他一开始最想去的学校确实是军校。

只不过因为突然的变故，最终选择了心理学。

他也是为了一个人选择了这个专业，因为一个很重要……不，最重要的人选择了另一种人生。

能做出这种选择、说出这种话的人，季宿相信乔岚也一定发生过不想被人所知的故事，也同他一样有着别人无法理解的心情。

季宿在这一刻对乔岚产生了强烈的认同感和归属感，就像自己和乔岚有了什么其他人都不知道的共同的秘密一样。

这让季宿觉得乔岚很亲近，而理所应当地，她应该和他更加亲密。

季宿单方面将乔岚纳入了自己的生活圈子。

裴北嘉告诫他不要乱来，破坏其他人的感情是三观问题。

破坏其他人的感情确实是三观问题，可这并不符合乔岚和郯墨的情况。在不正常的家庭里生活了太久，季宿不怎么费力就能看出郯墨的与众不同。

乔岚说自己是为了一个人才选择的心理学，这个人十有八九就是郯墨。他继续忍不住嫉妒乔岚可以为了郯墨做到这种地步，却也因为郯墨的“与众不同”而心情大好。

能让乔岚为了他学习心理学，季宿敢保证郯墨的症状并不简单。

所以他的行为怎么能叫破坏感情？他分明是在拯救乔岚。

这种有心理疾病的人，根本就不应该拥有爱情，不，他们根本不懂什么是爱情。

不允许另一半有自己的生活，不允许另一半同自己以外的任何一个人说话，甚至是自己的儿子。

多可怕？所以他是为了乔岚好才要这样步步为营地将她抢过来的。乔岚还是太年轻，什么都不懂，等多年之后她一定会后悔。

因为乔岚现在正处于热恋期，不想让乔岚对他反感，所以季宿才这么谨慎又煞费苦心。

他分明是为了乔岚好，乔岚却总是给他增加难度，就像现在，乔岚一声不响地搬到了外边。

如果在学校的话一切都好办都方便，在外边可就难了。

季宿心情差得很明显。

季宿心情差，郯墨的心情前所未有地好。

他和乔岚买了家具沙发和各种大件，还没来得及去买其他生活日用品，就先拉着女朋友体验了一下他最喜欢的超大浴缸。

女孩细腻的肌肤在水流下看起来越发诱人，郯墨自肩膀向下，一寸一寸地吻下去。

水渐渐有些凉了，乔岚有些受不住地颤了颤，郯墨用胳膊圈住她细瘦的腰，胸口贴在乔岚背上，故意在她耳边发问："抖什么？"

又气又羞的乔岚恨不得给他一脚，可惜动也动不了，身后的郯墨将她抱得太紧了。

郯墨听不到声音不满意了，捏着乔岚的下巴转过脸，咬了咬她的唇。

乔岚声音软得像是猫叫。

郯墨心疼了，将人抱在怀里连声说着"对不起"，刚刚凶狠的模样又瞬间消失不见，小狗似的在乔岚膝盖上轻轻地亲了一下又一下，终于感觉到水凉了，将人抱了出来，裹好浴巾抱下楼来。

等放到床上，乔岚已经浅浅地睡了过去。

郯墨趴在床沿上，盯着乔岚的睡颜看了好半天，这才起身悄悄走出去关上门，回去收拾被弄得乱七八糟的浴室。

一个人静下来后，他才慢慢沉淀下来，感受现在的自己有多开心。

等一会儿回去可以抱着乔岚一起入睡，等明天醒来第一眼又可以看见她，如果有课那就听同一个闹钟一起起床，没有课的话还可以赖在床上说话。

收拾完后，郯墨重新回到了卧室，拉开被子躺了进去，又将面朝着另一边的乔岚给扳了过来，乔岚迷迷瞪瞪地睁了一下眼睛，又在郯墨胸口找了个舒服的位置睡着了，郯墨将人抱紧了，下巴蹭了蹭乔岚的发顶，心满意足地也睡了过去。

又过了一周，陈伯和陈姨终于来了，一家四口在外边开开心心地吃了晚饭，然后一起回来，各回各家。

陈伯和陈姨也是新搬家，所以忙活了好几天，乔岚和郯墨的大件东西都买好了，就差各种日用品，还有书。

两个大卧室，由于郯墨坚持只买一张床，所以另一间成了书房，乔岚和郯墨买了好大一个书柜，里边暂时空荡荡的。

周末的时候两人继续出去采购，去了一趟书店，买了好多好多书回来。

晚上去陈伯、陈姨那边吃饭，吃完饭回来后锻炼一会儿，就挤在书房里一起看书。

书房里除书柜以外，放了一张榻榻米，坐着躺着趴着都行，看了好一会儿后，乔岚无意识地揉了揉脖子，郯墨一抬眼就看见了她的动作。

看了眼手里的书，心道改天再买本按摩教学回来，他和乔岚都可以学习学习。

陈姨切了水果专门给两个孩子送上来，敲了门也没人开，用钥匙打开门后在书房找到了正在看书的两个人，乔岚坐着，郯墨躺在乔岚膝盖上仰着看。

陈姨笑眯眯的。

看个书都要挤在一起，你靠着我，我靠着你，连敲门都听不见。

陈姨没舍得打扰两人，将水果放在茶几上，悄悄地来又悄悄地走了，走后用手机给乔岚发了信息，让他们别忘了吃水果。

在没有见到乔岚这孩子之前，陈姨从没想过墨墨有一天也能过上和正常人一样的生活，现在看着他过得这么开心，这么幸福，陈姨万分庆幸，还好遇到了乔岚。

第十九章

回家

搬出学校最明显的区别就是，两人相处的时间比之前多了非常多。

但郯墨觉得还可以更多一点。

他有这个条件，也有这个能力，可以满足乔岚上课以外的一切需求。图书馆、自习室、健身房，郯墨全部都可以在家里准备齐全，所有的活动都可以由他陪伴完成。

郯墨对此做了很清楚的统计，从昨天早上八点钟分开各自上课，晚上七点回到家里，除去中午一起吃饭的时间，一天二十四个小时他们有十六个小时待在一起。

正好是一天的三分之二，郯墨对这个时长还算满意。

可昨天还算满意，今天就不太满意了，因为乔岚她们第一个社团活动的准备阶段终于结束，现在进入了研讨阶段。

这个阶段，就不能各忙各的了。

下午上完课后，乔岚去了社团那边，郯墨面无表情地坐在车子后座上，陈伯从后视镜里看了郯墨一眼，毕竟是从小看着长大的孩子，陈伯还是能大概猜出郯墨为什么不高兴。

不过到底和郯墨的想法不同，陈伯也没觉得乔岚这样有什么不好，毕竟是学校活动。他仔细琢磨了一下自己要不要给郯墨找个事情转移一下注意力。

“墨墨啊，”陈伯想了想道，“你要不有空了学个车，到时候买辆车，你和岚岚出去也方便点。”

“嗯。”郯墨没什么兴趣地应了一声，过了几秒后突然来了精神。

“学。”郯墨道，“明天就学。”

陈伯：“……”

“找好人后记得通知我。”

陈伯：“……”为什么他感觉自己好像帮倒忙了？

第二天，陈伯给郯墨联系了教练，比一般驾校贵不少的私教，可以配合郯墨的时间来上课，也不会像一般的教练脾气那么差。

教练给郯墨打电话，问他每天可以练车的具体时间。

郯墨拿着自己和乔岚的课程表，比对一番后整出了一张时间表发给了教练。

乔岚最近每天都得去社团那边一趟，短的话二三十分钟，长的话一两个小时。学校外边有夜市，很多学生在忙完后尤其喜欢从学校外边的夜市绕回宿舍。乔岚正在收拾东西，有位学姐说想去，所以顺便问乔岚要不要去。

乔岚摇了摇头：“不去了，我还有点事。”

陈伯刚刚发微信问她什么时候可以结束，乔岚说了个大概时间，距离现在已经过去了好几分钟，也就是陈伯已经等了好一会儿了。

平时虽然也是陈伯和郯墨一起来接她，但都是郯墨发微信给她，怎么今天成了陈伯？

乔岚有些疑惑，和众人说了再见后下了楼。

学姐也没说什么，就像真的只是随口一问，问完乔岚后又问了其他人，除去同样搞对象的，还有准备去图书馆的，剩下七八个人一起去了夜市。

乔岚从楼上下来出了校门，看见了熟悉的黑色车子，等上车后才发现郯墨不在。

“陈伯，墨墨呢？”

“学车去了。”陈伯想起郯墨给他交代的话，无声地叹了口气。

“上次想让你俩都学，结果他没学成，我看他最近晚上挺闲的，就打发去学车了。男孩子嘛，这都是必备技能。”

“是。”乔岚还觉得挺有道理地点点头。

虽然已经有驾照了，但说实在的，乔岚还真不敢上路，如果郑墨学会了那就更好了。毕竟总不能这么麻烦陈伯，陈伯也该多休息休息。

“我们先回去吃饭，你阿姨还给你留了饭，等一会儿时间差不多了，我去驾校那边接人。”

“好，”乔岚点点头，又补充道，“我也去。”

陈伯想起之前郑墨交代他的话，再看看现在的乔岚，笑得眼角的皱纹越发明显了。

郑墨九点半结束，乔岚和陈伯提前了几分钟过去，围观了一会儿郑墨学车的样子。

聪明人干什么都很聪明。郑墨学得很快，但等结束之后乔岚听见教练和陈伯小声嘀咕，说这孩子咋这么闷，学车两个多小时，全程除了“嗯”没有说过一句话。

陈伯乐呵呵地说郑墨就这个性子。

等和教练说了再见回到陈伯的车上，刚刚教练口中那个全程面无表情不说话的郑墨就抱着乔岚的腰缠了上来，下巴蹭在乔岚的肩膀上开始撒娇，听起来要多委屈就有多委屈。

郑墨蹭了蹭乔岚，声音小小的，大抵是怕陈伯听见：“练车好无聊啊，我都不知道和教练要说什么。”

乔岚想起刚刚教练的话，笑着摸了摸郑墨的耳朵：“怎么不告诉我你要学车？”

“陈伯突然提议的，找的熟人，流程很快，今天正好就能去，没来得及告诉你。”郑墨道，“真的好无聊啊，岚岚，你陪我一起练车好不好？”

“你不说我也会陪你啊。”乔岚道，刚刚听教练说郑墨太闷，乔岚就在想要不自己陪郑墨学车好了，当初自己学车也是郑墨一直陪着的，如果郑墨不陪着她，应该也挺无聊的。

郑墨听到了满意的答复，还故意问乔岚：“那你社团活动怎么办？”

“其实也没什么重要工作，大家坐在一起也是闲聊。”乔岚道。因为是第一个活动，所以是最简单的社会调查，最近大家坐在一起发表言论，而乔岚已经发过言了，同社团的另外两个发过言的同学这两天都没来，季宿他们好像也没说什么，所以问题不大。再说了，郯墨是晚上七点左右练车，一般五点二十下课，怎么都赶得上。

郯墨心里高兴，偏偏一脸正经地点点头："那就好。"

乔岚被郯墨这个样子逗笑了，捏了把他的脸笑道："高兴就笑，装成这个样子我就看不出来了？"

"装成这样也被看出来了，我家岚岚真聪明。"郯墨从善如流地在乔岚脸上亲了一下，半点不忌讳坐在前边帮他背锅的陈伯。

陈伯无奈地摇摇头，唉！孩子大了，都会耍心眼了。

之后几天，如果时间太晚，乔岚就不去社团了，如果早的话去一趟社团，没有什么重要安排就提前走人。因为是晚饭时间，学姐还是时不时问她要不要一起去吃饭，乔岚笑了笑道："不去了，男朋友在楼下等。"

学姐一脸我懂我懂的笑容催她快去，等乔岚走后，有个女生没忍住，对刚刚叫乔岚的那位学姐道："次次都不去，学姐你老喊她干吗啊？"

"问一下嘛，大家都是一个社啊。"裴北嘉余光往季宿那边看了一眼笑了笑道，"今天想吃什么？"

大家你报一个我报一个。罗曼心情有点不太好，整个人蔫蔫的，不知道为什么，她感觉之前对她一直很不错的学长最近对她好像冷淡了。

虽然之前也没有太热情，现在见了还是会打招呼会笑，她问问题也还是回答得很耐心。罗曼总觉得哪里不对劲。

她闷闷地拿着手机发呆，过一会儿一竖起耳朵，就听到旁边有个女生正好说到乔岚的名字。

毕竟以前同寝室住过一段时间，罗曼下意识地去听那两个女生在说什么，结果就听到其中一个女生说乔岚太独了。

和大家比起来，乔岚确实狠独。

但是独得又有理有据，不住校还有男朋友，不和其他人活动也挺正常的，罗曼心里暗暗道人家独不独关你什么事情。

结果下一刻，另外一个女生很赞同地说确实是这样，又说虽然知道乔岚谈恋爱了，但是也没谁谈恋爱谈成这样，只要是和男朋友有关的事情，全都以男朋友为主，社团活动几乎都推了。

“原来不是只有你这么觉得啊！”这个女生惊讶道，“就跟怕有人要拐跑她男朋友似的。”

说罢，旁边有人听见也笑了：“毕竟是校草嘛，长得帅、家境好，能力也强，觊觎的人自然不少，看紧点也不是不能理解……”

罗曼本来心情不好，听了这话一下子来了火气。

罗曼承认自己有些嫉妒乔岚，毕竟那么漂亮那么优秀。一开始她还忍不住羡慕，除去羡慕这些，还羡慕乔岚和郯墨之间的感情。

罗曼在乔岚还住校的时候就很喜欢八卦乔岚和郯墨的事情，柳灿灿没少因为这件事情撑她，但罗曼就是喜欢问，因为乔岚和郯墨真的很甜。她说不出哪里不一样，但就是觉得这两人之间没有其他人的任何空间，罗曼在之前从来不觉得谈恋爱也可以像这样全无保留。

罗曼长了这么大，也希望遇见自己喜欢、也喜欢自己的人，两人之间能有甜甜的爱情。在认识乔岚之前，她对向往的爱情没有具体的规划，直到看见了乔岚、郯墨后才知道，原来自己最向往的也是这样的感情。

也许不是为了维护乔岚，只是刚刚这个女生的话破坏了罗曼内心美好而又向往的东西，再加上罗曼心情本来就差，她当场就和女生戗了起来。

“人家和男朋友吃个饭就太独不合群了，社里那谁不也谈了恋爱，每天爱来不来，你们怎么不说那谁太独了？乔岚怎么着你们了，说话这么难听，背后叨叨叨算什么，有本事趁着乔岚没走，当着人家的面说啊！”

刚刚说话的两个女生是乔岚和罗曼的同班同学，平时见了面还能打个招呼说说话，所以实在没想到罗曼会突然为了乔岚和她们吵起来。

谁背后不八卦点东西？多正常不过的事情，结果被罗曼这么一说出来怎么听怎么奇怪，尤其是旁边的学长学姐们也都看了过来。

季宿听见“乔岚”两个字转过头去，可能没想到罗曼会突然替乔岚出头，饶有兴趣地看着罗曼和另外两个女生吵架。

两个女生面子有些挂不住：“我说乔岚又关你什么事啊，我们也没说什么，就说乔岚这样太独，以后走出校园工作了，肯定和别人相处不来……”

“人乔岚长得就是漂亮，高考考了720，没有哪里配不上郯墨，什么看紧不看紧。人家早就见了家长，就等法定年龄结婚了，不用你惦记。人家身上穿几千块几万块的衣服，名牌化妆品随便买，要你担心以后工作顺不顺利，暗戳戳地想贬低谁呢？！”

季宿喜欢听到与乔岚有关的事情，但是不大喜欢听到和乔岚、郯墨共同有关的事情，更不用说是听说乔岚和郯墨准备一毕业就结婚了。

罗曼天天和柳灿灿吵架，吵架的功夫倒是厉害，又因为刚刚那两个女生不占理，没几句就被罗曼俘得一句话也说不出来，只能说一句罗曼多管闲事。

罗曼俘完人，自己还挺委屈，人一委屈就喜欢寻求依靠，想都不用想地转头往季宿那边看了过去，没想到平时都带着笑容的季宿，此刻的表情并不是太好看。

“学长……”

罗曼喃喃开口，季宿看也没有往这边看，扔下一句“行了”，就当阻止了这一场闹剧，然后转身离开了社团。

裴北嘉看了眼季宿离开的背影，不难猜出季宿是因为什么心情不好，想到这里不由得有些不忍心地转头看了罗曼一眼。

季宿很优秀，喜欢他的女生不少，就这个小小的社团里，暗地里喜欢他的也不在少数，不过罗曼是最明目张胆的一个，几乎所有人都知道她喜欢季宿，就连季宿自己也知道。

裴北嘉之前也不大喜欢这个小姑娘，说话夸张又自作聪明，总归不是她喜欢的那种类型。

但不管她本人怎么样，一腔热情却被季宿用来当作自己追别的女孩的烟幕弹，如果这个小姑娘知道自己为什么能进社团，那该是什么想法？

季宿这个人，真的残忍。

乔岚是第二天上课的时候，才知道罗曼居然为了自己和其他人吵了一架，微微有些诧异。罗曼别别扭扭地说自己就是看不惯别人在背后说人坏话，有什么话不能当面说。

乔岚想起罗曼和柳灿灿的吵架日常，笑了。

罗曼虽然不是很招人喜欢，但说话的确是什么都摆在明面上，回想一下，确实没听过罗曼在背后说谁的坏话。

罗曼心情不好，只能找点能让心情好起来的事情干，最让她心情好的自然是和季宿说话，可季宿今天没来，罗曼只能退而求其次，继续八卦乔岚和郯墨：

“你们最近好忙啊，在忙什么啊？”

“墨墨在练车，”乔岚道，“我陪他练车。”

罗曼双手捧着自己的脸：“唉！我好羡慕你啊。”

乔岚笑了笑：“羡慕我有这么好的男朋友吗？”

“不是，羡慕你们这么好。”罗曼幽幽道，“我什么时候才能和你们一样。”

柳灿灿这回终于不和罗曼吵架了，甚至有些无语道：“你喜欢就去追啊，不追指不定就被谁抢走了。”

“我怕他不喜欢我。”

“那你什么都不说他就喜欢你了？平时跟我吵架怎么没见你这么磨磨叽叽……”

“你又不是学长……”

两三句后两人又吵了起来，恢复了往日的模样。

社团的第一次活动终于结束，乔岚不用每天去社团了，就每天陪着郯墨去练车。

郯墨学得很快，比乔岚当初学得快很多，乔岚两个多月才拿到驾照，郯墨用了不到两个月，就拿到了自己的小本本。

驾照到手的那天，陈伯替郯墨选的车子也接了回来，每天负责接送乔岚的人由陈伯变成了郯墨本人。

如果是平时，罗曼一定会扑上来和乔岚八卦，但最近罗曼有了自己的事情，除了上课，其余时间都见不到人。

柳灿灿说罗曼开始正式追季宿了。

郯墨从学车到拿到驾照已经过去了将近两个月，罗曼追季宿也追了将近两个月。

罗曼追得很认真，但两个月也没拿下来，显然追得很辛苦，而且她性格都不复之前的活泼了。

乔岚给不了她什么建设性的意见，她对季宿的了解也只停留在最表层上，印象中还是那个温和好相处的学长。乔岚到现在也不觉得季宿真的对自己有什么想法，但因为郯墨对季宿格外忌讳，所以乔岚从来没单独和季宿有过什么私下交流。

郯墨买了车，两人周一到周五上课，周末出去逛逛，日子过得倒是轻松，郯墨也格外满意。

他就是不喜欢乔岚的这个社团，如果哪天乔岚退了社团，他才高兴。

就这样过了期中，本来学习氛围非常浓厚的 B 大发生了一件很沉重的事情。

乔岚记得那是下午正上课的时候，柳灿灿一脸震惊地推了推她们的胳膊，小声道："有人自杀了。"

虽然近些年新闻中时不时有报道说学生自杀，高中生、大学生，自杀人数比例甚至一直都在增高，但也只是听说而已。这是乔岚等人第一次亲耳听到身边也发生了这种事情。

这种消息学校一般都会选择压下来，但对学校里的学生自然瞒不住。

自杀的原因没有人清楚，但大家传来传去也大抵猜出了缘由。

听说自杀的学生也是大一新生，还是个长得很漂亮的小姑娘，没有谈恋爱，没有网贷，没有结识不好的朋友，家里也没有发生什么变故，所以最后的原因只不过是学习压力太大。

能来这里的学生，哪个不是曾经在高中里最拔尖的存在？等进来后发现周围个个都比自己优秀，心里难免会有落差。

因落差太大，最后酿成了这样的结局。

乔岚不知道该怎么评价这件事情。作为一个正常人，惋惜、痛心，自然都是有的，但除此之外，乔岚却莫名想到了郊墨。

和郊墨在一起的安稳日子过得太久，乔岚差些忘了，原来书中的郊墨其实也是自杀过的。

如果时间记得不错，也正是在大一的时候，如果更准确一点，大抵是大一第一学期的期末。

乔岚心口止不住地疼了一下，然后疯狂地跳了起来。

虽然知道现在的郊墨已经不是以前的郊墨了，他已经没有重度抑郁症，也没有喜欢上宋瑶而且爱而不得，所以自杀这种事情也不会再发生在郊墨身上。

但“自杀”这两个字眼实在太过惊心，乔岚还是控制不住地心里难受。

乔岚忍不住去想当初郊墨自杀时到底会是什么样的心态，绝望、痛苦，反馈到自己身上又是什么感觉?

害怕、崩溃、嫉妒。

乔岚突然使劲摇了摇头，将自己脑海里乱七八糟的东西全都清除干净。

现在的郊墨不是原来书中的郊墨了，他已经脱离了曾经的人生路线，以前的种种和他已经没有任何关系了。

乔岚，不要多想。

乔岚深深呼了口气，后半节课迷迷瞪瞪的，什么都没听进去。下课后罗曼告诉她，说社团紧急召开会议，让她们下课就过去。

毕竟发生了这种事情，心理社自然会有所动作。

乔岚“嗯”了一声，收拾好书包，边走边和郊墨通了一通电话。

郊墨那边也刚刚下课，听完后沉默了半晌道:“大概要多久？”

“我也不清楚。”乔岚叹了口气，“突发事件，开会安排工作，可能会有点晚，要不今天不等我了，先回去吧。”

“不用，我在图书馆等你。”

等挂了电话后，郊墨面无表情地坐了好一会儿，转身往图书馆走去，刚刚走到门口，正好遇见季宿从图书馆出来。

郯墨没有和不熟的人打招呼的习惯，看见也就看见了，季宿却是一如往日的“好脾气”，一副极其好相处的样子，主动和郯墨说了声“学弟好”。

郯墨看了季宿一眼，淡淡回了句“学长好”。季宿笑了笑，挺自来熟地问他：“学弟没课了不回家？”

“等女朋友。”郯墨停下脚步，看了季宿一眼道。

“乔岚啊。”季宿点点头，“那大概得多等一会儿，今天社团事情有点多，你也知道，发生了这种事情。”

“嗯。”郯墨有些烦躁，转身想走，却听季宿又道，“学弟如果要等人，不如跟我一起去社团那边坐坐？”

郯墨心中一动：“合适？”

“没什么不合适，社团里的情侣不止你们这一对。”

乔岚和罗曼等人等了一小会儿，社团的学长学姐们也相继到了，除了社团里的成员，还有两位“家属”也在，乔岚看着带男朋友过来的学姐，心道其实也可以带上郯墨的。

不过郯墨喜欢清静，应该不喜欢她们坐在一起乱糟糟地说话。

正想着，外边门推开，季宿走了进来，再一看，自家本该在图书馆的男朋友也跟了进来。

乔岚愣了愣，走上去，和季宿打了个招呼后小声问郯墨：“怎么突然过来了？”

“路上遇见季……你们学长。”

郯墨真的不知道是自己太敏感，还是乔岚太迟钝，他总觉得季宿对她有企图，看到季宿就不放心。

既然已经来了，那就来吧，乔岚其实挺高兴郯墨在这里陪着她的，就是担心他无聊。

大教室里摆了一张巨大的会议桌，大家围了一圈坐好，郯墨坐在了乔岚旁边的位子。季宿说毕竟这次的自杀事件出自本校，所以就算郯墨等人不是社团成员，也可以听一听。

季宿那边掌握的消息多一点，比乔岚她们看的传闻靠谱一些，他将整件事情梳理一遍后说想听听大家的意见。

乔岚也被点到了名。

乔岚和其他同学一样，表达了自己的痛心以及惋惜，然后说了一些有关于学生克服压力方面的问题，季宿边听边写着什么，等她说完后点点头，突然叫了郏墨。

“学弟既然来了，不如也说点什么。”

郏墨神情微微一顿，但也只是刹那间而已，之后依旧没什么表情。乔岚想说“不用了”，但郏墨倒是没太在意，说话很流利：

“对于这件事情，无论真相如何，事情已经发生，社会能做的就是还原事情真相，给双方当事人一个合理的解释，对孩子的父母做好安抚工作。近两年来高校大学生频繁出现自杀现象，究其原因，除了学校管理不当，学生本身或许也存在一些问题。

“首先学校作为教书育人的场所，理应对学生采取适当的措施，除了关注其学习成绩及科研成果，更应该注重学生的身心健康。有的学生不远万里背井离乡地来求学，学校有责任对其安全负责，这一点毋庸置疑。教师对学生提出批评或改进的建议也是其应有的责任，但是这些都建立在不损害学生人权的基础之上。批评应该针对其行为，而不是针对其个人……”

郏墨毕竟是全校闻名的人物，今天来社团后，一众早就听说过郏墨名字的人都对他很好奇，季宿主动点郏墨让他发表看法，大家更是兴趣盎然。

等听完后，一众人的想法皆是，果然是超级学霸，看这条理清楚得像模板一样的回答，思路清晰，毫无漏洞，说出来的话就跟写的论文一样。

乔岚静静地听郏墨讲完，无声地叹了口气，也许在座除她以外的所有人都认为郏墨的回答非常好。其实确实非常好，可如果仔细去辨别郏墨的这番话，到底还是能听出来他的发言与其他人的不同。

这是阿斯伯格症带来的无法治愈的缺陷，郏墨没有办法，乔岚也没有办法。

不过了解阿斯伯格症的人到底太少，更何况就算了解也没有真实接触过患者，所以也不会像她这样听出其中的端倪。

季宿坐在会议桌最远的地方，握着笔的手已经顿住了，指尖轻轻落在桌面上，无声地敲了一下，唇边扬起了一抹似有似无的笑。

原来世界上真的有这么巧合的事情，真的有这么出其不意的惊喜。

季宿从来没追过女生，他自小优秀，永远都是被人追的那一个，也不曾偏执地喜欢过谁。

乔岚是第一个，也是最难的一个。

从开学到现在已经过去了半学期，与乔岚见面的机会两只手可以数得过来，可见少到了什么地步。

乔岚对他完全没有兴趣，一门心思只放在郯墨身上，无论是私下还是公事，好几个月过去，季宿没有找到一点点机会。

既然拿乔岚没有办法，于是季宿想到了郯墨。

想让一个心理有障碍的人心理崩溃，对季宿来说，并不是一件太困难的事情，总归不会比攻克乔岚更难。

但没想到的是，一开始，老天就给了他一个这么大的惊喜。

所有人都在感叹郯墨果然厉害，季宿却抓住了这段话里的不同寻常之处。

流畅，逻辑更是清晰，让人挑不出毛病。而恰巧，其中最大的毛病就是，没有人情味。

对于死人这件事，郯墨没有表达出一丝丝的同情心或者惋惜，整段话官方得就像来自一个毫无感情的机器。

明显吗？其实不算太明显，至少其他人都没发现，只有他发现了。

可是他有一个与郯墨一样病症的父亲，再相似不过的语气听了将近二十年，那一切就太过简单了。

郯墨，阿斯伯格症。

这可真是，太巧了。

心理社在几次讨论会之后，有教授坐镇，亲自上了一堂课指导了一下社员们，之后才开始准备真正的工作——给学生们做心理辅导。

负责辅导工作的主要还是大二以上的学长学姐们，大一的新生们跟在一边负责听、看、学习、打打下手。之前的开会聚餐乔岚可以推脱掉，这次是无论如何也得一直跟着，而这种活动郯墨也不好再来参与。

郯墨确实不大高兴。

乔岚很容易就发现了郯墨的不高兴。

自打她不许郯墨再撒谎骗她之后，郯墨有什么心情一般都会摆在脸上，也不会瞒着她什么。

乔岚也有些为难。

她想起自己当初报社团的初衷，是因为社团对学习本专业知识有帮助，事实证明确实有帮助，前两天教授还专门给他们讲过课。

但如果再念起学习心理学的初衷，那很明显，只有一个，那就是郯墨。

所以说，无论是报考心理学还是进入这个社团，全是为了郯墨，如今郯墨为了社团不开心，在社团和郯墨之间，乔岚想都不用想就可以做出选择。

如果郯墨不喜欢，那放弃也不是不可以。

不过最近的话……可能还是不太行，最近社团里挺忙的，突然就这样离开难免太不负责任。

看着又因为她要去忙变得沉默的郯墨，乔岚摸了摸郯墨的耳垂道："等最近忙完了我就去找社长退社，退了以后每天都陪你。"

郯墨眼睛一亮："真的？"

"当然是真的，我什么时候骗过你？"乔岚笑了笑，"我先走了。"

郯墨没忍住亲了她一下："那我晚上来接你。"

乔岚笑着摆摆手，说了声"好"。

等到了社团，一进去就看见罗曼又跟在季宿后边跑来跑去。罗曼看她进来，打了个招呼后又跟着季宿去了。

大家一开始还看戏似的挺感兴趣，但这都追了快两个月，所以也见怪不怪了。

等人全都到齐了，就开始今天的任务分配，还是由学长学姐带着学弟学妹们，学长学姐们安排好了自然会叫他们。乔岚也没过去凑热闹，直到季宿喊了她一声。

乔岚抬头，一愣，季宿倒是一脸平静："今天你跟着我和裴北嘉。"

"哦，好。"乔岚看了眼站在季宿旁边对着她笑的学姐，也回了她一个笑容。

因为郯墨的关系，她确实对季宿"疑神疑鬼"，但这几天的确一直是轮换，他们这些新生和每个学长学姐都能接触到，今天碰巧到了季宿而已，更何况还有另外一位学姐。

乔岚收拾好东西后等季宿安排完工作，跟着季宿还有裴北嘉出了门。

乔岚跟在裴北嘉旁边走，听季宿和裴北嘉说话，说的是挺专业的东西，乔岚听得挺认真。等到了地方后，裴北嘉看了眼手机说有点事，先离开一下，还没等乔岚反应过来就急匆匆走了。

乔岚皱了皱眉头，到底没说什么，坐在桌子旁边的另一把椅子上，看了眼时间。

七点十七分，季宿翻阅着手中的名册，像是很随意地问她："怎么了，有急事？"

"没。"乔岚收了手机，"学长，来咨询的同学什么时候到？"

"约好了七点半，还有十几分钟。"

乔岚点点头，没再说什么，只不过无意识地将椅子稍微挪远了一些。

季宿手中的笔一顿，指尖在纸上轻轻敲了两下，抬起头看了乔岚一眼突然道："不知道是不是我的错觉，我觉得你有些排斥我。"

嗯?

乔岚着实没想到季宿会这么眼尖，更没想到他会这么直接地问出来。

诧异了一刹那后乔岚微微笑了笑："想多了，我没有排斥学长，毕竟我们也没什么交流。"乔岚面色如常道。

"那看来是我感觉错了？"

"这倒没有。"乔岚摇摇头，"可能是我对任何异性都会刻意离远一些的缘故。"

季宿饶有兴趣地点点头：“你男朋友不喜欢？”

“……有这个原因，”乔岚道，“但我觉得既然有另一半，那远离其他异性这是本该做到的事情。”

只不过是谈恋爱，就已经用另一半来称呼对方了？季宿有些不大高兴，但面上依旧笑着看不出什么，而是继续和乔岚讨论起这个问题：

“可能是我们观点略有不同，我觉得就算有男朋友或者女朋友，也不用完全摒弃异性朋友；就算是另一半，也没有权利不许自己喜欢的人有自己的异性朋友。”

“有异性朋友和远离异性朋友这两点并不冲突。”乔岚道，“我认为一个人不管在什么时候，都是离不开朋友的，朋友是人生路上不可缺少的一部分，但我认为在有男朋友以后，跟异性朋友保持一定的距离也是必要的，学长觉得呢？”

季宿看着眼前的女孩。

漂亮、聪明、大方、直接，无论哪一点都让他格外满意。

“你说得不错，那我还有个问题想问你，如果某天要你在另一半和很重要的朋友之间做出选择，你会怎么做？”

“理性一点的做法，那自然是对事不对人。”

“你是理性的人吗？”

“我不是。”乔岚果断摇头，“我对人不对事，我很护短、很偏心的。”

“偏心男朋友？”

“当然。”

“即使这件事确实是你男朋友的过错？”

“是。”

即使这样或许真的不对，即使别人会说她被感情迷了眼，即使在他人眼里这样的感情有些不正常，她的选择也永远不会变。

任何题目对她而言只有一个正确答案，那就是郯墨。

季宿突然不想说话了。乔岚还是那个乔岚，让他没一点办法的乔岚。

之前是没有办法接近，好不容易接近，却是说什么也没用，说多了也只不过让他心情不好罢了。

好在第一个来咨询的学生到了，季宿和乔岚的对话也到此结束。

乔岚跟了几天之后，对学生们各种藏在心底里的秘密着实惊叹，感叹这个世界上想太多、过分偏执的人原来有这么多。大家一边做心理疏导，一边整理案例，等过几天休息之后再坐在一起分析案例。

为了保护学生们的隐私，案例都是不署名的，季宿和几个学长学姐挑出里边最具代表性，大抵也是最偏激的案例让大家一起讨论。

今天正好有这样一个案例。

不知道是哪个学长学姐处理的，反正乔岚跟了好几天也没遇见。看事件分析，案例主人公应该是个女生，一句话解释就是该女生觉得男朋友太过偏激所以提出了分手，男朋友坚决不同意，并做出了一系列过激行为阻止她分手。

让女生最后忍无可忍的是，男朋友来告诫她，如果她再提分手的事情，他就去自杀。

“他会一直骂我一直凶我，把我骂哭了他就会说他错了，可他还是会一直骂我凶我，我不可以和除他以外的人说话，包括女同学，微信一分钟不回复，他就会发火，电话不接，他就会不停地打到我接为止，我不可能每次都及时看到及时回复，真的快疯了……每次我朋友看我不开心、安慰我的时候，他都会说别人的事不要管。那是我很好的朋友，他都会说让她们下地狱吧。我真的快被逼疯了，才想要分手求解脱，但是他威胁我说要自杀……”

最近学校刚刚发生了自杀事件，女生果然被男朋友的威胁给吓到了，暂时不敢再提分手，却因为男友的行为对他更加害怕。

季宿让社员将资料给每个人发下去，大家先仔细读一遍。

对于这种问题，刚刚听完便马上发表言论的几个女生都觉得必须分，马上分。

有个脾气暴躁的女生没忍住直接说：“分，马上分，我就不信他真的会自杀，这种自私的人根本舍不得自杀。”

等资料全部发到手里，她们这才发现事情没这么简单。

因为从这个女生的叙述上听来，男朋友所说的自杀并非故意威胁，他是真的可能会自杀。

女生列举了一系列她男友的偏激行为，这些行为正常人绝对做不出来，但他做了一件又一件。

大家看完资料沉默了好一会儿后，有个男生在沉寂中开口：“这男生……他有病吧？”说完又急忙道，“我不是骂他，我就是陈述事实，说他有病，意思是他有心理上的疾病吧？”

这个结论得到了大家的一致认可，因为正常人是做不出来这种事的。

乔岚看着手中的稿子，听着周围叽叽喳喳的讨论，没有说话。

季宿也一直耐心地听大家讨论了好一会儿，这才道：

“准确来说，占有欲过强、太过偏执并不是什么心理疾病，但也要看占有欲强到什么地步，有没有过度猜忌或者类似监视对方这样比较不妥当的行为，以及占有欲有没有严重影响到自己的状态之类。当然，不管是不是心理疾病，占有欲太强本身都不是好事。

“占有欲过强的人往往会比较自卑，觉得自己不够好，怕被对方抛弃，所以才格外想要控制和占有对方。这些问题，在一般情况下只要好好交流，用正确的方式去引导，还是可以正常解决的。我们今天讨论的话题不是这个，而是另一个，不是针对占有欲强这种行为，而是针对真正的有心理疾病的人群。

“在这里，我提出一个问题，有心理疾病的人，你们认为他们可以和正常人一样拥有正常人的爱情吗？”

乔岚心头蓦地涌上说不出的气愤，但季宿还在继续：

“如果觉得这个问题有些难，我们可以从更简单的问题开始，先不讨论心理疾病人群，我们先讨论残疾人是否可以拥有自己的爱情。”

这个问题就比之前简单多了。

季宿这么一说后，马上就有人回答：

“残疾人也有爱情，因为爱一个人是不分年龄，不分肤色，不分种族的，那当然不分健全和残疾！”

“怎么不能，残疾人也是有感情有思想的，怎么不能拥有爱情呢？”

大家难得地思想一致，都认为这个问题根本不需要讨论。

季宿笑了笑，一点也不觉得惊讶：“大家能这么想很好，不能对任何人带有偏见，但是今天我们要讨论的是更现实一些的问题。那么我更直接地问，既然你们都这么说，那么你可以接受一个身有残疾的男朋友或者女朋友吗？”

此话一出，刚刚争着说话的一众人全都哑巴了。

人们总是在谈论其他人的时候高谈阔论，一到自己身上就变得束手束脚。过了好半天后才有人开口，乔岚一看，居然是罗曼。

罗曼想了想道：“如果我是真的喜欢，就算是残疾人也没有关系啊。”

“你没有关系，那你的父母、你的朋友呢，以后社会上的其他人呢？”

季宿一句话就将罗曼顶了回去，罗曼怔了怔，不说话了。

但季宿这人聪明，将罗曼顶回去之后，却又顺着罗曼的想法将她刚刚的话圆了回去。在所有人看来季宿公正又理性，说明了残疾人可以和正常人一样拥有自己的爱情，但爱情之路远比正常人难得多。

这样的说辞，就连乔岚也找不出哪里不合适。

等这个话题过后，才重新回到刚刚的话题，也就是心理有疾病的人能不能拥有正常的爱情。因为刚刚正好分析过一个案例，所以这个问题一出来，大家难免想到那个威胁女朋友自杀的男生，自然而然地得出来一个结论，那就是不可以。

因为心理有疾病，所以胡思乱想，所以偏执、固执、极端、占有欲过强，在自己不如意的同时也会让另一半痛不欲生。

而最可怕的地方在于，他们根本不觉得这有错。

这回大家的讨论比刚刚更激烈。

有的人说，如果得了心理疾病，为了让自己和自己身边的人生活得更好，最理智的做法就是远离身边的人。一旦真的在一起了，如果病情越来越严重怎么办？甚至以后生了孩子，如果孩子也有遗传病，夫妻中健康的一方会不会有怨言？孩子长大了会不会有怨言？也有的人说，患者本来就已经被社会隔离了，愿意跟他们在一起的朋友就很少，何况爱人？知道他们有病的，有几个愿意跟他在一起结婚？他们比别人更渴望拥有一个完整的家庭。

乔岚一直没有说话。

她一开始没觉得，但越到后边，越觉得这个讨论很诡异，很莫名其妙。

讨论这些有什么用，讨论到最后可以让有心理疾病的人被治愈吗？可以让因为心理疾病而产生的恶劣事件变少吗？

这个讨论本身就不正常，而一直引导着话题往下走的季宿更不正常。

季宿一遍又一遍地强调“正常”又是想做什么？

乔岚真的不想让一个简单的讨论变得这么阴谋论，但季宿句句话戳她心口，乔岚又实在忍不住怀疑他是不是知道些什么，又在针对些什么。

她抬头往季宿那边看了一眼，季宿依旧是平时温文尔雅的模样。

乔岚心道也许是自己多想了，她再给自己一个可能性，只要季宿不故意点她发言。

正这么想着，刚刚一直没说话的季宿突然道：“既然是讨论，那就都说说话，在说的一直说，不说的一直不说，一直没有发言的几个人讲讲自己的看法吧。乔岚，第一个。”

乔岚手指一紧，她闭了闭眼睛，等再次睁开，她目光直视着季宿，问他：“学长觉得什么是正常的爱情呢？”

不等季宿开口，乔岚继续道：

“我认为正常的爱情是你情我愿，而不是正确不正确，把‘正义’用于感情，本身就不是正常的心态。学长的这个问题我觉得还可以引申一下，个子矮不配拥有正常的爱情吗？没有钱不配拥有正常的爱情吗？长得丑不配拥有正常的爱情吗？

“既然学长要说现实，那就说一个最现实的问题，正常人找个女友要准备房子、车子，即使女友不要，丈母娘那关也不好过，谁乐意女儿嫁给一个没钱的人吃苦？正常人不也会经历自卑和受嘲笑的日子？正常人也会遇人不淑被人骗感情，也会遇到很多困难，也会被质疑谁配不上谁。学长刚刚举的几个例子也有问题，那些人说因为自己有残疾其他人才不喜欢自己，但是影响别人对你印象的还有很多其他的因素。

“至于最后讨论的心理疾病会造成感情悲剧，我认为心理疾病会影响人在感情上的判断，但最后酿成悲剧的并不是疾病，而是正确的观念，是一个人做人的底线。人应该不断克服身体或者心理上的障碍去触及幸福，培养正确的自我认知，如果每天自我否定，只觉得我不想、不会、也不敢，那自然是不配的……”

乔岚完全不按常理出牌，就算是季宿也没料到乔岚根本不按他预想的方向走。他原本想借机会让乔岚清醒一点，让乔岚明白自己和郯墨的感情没有将来，不会有人支持，结果乔岚根本油盐不进。

他突然有些搞不明白，郯墨到底有什么好，可以让乔岚偏执到这个地步，黑的都能被她说成白的。

结果让他微微诧异的是，乔岚说完后居然有好几个人赞同地点点头，说乔岚说得有道理，这个问题本身就不太对。尤其是罗曼，她还疯狂给乔岚鼓掌。

季宿皱起了眉头。

不应该是这个样子的。

有精神病本身就不正常，这样不正常的人不能拥有正常的爱情，这个观点有什么错？

在座的又有谁见过真正的心理疾病患者，有谁比他更了解这种人会造成的惨剧，指点江山谁不会？他们个个都不过是纸上谈兵。

有人敏感地感觉到今天这场讨论充斥着说不出的火药味，乔岚的发言很明显是在针对季宿，但季宿到最后什么也没说，只是让大家回去每人写一份体会，到时候交上来。

乔岚回到家里，盯着电脑上发下来的群文件，烦躁得一个字都不想写。

她想找季宿问个明白，想搞清楚是不是自己想的那样，但无凭无据，如果被季宿抓了什么把柄知道了郯墨的秘密又该怎么办？

郯墨从外边进来问她在做什么，乔岚迅速将群文件给关掉：“在想怎么和社长说退出社团的事情。”

有什么好纠结的，其实还有更简单的方法。

退出就好了，退出之后就再也没有和季宿见面的机会，也不会掺和社团里的是是非非，不管季宿是有意还是无意，只要退出，就什么都不用管了。

郯墨从乔岚身后伸手隔着椅子将人抱住，沉默好一会儿后："你是不是遇到了什么事情？"

"没有。"乔岚道，"我就是觉得相比去社团，我更喜欢和你待在一起。"

郯墨一瞬间只想将人揉进怀里，低低地在乔岚耳边叫了她一声。

"嗯。"乔岚应了一声。

"毕业我们就结婚好不好？"

乔岚笑了："好呀。"

郯墨："……"

他一个激动，将乔岚从椅子上打横抱了起来，在她的惊呼声中将人带进了卧室，关门算账。

两天后，心理社的社员们开始交作业，季宿漫不经心地看着一份份邮件，最后挪到了乔岚发来的邮件上。

可等将邮件一打开，季宿整个人都僵在了椅子上。

他没能等到乔岚的作业，却等到了一封退出社团的申请。

乔岚的这封邮件写得中规中矩，有可能还是从网上复制粘贴过来的，邮件中说自己学习压力太大，无法兼顾社团事务，虽然很抱歉但是没有办法，还请社长同意云云。

事情又一次朝着季宿没有想到的方向发展，季宿终于感觉之前的自己似乎太过平静了。

他为了让乔岚能明白过来，想方设法地做了这么多，但乔岚根本什么都不明白，甚至连自己喜欢她都不知道。

季宿盯着这封邮件看了好半天，蓦地关上电脑拿出手机，拨通了乔岚的电话。

乔岚刚好下课，看了眼手机，没有太意外地接起电话。

"为什么突然退出社团？"季宿问。

“学长，我在邮件里已经写得很清楚了。”

季宿烦躁地皱起了眉头：“场面话不用说了，我说的是真正原因，如果我没有猜错，又是因为你男朋友？”

“中途退出是我的不对，”乔岚诚挚道歉，“但是学校也没有不许退出社团的规定，至于我为什么要退出，和学长也没有什么关系，我可以选择不回答。”

那边沉默半晌后，终于道：“乔岚，我觉得我们需要谈谈。”

季宿约乔岚去学校对面的咖啡厅坐坐，乔岚拒绝了：“有什么不能在电话里说清楚吗？”

“我觉得还是见面谈比较合适。”季宿道。

“哦。”乔岚声音冷淡，“还是电话里谈吧，我男朋友不喜欢我和其他男生私下见面。”

乔岚真的是一点点机会都不给他，就算像乔岚说的，因为有男朋友，所以与其他异性保持距离，但除了乔岚以外的女生，就算有男朋友也不会做到乔岚这种地步。

郏墨就真的那么好？

季宿坐在沙发上，平时永远挂着笑容的脸上此刻不见半点笑意，握着手机的手不自觉地紧了紧，沉默半晌后才低声道：“那如果我说我喜欢你呢？”

乔岚那边静了一刹，片刻后冷漠的声音从听筒中传了出来：“那也和我没关系。”

如果每个单方面的喜欢都要她去管，那她早就分身乏术了。

季宿听着乔岚淡漠的声音，突然生出了说不出的无力感，他的喜欢在乔岚面前似乎一文不值，而他的耐心似乎在乔岚面前也开始变得难以维持。季宿忍不住问她：“你没有什么想说的？”

“想说的确实有。”乔岚道。

季宿唇角一勾，正要说些什么，却听乔岚继续道：“虽然之前有人提醒过我，但是我还是不相信，毕竟我已经有男朋友了，而且我们感情很好。只要是人品过得去的人，绝对不会插足其他人感情，而我一直认为学长无论在学业还是做人上都很优秀，现在看来好像是我想错了。”

季宿有些动怒，他分明是想帮她的，现在却轮到乔岚在这里质疑他的人品。

插足其他人感情确实不对，但乔岚和郯墨现在只不过是恋爱而已，他追求乔岚只不过是公平竞争罢了，再者，郯墨这样的人……

“乔岚。”季宿沉下心来，正儿八经地叫了乔岚一声，“也不用说得这么难听，你不觉得我是在帮你？”

就算乔岚再怎么聪明，也实在没听懂季宿这句话是什么意思，故意含沙射影地破坏他们的感情这叫在帮她？

她不觉得，也不明白。

季宿慢悠悠道：“你当初说报考心理学是因为一个人，是因为你男朋友吧？”

乔岚一滞，季宿果然知道。

所以那天的那场辩论确实是他故意的！

季宿没听到乔岚的回话，于是继续道：“如果我没有猜错，你男朋友，应该是阿斯伯格症患者吧？不用诧异我是怎么知道的，在说你和你男朋友之前，我先和你讲个故事怎么样？”

乔岚无声冷笑，她倒是想听听季宿要讲什么故事。

季宿的故事，从一开始就能猜得到结局。

一个漂亮年轻的女孩，在最好的年纪认识了同样帅气温柔的男孩，她从来没有见过这么关心她的异性，宽容、大方，就像电视小说里的完美男友一样，两人迅速陷入爱河，并在不久后结婚。

可等结婚后女孩才发现，原来一直以为的完美男友在之前表现的全都是假的，他根本不会像正常人一样去爱人，他的爱偏执极端，一步一步地蚕食掉她所有的生活，斩断了她和亲人、和朋友之间的所有联系，让她的世界从此变得只剩下一个人。

那时候她才明白有一种病症叫作阿斯伯格症。

患这种病症的人要么不会有爱情，要么便是最极端的爱情，只可惜她知道得太晚了。

即使生活富贵、衣食无忧，她也从来不需要劳累工作，生活却像是一个牢笼。

一年后他们有了一个孩子。她在得知即将有这样一个新生命的时候满心欢喜，她的生活太枯燥无味了，一个新生命的到来就像她生命中的一道光。她心想，就算他不许她交朋友，不许她和亲人联系，但孩子是他们两人的，他总归还是会喜欢这个孩子的。

而后来的一切证明，她又想错了。

他不喜欢这个孩子，甚至讨厌他，因为他分走了她的注意力。

"所以我是在救你，乔岚。"季宿的声音温柔了起来。

"我有一个阿斯伯格症的父亲，我和他在同一屋檐下生活了十八年，没有人比我更了解一个阿斯伯格症患者有多可怕。从我记事起，我就很少见我的母亲笑过，她不会在我父亲面前笑，也不会在我面前笑，因为她对着我笑父亲会生气。高中毕业那年我父母终于离婚，我的母亲用自杀换来了自由，虽然抢救了过来，却落下了病根。"

季宿说话的语气因为所说的内容变得有些阴郁："这种人根本就不懂爱情，更不该拥有爱情，这样的人本就不该将无辜的人拉下水，没有人该为他们的疯狂买账负责，乔岚。"

季宿顿了顿这才继续道："我自然知道破坏其他人感情不对，可机缘巧合让我知道了郯墨的病症。我亲眼见过，所以才不看好你们，也想警示你早些离开郯墨，我确实喜欢你，所以不想你以后也被一个不正常的人毁掉所有的生活。"

乔岚握着手机没有说话。

她想起人们常说的一句话：可怜之人必有可恨之处，可恨之人必有可悲之苦。

从季宿的这段故事听来，季宿、季宿的母亲，无疑都是可怜的，尤其是季宿本人，因为有这样一个父亲，所以对患有阿斯伯格症的人格外仇视。

乔岚完全可以理解他的这种想法，但也仅仅只是理解罢了。

这并不是他破坏他人感情的理由。

就算郯墨真的有什么问题，也轮不到季宿这样一个外人去做什么，这是她和郯墨之间的事情。

乔岚这边没有说话，季宿以为乔岚听完后终于有所触动，放柔了声音继续道：“我知道你们现在感情很深，让你分手是强人所难，但我还是劝你早些脱身，免得像我母亲一样到时候想脱身却难脱身，最后毁了一辈子。”

乔岚闭了闭眼睛，半晌后终于开口：“学长，我还是那句话，这是我和郏墨的事情，和你没有关系，无论你是出于什么原因，你破坏我们的感情，这是毋庸置疑的事实。”

“我说了我是在帮你！”

季宿觉得自己已经很好脾气了，但是乔岚实在油盐不进，让他都开始动怒了。

“我不需要，更何况我也不需要你自以为是地帮我。”乔岚果断打断了季宿的话，“而且你扪心自问，你真的仅仅是为了帮我？”

乔岚没了耐心，前一刻还觉得季宿有些可怜，现在连可怜他的想法也消失得无影无踪。

“你说你很了解你的父母，了解阿斯伯格症，这点我没法反驳，可是你了解我、了解郏墨吗？世界上阿斯伯格症患者多得数也数不清，你又了解他们每一个人吗？你凭什么因为自己的一小段人生经历就去判断别人的人生，替别人的人生做选择？”

季宿深吸一口气：“你现在还小，就和我母亲当年一样被欺骗……”

“我没有被欺骗，不要老拿我和你母亲做对比，我不认识你母亲，也和她不一样。”乔岚现在觉得季宿这个人也不对劲，自说自话，根本听不进别人在说什么，一直用他父母悲剧的爱情和她做对比，可这根本不一样。

“墨墨和你父亲不一样，我也和你母亲不一样。”乔岚一字一句道，“你的父亲用虚假的演技骗取了你母亲的喜欢，他隐藏了自己真实的一面，将你母亲骗回了家，你父母感情的悲剧不是因为你的父亲有阿斯伯格症，是因为他们的相爱从一开始就是一场骗局，你母亲喜欢的那个人根本不是你父亲，而是你父亲创造出来的假象！

“因为你父亲的欺骗，因为你母亲根本没有爱过你父亲本来的样子，这才酿成了他们的悲剧，而我和郏墨不一样。”

季宿在电话那头蓦地沉寂了下来。乔岚大抵是想起了刚刚认识郯墨时候的情景，目光也随之变得温存了许多：

“我和他刚刚认识的时候就见过他最落魄、最不正常的一面，我和你的母亲不一样，不是因为完美的表象才喜欢对方的。我从他落魄的时候开始喜欢他，现在他一点一点变得更好，我只会更喜欢他，所以不要再用你父母的悲惨经历来类比我和郯墨。我没有你母亲那么天真，看不出喜欢的人真实的样子，郯墨也没有你父亲那么胆小怯弱，不敢表露自己的本来面目，所以不要自以为是地来拯救我，我觉得更需要被拯救的是你自己。

“季宿，我言尽于此。退社申请我已经交给你了，以后的社团活动我不会再去参加了，所有联系方式我会全部删掉，希望学长也能早点全部清干净。”

“如果我不同意呢？”季宿深吸一口气缓缓道。

“学校并没有不许社员退社的相关规定吧？”乔岚笑了笑道，“而且在大家眼中，学长从来都是完美人设，你大概也不想让人知道我退社的真正原因吧？毕竟插足别人感情什么的……和你一贯的形象不太符合呢。”

乔岚这分明是威胁他，可季宿还是被威胁到了。

乔岚挂了电话，季宿一个人坐在沙发上，不知道在想些什么。而另一边的乔岚等到了下课的郯墨，突然蹿进了郯墨的怀里。

郯墨不明所以，但还是很顺手地将人抱住，旁边经过的谢弘毅等人迅速溜走，免得被虐狗。

郯墨摸了摸乔岚的头发：“怎么了？”

乔岚抱着郯墨。

一开始郯墨就很敌视季宿，那时候她还不信。

乔岚半晌后长长地叹了口气，再抬起头来脸上只剩笑颜：“我正式退出心理社了，庆祝退团成功，我们出去吃饭吧！”

季宿从小到大，从来都认为酿成这样悲剧的是他的父亲那该死的阿斯伯格症，而他的母亲一直是被无辜牵扯的一个。

所以他才那么笃定，乔岚如果和郯墨在一起，一定会和他的父母一样。

可是乔岚说不是，以后也不会。

季宿低头，盯着手里的手机看了半晌，突然毫无预兆地将手机砸到了地上。

手机屏挣扎着亮了一下，最后还是悄然熄灭了。

不是的，所有的精神病人都不配拥有爱情。就算乔岚说他们的相识非同寻常，但郯墨的阿斯伯格症还是存在的，是一辈子也无法治愈的。

只要阿斯伯格症存在，他们的未来依旧会无比坎坷。

不知道过了多久，季宿面无表情地将摔坏的手机捡起来，将卡拔了出来，走出教室后将手机丢进了垃圾桶。

走出社团后不久，季宿正好遇见迎面小跑过来的罗曼。

大概是跑得太急，她额间还沁着细细的汗，脸上的焦急显而易见，等看见季宿后她蓦地笑了："学长你在这里啊，我打你电话打不通，还以为你出了什么事情。"

季宿低头盯着罗曼看了好半天，罗曼被盯得有些不自然，小声地问季宿："怎么了？"

季宿收回了视线，突然笑了笑道："找我有事？"

"没事。"罗曼摇摇头，"就是我买了小蛋糕，很好吃的，想给你送过来，但是你电话关机了……"

"我不喜欢甜食。"季宿打断了罗曼的话。

就算季宿没有答应罗曼的追求，但是面对罗曼还是好脾气的，他从来没有用这种语气说过话，所以罗曼以为他生气了，吓得一时呆在了原地。

季宿心情很差，非常差，他拿乔岚没有半点办法，恶念一个劲儿往外边蹿，让他没办法将注意力放在眼前的罗曼身上。

想当初为了追乔岚才把罗曼弄进了心理社，可现在一点用也没有。

"我不喜欢甜食。"季宿看着罗曼又重复了一遍。

"那我下次买……"

“你买什么也没有用。”季宿道，“我不喜欢，也不会收。”

罗曼抓着小蛋糕盒子的手蓦地收紧，声音小了下来甚至已经有了哭腔：“……为什么……”

“因为我不喜欢你。”季宿道，说罢后突然从心而起又继续道，“我已经有喜欢的人了。”

罗曼瞬间抬头，眼睛瞪得大大的：“可以告诉我……是谁吗……我认识吗？”

“当然认识。”季宿笑着低声道，“当初让你进社，还是因为她，怎么能不认识。”

手中的盒子砰地掉在了地上，罗曼一瞬间僵在了原地。

……乔岚吗？

季宿欣赏着罗曼愣怔的模样，心头突然有些后悔，想说什么却最终没有说，转身离去的时候只是让罗曼别再来找他了。

不知道季宿离开后多久，罗曼这才小心地蹲下来将蛋糕捡了起来，精致漂亮的小蛋糕已经碎成了一块块的奶油。

罗曼眼睛哭得红红的，她将蛋糕扔进了垃圾桶里，擦了把眼泪，转身往教室走去。

下午还有课。

乔岚和郯墨中午去外边吃了饭后就来了教室，来得稍微有些早，所以郯墨留在旁边正陪着她说话。

罗曼从季宿那边听到季宿喜欢乔岚的消息，那会儿本来是很生气、很难过的，可等现在看着坐在那里说说笑笑的乔岚和郯墨两人，她突然明白过来。

乔岚在自己的男朋友面前笑得那么开心，她甚至也许都不知道季宿喜欢她。

季宿单方面地喜欢乔岚，和乔岚又有什么关系。

自己刚刚涌起来的嫉妒，来得多无理取闹啊。

罗曼后知后觉地反应过来，所以季宿为什么要告诉她自己喜欢乔岚？他其实可以不用说的，为什么说了出来？

他想做什么？

又是为了什么？

为了让她因此和乔岚有嫌隙吗？

可是，喜欢一个人为什么要这样呢，喜欢一个人不应该希望她过得更好吗？

罗曼迷茫了，她搞不懂季宿这么做的理由，而更让她迷茫的是，她好像有些不认识季宿了。

从一开始认识季宿，罗曼就一直觉得他优秀、有礼貌、温柔，所有美好的词语都适用在他身上，可是现在变得不那么合适了。

喜欢上已经有男朋友的女生，甚至还想有所行动。

是的，有所行动，如果只是单纯地喜欢，又为什么会故意把她弄进社团，无非是掩人耳目罢了。

罗曼觉得自己从来没有像现在这样清醒过。

季宿从来没有她想象的那么好，甚至有些恶劣。他告诉她自己喜欢乔岚，故意想让她们之间有嫌隙。他让人觉得可怕，因为这么久她根本没有发现季宿的真实想法。

她真的从来没有看清过季宿，不知道他是一个怎么样的人。

突然涌上心头的失望砸得罗曼有些头晕，大抵是因为曾经对季宿的幻想太美好，现在一点点破裂后才这么让人觉得崩溃。

罗曼一下子控制不住，又哭了。

柳灿灿从身后过来，和往常一样贫嘴地准备损罗曼一顿，一眼看见她核桃似的眼睛，吓得将嘴里的话憋了回去："怎么了这是？"

没人安慰还好，一安慰罗曼彻底崩溃了，抓住柳灿灿的衣服失声大哭了起来。

在教室里的乔岚被哭声吸引了过去，这才看见罗曼和柳灿灿，柳灿灿一直在问罗曼"怎么了"，罗曼摇摇头就是不说，等终于哭够了这才突然抓住乔岚的手抽抽搭搭道：

"你和郯墨一定要好好的。"

乔岚："……当然。"

你们一定要好好的，到时候气死他！

乔岚大抵是猜到了什么，有些失望也有些气愤，还有些之前存在的猜疑被证实了。

她突然一把抓住自家男朋友的胳膊，郯墨被吓了一跳忙问她“怎么了”，乔岚摸了摸郯墨的耳朵，由衷道：“你真好。”

郯墨被夸了一句，不明所以地离开了教室回去上课。

乔岚终究离开了心理社，裴北嘉知道后下意识往季宿那边看了一眼，季宿冷着脸，像是什么都没有听到。

有人问季宿乔岚为什么会走，季宿淡淡道自己不知道，有些话多的女生私下小声地议论说乔岚之前本来就不怎么来，现在离开也没什么好惊讶的。

她们冷嘲热讽地说毕竟人家那对情侣那么“恩爱”。

罗曼又一次为了乔岚和这两个女生大吵了一架，又一次引得季宿诧异。

他本以为罗曼会因为自己的话和乔岚关系变差，无论如何也不会像以前一样吵吵嚷嚷了，可没有想到的是罗曼还是维护了乔岚。

她没有记恨乔岚，她和几个女生大吵一架后留下一句“我也要退社”，就此转身离开，终究也没有再看季宿一眼。

社团里骤然安静了下来，一众人看看门口的方向，又转头看看季宿，毕竟所有人都知道罗曼一直在追季宿。

季宿握着笔的手一顿，笔尖胡乱在纸上留下了一道痕迹，那一刻季宿大抵有些说不出的迷茫，片刻之后才恢复了平静。

罗曼没有伤心太久，小姑娘开始拼命学习，就连每天和柳灿灿吵架的时间也全部奉献给了书本，倒是让柳灿灿有些不适应。

学校里慢慢流传出一些不太好的言论，尤其是心理系这边，有人说乔岚和罗曼不负责任，把社团当自己家一样，想来就来想走就走，说罗曼是因为追求季宿失败所以退团，至于乔岚，可能是因为觉得社团活动耽误自己和男朋友谈恋爱。

乔岚没有太在意这些言论。

十二月的时候，乔岚、郯墨等人顺利通过了英语四级考试，迎来了圣诞、元旦，也迎来了第一次期末考试。

即使大学知识已经比高中难了很多，但郯墨接受得还是比一般人快很多，就连答卷也比其他人快很多。交卷后，他自然而然地去乔岚考试的教室接人，乔岚今天考的这一门安排的时间有点晚，等一会儿考完五点多，天已经要黑了。

教学楼每一层都有自习的地方，郯墨上了三楼准备往那边走，转角遇上一个人走过来。

郯墨一抬头，正好撞上了季宿。

郯墨不曾知道季宿做过什么，只是和以往一样不大喜欢地避开，准备走人，却不想季宿突然拦住了他。

乔岚终于通过了最担心的一门考试，彻底松了口气，还剩两门，考完就可以放假了。她背着书包走出教室，正要给郯墨打电话，结果有同班同学急匆匆地冲过来，喘着粗气急声道：

“快快快！你男朋友和季宿学长打架了！”

乔岚脸色骤然一变。

并非因为郯墨打架，而是郯墨遇上了季宿。

如果不是季宿说了什么，郯墨又怎么可能打架。

等乔岚撒腿跑过去时，才发现刚刚来给她报信的同学描述有误，不是郯墨和季宿在打架，而是季宿单方面在挨揍。

郯墨毕竟是练过的，季宿一个文弱书生模样，郯墨让季宿一只手季宿都打不过。

乔岚不厚道地微微松了口气，但听到旁边有同学说快去找老师，乔岚蓦地加快脚步，上前将郯墨抓着季宿领口的手用力掰开。

“墨墨。”乔岚掰着郯墨的手却纹丝不动，回头急急看了一眼又喊了他一声，郯墨的目光这才缓缓移到她的脸上，抓着季宿的手缓缓松开，握住了乔岚。

乔岚能感觉到郯墨的手在颤抖，刚刚压下去的怒火陡然间又升腾了起来，正想说什么，旁边的季宿整了整衣服开口道：

“如果不是你自己也这么想又何必恼羞成怒直接上手？你看看周围的其他人，等今天过后他们会说什么？而乔岚因为你又会被议论成什么？你没办法控制，因为你天生就是这样……”

郯墨的拳头蓦地又一次攥紧，乔岚一转头就看见马上赶过来的院长，死死抱住郯墨的拳头：“墨墨，墨墨，你清醒点……”

“他怎么清醒？”季宿冷笑一声，“你不知道他……”

“你闭嘴！”

乔岚忍无可忍地开口。

她不能让郯墨留在这里，她可以对季宿的话完全免疫，可郯墨不行，更何况季宿本身就是学心理学的，每一句话都往郯墨心口上戳，郯墨指不定就被哪句话刺激到了。

乔岚抓着郯墨的手一遍又一遍地与他道：“墨墨，听话，你先走，先去车里等我好不好？”

郯墨的目光缓缓下移落在乔岚脸上，盯着乔岚的脸看了许久，一语不发地转身下了楼。

季宿笑了笑看郯墨离开，这才与乔岚道：“你看，你也知道他很麻烦。所以才让他先走。”

乔岚转过头来，抬头看着眼前的男生。

他分明是一副无害温柔的模样，却一次又一次地做出这种事情。

乔岚冷笑一声：“不要用你的思维来想我，我只不过是怕他被处分而已，如果周围没有这么多人，就算你被打到住院我也不会说一句话。”

季宿收起来笑容。

周围来来往往皆是看热闹的同学，毕竟无论是乔岚还是季宿、郯墨，都是学校的名人。大家都处于爱八卦的年纪，虽然不好上前去听清楚他们说什么，但不影响有些人看热闹。

“你会后悔的。”季宿沉默片刻后终于开口，“等多年之后你会明白我的劝解有多正确，心理有病的人本就不该……”

“这些都和你没关系。”乔岚打断了季宿的话，说罢后顿了顿抬起头看着季宿突然道，“学长，你知道偏执症和妄想症吗？”

季宿一愣，一时间没想到乔岚为什么要这么问。

“越是得不到的东西就越是渴望，总认为自己是完全正确的，不达目的绝不罢休，如果病情更加严重一点，很有可能精神分裂。学长如果实在没事做，就去看看心理医生，生病不可怕，有病不自知还跑出来祸害别人就很可怕了。”

乔岚一开始也不懂季宿莫名的坚持到底是因为什么，直到她想到了季宿也许也有心理疾病后，才慢慢有了思路。

从小生活在一个不正常的家庭，自己也变得不正常了，这也不是什么不能理解的事情。

季宿终于不是之前的淡定模样，一个痛恨精神病的人突然有一天被告知自己也有精神病，想来不是那么容易接受的。

看着季宿僵硬地站在原地，乔岚觉得心口终于舒服了一点，转身离开的时候又想起了什么，转头与季宿道：

“心理医生的职业道德就是不把专业知识拿来对付病人，不管你以后是否学业有成，你都不配成为一个心理医生，你好自为之吧。”

绕开看热闹的一众同学，乔岚下了楼，长长地舒了一口气后，往郯墨平时停车的地方走去。

可等走到后，乔岚骤然一僵，平时停车的地方没有郯墨，也没有车子。

乔岚忙拿出手机给郯墨打电话，电话拨过去发现手机已经关机。

天空中飘着细碎的雪花，落在乔岚脸颊上，乔岚感觉到脸颊上蓦地一凉，突然整颗心一颤，双腿一软差些站不住。

被她遗忘的尘封的记忆突然被挖了出来。

大学，大一期末，下着雪的时候，郯墨自杀了。

乔岚只觉得脑子被重重地砸了一记，心口疼得有些喘不过气来，她不知道要去哪儿，但双腿已经不受控制地疯狂跑了起来。

乔岚不间断地给郯墨打电话，那边却始终没有开机。她感觉到眼泪开始不受控制地往下落，她在心里安慰自己不会的，就算季宿真的说了什么，郯墨也不至于会那么做的。

他已经不是以前的郯墨了，他已经有爱的人了，也有很爱他的人了，他怎么舍得呢?

可是乔岚还是怕，她怕所谓的宿命。

她给郯墨的室友打电话，给陈伯、陈姨打电话，却一无所获。

乔岚崩溃地蹲了下来，不知道过了多久，有人缓缓踩着雪走到了她的面前。

乔岚抬起头，郑墨站在她的面前注视着她，半晌后也缓缓蹲了下来。

乔岚怔了很久，突然抬起手在郑墨胳膊上重重打了一下，眼泪从脸颊上滚落。

郑墨没有说话，将人抱进怀里，许久后摸了摸她的头发：“乖，不哭。”

乔岚哭得越发凶了，从崩溃边缘被拉了回来，劫后余生的感觉让她根本控制不住情绪，她想骂他想打他，但最后只是紧紧抱着郑墨，像是生怕他一下子又消失不见。

郑墨叹了口气，对乔岚瞒着他的生气、季宿那些扎在他内心最深处的惶恐，所有的情绪在乔岚的哭声中全都烟消云散。

季宿说天生有精神病的人不配拥有爱情，乔岚迟早有一天会离开他，没有人会喜欢一个精神病人，也没有人会长久地接受一个精神病人。

季宿说乔岚因为他而被人诟病，因为他而变得独来独往，被人不喜欢；说她分明可以学习自己更喜欢的专业，拥有和其他女生一样丰富有趣的人生，而不是为了他放弃自己的生活，变成现在这副模样；说他如果真的爱她就该早些离开她，会有更好的、更正常的人去照顾乔岚。

季宿的每句话都像刀子一样扎在郑墨心口，郑墨第一次失控地打了人，他听见周围的尖叫声，还听见乔岚一声一声地喊着他的名字，让他放手。

放手，为什么放手？

她心疼了还是觉得他做错了？

郑墨突然不想再听下去也不想再看见季宿，他转头离开了那里。

他不知道自己要去哪儿，他不敢猜乔岚和季宿在说什么，也不敢去想乔岚会不会离开他。

因为害怕，所以他关了手机，开着车也不知道去哪儿地四处乱走，直到所有的思绪恢复平静，郑墨突然给了自己一巴掌，转头拿过手机。

打开手机后就收到无数条提示未接电话的通话提醒短信，他确认了乔岚的位置，开车往乔岚所在的方向赶去。

坐在路灯下抱着膝盖的女孩突然与三年前的样子重合了。

三年前他也是将这个蹲在路边的女孩捡回了家，从此她成了他毕生的念想。

郯墨走上前，看着满脸泪痕愣怔的乔岚，心口骤然疼了起来。

想起刚刚混乱之时的念想，郯墨有些不敢再看乔岚的眼睛。

他小心地将乔岚脸上的泪水擦干净，小心地捧着她的脸颊，连声音都小了下来。

“对不起。”郯墨说。

乔岚眼泪又落了下来。

“为什么要走？”乔岚听见自己发颤的声音。

“因为我怕你不要我了。”

乔岚抓着郯墨的手一紧，半晌后才再次开口：“那为什么又回来？”

“因为我爱你。”郯墨捧起她的脸，吻轻轻地落在她的唇上，“因为我也相信你同样爱我。”

从和乔岚在一起的那一天，郯墨一直不敢相信乔岚会爱他，更不相信乔岚会永远爱他，无论他们在一起有多甜，在一起有多久。

这是他在面对乔岚时根本无法回避的自卑。

可直到今天，郯墨这才发现原来不知道从什么时候开始，他已经相信乔岚也在喜欢他，也在爱他了。

这个女孩早已用她的行动与心意，让他在爱情的港湾里安了家。

郯墨蹲下身来，将哭得不成样子的女孩背在背上，脚下踩着逐渐堆积变厚的雪花一步一步往前，感觉到乔岚紧紧抱着他的双手，他的唇边扬起一抹笑意。

趴好了，我们一起回家。

（正文完）

番外一

事后算账

乔岚这辈子甚至上辈子可能都没这么哭过，眼泪怎么都止不住，郏墨趴在床头半步都不敢挪开地全程陪着。

他大概意识到乔岚今天哭的原因和他想象的不太一样，但突然间发夙，有点不太敢问，最后好不容易等乔岚睡着，才小心翼翼地将被子掖好。

“鸡飞狗跳”的一个晚上过去，第二天等乔岚和郏墨都冷静清醒了，两人一边吃早饭一边算昨天的账。

乔岚从昨天的迷迷瞪瞪中翻转过来，迅速地抓到了其中某些逻辑不正常的地方。

比如最简单的一点，郏墨是怎么知道她会在那里的?

怎么就好巧不巧地出现在了那里?

像她，昨天找了郏墨好几个小时都没找到人。

郏墨正专心地咬着灌汤包，突然间被乔岚一句话砸得头发都奓了起来。

“这个手机。”乔岚拿起手里的手机对着郏墨晃了晃，“老实交代，装了什么？”

郏墨一个激灵，嘴里的包子吓得掉在了盘子里。

这部手机还是郏墨特意送给乔岚的。在送手机的时候，郏墨起了一点小心思。

或者更准确地说，是因为先起了一点小心思，然后送了乔岚一部“不一样”的手机。

比如装个定位什么的……但其实他也没用太多次！

因为乔岚一般都会告诉他自己要去哪里、去做什么。

昨天就是个意外……

郏墨思索了不到三秒钟，然后迅速做出决定，抬起了头来果断道歉：“对不起。”

乔岚盯着眼前的男朋友看了半晌，继续保持着脸上的严肃表情，笑了：“一会儿删了。”

“嗯。”

“下不为例。”

“嗯。”

“然后给我装一个。”

“嗯……嗯？”

乔岚慢条斯理地吃着早点：“谁让某人昨晚玩失踪。”

郏墨：“……”

番外二

孩子超可爱

乔岚和郯墨的生活又恢复了往日的平静。

乔岚没有再参加其他的任何社团，周一到周五上课，周末和郯墨一起出去四处转转，日子过得要多舒服有多舒服。自从退出了心理社，她也很难再见到季宿，罗曼也终于放弃了季宿，再没有人在乔岚的耳边提起季宿这个名字，季宿这个人好像也从此消失在了乔岚和郯墨的世界中。

偶尔也会有男生或者女生表示喜欢他们，可半年过去，一年过去，两年过去，乔岚和郯墨依旧在一起。

只不过郯墨日益成为 B 大学生眼中的学神。

大二那年，郯墨又修了计算机学。

大三那年，郯墨经过周密而准确的计算，推崇短线套利，频繁交易。他主要通过研究市场历史数据来发现统计学上的某些相关性，并据此针对不同市场设计出量化的投资管理模型，之后以电脑运算为主导，通过在各种市场上进行成千上万次的短线交易，来捕捉稍纵即逝的市场机会。

而且由于是短期交易，就会在很短的时间内平仓，损失不会很大，而数千次交易之后，只要盈利交易多于亏损交易，总体结果就是盈利。

这些不起眼的瞬间盈利积累起来就成了惊人的收益。

这一笔钱的数目，对还在念书的其他同龄人来说简直就是一笔天文数字。

然后郏墨创建了一家投资基金，并顺利将舍友孔沙拐去了自己的公司。所有学生都只知道郏墨是学神，却不知道他实则早就身家过亿。

陈伯、陈姨看着郏墨从一个男孩子慢慢地蜕变，心头有说不出的自豪与欣慰，不过除此之外，更让陈姨念想的是另一件事情。

郏墨被陈姨神神秘秘地拉着，不明所以地看着陈姨问怎么了。

陈姨叹了口气感叹："我家墨墨这都快二十一了。"

郏墨："啊，是。"所以呢？

"那你和岚岚准备什么时候结婚啊？"

这个问题郏墨完全都不用想："毕业就结。"

"好好好。"陈姨用了三个"好"字表达自己有多高兴，笑眯眯地摸了摸郏墨的头后才慢悠悠道，"唉！我今天出去和几个老朋友做操，看见了老李家的小孙子，白白胖胖的别提多可爱了。"

郏墨："……"白白胖胖有什么可爱的？

陈姨没发现郏墨表情有异，还在继续说："等你和岚岚结婚了，到时候也生个白胖孙子……"

郏墨果断站了起来："再说，我还有事，陈姨我先走了。"

他一点都不想要孩子。

更不想要白白胖胖的孩子。

为什么要有孩子，就他和乔岚两个人不好吗？

非得生个孩子吗？

以后如果真的有了孩子，乔岚一回到家就要照顾孩子，晚上睡觉指不定也要和孩子一起睡，然后可怜兮兮的自己就变成了隐形工具人…

只要想一想都觉得很绝望。

郏墨略有些烦躁地回到顶楼自己和乔岚的房子里，正想找个机会给乔岚灌输一下生孩子很痛，生孩子可能会遗传自己的病种种理由，好让乔岚也和自己站在统一战线，结果一进去就发现乔岚正在看什么东西，满脸笑意。

郏墨走近一看，是最近一档热度很高的亲子综艺节目。

郑墨："……"

乔岚看着节目笑得不行，抬头看见自家脸色不大好的男朋友，忙问他怎么了。

郑墨眼神古怪地盯着乔岚看了好半天，冷哼一声转身就走。

留下一脸蒙的乔岚。

这又是怎么了？女孩子每个月有几天心情不大好，怎么郑墨也这样呢？

她关了综艺，踩着拖鞋急急跟了进去，结果左问右问，郑墨什么都不说，而且像是转移话题一样地问她刚刚的节目好不好看。

乔岚实话实说："挺好看的，那几个小孩特可爱。"

郑墨："……"更不想说话了。

还没等郑墨慢慢给乔岚灌输丁克思想，有一天下午乔岚和郑墨一起去不远处的超市买东西。两人推着购物车慢慢逛，正巧一个年轻妈妈推着一辆购物车从身边经过，购物车上坐了一个小朋友，奶声奶气地喊着"妈妈我要这个"。

乔岚最近看多了亲子节目，听着小孩奶声奶气的声音被萌到了，小声地感叹一句"好可爱啊"。

郑墨面无表情地看了一眼，冷冷道："哪里可爱？"

"嗯？"

乔岚一愣，转头看了郑墨一眼，突然想起季宿之前说自己父亲不喜欢自己，想了想后琢磨着问他："墨墨你不喜欢小孩子啊？"

"不喜欢。"郑墨果断摇头。

"为什么啊？"乔岚一边拉着郑墨一边走，"小孩子哪里不好？"

郑墨也搞不明白："小孩子哪里好？"

"很好啊，最好能是个小男孩。"乔岚道，"我没有见过你小时候的样子，如果我们以后的宝宝长得很像你，我就可以看见小时候的你了啊。"

乔岚想都没想地回答，可见她确实就是这么想的。

而从来没有往这一方面想过的郑墨愣了，他想的全是孩子会分散乔岚的注意力，却不曾想过乔岚想要一个宝宝还是因为他。

聪明如斯的郯墨也有了一瞬间的呆滞，傻了半晌后大抵是脑子还没转过来，傻里傻气地顺口道：“如果长得像你呢？”

乔岚：“……”

结果还没等乔岚开口，郯墨的眼睛突然亮了起来。

对哦！如果以后他和乔岚有了一个女儿呢，而且是个很像乔岚的女儿呢？！

他也没见过乔岚小时候的样子，他也想看乔岚小时候的样子，本来一点都不想要孩子的郯墨，突然想到了这种可能性，一颗心一瞬间软得都快化了。

乔岚说小孩子很可爱，郯墨想象一下软软糯糯的像极了乔岚的小女儿。

好的，确实很可爱。

无敌可爱！

于是几天后，陈姨自上次发现郯墨好像不大想要孩子后，忧愁了几天准备找郯墨谈谈，连说辞都准备好了，却不想郯墨突然间变了画风：

“孩子？当然要孩子，结了婚就可以计划一下了，陈姨要不我们先给孩子起个名字？”

陈姨：“……”

番外三

罗曼

罗曼在大二的时候加入了动漫社。

一个她当初还没上大学就想加入、但因为季宿所以放弃了的社团。

罗曼这才发现，原来大学社团真的很有趣，女孩很可爱，男孩也很可爱。

当然并不是所有的男孩都很可爱，至少有一个人，非常非常不可爱。

一个大一刚刚进社的学弟，盯着她的双马尾看了十几秒后，终于开口:“学姐，你知道真可爱和装可爱的区别吗？”

那天，罗曼和新进社的学弟来了一场惊天地泣鬼神的“互骂”，惊呆了在场的所有人。

而最后，罗曼以小小的优势成了这场骂战的赢家。

这位学弟在罗曼这里从此没有名字，只有一个代号——狗学弟。

“我告诉你，”罗曼穿着“卡哇伊”的小裙子，扎着可爱的双马尾，小皮鞋踩在狗学弟眼前的椅子上，警告他，“以后你最好别遇见我，遇见了也给我躲着走，否则我见你一次骂你一次，滚！”

狗学弟没滚，他从刚刚的骂战中回过神来，无视周围一众目瞪口呆的学长、学姐，诧异地看着眼前的女孩。

他脑子里突然蹦出来这么一句话——小小的身体大大的能量。

然后他惊诧地发现，眼前的这位小学姐因为这句话，突然真的有点可爱了。

罗曼觉得狗学弟可能有病。

当初她让他绕道走，结果她天天都能看见这张讨厌的脸。

狗学弟非但没有滚远，还滚到她身边来了。

“学姐去吃饭啊，去几楼啊，一起？”

“学姐你是不是没成年啊，我怎么感觉你比我还小啊！”

你才小，你全家都小！你怎么这么烦?！

罗曼憋着气，咬着牙，觉得自己有必要再对眼前的学弟来一场教育。

结果狗学弟掏出一张票：“学姐，BML 要不要去，我这儿有张多余的票，一起去？”

罗曼：“……”为什么我一张都没抢到，你居然还能有一张多余的?

罗曼沉默片刻：“……去。”

狗学弟笑眯眯地将票递给她：“那到时候我们可以一起……”

“钱我转给你了。”罗曼低头摁了几下手机抬起头，“谢谢你的票。”然后转身走人。

狗学弟呆滞了片刻拿出手机，手机上转过来一笔钱，比票价还多了一些。

罗曼转账的时候还解释了一下为什么多给钱——辛苦费。

狗学弟：“……”唉，追个人，好难。

有一天，在去教学楼的路上，罗曼又一次遇见了季宿。

罗曼抬头看着许久不见的季宿，突然有种恍若隔世的感觉。

曾经那么喜欢的人，现在再想起来，好像已经真的很淡了。

季宿还是和以前一样，像是什么都没有发生似的和她说话，罗曼微微有些恍惚。

当初就是因为这样的温柔，她才一头撞了进去，最后脑门被撞破了才止住了脚步。

罗曼点了点头想走，却想起了什么似的突然抓住了季宿的袖子，季宿唇角弯弯地问她怎么了。

“学长，”罗曼抬头看着季宿，“以后不要再这样对着其他女孩子笑了，尤其是你并没有好感的女孩子。”

季宿微微一愣，罗曼继续道：“更何况你根本就不想笑。”

季宿脸上的笑容不见了。

“我曾经很喜欢你，喜欢你的温柔，喜欢你永远有耐心，我觉得我从来没有见过这么完美的男生，直到后来我才明白，根本没有完美的人。”

越完美的人，内心越藏着一个魔鬼。

“假象总会破灭的，我见过你真实的模样，所以你现在再对我笑已经没用了。”

罗曼走了。

季宿突然想起了曾经乔岚说的话。

你父母的悲剧不是因为你父亲有阿斯伯格症，而是因为你的母亲从一开始就不曾见过你父亲真实的样子。

他痛恨他的父亲，可不知道在什么时候，却变成了和父亲一模一样的人。

乔岚曾经的话又缓缓地萦绕在他耳边。

她说：“我见过郑墨最真实的样子，我喜欢他最真实的样子。”

最真实的样子。

可他最真实的样子……

季宿突然笑了一声，他最真实的样子，大抵不会有人喜欢的。

就像罗曼一样，发现他真实的一面后，就没了一丝留恋。

罗曼和季宿说完话后又遇见了狗学弟。

狗学弟盯着她看了好半天，又抬头盯着季宿的背影看了半天：“那是谁？”

“我学长。”罗曼随口道，说完后又立马反应过来，我干吗和他说话？

她转身想走，却被学弟抓住了袖子：“就以前你追了很久的那个学长？”

“是啊。”罗曼承认得毫不脸红，说完还兴趣盎然道，“是不是很帅？”

学弟：“……帅个鬼！”

罗曼毫不留情：“你还没个鬼帅！”

学弟：“……”

番外四

每个明天

虽然郏墨说一毕业就结婚，但现实还是不允许，因为他还没到法定结婚年龄。

还有三个多月。

乔岚一想起这个事就想笑。

结不结婚其实她不太着急，她不像郏墨这么注重仪式感，现在每天和郏墨在一起感觉就很好。

看着郏墨眼巴巴地等日子，她实在觉得好笑。

乔岚的大四比一般同学要轻松一些。因为成绩非常优秀，乔岚早就保研了，最近甚至有时间还能帮着郏墨处理处理工作。

郏墨变得比往日更忙了。

毕业季，所有学生开始为以后的生活做打算，郏墨却早就身价惊人。一直租住的房子马上就到期了，郏墨花钱买了新房子、新车，乔岚闲来没事突然想去公司看看郏墨，进去的时候门口的迎宾小姐问她找谁，乔岚正要说话，回头看见了忙完后刚刚回公司的孔沙。

郏墨的几个室友，乔岚曾经最熟悉的是谢弘毅，但后来因为孔沙一直跟着郏墨工作，她倒是和孔沙慢慢熟络起来。

一向话不太多的孔沙，大抵是和乔岚熟悉了，见面后还能开几句玩笑。

孔沙笑着问乔岚是不是不久之后得准备份子钱了，乔岚笑眯眯道“可不是嘛”，还让他多准备一点。

看着乔岚上楼的背影，孔沙心头突然涌上说不出的滋味，祝福是自然的，更多的却是说不出的羡慕。

等乔岚走远了，迎宾小姐小心地问孔沙这是谁啊，就这样直接上去老板会不会生气啊，上次就有新来的女职员跑去老板办公室，结果直接被辞退了。

孔沙看了礼仪小姐一眼，淡淡道：“不会。”

等到了十月下旬，郯墨连公司都没有去，光明正大地翘班带着自家女朋友跑去领证了。

结果他走到半路又退了回来。

“不行。”郯墨说，然后又将车子拐了回去。

乔岚一脸蒙：“什么不行？”

“今天不行。”郯墨道，“我们明天再去。”

乔岚想了好半天也没想通为什么。

郯墨一本正经地解释：“今天是我生日。”

“所以呢？”

“生日和结婚纪念日一起过太浪费了。”郯墨道，“我们明天再来。”

这样就可以过完生日再接着过结婚纪念日了。

完美。

他怎么这么聪明！

乔岚盯着自家男朋友的侧脸看了好半天，又是好笑又是无语地转过了头。

真正拿到结婚证的那天，郯墨盯着手里的小红本看了将近一整天，最后一把将乔岚抓进怀里，心满意足道：

“你一辈子都跑不掉了。”

终于到了晚上，乔岚洗完澡出来就看见郯墨拿着手机，对着结婚照拍了好半天。

五分钟后，乔岚在朋友圈刷到了郏墨的第一条朋友圈。

评论区评论爆炸，高中的大学的，熟悉的不熟悉的，惊叹、恭喜，郏墨看着其他人的评论傻乐了一整夜。

郏父正看着电视，自家闺女从楼上冲了下来："爸，郏……我哥结婚了？"

郏父呆滞了好几秒："结婚？"

结啥婚？和谁结婚？

"闹着玩吧？"郏父道。

"人家都领证了。"

郏父接过手机看了好半天，照片上的男孩和女孩都是一等一地好看。郏父看着照片上的女孩，总觉得有点眼熟，好半天终于想起许多年前的一天，这个女孩曾经拦住他，找他问了郏墨的电话号码。

后来听陈伯说，这孩子是郏墨的同桌，后来又一起考了同一所大学。

是个好孩子。

优秀，又漂亮。

郏父很满意。

但对儿子非常不满意，结婚居然不告诉他。

郏父郁闷了半晚上，最后还是主动给郏墨拨了电话，尽了长辈的一份力，给郏墨安排了接下来的婚礼。

"对了，儿媳妇家里那边你自己联系一下。"

"没有。"

郏父一愣，没有，什么没有？

郏墨淡淡道："她没有亲人。

"她有我就够了。"

等郏墨挂了电话，郏父拿着手机沉默了许久。

他想起自己曾经还年轻的时候，没有钱，没有身份，没有帮他的人，也曾有个女孩温柔地同他说："没关系，你有我就够了。"

可后来他什么都有了，却唯独再也看不见她的痕迹。

婚礼那天，乔岚见到了很多许久不见的老朋友，裴宁、白钰、郝英等，甚至还有宋瑶。

乔岚不知道是不是自己的出现引发了蝴蝶效应，本该在一起的宋瑶和陈曜阳到底没能走到一起。宋瑶成了裴宁的女朋友，陈曜阳则出了国，到底发生了什么，乔岚不得而知。

四年前郝英大哭着灌醉了郯墨，四年后的今天，郝英一边大喊着乔岚越来越漂亮了，一边又成了灌醉郯墨的主力军。

罗曼两眼放光地抓着乔岚的裙摆指着郝英问："岚岚这你高中同学啊?！这也太帅了吧！"

坐在旁边的某学弟瞬间脸黑。

于是当天，除郯墨的几位舍友挡酒以外，这位郯墨一点都不熟的学弟也加入了挡酒大军，更准确地说是加入了灌醉郝英的行列之中。

郝英最后怎么回家的乔岚不知道，乔岚所有的注意力全都用来应付已经喝醉的郯墨了。

郯墨抓着乔岚的手，傻傻地对着乔岚笑，笑够了闭上眼睛凑过去小声道："要亲亲。"说完后指了指被酒浸湿的唇，"亲这里。"

孔沙一推门就看见了向来冷漠的郯墨这副傻样子，有点受刺激地僵硬了半秒钟，体贴地关上了门退了出去。

新婚当天晚上，俗话说的洞房花烛夜，其实什么都没发生。

郯墨醉得透透的，爬都爬不起来，更不用说做其他的了。

第二天醒来，郯墨捂着被子崩溃地差点哭了出来。

虽然后来度蜜月不知道补了多少次，但这件事到底成了郯墨一辈子的怨念。

喝酒误事，郯墨后来再也没有碰过一杯酒。

虽然结婚结得早，但宝宝的到来又是几年之后了。

毕竟乔岚还在念书，而且郯墨格外疼老婆。

等乔岚顺利硕士生毕业，成了一名心理医生后，她终于做好了要宝宝的准备。

郑墨永远是个行动派。

乔岚前脚做了决定，没多久后乔岚就顺利中奖。

两人从医院回家的路上，乔岚问郑墨喜欢男孩还是女孩。

郑墨想都没想道：“女孩。”

乔岚完全可以猜到郑墨这么回答的原因，故意笑眯眯道：“那如果是男孩怎么办？”

郑墨冷静了好几秒，道：“看他表现。”

如果敢和他抢老婆，那就不要怪他“过分”了。

好在老天眷顾这个孩子，几个月后，乔岚顺利生下了一个小女孩。

说好等乔岚生个女儿后要好好宠的郑墨，在女儿生下来的第一天就忘了闺女，拉着乔岚看着面色惨白的她，手轻轻发颤。

他再也不想让乔岚这么疼了。

一开始看不出美丑的小宝宝一天一天长大，眉眼终于越来越清晰，越来越漂亮。

就像小时候的乔岚，性格却更像郑墨。

对着外人冷冷淡淡的，一看见家人就像软乎乎的小奶猫，但奓毛后又凶得不像话。

今天第一天去幼儿园的时候凶哭了一众小朋友。

郑墨去接闺女的时候，一进去就听见自家小闺女奶声奶气地凶人：“我妈咪才世界第一好看！”

早上是陈伯、陈姨带着小姑娘报到的，所以一众老师们没想到这位家长居然这么帅。

老师们都是年纪不大的女孩，陡然看见郑墨这张脸有些脸红，主动上来和郑墨搭话。

郑墨一手轻轻松松抱起自家闺女：“管什么？我老婆确实最好看。”

然后留下想搭话却被一句话梗在原地的老师，抱着女儿，大长腿已经迈出好远。

第二天乔岚亲自接女儿放学，几个老师终于见到了这位全世界最好看的妈咪和老婆，最后默默地认了。

算了，人家是真的好看。

乔岚不知道昨天发生了什么事，安顿好女儿后亲了亲女儿圆圆的脸蛋：“我们现在回家呢还是先去吃饭饭？”

“去接粑粑一起吃饭饭！”

乔岚眉眼笑得弯弯的：“好，一起吃饭饭。”

一起吃饭，一起回家，一起走过剩下的每一个明天。

番外五

所有的将来

眼前是从来也没有见过的风景。

陌生的城市，三段式色彩的哥特式建筑，陌生的空气，掺杂着海洋的湿润，以及与童年时候全然陌生的大人和小孩。

数不清的身影从她身边擦肩而过，就像抓不住的剪影，乔岚不知道这是哪里，也不知道自己要去哪里，她漫无目的却又像被不知道是什么指引着，走过人来人往的大街，走过嬉笑玩闹的人群，最后停留在满天火红的玫瑰园。

那里充满了嬉笑声，有女孩银铃般的笑声，也有小男孩童稚却满是活力的呐喊声。乔岚抬起眼眸，目光越过无数笑颜，越过那些金发碧眼的漂亮孩子。

然后她看见了坐在阴影角落里、低着头摆弄着手中的机械手表、从未开口说一句话的东方男孩，火红的玫瑰花园、落日的余晖、飞扬的秋千，一切的喧闹似乎都与他毫不相干。

日落的余晖好巧不巧地从肩膀擦过，男孩蓦然间抬起头，黑色的短发、漆黑却发亮的眼眸，他手中握着银光闪闪的机械手表，稚嫩却是乔岚熟悉到骨子的模样。

蓦然间，乔岚心口软成一片。

这是郑墨。

还是孩童时候的郏墨。

还那么小、那么可爱的郏墨。

即使没有什么表情，可他的眼睛很亮，乔岚可以感受到他眼中的专注与开心。

也许是因为将手中的机械手表修理完好而开心，也许是其他，这一刻乔岚可以全然感受到他的欢喜。

乔岚目光变得格外柔和。

郏墨沉浸在他的世界中，专注而快乐。

只是他太沉默了，周围的快乐气氛似乎与他没有一丝关系，没有人夸赞他这么小却这么厉害，也没有小孩拉着他一起玩耍。

乔岚突然觉得很难过，她想走上前去，摸摸还是孩童的郏墨那柔软的黑发，夸一夸他，陪一陪他。

只是她的指尖穿透了男孩细碎的黑发，就像是触摸到了一片空气。

她不能触碰他，也无法与他说话。

夕阳的余晖像是因为乔岚突如其来的悲伤而暗淡了一刹那，孩童嬉戏欢闹的声音也在一瞬间蓦然停止。

尖锐的哭喊声撕裂了时空，飞扬的秋千不知何时断开，穿着碎花裙子的女孩从秋千上跌落，稚嫩的皮肤被沙粒擦得鲜血淋漓。所有孩子都停止了嬉闹，有的大声尖叫，有的无措大哭，也有勉强冷静的男孩跑向远处去找忙碌的大人们。

纷杂的忙乱中，只有黑发黑眼眸的男孩静静地站在原地，他停滞的脚步与周围的一切格格不入。他依旧紧紧握着那块手表，静静地看向喧闹的地方，面孔上是毫无感情的冷漠。

没有同龄孩子的惊慌、无措、担忧，只有漠不关心。

可也许是乔岚太了解郏墨，了解他的每一个表情每一个举动，乔岚在男孩漂亮的墨瞳里看到了茫然与不解。

摔下秋千的女孩依旧在哭，周围的小女孩们不知为何也哭了起来，满脸泪水的小女孩不知何时看见了郏墨，揉着通红的眼睛用奶声奶气的声音问他：

“你为什么不哭啊？”

郯墨转过头，漆黑的眸子紧紧盯着眼前的女孩，声音稚嫩却又冷清地开口：

“我为什么要哭？”

金发碧眼的女孩睁大了漂亮的眼眸，或是震惊于这句话的离奇，震撼于这个东方男孩的冰冷，又或许是因为害怕郯墨紧迫的眼神。

她不理解郯墨为什么不怕为什么不哭，为什么所有的小伙伴都在因为那个女孩的受伤而产生了同情与怜悯，郯墨却能无动于衷到这种地步，无论是担心还是害怕，都没有，甚至能问出这种话来。

她说不出话来，年纪太小，还不能准确表达自己的想法，这一刻她只是简单地明白了一件事，她不喜欢这个冷漠的男孩，甚至觉得害怕。

即使在不久之前她还觉得这个东方小男孩漂亮。

郯墨没能等来自己想要的回答，他不理解为什么要怕、为什么要哭，所以在这个女孩问他的时候认真地问了出来。

为什么要哭呢?

他想知道知道这个答案。

可是眼前的女孩只是瞪大了双眼，怔怔地看着他，一语不发。

郯墨有些着急，向前一步，漆黑的眼睛越发紧迫地盯着女孩再次问她：“为什么要哭？”

女孩依旧没有回答他为什么要哭，她惊慌地后退一步，然后骤然间大哭起来。

所有小孩转过头来，闻讯赶来的大人们也看向这个来到这里还没有多久的东方男孩。有人粗暴地推开郯墨小小的身体，却又温柔地将那女孩抱起来。

女孩看向郯墨的眼神充满了恐惧，没有告诉任何人到底发生了什么，只是哭着说出了自己此刻最真实的感受：

“我不要和他一起玩。

“他好可怕。

“他不会哭，不会担心。

“他就像个怪物。”

可怕、怪物、不和他一起玩。

男孩的眼眸依旧毫无变化，看似冷漠而又满不在乎，可他适才伸出去的手指却已经不敢再向前一点。

他听得懂喜欢与不喜欢。

同龄的小孩们远离了他，大人们探究又游离的眼神落在他身上。抱着女孩的妇人问郯墨："是你欺负了这个女孩吗？"

郯墨握紧手中的手表，摇摇头。

他没有。

"那她是因为你才哭的吗？"

是吗?

郯墨不知道，女孩在前一刻并没有哭，但在和他说过话后哭了。

所以，是他的原因吧。

郯墨迷茫地点点头。

"那不就是你欺负了她?！"站在远处的小男孩大声斥责他。

孩子们没有做错什么，他们的判断甚至充满了正义感。

"他从来不和我们一起玩。"

"他总是说些奇奇怪怪的我们听不懂的话。"

"虽然年纪小，可难免太自私了些。"

小孩的控诉、大人们的指责，全数落在年仅六岁的郯墨身上。

他自私，他冷漠，他甚至欺负同龄的小朋友，是一个罪大恶极的坏孩子。

可郯墨到底做错了什么?

郯墨看不懂，也不明白，他明明什么也没有做，他甚至没有和女孩说过一句重话，可他已经成了欺凌女孩的坏孩子。

夕阳的余晖渐渐地暗淡了下去，最后的落日将整个玫瑰花园分离成了两半，郯墨被划分进了黯淡无光的阴影中，静静站在原地，千夫所指，却百口莫辩。

乔岚拼死想抓住最后一抹阳光，拼尽全力想大喊告诉所有人真相，想让所有人知道这个饱受阿斯伯格症折磨的孩子多么可怜，可没有人听得到她的声音。

无辜的郯墨成了所谓的欺凌者，而从此以后，他更是变成了被欺凌者。

冷漠、没有同情心、可怕的坏孩子、怪物。

浪漫又美丽的玫瑰花园，却连一个可怜的孩子也不能容忍。

最后一丝余晖落了下去，郯墨依旧呆呆地站在原地，空气里弥漫着浓郁的玫瑰花香，可乔岚只感觉到铺天盖地的绝望。

她曾经以为她了解了阿斯伯格症，以为她了解了郯墨的过去，可等真正看到这一刻的时候，只有钻心的疼。

无能为力，甚至连为他辩解一句都做不到。

都说上帝慈爱而公平，可有些人的童年注定只有灰色。

热情似火的红色玫瑰园，容不下突兀丑陋的灰。

郯墨的母亲带着郯墨离开了玫瑰园，离开了这个不欢迎他们的地方。郯墨的脸上一如既往的冷漠，看起来好像没有任何变化，可他已经不会再去认真而又好奇地问“为什么”了。

为什么会哭?

为什么会笑?

为什么会露出这样的表情?

因为只有他不懂，因为问出来会被当成另类，当成怪物，所以便不再问。

他也不会再用那双漂亮的眼眸去直视任何一个人，过长的发丝挡住了男孩的视线，从此慢慢黯淡无光。

时间残忍而又艰难地继续走，乔岚恍惚却又清晰地注视着她的少年，从小小的男孩变成长身玉立的少年。

因为一场突如其来的车祸失去了站立的机会，因为母亲的离开丧失了活下去的希冀。

“你的母亲不在了。”

“你的双腿再也无法站起来了。”

“都是你，我的女儿做错了什么？”

“你拖累了她半辈子，最后连她的命也不放过吗？”

“你就是个怪物，冷漠、残忍，你天生不幸，甚至连累身边爱你的人变得不幸。”

“不会爱别人，也永远不会有人爱你。”

一言不发的少年永远站在阴影中，他的世界，永远是漫无边际的灰，一眼望去，空无一物。

乔岚骤然从睡梦中惊醒，这场梦漫长而又煎熬，梦境像潮水一样骤然褪去，但已经席卷全身的冷清晰无比，依旧附着在身上。

梦中的无能为力让乔岚变得无比绝望，眼前黑漆漆的一片让她一时间分辨不清虚假与现实。她无措地伸出手，就像梦里一样迫切地想抓住什么。

可下一刹，她的指尖探过墨黑的虚无，落在了温热的胸膛上。

冰冷的指尖被熟悉的温度灼烫，腰骤然被揽紧，一双有力的手臂将她拉进怀里，她的脸颊紧紧贴在郯墨锁骨间。

郯墨将醒未醒，熟练地将人抱紧在怀里，脸颊深深地埋进乔岚的肩窝蹭了蹭，迷迷瞪瞪寻着怀里人的脸颊亲了一记，黏糊糊地开口：

“怎么醒了？”

还未消散的睡意夹杂着黏人的依赖与眷恋，甚至夹杂着几分撒娇的语气。

被子里是白日晒过后温暖的阳光，还有郯墨温暖的体温，暖烘烘的，让人不由自主地心安。

乔岚还是有些没有回过神地呆了片刻。眼前的黑逐渐褪去，就像长期立于悬崖边的人终于站在了平地，让她有种不真实的恍惚感，下意识地寻求最安全的依靠。

将自己包进郯墨怀里尚且还不够，她又伸出双臂将郯墨紧紧揽住，抱得更紧，这才闷闷地开口：

“我做梦了。”

她分得清现世与梦境，只是那些走马观花的虚假记忆依旧压得人喘不过气。

郯墨蓦然醒了。

他伸手去按开床头灯，但手臂刚刚一动就被抱了回来。

乔岚鲜少有这样黏人的时候。

两人之间更黏人的向来都是郯墨，乔岚并不经常撒娇示弱，所以当向来稳重又体贴的乔岚宛如孩童一般紧紧贴在身边时，郯墨哪里还舍得挪开一步去开灯。

他将人揽得更紧，手掌顺着纤细的背摸到了乔岚脖子上还未消散的冷汗。

郯墨微怔：“做噩梦了吗？”

噩梦？这算是噩梦吗？

其实不算吧，乔岚心想。

毕竟这个梦并不可怕。

可它却比噩梦更让她难以接受。

如今梦醒，可乔岚还是感觉到了无法消散的悲伤与绝望。

乔岚好半天没有说话，郯墨微微有些急，脸颊不由贴近了乔岚，几乎鼻尖对着鼻尖地问她：“到底梦见什么了？”

好半晌后，乔岚在黑暗中闭上了眼睛，再睁开时才低低地开口：“我梦见了你小时候。”

郯墨抱着乔岚的手紧了一下，突然不说话了。

乔岚回想着梦中的那些瞬间，不，也许那并不是郯墨小时候，毕竟她从未见过，只是和陈姨聊天时陈姨偶尔提起了一句。

陈姨提了一句，乔岚却单单记住了这一句，甚至将它记在了梦里。

这不是真实的，但郯墨遭遇的真实，定然比梦中的更加残忍，更加令人难过。

她心知过去的已经过去，无论如何她都不能改变什么，可总是忍不住去想，为什么那时候不能陪在郯墨身边？

这的确很无理取闹，但乔岚控制不住。

她本就不是属于这个世界的人，好不容易才来到郯墨身边。

可是既然能来，为什么不早点来呢？

如果能早点来，在郯墨被世界抛弃的时候，她定会给他一个大大的拥抱，告诉郯墨“你并不可怕，更不是一个怪物”。

为什么不早点来，为什么不能早一点陪在郯墨身边，为什么那个时候扔下他一个……

自责不受控地涌上心头，乔岚大睁着眼睛，眼泪不知何时已经落了下来，轻轻地落在了郑墨的胳膊上。

郑墨突然起身动了一下，乔岚此刻脆弱得迷糊，以为郑墨也怪她所以要走，情急之下只想抓住他不让他走：

“对不起，不要走好吗？”

郑墨大抵还是不太懂悲伤与难过是如何的，心口却密密麻麻地疼。

拂开乔岚的手，郑墨侧翻半起身，就在乔岚以为他真的要走的时候，郑墨覆在乔岚身上，将怀里微微颤抖的人牢牢堵在了床榻之中。

温暖厚实的被子搭在郑墨身后，被郑墨撑起又落下，严严实实地将乔岚罩在其中，密不透风，却说不出地温暖和安心。

“不走。”郑墨低下头轻轻吻着乔岚说。

眼睛逐渐适应了黑暗，郑墨看见了乔岚含了泪的眼睛，复又吻了吻她湿润的双眼：

“你在哪里我就在哪里。”

他怎么会走，怎么可能走？

乔岚是他全部的空气与阳光。

离开她，他会死的。

“如果我能早点来找你……”乔岚恍惚道。

她声音很低，像是喃喃自语，但郑墨还是听到了。

抱着乔岚，郑墨明白了今晚乔岚的情绪为什么这么低落。

郑墨放开手，任由他的重量全数压在乔岚身上。很重，但乔岚觉得很满足，空气被剥夺一般的窒息感与安全感，让人不断沉溺。

阿斯伯格症的症状已经没有那么明显，但依旧存在。

就像想起那些让乔岚痛心的童年，他并没有觉得有多难过，甚至不觉得自己可怜。

但乔岚觉得他可怜没有关系，郑墨甚至很享受乔岚对他的可怜，无论是喜欢还是可怜，或者是别的感情都没有关系，这些只会让乔岚更爱他，更离不开他。

也许这种想法不正确，但郑墨不愿改。

唯一让他不能接受的是乔岚的自责，乔岚怎么能觉得自己有错呢？

他都舍不得说她一句不好，乔岚怎么能这么苛责自己？

“不要说这种话，我会生气的。”郏墨吻着乔岚，像上瘾一样，亲一下又亲一下，“能在年少时与你相遇，是我这辈子最大的幸运，上天是公平的，正因为经历过曾经的苦难，所以我才会遇到你。”宝贝，不要质疑曾经。

“你不知道如今的我有多幸福。”

乔岚静静地抱着郏墨，双手揽过他的脖颈，将脸颊紧紧贴着他的肩窝，在他耳边一遍一遍地说：“墨墨，你不知道我有多爱你。”

“我知道。”郏墨亲了亲她道，“因为我同样爱你。”

“你抱抱我。”乔岚小声祈求，即使离这么近，她依旧觉得不够亲密。

郏墨抱住了乔岚，手指插进她的发间，低头将她所有的不安与自责尽数堵了回去。

落下来时是轻柔安抚的吻，温水一般暖人，随着窒息的空气一点一点加温，变得开始沸腾滚烫，冲淡了一切。

言语永远无法表达出他对乔岚的爱，不过没有关系，还有明天，还有后天，还有将来数不清的每一天，他们会永远在一起。

昨天和曾经，都不再存在。

（全文完）

图书在版编目（CIP）数据

指尖萤火 : 全 2 册 / 小孩爱吃糖著 . -- 南京 : 江苏凤凰文艺出版社 , 2022.8
ISBN 978-7-5594-6868-0

Ⅰ . ①指… Ⅱ . ①小… Ⅲ . ①长篇小说 – 中国 – 当代 Ⅳ . ① I247.5

中国版本图书馆 CIP 数据核字 (2022) 第 088485 号

指尖萤火 ：全 2 册

小孩爱吃糖 著

责任编辑　周颖若
特约编辑　王译葶　刘雪华
装帧设计　已　非
责任印制　刘　巍
出版发行　江苏凤凰文艺出版社
　　　　　南京市中央路 165 号，邮编：210009
网　　址　http://www.jswenyi.com
印　　刷　天津旭丰源印刷有限公司
开　　本　880 毫米 ×1230 毫米 1/32
印　　张　23
字　　数　660 千字
版　　次　2022 年 8 月第 1 版
印　　次　2022 年 8 月第 1 次印刷
书　　号　ISBN 978-7-5594-6868-0
定　　价　69.80 元（全 2 册）